SCIENCE FICTION

Herausgegeben
von Wolfgang Jeschke

Von Robert A. Heinlein erschienen in der Reihe
HEYNE SCIENCE FICTION & FANTASY:

Weltraum-Mollusken erobern die Erde (06/3043)
Bewohner der Milchstraße (06/3054)
Die lange Reise (06/3101)
Revolte auf Luna (06/3132)
Ein Mann in einer fremden Welt (06/3170)
Die Straße des Ruhms (06/3179)
Farmer im All (06/3184)
Die Zeit der Hexenmeister (06/3220)
Die Entführung in die Zukunft (06/3229)
Unternehmen Alptraum (06/3251)
Utopia 2300 (06/3262)
Der Mann, der den Mond verkaufte (06/3270)
Welten (06/3277)
Nächste Station: Morgen (06/3285)
Abenteuer im Sternenreich (06/3336)
Das geschenkte Leben (06/3358)
Die Leben des Lazarus Long (06/3481)
Die Reise in die Zukunft (06/3535)
Der Rote Planet (06/3608)
Die Zahl des Tiers (06/3796)
Die Invasion der Wurmgesichter (06/3862)
Tunnel zu den Sternen (06/3883)
Zwischen den Planeten (06/3896)
Ein Doppelleben im Kosmos (06/3922)
Die sechste Kolonne (06/3927)
Weltraumkadetten (06/3981)
Von Stern zu Stern (06/4046)

ROBERT A. HEINLEIN

FREITAG

Science Fiction-Roman

Deutsche Erstveröffentlichung

WILHELM HEYNE VERLAG
MÜNCHEN

HEYNE-BUCH Nr. 06/4030
im Wilhelm Heyne Verlag, München

Titel der amerikanischen Originalausgabe
FRIDAY
Deutsche Übersetzung von Thomas Schlück
Das Titelbild schuf Karel Thole

Redaktion: Wolfgang Jeschke

Printed in Germany 1983
Umschlaggestaltung: Atelier Ingrid Schütz, München
Satz: Schaber, Wels/Österreich
Druck und Bindung:
Mohndruck, Graphische Betriebe GmbH, Gütersloh

ISBN 3-453-30971-5

Dieses Buch widme ich

Ann	*Elinor*	*Pepper*
Anne	*Gay*	*Polly*
Barbie	*Jeanne*	*Roberta*
Betsy	*Joan*	*Tamea*
Bubbles	*Judy-Lynn*	*Rebel*
Carolyn	*Karen*	*Ursula*
Catherine	*Marilyn*	*Vivian*
Diane	*Nichelle*	*Vonda*
Eleanor	*Patricia*	*Yumiko*

und immer – semper toujours! – für Ginny

R. A. H.

1. Kapitel

Als ich die Bohnenstengel-Kapsel in Kenia verließ, war er mir dicht auf den Fersen. Er folgte mir durch die Tür zur Zoll- und Einwanderungskontrolle. Als sich die Tür hinter ihm zusammenzog, brachte ich ihn um.

Ich reise nicht gern mit dem Bohnenstengel. Meine Abneigung dagegen bestand sogar schon vor der Katastrophe am Quito-Himmelshaken. Ein Kabel, das in den Himmel hinaufführt, ohne einen sichtlichen Halt zu haben, riecht mir zu sehr nach Zauberei. Auf anderen Wegen aber dauert der Flug nach L-5 zu lange und kostet zuviel; meine Befehle und mein Spesenkonto ließen dafür keinen Raum.

Ich war also schon nervös gewesen, ehe ich in der Stationärstation das Shuttle von L-5 verließ, um an Bord der Bohnenstengel-Kapsel zu gehen ... aber verdammt, Nervosität ist noch kein Grund, einen Mann zu töten! Eigentlich wollte ich ihn nur für einige Stunden aus dem Verkehr ziehen.

Das Unterbewußtsein aber hat seine eigene Logik. Ich packte ihn, ehe er auf das Deck sinken konnte, und zerrte ihn auf eine Reihe bombensicherer Schließfächer zu, die noch im Zoll-Außenbezirk lagen. Ich beeilte mich, um den Boden nicht zu beflecken. Seinen Daumen drückte ich gegen den Hebel und stieß den Toten hinein, während ich gleichzeitig nach seiner Brieftasche griff, seine Diners-Club-Karte herauszog und in den Schlitz schob, um dann seine Ausweise und Barschaft an mich zu bringen und die Brieftasche zur Leiche hineinzuwerfen, während die Panzertür herabglitt und sich dröhnend schloß. Ich wandte mich ab.

Ein Amtsauge schwebte über mir.

Das war noch kein Grund, die Beherrschung zu verlieren – in neun von zehn Fällen sind diese Augen auf Zufallspatrouille und werden nicht überwacht, und ob die zwölfstündige Aufzeichnung vor dem Löschen von einem Menschen angeschaut wird oder nicht, ist ebenfalls eine Sache des Zufalls. Beim zehntenmal jedoch ... Ein Friedensoffizier könnte sich die Aufzeichnung genau ansehen – vielleicht müßte er sich auch gerade kratzen und daran denken, was er gestern abend gemacht hatte.

Ich ignorierte die Maschine also und setzte meinen Weg zum Ausgang fort. Das vertrackte Auge hätte mir eigentlich folgen müssen, da ich in dem Durchgang die einzige Masse war, die siebenunddreißig Grad Wärme ausstrahlte. Aber das Gebilde verweilte mindestens drei Sekunden lang und beschaute sich das Schließfach, ehe es sich wieder mit mir befaßte.

Ich versuchte noch abzuschätzen, welche von drei möglichen Verhaltensweisen die sicherste war, als das ungezügelte Element meines Gehirns die Kontrolle übernahm und meine Hände die vierte Lösung herbeiführten: Mein Schreibstift wurde zu einem Laserstrahl und »tötete« das Amtsauge – schaltete es aus mit der vollen Kraft des Strahls, der das Gebilde auf das Deck stürzen ließ – nicht nur geblendet, sondern mit kurzgeschlossenem Antischwerkraft-Element. Und hoffentlich mit gelöschtem Gedächtnisspeicher.

Noch einmal benutzte ich die Kreditkarte meines Schattens, wobei ich diesmal den Hebel mit dem Stift bediente, um seinen Daumenabdruck nicht zu verwischen. Ich mußte kräftig mit dem Stiefel nachhelfen, um das Auge auch noch in das enge Schließfach zu zwängen. Dann beeilte ich mich; es wurde Zeit, mich in jemand anderes zu verwandeln. Wie auf den meisten großen Häfen gibt es auch in Bohnenstengel-Kenia zu beiden Seiten der Barriere Toilettenräume für die Reisenden. Anstatt mich zur Inspektion zu begeben, suchte ich diese Einrichtung auf und mietete gegen bar eine Badekabine.

Siebenundzwanzig Minuten später hatte ich nicht nur gebadet, sondern mir auch anderes Haar, andere Kleidung und ein anderes Gesicht zugelegt – was sich in drei Stunden auftragen läßt, kann in fünfzehn Minuten mit Seife und heißem Wasser wieder entfernt werden. Ich hatte keine große Lust, mit meinem richtigen Gesicht durchs Leben zu gehen, doch mußte ich das *Alias* loswerden, mit dem ich auf dieser Mission unterwegs gewesen war. Was davon nicht im Ausguß fortgespült worden war, wanderte jetzt in den Vernichter: Einteiler, Stiefel, Tasche, Fingerabdrücke, Kontaktlinsen, Paß. Der Paß, den ich nun bei mir trug, zeigte meinen richtigen Namen – nun ja, einen meiner Namen –, eine Stereographie meines unveränderten Gesichts und wies einen sehr echt aussehenden Durchreisestempel von L-5 auf.

Ehe ich die persönlichen Habseligkeiten vernichtete, die ich dem Toten abgenommen hatte, schaute ich sie mir gründlich an – und stutzte.

Die Kreditkarten und sonstigen Ausweise lauteten auf vier verschiedene Personen.

Wo waren seine anderen drei Pässe?

Wahrscheinlich irgendwo bei der Leiche im Schließfach. Ich hatte mein Opfer nicht gründlich durchsucht – keine Zeit! –, ich hatte mir lediglich geschnappt, was er in seiner Brieftasche bei sich führte.

Zurückgehen und nachschauen? Wenn ich das Fach mit der noch warmen Leiche ein zweitesmal öffnete, lief ich Gefahr aufzufallen. Ich hatte seine Karten und den Paß an mich genommen, in der Hoffnung, eine Identifizierung der Leiche zu verzögern und dadurch mehr Zeit zu gewinnen, aber ... Moment mal! Hmm, ja, Paß und Diners-Club-Karte lauteten auf »Adolf Belsen«. American Express hatte seine Karte auf »Albert Beaumont« ausgestellt, während die Bank von Hongkong ihn als »Arthur Bookman« führte und Master Charge ihn als »Archibald Buchanan« in seinem Computer hatte.

Ich »rekonstruierte« das Verbrechen: Beaumont-Buchanan-Bookman hatte eben den Hebel des Schließfaches geöffnet, als Belsen ihm von hinten einen Schlag versetzte, ihn in das Fach zwängte und seine eigene Diners-Club-Karte benutzte, um das Schloß zu betätigen, ehe er sich hastig entfernte.

Ja, eine ausgezeichnete Theorie ... und jetzt galt es, die Fährte noch mehr zu verwischen.

Die Ausweise und Kreditkarten stopfte ich mir hinter meine eigenen in die Brieftasche; »Belsens« Paß versteckte ich in meiner Kleidung. Bei einer eingehenden Untersuchung wäre ich damit nicht durchgekommen – allerdings gibt es Möglichkeiten, eine solche Visitierung abzuwenden, zum Beispiel Bestechung, Beeinflussung, Korruption, Lüge und hochherrschaftliches Auftreten.

Als ich den Waschraum verließ, kamen bereits die Passagiere der nächsten Kapsel durch den Gang und reihten sich vor der Zoll- und Einwanderungsabfertigung auf; ich stellte mich hinten an der Schlange an. Der Beamte machte eine Bemerkung darüber, wie leicht doch meine Reisetasche sei, und erkundigte sich nach dem Status des Schwarzmarktes dort oben. Ich schaute ihn so dümmlich an, wie es ging – diesen Ausdruck kannte er bereits von meinem Paßphoto. Zur gleichen Zeit fand er die angemessene Schmiergeldsumme in meinem Paß und wechselte das Thema.

Ich fragte ihn nach dem besten Hotel und dem besten Restaurant. Er antwortete, eigentlich dürfe er keine Empfehlungen aussprechen, aber er fände das Nairobi-Hilton ganz in Ordnung. Was das Essen anging, so sollte ich den »Dicken Mann« ausprobieren, wenn ich es mir leisten könnte: Dort gäbe es die beste Küche in Afrika. Er gab seiner Hoffnung Ausdruck, daß ich einen sicherlich angenehmem Aufenthalt in Kenia haben würde.

Ich dankte ihm. Wenige Minuten später war ich vom Berg herab und in der Stadt – und bedauerte den Wechsel. Die Kenia-Station liegt gut fünf Kilometer hoch; die Luft dort oben ist dünn und kalt. Nairobi liegt höher als Denver und beinahe so hoch wie Ciudad de Mexico, erreicht aber nur einen Bruchteil der Höhe von Mount Kenia und liegt dicht am Äquator.

Die Luft kam mir zum Atmen zu dick und zu warm vor; im Handumdrehen war meine Kleidung schweißfeucht; ich spürte, wie mir die Füße schwollen – außerdem schmerzten sie von der vollen Schwerkraft. Aufträge, die mich von der Erde fortführen, liegen mir nicht sonderlich, aber noch schlimmer ist es, von einer solchen Mission zurückzukehren.

Ich griff auf mein Training in Gedankenkontrolle zurück, um mich von den Unannehmlichkeiten abzulenken. Sinnlos! Hätte mein Lehrer in Gedankenkontrolle weniger Zeit im Lotussitz zugebracht und mehr Zeit in Kenia, wären seine Anweisungen bestimmt nützlicher ausgefallen. Ich gab es auf und konzentrierte mich auf das Problem: Wie kam ich schnellstens aus diesem Saunabad heraus?

Es war angenehm kühl im Foyer des Hilton-Hotels. Und was noch besser war: Es gab hier ein vollautomatisches Reisebüro. Ich trat ein, suchte mir eine leere Kabine und ließ mich vor dem Terminal nieder. Sofort erschien eine Bedienung. »Kann ich Ihnen behilflich sein?«

Ich sagte dem Mädchen, daß ich mich wohl allein zurechtfinden würde; die Tastatur kam mir bekannt vor. (Eine ganz normale Kensington 400.)

Sie gab nicht auf: »Ich gebe Ihnen aber gern Ihre Wünsche ein. Es wartet sonst niemand.« Sie schien ungefähr sechzehn Jahre alt zu sein und hatte ein niedliches Gesicht und eine angenehme Stimme und ein Auftreten, das mir verriet, daß sie wirklich Spaß daran hatte, ihren Kunden zu helfen.

Ich brauchte allerdings nichts weniger als eine Zeugin, wenn ich im Begriff stand, mit Kreditkarten zu arbeiten, die nicht mir gehörten. Folglich ließ ich ihr ein Trinkgeld mittlerer Größe zukommen und sagte, ich würde meine Anforderungen lieber selbst eingeben – ich versprach ihr allerdings, mich sofort zu melden, sollte ich nicht weiterkommen.

Sie protestierte, ich brauche ihr nichts zu geben – bestand aber auch nicht darauf, mir den Schein zurückzureichen. Dann ging sie.

»Adolf Belsen« nahm die Tunnelbahn nach Kairo, dann eine Semiballistische Rakete nach Hongkong, wo er sich im Peninsula-Hotel ein Zimmer reserviert hatte, dies alles auf Kosten von Diners Club.

»Albert Beaumont« befand sich im Urlaub. Er nahm einen Safari-Jet nach Timbuktu, wo American Express ihn für zwei Wochen im luxuriösen Shangri-La an der Küste des Sahara-Meeres untergebracht hatte.

Die Bank von Hongkong bezahlte für »Arthur Bookman« die Passage nach Buenos Aires.

»Archibald Buchanan« besuchte seine Heimatstadt Edinburgh – per Vorkasse Master Charge. Da er diese Reise mit der Tunnelbahn absolvieren konnte, mit einmal Umsteigen in Kairo und automatischem Wechsel in Kopenhagen, konnte er in zwei Tagen an seinem Geburtsort sein.

Anschließend benutzte ich den Reisecomputer, um etliche Erkundigungen einzuziehen – aber ich machte keine Reservierungen, tätigte keine Einkäufe und schaltete alles über Arbeitsspeicher.

Zufrieden verließ ich die Kabine wieder und erkundigte mich bei der Bedienung, ob der Tunnelbahn-Eingang im Foyer mich zum »Dicken Mann« bringen würde.

Sie erklärte mir, welchen Weg ich gehen mußte. Ich begab mich also zur Tunnelbahn und nahm den Zug nach Mombasa, wobei ich wieder einmal bar bezahlte.

Mombasa ist lediglich dreißig Minuten oder fünfhundert Kilometer von Nairobi entfernt, liegt aber auf Meereshöhe, so daß einem Nairobis Klima dagegen himmlisch vorkommt; ich machte, daß ich weiterkam. Siebenundzwanzig Stunden später befand ich mich in der Illinois-Provinz des Chicago-Reiches. Man könnte sagen, daß das für einen Kreisbogen von lediglich dreizehntausend Kilometern eine lange Zeit sei. Aber ich folgte nicht dem geraden Weg und brauchte kein einziges Mal durch eine Zollschranke oder Einwanderungskontrolle. Außerdem mußte ich keine Kreditkarte benutzen, nicht einmal eine geborgte. Und zwischendurch konnte ich mich im Freistaat Alaska sogar sieben Stunden lang aufs Ohr legen; seit ich vor zwei Tagen die Raumstadt L-5 verlassen hatte, war ich nicht mehr richtig zur Ruhe gekommen.

Wie ich das alles schaffte? – Das ist Geschäftsgeheimnis. Durchaus möglich, daß ich auf diese Route nie mehr angewiesen bin, vielleicht aber muß ein Arbeitskollege sie nehmen. Außerdem bin ich der Meinung meines Chefs: wo die Regierungen überall die Kontrollen verschärfen und die Datennetze an ihren Grenzen enger ziehen mit ihren Computern und Amtsaugen und neunundneunzig anderen elektronischen Überwachungsmethoden, hat jeder freiheitsliebende Mensch geradezu die moralische Verpflichtung, sich nach besten Kräften zu wehren – die unterirdischen Wege offenzuhalten, sich zu tarnen, den Computern falsche Informationen einzugeben. Computer nehmen alles wörtlich und sind dumm: Elektronische Aufzeichnungen sind keine Aufzeichnungen im eigentlichen Sinne ... es ist also ratsam, alle Tricks zu kennen, mit denen sich das System durcheinanderbringen läßt. Wenn man der Steuer schon nicht entrinnen kann, sollte man – ein wenig zuviel bezahlen, um die Computer zu verwirren. Oder absichtlich Ziffern umstellen. Und so weiter ...

Wenn man um die halbe Welt reisen will, ohne Spuren zu hinterlassen, gibt es nur eines: Man muß bar bezahlen. Nie auf Kredit, keine Registration im Computer. Und Schmiergeld ist niemals Schmiergeld; jede Geldbewegung dieser Art muß so dezent gestaltet sein, daß der Empfänger nicht das Gesicht verliert. So überbezahlt sie auch sein mögen, es gibt keinen Beamten, der nicht der Ansicht ist, daß er viel zu wenig bekommt – doch im Grunde neigt jeder Angestellte der öffentlichen Hand zum Diebstahl, sonst würde er sich nicht aus dem amtlichen Trog bedienen. Diese beiden Tatsachen muß man wissen, mehr nicht. Aber man muß vorsichtig sein – ein Beamter, der keine Selbstachtung besitzt, fordert Respekt von seiner Umwelt.

Ich gehe stets auf dieses Bedürfnis ein, und so war auch diese Reise ohne Zwischenfall gelaufen. (Ich ließ dabei den Umstand außer Acht, daß das Nairobi-Hilton wenige Minuten nach meiner Abreise nach Mombasa in die Luft ging und niederbrannte; es wäre mir geradewegs paranoid vorgekommen anzunehmen, daß dieser Zwischenfall etwas mit mir zu tun gehabt haben sollte.)

Als ich davon erfuhr, entledigte ich mich allerdings der vier Kreditkarten und des Passes – eine Vorsichtsmaßnahme, die ich sowieso ergriffen hätte. Wenn die Opposition mich auslöschen wollte – möglich, aber unwahrscheinlich –, dann wäre es höchst unprofessionell gewesen, einen Millionenbesitz der Krone zu vernichten und Hunderte oder Tausende von Leuten zu töten oder zu verwunden, nur um mich zu erwischen. Das wäre einem Axthieb nach einer Fliege gleichgekommen.

Wie dem auch sei. Jedenfalls war ich nun endlich ins Imperium zurückgekehrt und hatte wieder einmal eine Mission ohne allzu große Probleme ausgeführt. Ich stieg in Lincoln Meadows aus und dachte darüber nach, ob ich nun wohl genügend Pluspunkte gesammelt haben müßte, um dem Chef einige Wochen Urlaub in Neuseeland abzuschwatzen. Meine Familie, eine siebenköpfige S-Gruppe, lebte in Christchurch; ich hatte sie seit Monaten nicht mehr gesehen. Es wurde höchste Zeit!

Doch zunächst genoß ich die saubere, kühle Luft und die ländliche Schönheit von Illinois – es war nicht South Island, aber immerhin die nächstbeste Gegend auf meiner Liste. Es heißt, die schönen Wiesen wären einmal mit düsteren Fabriken bedeckt gewesen – man kann es sich kaum vorstellen. Heute war vom Bahnhof aus als einziges Gebäude der Avis-Pferdestall auszumachen.

Am Zügelpfosten vor der Station standen zwei Avis-Mietkutschen neben den gewohnten Einspännern und Bauernwagen. Ich wollte mir schon ein Gefährt besorgen, als ich ein Gespann erkannte, das eben vor dem Gebäude hielt: Zwei zueinander passende Braune vor einem Lockheed-Landauer. »Onkel Jim! Hierher! Ich bin's!«

Der Kutscher legte die Peitsche an die Krempe seines Zylinders und brachte sein Gespann so zum Stehen, daß der Landauer vor den Stufen hielt, auf denen ich wartete. Er stieg ab und hob den Zylinder. »Schön, Sie zu Hause begrüßen zu können, Miß Freitag.«

Ich umarmte ihn kurz, was er geduldig über sich ergehen ließ. Onkel Jim Prufit hatte genaue Vorstellungen darüber, was sich geziemte und was nicht. Es heißt, er sei einmal dafür verurteilt worden, Papismus gepredigt zu haben – einige meinen sogar, er sei dabei erwischt worden, wie er eine Messe zelebrierte. Andere hielten das für Unsinn; er habe sich dort für die Organisation eingeschlichen und sei geopfert worden, um andere zu dekken. Ich habe keine große Ahnung von Politik, vermute aber, daß ein Priester eine sehr förmliche Art hatte, ob er nun echt war oder unserem Berufsstand angehörte. Ich kann mich natürlich irren; soweit ich weiß, ist mir noch nie ein Priester begegnet.

Als er mir in die Kutsche half, wobei ich mir wie eine »Lady« vorkam, fragte ich: »Wie kommt es, daß Sie hier sind?«

»Der Chef hat mich geschickt. Ich soll Sie abholen, Miß.«

»Ach? Aber ich habe ihm gar nicht Bescheid gegeben, wann ich komme.« Ich überlegte mir, wer im Laufe meiner Reise zum Datennetz des Chefs gehört haben mochte. »Manchmal glaube ich, der Chef arbeitet mit einer Kristallkugel.«

»Sieht so aus, wie?« Jim schnalzte Gog und Magog zu, und wir machten uns auf den Weg zur Farm. Ich lehnte mich zurück und entspannte mich beim Klang des anheimelnden, fröhlichen *Klappklapp* der Pferdehufe auf dem festgefahrenen Lehm.

Ich erwachte, als Jim ins Tor einbog, und war hellwach, als er unter dem Vordach hielt. Meine Rolle als »Lady« vergessend, sprang ich hinab und wandte mich zurück, um Jim zu danken.

Sie fielen von beiden Seiten über mich her.

Der liebe alte Onkel Jim warnte mich nicht. Er schaute einfach zu, während die Kerle mich überwältigten.

2. Kapitel

Mein eigener Fehler! Schon in der Grundausbildung hatte man mir beigebracht, daß kein Ort absolut sicher sein kann und daß insbesondere das Refugium, in das man gewohnheitsmäßig zurückkehrt, den größten Gefahrenpunkt darstellt – der Ort, an dem man am ehesten mit Fallstricken, Hinterhalten und unliebsamen Überraschungen rechnen muß.

Anscheinend hatte ich das nur sehr oberflächlich registriert; als alter Profi hatte ich diese Regel mißachtet. Und jetzt zahlte man es mir heim.

Diese Regel entspricht im übrigen der Tatsache, daß die Person, die am wahrscheinlichsten zum Mörder an einem wird, ein Familienmitglied ist – und auch diese düstere Statistik wird mißachtet, es geht nicht anders. Sollte man in Angst vor den eigenen Angehörigen leben? Aber lieber das, als tot zu sein!

Meine größte Dummheit bestand darin, daß ich eine laute, deutliche, spezifische Warnung ignoriert hatte, nicht nur ein allgemeines Prinzip. Wie war es dem lieben alten »Onkel« Jim gelungen, genau zur Ankunft meiner Kapsel am Bahnhof zu erscheinen? Am richtigen Tag und beinahe auf die Minute pünktlich? Kristallkugel? Der Chef ist klüger als wir alle, aber er arbeitet nicht mit Zauberei. Davon bin ich überzeugt – aber natürlich kann ich mich irren. Stünden dem Chef allerdings übernatürliche Kräfte zu Gebote, brauchte er seine Agenten – uns – nicht mehr.

Ich hatte dem Chef meine Reiseroute nicht gemeldet. Ich hatte ihm nicht einmal mitgeteilt, wann ich L-5 verlassen hatte. Das entspricht der Vorschrift; er legt keinen Wert darauf, daß sich seine Untergebenen mit jedem einzelnen Schritt bei ihm melden, denn er weiß, daß eine Information, die in falsche Hände gerät, tödlich sein kann.

Selbst ich hatte nicht gewußt, daß ich gerade diese Kapsel nehmen würde, bis ich sie schließlich betrat. Im Coffee Shop des Sewards-Hotels hatte ich Frühstück bestellt, war aufgestanden, ohne es zu verzehren, hatte Geld auf den Tresen gelegt – und drei Minuten später saß ich in einer versiegelten Express-Kapsel. Also wie?

Offensichtlich hatte die Beseitigung des Verfolgers im Kenia-Bohnenstengel meine Gegner nicht abgeschüttelt. Entweder war ein zweiter Mann zur Stelle gewesen, oder man hatte das Verschwinden von Mr. »Belsen« (Beaumont, Bookman, Buchanan) sofort gemerkt und ihn schnellstens ersetzt. Möglicherweise war man mir die ganze Zeit auf den Fersen gewesen, andererseits mochte »Belsens« Schicksal die Gegenseite vorsichtig gemacht haben, so daß man mir mehr Raum gab. Oder die sieben Stunden Schlaf gestern nacht hatten Gelegenheit geboten, mich einzuholen.

Unwichtig, wie es wirklich gewesen war. Kaum war ich in Alaska in jene Kapsel gestiegen, hatte jemand eine telefonische Nachricht durchgegeben, die etwa so lautete: »Glühwürmchen an Drachenfliege. Moskito ist hier per Express-Kapsel durch den Internationalen Korridor vor neun Minuten abgefahren. Die Anchorage-Verkehrskontrolle sagt, die Kapsel ist nach Lincoln Meadows programmiert, um dort elf-null-drei eurer Zeit geöffnet zu werden.« Oder etwas Ähnliches. Irgendein Typ, der mir übel gesonnen war, hatte mich die Kapsel betreten sehen und das Telefon benutzt; anders hätte mich der nette alte Jim nicht abholen können. Logisch.

Im Nachhinein weiß man alles besser – man weiß genau, wo man sich den Kopf gestoßen hat – nachdem es geschehen ist. Aber ich ließ sie für ihre Drinks teuer bezahlen. Wäre ich vernünftig gewesen, hätte ich mich sofort ergeben, als ich erkennen mußte, daß ich hoffnungslos in der Minderzahl war. Aber ich bin nun mal nicht klug; das hatte ich bereits bewiesen. Ich hätte die Beine unter die Arme nehmen müssen, als Jim mir erzählte, der Chef habe ihn geschickt ... anstatt in die Kutsche zu steigen und ein Schläfchen zu machen, um alles auf der Welt!

Wenn mich meine Erinnerung nicht trügt, habe ich nur einen Angreifer umgebracht.

Vielleicht aber auch zwei. Warum bestanden sie aber auch darauf, die harte Tour zu benutzen? Sie hätten warten können, bis ich im Haus war, um dann mit Gas oder Schlafpfeil oder auch Klebeseil zu arbeiten. Sie sollten mich lebendig fangen, soviel war klar. Wußten sie nicht, daß ein Außenagent mit meiner Ausbildung in Notwehr automatisch auf Hypertempo geht? Vielleicht bin ich nicht der einzige Blödian auf der Welt.

Aber wozu Zeit verschwenden, indem man mich vergewaltigte? Die ganze Sache kam mir irgendwie amateurhaft vor. Heute arbeitet keine Profi-Gruppe noch mit Schlägen oder Vergewaltigung vor dem Verhör; damit ist nichts zu gewinnen; ein echter Professioneller wird mit beiden Dingen fertig. Denn bei Vergewaltigung kann sie (oder er – wie man hört, ist es für Männer noch schlimmer) entweder seine Gedanken auf anderes richten und warten, bis alles vorbei ist, oder (bei fortgeschrittenem Training) auf das alte chinesische Sprichwort zurückgreifen.

Anstelle von Methode A oder B – oder mit B kombiniert, wenn die schauspielerischen Fähigkeiten des Agenten dazu ausreichen – kann das Opfer die Vergewaltigung als Gelegenheit benutzen, einen Vorteil über die Gegner zu gewinnen. Ich bin kein großer Meister der Verstellung, aber ich bemühe mich – mit der Methode habe ich bisher zwar noch nie den Spieß umdrehen können, doch verdanke ich ihr in mindestens einem Fall mein Leben.

Diesmal änderte Methode C am Ergebnis nichts, sorgte aber für ein bißchen gesunde Ablenkung. Vier Mann (so schätzte ich nach verschiedenem Kaliber und Körpergerüchen) bedienten sich bei mir in einem der oben liegenden Schlafzimmer. Vielleicht war es sogar mein Zimmer, was ich aber nicht genau wußte, da ich eine Zeitlang bewußtlos gewesen war und jetzt außer einem Klebeband über den Augen nichts mehr am Leib hatte. Ich lag auf einer Matratze auf dem Boden – Gruppensex mit kleineren sadistischen Anflügen ... worüber ich hinwegging, war ich doch angelegentlich mit Methode C beschäftigt.

Bei mir nannte ich sie »Stroh-Boß« (er schien das Kommando zu führen), »Rocks« (so nannten die anderen ihn – wahrscheinlich hatte er Steine im Kopf), »Shorty« (das können Sie auffassen, wie Sie wollen), und »der andere«, der keine charakteristischen Merkmale hatte.

Ich spielte allen etwas vor, natürlich ganz kontrolliert – zuerst Widerstreben, sich zwingen lassen, dann überkommt einen ungewollt allmählich doch die Leidenschaft, und schließlich kann man einfach nicht mehr anders. Alle Männer nehmen diese Vorstellung hin, fallen ohne weiteres darauf herein – bei Stroh-Boß gab ich mir aber die größte Mühe, da ich die Hoffnung hegte, zu seinem kleinen Liebling erkoren zu werden.

Außerdem war Stroh-Boß gar nicht mal so übel; Methoden B und C ließen sich gut miteinander verbinden.

Noch mehr Mühe aber kostete mich Rocks, denn bei ihm mußte es Methode C in Verbindung mit A sein; und er stank unangenehm aus dem Maul. Auch in anderer Hinsicht war er nicht der Sauberste; es bereitete mir große Mühe, das zu ignorieren und meine Reaktionen schmeichelhaft für sein männliches Ego ausfallen zu lassen.

Nachdem er sich endlich ergossen hatte, erklärte er schnaufend: »Mac, wir verschwenden nur unsere Zeit. Die Sau hat Spaß daran.«

»Dann machen Sie Platz und geben dem Jungen noch eine Chance. Er ist schon wieder soweit.«

»Noch nicht. Ich verpasse ihr mal'n paar, damit sie uns richtig ernst nimmt.« Er versetzte mir einen heftigen Schlag gegen die linke Schläfe. Ich schrie auf.

»Aufhören!« Die Stimme von Stroh-Boß.

»Wer sagt das? Mac, Sie werden ein bißchen groß für Ihre Stiefel.«

»Ich befehle es!« Eine neue Stimme, die sehr laut klang – zweifellos sprach sie aus dem Lautsprecher in der Decke. »Rokky, Mac ist Ihr Gruppenkommandeur, das wissen Sie. Mac, schicken Sie Rocks zu mir; ich muß mal mit ihm sprechen.«

»Major, ich wollte die Sache doch nur voranbringen!«

»Sie haben gehört, was der Mann gesagt hat, Rocks«, sagte Stroh-Boß leise. »Ziehen Sie Ihre Hosen hoch und ab!«

Plötzlich verschwand das Gewicht des Mannes von meinem Körper, und ich brauchte seinen stinkenden Atem nicht mehr zu erdulden. Glück ist relativ.

Wieder meldete sich die Stimme von der Decke. »Mac, stimmt es, daß Miß Freitag an der kleinen Zeremonie, die wir für sie vorbereitet haben, Freude hat?«

»Möglich ist es, Major«, sagte Stroh-Boß langsam. »Sie benimmt sich jedenfalls so.«

»Was sagen Sie dazu, Freitag? Macht Ihnen so etwas Spaß?«

Ich antwortete nicht auf seine Frage. Vielmehr ließ ich mich in allen Einzelheiten über ihn und seine Familie aus, wobei ich mir besonders seine Mutter und Schwester vornahm. Wenn ich ihm die Wahrheit gesagt hätte – daß Stroh-Boß unter anderen Umständen ein ganz angenehmer Partner gewesen wäre, daß Shorty und die anderen Männer in der einen oder anderen

Richtung ohne Bedeutung waren, daß Rocks aber ein schmieriger Bursche war, den ich bei der ersten Gelegenheit hätte auslöschen mögen – wäre damit Methode C zum Teufel gewesen.

»Danke gleichfalls, Schätzchen«, antwortete die Stimme fröhlich. »Es tut mir leid, Sie enttäuschen zu müssen, aber ich bin ein Krippen-Kind. Ich habe nicht einmal eine Frau, geschweige denn eine Mutter oder Schwester. Mac, legen Sie ihr die Handschellen um und decken Sie sie zu! Aber geben Sie ihr keine Spritze; ich will später mit ihr reden!«

Amateur - mein Chef hätte niemals einen Gefangenen darauf hingewiesen, daß er noch ein Verhör zu erwarten hätte.

»He, Krippenbaby!«

»Ja, mein Schatz?«

Ich beschuldigte ihn eines Lasters, bei dem eine Mutter oder Schwester nicht erforderlich war, das aber bei manchen Männern anatomisch möglich sein soll, wie man mir versichert hat. Die Stimme antwortete: »Jeden Abend, Schätzchen. Ist sehr beruhigend.«

Eins zu null für den Major. Ich kam zu dem Schluß, daß er bei entsprechender Ausbildung ein Profi hätte werden können. Doch im Augenblick war er ein verdammter Amateur, der von mir keinen Respekt zu erwarten hatte. Er hatte einen, vielleicht auch zwei seiner Helfer sinnlos geopfert, hatte mir überflüssige Prellungen, Quetschungen und seelisches Leid zugefügt – an dem ich hätte zugrunde gehen können, wäre ich untrainiert gewesen –, und hatte zwei Stunden oder mehr verschwendet. Wäre mein Chef an seiner Stelle gewesen, hätte der oder die Gefangene sofort geplappert und die beiden Stunden damit verbracht, Erinnerungen in einen Aufzeichner zu sprechen.

Stroh-Boß machte sich sogar die Mühe, mich zu bewachen – er führte mich ins Badezimmer und wartete gelassen, während ich mein kleines Geschäft erledigte, wobei ich kein Aufhebens davon machte. Sein Verhalten war auch in dieser Sache amateurhaft, da beim Verhör eines Amateurs (nicht eines Profis) ein nützlicher Baustein der Zermürbungstaktik darin besteht, sie oder ihn daran zu hindern, die Intimität körperlicher Verrichtungen zu wahren. Wenn der Gefangene vor den unangenehmeren Dingen des Lebens bisher beschützt worden ist oder unter übermäßiger Eigenliebe leidet – was bei den meisten Männern der Fall ist –, erweist sich ein solches Vorgehen mindestens ebenso wirkungsvoll wie ein realer Schmerz, eine Wirkung, die sich durch Gewaltanwendung oder andere Erniedrigungen potenzieren läßt.

Ich nahm nicht an, daß Mac darüber Bescheid wußte. Im Grunde hielt ich ihn für einen anständigen Kerl, trotz – nein, abgesehen von seinem Hang für Vergewaltigung, eine Vorliebe, die nach Angaben der Kinseys von den meisten Männern geteilt wird.

Irgend jemand hatte die Matratze wieder aufs Bett gelegt. Mac führte mich hinüber, befahl mir, mich auf den Rücken zu legen und die Arme auszustrecken. Mit zwei Paar Handschellen machte er mich an den Bettpfosten fest. Es waren keine Polizei-Handschellen, sondern besondere Anfertigungen, mit Samt ausgelegt – Mätzchen, wie sie von Idioten für sado-masochistische Spielchen verwendet werden. Ich fragte mich, wer der Perverse hier sein mochte. Der Major?

Mac sorgte dafür, daß meine Fesseln fest waren, aber nicht zu fest, dann breitete er vorsichtig eine Decke über mich. Es hätte mich nicht überrascht, wenn er mir noch ein Gute-Nacht-Küßchen verpaßt hätte. Aber er tat es nicht. Wortlos verließ er das Zimmer.

Hätte er mich geküßt, wäre es dann nach Methode C erforderlich gewesen, den Kuß rückhaltlos zu erwidern? Oder hätte ich das Gesicht abwenden und den Kuß verweigern sollen? Eine interessante Frage. Die Methode C basiert auf Ich-kann-nicht-anders und setzt voraus, daß man genau weiß, wann und wieviel Begeisterung zu zeigen ist. Regt sich im Vergewaltiger der Verdacht, daß das Opfer ihm etwas vorspielt, hat es das Spielchen verloren.

Mit leichtem Bedauern war ich gerade zu dem Entschluß gekommen, daß der hypothetische Kuß hätte verweigert werden müssen, als der Schlaf mich überkam.

Man gönnte mir nicht genug Ruhe. Erschöpft von den Dingen, die mir widerfahren waren, sank ich in tiefen Schlaf, aus dem ich durch einen Schlag gerissen wurde. Betäubt sah ich mich um. Es war nicht Mac, sondern natürlich Rocks. Er schlug nicht so fest zu wie beim erstenmal, doch auf jeden Fall war es eine absolut überflüssige Geste. Anscheinend gab er mir die Schuld für die Zurechtweisung, die er vom Major wohl hatte einstecken müssen – und ich gab mir das Versprechen, daß ich ihn ganz langsam fertigmachen würde, wenn die Zeit dazu gekommen war.

Ich hörte Shorty sagen: »Mac hat gesagt, wir sollen sie nicht schlagen.«

»Ich habe sie nicht geschlagen. Das war nur ein liebevolles Tätscheln, das sie wecken soll. Halt die Schnauze und kümmere dich um deine eigenen Sachen! Bleib auf Abstand und richte die Waffe auf sie! Auf sie, du Idiot – nicht auf mich!«

Die beiden führten mich in den Keller und dort in eines unserer Verhörzimmer. Shorty und Rocks gingen – von Shorty nehme ich das nur an, während ich es von Rocks genau weiß, denn der Gestank, den er verbreitete, ließ nach. Dann machte sich das Verhörteam an die Arbeit. Ich weiß nicht, was das für Männer waren oder wie viele mich bearbeiteten, da keiner dieser Leute je ein Wort sprach. Ich hörte lediglich die Stimme, mit der sich für mich der Begriff »Major« verband. Sie schien auch hier durch einen Lautsprecher zu kommen.

»Guten Morgen, Miß Freitag.«

(Morgen? Es fühlte sich nicht danach an.) »Holla, Krippenbaby!«

»Es freut mich zu sehen, daß Sie bei guter Laune sind, meine Liebe, da unsere Sitzung sicher lang und anstrengend sein wird. Und womöglich unangenehm. Ich möchte alles über Sie erfahren, mein Schatz.«

»Dann fragen Sie ruhig! Was soll es zuerst sein?«

»Erzählen Sie mir von der Reise, die Sie gerade hinter sich gebracht haben, mich interessiert jede Kleinigkeit. Außerdem werden Sie uns die Organisation beschreiben, der Sie angehören. Ich darf gleich vorausschicken, daß uns schon etliches darüber bekannt ist. Ich weiß sofort, wenn Sie lügen. Sie sollten sich also nicht die kleinste unschuldige Lüge leisten – ich würde es sofort merken, und was dann geschähe, würde ich bedauern – Sie aber noch viel mehr.«

»Oh, ich werde Sie nicht belügen. Läuft ein Bandgerät mit? Es dauert bestimmt ein Weile.«

»Das Tonband läuft.«

»In Ordnung.« Und drei Stunden lang redete ich.

Das entsprach natürlich den Vorschriften. Mein Chef weiß, daß von hundert Agenten neunundneunzig den Widerstand aufgeben, wenn der Schmerz unerträglich wird, daß etwa ebenso viele ein Opfer langer Verhöre werden, die aus reiner Müdigkeit zum Erfolg führen, und daß nur Buddha persönlich gewissen Drogen widerstehen könnte. Da er keine Wunder erwartet und ungern Agenten verliert, gehört es bei uns zur Grundregel: »Wenn man dich packt, pack aus!«

Folglich sorgt er dafür, daß ein Außenagent niemals wirklich wichtige Informationen besitzt. Ein Kurier weiß nichts von dem, was er oder sie befördert. Ich habe keine Ahnung von Politik. Ich kenne den Namen meines Chefs nicht. Ich weiß nicht genau, ob wir eine Regierungsorganisation oder das Organ einer multinationalen Firma sind. Mir ist zwar bekannt, wo die Farm liegt, aber das wissen auch viele andere Leute ... außerdem ist (war) die Anlage gut geschützt. Andere Orte habe ich ausschließlich mit Hilfe geschlossener Autorisierter Angetriebener Fahrzeuge aufgesucht – beispielsweise brachte mich ein AAF einmal auf ein Übungsfeld, das auf dem hinteren Gelände der Farm liegen mag. Oder auch nicht.

»Major, wie sind Sie hier eingedrungen? Die Verteidigungseinrichtungen waren ziemlich gut.«

»Mädchen, *ich* stelle hier die Fragen. Ich möchte noch einmal das Stück hören, wie Sie nach Verlassen der Bohnenstengel-Kapsel verfolgt wurden.

Nachdem wir das gründlich durchgekaut hatten, nachdem ich alles erzählt hatte und mich bereits zu wiederholen begann, unterbrach mich der Major. »Meine Liebe, Sie tischen uns da eine recht überzeugende Geschichte auf, von der ich allerdings nur jedes dritte Wort glaube. Gehen wir zu Verfahren B über!«

Irgend jemand packte meinen linken Arm und stieß mir eine Nadel in die Haut. Plappersaft! Ich konnte nur hoffen, daß die elenden Amateure mit diesem Mittel nicht so tolpatschig umgingen, wie sie sich in mancher anderen Beziehung anstellten; eine Überdosis kann einen schnell ins Paradies befördern. »Major! Ich sollte mich lieber setzen!«

»Bringt ihr einen Stuhl.« Jemand kam der Aufforderung nach.

In den nächsten tausend Jahren gab ich mir größte Mühe, immer wieder dieselbe Geschichte zu erzählen, so wirr mir sonst auch zumute war. Einmal fiel ich sogar vom Stuhl. Man hievte mich nicht wieder hoch, sondern streckte mich auf dem kalten Beton aus. Ich plapperte weiter.

Lange Zeit später gab man mir eine neue Injektion. Daraufhin taten mir die Zähne weh, und meine Augäpfel fühlten sich heiß an, doch ich war urplötzlich wieder hellwach. »Miß Freitag!«

»Ja, Sir?«

»Sind Sie jetzt munter?«

»Ich glaube schon.«

»Meine Liebe, ich glaube, Sie sind mit Hypnose auf das Sorgfältigste darauf gedrillt worden, unter Drogen dieselbe Geschichte vorzutragen, die Sie uns auch ohne Beeinflussung schon so schön vorgesungen haben. Das ist bedauerlich, da ich nun auf eine andere Methode zurückgreifen muß. Können Sie aufstehen?«

»Ich glaube schon. Ich kann es versuchen.«

»Stellt sie auf! Nicht fallen lassen!« Irgend jemand – es müssen zwei gewesen sein – führte den Befehl aus. Ich fühlte mich nicht gerade sicher auf den Beinen, aber man hielt mich fest. »Jetzt Verfahren C, Punkt 5.«

Jemand stampfte mir mit schwerem Stiefel auf die nackten Zehen. Ich schrie.

Hören Sie! Sollten Sie jemals gefoltert werden, müssen Sie schreien. Will man den harten Mann spielen, verschlimmert man damit seine Lage nur noch mehr. Sie können's mir ruhig glauben, ich hab's mitgemacht. Schreien Sie so laut, wie Sie können, brechen Sie so schnell wie möglich zusammen!

Ich werde mir die Einzelheiten der nächsten Ewigkeit ersparen. Wenn Sie Phantasie haben, würde Ihnen das Essen hochkommen, und davon erzählen zu müssen, verursacht mir meinerseits Übelkeit. Während des Verhörs übergab ich mich mehrmals. Auch verlor ich das Bewußtsein, aber man weckte mich immer wieder auf, und die Stimme hörte nicht auf zu fragen.

Anscheinend war es dann soweit, daß die Wiederbelebungsversuche keinen Erfolg mehr hatten, denn als ich schließlich zu mir kam, lag ich wieder im Bett – vermutlich im selben Bett wie vorher – und spürte wieder die Handschellen an den Armen. Mein ganzer Körper schmerzte.

Und wieder die Stimme, direkt über meinem Kopf: »Miß Freitag.«

»Was wollen Sie, zum Teufel?«

»Nichts. Wenn es Sie tröstet, meine Liebe, kann ich Ihnen versichern, daß Sie der erste Gefangene sind, aus dem ich nicht letztlich doch die Wahrheit herausgeholt habe.»

»Ach, regen Sie sich doch ab!«

»Gute Nacht, meine Liebe.«

Was für ein verdammter Amateur! Was ich ausgesagt hatte, war bis zum letzten Wort die Wahrheit!

3. Kapitel

Jemand kam ins Zimmer und verpaßte mir eine weitere Injektion. Nach einiger Zeit verging der Schmerz, und ich schlief ein.

Wahrscheinlich schlief ich sehr lange. Entweder erlebte ich wirre Träume oder Perioden vager Wachheit – oder beides. Es waren bestimmt Träume darunter – Hunde können sprechen, jedenfalls viele, doch sie halten keine Vorträge über die Rechte lebendiger Artefakte, oder? Der Lärm eines Aufruhrs und das Trappeln hin und her rennender Leute könnten der Wirklichkeit entsprochen haben. Ich fühlte mich aber eher in einem Alptraum, denn als ich aus dem Bett zu steigen versuchte, mußte ich feststellen, daß ich nicht einmal den Kopf heben, geschweige denn mich in den Spaß stürzen konnte.

Es kam der Augenblick, da ich zu dem Schluß kam, ich wäre wirklich wach, denn ich spürte keine hemmenden Handschellen mehr und auch kein Klebeband über den Augen. Trotzdem hüpfte ich nicht hoch oder öffnete gar die Augen. Ich wußte nämlich, daß meine beste und möglicherweise einzige Fluchtchance in den ersten Sekunden kam, nachdem ich die Augen geöffnet hatte.

Ich spannte versuchsweise die Muskeln an, ohne mich zu bewegen. Es schien alles in Ordnung zu sein, obwohl ich hier und dort und an etlichen anderen Stellen ziemlich zerschunden zu sein schien. Kleidung? Unwichtig – ich wußte weder, wo die Sachen sein mochten, noch hat man Zeit, sich anzuziehen, wenn man um sein Leben läuft.

Jetzt der Plan ... In meinem Zimmer schien sich niemand aufzuhalten; gab es Leute in dieser Etage? Lieg still und spitz die Ohren! Sollte ich zu der Überzeugung gelangen, daß ich in meinem Stockwerk allein war, wollte ich lautlos aus dem Bett kriechen, dann mäusegleich die Treppe hinauf, durchs zweite Stockwerk auf den Boden, um mich dort zu verstecken. Dann auf die Dunkelheit warten. Auf einen Dachvorsprung hinaus, die Dachschräge und die rückwärtige Wand hinab und in den Wald. Wenn ich es bis zum Wald schaffte, der hinter dem Haus begann, würde man mich nicht wieder einfangen können ... doch bis zu diesem Zeitpunkt war ich Freiwild.

Meine Chancen? Eins gegen acht. Vielleicht eins gegen sechs, wenn ich richtig in Fahrt geriet. Der schwächste Aspekt meines jämmerlichen Plans war die Wahrscheinlichkeit, daß man mich entdecken würde, ehe ich das Haus verlassen konnte – denn falls ich ... nein, *wenn* ich entdeckt wurde, mußte ich meinen Gegner nicht nur umbringen, sondern dabei auch noch absolut lautlos vorgehen ...

Denn die Alternative bestand darin abzuwarten, bis man mich erledigte – und das war in dem Augenblick zu erwarten, da der »Major« zu der Überzeugung gelangte, daß er nichts Neues mehr aus mir herausquetschen konnte. So tolpatschig diese Kerle auch waren, sie waren nicht so dumm – zumindest nicht der Major –, eine Zeugin am Leben zu lassen, die sie gefoltert und vergewaltigt hatten.

Ich lauschte angestrengt.

Nichts rührte sich, auch keine Maus ... Länger zu warten war sinnlos; jede weitere Sekunde brachte den Augenblick näher, da sich tatsächlich jemand rühren würde. Ich öffnete die Augen.

»Ah, Sie sind wach. Gut!«

»Chef! Wo bin ich?«

»Was für ein Gemeinplatz! Freitag, das können Sie doch besser. Versuchen Sie's noch einmal von vorn.«

Ich sah mich um. Ein Schlafzimmer, vermutlich in einem Krankenhaus. Keine Fenster. Blendfreie Beleuchtung. Typische Grabesstille, die durch das leise Seufzen der Belüftung eher noch unterstrichen wurde.

Wieder musterte ich meinen Chef. Was für ein willkommener Anblick! Die alte, unmoderne Augenklappe, die er seit jeher trug – warum nahm er sich nicht die Zeit, das Auge regenerieren zu lassen? Seine Krücken lehnten in Reichweite an einem Tisch. Er trug den üblichen nachlässigen Seidenanzug, schlecht geschnitten, so daß das Ganze wie ein Pyjama aussah. Ich freute mich sehr, ihn zu sehen.

»Ich möchte immer noch wissen, wo ich bin. Und wie ich hierhergekommen bin. Und warum? Wir befinden uns irgendwo unter der Erde – aber wo?«

»Irgendwo unter der Erde, etliche Meter. ›Wo‹ wird man Ihnen sagen, wenn die Information für Sie nützlich ist, oder zumindest, wie Sie sich hier orientieren müssen. Das war der

Nachteil unserer Farm – ein hübscher Ort, dessen Lage allerdings zu viele Leute kannten. Das ›Warum‹ liegt auf der Hand. Das ›Wie‹ hat Zeit. Bitte Ihren Bericht!«

»Chef, Sie sind der enervierendste Mann, der mir je begegnet ist.«

»Das beruht auf langjähriger Praxis. Berichten Sie!«

»Und Ihr Vater lernte Ihre Mutter bei einem Tanzfest kennen. Und nahm nicht mal den Hut ab.«

»Sie lernten sich bei einem Picknick der Baptisten-Sonntagsschule kennen und glaubten beide an den Butzemann. Jetzt Ihren Bericht.«

»Sie sollten sich mal die Ohren waschen. Reise nach L-5 ohne Zwischenfälle erledigt. Ich fand Mr. Mortenson und übergab ihm den Inhalt meines falschen Nabels. Der glatte Ablauf wurde durch einen höchst ungewöhnlichen Faktor gestört: In der Raumstadt grassierte eine Epidemie von Atemstörungen, Herkunft unbekannt, und ich zog mir diese Krankheit zu. Mr. Mortenson war sehr nett; er behielt mich bei sich zu Hause, und seine Ehefrauen pflegten mich mit großer Geschicklichkeit und liebevoller Hingabe. Chef, ich möchte, daß die beiden dafür eine Entschädigung erhalten.«

»Schon notiert. Fahren Sie fort!«

»Ich war die meiste Zeit nicht ganz bei mir. Deshalb war ich schließlich eine Woche über die Zeit. Aber sobald mir wieder nach Reisen zumute war, brach ich auf, denn Mr. Mortenson teilte mir mit, daß ich die für Sie bestimmte Sache bereits bei mir trüge. Wie, Chef? Wieder im Nabelbeutel?«

»Ja und nein.«

»Das ist eine vertrackte Antwort!«

»Ihr künstliches Behältnis wurde benutzt.«

»Dachte ich mir's doch. Obwohl es dort keine Nervenenden geben soll, spüre ich doch etwas – vielleicht eine Art Druck –, wenn sich etwas darin befindet.«

Ich drückte mir in der Gegend des Nabels auf den Leib und spannte die Bauchmuskeln an. »He, das Ding ist ja leer! Sie haben's herausgenommen?«

»Nein. Das haben unsere Gegner besorgt.«

»Dann habe ich versagt! O Gott, Chef, das ist ja fürchterlich!«

»Nein«, sagte er sanft. »Sie waren wie üblich erfolgreich. Trotz großer Gefahren und gewaltiger Hindernisse haben Sie die Mission perfekt durchgeführt.«

»Wirklich?« (Ist Ihnen schon mal der Victoria-Orden angeheftet worden?) »Chef, hören Sie auf mit dem verschlüsselten Gerede! Machen Sie mir eine Zeichnung!«

»Aber ja.«

Aber vielleicht sollte ich vorher eine Zeichnung für *Sie* machen. Ich besitze einen Känguruhbeutel hinter meinem Nabel, eine künstlich geschaffene Einrichtung. Keine große Sache, doch es paßt ziemlich viel Mikrofilm in eine Öffnung von etwa einem Kubikzentimeter. Sehen kann man nichts, denn der dazugehörige Kreisverschluß läßt die Nabelgegend ganz natürlich erscheinen. Unvoreingenommene Stimmen behaupten, ich hätte einen hübschen Bauch und einen eher kleinen Nabel ... was in wichtiger Hinsicht besser ist als ein hübsches Gesicht zu haben, was bei mir nicht der Fall ist.

Der Kreisverschluß besteht aus synthetischem Silikon-Elastomer, das den Nabel jederzeit zusammenhält, selbst wenn ich bewußtlos bin. Anders geht es nicht, weil es dort keine Nervenenden gibt, die ein bewußtes Zusammenziehen und Entspannen möglich machen, etwa wie bei den analen und vaginalen Zonen und – bei manchen Leuten – auch in der Kehle. Will man etwas in den Beutel tun, nimmt man ein wenig K-Y-Gelee oder eine andere unschädliche Salbe und drückt mit dem Daumen hinein – bitte keine scharfen Kanten! Zum Entladen nehme ich die Finger beider Hände, öffne den künstlichen Ringmuskel soweit es geht, dann presse ich energisch mit den Bauchmuskeln – und das Ding hüpft heraus.

Schmuggelgut im Körper zu verbergen ist eine alte Kunst. Die klassischen Methoden sind der Mund, Nebenhöhlen, Magen, Darm, Rektum, Vagina, Blase, die Augenhöhle (wenn ein Auge fehlt) und das Ohr. Außerdem gibt es exotische und nicht sehr nützliche Methoden mit Tätowierungen, die zuweilen auch unter dem Haar liegen.

Diese klassischen Methoden sind natürlich sämtlichen öffentlichen oder privaten Zollbeamten und Spezialagenten bekannt – auf der Erde, auf Luna, in den Raumstädten, auf anderen Planeten und an den übrigen Orten, die die Menschheit erreicht hat. Man kann sie also getrost vergessen. Die einzige klassische Methode, die gegen einen Profi noch anwendbar ist, ist der Gestohlene Brief. Aber das ist schon hohe Kunst, und selbst dann sollte man die Methode nur bei Ahnungslosen anwenden, die trotz Wahrheitsseren nichts verraten können.

Schauen Sie sich mal die nächsten tausend Bauchnabel an, die Ihnen über den Weg laufen! Nachdem mein Beutelchen nun entdeckt worden ist, wäre es durchaus denkbar, daß ein oder zwei Nabel chirurgisch eingepflanzte Verstecke dieser Art verbergen. Diese Zahl wird in Kürze noch mehr zunehmen, dann aber wird man auf diese Operation verzichten, denn ein solcher Schmuggeltrick erübrigt sich, sobald er sich herumgesprochen hat. Bis dahin werden die Zolloffiziere mit frechen Fingern prokeln. Ich kann nur hoffen, daß zornige Betroffene recht häufig zurückschlagen – so ein Nabel ist doch eine empfindliche und kitzlige Stelle.

»Freitag, die Schwachstelle Ihres kleinen Täschchens hat immer darin bestanden, daß jedes geschickte Verhör ...«

»Die Kerle waren sehr ungeschickt.«

»... oder jedes grobe Verhör und jedes Wahrheitsserum Sie dazu bringen konnte, seine Existenz zu offenbaren.«

»Muß passiert sein, als man mir den Plappersaft spritzte. Ich erinnere mich aber nicht daran, davon gesprochen zu haben.«

»Das mag schon sein. Vielleicht hat die Gegenseite aber auch auf anderen Wegen davon erfahren, da mehrere Leute Bescheid wissen – Sie, ich, drei Krankenschwestern, zwei Ärzte, ein Anästhesist, vielleicht noch mehr. Zu viele. Egal, wie unsere Gegner davon erfahren haben, sie haben sich genommen, was Sie darin trugen. Aber seien Sie nicht niedergeschlagen; was sie damit bekamen, war eine auf Mikrofilm verkleinerte Liste aller Restaurants, die in einem Telefonbuch des Jahres 1928 der ehemaligen Stadt New York verzeichnet waren. Zweifellos ist in diesem Augenblick irgendein Computer dabei, die Liste zu zerlegen in dem Bemühen, den darin enthaltenen Kode zu knakken – und das wird lange dauern, denn es gibt keinen solchen Kode. Falsche Ladung. Ohne Sinn und Verstand.«

»Und deswegen mußte ich den weiten Weg nach L-5 zurücklegen, miese Sachen essen, auf dem Bohnenstengel krank werden und mich von brutalen Schweinehunden vögeln lassen!«

»Das letzte tut mir leid, Freitag. Aber glauben Sie wirklich, ich würde das Leben meiner besten Agentin auf einer sinnlosen Mission in Gefahr bringen?«

(Verstehen Sie jetzt, warum ich für den arroganten Kerl arbeite? Mit Schmeichelei kommt man durch die Welt.) »Tut mir leid, Sir.«

»Überprüfen Sie mal Ihre Blinddarmnarbe.«

»Wie bitte?« Ich griff unter die Bettdecke und tastete daran herum, dann schob ich die Decke zur Seite und schaute mir das Ding an. »Zum Teufel!«

»Der Einschnitt war weniger als zwei Zentimeter lang und lag direkt auf der Narbe; Muskelgewebe war nicht betroffen. Das Objekt wurde vor etwa vierundzwanzig Stunden entnommen, indem man denselben Einschnitt noch einmal öffnete. Die beschleunigten Heilmethoden, die man bei Ihnen angewendet hat, lassen die Ärzte vermuten, daß man in zwei Tagen die neue Narbe in der alten nicht mehr finden kann. Es freut mich allerdings sehr, daß sich die Mortensons so gut um sie gekümmert haben, denn ich weiß, daß die künstlichen Beschwerden, die Ihnen verpaßt wurden, um die erste Operation zu maskieren, sicher nicht angenehm waren. Übrigens gibt es dort wirklich eine Katarrh-Epidemie – ein Glückszufall, der unseren Plan unterstützte.«

Der Chef hielt inne. Ich verzichtete stur darauf, ihn zu fragen, was ich denn befördert hatte – er hätte es mir auf keinen Fall gesagt. Gleich darauf fügte er hinzu: »Sie wollten mir eben von Ihrer Rückkehr berichten.«

»Die Fahrt nach unten verlief ohne Zwischenfälle. Chef, wenn Sie mich das nächstemal ins All schicken, möchte ich erste Klasse reisen, mit einem Antischwerkraft-Schiff. Nicht über das blöde Fakirseil.«

»Die technischen Analysen haben ergeben, daß ein Himmelshaken sicherer ist als jedes Schiff. Das Quitokabel ging durch Sabotage verloren, nicht wegen eines Materialfehlers.«

»Geizhals!«

»Ich will mich nicht für alle Ewigkeit festlegen. Von mir aus können Sie ab jetzt Antischwerkraft-Schiffe benutzen, wenn die Umstände und der Zeitplan so etwas zulassen. Diesmal gab es Gründe, den Kenia-Bohnenstengel zu nehmen.«

»Das mag sein, aber jemand verfolgte mich beim Verlassen der Bohnenstengel-Kapsel. Ich brachte den Kerl um, sobald wir allein waren.«

Ich schwieg einen Augenblick lang. Irgendwann wird es mir einmal gelingen, einen Ausdruck der Überraschung auf sein Gesicht zu zaubern. Ich beackerte das Thema aus einer anderen Richtung:

»Chef, ich brauche einen Erneuerungskursus, der eine gründliche Re-Orientierung bringen muß.«

»Ach wirklich? In welcher Hinsicht?«

»Mein Tötungsreflex ist zu schnell. Ich treffe kein klares Urteil mehr. Der Kerl hatte im Grunde nichts getan, das seinen Tod erforderte. Er war mir zwar auf den Fersen, aber ich hätte ihn entweder abschütteln müssen, dort oder in Nairobi, oder ihn zumindest bewußtlos schlagen und auf Eis legen können, während ich mich absetzte.«

»Diesen möglichen Bedarf besprechen wir später. Machen Sie erst einmal weiter.«

Ich erzählte ihm von dem Amtsauge und »Belsens« vierfacher Persönlichkeit, die ich in alle vier Winde auseinandergeschickt hatte, anschließend beschrieb ich meinen Heimweg. Er hob die Hand. »Sie haben nichts über die Zerstörung des Hotels in Nairobi gesagt.«

»Wie bitte? Chef, das hatte doch gar nichts mit mir zu tun! Ich war schon auf halbem Wege nach Mombasa.«

»Meine liebe Freitag, Sie sind zu bescheiden. Eine Menge Leute und sehr viel Geld sind aufgewendet worden bei dem Versuch, Sie an der Vollendung Ihrer Mission zu hindern, einschließlich des letzten verzweifelten Versuchs auf unserer ehemaligen Farm. Sie können zumindest als Hypothese davon ausgehen, daß die Bombenexplosion im Hilton keinen anderen Zweck hatte, als Sie zu töten.«

»Hmm. Chef, anscheinend wußten Sie vorher, daß die Sache so kitzlig werden könnte. Hätten Sie mich nicht warnen können?«

»Wären Sie wachsamer und entschlossener gewesen, wenn ich Ihnen den Verstand mit vagen Warnungen vor unbekannten Gefahren vollgestopft hätte? Frau, Sie machen Fehler!«

»Wie bitte? Onkel Jim holte mich von der Kapsel ab, während er meine Ankunftszeit eigentlich nicht hätte wissen dürfen; das hätte mich sofort in Alarmstimmung versetzen müssen. Es wäre meine Pflicht gewesen, sofort wieder im Tunnelbahnhof zu verschwinden und irgendeine Kapsel zu nehmen, sobald mein Blick auf ihn fiel.«

»Wonach es äußerst schwierig für uns gewesen wäre, das Rendezvous zu vollziehen, und damit wäre Ihre Mission so sicher danebengegangen, wie Sie Ihr Transportgut verloren hätten. Mein Kind, wenn die Sache glattgegangen wäre, hätte Jim Sie auf meinen Befehl abgeholt; sie unterschätzen mein Informantennetz ebenso wie die Mühen, die wir darauf verwenden,

Sie zu bewachen. Aber ich habe Jim nicht zu Ihnen an die Kapsel geschickt, weil ich in dem Augenblick auf der Flucht war. Humpelnderweise, muß ich sagen. Ich hatte es eilig. Ich versuchte zu fliehen. Vermutlich nahm Jim die Nachricht über Ihre Ankunft persönlich entgegen – von unserem Mann oder von dem Helfer unserer Gegner, möglicherweise sogar von beiden.«

»Chef, hätte ich es gleich gewußt, hätte ich Jim an seine Pferde verfüttert. Ich mochte ihn. Wenn es soweit ist, möchte ich ihn persönlich ausschalten. Er gehört mir.«

»Freitag, in unserem Beruf ist es nicht wünschenswert, mit einem Groll durchs Leben zu gehen.«

»Ich werde nicht oft zornig, aber Onkel Jim ist etwas Besonderes. Eine zweite Sache möchte ich ebenfalls persönlich erledigen. Aber darüber streiten wir später. Sagen Sie, stimmt es, daß Onkel Jim mal papistischer Priester war?«

Der Chef sah beinahe überrascht aus. »Woher haben Sie denn den Unsinn?«

»Man hört so manches. Klatsch.«

»›Menschlich, allzu menschlich.‹ Klatsch ist eine Plage. Schaffen wir das ein für allemal aus der Welt. Prufit war Trickbetrüger. Ich lernte ihn im Gefängnis kennen, wo er etwas für mich erledigte, etwas, das so wichtig war, daß ich ihm später in unserer Organisation einen Platz anbot. Mein Fehler. Ein unentschuldbarer Fehler, da ein Trickbetrüger nie aufhört, Trickbetrüger zu sein; er kann nicht über seinen eigenen Schatten springen. Aber ich war in seinem Falle entschlossen, meinem Glauben zu folgen, eine Charakterschwäche, die ich ausgemerzt zu haben hoffte. Ein Irrtum. Bitte fahren Sie fort.«

Ich schilderte dem Chef, wie man mich überwältigt hatte. »Ich glaube, es waren fünf. Vielleicht auch nur vier.«

»Ich nehme sogar an, es waren sechs. Beschreibungen.«

»Die habe ich nicht, Chef. Dazu hatte ich zuviel zu tun. Nun ja, eine vielleicht. Ich konnte einen kurzen Blick auf ihn werfen, ehe ich ihn umbrachte. Etwa hundertfünfundsiebzig groß, Gewicht etwa fünfundsiebzig, sechsundsiebzig. Alter um die fünfunddreißig. Blondes Haar, glattrasiert. Ein slawischer Typ. Aber er war der einzige, den mein Auge sich merken konnte. In dem Augenblick, als ich ihm das Genick brach.«

»War der andere, den Sie umbrachten, blond oder brünett?«

»Belsen? Brünett.«

»Nein, auf der Farm. Na, egal. Sie töteten zwei Gegner und

verwundeten drei Mann, ehe sich genügend Leute auf Sie geworfen hatten, um Sie allein mit dem Gewicht am Boden zu halten. Ich darf hinzufügen, daß darin ein Kompliment an Ihren Ausbilder liegt. Bei unserer Flucht hatten wir die gegnerische Streitmacht nicht soweit ausdünnen können, daß sie Sie nicht mehr hoppnehmen konnte – aber meiner Ansicht nach haben Sie entscheidend zu dem Sieg beigetragen, mit dem wir Sie befreiten: Sie hatten bereits etliche Agenten aus dem aktiven Einsatz genommen. Obwohl Sie zu der Zeit angekettet und bewußtlos waren, gewannen sie für uns den Kampf. Bitte berichten Sie weiter!«

»Das wär's so etwa, Chef. Als nächstes kam eine Gruppenvergewaltigung, gefolgt von Verhören, zuerst direkt, dann mit Hilfe von Wahrheitsseren, schließlich mit Folterung.«

»Die Vergewaltigung tut mit leid, Freitag. Dafür gelten natürlich die üblichen Zusatzzahlungen. Sie werden feststellen, daß wir diesmal nicht kleinlich sind, weil ich die Umstände als ungewöhnlich erniedrigend eingestuft habe.«

»Ach, so schlimm war es auch wieder nicht. Ich bin schließlich keine errötende Jungfrau mehr. Ich kann mich an Feiern unter Freunden erinnern, die beinahe genauso turbulent endeten. Mit Ausnahme eines Mannes. Ich kenne sein Gesicht nicht, werde ihn aber identifizieren können. Ihn möchte ich haben! Und zwar so dringend wie Onkel Jim. Vielleicht liegt mir an ihm sogar noch ein wenig mehr, weil ich ihn ein wenig zappeln lassen will, ehe ich ihn sterben lasse.«

»Ich kann nur wiederholen, was ich eben schon sagte. Bei uns ist persönlicher Groll ein Fehler. Solche Empfindungen senken die Überlebenschancen.«

»Für diesen Kerl riskiere ich das gern. Boß, ich werfe ihm nicht vor, daß er mich vergewaltigt hat, um des Vergewaltigens willen; die Männer hatten Befehl, über mich herzufallen, der einfältigen Theorie folgend, daß mich das für das nachfolgende Verhör gefügig machen würde. Aber der Kerl sollte öfter baden und sich seine Zähne richten lassen, die er dann auch putzen müßte. Und man muß ihm beibringen, daß es nicht höflich ist, eine Frau zu schlagen, mit der er gerade Verkehr hat. Sein Gesicht kenne ich nicht, dafür aber seine Stimme und seinen Körpergeruch und seine Statur und seinen Spitznamen – Rocks oder Rocky.«

»Jeremy Rockford.«

»Ach? Sie kennen ihn? Wo ist er?«

»Ich kannte ihn früher mal und konnte ihn mir kürzlich gründlich ansehen, um meiner Sache ganz sicher zu sein. Er ruhe in Frieden.«

»Ach wirklich? Na, Pfui Teufel! Ich hoffe, er hat keinen angenehmen Tod gehabt.«

»O nein. Freitag, ich habe Ihnen noch nicht alles gesagt, was ich weiß ...«

»Das tun Sie doch nie!«

»... weil ich zuerst Ihren Bericht hören wollte. Der gegnerische Angriff auf die Farm hatte Erfolg, weil Jim Prufit unmittelbar vor der Attacke die Shipstone-Energie abstellte. Folglich hatten die wenigen, die auf der Farm bewaffnet waren, nur ihre Handfeuerwaffen zur Verfügung, während der größte Teil auf die bloßen Hände angewiesen war. Ich befahl die Evakuierung, und die meisten konnten durch einen Tunnel entkommen, der beim Wiederaufbau des Hauses geplant und gut getarnt worden war. Voller Bedauern und auch Stolz muß ich Ihnen mitteilen, daß drei unserer besten Leute, die drei, die im Augenblick des Überfalls bewaffnet waren, den Entschluß faßten, bis zum letzten Mann auf der Brücke des sinkenden Schiffes auszuharren. Ich weiß, daß sie tot sind, denn ich hielt den Tunnel offen, bis mir die Geräusche verrieten, daß die Verfolger in den Gang eingedrungen waren. Dann sprengte ich die Röhre.

Es dauerte einige Stunden, genügend Leute zusammenzurufen und den Gegenangriff vorzutragen, besondere Mühe machte es, genügend AAFs* zu beschaffen. Wir hätten wohl zu Fuß angreifen können, doch brauchten wir mindestens ein AAF als Ambulanz für Sie.«

»Woher wußten Sie, daß ich noch lebte?«

»Na, ich erfuhr das auf dem gleichen Wege, auf dem ich erkannte, daß der Fluchttunnel von Gegnern betreten worden war und nicht von unserer Nachhut: über Mikrofone. Freitag, was Ihnen angetan und von Ihnen getan wurde, alles, was Sie gesagt haben und was zu Ihnen gesagt wurde, ist abgehört und aufgezeichnet worden. Ich konnte nicht persönlich mithören – ich bereitete den Gegenangriff vor –, aber die wesentlichen Teile wurden mir vorgespielt, so wie es unsere Zeit erlaubte. Ich möchte hinzufügen, daß ich stolz auf Sie bin.

---

* Autorisierte Angetriebene Flieger

Wir konnten feststellen, welche Mikrofone welche Stimmen auffingen, und schlossen daraus, wo Sie gefangengehalten wurden, daß Sie mit Handschellen gefesselt waren, wie viele Mann im Hause waren, wo sie sich aufhielten, wann sie sich zur Ruhe legten und wer wach blieb. Über eine Verbindung zum Kommando-AAF wußte ich bis zum Augenblick des Angriffs über die Situation im Haus bestens Bescheid. Wir legten los – ich meine, unsere Leute legten los. Auf diesen beiden Krücken stehe ich nicht gerade in vorderster Front eines Angriffs; ich trage den Stab des Anführers. Unsere Leute griffen das Haus an, drangen ein, die dazu vorgesehenen vier Leute kümmerten sich um Sie – einer davon war lediglich mit einem Metallschneider bewaffnet –, und nach drei Minuten und elf Sekunden waren alle wieder im Freien. Dann steckten wir alles in Brand.«

»Chef! Das hübsche Farmhaus!«

»Wenn ein Schiff sinkt, müssen einem die Tischdecken des Speisesaals gleichgültig sein. Wir können die Farm sowieso nicht mehr benutzen. Der Brand im Haus vernichtete zahlreiche belastende Unterlagen und mehr oder weniger geheime Ausrüstungsgegenstände. Der zwingendste Grund für unser Vorgehen aber war die Gelegenheit, all jene, die hinter das Geheimnis der Anlage gedrungen waren, auszuschalten. Ehe wir die Brandmittel einsetzten, war unser Riegel an Ort und Stelle, und wer den Flammen entkommen wollte, wurde erschossen.

Und bei dieser Gelegenheit bekam ich Ihren Bekannten Jeremy Rockford zu Gesicht. Als er aus der Osttür kam, bekam er einen Schuß ins linke Bein. Er kehrte stolpernd ins Hausinnere zurück, überlegte es sich anders und versuchte wieder zu fliehen. Dabei stürzte er und saß fest. Nach den Geräuschen zu urteilen, die er von sich gab, ist er bestimmt keines leichten Todes gestorben.«

»Brr. Als ich vorhin sagte, daß ich ihn zappeln lassen wollte, ehe ich ihn umbrächte, meinte ich allerdings kein so schlimmes Schicksal, wie bei lebendigem Leibe verbrannt zu werden.«

»Wäre er nicht wie ein kopfloses Pferd in die brennende Scheune zurückgekehrt, hätte er sterben können wie die anderen – durch einen schnellen Laserstrahl. Ohne Anruf, denn wir haben keine Gefangenen gemacht.«

»Nicht einmal zum Verhör?«

»Das wäre nicht die richtige Doktrin gewesen, möchte ich meinen. Meine liebe Freitag, Sie scheinen sich der emotionalen

Stimmung nicht bewußt zu sein. Ihre Kollegen hatten die Bänder abgehört, zumindest die von der Vergewaltigung und dem dritten Verhör samt Folterung. Unsere Jungs hätten selbst dann keine Gefangenen gemacht, wenn ich es angeordnet hätte. Ich verzichtete aber darauf. Ich kann Ihnen sagen, daß Sie bei Ihren Kollegen einen guten Ruf genießen. Auch bei den vielen, denen Sie noch nicht begegnet sind und die Sie wohl auch nie kennenlernen werden.«

Der Chef griff nach seinen Krücken und stand mühsam auf. »Ich bin schon sieben Minuten länger hier, als mir von Ihren Ärzten gestattet wurde. Wir reden morgen weiter. Jetzt müssen Sie sich ausruhen. Eine Schwester wird Ihnen etwas zum Schlafen geben. Schlafen Sie gut und erholen Sie sich bald wieder!«

Anschließend hatte ich einige Minuten für mich, die ich in höchst freudiger Stimmung verbrachte. »... guter Ruf ...« Wenn man nie richtig dazugehört hat und eigentlich auch nicht dazugehören kann, gewinnen solche Worte eine große Bedeutung. Sie beflügelten mich sogar so sehr, daß es mir nichts mehr ausmachte, kein Mensch zu sein.

4. Kapitel

Es wird der Tag kommen, da ich aus einer Auseinandersetzung mit dem Chef als Sieger hervorgehe.

Aber garantieren kann ich es natürlich nicht.

Es gab Momente, da ich zumindest nicht als Verlierer abschnitt – und das waren die Tage, an denen er mich nicht besuchte.

Es begann mit einer Meinungsverschiedenheit darüber, wie lange ich in Behandlung bleiben müßte. Ich hatte nach vier Tagen das Gefühl, nach Hause gehen oder meinen Dienst wieder antreten zu können. Zwar hätte ich mich nicht gleich in einen handfesten Kampf stürzen können, doch leichten Dienst traute ich mir zu – oder eine Reise nach Neuseeland, was mir im Grunde noch lieber gewesen wäre. Meine Wunden heilten schnell.

Allzu schlimm hatte es nicht um mich gestanden: zahlreiche Verbrennungen, vier gebrochene Rippen, einfache Brüche des linken Unterarms, etliche Brüche in den Knochen meines rechten Fußes und an drei Zehen des linken Fußes, eine leichte Schädelfraktur, die keine Probleme machte, außerdem hatte mir jemand die rechte Brustwarze abgesäbelt (was ziemlich blutete, mich aber am wenigsten behinderte).

Ich erinnerte mich lediglich an diese letzte Sache, die Verbrennungen und die gebrochenen Zehen; die anderen Dinge mußten mir zugestoßen sein, während ich irgendwie abgelenkt war.

Der Chef sagte: »Freitag, Sie wissen sehr gut, daß es mindestens sechs Wochen dauert, um die Brustwarze zu regenerieren.«

»Aber mit plastischer Chirurgie zur einfachen Wiederherstellung wäre ich nach einer Woche raus. Dr. Krasny hat es mir selbst gesagt.«

»Junge Frau, wenn in unserer Organisation jemand im Dienst eine körperliche Entstellung erleidet, wird der oder die Betreffende so perfekt wiederhergestellt, wie es die ärztliche Kunst vermag. Abgesehen von dieser Grundregel gibt es in Ihrem Fall einen zweiten zwingenden Grund. Wir beide stehen in der moralischen Pflicht, die Schönheit dieser Welt zu erhalten und zu schützen; sie darf nicht verschwendet werden. Sie haben einen ungewöhnlich gutgeformten Körper, den zu beschädigen eine Schande wäre. Sie müssen wiederhergestellt werden.«

»Eine einfache kosmetische Operation würde mir genügen, ich habe es schon gesagt. Ich rechne sowieso nicht damit, daß mir jemals die Milch einschießt. Und wer mit mir ins Bett geht, dem kann der Unterschied egal sein.«

»Freitag, es mag durchaus sein, daß Sie sich eingeredet haben, Sie müßten niemals säugen. Ästhetisch jedoch unterscheidet sich eine funktionsfähige Brust sehr von einer künstlich geformten Imitation. Der hypothetische Bettgenosse weiß es vielleicht nicht – aber Sie würden es wissen, und ich wüßte es ebenfalls. Nein, meine Liebe. Die alte Perfektion wird wiederhergestellt.«

»Hmm! Und wann werden Sie sich das Auge regenerieren lassen?«

»Werden Sie nicht frech, mein Kind! In meinem Fall gelten keine ästhetischen Gesichtspunkte.«

So bekam ich meine Brustwarze wieder; vielleicht war das neue Stück sogar noch besser als das alte. Der nächste Streitpunkt war das Auffrischungstraining, das ich hinsichtlich meines schnellen Tötungsreflexes zu brauchen glaubte. Als ich die Sprache wieder auf dieses Thema brachte, blickte der Chef mich an, als hätte er auf etwas Bitteres gebissen. »Freitag, ich glaube nicht, daß Sie je einen Gegner umgebracht haben und wir das im Nachhinein als Fehler werten mußten. Oder haben Sie Tötungen begangen, von denen ich nichts weiß?«

»Nein, nein«, sagte ich hastig. »Bevor ich für Sie arbeitete, habe ich niemanden umgebracht und habe auch seither sämtliche Fälle dieser Art gemeldet.«

»Dann sind sämtliche Tötungen in Notwehr erfolgt.«

»Mit Ausnahme des Belsen-Typs. Das war keine Notwehr; er hat keine Hand an mich gelegt.«

»Beaumont. Zumindest war das der Name, den er vorwiegend benutzt hat. Die Notwehr richtet sich zuweilen auch nach der Maxime: ›Tu anderen an, was sie dir antun möchten, aber schneller.‹ Ich glaube, das ist ein Ausspruch von de Camp. Oder von einem anderen pessimistischen Philosophen des zwanzigsten Jahrhunderts. Ich lasse Beaumonts Dossier kommen, damit Sie selbst sehen, daß er entschieden auf die Liste derjenigen gehörte, die man lieber aus der Welt schaffen sollte.«

»Sparen Sie sich die Mühe! Sobald ich mir seine Brieftasche angesehen hatte, wußte ich, daß er nicht hinter mir her war, um mir einen Kuß zu geben. Aber das war *hinterher.*«

Der Chef ließ sich mit der Antwort einige Sekunden Zeit, was doch länger war als gewöhnlich. »Freitag, möchten Sie umsteigen und Terminator werden?«

Das Kinn sackte mir herab, und ich riß die Augen auf. Eine andere Antwort gab ich ihm nicht.

»Ich wollte Sie nicht aus dem Nest scheuchen«, sagte der Chef gelassen. »Sie müssen sich schon selbst gesagt haben, daß es in unserer Organisation auch Tötungsagenten gibt. Ich möchte Sie als Kurier nicht verlieren; sie sind mein bester. Allerdings brauchen wir auch geschickte Tötungsagenten, bei denen die Verschleißrate ziemlich hoch ist. Es besteht jedoch ein wesentlicher Unterschied zwischen Kurier und Terminator: Ein Kurier tötet ausschließlich in Notwehr und oft im Reflex – und, das gebe ich zu, ist stets in Gefahr, sich darin zu irren, da nicht alle Kuriere über Ihr hervorragendes Talent verfügen, alle Faktoren augenblicklich zu integrieren und zu einer zwingenden Schlußfolgerung zu verarbeiten.«

»Ha!«

»Sie haben richtig gehört. Freitag, eine Ihrer Schwächen besteht darin, daß Ihnen die angemessene Eitelkeit fehlt. Ein ehrlicher Tötungsagent bringt seine Opfer nicht im Reflex um, sondern in vorbedachter Absicht. Wenn der Plan schiefläuft, so daß er dann doch in Notwehr handeln muß, wird er beinahe unweigerlich zum Faktor einer Statistik. Bei seinen geplanten Aktionen kennt er stets den Grund und sieht die Notwendigkeit ein – oder ich würde ihn nicht auf die Mission schicken.«

(Geplante Tötungen? Mord. Morgens aufstehen, ausgiebig frühstücken, dann zum Rendezvous mit dem Opfer, um es kaltblütig niederzumähen? Anschließend ein schönes Abendessen und ein gesunder Schlaf?) »Chef, ich glaube nicht, daß das etwas für mich wäre.«

»Ich weiß auch nicht recht, ob Sie das Temperament dazu haben. Aber beschäftigen Sie sich bitte mal damit. Die Möglichkeit, Ihren Abwehrreflex zu verlangsamen, sehe ich nicht gerade optimistisch. Außerdem kann ich Ihnen versichern, wenn wir Sie auf die gewünschte Weise nachtrainieren würden, werde ich Sie nicht wieder als Kurier einsetzen. Nein. Ihr Leben aufs Spiel zu setzen ist Ihre Sache – in Ihrer Freizeit. Ihre Aufträge aber sind stets gefährlich. Ich werde keinen Kurier einsetzen, dessen Reaktionsschwelle absichtlich angehoben worden ist.«

Der Chef brachte mich nicht von meiner Ansicht ab, doch er machte mich unsicher. Als ich wiederholte, daß ich kein Interesse hätte, Terminator zu werden, schien er gar nicht auf meine Worte zu hören – er sprach davon, mir etwas zu lesen zu besorgen.

Was immer es war – ich ging davon aus, daß der Text auf dem Terminal meines Zimmer erscheinen würde. Statt dessen kam zwanzig Minuten nach seinem Verschwinden ein Jüngling – nun ja, zumindest war er jünger als ich – und brachte mir ein Buch, ein richtiges gebundenes Buch mit echten Papierseiten darin! Auf dem Umschlag standen eine Seriennummer und die Stempelabdrücke: »Nur zur persönlichen Lektüre« und »Bedarfsnachweis erforderlich« und »Streng geheim! Sicherheitsstufe SPEZIAL BLAU erforderlich!«

Ich betrachtete das Gebilde wie eine Giftschlange. »Ist das für mich? Da muß sich irgendwo jemand geirrt haben.«

»Der Alte irrt sich nicht. Unterschreiben Sie die Empfangsquittung.«

Ich ließ ihn warten, während ich das Kleingedruckte studierte. »Was hier steht: ›Zu keiner Zeit aus den Augen lassen.‹ Ich muß ab und zu schlafen.«

»Dann rufen Sie das Archiv an, lassen sich mit dem Verwalter für das geheime Schriftgut verbinden – das bin ich –, und ich komme sofort herauf. Aber versuchen Sie wachzubleiben, bis ich eintreffe. Darum müssen Sie sich bemühen.«

»In Ordnung.« Ich unterschrieb die Quittung, hob den Blick und stellte fest, daß er mich interessiert anstarrte. »Was gibt's da zu schauen?«

»Äh ... Miß Freitag, Sie sind hübsch.«

Ich weiß nie, was ich auf so etwas antworten soll, da ich im Grunde nicht hübsch bin. Meine Figur kann sich sehen lassen, das stimmt – aber im Augenblick war ich voll angekleidet. »Woher kennen Sie meinen Namen?«

»Na, jeder weiß doch, wer *Sie* sind. Sie wissen schon. Vor zwei Wochen. Auf der Farm. *Sie* waren dort.«

»Oh. Ja, ich war dort. Aber ich erinnere mich nicht daran.«

»Ich aber!« Seine Augen leuchteten. »Bisher meine einzige Gelegenheit, an einem Kampfeinsatz teilzunehmen. Ich bin froh, daß ich da mitmachen durfte!«

(Was macht man in einer solchen Situation?)

Ich ergriff seine Hand, zog ihn zu mir heran, nahm sein Gesicht zwischen beide Hände und küßte ihn ausgiebig – etwa zwischen freundschaftlich-schwesterlich und Tun-wir's! Vielleicht wäre etwas Stärkeres angebracht gewesen, aber er war im Dienst, und ich stand noch auf der Verwundetenliste – und es wäre nicht fair, Versprechungen anzudeuten, die niemand halten kann, besonders wenn es sich um einen mondsüchtigen Jüngling handelt.

»Vielen Dank, daß Sie mich gerettet haben«, sagte ich ernst und ließ ihn los.

Der liebe Kerl errötete. Und schien sich zu freuen.

Ich ließ mir mit der Lektüre des Buches soviel Zeit, daß die Nachtschwester mich schon ausschelten wollte. Doch Krankenschwestern brauchen so etwas. Ich werde aus dem unglaublichen Dokument nicht zitieren ... aber hören Sie sich diese Themen an:

Zuerst der Titel: DIE EINZIGE TÖDLICHE WAFFE. Dann:

Tötung als Kunst

Tötung als politisches Werkzeug

Tötung zum Profit

Attentäter, die die Geschichte veränderten

Die Vereinigung für Kreative Euthanasie

Amateur-Attentäter: Sollte man sie eliminieren?

Ehrliche Tötungsagenten – einige Fallstudien

»Extreme Maßnahme« – »Feuchter Einsatz« – Sind Umschreibungen erforderlich?

Arbeitsunterlagen für Seminare: Techniken und Werkzeuge

Pü! Es gab keinen Grund, warum ich alles lesen sollte. Aber ich tat es. Der Text übte eine unheilvolle Faszination auf mich aus. Schmutzigen Einfluß.

Ich faßte den Entschluß, die Frage des Jobwechsels fallenzulassen und auch nicht mehr auf das Thema des Auffrischungstrainings zurückzukommen. Sollte doch der Chef davon anfangen, wenn er darüber sprechen wollte! Ich bediente das Terminal, ließ mich mit dem Archiv verbinden und sagte, ich brauche den Verwalter für Geheimdokumente, damit er das Geheimstück Nr. sowieso wieder abhole und mir meine Quittung zurückgebe. »Sofort, Miß Freitag«, antwortete eine Frau.

Ach ja, wenn man berühmt ist!

Mit nicht geringem Unbehagen wartete ich auf die Rückkehr des jungen Mannes. Ich muß leider gestehen, daß das giftige Buch eine höchst unselige Auswirkung auf mich hatte. Es war zwar dunkelste Nacht, eher schon früher Morgen, und überall herrschte Totenstille – aber wenn der liebe Kerl mich berührt hätte, hätte ich wohl vergessen, daß ich technisch gesehen krank war. Ich brauchte einen Keuschheitsgürtel mit einem großen Vorhängeschloß.

Aber nicht er trat ins Zimmer; der nette Jüngling hatte seinen Dienst beendet. Die Person, die mir die Quittung brachte, war die ältere Frau, die sich am Terminal gemeldet hatte. Ich spürte Erleichterung und Enttäuschung zugleich – und war bekümmert über meine Enttäuschung. Hat die Heilphase im Krankenhaus stets einen scharfmachenden Einfluß? Gibt es in Krankenhäusern disziplinarische Probleme? Ich bin nicht oft genug krank gewesen, um die Antwort auf diese Fragen zu wissen.

Die Nacht-Archivarin tauschte Quittung gegen Buch und überraschte mich mit der Frage: »Bekomme ich nicht auch einen Kuß?«

»Oh! Waren Sie ebenfalls dabei?«

»Bis zum letzten Mann, meine Liebe; an dem Abend waren wir wirklich knapp dran mit einsatzfähigen Leuten. Ich bin nicht gerade die beste Agentin auf der Welt, aber ich habe wie jeder andere meine Grundausbildung absolviert. Ja, ich war dabei. Hätte das um nichts auf der Welt verpassen mögen.«

»Vielen Dank, daß Sie mich gerettet haben«, sagte ich und küßte sie. Ich versuchte eine symbolische Geste daraus zu machen, aber sie übernahm das Kommando und bestimmte die Art des Kusses – nämlich rauh und energisch. Deutlicher als mit Worten gab sie mir zu verstehen, daß sie sich gern bereithalten würde, sollte ich mich entschließen, mal auf die andere Straßenseite zu kommen.

Was macht man da? Es scheint unter Menschen Situationen zu geben, für die es kein etabliertes Protokoll gibt. Ich hatte ihr eben bestätigt, daß sie ihr Leben aufs Spiel gesetzt hatte, um das meine zu retten – und das stimmte ja auch, da die Rettung nicht ganz das Kinderspiel gewesen war, als daß der Bericht des Chefs die Aktion erscheinen ließ. Der Chef neigt in einem solchen Maße zur Untertreibung, daß er die völlige Vernichtung Seattles als »seismische Störung« bezeichnen würde. Nachdem ich mich bei ihr für mein Leben bedankt hatte, wie konnte ich sie da zurückweisen?

Ich brachte es nicht fertig. Ich antwortete mit meiner Hälfte des Kusses auf die wortlose Botschaft – und drückte mir dabei die Daumen, daß ich das darin enthaltene Versprechen niemals einlösen müßte.

Nach einer Weile zog sie sich von dem Kuß zurück, ließ mich aber nicht los. »Schätzchen«, sagte sie. »Wollen Sie was wissen? Erinnern Sie sich noch, wie Sie den Kerl feriggemacht haben, der sich ›Major‹ nannte?«

»O ja.«

»Von dieser Episode ist ein heimlich kopiertes Bandstück im Umlauf. Was Sie zu ihm gesagt haben und wie Sie es sagten – das wird von uns allen sehr bewundert. Besonders von mir.«

»Interessant. Sind Sie vielleicht der kleine Maulwurf, der das Band kopiert hat?«

»Wie können Sie nur so etwas annehmen?« Sie grinste. »Haben Sie was dagegen?«

Ich überlegte mir die Antwort drei Millisekunden lang. »Nein. Wenn es den Leuten, die mich gerettet haben, Spaß macht, meine Schimpfkanonaden anzuhören, ist es mir recht, wenn man das hört. Aber normalerweise rede ich nicht so.«

»Das nimmt auch niemand an.« Sie küßte mich kurz auf die Wange. »Aber Sie taten es, als es erforderlich war, und deswegen ist jede Frau in der Organisation stolz auf Sie. Und natürlich auch unsere Männer.«

Sie schien wenig geneigt zu sein, mich loszulassen, doch in diesem Augenblick erschien die Nachtschwester, verkündete entschlossen, daß ich jetzt schlafen müßte und sie mir eine Injektion geben würde – und ich erhob keine ernsthaften Einwände. Die Archivarin sagte: »Morgen, Goldie. – Gute Nacht, meine Liebe.« Und sie ging.

Goldie (das war nicht ihr Name, sie war nur hellblond) sagte: »Möchten Sie's in den Arm? Oder ins Bein? Machen Sie sich nichts aus Anna; sie ist harmlos.«

»Sie ist in Ordnung.« Gleichzeitig kam mir der Gedanke, daß Goldie mich wahrscheinlich visuell und akustisch überwachen konnte. Wahrscheinlich? Nein, mit Gewißheit! »Waren Sie auch dabei? Auf der Farm? Als das Haus niederbrannte?«

»Nicht als das Haus niederbrannte. Ich befand mich in einem AAF und begleitete Sie hierher so schnell wir das Ding in die Luft bekamen. Sie sahen wirklich schlimm aus, Miß Freitag.«

»Das glaube ich gern. Vielen Dank. Goldie – geben Sie mir auch einen Gutenachtkuß?«

Ihr Kuß war warm und stellte keine Forderungen.

Später erfuhr ich, daß sie zu den vier Agenten gehört hatte, die ins obere Stockwerk gestürmt waren, um mich herauszuholen – ein Mann mit dem großen Bolzenschneider, zwei Bewaffnete, die um sich schossen – und Goldie, die ohne Hilfe eine Leichtbahre trug. Aber sie sprach nicht davon, weder an diesem Abend noch später.

Die Zeit im Krankenhaus war die erste in meinem Leben – abgesehen von meinen Ferien in Christchurch –, da ich Tag und Nacht rundum glücklich und zufrieden war. Warum? Weil ich *dazugehörte.*

Natürlich ist aus meinem Bericht zu ersehen, daß ich schon vor Jahren aufgestiegen war. Auf meinen Ausweisen standen nicht mehr die großen Buchstaben LA (oder auch KP). Ich konnte einen Toilettenraum betreten, ohne daß man mich in die hinterste Kabine verwies. Ein falscher Ausweis und eine gefälschte Familiengeschichte vermitteln aber kein Gefühl der Zugehörigkeit; sie verhindern lediglich, daß man benachteiligt und womöglich gedemütigt wird. Unabhängig davon weiß man, daß es auf der ganzen Erde keine Nation gibt, die Wesen dieser Art als Bürger akzeptiert und daß es noch viele Orte gibt, die einen deportieren oder töten – oder gar verkaufen – würden, sollte man je die Tarnung verlieren.

Einer Künstlichen Person macht der Gedanke, keine Familiengeschichte zu haben, mehr zu schaffen, als man sich gemeinhin vorstellt. Wo wurden Sie geboren? – Nun, ich bin nicht im eigentlichen Sinne geboren worden; ich wurde im Lebenstechnischen Laboratorium der Tri-Universität von Detroit entworfen. – Ach, wirklich? – *Meine* Zeugung wurde von der Mendelschen Sozietät in Zürich eingeleitet. – Ein hübsches Partygeplauder, nicht wahr! Sie werden so etwas nie zu hören bekommen; es macht sich gegenüber Vorfahren auf der Mayflower oder sonstigen geschichtlichen Bezügen zu karg aus. Meine Akten (zumindest eine Version) weisen aus, daß ich in Seattle »geboren« wurde, einer zerstörten Stadt, die einen guten Vorwand liefert für verschwundene oder nicht vollständige Dokumente. Außerdem ein guter Ort, seine Verwandten zu verlieren.

Da ich nie in Seattle gewesen bin, habe ich sorgsam Unterlagen und Bilder studiert, wo ich sie finden konnte: ein echter Seattle-Eingeborener kann mich nicht hinters Licht führen. Nehme ich an. Zumindest noch nicht.

Was man mir jedoch hier schenkte, während ich mich von der Vergewaltigung und nicht ganz so lustigen Folterung erholte, war ganz und gar nicht gekünstelt, und ich brauchte mir keine Mühe zu geben, das Gespinst meiner Lügen zu behüten. Nicht nur Goldie und Anna und der Jüngling (Terence) besuchten mich, sondern gut zwei Dutzend weitere Leute, ehe Dr. Krasny mich schließlich entließ. Und das waren nur die Leute, die ich zu Gesicht bekam. An dem Überfall waren wesentlich mehr beteiligt gewesen. Ich weiß nicht, wie viele. Eine Grundregel des Chefs sorgte dafür, daß die Mitglieder der Organisation sich nur begegneten, wenn die Pflicht es erforderlich machte. Ähnlich wie er jeder Frage entschlossen aus dem Weg ging. Man kann keine Geheimnisse ausplaudern, die man nicht kennt, ebensowenig kann man eine Person verraten, die einem unbekannt geblieben ist.

Der Chef liebt seine Grundsätze aber nicht um der Grundsätze willen. Sobald man einen Kollegen im Dienst kennengelernt hat, durfte man den gesellschaftlichen Kontakt mit ihm fortsetzen. Der Chef ermutigte nicht gerade zu dieser Verbrüderung, aber er war kein Dummkopf und verzichtete auf ein diesbezügliches Verbot. Folglich suchte mich Anna oft spätabends auf, ehe sie ihren Dienst antrat.

Das Versprechen löste sie nicht ein. Zwar bestand im Grunde wenig Gelegenheit dazu, doch wir hätten schon eine Möglichkeit gefunden, wenn wir es versucht hätten. Ich versuchte sie nicht abzuwehren – Himmel, nein! Hätte sie mir je ihre Rechnung präsentiert, hätte ich sie nicht nur bereitwillig gezahlt, sondern Anna auch in dem Glauben lassen wollen, daß der Impuls dazu von mir ausging.

Aber sie tat es nicht. Ich glaube, sie glich jenem empfindsamen (und ziemlich seltenen) Typ von Mann, der sich einer Frau nicht nähert, wenn sie es nicht will – er spürt so etwas und versucht es erst gar nicht.

Eines Abends kurz vor meiner Entlassung war ich besonders froh – an diesem Tag hatte ich zwei neue Freunde gewonnen,

»Kußfreunde«, Kollegen, die bei dem Rettungseinsatz mitgewirkt hatten. Ich versuchte Anna zu erklären, warum mir das alles soviel bedeute, und stellte plötzlich fest, daß ich im Begriff stand zu offenbaren, wie es kam, daß ich nicht das sei, was ich zu sein schien.

Doch sie unterbrach mich. »Meine liebe Freitag, jetzt hören Sie mal auf die Worte Ihrer großen Schwester.«

»Wie? Habe ich ins Fettnäpfchen getreten?«

»Vielleicht wollten Sie es eben tun. Erinnern Sie sich noch an den Abend, an dem wir uns kennenlernten? Sie gaben durch mich ein Geheimdokument zurück. Vor Jahren hat Mr. Doppelkrücke mich in die höchste Sicherheitsstufe befördert. Das von Ihnen zurückgegebene Buch befindet sich an einem Ort, wo es jederzeit für mich zugänglich wäre. Ich habe es aber nie geöffnet und werde das auch nicht tun. Auf dem Umschlag steht: ›Bedarfsnachweis‹, und niemand hat mir bisher gesagt, daß ich den Inhalt kennen müßte. Sie haben die Akte gelesen, ich aber weiß nicht einmal den Titel oder das Thema – lediglich die Aktennummer.

Ähnlich liegt es bei Personaldingen. Es gab früher einmal eine militärische Elitetruppe, eine Art Fremdenlegion, die sich damit brüstete, daß ein Legionär vor dem Tag seines Eintritts in die Truppe keine persönliche Geschichte hätte. Und so möchte das Mr. Doppelkrücke auch bei uns sehen. Würden wir beispielsweise ein lebendiges Artefakt, eine Künstliche Person, in die Organisation aufnehmen, wäre das dem Personalsachbearbeiter natürlich bekannt. Ich weiß darüber Bescheid, weil ich auf dem Posten schon gesessen habe. Da gab es Akten zu fälschen, möglicherweise mußten Schönheitsoperationen vorgenommen werden, dann galt es Labor-Identifikationen auszumerzen und Hautstellen zu regenerieren ...

Wenn wir mit dem oder der Betreffenden fertig waren, brauchte er oder sie sich nie wieder Sorgen zu machen über eine Hand auf der Schulter oder um eine Benachteiligung im täglichen Leben. Er konnte sogar heiraten und Kinder bekommen, ohne fürchten zu müssen, daß sie eines Tages Nachteile haben würden. Er brauchte sich auch um *mich* keine Gedanken zu machen, da ich sehr geübt im Vergessen bin. Und jetzt zu Ihnen, meine Liebe. Ich weiß nicht recht, was Sie eben im Sinne hatten. Aber wenn es sich um etwas handelt, das Sie anderen Leuten normalerweise nicht auf die Nase binden, dann sollten Sie es auch mir nicht sagen. Sonst täte es Ihnen morgen früh womöglich leid.«

»Nein, bestimmt nicht!«

»Na schön. Wenn Sie es mir heute in einer Woche noch sagen wollen, dann höre ich gern zu. Abgemacht?«

Anna hatte recht; eine Woche später war mir nicht mehr danach zumute, ihr die Wahrheit zu sagen. Ich bin zu neunundneunzig Prozent davon überzeugt, daß sie Bescheid wußte. Wie dem auch sei, es ist ein herrliches Gefühl, um seiner selbst willen geliebt zu werden, von jemandem, der KP nicht für untermenschliche Monster hält.

Ich weiß nicht, ob einer meiner übrigen netten Freunde Bescheid wußte oder etwas ahnte. (Damit meine ich nicht den Chef, der natürlich informiert war. Aber er war ja auch kein Freund von mir; er war der *Chef.*) Dabei war es unwichtig, ob meine neuen Freunde erfuhren, daß ich kein richtiger Mensch war, oder nicht, denn ich war zu der Überzeugung gelangt, daß es ihnen wohl nichts ausmachte. Ihnen kam es allein darauf an, ob man zur Truppe des Chefs gehörte oder nicht.

Eines Abends erschien der Chef in meinem Zimmer; er ließ die Krücken auf den Boden poltern und atmete schwer. Hinter ihm trat Goldie ein. Schwerfällig ließ er sich in den Besucherstuhl sinken und sagte zu Goldie: »Ich brauche Sie nicht, Schwester. Vielen Dank.« Dann wandte er sich an mich: »Ziehen Sie sich aus!«

Bei jedem anderen Mann wäre eine solche Äußerung entweder kränkend oder willkommen gewesen – je nachdem. Beim Chef bedeuteten die Worte lediglich, daß er mich ohne Kleidung inspizieren wollte. Goldie reagierte ähnlich nüchtern wie ich, denn sie nickte nur und ging, dabei hätte sie ihren Patienten wie eine Furie gegen unbefügte Störungen verteidigt.

Ich zog mich mit schnellen Bewegungen aus und wartete. Er musterte mich von Kopf bis Fuß. »Wir passen wieder zueinander.«

»Sieht jedenfalls so aus.«

»Dr. Krasny sagt, er habe die Milchdrüsenfunktion überprüft. Positiv.«

»Ja. Irgendwie hat er mein Hormongleichgewicht durcheinandergebracht, woraufhin beide ein wenig Feuchtigkeit abgaben. Das fühlte sich ziemlich komisch an. Dann stellte er das

Gleichgewicht wieder her, und ich wurde darauf wieder trokken.«

Der Chef brummte etwas vor sich hin. »Drehen Sie sich um. Zeigen Sie mir die Sohle Ihres rechten Fußes. Jetzt die linke. Es reicht. Die Verbrennungen scheinen verschwunden zu sein.«

»Soweit ich die Stellen sehen kann. Der Arzt meint, die anderen hätten sich ebenfalls regeneriert. Das Jucken hat aufgehört, also muß es stimmen.«

»Ziehen Sie sich wieder an! Dr. Krasny hat mir mitgeteilt, daß es Ihnen wieder gut geht.«

»Wenn es mir noch güter ginge, müßten Sie mir Blut abzapfen.«

»Gut steigert sich aber anders.«

»Na schön, dann geht es mir also am gutesten.«

»Freches Ding! Morgen früh beginnen Sie Ihr Auffrischungstraining. Halten Sie sich für nullneunhundert bereit.«

»Da ich nur mit einem fröhlichen Lächeln angekommen war, brauche ich kaum elf Sekunden zum Packen. Allerdings benötige ich einen neuen Ausweis, einen neuen Paß, eine neue Kreditkarte und etliches an Bargeld ...«

»Was Ihnen noch vor nullneunhundert zur Verfügung stehen soll.«

»... denn ich mache keinen Auffrischungskursus; ich fliege vielmehr nach Neuseeland. Chef, ich hab's Ihnen immer wieder gesagt. Ich bin mehr als reif für einen Urlaub, und ich sage mir, daß ich ein Anrecht auf Ausgleich habe für die Zeit, die ich hier fest liegen mußte. Sie sind ein richtiger Sklaventreiber.«

»Freitag, wie viele Jahre dauert es noch, bis Sie begriffen haben, daß ich stets auch Ihr Wohlergehen im Sinn habe, wenn ich mich einer Ihrer Launen widersetze – natürlich auch den Vorteil der Organisation.«

»Holla-ho, großer Weißer Häuptling! Ich verneige mich vor Ihnen. Und schicke Ihnen eine Ansichtskarte aus Wellington.«

»Bitte mit einer hübschen Maori darauf; die Geysire kenne ich schon. Der Auffrischungskursus wird nach Ihren Bedürfnissen ausgerichtet, und Sie können selbst entscheiden, wann er abgeschlossen ist. Wenn es Ihnen auch am ›gutesten‹ geht, brauchen Sie doch ein genau berechnetes Körpertraining mit zunehmender Inanspruchnahme, bis Sie wieder über jene vollkommene Balance von Muskelkraft, Atemtechnik und Reflexen verfügen, die Ihr Geburtsrecht ist.«

»›Geburtsrecht‹. Machen Sie keine billigen Witze, Chef; dazu fehlt Ihnen das Talent! ›Meine Mutter war ein Reagenzglas, mein Vater ein Skalpell.‹«

»Sie stellen sich aber sehr töricht an wegen eines Hindernisses, das schon vor Jahren aus dem Weg geräumt wurde.«

»Wirklich? Die Gerichte bleiben dabei, daß ich kein Bürger sein darf; die Kirchen behaupten, ich hätte keine Seele. Ich bin kein ›Mensch, von der Frau geboren‹, zumindest nicht nach Ansicht des Gesetzes.«

»Das Gesetz ist ein Esel. Die Unterlagen, die Ihre Herkunft belegen, sind aus den Akten des Produktions-Labors entfernt worden, ausgetauscht gegen falsche Angaben über eine gesteigerte männliche KP.«

»Das haben Sie mir bisher verschwiegen!«

»Ich brauchte es Ihnen nicht zu sagen, da Sie bis jetzt von Ihrer neurotischen Schwäche nichts an die Oberfläche dringen ließen. Eine Täuschung dieser Art muß aber so rundum wasserdicht abgesichert sein, daß die Wahrheit dadurch total verdrängt wird. Und so ist es geschehen. Würden Sie morgen den Versuch machen, ihre wahre Herkunft durchzusetzen, würden Sie nirgendwo eine amtliche Stelle finden, die sich Ihrer Ansicht anschließt. Sie können natürlich jedem davon erzählen; aber das ändert im Grunde nichts. Meine Liebe, weshalb verschanzen Sie sich derart in dieser Abwehr? Sie sind nicht nur so menschlich wie Eva aus dem Paradies, Sie sind ein gesteigerter Mensch, so vollkommen, wie es den Schöpfern gelingen wollte. Warum habe ich mir wohl so große Mühe gegeben, Sie anzuwerben zu einer Zeit, da Sie in diesem Beruf noch keine Erfahrungen und auch noch kein bewußtes Interesse hatten? Warum habe ich ein kleines Vermögen dafür ausgegeben, Sie auszubilden und zu trainieren? Weil ich die Wahrheit wußte. Ich hatte einige Jahre abgewartet, um sicherzugehen, daß Sie sich wirklich so entwickelten, wie unsere Architekten es planten – dann verlor ich Sie beinahe, als Sie plötzlich von der Landkarte verschwanden.« Er setzte einen Ausdruck auf, der wohl ein Lächeln sein sollte. »Sie machten mir großen Kummer, Mädchen. Jetzt aber zu Ihrem Training. Wollen Sie mich wenigstens anhören?«

»Jawohl, Sir.« (Ich verzichtete darauf, ihm von dem Laborheim zu erzählen; die Menschen glauben, alle Krippen dieser Art seien wie die wenigen, die sie gesehen haben. Ich erzählte ihm nichts von dem Plastiklöffel, der bis zum zehnten Lebensjahr mein einziges Besteck darstellte, denn ich wollte ihm nicht offenbaren, daß ich mir bei meinem ersten Versuch mit der Gabel so heftig in die Lippen gestochen hatte, daß es zu bluten begann. Alle lachten über mich. Es liegt an keiner bestimmten Ursache; vielmehr ist es eine Million kleiner Dinge, die den Unterschied ausmachen zwischen einer Jugend als Menschenkind und einer Aufzucht als Tier.)

»Sie werden eine Auffrischung im waffenlosen Kampf mitmachen, doch Ihre Übungen machen Sie nur mit dem Trainingsleiter; wenn Sie Ihre Familie in Christchurch besuchen, soll Ihr Körper keine Verwundungen aufweisen. Sie werden ein fortschrittliches Training in Handfeuerwaffen absolvieren – und dabei mit Waffen in Berührung kommen, von denen Sie vielleicht noch nie gehört haben. Wenn Sie die Rolle wechseln, brauchen Sie solche Kenntnisse.«

»Boß, ich will *kein* Tötungsagent werden.«

»Trotzdem müssen Sie Bescheid wissen. Es gibt Momente, da muß auch ein Kurier Waffen tragen, und dann braucht er oder sie jeden denkbaren Vorteil. Freitag, Sie sollten die Terminatoren nicht generell verachten. Wie bei jedem Werkzeug liegt der Nutzen oder Schaden in der Art und Weise, wie es benutzt wird. Niedergang und Sturz der früheren Vereinigten Staaten von Nordamerika gingen zum Teil auf Attentate zurück. Aber nur in geringem Maße, da diese Aktionen ohne Plan erfolgten und keinen Zweck verfolgten. Was können Sie mir über den Preußisch-Russischen Krieg sagen?«

»Nicht viel. Außer daß die Preußen gehörig den Hosenboden versohlt bekamen, als das schnelle Geld sie zu Siegern küren wollte.«

»Dazu könnte ich Ihnen sagen, daß zwölf Leute diesen Krieg gewonnen haben – sieben Männer, fünf Frauen – und daß die dabei verwendete schwerste Waffe eine 6-Millimeter-Pistole gewesen ist.«

»Ich kann nicht behaupten, daß Sie mich jemals angelogen hätten. Wie das?«

»Freitag, Intelligenz ist das Gut auf Erden, von dem es am wenigsten gibt, die einzig wirklich wertvolle Sache. Jede menschliche Organisation läßt sich zur Nutzlosigkeit, Machtlosigkeit verdammen, zu einer Gefahr für sich selbst, indem man in sorgfältiger Auswahl ihre klügsten Köpfe entfernt und nur die dummen auf dem Posten läßt. Einige wenige gründlich vorbereitete ›Unfälle‹ reichten aus, um die gewaltige preußische Kriegsmaschinerie völlig zu ruinieren und in einen trampelnden Mob zu verwandeln. Dies offenbarte sich aber erst, als die Kämpfe längst im Gange waren, weil sich Idioten als Militärgenies ebenso gut machen wie Militärgenies – bis die Kämpfe losgehen.«

»Nur ein Dutzend Leute ... Boß? Haben wir dahintergesteckt?«

»Sie wissen genau, daß ich solche Fragen nicht gern höre. Aber wir hatten damit nichts zu tun. Es war ein Auftrag, ausgeführt durch eine Organisation, die so klein und so spezialisiert ist wie die unsere. Ich lege es nicht absichtlich darauf an, uns in Nationalkriege zu verwickeln; die Seite der Engel ist vorher selten klar auszumachen.«

»Trotzdem möchte ich kein Terminator sein.«

»Ich werde es auch nicht zulassen, daß Sie auf Tötungen angesetzt werden, und nun wollen wir nicht mehr darüber sprechen. Halten Sie sich für morgen früh um neun Uhr zur Abreise bereit.«

5. Kapitel

Neun Wochen später brach ich nach Neuseeland auf.

Eins muß man dem Chef lassen: Der hochnäsige Drangsalierer weiß immer, wovon er spricht. Als Dr. Krasny mich entließ, ging es mir wahrhaft nicht am »gutesten«. Ich war nichts anderes als ein geheilter Patient, der keine Bettpflege mehr brauchte.

Neun Wochen später hätte ich bei den alten olympischen Spielen Medaillen erringen können, ohne ins Schwitzen zu kommen. Als ich im Freihafen von Winnipeg die SBR *Abel Tasman* bestieg, warf mir der Captain einen interessierten Blick zu. Natürlich wußte ich, daß ich gut aussah, und wackelte in einer Weise mit dem Hintern, wie ich es während einer Mission niemals getan hätte – als Kurier versuche ich normalerweise mit meiner Umgebung zu verschmelzen. Jetzt aber hatte ich Urlaub, und da macht es mir durchaus Spaß, die Aufmerksamkeit auf mich zu lenken. Anscheinend hatte ich diese Kunst noch nicht ganz verlernt, denn der Captain erschien an meiner Koje, während ich mich noch anschnallte. Vielleicht lag es auch an dem Superhaut-Einteiler, den ich am Leibe trug – eine neue Mode in diesem Jahr und mein erster Ausflug in dieser Aufmachung; ich hatte das Ding im Freihafen gekauft und mich noch im Laden umgezogen. Sicher ist es nur noch eine Zeitfrage, bis sich die Sekten, die den Sex mit Sünde in Verbindung bringen, zu der Ansicht durchringen, daß das Tragen von »Superhaut« eine Todsünde sei.

»Miß Baldwin, nicht wahr?« fragte er. »Werden Sie in Auckland abgeholt? Wir haben Krieg, und da ist es nicht gut, wenn eine Frau auf einem internationalen Flughafen allein ist.«

(Ich verzichtete auf die Antwort: *»Hören Sie, Bübchen, das letztemal habe ich den Störenfried umgebracht.«*) Der Captain war ungefähr einsfünfundneunzig groß und brachte es auf hundert Kilogramm oder mehr, ohne daß er ein Gramm Fett am Leibe hatte. Anfang Dreißig und von einem Blond, wie man es eher bei der SAS erwartete und nicht bei der ANZAC. Wenn er sich beschützerisch geben wollte, so hatte ich nichts dagegen mitzumachen. Ich antwortete: »Ich werde nicht abgeholt, aber ich steige nur in das Shuttle zur Südinsel um. Wie funktionieren diese Gurte? Ach, bedeuten die Streifen etwa, daß Sie der Captain sind?«

»Ich zeige es Ihnen. Captain, ja – Captain Ian Tormey.« Er begann mich festzuschnallen; ich ließ ihn gewähren.

»›Captain‹ – *ohwei!* Ich habe noch nie mit einem richtigen Captain gesprochen!« Eine solche Antwort ist auch dann keine Flunkerei, wenn sie zum alten Ritus zwischen Mann und Frau gehört. Er hatte zu mir gesagt: *Ich bin auf der Suche, und du siehst gut aus. Hast du Interesse?* und ich hatte geantwortet: *Du siehst akzeptabel aus, aber leider muß ich dir sagen, daß ich heute keine Zeit habe.*

Jetzt konnte er die Sache aufgeben, womit die Sache für beide Seiten erledigt war, oder sich dazu durchringen, ein wenig Charme zu investieren, falls wir uns noch einmal über den Weg liefen. Er entschied sich für die zweite Möglichkeit.

Während er meinen Gurt anzog – nicht zu fest, doch sicher und ohne die Gelegenheit falsch zu nutzen – ganz professionell –, sagte er: »Die Verbindung wird heute etwas knapp. Wenn Sie beim Aussteigen etwas warten und das Schiff als letzte verlassen, bringe ich Sie gern an Bord Ihrer Kiwi. Damit kommen Sie schneller ans Ziel, als sich allein durch die Menschenmenge drängen zu müssen.«

(Zwischen den Anschlüssen sind siebenundzwanzig Minuten Zeit, und damit hättest du zwanzig Minuten, mir mein Komm-Signal abzuschwatzen. Aber bleib weiter so süß, dann geb' ich's dir vielleicht!) »Ja, vielen Dank, Captain! Wenn es Ihnen wirklich nicht zuviel Mühe macht?«

»ANZAC-Service, Miß Baldwin. Und ein persönliches Vergnügen.«

Ich fliege gern die Semiballistischen Raketen – der hochbeschleunigte Start, der einem stets das Gefühl vermittelt, die Wiege würde brechen und die Flüssigkeit in der ganzen Kabine verspritzen, die atemlosen Minuten im freien Fall, in deren Verlauf man das Gefühl hat, sich übergeben zu müssen, dann der Wiedereintritt und das endlose Hinabgleiten, das jede Achterbahn in den Schatten stellt. Wo gibt es in vierzig Minuten mehr Spaß, ohne daß man die Kleidung ablegen muß?

Dann kommt die immer wieder interessante Frage: Ist die

Landebahn frei? Eine SBR kann nur einmal zum Landeanflug ansetzen, einen zweiten Versuch gibt es nicht.

In der Reisebroschüre steht, daß keine SBR startet, bevor nicht vom Zielflughafen eine Freigabe vorliegt. O ja, ich glaube an Märchen wie die Eltern meines Chefs. Was macht man gegen irgendeinen Dummkopf, der mit seinem privaten AAF die falsche Landebahn wählt und seinen Schlitten stehenläßt? Und was war damals in Singapur? Ich saß in der Dachgarten-Bar und sah zu, wie im Zeitraum von neun Minuten drei SBR landeten. Ich muß zugeben, nicht auf derselben Landebahn, aber auf Strecken, die sich *kreuzten*! Russisches Roulette.

Trotzdem werde ich weiter damit fliegen; ich habe Spaß daran, außerdem bin ich oft beruflich darauf angewiesen. Allerdings halte ich zwischen Landung und Stop meistens den Atem an.

Auch dieser Schuß machte mir viel Freude, außerdem dauert ein semiballistischer Flug nie so lange, daß man müde wird. Als wir gelandet waren, hielt ich mich im Hintergrund, und nach kurzer Zeit kam mein höflicher Wolf aus dem Cockpit. Die Stewardeß reichte mir meinen Koffer, und Captain Tormey mißachtete meine wenig ehrlich gemeinten Proteste und griff danach.

Er führte mich zum Shuttle-Ausstieg, übernahm es, meine Reservierung zu bestätigen und mir den Sitz auszusuchen, dann drängte er sich an dem »Nur Passagiere«-Schild vorbei und nahm neben mir Platz. »Wirklich schade, daß Sie so schnell weiterfliegen – schade für mich, meine ich. Nach meinen Vorschriften muß ich jetzt drei Tage lang pausieren, ehe ich den Rückflug antreten kann – und zufällig habe ich auf diesem Flug nichts vor. Meine Schwester und ihr Mann haben früher hier gelebt, aber sie sind nach Sidney gezogen, und da finde ich hier keinen Anschluß mehr.«

(Ich kann mir auch lebhaft vorstellen, wie du deine Freizeit ausschließlich mit deiner Schwester und deinem Schwager verbringst!)

»Oh, das ist ja wirklich schade! Ich weiß, wie Ihnen zumute sein muß. Meine Familie lebt in Christchurch, und ich fühle mich auch immer einsam, wenn ich nicht bei ihr sein kann. Eine große, lärmende, anhängliche Familie – ich habe in eine S-Gruppe geheiratet.« (Das muß man stets sofort sagen.)

»Oh, wie schön! Wie viele Männer haben Sie denn?«

»Captain, diese Frage stellen die Männer doch immer zuerst.

Darin kommt ein Mißverständnis hinsichtlich der S-Gruppen zum Ausdruck. Viele glauben nämlich, ›S‹ bedeutet ›Sex‹.«

»Heißt es das nicht?«

»Meine Güte, nein! Es bedeutet Sicherheit und Schutz und soziale Fürsorge und vieles mehr, Dinge voller Behaglichkeit. Oh, Sex kommt natürlich auch vor. Aber Sex gibt es ja überall. Nur deswegen braucht man keine komplizierte S-Gruppe auf die Beine zu stellen. (»S« heißt im Grunde »Synthetische Familie«, die auf diese Weise in der Gesetzgebung der ersten territorialen Nation, der Kalifornischen Konföderation, festgelegt wurde. Aber ich hätte zehn zu eins gewettet, daß Captain Tormey das genau wußte. Wir machten hier lediglich einige Standard-Variationen des Großen Kennenlernens durch.)

»Ich finde nicht, daß es Sex überall gibt ...«

(Ich weigerte mich, nach diesem Köder zu schnappen. *Captain, bei deiner Größe und Schulterbreite, bei deinem rosig-sauberen Aussehen, ich bitte dich! Außerdem hast du beinahe zuviel Zeit für die große Jagd – in Winnipeg und Auckland, um Himmels willen, zwei Orte, an denen es reichlich heiße Höschen zu kühlen gibt. Das solltest du lieber zurücknehmen!*)

»... aber ich bin Ihrer Meinung, daß das als Grund für eine Ehe nicht ausreicht. Ich werde vermutlich nie heiraten – denn ich will frei sein wie die Wildgänse. Eine S-Gruppe scheint mir aber ein hübscher Ankerplatz zu sein.«

»O ja.«

»Wie groß ist sie denn?«

»Ach, Sie interessieren sich noch immer für meine Ehemänner? Ich habe drei Männer, Sir, und drei dazugehörige Gruppenschwestern ... die Ihnen sämtlich gefallen würden – besonders Lispeth, unsere jüngste und hübscheste. Liz ist eine rothaarige Schottin, die gern mal flirtet. Kinder? Natürlich. Wir versuchen sie jeden Abend zu zählen, aber sie wimmeln ziemlich lebhaft durcheinander. Dazu junge Katzen und Enten und kleine Hunde und ein weitläufiger Garten, in dem fast das ganze Jahr über die Rosen blühen. Ein fröhlicher, betriebsamer Ort, an dem man stets aufpassen muß, wohin man tritt.«

»Hört sich großartig an. Könnte die Gruppe einen zusätzlichen Mann gebrauchen, der nicht oft zu Hause ist, aber eine große Lebensversicherung besitzt? Wieviel kostet es, sich in die Gruppe einzukaufen?«

»Ich spreche mal mit Anita darüber. Ihr Vorschlag scheint mir aber nicht sonderlich ernst gemeint zu sein.«

Das Geplauder, dem keiner eine mehr als nur symbolische Bedeutung beimaß, ging weiter. Nach einiger Zeit erklärten wir die Partie für unentschieden und ließen uns die Möglichkeit eines Wiederholungsspiels offen, indem wir unsere Komm-Kodes austauschten – er bekam die meiner Familie in Christchurch als Antwort auf sein Angebot, ich könne ja auch mal seine Wohnung in Auckland benutzen. Er sagte, er habe den Mietvertrag nach dem Umzug seiner Schwester übernommen, er brauche sie aber normalerweise nur sechs Tage im Monat. »Sollten Sie also in der Stadt sein und benötigen ein Plätzchen, um sich zu waschen und aufs Ohr zu legen, brauchen Sie nur anzurufen.«

»Aber wenn sich nun einer Ihrer Freunde gerade dort aufhält, Ian?« Er hatte mich gebeten, ihn nicht mehr »Captain« zu nennen. »Oder womöglich Sie selbst.«

»Das ist unwahrscheinlich, aber wenn es so wäre, wüßte der Computer Bescheid und würde es Ihnen sagen – ich jedenfalls würde Sie nur ungern verpassen wollen.«

Ein direkter Vorstoß, doch auf denkbar höfliche Weise. Ich antwortete darauf, indem ich ihm meine Nummer in Christchurch gab und ihm damit indirekt sagte, er könne gern versuchen, mir ins Höschen zu fassen ... *wenn* er den Mut hatte, sich meinen Männern, meinen Mit-Frauen und einer Horde lärmender Kinder zu stellen. Ich hielt es für sehr unwahrscheinlich, daß er anrufen würde. Großgewachsene, gutaussehende Junggesellen in attraktiven, gutbezahlten Berufen brauchen keine so weiten Anläufe zu nehmen.

In diesem Augenblick unterbrach der Lautsprecher seine gemurmelten Ansagen von Starts und Landungen und verkündete: »Mit tiefstem Bedauern teilen wir Ihnen mit, daß vor wenigen Minuten die Stadt Acapulco völlig vernichtet wurde. Diese Nachricht wird Ihnen übermittelt von Interworld Transport. Inhaber der Dreifach-S-Linien – Schnelligkeit, Sicherheit, Service.«

Mir stockte der Atem. Captain Ian sagte: »Oh, was für Idioten!«

»Welche Idioten?«

»Ich meine damit das ganze mexikanische Revolutionskönigreich. Wann begreifen die territorialen Staaten endlich, daß sie gegen die Konzernstaaten nichts ausrichten können. Deshalb habe ich sie als Idioten bezeichnet. Und das *stimmt* auch!«

»Warum sagen Sie das, Captain – Ian?«

»Liegt doch auf der Hand. Ein Territorialstaat, selbst wenn es sich um L-4 oder einen Asteroiden handelt, ist doch ein sicheres Ziel. Aber gegen einen Multinationalen zu kämpfen ist gleichbedeutend mit dem Versuch, eine Nebelschwade zerteilen zu wollen. Wo liegt das Ziel? Kann man gegen IBM kämpfen? Wo *ist* IBM? Der eingetragene Hauptsitz ist eine Schließfachnummer im Freistaat Delaware. Das ist kein Angriffsziel. Die Büros und Mitarbeiter und Fabriken von IBM verteilen sich auf über vierhundert Territorialstaaten bodenseits und einige Dutzend Stationen im All; man kann keinen Teil von IBM verwunden, ohne jemand anders ebenso schlimm oder noch schlimmer zu treffen. Kann aber IBM jemanden besiegen, beispielsweise Großrußland?«

»Ich weiß es nicht«, räumte ich ein. »Die Preußen haben es jedenfalls nicht fertiggebracht.«

»Es würde in jedem Falle davon abhängen, ob IBM einen Vorteil darin sähe. Soweit ich weiß, verfügt IBM nicht über Guerillas, die Firma gebietet vielleicht nicht einmal über Sabotagetrupps. So müßte sie die Bomben und Geschosse wohl kaufen. Aber sie könnte sich dabei viel Zeit lassen und ihre Vorbereitungen in aller Ruhe treffen, weil Rußland sich nicht vom Fleck bewegt. Es wird an Ort und Stelle bleiben, ein dickes, saftiges Ziel, sei es heute, in einer Woche oder in einem Jahr. Interworld Transport aber hat uns gerade offenbart, wie das Ergebnis aussehen würde. Dieser Krieg ist aus. Mexiko hat sich darauf verlassen, daß Interworld es nicht riskieren würde, eine mexikanische Stadt zu vernichten und damit die öffentliche Meinung gegen sich aufzubringen. Dabei vergaßen die Trottel von Politiker aber, daß Firmengroßmächte sich nicht annähernd so sehr für die öffentliche Meinung interessieren, wie es die Territorialstaaten tun müssen. Der Krieg ist aus.«

»O ja, das hoffe ich! Acapulco ist – war – ein hübscher Ort.«

»Ja, und das wäre er noch immer, wenn der verkalkte Revolutionsrat Montezuma nicht immer noch fest auf dem Boden des zwanzigsten Jahrhunderts stünde. Jetzt aber wird man sich bemühen, das Gesicht nicht zu verlieren. Interworld wird sich entschuldigen und eine Entschädigung zahlen, ohne großes Aufhebens wird der Montezuma-Rat sodann das Land und die

Extraterritorialität für den neuen Raumflughafen an eine neue Firma mit mexikanischem Namen und einem Hauptsitz im Freistaat Delaware abtreten – und die Öffentlichkeit wird nicht einmal erfahren, daß die neue Firma zu sechzig Prozent Interworld und zu vierzig Prozent eben jenen Politikern gehört, die ein wenig zu lange zögerten und die schöne Stadt Acapulco der Vernichtung anheimgaben.« Captain Tormey zog ein mürrisches Gesicht, und mir wurde plötzlich klar, daß er älter war, als ich zuerst angenommen hatte.

»Ian«, sagte ich, »ist ANZAC nicht eine Tochtergesellschaft von Interworld?«

»Vielleicht rede ich deshalb so zynisch.« Er stand auf. »Ihr Shuttle macht am Tor fest. Geben Sie mir Ihr Gepäck.«

6. Kapitel

Christchurch ist die hübscheste Stadt auf diesem Erdball.

Sogar die hübscheste unter der Sonne, weil es außerhalb der Erde noch keine wahrhaft hübsche Stadt gibt. Luna City ist unterirdisch angelegt, L-5 sieht von außen wie ein Schrottplatz aus und besteht vor allem aus einem Hohlraum, der sich nur von innen her gesehen ansprechend ausnimmt. Die marsianischen Städte gleichen Bienenstöcken, während die meisten irdischen Städte unter dem irrwitzigen Bemühen leiden, wie Los Angeles auszusehen.

Christchurch hat nicht die Pracht von Paris oder die Lage von San Francisco oder den Hafen von Rio, aber sie besitzt Aspekte, die die Stadt liebenswert erscheinen lassen: vor allem den Avon, der sich zwischen den Straßen des Zentrums hindurchwindet, die gedämpfte Schönheit des Platzes an der Kathedrale, den Ferrier-Brunnen vor dem Rathaus, die Pracht der weltberühmten botanischen Gärten mitten in der Stadt.

»Die Griechen preisen ihr Athen.« Aber ich bin nicht einmal in Christchurch geboren (wenn man das bei einem Wesen meiner Herkunft überhaupt sagen kann), ich bin nicht einmal ein EnEs. Douglas lernte ich in Ekuador kennen (vor der Katastrophe am Quito-Himmelshaken). Uns überwältigte eine heftige Liebesaffäre, die zu gleichen Teilen von Pisco Sour und verschwitzten Laken bestimmt war, dann erschreckte mich sein Vorschlag, bis ich begriff, daß er noch gar keine amtlichen Maßnahmen meinte, sondern einen versuchsweisen Aufenthalt bei seiner S-Gruppe – um festzustellen, ob man mich mochte, und ich die Leute mochte.

Das war natürlich etwas anderes. Ich kehrte ins Imperium zurück, erstattete Bericht und sagte dem Chef, daß ich einen Teil meines aufgelaufenen Urlaubs in Anspruch nähme – oder wollte er lieber meine Kündigung auf dem Tisch haben? Er brummte, ich solle das nur machen und meine Hitze überwinden, dann erwarte er mich dienstbereit zurück. Ich raste also nach Quito zurück, wo Douglas noch im Bett lag.

Damals gab es noch keinen direkten Weg von Ekuador nach Neuseeland – so fuhren wir mit der Tunnelbahn nach Lima und nahmen eine SBR über den Südpol zum westaustralischen Hafen Perth (der wegen der Coriolis-Kraft eine S-förmige Landebahn besitzt), dann ging es mit der Tunnelbahn nach Sydney, ein Hüpfer nach Auckland, mit dem Schwebefahrzeug nach Christchurch, und das Ganze kostete nahezu vierundzwanzig Stunden und riesige Umwege, nur um den Pazifik zu überqueren. Winnipeg und Quito sind von Auckland beinahe gleich weit entfernt – lassen Sie sich durch eine flache Landkarte nicht täuschen, sondern fragen Sie Ihren Computer – Winnipeg ist nur ein Achtel weiter.

Vierzig Minuten gegen vierundzwanzig Stunden … Aber die längere Reise hatte mir nichts ausgemacht; ich war bei Douglas und schwebte vor Liebe ohnehin in den Wolken.

Vierundzwanzig Stunden später hatte ich mich in die ganze Familie verliebt.

Damit hatte ich nicht gerechnet. Ich hatte mich auf einen schönen Urlaub mit Douglas gefreut, und er hatte mir außer Sex auch ein bißchen Skisport versprochen – nicht daß ich darauf bestanden hätte. Ich wußte, daß ich gewissermaßen dazu verpflichtet war, mit seinen Gruppenbrüdern ins Bett zu gehen, sollten sie mich dazu auffordern. Das machte mir aber keine großen Sorgen, da eine Künstliche Person den Geschlechtsverkehr einfach nicht so ernst nehmen kann, wie es anscheinend die meisten Menschen tun. Die meisten Weibchen aus meiner Krippenklasse waren ohnehin von Anfang an zu Liebesdiensten erzogen worden und wurden später bei dieser oder jener großen Baufirma als Begleitfrauen verpflichtet. Auch ich hatte die Grundausbildung in dieser Richtung erfahren, ehe der Chef auftauchte, meinen Eigentumskontrakt kaufte und mir einen neuen Weg wies. (Und ich brach den Vertrag und war mehrere Monate lang verschwunden – aber das ist eine andere Geschichte.)

Doch Sex in angenehmer Atmosphäre hätte mir selbst dann nichts ausgemacht, wenn ich in den Liebesdiensten nicht ausgebildet worden wäre; solcher Unsinn wird bei KPs nicht geduldet; wir bekommen solche Hemmungen nicht anerzogen.

Nichts dagegen erfahren wir über das Leben in einer Familie. Gleich am ersten Tag meines Aufenthalts verzögerte ich den nachmittäglichen Tee, indem ich mich mit sieben Kindern auf dem Teppich herumbalgte, im Alter von elf Jahren bis hinab zu einem Windelnässer – dazu zwei oder drei Hunde und ein junger Kater, der sich den Spitznamen »Mr. Stolperstein« verdient hatte, weil er einem trotz der großen Wohnung stets zwischen die Beine zu laufen schien.

In meinem ganzen Leben hatte ich so etwas noch nicht mitgemacht. Von mir aus hätte es ewig so weitergehen können.

Schließlich begleitete mich nicht Douglas, sondern Brian auf den Ski-Ausflug. Die Skihütten am Mount Hutt sind hübsch, aber in den Schlafzimmern gibt es abends nach zweitausendzweihundert keine Heizung mehr, und man muß sich schon aneinanderkuscheln, wenn man nicht frieren will. Anschließend führte Vickie mich zu den Schafen der Familie, und ich lernte einen gesteigerten Hund kennen, der reden konnte, einen großen Collie namens »Lord Nelson«. Lord hatte keine große Meinung von der Vernunft seiner Schafe, womit er meines Erachtens recht hatte.

Bertie fuhr mit mir zum Milford-Sund, und zwar mit dem Shuttle über Dunedin (das »Edinburgh des Südens«), wo wir über Nacht blieben – Dunedin ist zwar ganz nett, aber es ist nicht Christchurch. Wir bestiegen dort einen rundlichen kleinen Dampfer, der uns zu den Fjorden fahren sollte, ein Schiff mit winzigen Kabinen, die für zwei nur deshalb groß genug waren, weil es hier im Süden der Insel kalt ist. Wieder suchte und fand ich die nötige Wärme.

Nirgendwo gibt es einen Fjord, der sich mit dem Milford-Sund vergleichen läßt. O ja, die Reise zu den Lofoten-Inseln habe ich gemacht. Sehr hübsch. Aber meine Meinung steht.

Wenn Sie der Ansicht sind, ich sei von der Südinsel so blindlings begeistert wie eine Mutter von ihrem Erstgeborenen, so liegt das daran, daß es zutrifft; ich lasse mich nicht davon abbringen. Die Nordinsel ist ein hübsches Fleckchen Erde, mit all den heißen Quellen und dem Weltwunder der Glühwürmchen-Höhlen. Und die Bucht der Inseln macht sich wie ein Märchenland aus. Die Nordinsel hat aber nicht die Alpen der südlichen – und nicht Christchurch.

Douglas führte mich zur Molkerei, und ich sah zu, wie riesige Fässer köstlich frischer Butter verpackt wurden. Anita stellte mich der Altargilde vor. Mir ging auf, daß man mich möglicherweise auffordern würde, meine Bande zur Familie dauerhaft zu gestalten. Und mußte feststellen, daß ich mich nicht mehr wie am Anfang fragte: O-Gott-was-tust-du-wenn-sie-dich-fragen, und auch nicht mehr: O-Gott-was-tust-du-wenn-sie-dich-*nicht*-fragen, sondern mein Problem lautete jetzt schlicht und einfach: O-Gott-was-tust-du?

Sie müssen wissen, daß ich Douglas nicht offenbart hatte, daß ich kein Mensch bin.

Ich habe Menschen prahlen hören, sie würden eine Künstliche Person unweigerlich auf Anhieb erkennen. Das ist Unsinn. Natürlich kann jeder ein Lebendiges Artefakt ausmachen, das nicht mit einem menschlichen Äußeren ausgestattet ist – beispielsweise ein Menschengeschöpf mit vier Armen oder einen Zwergkobold. Wenn die genetischen Designer sich aber absichtlich auf das menschliche Erscheinungsbild beschränkt haben (und das ist technisch gesehen die Definition einer »Künstlichen Person« gegenüber einem »Lebendigen Artefakt«), dann erkennt kein Mensch mehr den Unterschied – nein, nicht einmal ein anderer genetischer Techniker.

Ich bin gegenüber Krebs und den meisten Infektionskrankheiten immun. Aber ich trage kein Schild um den Hals, auf dem das steht. Ich verfüge über ungewöhnliche Reflexe. Aber ich gebe nicht an, indem ich mit Daumen und Zeigefinger eine vorbeihuschende Fliege packe. In Geschicklichkeitsspielen lasse ich mich nie auf Wettbewerbe mit Menschen ein.

Ich besitze ein ungewöhnliches Gedächtnis, kann mir Zahlen, Raumkoordinaten und geometrische Darstellungen bestens merken, außerdem ist meine Sprachbegabung vorzüglich. Wenn Sie aber glauben, daß der Intelligenzquotient eines Genies dabei herauskommt, muß ich anmerken, daß in der von mir besuchten Schule das Ziel eines IQ-Tests nicht darin bestand, mit der eigenen Schlauheit anzugeben, sondern eine vorherbestimmte Zahl exakt zu erreichen. In der Öffentlichkeit wird mich keiner dabei erwischen, daß ich schlauer erscheine als meine Mitmenschen – es sei denn, ich befinde mich in einer Notlage, die über den Erfolg einer Mission oder mein Leben entscheiden könnte.

Der Komplex dieser und anderer Steigerungen verbessert angeblich auch die Sexualität, doch zum Glück neigen die meisten Männer dazu, eine auffällige Steigerung auf diesem Gebiet als eigene Leistung anzusehen. (Aus logischer Sicht ist die männliche Eitelkeit eine Tugend und kein Laster. Behandelt man ihn richtig, ist der Mann viel umgänglicher. Was mich am Chef so aufregt, ist sein absoluter Mangel an Eitelkeit. Man kann bei ihm nicht den Hebel ansetzen!)

Ich brauchte nicht in Sorge zu leben, daß man mir auf die Spur kommen würde. Sämtliche Produktionsmerkmale waren von meinem Körper entfernt worden, sogar die Tätowierung, die sich oben in meiner Mundhöhle befand, und so läßt sich einfach nicht mehr feststellen, daß ich das Ergebnis eines Entwurfes bin und nicht des Roulettes von einer Milliarde Spermien, die blindlings nach einem Ei streben.

Von einer Frau in der S-Gruppe erwartete man aber, daß sie die Kinderhorde noch vergrößerte. Na ja, warum nicht? Dagegen sprachen allerdings zahlreiche Gründe.

Ich war Kampfkurier in einer pseudomilitärischen Organisation. Stellen Sie sich vor, wie ich mit einem Überraschungsangriff fertigzuwerden versuche, während ich einen Achtmonatsbauch vor mir herschiebe.

Wir KP-Frauen werden in widerruflich sterilem Zustand ausgeliefert oder ›auf den Markt gebracht‹. Für eine KP ist der Drang, Kinder zu haben, sie im Inneren des eigenen Körpers wachsen zu lassen, nicht ›natürlich‹, es kommt ihr eher lächerlich vor. Der Brutkasten mutet viel vernünftiger und sauberer und bequemer an als die Geburt aus dem Leib heraus. Ich war schon zu meiner jetzigen Größe herangewachsen, als ich meine erste hochschwangere Frau zu Gesicht bekam – und ich dachte im ersten Moment, sie hätte eine schrecklich entstellende Krankheit. Als ich herausfand, was mit ihr nicht ›stimmte‹, wurde mir im ersten Augenblick beinahe schlecht. Als ich lange Zeit später in Christchurch darüber nachdachte, war mir noch immer nicht ganz wohl. Sollte ich es wie eine Katze tun, mit Blut und Schmerzen, bei Gott? *Warum?* Und warum überhaupt? Obwohl wir den Himmel schon ziemlich vollgepfropft haben, gibt's noch immer viel zu viele Bewohner auf diesem wackeligen Planeten. Warum also die Lage der Menschheit noch verschlimmern?

Bekümmert faßte ich den Entschluß, dem Thema Ehe dadurch aus dem Weg zu gehen, daß ich mich als steril bezeichnete – keine Kinder. Das stimmte durchaus, war aber nicht die ganze Wahrheit ...

Man fragte mich nicht.

Nicht nach Kindern. In den nächsten Tagen genoß ich das Familienleben in vollen Zügen; die gemütliche Annehmlichkeit fraulicher Gespräche während des Aufwaschens; das stürmische Herumtollen von Kindern und Haustieren; das stille Vergnügen leiser Gespräche während der Gartenarbeit – ich nahm dieses Gefühl der *Zugehörigkeit* mit jedem Atemzug begeistert in mich auf.

Eines Morgens forderte Anita mich auf, ihr in den Garten zu folgen. Ich dankte ihr mit dem Hinweis, daß ich Vickie noch helfen müsse. Woraufhin man mich überstimmte. Gleich darauf saß ich neben Anita im hinteren Teil des Gartens. Die Kinder waren fortgeschickt worden.

»Liebe Marjorie«, sagte Anita – in Christchurch bin ich ›Marjorie‹ Baldwin, weil das gerade mein Name war, als ich Douglas in Quito kennenlernte. »Wir beide wissen, warum Douglas dich hierher eingeladen hat. Bist du bei uns glücklich?«

»Schrecklich glücklich!«

»So glücklich, daß du mit uns eine dauerhafte Bindung eingehen würdest?«

»Ja, aber ... « Ich hatte keine Chance zu sagen: Ja-aber-ich-bin-steril; Anita unterbrach mich entschlossen:

»Vielleicht sollte ich dazu vorher einiges klarstellen. Wir müssen die Mitgift besprechen. Wenn ich das den Männern überließe, wäre von Geld nie die Rede; Albert und Brian sind so begeistert von dir wie Douglas, und ich kann das durchaus verstehen. Die Gruppe als Ganzes aber ist ein Familienunternehmen, eine Art Firma, und nicht nur eine Ehe, und jemand muß sich um die Buchführung kümmern – aus diesem Grund bin ich Vorsitzende der Direktion; ich lasse mich nie soweit von meinen Gefühlen hinreißen, daß ich unsere geschäftlichen Interessen außer acht lasse.« Sie lächelte, und ihre Stricknadeln klapperten. »Frag Brian – er nennt mich ›Ebenezer Scrooge‹ –, aber bisher hat er sich noch nicht erboten, die Probleme allein zu tragen.

Du kannst natürlich als Gast bei uns bleiben, solange du willst. Was bedeutet es schon, wenn wir an unserem langen Tisch einen Mund mehr zu füttern haben? Nichts. Aber wenn du uns formell und auf Vertragsbasis beitreten willst, dann muß ich den Ebenezer Scrooge hervorkehren und mit dir besprechen, welche Art Vertrag wir eingehen können. Denn ich lasse es nicht zu, daß das Familienvermögen ausgedünnt wird. Brian verfügt über drei Anteile, für die er auch Stimmrecht hat, Albert und ich je über zwei, Douglas und Victoria und Lispeth haben je einen. Wie du siehst, verfüge ich bei zehn Stimmen nur über zwei – doch sollte es einmal dazu kommen, daß ich meinen Rücktritt androhe, finde ich gewöhnlich sehr viel Unterstützung. Es wird eines Tages dazu kommen, daß man mich überstimmt. Dann kann ich den Posten abgeben und mich ruhig ans Feuer setzen.« *(Und noch am gleichen Tag wird die Beerdigung sein müssen.)*

»Bis dahin versuche ich der Aufgabe gerecht zu werden. Die Kinder besitzen jeweils einen Anteil ohne Stimmrecht – und dieses Stimmrecht wird auch später nicht kommen, da der Anteil jedem Kind beim Verlassen seines Zuhauses in bar ausbezahlt und dann als Mitgift oder Kapital verwendet wird – möglicherweise auch verschwendet, was mir aber nicht so lieb wäre. Solche Kapitalminderungen müssen eingeplant werden; würden drei unserer Mädchen im gleichen Jahr heiraten, könnte das peinliche Folgen haben, wenn man sich nicht rechtzeitig darauf einstellt.«

Ich erwiderte, das klänge nach einem vernünftigen und sehr rücksichtsvollen Arrangement. So gut wären wohl die wenigsten Kinder versorgt. (Genaugenommen hatte ich von solchen Dingen nicht die geringste Ahnung.)

»Wir versuchen das Beste für sie zu tun«, meinte sie. »Schließlich sind Kinder der Sinn und Zweck einer Familie. Du wirst also einsehen, daß ein Erwachsener, der unserer Gruppe beitritt, einen Anteil kaufen muß, sonst funktioniert das System nicht mehr. Ehen werden wohl im Himmel geschlossen, die Rechnungen aber sind hier auf der Erde zu zahlen.«

»Amen.« (Mir war sofort klar, daß alle Probleme aus der Welt geräumt waren. Im negativen Sinne. Ich wußte nicht zu sagen, wie reich die Davidson-Gruppenfamilie war. Sie hatte Vermögen, soviel war klar, obwohl diese Menschen ohne Dienstboten in einem nicht automatisierten, altmodischen Haus lebten. Wie hoch die Summe auch sein mochte, ich konnte mir einen Anteil nicht leisten.)

»Douglas hat uns gesagt, er wisse nicht, ob du Geld hast oder nicht. Geld als Kapital, meine ich.«

»Nein.«

Sie ließ sich nichts anmerken. »Das war bei mir in deinem Alter ebenso. Du hast doch eine Anstellung, oder? Könntest du nicht in Christchurch arbeiten und dir den Anteil aus deinem Gehalt erkaufen? Ich weiß, daß die Arbeitssuche in einer fremden Stadt problematisch sein kann – aber ich habe da einige Verbindungen. Was machst du eigentlich beruflich? Du hast nie davon gesprochen.«

(Und daran wird sich auch nichts ändern!) Nachdem ich ihrer Frage ausgewichen war, indem ich geradeheraus antwortete, daß meine Arbeit geheim sei und ich ihr keinen Aufschluß über die Branche meines Arbeitgebers geben dürfe, stellte ich klar, daß ich mir in Christchurch keine Arbeit suchen könne, es gebe also keine Möglichkeit, die Sache durchzuziehen. Es sei ja herrlich gewesen, solange es dauerte, und ich hoffte ...

Sie ließ mich nicht ausreden. »Meine Liebe, ich habe nicht Vollmacht, diesen Vertrag mit dir auszuhandeln, damit wir jetzt in einer Sackgasse enden. Es geht nicht, daß wir konstatieren, was unmöglich ist; ich muß feststellen, wie es sich einrichten läßt. Brian hat angeboten, dir einen seiner drei Anteile zu uberlassen – und Douglas und Albert unterstützen diesen Vorschlag, pro rata, wenn sie auch nicht in der Lage sind, ihn sofort zu bezahlen. Ich habe mich aber dagegen ausgesprochen; so etwas schafft einen unschönen Präzedenzfall, was ich auch deutlich zum Ausdruck gebracht habe, mit einem klaren Hinweis auf die Kapriolen junger Ziegenböcke im Frühling. Statt dessen akzeptiere ich einen von Brians Anteilen als Sicherheit für die Einhaltung deines Vertrages.«

»Aber ich habe keinen Vertrag!«

»Das kommt noch. Wenn du in deiner jetzigen Anstellung weitermachst, wieviel kannst du da im Monat zahlen? Beschneide dir die finanzielle Freiheit nicht zu sehr, aber zahle so viel wie möglich, da sich das wie eine Hypothek auswirkt. Ein Teil der Zahlung verzinst die verbleibende Schuld, ein anderer Teil mindert diese Schuld – es wäre also besser für dich, wenn die Zahlung möglichst groß wäre.«

(Ich hatte noch nie Grundbesitz gekauft.) »Können wir das in Gold ausdrücken? Ich kann es natürlich in jede gewünschte Währung umwandeln, aber ich werde in Gold bezahlt.«

»›In Gold‹?« Anita machte plötzlich einen hellwachen Eindruck. Sie griff in ihren Nähkorb und zog ein tragbares Relais zu ihrem Computerterminal heraus. »Für Gold kann ich dir sogar ein besseres Geschäft vorschlagen.« Sie tippte eine Weile, wartete und nickte. »Ein wesentlich besseres Geschäft. Obwohl ich im Grunde nicht darauf eingerichtet bin, mit Goldbarren zu handeln. Aber es läßt sich alles machen.«

»Ich sagte eben, daß ich umtauschen kann. Die Ziehungen lauten auf Gramm, 999er Feingold, gezogen auf die South Africa & Ceres Akzept Gesellschaft in Luna City. Der Betrag kann natürlich in Neuseeland-Währung hierher gezahlt werden, per Dauerauftrag, selbst wenn ich gerade nicht auf der Erde sein sollte. Bank von Neuseeland, Büro Christchurch?«

»Nein, Canterbury Land-Bank. Ich bin dort Direktor.«

»Na, warum soll man das nicht auch in der Familie halten?«

Am nächsten Tag unterschrieben wir den Vertrag, und gegen Ende der Woche heirateten sie mich, ganz legal nach den Vorschriften, in einer Nebenkapelle der Kathedrale – und ich trug sogar Weiß, stellen Sie sich das vor!

In der nächsten Woche kehrte ich in den Dienst zurück – ich fühlte mich glücklich und traurig zugleich. In den nächsten siebzehn Jahren würde ich jeden Monat 858,13 NSL-Dollar zahlen, natürlich konnte ich die Beträge steigern. Und wofür leistete ich diese Zahlungen? Ich konnte mir erst erlauben, zu Hause zu wohnen, wenn alles bezahlt war. Weshalb dann? Nicht wegen des Sex. Wie ich Captain Tormey heute schon gesagt hatte, gibt es Sex überall; es wäre dumm, dafür zu zahlen. Vermutlich geht es mir um das Privileg, meine Hände in seifiges Abwaschwasser tauchen zu dürfen. Um das Privileg, mich auf dem Boden herumwälzen zu dürfen und dabei von jungen Hunden und Babies anpinkeln zu lassen.

Um das angenehme Gefühl zu wissen, daß es, egal wo ich mich auch aufhalten mochte, auf diesem Planeten einen Ort gab, wo ich ein Recht auf diese Dinge hatte, an den ich *gehörte*.

Es kam mir wie ein günstiges Geschäft vor.

Sobald das Shuttle weiterschwebte, rief ich an und meldete mich an. Vickie war am Apparat, und es dauerte einige Zeit, bis ich ihre Begeisterung soweit bremsen konnte, daß sie meine Ankunftszeit mitbekam. Ursprünglich hatte ich vom Warteraum der Kiwi-Linie in Auckland anrufen wollen, diese Zeit aber war von meinem lockigen Wolf, Captain Ian, in Anspruch genommen worden. Egal – das Shuttle bewegt sich zwar dicht unter der Schallgeschwindigkeit, doch waren Aufenthalte in Wellington und Nelson vorgesehen, die wohl soviel Zeit kosten würden, daß man mich noch abholen konnte. Ich hoffte es jedenfalls.

Alle waren da. Nun ja, nicht alle. Wir hatten die Erlaubnis, ein AAF zu führen, weil wir Schafe und Rinder züchten und eine angetriebene Transportmöglichkeit brauchen. Eigentlich darf man so ein Fahrzeug aber nicht in der Stadt benutzen. Brian hatte sich darüber hinweggesetzt, und so ergoß sich nun die Mehrzahl unserer großen Familie über die Flanken des riesigen Farm-Schwebewagens.

Seit meinem letzten Besuch zu Hause war beinahe ein ganzes Jahr vergangen – gut doppelt so lange, wie ich sonst fernzubleiben pflegte. Das war nicht gut. In solcher Zeit können einem Kinder entwachsen. Ich gab mir größte Mühe mit den Namen und sorgte dafür, daß ich im Geiste keinen vergaß. Alle waren da außer Ellen, die kaum noch ein Kind zu nennen war – als ich einheiratete, war sie elf Jahre alt, jetzt aber eine junge Dame, die bereits zur Universität ging. Anita und Lispeth waren zu Hause und stellten hastig mein Willkommensmahl zusammen – und wieder einmal würde man mich milde schelten, weil ich keine Vorwarnung gegeben hatte, und zum wiederholten Male würde ich erklären, daß es bei meiner Arbeit zu Beginn des Urlaubs darauf ankam, sich die erste SBR zu schnappen, anstatt zuerst anzurufen – und brauchte ich eine Anmeldung, um in mein Heim zurückzukehren?

Es dauerte nicht lange, da lag ich wieder mit den Kindern am Boden. Mr. Stolperstein, den ich aus der Zeit unseres Kennenlernens als hageres junges Tier in Erinnerung hatte, wartete auf die Gelegenheit, mich auf eine Weise zu begrüßen, wie es seinem Status als Katzenpascha entsprach, alt, rund und gemütlich. Er musterte mich gründlich, streifte mein Bein und schnurrte. Ich war zu Hause.

Nach einer Weile fragte ich: »Wo ist Ellen? Noch immer in Auckland? Ich dachte, auf der Universität wären jetzt Semesterferien?« Bei diesen Worten schaute ich Anita an, doch sie schien nichts gehört zu haben. Hatte sie Probleme mit den Ohren? Das war nicht anzunehmen.

»Marjie ...«, meldete sich Brians Stimme, und ich drehte mich um. Er sagte nichts, und sein Gesicht blieb ausdruckslos. Unmerklich schüttelte er den Kopf.

(*Ellen* war als Thema tabu? Was soll das, Brian? Ich verkniff mir meine Fragen, bis ich ihn unter vier Augen sprechen konnte. Anita hat stets behauptet, sie liebe alle unsere Kinder gleichermaßen, seien es nun ihre Bio-Nachkommen oder nicht. Oh, gewiß! Außer daß ihr besonderes Interesse an Ellen jedem klar war, der ihre Stimme hören konnte.)

Als das Haus später am Abend zur Ruhe kam und Bertie und ich ins Bett gehen wollten (nach einer Art Lottosystem, bei dem unsere neckischen Lieblinge stets den Verlierer als jenen sahen, der die Nacht mit mir verbringen mußte), klopfte Brian an die Tür und trat ein.

Bertie sagte: »Schon gut. Du kannst gehen. Ich erdulde meine Strafe mannhaft.«

»Hör auf, Bert! Hast du Marj von Ellen erzählt?«

»Noch nicht.«

»Dann solltest du sie informieren! Liebling, Ellen hat sich ohne Anitas Zustimmung verheiratet – und Anita ist fuchsteufelswild darüber. Es wäre also ratsam, Ellen nicht zu erwähnen, solange Anita dabei ist. Mund halten, eh? Jetzt muß ich aber los, ehe sie mich vermißt.«

»Darfst du mir nicht einmal einen Gutenachtkuß geben? Oder hierbleiben, wenn du das wolltest? Bist du nicht auch *mein* Mann?«

»Natürlich, mein Schatz. Aber Anita ist im Augenblick ziemlich gereizt. Es hat keinen Sinn, sie noch mehr aufzuregen.«

Brian küßte uns und ging. »Was soll das, Bertie?« fragte ich. »Warum kann Ellen nicht heiraten, wen sie will? Sie ist doch alt genug, um ihre eigenen Entscheidungen zu treffen.«

»Nun ja. Aber Ellen ist dabei nicht besonders geschickt verfahren. Sie hat einen Tonganer geheiratet und lebt jetzt in Nuku'alofa.«

»Ist Anita der Meinung, die beiden sollten hier wohnen? In Christchurch?«

»Wie? – Nein, nein! Sie hat etwas gegen die Ehe.«

»Stimmt denn mit dem Mann etwas nicht?«

»Marjorie, hast du nicht gehört, was ich gesagt habe? Er ist *Tonganer*!«

»Doch, ich hab's gehört. Da er in Nuku'alofa lebt, ist das ja auch anzunehmen. Ellen ist hier in einer der wenigen vollkommenen Klimazonen aufgewachsen und wird es dort schrecklich heiß finden. Aber das ist ihr Problem. Ich verstehe trotzdem nicht, warum Anita sich so aufregt. Es muß da doch etwas geben, von dem ich nichts weiß.«

»Aber du weißt es doch! Oder vielleicht doch nicht. Die Tonganer sind nicht wie wir. Es sind keine weißen Leute, sondern Barbaren.«

»Das stimmt doch nicht!« Ich fuhr im Bett empor und unterbrach, was noch gar nicht richtig begonnen hatte. Sex und Auseinandersetzungen passen nicht zusammen – wenigstens nicht für mich. »Die Tonganer sind das zivilisierteste Volk in ganz Polynesien. Warum wohl nannten die frühen Forscher die Gruppe ›Freundschaftsinseln‹? Bist du je dort gewesen, Bertie?«

»Nein, aber ...«

»Ich aber. Abgesehen von der Hitze ist das ein himmlisches Fleckchen Erde. Wart's nur ab, bis du es selbst mal erlebst. Dieser Mann ... Was macht er von Beruf? Wenn er nur herumsitzt und Mahagonistatuen für Touristen schnitzt, könnte ich Anitas Unbehagen verstehen. Geht es darum?«

»Nein. Aber ich bezweifle, daß er sich eine Frau leisten kann. Und Ellen kann sich einen Mann nicht leisten; sie hat ihr Studium nicht abgeschlossen. Er ist Meeresbiologe.«

»Ich verstehe. Er ist nicht reich – und Anita respektiert nur Geld. Aber arm ist er auch nicht – wahrscheinlich wird er mal Professor in Auckland oder Sydney. Obwohl es heute durchaus vorkommen kann, daß ein Biologe reich wird. Vielleicht entwirft er eine neue Pflanze oder ein neues Tier, das ihm viel Geld einbringt.«

»Liebling, du verstehst noch immer nicht, worum es geht.«

»Da hast du wohl recht. Also sag's mir!«

»Nun ja ... Ellen hätte jemand von ihrer Art heiraten sollen.«

»Was soll das heißen – ›von ihrer Art‹, Albert? Jemand, der in Christchurch wohnt?«

»Das wäre sicher von Vorteil gewesen.«

»Reich?«

»Das ist nicht Voraussetzung. Obwohl die Dinge im allgemeinen glatter laufen, wenn sich die finanziellen Dinge nicht zu einseitig darstellen. Aber wenn ein polynesischer Strandfaulenzer eine weiße Frau aus reichem Hause heiratet, hat das immer einen unguten Beigeschmack.«

»Oh, oh! Er hat keinen Pfennig, und sie hat gerade ihren Familienanteil kassiert – ist das der Haken?«

»Nein, nicht genau. Verdammt, warum hat sie keinen Weißen heiraten können? Wir haben sie doch wirklich gut erzogen!«

»Bertie, um alles auf der Welt, was soll das? Du redest wie ein Däne, der sich über einen Schweden ausläßt. Ich hatte angenommen, daß Neuseeland von solchen Komplexen frei wäre. Ich weiß noch, wie Brian mich darauf aufmerksam machte, daß die Maori den Engländern in jeder Hinsicht politisch und gesellschaftlich gleichgestellt seien.«

»Und das stimmt auch. Aber ... aber es ist nicht dasselbe.«

»Da muß es wohl irgendwo bei mir aussetzen!« (Oder war Bertie der Dummkopf? Maori sind Polynesier, ebenso wie die Tonganer. Wo lag also das Problem?)

Ich ließ das Thema fallen. Ich hatte nicht den weiten Weg von Winnipeg zurückgelegt, um mich über die Verdienste eines Schwiegersohns zu streiten, den ich noch gar nicht kannte. »Schwiegersohn ...« – Was für eine seltsame Vorstellung! Ich fand es immer wieder entzückend, wenn die Kleinen mich mit »Mama« und nicht mit »Marjie« anredeten – aber über die Möglichkeit, daß ich einmal einen Schwiegersohn haben könnte, hatte ich noch nicht nachgedacht.

Dabei war er nach EnEs-Gesetz mein Schwiegersohn – und ich kannte noch nicht einmal seinen Namen. Ich hielt den Mund, versuchte alle störenden Gedanken auszuschalten und überließ es Bertie, mir ein Gefühl des Willkommenseins zu vermitteln – darauf versteht er sich.

Nach einer Weile hatte ich genug damit zu tun, ihm zu zeigen, wie sehr ich mich über meine Heimkehr freute – die störende Unterbrechung war vergessen.

7. Kapitel

Ehe ich am nächsten Morgen das Bett verließ, faßte ich den Entschluß, Ellen und ihren Mann nicht von mir aus zu erwähnen, sondern abzuwarten, bis jemand anders darauf zu sprechen kam. Schließlich konnte ich mir eine Meinungsäußerung erst erlauben, wenn ich alle Tatsachen kannte. Ganz unterdrücken wollte ich das Problem nicht, schließlich ist Ellen auch *meine* Tochter. Aber ich wollte nichts überstürzen. Anita sollte sich erst beruhigen.

Aber das Thema blieb tabu. Es folgten angenehme Tage der Faulheit, die ich nicht näher beschreiben will, da ich nicht annehme, daß Sie sich für Geburtstagsfeiern oder Familienausflüge interessieren – die mir lieb und teuer waren, einem Außenstehenden aber langweilig erscheinen mußten.

Vickie und ich fuhren über Nacht zum Einkaufen nach Auckland. Nachdem wir unser Zimmer im Hotel Tasman Palace bezogen hatten, fragte Vickie: »Marj, kannst du ein Geheimnis für dich behalten?«

»Gewiß«, sagte ich. »Hoffentlich ist es etwas Pikantes. Hast du einen Freund? Oder etwa zwei?«

»Wenn ich auch nur einen Freund hätte, würde ich ihn natürlich mit dir teilen. Nein, die Sache ist komplizierter. Ich möchte mit Ellen sprechen und mich deswegen nicht mit Anita herumstreiten. Auf dieser Reise habe ich zum erstenmal Gelegenheit dazu. Kannst du vergessen, daß ich das getan habe?«

»Nicht ganz, denn ich möchte ja selbst mit ihr sprechen. Aber ich werde Anita nicht erzählen, daß du mit Ellen gesprochen hast, wenn du es nicht willst. Was soll das alles, Vick? Ich weiß, daß sich Anita über Ellens Heirat geärgert hat – aber erwartet sie, daß wir anderen nun nie wieder mit Ellen *reden*? Mit unserer eigenen Tochter?«

»Ich fürchte, im Augenblick ist es einzig und allein ›ihre‹ Tochter. Sie reagiert nicht gerade logisch.«

»Hört sich ganz so an. Na, ich lasse es nicht zu, daß Anita mich von Ellen trennt. Ich hätte sie schon früher angerufen, aber ich wußte nicht, wie ich mich mit ihr in Verbindung setzen konnte.«

»Ich zeige es dir. Ich rufe an, und du kannst es aufschreiben. Es ist ...«

»Moment!« unterbrach ich sie. »Laß das Terminal in Ruhe! Anita soll doch nichts davon wissen.«

»Richtig. Deshalb rufe ich ja auch von hier aus an.«

»Und der Anruf wird auf unserer Hotelrechnung stehen, und diese Rechnung zahlst du mit deiner Davidson-Kreditkarte, und dann ... Überprüft Anita noch immer jede Rechnung, die ins Haus kommt?«

»O ja. Ach, Marj, ich bin ein Dummkopf!«

»Nein, du bist nur ehrlich. Anita hätte sicher nichts gegen die Ausgabe, aber ihr fällt bestimmt jeder Kode auf, der auf einen Auslandsanruf hindeutet. Wir sollten lieber zur Post hinübergehen und von dort aus anrufen. Gegen bar. Oder, was noch einfacher ist, wir nehmen *meine* Kreditkarte, die nicht über Anita abgerechnet wird.«

»Natürlich! Marj, du gäbst eine gute Spionin ab.«

»O nein; das ist mir zu gefährlich. Ich habe nur Übung darin, meiner Mutter aus dem Weg zu gehen. Legen wir die Ohren an und gehen wir zur Post hinüber. Vickie, was ist denn eigentlich mit Ellens Mann? Hat er zwei Köpfe oder was?«

»Äh, er ist Tonganer. Oder wußtest du das schon?«

»Natürlich wußte ich das. Aber Tonganer zu sein ist doch keine ansteckende Krankheit. Außerdem geht das nur Ellen etwas an. Es ist ihr Problem – wenn es überhaupt eins ist. Aber ich wüßte nicht, wie.«

»Äh ... Anita hat ungeschickt darauf reagiert. Sobald es geschehen ist, muß man eben sehen, daß man gute Miene zum bösen Spiel macht. Aber eine Mischehe ist immer unschön, meine ich – besonders wenn es das Mädchen ist, das unter seinem Stande heiratet, wie man es bei Ellen sehen muß.«

»›Unter ihrem Stande‹! Bisher hat man mir nur gesagt, daß er Tonganer ist. Tonganer sind groß und hübsch und gastfreundlich und etwa so braunhäutig wie ich. Vom Aussehen her sind sie von Maori nicht zu unterscheiden. Was wäre, wenn dieser junge Mann ein Maori gewesen wäre – aus einer guten Familie, die einst mit einem Kanu hier eingetroffen ist – und mit viel Land?«

»Ehrlich, ich glaube nicht, daß Anita das gefallen hätte, Marj –

aber sie wäre zur Hochzeit gegangen und hätte die Feier ausgerichtet. Ehen mit Maori gibt es hier, viele; das muß man akzeptieren. Gefallen muß es einem aber nicht. Die Rassen zu vermischen ist immer schlecht.«

(Vickie, Vickie, weißt du einen besseren Weg, die Welt aus dem Chaos zu führen, in dem sie sich befindet?) »Na und? Vikkie, meine eingebaute Sonnenbräune, weißt du, woher ich die habe?«

»Du hast es uns erzählt. Du bist Indianerin. Eine ›Cherokee‹, wie du gesagt hast. Marj! Habe ich dich irgendwie gekränkt? Du meine Güte! Das ist es doch gar nicht! Alle wissen, daß Indianer ... na ja, genau wie Weiße sind. In keiner Weise minderwertiger.«

(Ja, ja, gewiß doch! Und »zu meinen besten Freunden gehören auch Juden«. Aber soweit ich weiß, bin ich kein Cherokee. Liebe kleine Vikkie, was würdest du denken, wenn ich dir erzählte, daß ich eine KP bin? Ich bin versucht, es dir zu offenbaren – aber ich darf dich nicht schokkieren.)

»Nein, du hast mich nicht gekränkt, denn ich muß mir klarmachen, woher diese Äußerungen kommen. Du weißt es nicht besser. Du bist nie gereist und hast deine rassistische Einstellung vermutlich schon mit der Muttermilch in dich aufgesaugt.«

Vickies Gesicht rötete sich. »Das ist mehr als unfair! Marj, als es um deine Mitgliedschaft in der Familie ging, habe ich mich für dich eingesetzt. Ich habe für dich gestimmt!«

»Ich hatte bisher den Eindruck, daß das jeder getan hätte. Sonst wäre ich nicht zu euch gekommen. Darf ich nun davon ausgehen, daß mein Cherokee-Blut bei euren Diskussionen eine Rolle gespielt hat?«

»Nun ja – es wurde davon gesprochen.«

»Von wem und in welcher Weise?«

»Ähh ... Marjorie, es handelt sich da um Sitzungen des Exekutivausschusses, so muß es nun mal sein. Ich darf nicht darüber sprechen.«

»Hmm, das sehe ich ein. Hat es auch über Ellen eine solche Sitzung gegeben? Wenn ja, dann solltest du eigentlich rückhaltlos darüber sprechen, denn ich hätte das Recht gehabt dabeizusein und mitzustimmen.«

»In dem Fall hat es keine Sitzung gegeben. Anita sagte, das wäre überflüssig. Sie sagte, es läge ihr nicht daran, Glücksjäger zu fördern. Da sie Ellen bereits gesagt hatte, sie dürfe Tom nicht zu einer Begegnung mit der Familie nach Hause bringen, konnte man wohl wenig machen.«

»Habt ihr euch nicht alle für Ellen eingesetzt? Hast *du* es getan, Vickie?«

Wieder errötete Vickie. »Anita hätte sich doch nur darüber aufgeregt.«

»Ich werde auch langsam aufgeregt. Nach den Regeln, die in unserer Familie herrschen, ist Ellen nicht mehr und nicht weniger deine und meine Tochter, als sie Anitas Tochter ist, und es ist falsch von Anita, Ellen zu verbieten, ihren jungen Ehemann mit nach Hause zu bringen, ohne das mit uns anderen abzustimmen.«

»Marj, so war es doch aber gar nicht. Ellen wollte Tom zu einem Besuch mitbringen. Damit wir ihn uns ansehen. Du weißt schon.«

»Oh. Da ich selbst schon unter diesem Mikroskop gelegen habe, weiß ich natürlich Bescheid.«

»Anita wollte Ellen davon abhalten, eine schlechte Ehe einzugehen. Als wir übrigen zum erstenmal davon erfuhren, war Ellen bereits verheiratet. Anscheinend vollzog Ellen in dem Augenblick die Ehe, da sie Anitas Brief mit der Ablehnung bekam.«

»Verdammt! Jetzt geht mir ein Licht auf! Ellen stach Anitas As, indem sie sofort heiratete – und das hatte zur Folge, daß Anita ohne Vorankündigung den Gegenwert eines ganzen Familienanteils auszahlen mußte. So etwas könnte Schwierigkeiten bringen. Das ist ein ziemlich großer Brocken. Immerhin brauche ich viele Jahre, um für meinen Anteil zu bezahlen.«

»Nein, das ist es nicht. Anita ist wütend, weil ihre Tochter – ihr Liebling, das wissen wir alle – einen Mann geheiratet hat, den sie ablehnt. Anita hat nicht soviel Geld zusammenbringen müssen, weil sich das als unnötig erwies. Es besteht keine vertragliche Verpflichtung, einen Anteil auszuzahlen – und Anita hat klargestellt, daß sie auch keine moralische Verpflichtung sieht, das Familienkapital zu schmälern, nur damit sich ein Abenteurer bereichert.«

Kalte Wut überkam mich. »Vickie, ich traue meinen Ohren nicht! Was für rückgratlose Würmer seid ihr eigentlich, daß ihr Ellen so im Stich läßt?« Ich atmete tief ein und versuchte meine Erregung in den Griff zu bekommen. »Ich verstehe euch nicht. Keinen von euch. Aber ich will versuchen, mit gutem Beispiel voranzugehen. Wenn wir nach Hause zurückkehren, werde ich zweierlei tun. Erstens begebe ich mich an den Terminal im Familienzimmer, während alle anderen dabei sind, rufe Ellen an und lade sie und ihren Mann zu einem Besuch nach Hause ein – zum nächsten Wochenende, weil ich bald wieder arbeiten muß und es nicht versäumen möchte, meinen neuen Schwiegersohn kennenzulernen.«

»Anita wird an die Decke gehen.«

»Das werden wir sehen. Dann werde ich eine Familienzusammenkunft einberufen und vorschlagen, daß Ellens Anteil ihr so schnell ausgezahlt wird, wie es mit der notwendigen Vorsorge für die Erhaltung des Familienvermögens möglich ist. Vermutlich wird sich Anita auch darüber aufregen.«

»Wahrscheinlich. Und es ist ganz sinnlos, denn du würdest die Abstimmung verlieren. Marj, warum mußt du das tun? Die Dinge sind schon schlimm genug.«

»Möglich. Aber es wäre doch denkbar, daß einige von euch nur darauf gewartet haben, daß jemand sich aktiv gegen Anitas Tyrannei auflehnt. Wenigstens werde ich feststellen, wie die Gewichte verteilt sind, Vick. Aufgrund des von mir unterschriebenen Vertrages habe ich über siebzigtausend EnEs-Dollar in die Familie eingezahlt. Dazu sagte man mir, ich müsse mich in diese Ehe deswegen einkaufen, weil jedes der vielen Kinder beim Verlassen der Familie einen vollen Anteil ausbezahlt bekommen soll. Ich erhob dagegen keine Einwände, sondern leistete meine Unterschrift. Damit wurde eine Verpflichtung begründet, egal was Anita sagt. Wenn man Ellen nicht heute auszahlen kann, dann werde ich darauf bestehen, daß meine monatlichen Zahlungen an Ellen gehen, bis Anita den Rest eines Anteils lockermachen kann, um Ellen ganz auszuzahlen. Hört sich das vernünftig an?«

Sie antwortete nicht sofort. »Marj, ich weiß nicht. Ich habe noch keine Zeit zum Nachdenken gehabt.«

»Dann nimm dir die Zeit! Denn etwa Mittwoch wirst du dich entscheiden müssen. Ich lasse es nicht länger zu, daß Ellen so stiefmütterlich behandelt wird.« Lächelnd fügte ich hinzu: »Komm, schau nicht so ernst! Jetzt gehen wir zur Post hinüber und zeigen uns Ellen von unserer fröhlichen Seite.«

Aber wir gingen doch nicht zur Post; wir riefen Ellen auf unserem Ausflug nicht an. Statt dessen setzten wir unser Gespräch über einigen Drinks fort. Ich weiß nicht genau, wie die

Sprache dann auf KPs kam – sicher bei einer der Gelegenheiten, da mir Vickie zum wiederholten Male »beweisen« wollte, daß sie keinerlei rassische Vorurteile habe, während sie doch jedesmal, wenn sie den Mund aufmachte, dieser irrationalen Einstellung das Wort redete. Die Maori waren natürlich prima, und natürlich galt das auch für die amerikanischen Indianer und die Inder, und auch die Chinesen hatten ihren Anteil an Genies hervorgebracht, das wußte doch jeder; aber irgendwo mußte man doch einen Punkt machen ...

Wir waren zu Bett gegangen, und ich versuchte das Gerede zu ignorieren, als mich einige Worte auffahren ließen. »Woher willst *du* das wissen?«

»Woher will ich *was* wissen?«

»Du hast eben gesagt: ›Natürlich würde niemand ein Artefakt heiraten.‹ Woher willst du wissen, daß eine Person ein Artefakt ist? Nicht alle tragen Seriennummern.«

»Wie bitte? Ach, Marjie, sei doch kein Dummkopf! Ein künstlich hergestelltes Wesen kann man doch nicht mit einem Menschen verwechseln. Wenn du je eines gesehen hast ...«

»Ich habe eins gesehen. Ich habe sogar viele gesehen!«

»Dann weißt du ja, was ich meine.«

»Was denn?«

»Daß du diese Ungeheuer sofort erkennst, wenn du sie nur anschaust.«

»*Wie* denn? Wie sehen die Stigmata aus, die eine Künstliche Person von jeder anderen unterscheiden. Nenn mir eins!«

»Marjorie, du gibst dich schrecklich störrisch, nur um mich aufzuregen. So etwas sieht dir gar nicht ähnlich. Du vermiest uns richtig unseren kleinen Ausflug.«

»Nicht an mir liegt das, Vick, sondern an dir. Indem du lächerliche, dumme, unangenehme Dinge sagst, ohne auch nur den geringsten Beweis dafür zu haben.« (Dieser Ausbruch beweist deutlich, daß eine gesteigerte Person kein Supermensch ist, da es sich dabei um genau die Sorte wahrheitsgemäßer Äußerung handelt, die viel zu grausam ist, um bei einer Familiendiskussion zu fallen.)

»Oh, wie böse von dir! Wie lügnerisch!«

Was ich nun tat, läßt sich nicht als Loyalität gegenüber anderen Künstlichen Personen bezeichnen, denn für KPs gibt es kein Zusammengehörigkeitsgefühl. Dazu fehlt jede Grundlage. Ich habe sagen hören, daß Franzosen für La Belle France zu sterben bereit sind – aber können Sie sich vorstellen, daß jemand für die Firma Homunculi GmbH, Zweigstelle South Jersey, zu kämpfen und zu sterben bereit wäre? Vermutlich handelte ich aus Eigeninteresse, obwohl ich wie bei vielen kritischen Entscheidungen meines Lebens später nicht analysieren konnte, warum ich so handelte. Der Chef meint, die wichtigen Aspekte meines Denkens spielten sich auf unterbewußter Ebene ab. Da hat er vielleicht recht.

Ich sprang jedenfalls aus dem Bett, riß mir das Nachthemd herunter und baute mich vor ihr auf. »Schau mich an!« forderte ich. »Bin ich eine Künstliche Person? Oder nicht? Und wie willst du deine Meinung begründen?«

»Ach, Marjie, hör auf, dich hier zu produzieren! Alle wissen doch, daß du die beste Figur in der Familie hast; du brauchst es mir nicht zu beweisen.«

»Antworte! Sag mir, was ich bin, und sag mir, woher du das wissen willst! Du kannst jede Probe machen, die dir einfällt. Nimm dir Gewebemuster zur Laboranalyse. Aber sag mir, was ich bin, und welche Hinweise für dich den Beweis dazu darstellen.«

»Du bist ein böses Mädchen, ja, das bist du!«

»Mag sein. Mit ziemlicher Sicherheit sogar. Aber von welcher Art? Eine Naturgeborene? Oder eine Künstliche Person?«

»Ach, Unsinn! Naturgeboren, natürlich.«

»Falsch! Ich bin künstlich erzeugt ...«

»Ach, hör mit dem Unsinn auf! Zieh dein Nachthemd an und komm wieder ins Bett!«

Aber ich ließ sie nicht in Ruhe. Ich bedrängte sie mit der Beschreibung des Labors, das mich entworfen hatte, dem Datum, an dem ich aus der künstlichen Gebärmutter genommen worden war – mein ›Geburtstag‹, obwohl wir AP ein wenig länger ›getragen‹ werden, um den Reifeprozeß zu beschleunigen –, ich zwang sie, sich eine Beschreibung des Lebens in der Krippe des Produktionslabors anzuhören. (Berichtigung: des Lebens in der Krippe, die mich aufzog; andere Produktionskrippen können anders organisiert sein.)

Ich vermittelte ihr eine Zusammenfassung meines Lebens nach Verlassen der Krippe – vorwiegend Lügen, da ich natürlich keine Geheimnisse meines Chefs preisgeben durfte; ich wiederholte lediglich, was ich schon der Familie gesagt hatte, daß ich Handelsreisende sei, die vertrauliche Aufträge zu erledigen habe. Ich brauche meinen Chef nicht zu erwähnen, weil Anita schon vor Jahren zu dem Schluß gekommen war, ich sei Abgesandter eines Multis, die Art Diplomat, die stets anonym reist – ein verständlicher Irrtum, den ich im Raum stehenließ.

»Marjie«, sagte Vickie, »ich wünschte, du würdest das sein lassen. Eine solche Anhäufung von Lügen könnte deine unsterbliche Seele gefährden.«

»Ich habe keine Seele. Das sage ich dir doch die ganze Zeit!«

»Ach, hör auf! Du bist in Seattle geboren. Dein Vater war Elektroingenieur; deine Mutter Kinderärztin. Beim großen Erdbeben hast du beide verloren. Du hast uns doch von ihnen erzählt – hast uns Bilder gezeigt.«

»›Meine Mutter war ein Reagenzglas, mein Vater ein Skalpell.‹ Vickie, es mag eine Million oder mehr Künstliche Personen geben, deren ›Geburtsunterlagen‹ beim Untergang Seattles ›vernichtet‹ wurden. Es gibt keine Möglichkeit, sie zu zählen, da man ihren Lügen niemals nachging. Nach den Ereignissen dieses Monats wird es bald eine Menge Leute geben, die in Acapulco ›geboren‹ wurden. Wir müssen auf solche Schlupflöcher zurückgreifen, um von den ewig gestrigen Ignoranten und Vorurteilsbeladenen nicht verfolgt zu werden.«

»Und damit willst du sagen, daß ich ignorant und voller Vorurteile bin!«

»Damit will ich sagen, daß du ein liebenswertes Mädchen bist, dem von seinen Eltern allerlei Lügenmärchen aufgetischt wurden. Ich versuche das richtigzustellen. Aber wenn dir der Schuh paßt, kannst du ihn ja anziehen!«

Dann hielt ich den Mund. Vickie gab mir keinen Gutenachtkuß. Es dauerte lange, bis wir einschlafen konnten.

Am nächsten Tag taten wir beide so, als hätte es den Streit nicht gegeben. Vickie erwähnte Ellen nicht; ich sprach nicht von KPs. Unser lustiger Ausflug aber war verdorben. Wir erledigten unsere Einkäufe und flogen mit dem Abend-Shuttle nach Hause. Ich machte meine Drohung nicht wahr: ich rief nach meiner Rückkehr Ellen nicht an. Allerdings vergaß ich sie auch nicht; ich hoffte nur, daß sich die Sache mit der Zeit etwas erträglicher gestalten würde. Vermutlich war das ein feiges Verhalten.

Anfang der folgenden Woche forderte Brian mich auf, ihn auf einer kleinen Reise zu begleiten: Er müsse für einen Kunden ein

Grundstück begutachten. Es war eine lange, angenehme Fahrt, und wir aßen in einem Landhotel zu Mittag – ein Frikassee, das als Lamm verkauft wurde, obwohl es sich zweifellos um einen ausgewachsenen Hammel handelte, hinuntergespült mit reichlich mildem Bier. Wir aßen im Freien unter Bäumen.

Nach dem Nachtisch – ein Beerentörtchen, das recht gut schmeckte – sagte Brian: »Marjorie, Victoria ist da mit einer seltsamen Geschichte zu mir gekommen.«

»Ja. Und?«

»Meine Liebe, du mußt mir glauben, daß ich nicht davon sprechen würde, wenn Vickie nicht so beunruhigt wäre.« Er schwieg.

Ich wartete ab. »Worüber ist sie beunruhigt, Brian?«

»Sie behauptet, du hättest ihr gesagt, du wärst ein LA, das sich als Mensch verstellt. Tut mir leid, aber genau das hat sie gesagt.«

»Ja, ich hab' es ihr gesagt. Allerdings nicht mit diesen Worten.«

Ich fügte keine Erklärung hinzu. Nach einiger Zeit fragte Brian sanft: »Darf ich mich nach dem Grund erkundigen?«

»Brian, Vickie sagte einige dumme Dinge über Tonganer, und ich versuchte ihr begreiflich zu machen, daß ihre Worte dumm und falsch waren – und daß sie dadurch Ellen ins Unrecht setzte. Ellen macht mir große Sorgen. Als ich hier eintraf, hieltest du mich ihretwegen zum Schweigen an, und ich habe mich danach gerichtet. Aber ich kann nicht länger den Mund halten. Brian, was wollen wir im Hinblick auf Ellen unternehmen? Sie ist deine und meine Tochter; wir können nicht darüber hinweggehen, daß sie falsch behandelt wird. Was tun wir?«

»Ich bin nicht unbedingt der Überzeugung, daß etwas unternommen werden sollte. Bitte wechsle nicht das Thema! Vickie ist sehr bedrückt. Ich versuche das Mißverständnis aufzuklären.«

Ich antwortete: »Ich habe nicht das Thema gewechselt. Es geht um die Ungerechtigkeit, die Ellen widerfährt, und ich lasse nicht locker. Gibt es einen Grund, warum Ellens Mann nicht akzeptiert werden kann? Abgesehen von dem Vorurteil gegen ihn, weil er Tonganer ist?«

»Nicht daß ich wüßte. Obwohl es meiner Meinung nach von Ellen rücksichtslos war, einen Mann zu heiraten, der ihrer Familie nicht einmal vorgestellt worden war. Darin liegt kein angemessener Respekt gegenüber den Menschen, die sie ihr ganzes Leben lang geliebt und die für sie gesorgt haben.«

»Moment mal, Brian! Wie Vickie die Sache darstellt, äußerte Ellen den Wunsch, ihn zu Hause vorzuführen, so wie auch ich nach Hause gebracht wurde, und Anita widersetzte sich. Woraufhin Ellen ihn heiratete. Stimmt das?«

»Nun, ja. Aber Ellen war halsstarrig und hat vorschnell gehandelt. Ich finde, Sie hätte das nicht tun dürfen, ohne vorher mit ihren anderen Eltern zu sprechen. Ich war ziemlich gekränkt.«

»Hat sie versucht, mit dir zu sprechen? Hast du dich bemüht, mit ihr zu sprechen?«

»Marjorie, als ich davon erfuhr, war alles gelaufen.«

»Das hat man mir auch gesagt. Brian, seit meiner Rückkehr in die Familie habe ich gehofft, daß mir jemand die Ereignisse erklären würde. Nach Vickies Aussage wurde dieses Problem zu keiner Zeit im Familienrat behandelt. Anita lehnte ab, als Ellen ihren Schatz zu Hause vorstellen wollte. Der Rest von Ellens Eltern wußte entweder nichts darüber oder unternahm nichts gegen Anitas ... äh ... Grausamkeit. Ja, ›Grausamkeit‹. Woraufhin sich das Kind verheiratete. Woraufhin Anita auf die Grausamkeit eine Ungerechtigkeit setzte: sie verwehrte Ellen ihr Geburtsrecht, ihren Anteil am Familienvermögen. Stimmt das?«

»Marjorie, du warst nicht hier. Wir übrigen – sechs von sieben – haben uns in dieser schwierigen Lage so vernünftig verhalten, wie wir konnten. Ich finde es von dir nicht richtig, jetzt im Nachhinein zu kommen und unser Tun zu kritisieren – mein Wort, das finde ich nicht richtig!«

»Mein Lieber, ich will dich nicht beleidigen. Aber es geht mir genau darum, daß *sechs* von euch *nichts* getan haben. Anita hat allein gehandelt und Dinge getan, die aus meiner Sicht grausam und ungerecht sind – und ihr übrigen hieltet euch zurück und ließet ihr das durchgehen. Es handelt sich also nicht um eine Familienentscheidung, sondern um einen Entschluß Anitas. Wenn das stimmt, Brian – und stell bitte richtig, wenn ich falsch liege –, dann fühle ich mich bemüßigt, eine Sitzung aller Frauen und Männer zu verlangen, um diese Grausamkeit wiedergutzumachen. Wir müssen Ellen und ihren Mann zu einem Besuch nach Hause einladen und damit die begangene Grausamkeit aus der Welt schaffen. Und es gilt die Ungerechtigkeit zu tilgen, indem wir Ellen den angemessenen Anteil des Familienvermögens auszahlen oder zumindest die Schuld anerkennen, wenn sich die Mittel nicht sofort flüssig machen lassen. Sagst du mir bitte dazu deine Meinung?«

Brian trommelte mit den Fingernägeln auf die Tischplatte. »Marjorie, du siehst diese komplizierte Situation viel zu simpel. Du gestehst mir hoffentlich zu, daß ich Ellen liebe und mir ihr Wohlergehen ebenso am Herzen liegt wie dir?«

»Aber ja doch, Liebling!«

»Vielen Dank. Ich stimme dir zu, daß Anita es nicht hätte verbieten dürfen, daß Ellen den jungen Mann zu Hause vorstellte. O ja, hätte Ellen ihn vor dem Hintergrund ihres Zuhauses gesehen, angesichts der rücksichtsvollen Sitten und überlieferten Traditionen, wäre sie womöglich zu dem Schluß gekommen, daß er doch nicht der richtige Partner für sie war. Anita hat Ellen in eine törichte Ehe getrieben – und das habe ich ihr auch klar gesagt. Die Sache kann aber nicht kurzfristig aus der Welt geschafft werden, indem man die beiden zu uns einlädt. Das siehst du sicher ein. Sagen wir, daß Anita die beiden freundlich und verzeihend empfangen *müßte* – aber es führt nun mal kein Weg darum herum, daß sie es nicht tun wird, und wenn wir sie dazu zwingen wollten!«

Er grinste mich an, und ich mußte das Lächeln erwidern. Anita kann charmant sein – aber auch unglaublich kalt und rücksichtslos, wenn es ihr in den Kram paßt.

Brian fuhr fort: »Statt dessen werde ich in einigen Wochen Anlaß zu einer Reise nach Tonga haben, eine Gelegenheit, mich mit dem Mann bekanntzumachen, ohne Anita neben mir zu haben ...«

»Großartig. Nimm mich doch bitte mit!«

»Darüber würde Anita sich ärgern.«

»Brian, Anita hat mich in dieser Sache auch sehr geärgert. Ich lasse mich aus diesem Grund nicht von einem Besuch bei Ellen abhalten.«

»Hmm – würdest du aber auf etwas verzichten, das unser aller Wohlergehen beeinträchtigen könnte?«

»Wenn man mich darauf hinwiese, ja. Natürlich würde ich eine Erklärung verlangen.«

»Die sollst du bekommen. Aber laß mich zuerst auf den zweiten Punkt zu sprechen kommen. Natürlich bekommt Ellen jeden Penny, der ihr zusteht. Aber du mußt doch zugeben, daß dazu keine Eile besteht. Übereilt geschlossene Ehen halten oft nicht lange. Außerdem könnte es doch sein – allerdings habe ich dafür keinen Beweis –, daß Ellen das Opfer eines Glücksjägers geworden ist. Warten wir ein wenig ab, schauen wir uns an, wie sehr es der Bursche auf ihr Geld abgesehen hat. Wäre das nicht vorsichtig gedacht?«

Ich mußte zugeben, daß er recht hatte. Er fuhr fort: »Marjorie, meine Liebe, du bist mir und allen anderen besonders lieb, weil wir dich viel zu selten bei uns haben. Dadurch ist jeder Besuch von dir wie neue Flitterwochen. Weil du aber die meiste Zeit fort bist, verstehst du nicht, warum wir übrigen es immer darauf anlegen, Anita bei Laune zu halten.«

»Nun ja. Nein, ich weiß es nicht. Das müßte aber in beiden Richtungen funktionieren.«

»Im Umgang mit dem Gesetz und mit anderen Menschen habe ich festgestellt, daß ein großer Unterschied besteht zwischen dem ›Ist‹ und dem ›Sollte-Sein‹. Ich lebe mit Anita am längsten zusammen; ich bin daran gewöhnt, ihre kleinen Eigenarten zu ertragen. Was dir nicht bewußt wird, ist der Umstand, daß sie der Leim ist, der die Familie zusammenhält.«

»Wie das, Brian?«

»Zunächst die auf der Hand liegende Frage ihrer Verwaltungsposition. Als Führer der Familienfinanzen und der Familienunternehmungen ist sie so gut wie unersetzbar. Vielleicht könnte der eine oder andere von uns in ihre Fußstapfen treten, aber es ist klar, daß sich niemand nach dem Posten sehnt, und ich glaube, daß niemand an ihr Können herankäme. Aber auch abgesehen vom Geld ist sie eine entschlossene, fähige Führernatur. Ob es nun darum geht, einen Streit zwischen Kindern zu schlichten oder eine der tausend Fragen zu klären, die sich in einem großen Haushalt ergeben, Anita kommt stets zu einem Entschluß und hält die Dinge im Fluß. Eine Gruppenfamilie wie die unsere braucht einen starken, fähigen Anführer.«

(*Einen starken, fähigen Tyrannen,* sagte ich lautlos vor mich hin.)

»Liebe Marjorie, kannst du also noch ein wenig warten und dem guten alten Brian Zeit lassen, die Sache zu klären? Du mußt mir glauben, daß ich Ellen so sehr liebe wie du!«

Ich tätschelte ihm die Hand. »Natürlich glaube ich das.« *(Aber laß dir nicht zu lange Zeit!)*

»Und wenn wir jetzt nach Hause kommen, gehst du dann zu Vickie und sagst ihr, daß du dir einen Scherz erlaubt hast und daß es dir leid tut, sie so aufgeregt zu haben? Ich bitte dich darum, meine Liebe.«

(Hoppla! Ich hatte so sehr an Ellen gedacht, daß mir ganz entfallen war, womit dieses Gespräch begonnen hatte.) »Einen Moment, Brian! Ich will gern abwarten und darauf verzichten, Anita weiter aufzuregen, weil du mir sagst, es wäre nötig. Aber ich werde Vickies Rassenvorurteilen keinen Vorschub leisten!«

»Das tätest du ja auch nicht. Unsere Familie ist in solchen Dingen nicht einer Meinung. Ich denke ja so wie du, und du wirst feststellen, daß das bei Liz auch der Fall ist. Vickie sitzt irgendwie auf dem Zaun; sie möchte einen Weg finden, Ellen in die Familie zurückzuholen, und nachdem ich inzwischen mit ihr gesprochen habe, räumt sie gern ein, daß Tonganer auch nicht anders sind als Maori und daß es einzig und allein auf die jeweilige Person ankommt. Sie regt sich im Grunde auch nur über den seltsamen Scherz auf, den du im Hinblick auf deine eigene Person gemacht hast.«

»Oh! Brian, du hast mir einmal gesagt, du hättest ein Biologiestudium so gut wie abgeschlossen, ehe du dich für Jura entschiedest.«

»Ja. ›So gut wie abgeschlossen‹ ist wohl ein bißchen übertrieben.«

»Dann weißt du, daß eine Künstliche Person von einem ganz normalen Menschen biologisch nicht zu unterscheiden ist. Das Fehlen der Seele zeigt sich nicht.«

»Wie bitte? Ich bin lediglich im Kirchenvorstand, meine Liebe; um die Seelen sollen sich die Theologen kümmern. Es ist jedenfalls nicht schwierig, ein Lebendiges Artefakt auszumachen.«

»Ich habe nicht von einem Lebendigen Artefakt gesprochen. Dieser Begriff gilt sogar für einen sprechenden Hund wie Lord Nelson. Eine Künstliche Person aber beschränkt sich streng auf die menschliche Gestalt und ein entsprechendes Aussehen. Wie willst du sie also identifizieren? Und das ist der Unsinn, den Vickie von sich gegeben hat – sie könne eine KP stets sofort erkennen. Nimm zum Beispiel mich! Brian, du kennst meinen Körper recht gründlich – und das freut mich. Bin ich ein normaler Mensch oder eine Künstliche Person?«

Brian grinste und fuhr sich mit der Zunge über die Lippen. »Süße Marjie, vor jedem Gericht würde ich neun Eide schwören, daß du durch und durch menschlich bist – außer an den

Stellen, wo du göttlich bist. Soll ich auf die Einzelheiten eingehen?«

»Da ich deinen Geschmack kenne, mein Lieber, ist das wohl unnötig. Vielen Dank. Aber nun mal im Ernst! Nehmen wir einmal um der Diskussion willen an, ich sei eine Künstliche Person. Wie soll ein Mann, der mit mir im Bett liegt – wie du es gestern nacht und viele Nächte zuvor getan hast – erkennen, daß ich ein künstliches Wesen bin?«

»Marjie, bitte hör damit auf! Das ist nicht mehr komisch.«

(Manchmal regen mich die Menschen wirklich auf!) Barsch sagte ich: »Ich *bin* eine Künstliche Person!«

»Marjorie!«

»Glaubst du mir nicht? Muß ich es dir beweisen?«

»Hör auf, Witze zu machen! Sofort! Oder ich lege dich übers Knie, sobald wir nach Hause kommen, ich verspreche es dir. Marjorie, ich habe dich – oder eine andere meiner Frauen – nie grob behandelt. Aber du bist im Begriff, dir eine Zurechtweisung zu verdienen.«

»Ach? Siehst du das letzte Stück Kuchen auf deinem Teller? Ich werde es mir nehmen. Klatsch über dem Teller die Hände zusammen und hindere mich daran!«

»Sei doch kein Dummkopf!«

»Nun mach schon! Du kannst dich nicht schnell genug bewegen, um mich aufzuhalten.«

Wir sahen uns an. Plötzlich begann er die Hände zusammenzuschlagen. Ich ging auf das automatische Übertempo, schnappte mir meine Gabel, spießte das Stück Kuchen auf, zog die Gabel zwischen seinen sich schließenden Händen hindurch und bremste das Übertempo, ehe ich mir den Brocken in den Mund schob.

(Der Plastiklöffel, den ich in der Krippe bekam, stellte keine Diskriminierung dar, sondern sollte mich schützen. Als ich das erstemal eine Gabel benutzte, zerstach ich mir die Lippe, weil ich noch nicht wußte, wie ich meine Bewegungen verlangsamen und denen ungesteigerter Personen anpassen sollte.)

Der Ausdruck, der sich auf Brians Gesicht breitmachte, mag ›unbeschreiblich‹ zu nennen sein.

»Genügt dir das?« fragte ich ihn. »Nein, wahrscheinlich nicht. Mein Lieber, reich mir die Hand!« Ich hielt ihm die rechte Hand hin.

Er zögerte und griff zu. Ich überließ ihm die Kontrolle des

Griffes, dann steigerte ich allmählich den Druck. »Tu dir nicht selbst weh, mein Lieber«, sagte ich warnend. »Sag mir, wenn ich aufhören soll!«

Brian ist kein Jammerlappen und vermag einiges an Schmerz auszuhalten. Ich wollte schon wieder loslassen, weil es mir nicht darum ging, ihm die Handknochen zu brechen, als er plötzlich sagte: »Es *reicht*!«

Sofort lockerte ich den Griff und begann seine Hand sanft zu massieren. »Es hat mir keinen Spaß gemacht, dir weh zu tun, Liebling, aber ich mußte dir beweisen, daß ich die Wahrheit gesagt habe. Normalerweise gebe ich mir große Mühe, keine ungewöhnlichen Reflexe, keine übermäßigen Körperkräfte zu offenbaren. Aber bei der Arbeit, die ich tue, brauche ich sie. Bei mehreren Gelegenheiten haben mir gesteigerte Kräfte und Hypermotorik das Leben gerettet. Ich achte sehr darauf, beides nur dann einzusetzen, wenn es nicht anders geht. Also – brauchst du sonst noch einen Beweis dafür, daß ich wirklich das bin, als was ich mich bezeichne? Ich bin auch in anderer Hinsicht gesteigert, aber Geschwindigkeit und Muskelstärke lassen sich am einfachsten vorführen.«

»Es wird Zeit, daß wir nach Hause fahren«, sagte er und war ziemlich blaß.

Auf dem Heimweg wechselten wir kein Dutzend Worte. Ich fahre sehr gern mit Pferd und Wagen. An jenem Tag aber hätte ich lieber in einem lärmenden angetriebenen Fahrzeug gesessen, wenn es nur *schnell* gewesen wäre!

In den nächsten Tagen ging Brian mir aus dem Weg; ich sah ihn lediglich beim Abendessen. Dann kam ein Morgen, an dem Anita zu mir sagte: »Meine liebe Marjorie, ich will in der Stadt ein paar Besorgungen machen. Begleitest du mich und hilfst mir ein wenig?« Natürlich sagte ich zu.

Sie tätigte mehrere Einkäufe in der Gegend Cloucester Street und Durham. Nichts, wozu sie meine Hilfe benötigt hätte. Ich kam zu dem Schluß, daß es ihr um meine Gesellschaft ging, worüber ich mich freute. Anita ist eine sehr angenehme Person, solange man sich ihrem Willen nicht widersetzt.

Als wir fertig waren, schlenderten wir am Ufer des Avon die Camridge Terrace entlang, dann in den Hagley Park und die Botanischen Gärten. Anita wählte ein sonniges Fleckchen, von wo wir die Vögel beobachten konnten, und zog ihr Strickzeug aus der Tasche. Eine Weile unterhielten wir uns über Belanglosigkeiten oder schwiegen.

Etwa eine halbe Stunde war vergangen, als ihr Telefon summte. Sie nahm es aus der Stricktasche, hob das Knöpfchen ans Ohr. »Ja?« Dann fügte sie hinzu: »Danke. Ende.« Sie verstaute das Telefon wieder, ohne mir zu sagen, wer angerufen hatte. Das war natürlich ihr Recht ...

Indirekt jedoch sprach sie davon. »Sag mir eins, Marjorie, hast du jemals etwas bedauert? Oder Schuldgefühle gehabt?«

»Ja, manchmal.« Sollte ich welche haben? Weswegen? Ich zermarterte mir das Gehirn, da ich mir große Mühe gegeben hatte, Anita nicht zu verärgern.

»Wegen der Art und Weise, wie du uns getäuscht und betrogen hast.«

»*Was?*«

»Spiel nicht die Unschuldige!« fuhr sie mich an. »Ich hatte bisher noch nie mit einem Geschöpf zu tun, das nicht Gottes Gesetz untersteht. Ich war mir nicht sicher, ob du Begriffe wie Sünde und Schuld überhaupt *begreifen* würdest. Nicht daß es darauf noch ankommt, nachdem nun deine Maske gefallen ist! Die Familie fordert sofortige Annullierung; Brian ist heute bei Richter Ridgley.«

Ich richtete mich auf. »Mit welcher Begründung? Ich habe nichts Unrechtes getan!«

»O doch! Du vergißt, daß nach unseren Gesetzen ein Nichtmensch mit Menschen niemals einen Ehevertrag eingehen kann. Niemals!«

8. Kapitel

Eine Stunde später ging ich an Bord der Shuttle nach Auckland und hatte nun endlich Zeit, über meine Torheit nachzudenken.

Beinahe drei Monate lang, seit dem Abend, da ich mit dem Chef darüber gesprochen hatte, war mir zum erstenmal in meinem Leben mein »menschlicher« Status ganz problemlos vorgekommen. Er hatte mir versichert, ich sei »so menschlich wie Eva aus dem Paradies« und ich könne getrost jedem sagen, ich sei ein AP, weil niemand mir glauben würde.

Der Chef hatte beinahe recht. Aber er hatte nicht damit gerechnet, daß ich mir Mühe geben würde zu beweisen, daß ich nach EnEs-Gesetz kein »Mensch« war.

Im ersten Moment hatte ich eine Anhörung vor dem vollen Familienrat verlangen wollen – mußte dann aber erfahren, daß mein Fall in diesem Gremium bereits abgehandelt und mit sechs zu null gegen mich entschieden worden war.

Ich kehrte nicht einmal ins Haus zurück. Der Anruf, den Anita während unseres Aufenthaltes im Botanischen Garten erhalten hatte, war die Nachricht, daß meine persönlichen Habseligkeiten gepackt und in der Gepäckaufbewahrung der Shuttle-Station eingeliefert worden waren.

Trotzdem hätte ich noch auf eine offene Abstimmung im Haus bestehen können, anstatt Anitas (zweifelhaften) Äußerungen zu glauben. Aber mit welchem Ziel? Um eine Auseinandersetzung zu gewinnen? Um etwas zu beweisen? Oder um lediglich Haarspaltereien zu betreiben? Ich brauchte knapp fünf Sekunden, um zu erkennen, daß alles, was mir lieb und teuer gewesen war, nicht mehr existierte. Verblaßt wie ein Regenbogen, geplatzt wie eine Seifenblase – ich gehörte nicht mehr dazu. Jene Kinder waren nicht die meinen, nie wieder würde ich mich mit ihnen auf dem Boden herumwälzen.

In tränenlosem Kummer dachte ich über diese Aspekte nach und verpaßte dabei beinahe, daß Anita sich mir gegenüber »großzügig« verhalten hatte: In dem Vertrag, den ich mit der Familienfirma geschlossen hatte, stand im Kleingedruckten, daß das Gesamtkapital augenblicklich fällig sei, wenn ich die Bedingungen des Vertrages überträte. Daß ich ein »Nichtmensch« war – stellte das eine solche Übertretung dar? (Obwohl ich keinen Zahlungstermin versäumt hatte.) Sah man es aus meiner Sicht, so hatte ich mindestens achtzehntausend EnEs-Dollar zu fordern; aus anderer Sicht hatte ich nicht nur den bereits bezahlten Teil meiner Einlage verwirkt, sondern schuldete der Familie mehr als das Doppelte dieses Betrages.

Aber sie waren »großzügig« – wenn ich ohne Aufsehen und unverzüglich verschwand, wollten sie ihre Forderung gegen mich nicht durchsetzen. Unausgesprochen blieb, was geschehen würde, wenn ich in der Stadt blieb und einen öffentlichen Skandal anzettelte.

Ich schlich mich davon.

Ich brauche keinen Psychologen, der mir erklärt, daß ich das für mich selbst tat; dieser Umstand wurde mir klar, als mir Anita die schlechten Neuigkeiten offenbarte. Eine tieferzielende Frage ist schon: *Warum* handelte ich so?

Ich hatte es nicht Ellen wegen getan, das konnte ich mir gar nicht erst einreden. Im Gegenteil – meine Torheit hatte es mir unmöglich gemacht, mich in irgendeiner Weise für sie einzusetzen.

Warum also hatte ich es getan?

Zorn?

Eine bessere Antwort fand ich nicht. Aus Zorn über die gesamte menschliche Rasse wegen der Ansicht, daß ich und meinesgleichen keine Menschen sind und deshalb nicht gleich behandelt werden dürfen. Eine Empörung, die sich seit dem Tag in mir aufgebaut hatte, da ich erfuhr, daß menschliche Kinder Privilegien genossen, die sie nur deswegen besaßen, weil sie geboren worden waren, und die ich nie erringen konnte, nur weil ich kein *Mensch* im eigentlichen Sinne war.

Als Mensch durchzugehen überwindet in gewisser Weise die Hürde der Privilegien; damit endet aber nicht die Verstimmung gegenüber dem System. Der Druck baut sich um so mehr auf, als er keine Äußerung findet. Es kam der Tag, da es für mich wichtiger war herauszufinden, ob meine Familie mich als das akzeptieren konnte, was ich wirklich war, eine Künstliche Person, als die glücklichen Beziehungen aufrechtzuerhalten.

Und ich bekam meine Antwort. Kein einziger sprach sich für mich aus – so wie auch niemand für Ellen gewesen war. Ich glaube, ich wußte, daß man mich ausstoßen würde, als ich erfuhr, daß Ellen keine Unterstützung gefunden hatte. Das alles spielte sich aber in solchen tiefen Schichten meines Verstandes ab, daß ich mich damit nicht sehr gut auskenne – es handelt sich da um jene dunklen Regionen, in denen sich nach Ansicht meines Chefs mein wirkliches Denken vollzieht.

Ich erreichte Auckland zu spät, um die tägliche SBR nach Winnipeg noch zu erreichen. Nachdem ich mir für den Start des nächsten Tages eine Koje reserviert und bis auf mein Handgepäck alles aufgegeben hatte, überlegte ich, was ich mit den folgenden einundzwanzig Stunden anfangen sollte. Sofort fiel mir der lockige Wolf ein, Captain Ian. Nach seinen Äußerungen standen die Chancen, daß er in der Stadt sein würde, fünf zu eins gegen mich – doch in seiner Wohnung (wenn sie verfügbar war) mochte es gemütlicher sein als in einem Hotel. Ich suchte mir also ein öffentliches Terminal und gab seinen Kode ein.

Kurz darauf erhellte sich der Schirm; das fröhliche und ziemlich hübsche Gesicht einer jungen Frau erschien. »Hallo! Ich bin Torchy. Wer sind Sie?«

»Marj Baldwin«, antwortete ich. »Vielleicht habe ich mich vertippt. Ich möchte Captain Tormey sprechen.«

»Nein, Sie sind schon richtig, meine Liebe. Moment mal, ich lasse ihn aus seinem Käfig.« Sie drehte sich um und entfernte sich vom Objektiv. Gleichzeitig rief sie: »Wuschel! Am Quatscher ist 'ne flotte Biene. Kennt sogar deinen richtigen Namen.«

Als sie sich abwandte, fiel mein Blick auf bloße Brüste. Gleich darauf konnte ich das Mädchen zur Gänze sehen. Sie war nackt bis zu den Fersen. Ein gutgewachsener Körper – an der Basis vielleicht ein wenig breit, doch mit langen Beinen, schmaler Taille und Brüsten, die mir Konkurrenz machten – und ich habe noch keine Klagen gehört.

Lautlos verfluchte ich meine Dummheit. Ich wußte sehr gut, warum ich den Captain angerufen hatte: Ich wollte drei treulose Männer vergessen, indem ich mich in die Arme eines vierten stürzte. Ich hatte ihn gefunden, doch es sah so aus, als wäre er bereits belegt.

Er tauchte auf und war ebenfalls nur leicht bekleidet – in einem kurzen Bademantel. Verwirrt starrte er mich an, dann erkannte er mein Gesicht. »He! Miß ... *Baldwin!* Richtig! Das ist ja toll! Wo stecken Sie?«

»Am Flughafen. Ich habe nur mal Ihre Nummer gewählt, um zu sehen, ob Sie da sind.«

»Bleiben Sie, wo Sie sind! Rühren Sie sich nicht von der Stelle, lassen Sie auch das Atmen sein! Es dauert sieben Sekunden, Hemd und Hosen anzuziehen, dann hole ich Sie.«

»Nein, Captain. Ich wollte nur Hallo sagen. Ich steige nur mal wieder um.«

»Umsteigen? Wohin? Wann fliegen Sie weiter?«

Verdammt hoch drei – ich hatte mir meine Geschichte nicht zurechtgelegt. Nun ja, die Wahrheit ist oft besser als eine ungeschickt zusammengezimmerte Lüge. »Ich fliege nach Winnipeg zurück.«

»Aha! Dann steht Ihr Pilot vor Ihnen. Ich habe morgen den Mittagsstart. Sagen Sie mir genau, wo Sie sind, dann hole ich Sie in ... äh ... vierzig Minuten ab, wenn ich schnell genug ein Taxi bekomme.«

»Captain, das ist wirklich sehr nett von Ihnen, aber das geht doch nicht. Sie haben doch längst Gesellschaft. Die junge Frau, die sich eben meldete – Torchy.«

»›Torchy‹ heißt sie nicht, so *ist* sie. Übrigens meine Schwester Betty aus Sydney. Wohnt hier, wenn sie in der Stadt ist. Wahrscheinlich habe ich schon von ihr gesprochen.« Er drehte den Kopf und rief: »Betty, komm her und stell dich vor! Aber zieh dir erst was Anständiges an!«

»Für den Anstand ist es wohl zu spät«, antwortete ihre fröhliche Stimme, und schon tauchte sie hinter seiner Schulter auf, sich der Kamera nähernd. Im Gehen legte sie sich ein Badetuch um die Hüften, womit sie Mühe zu haben schien, und ich vermutete, daß sie etwas getrunken hatte. »Ach, was soll's! Mein Bruder möchte mich immer gern an die Kandare nehmen – mein Mann hat längst das Handtuch geworfen. Hören Sie, Schätzchen, ich habe genau gehört, was Sie gesagt haben. Ich bin seine verheiratete Schwester, das stimmt. Es sei denn, Sie hätten die Absicht, ihn zu ehelichen – dann wäre ich seine Verlobte. Tragen Sie sich mit solchen Plänen?«

»Nein.«

»Gut. Dann können Sie ihn haben. Ich will gerade Tee machen. Trinken Sie Gin? Oder Whiskey?«

»Ich trinke dasselbe wie Sie und der Captain.«

»Der darf nichts von beidem; er startet in weniger als vierundzwanzig Stunden. Aber wir beide säuseln uns einen an.«

»Dann schließe ich mich Ihrer Wahl an. Alles außer Gift.«

Anschließend überzeugte ich Ian, daß es besser sei, wenn ich mir am Flughafen eine Droschke suchte, wo ich schneller eine finden würde als er, der erst nach einem Wagen telefonieren müßte, um hin und her zu fahren.

Locksley Parade Nr. 17 ist ein neuer Wohnblock mit doppelter Außensicherung; mein Weg zu Ians Wohnung führte durch eine Art Schleusensystem, als befände ich mich an Bord eines Raumschiffes. Betty nahm mich zur Begrüßung in die Arme und küßte mich auf eine Weise, die mir bestätigte, daß sie getrunken hatte; anschließend nahm mich mein lockiger Wolf in Empfang und küßte mich auf eine Weise, die mir bestätigte, daß er nicht getrunken hatte, daß er aber erwartete, mich in naher Zukunft ins Bett zu bekommen. Nach meinen Ehemännern erkundigte er sich nicht; ich sagte auch von mir aus nichts über meine Familie – meine ehemalige Familie. Ian und ich verstanden uns gut, weil wir beide die Signale zu deuten wußten, weil wir uns richtig darauf einstellten und folglich den anderen nicht in die Irre führten.

Während Ian und ich in dieses wortlose Gespräch vertieft waren, verließ Betty das Zimmer und kehrte mit einem roten Wikkelrock zurück. »Zeit zum Tee«, verkündete sie und stieß dabei verstohlen auf. »Also raus aus der Zivilkleidung. Ziehen Sie das an, meine Liebe!«

War das ihr Einfall? Oder der seine? Schon nach kurzer Zeit kam ich zu dem Schluß, daß sie es gewesen sein mußte. Ians einfaches, gesundes Begehren war zwar so deutlich spürbar wie ein Hieb ins Gesicht, doch war er im Grunde auf seine Art ziemlich kleinbürgerlich. Ganz im Gegensatz zu Betty, die wirklich über alle Stränge schlug. Mir war das gleichgültig, da dies im Augenblick die Richtung war, die auch ich einschlagen wollte. Nackte Füße können so aufregend sein wie nackte Brüste, obwohl die meisten Menschen das nicht zu wissen scheinen. Ein in einen Wickelrock gekleidetes Mädchen ist provokativer als ein ganz nackter Körper. Diese Party kam mir gerade recht, und sicher konnte ich mich darauf verlassen, daß Ian die Aufsicht seiner Schwester im rechten Augenblick abschütteln würde. Durchaus möglich, daß Betty Eintrittskarten dafür verkaufen würde. Aber ich dachte nicht weiter darüber nach.

Ich betrank mich.

Wie gründlich ich dabei vorging, wurde mir erst am nächsten

Morgen klar, als ich aufwachte und bei mir im Bett einen Mann entdeckte, der *nicht* Ian Tormey war.

Mehrere Minuten lang blieb ich reglos liegen und schaute ihm beim Schnarchen zu, während ich meine gin-verdunstete Erinnerung durchforschte und ein Plätzchen für ihn suchte. Im Grunde bin ich dafür, daß eine Frau einem Mann zumindest vorgestellt wird, ehe sie die Nacht mit ihm verbringt. Hatte man uns formell bekanntgemacht? Hatten wir uns überhaupt begrüßt?

Stückweise fiel es mir wieder ein. Name: Professor Federico Farnese, wahlweise »Freddie« oder »Chubby« genannt. (Dabei war er gar nicht »chubby«-rundlich, sondern hatte nur ein kleines Bäuchlein von zuviel Schreibtischarbeit.) Bettys Ehemann, Ians Schwager. Ich erinnerte mich vage an ihn, wußte aber nicht mehr, wann er eingetroffen war oder warum er überhaupt fort gewesen war – wenn ich das überhaupt je gewußt hatte.

Sobald ich ihn untergebracht hatte, überraschte mich der Umstand, daß ich (anscheinend) die Nacht mit ihm verbracht hatte, nicht mehr sonderlich. In dem Gemütszustand, in dem ich mich gestern befunden hatte, wäre kein Mann vor mir sicher gewesen. Eine Frage aber machte mir zu schaffen: Hatte ich meinem Gastgeber den Laufpaß gegeben, um einem anderen Mann nachzujagen? Das wäre nicht sehr höflich, – Freitag – kein guter Stil.

Ich bohrte tiefer in meinem Gedächtnis nach. Nein, mindestens einmal hatte ich Ian doch die Ehre erwiesen. Und diese Erkenntnis freute mich sehr. Und Ian hatte es auch Vergnügen bereitet, wenn seine Äußerungen ernst gemeint waren. Dann aber hatte ich ihm den Rücken zugekehrt, aber auf seine Bitte. Nein, ich hatte meinen Gastgeber nicht abblitzen lassen, und er war sehr nett zu mir gewesen – genau, was ich gebraucht hatte, um zu vergessen, wie übel Anitas Bande selbstgerechter Rassisten mich beschwindelt und verstoßen hatte.

Mir fiel ein, daß meinem Gastgeber später von dem Spätankömmling Hilfe zuteil geworden war. Es überrascht ja auch nicht, daß eine gefühlsmäßig aufgewühlte Frau mehr Trost braucht, als ein Mann allein ihr spenden kann – aber ich wußte nicht mehr, wie die Sache vor sich gegangen war. Ein Tausch auf Gegenseitigkeit? Sei nicht neugierig, Freitag! Eine KP vermag sich auf die verschiedenen Tabus menschlicher Geschlechtlichkeit kaum einzustellen oder sie gar zu verstehen – allerdings hatte ich mir die vielen, vielen verschiedenen Regeln während meiner erotischen Grundausbildung gut eingeprägt, und ich wußte, daß dieses Tabu zu den stärksten gehört, eine Sache, die die meisten verheimlichten, selbst wenn über alles andere offen gesprochen wurde.

So nahm ich mir vor, nicht das geringste Interesse daran zu zeigen.

Freddie stellte das Schnarchen ein und öffnete die Augen. Er gähnte, streckte sich, dann sah er mich und zog ein verwirrtes Gesicht, schließlich grinste er und streckte den Arm nach mir aus. Ich beantwortete sein Lächeln und seine Bewegung und war bereit mitzumachen, als Ian das Zimmer betrat. »Guten Morgen, Marj«, sagte er. »Freddie, tut mir leid, euch zu stören, aber ich habe bereits eine Droschke warten. Marj muß aufstehen und sich anziehen. Wir fahren sofort ab.«

Freddie ließ mich nicht los. Er schnalzte lediglich mit der Zunge und zitierte:

»Setzt sich ein Gelbschnab'vogel fett
Auf mein schmales Fensterbrett.
Und blitzt mich boshaft an und spricht:
›Du Schlafmütz, schämst du dich denn nicht?‹«

Captain, dein Pflichtgefühl und dein Bemühen um das Wohlergehen unseres Gastes spricht für dich. Wann mußt du am Flughafen sein? Minus zwei Stunden? Und du startest genau um zwölf Uhr? Ja?«

»Ja, aber ...«

»Wohingegen Helen – du heißt doch Helen, oder? – sich durchaus noch dreißig Minuten vor dem Start am Abflug einfinden kann. Dafür will ich gern sorgen. Aber vorher wollen wir ...«

»Fred, ich will ja kein Spielverderber sein, aber es kann hier draußen bis zu einer Stunde dauern, eine Droschke zu bekommen, das weißt du so gut wie ich. Ich habe einen Wagen vor der Tür stehen.«

»Da hast du recht. Droschkenkutscher gehen uns aus dem Weg; den Pferden liegt unser Hügel nicht. Aus diesem Grund, mein lieber Schwager, habe ich schon gestern abend einen Wagen gemietet und dafür einen Sack voller Gold als Pfand hinterlassen. In diesem Augenblick steht die getreue alte Rosinante in einer Stallbox des Hausmeisters und stärkt sich mit köstlichem Mais für die bevorstehenden Mühen. Wenn ich unten anrufe, wird besagter Hausmeister, mit Schmiergeld gefügig gemacht, das liebe Tier anschirren und das Gespann zum Eingang geleiten. Womit ich dann Helen nicht später als einunddreißig Minuten vor dem Start am Abflugsteig abliefern werde. Und dafür verpfände ich das Pfund Fleisch, das deinem Herzen am nächsten liegt.«

»Deinem Herzen, meinst du wohl.«

»Ich habe mir mit der Formulierung größte Mühe gegeben.«

»Nun also – Marj, was meinst du dazu?«

»Äh ... wäre es dir recht, Ian? Ich habe eigentlich noch keine Lust, sofort aus dem Bett zu springen. Andererseits möchte ich dein Schiff nicht verpassen.«

»Wirst du auch nicht. Freddie ist ganz zuverlässig; er sieht nur nicht danach aus. Aber brecht um elf Uhr auf; dann könntet ihr es notfalls auch zu Fuß schaffen. Ich kann deine Reservierung über die Abfertigungssperre hinaus offenhalten; ein Captain hat eben doch ein paar Privilegien. Nun denn, bumst ruhig weiter!« Ian warf einen Blick auf seinen Uhrenfinger. »Neun Uhr. Tschüs!«

»He! Bekomme ich keinen Abschiedskuß?«

»Warum? Ich sehe dich doch an Bord. Außerdem haben wir in Winnipeg eine Verabredung.«

»Küß mich, verdammt, oder ich verpasse dein blödes Schiff!«

»Dann lös dich doch von dem fetten Römer da und paß auf, daß du mir die Uniform nicht fleckig machst!«

»Laß das lieber sein, alter Knabe. Ich küsse Helen für dich.«

Ian beugte sich herab und küßte mich gründlich, und ich brachte ihm seine hübsche Uniform nicht durcheinander. Dann gab er Freddie einen Kuß auf die kahle Stelle seines Schädels. »Vergnügt euch, Leute! Aber bring sie rechtzeitig zum Abflug. Bis dann!« In diesem Augenblick schaute Betty durch die Tür; ihr Bruder legte einen Arm um sie und nahm sie mit.

Ich wandte meine Aufmerksamkeit wieder Freddie zu. »Helen«, sagte er. »Jetzt geht's los, mach dich bereit!« Dieser Aufforderung kam ich nur zu gern nach, während ich mir sagte, daß Ian und Betty und Freddie genau die richtige Medizin waren, um Freitag von den Folgen der puritanischen Heucheleien zu heilen, mit denen ich zu lange hatte leben müssen.

Genau im richtigen Augenblick kam Betty mit dem Morgentee; vermutlich hatte sie gelauscht. Sie setzte sich im Schneidersitz auf das Bett und trank eine Tasse mit uns. Dann standen wir auf und frühstückten. Ich verzehrte Haferbrei mit Sahne, zwei schöne Eier, Canterbury-Schinken, ein Stück Schweinekotelett, Bratkartoffeln, heiße Brötchen mit Erdbeermarmelade und die beste Butter der Welt und schließlich eine Apfelsine; dies alles spülte ich mit starkem schwarzen Tee mit Zucker und Milch hinunter. Wenn die ganze Welt so gut frühstückte, wie es in Neuseeland üblich war, würde es keine politischen Unruhen mehr geben.

Für das Frühstück legte sich Freddie ein Wickeltuch um, doch Betty verzichtete darauf, und ich folgte ihrem Beispiel. In der Krippe begonnen, wird meine Ausbildung hinsichtlich menschlicher Angewohnheiten und Benehmensvorschriften nie komplett sein. Allerdings weiß ich, daß sich ein weiblicher Gast im Ausmaß ihres Bekleidetseins – oder Unbekleidetseins – der Gastgeberin anpassen muß. Im Grunde bin ich es nicht gewöhnt, mich in der Gegenwart von Menschen nackt zu bewegen (in der Krippe war das etwas anderes), aber Betty ist eine denkbar umgängliche Person. Ich fragte mich, ob sie mich ablehnen würde, wenn sie wüßte, daß ich kein Mensch war. Ich nahm es nicht an, doch lag mir nichts daran, die Probe aufs Exempel zu machen. Ein fröhliches Frühstück ...

Freddie lieferte mich um elf Uhr zwanzig am Passagierausgang ab. Er ließ Ian kommen und verlangte eine Quittung. Feierlich schrieb ihm Ian ein Papier aus. Wieder schnallte mich Ian in der Beschleunigungskoje fest. Leise sagte er: »Du hast doch schon beim erstenmal keine Hilfe benötigt, oder?«

»Nein«, bestätigte ich. »Aber es freut mich, daß ich die Hilflose gespielt habe. Es war ein herrlicher Tag!«

»In Winnipeg werden wir uns ebenso vergnügen. Ich habe während des Countdowns mit Janet gesprochen und ihr Bescheid gegeben, daß du zum Abendessen bei uns sein wirst. Ich soll dir ausrichten, daß du auch beim Frühstück an unserem Tisch sitzen wirst – es wäre doch blöd, Winnipeg mitten in der Nacht zu verlassen; beim Transfer könntest du überfallen werden. Und damit hat sie recht – die inoffiziellen Einwanderer, die aus dem Imperium über die Grenze kommen, würden dich schon wegen einer Kleinigkeit umbringen.«

»Ich bespreche das mit ihr, wenn wir dort sind.« *(Captain Ian, du Honigtiger, du hast mir gesagt, du würdest niemals heiraten, weil du frei sein müßtest wie die Wildgänse. Ob du dich daran erinnerst? Ich glaube nicht.)*

»Abgemacht. Mag sein, daß sich Janet auf meinen Frauengeschmack nicht verläßt – sie meint, ich wäre voller Vorurteile; von niedrigen Beweggründen geleitet. Aber sie verläßt sich auf Betty – und die dürfte inzwischen mit ihr gesprochen haben. Sie kennt Betty länger als ich; sie waren Zimmergenossen in McGill. Und dort lernte ich Janet kennen und Fred meine Schwester; wir vier waren Umstürzler – ab und zu erzeugten wir gehörig Wellen.«

»Betty ist ein Schatz. Ist Janet ihr ähnlich?«

»Ja und nein. Janet war der Motor unserer aufrührerischen Aktivitäten. Jetzt entschuldige mich aber bitte; ich muß den Captain spielen. In Wahrheit fliegt der Computer diese Blechkiste, doch bis zur nächsten Woche will ich das auch noch lernen.« Er ließ mich allein.

Nach der heilsamen Katharsis meiner trunkenen Ausschweifung mit Ian und Freddie und Betty vermochte ich ruhiger über meine Ex-Familie nachzudenken. Hatte man mich wirklich betrogen?

Ich hatte den dummen Vertrag aus freien Stücken unterschrieben, einschließlich der Abbruchsklausel, die mir jetzt im Magen lag. Hatte ich für Sex bezahlt?

Nein, es stimmt, was ich Ian gesagt hatte: Sex gibt es überall. Ich hatte für das angenehme Privileg der Zugehörigkeit bezahlt. Und zwar für die Zugehörigkeit zu einer Familie – und dabei war es mir besonders um die heimischen Freuden des Windelwechselns, des Abwaschens und des Spielens mit den Haustieren gegangen. Mr. Stolperstein war mir dabei stets wichtiger gewesen als Anita – obwohl ich nie richtig darüber nachgedacht hatte. Ich hatte versucht, sie alle zu lieben, bis das Problem mit Ellen die Scheinwerfer auch in einige schmutzige Ecken richtete.

Mal rechnen – ich wußte genau, wie viele Tage ich insgesamt bei meiner Ex-Familie hatte verbringen können. Da ließ sich schnell im Kopf ermitteln, daß ich (da meine gesamten Einzahlungen beschlagnahmt worden waren) für Kost und Logis während der beiden wunderschönen Urlaube etwas über vierhundertundfünfzig EnEs-Dollar pro Tag auf den Tisch geblättert hatte.

Das wäre sogar in einem Luxushotel ein stolzer Preis gewesen ... Die tatsächlichen Kosten, die die Familie für mich aufgewandt hatte, betrugen weniger als ein Vierzigstel dieser Summe. Zu welchen finanziellen Bedingungen waren die anderen der Familie beigetreten? Niemand hatte es mir gesagt.

Hatte Anita, die die Männer nicht davon abbringen konnte, mich zum Beitritt aufzufordern, das Arrangement so gestaltet, daß ich es mir nicht leisten konnte, meine Arbeit aufzugeben und zu Hause zu leben, und daß ich gleichwohl zu Bedingungen an die Familie gebunden war, die für sie recht vorteilhaft waren – das heißt: für Anita? Das ließ sich nicht mehr feststellen. Ich wußte so wenig über Ehen zwischen Menschen, daß ich mir darüber kein Urteil hatte erlauben können – und auch jetzt fehlte mir dazu die Grundlage.

Eins hatte ich jedoch gelernt – daß Brian sich gegen mich wandte, hatte mich überrascht. Ich hatte ihn für das ältere, klügere, erfahrenere Familienmitglied gehalten, für den Mann, der die Tatsache meiner biologischen Andersartigkeit hinnehmen und damit leben konnte.

Vielleicht wäre er dazu in der Lage gewesen, wenn ich mir für den Beweis eine andere gesteigerte Eigenart ausgesucht hätte, etwas, das weniger bedrohlich auf ihn gewirkt haben mußte.

Aber ich hatte ihn im Spiel der Kräfte überboten, auf einem Gebiet, das ein Mann von Natur aus als seine ureigenste Domäne ansieht. Ich hatte seinen männlichen Stolz getroffen.

Wenn man ihn nicht gleich darauf umbringen will, darf man einem Mann niemals zwischen die Beine treten. Nicht einmal symbolisch. Oder vielleicht erst recht nicht symbolisch.

9. Kapitel

Nach einiger Zeit verließen wir den Zustand des freien Falls und gingen in den Überschallgleitflug über, der für mich immer wieder unglaublich aufregend ist. Der Computer leistete gute Arbeit beim Ausgleich der heftigen Luftbewegungen – trotzdem spürte man noch die Vibration in den Zahnwurzeln – und nach der anstrengenden Nacht spürte ich sie auch noch woanders.

Ziemlich abrupt brachen wir durch die Schallmauer und brachten einige Zeit im Schallbereich zu, wobei sich das Schreien der Luft allmählich aufbaute. Dann setzten wir auf, und die Bremsraketen sprangen an und brachten uns in kürzester Zeit zum Stillstand. Ich atmete tief durch. So gern ich mit einer SBR fliege, kann ich mich doch erst richtig entspannen, wenn wir nach der Landung ganz gestoppt haben.

Wir waren Donnerstag um zwölf Uhr mittags von der Nordinsel gestartet und kamen vierzig Minuten später in Winnipeg an, und zwar am Abend vorher (Mittwoch), um 18.40 Uhr. (Nun staunen Sie mich nicht an; schauen Sie sich lieber eine Landkarte an, auf denen die Zeitzonen eingezeichnet sind.)

Wieder wartete ich und verließ die Kabine als letzter Passagier. Und wie schon einmal kümmerte sich unser Captain um mein Gepäck, begleitete mich diesmal aber mit der Lässigkeit eines alten Freundes – was mich außerordentlich aufmunterte. Er geleitete mich durch eine Nebentür und blieb auch während der Formalitäten beim Zoll und bei der Paßkontrolle bei mir, wobei er sein Gepäck als erstes zur Inspektion hinhielt.

Der Beamte griff nicht danach. »Hallo, Captain. Was schmuggeln Sie denn diesmal?«

»Das Übliche. Verbotene Diamanten. Fabrikationsgeheimnisse. Zeichnungen für den Waffenbau. Rauschgift.«

»Das ist alles? Da lohnt sich ja die Kreide nicht.« Er kritzelte etwas auf Ians Koffer. »Gehört sie zu Ihnen?«

»Hab' sie noch nie gesehen.«

»Ich Indianer-Squaw«, bemerkte ich. »Weißer Häuptling mir

versprechen viel Feuerwasser. Weißer Häuptling Versprechen nicht halten.«

»Das hätte ich Ihnen gleich sagen können. Werden Sie lange bei uns bleiben?«

»Ich lebe im Imperium. Transit, möglicherweise bleibe ich über Nacht. Ich bin letzten Monat auf meinem Weg nach Neuseeland hier durchgereist. Hier ist mein Paß.«

Er warf einen Blick hinein, stempelte ihn und kritzelte etwas auf mein Gepäck, ohne es zu öffnen. »Wenn Sie noch etwas länger bleiben wollen, kaufe ich Ihnen Feuerwasser. Aber verlassen Sie sich auf keinen Fall auf Captain Tormey.« Wir traten durch die Barriere.

Wenige Meter weiter ließ Ian plötzlich unser Gepäck fallen, stemmte eine Frau an den Ellenbogen hoch – er mußte gut in Form sein, denn sie war kaum zehn Zentimeter kleiner als er – und küßte sie hingebungsvoll. Dann erst stellte er sie ab. »Jan, dies ist Marj.«

(Wenn Ian diesen flotten Brummer zu Hause hatte, warum gab er sich da mit meinen mageren Gaben ab? Weil ich zur Stelle gewesen war und sie nicht – das war bestimmt die Antwort. Jetzt ist *sie* aber hier. Mädchen, hast du für mich ein Buch zum Lesen?)

Janet gab auch mir einen Kuß, woraufhin sich meine Laune besserte. Dann hielt sie mich mit beiden Händen auf Armeslänge von sich ab. »Ich sehe ihn nicht. Haben Sie ihn im Schiff gelassen?«

»Was? Ich habe nur den einen Handkoffer gehabt – mein großes Gepäck ist im Transit und geht nicht durch den Zoll.«

»Nein, meine Liebe, ich meine Ihren Heiligenschein. Betty hat soviel über Sie geredet, daß ich mit einem Heiligenschein gerechnet habe.«

Ich dachte über ihre Worte nach. »Sind Sie sicher, daß Sie sich nicht verhört haben?«

»Nun ja ... sie sagte, Sie wären ein Engel. Vielleicht habe ich daraus die falschen Schlüsse gezogen.«

»Mag sein. Ich kann mir nicht denken, daß ich gestern abend einen Heiligenschein umhatte; auf Reisen nehme ich den selten mit.«

»Stimmt genau«, sagte Captain Ian. »Gestern abend hatte sie weder etwas um noch etwas an, nur einen in der Krone. Schätzchen, ich sage es dir nur ungern, aber Betty hatte einen höchst negativen Einfluß auf uns. Man kann es kaum in Worte kleiden.«

»Ach du je! Vielleicht sollten wir sofort in einen Gottesdienst gehen. Ja, Marjorie? Dort gibt es Tee und Kekse, aber kein Abendessen. Die ganze Gemeinde wird für Sie beten.«

»Wie Sie meinen, Janet.« (Mußte ich mich darauf einlassen? Ich kannte die Etikette nicht, die hinsichtlich solcher Gottesdienste galt.)

»Janet«, sagte Captain Tormey, »vielleicht sollten wir sie mit nach Hause nehmen und dort für sie beten. Ich glaube nicht, daß Marj es gewöhnt ist, ihre Sünden öffentlich zu bekennen.«

»Marjorie, wäre dir das lieber?«

»Ich glaube ja.«

»Dann tun wir das! Ian, rufst du Georges?«

Georges erwies sich als Georges Perreault. Zunächst erfuhr ich über ihn nicht mehr als seinen Namen, außer daß er ein Gespann Morgan-Schwarze lenkte, die vor einen todschicken Honda-Surrey geschirrt waren, eine wirkliche Luxuskutsche, die sich nur Superreiche leisten konnten. Wie groß ist das Gehalt eines SBR-Captains? Freitag, das geht dich nichts an! Auf jeden Fall war es ein elegantes Fahrzeug. Das gleiche galt für Georges, der wirklich gut aussah. Er war groß, dunkelhaarig und wirkte in seinem dunklen Anzug mit dem Käppi wirklich wie ein Kutscher. Janet stellte ihn mir also nicht als Dienstboten vor, und bei der Begrüßung verbeugte er sich und küßte mir die Hand. Verteilt ein Kutscher Handküsse? Immer wieder stieß ich auf menschliche Angewohnheiten, die in meinem Training nicht berücksichtigt worden waren.

Ian setzte sich nach vorn zu Georges; Janet nahm mich mit nach hinten und schüttelte eine große Daunendecke aus. »Mir ist eingefallen, daß Sie vielleicht nichts Warmes anzuziehen haben, immerhin kommen Sie aus Auckland«, erklärte sie. »Kuscheln Sie sich ein.« Ich gab ihr nicht zu verstehen, daß ich niemals friere; es war eine sehr rücksichtsvolle Geste, und ich machte es mir mit ihr unter der Decke gemütlich. Georges lenkte uns auf die Schnellstraße hinaus, trieb die Pferde mit einem Schnalzen zu schnellerer Gangart an. In forschem Trott kamen wir voran. Aus einem Fach am Armaturenbrett nahm Ian ein Horn und blies einen lauten Ton – einen Anlaß dafür schien es nicht zu geben, außer daß er Spaß daran hatte, Krach zu machen.

Wir fuhren nicht nach Winnipeg Stadt hinein. Ian lebte im Südwesten einer kleinen Ortschaft, die Stonewall heißt, nördlich der Stadt gelegen, in ziemlicher Nähe zum Flughafen. Als wir unser Ziel erreichten, war es bereits dunkel. Trotzdem konnte ich eines erkennen: Es handelte sich um einen Landsitz, der so gründlich bewehrt war, daß sich alle Eindringlinge daran die Zähne ausbeißen mußten – außer man leitete einen druckvollen militärischen Angriff dagegen ein. Drei Tore waren hintereinander angebracht, wobei Tore 1 und 2 eine Sperrzone bildeten. Überwachungsaugen oder ferngelenkte Waffen machte ich nicht aus, aber ich war überzeugt, daß es sie gab – das Anwesen war übersät mit den roten und weißen Warnstrahlen, die Flugfahrzeuge fernhalten sollen.

Was die drei Tore zusätzlich schützte, konnte ich wegen der Dunkelheit nicht erkennen. Mein Blick fiel auf eine Mauer und zwei Zäune, doch es war nicht festzustellen, inwieweit sie bewaffnet oder mit Fallen versehen waren, und ich wollte auch nicht fragen. Aber kein vernünftiger Mensch gibt soviel Geld für den Schutz seines Hauses aus und verläßt sich dann total auf die passive Verteidigung. Ich interessierte mich außerdem für die Energieversorgung, mußte ich doch daran denken, wie der Chef auf der Farm den Shipstone verloren hatte (von »Onkel Jim« abgestellt), was dann die weitere Verteidigung unmöglich machte – aber auch das war eine Frage, die einem Gast nicht zustand.

Noch mehr interessierte mich, was geschehen wäre, wenn man uns überfallen hätte, ehe wir die Tore dieser Burg hätten hinter uns bringen können. Wieder eine Frage, die ein wenig tabu war, gab es doch einen lebhaften illegalen Waffenhandel, der die angeblich Entwaffneten so gefährlich macht. Ich bewege mich in der Regel unbewaffnet, gehe davon bei anderen aber nicht automatisch aus – die meisten Leute haben weder meine Steigerung noch mein Spezialtraining.

(Ich bin viel lieber auf meine Fähigkeiten im »unbewaffneten« Zustand angewiesen, als mich auf Schießeisen verlassen zu müssen, die einem bei jeder Überprüfung weggenommen werden können, die man verlieren kann, bei denen die Munition oder die Batteriekraft ausgeht oder die im entscheidenden Augenblick Ladehemmung haben. Ich sehe nicht bewaffnet aus, und das verschafft mir einen Vorteil. Andere Leute mochten das anders sehen und andere Probleme haben – ich bin ein Sonderfall.)

Wir fuhren eine gewundene Auffahrt entlang unter einen Vorbau – hier blies Ian mit seinem Horn wieder einen unangenehmen Ton, der diesmal aber einen Zweck zu haben schien, denn die Haustür ging auf. »Bring sie hinein, meine Liebe!« sagte Ian. »Ich helfe Georges mit den Pferden.«

»Ich brauche keine Hilfe.«

»Beruhige dich!« Ian stieg ab und half uns hinaus. Meinen Koffer gab er seiner Frau, während Georges weiterfuhr. Ian folgte ihm zu Fuß. Janet führte mich ins Innere – und mir stockte der Atem.

Ich schaute durch das Foyer auf einen erleuchteten Brunnen, der offensichtlich programmiert war; das Wasser veränderte die Form und Farbe, während ich noch hinschaute. Leise Hintergrundmusik ertönte, die (möglicherweise) den Brunnen steuerte.

»Janet ... wer ist hier der Architekt?«

»Gefällt es Ihnen?«

»Natürlich!«

»Dann bekenne ich mich dazu. Ich bin die Architektin, Ian der Techniker, während Georges die Ausstattung überwacht hat. Er ist Künstler in mehreren Disziplinen, und sein Studio liegt in einem Seitenflügel. Ich sage Ihnen lieber gleich, daß Betty mich aufgefordert hat, Ihnen die Kleidung zu verstecken, bis Georges mindestens einen Akt von Ihnen gemalt hat.«

»Betty hat das gesagt? Aber ich habe noch nie Modell gesessen. Außerdem muß ich an meine Arbeitsstelle zurück.«

»Dann liegt es ja an uns, Ihnen diesen Vorsatz auszureden. Es sei denn ... wäre Ihnen der Gedanke unangenehm? Betty rechnete eigentlich nicht damit. Vielleicht gibt sich Georges mit einer schützenden Schärpe zufrieden – für den Anfang wenigstens.«

»Nein, das ist es nicht. Na, vielleicht macht mir der Gedanke des Modellstehens zu schaffen; so etwas ist neu für mich. Hören Sie, können wir damit nicht warten? Im Augenblick interessiert mich ein Bad mehr als ein Gemälde von mir; seit ich Bettys Wohnung verließ, habe ich dazu keine Gelegenheit mehr gehabt – ich hätte mir am Flughafen dazu Zeit nehmen sollen.«

»Tut mir leid, meine Liebe. Ich hätte Sie nicht gleich in ein

Gespräch über Georges' Malerei verwickeln dürfen. Meine Mutter hat mir schon vor Jahren beigebracht, daß man einem Gast zuerst zeigt, wo das Badezimmer liegt.«

»Meine Mutter hat immer genau dasselbe gesagt«, bemerkte ich.

»Hier entlang.« Links vom Brunnen öffnete sich ein Korridor. Sie führte mich hinein und in ein Zimmer. »Hier schlafen Sie«, verkündete sie und ließ meinen Koffer auf das Bett fallen. »Das Bad ist hinter dieser Tür. Sie teilen es sich mit mir, weil mein Zimmer das Spiegelbild dieses Raumes ist, auf der anderen Seite.«

Es gab viel zu teilen – drei Kabinen, jeweils mit WC, Bidet und Handwaschbecken; eine Dusche, die für eine ganze Gruppe gereicht hätte, mit Kontrollen, nach denen ich mich noch erkundigen mußte; dazu ein Tisch zum Massieren und Sonnenbaden, eine große, tiefe Wanne, die eindeutig für mehrere Leute gedacht war, ein doppelter Schminktisch mit Waschbecken, ein Terminal, ein Kühlschrank, ein Bücherregal mit Kassetten ...

»Kein Leopard?« fragte ich.

»Sie haben einen erwartet?«

»Wenn man so etwas in den Sensies sieht, hat die Hauptperson meistens einen Leoparden bei sich.«

»Oh. Würden Sie sich mit einer Katze zufriedengeben?«

»Gewiß doch. Sie und Ian lieben Katzen?«

»Ich würde nie ohne eine leben. Im Augenblick kann ich Ihnen sogar ein besonders gutes Angebot in jungen Kätzchen machen.«

»Ich wünschte, ich könnte eine aufnehmen. Aber es geht leider nicht.«

»Darüber sprechen wir später. Jetzt machen Sie sich erst einmal frisch. Wollen Sie vor dem Abendessen duschen? Ich werde es jedenfalls tun, denn ich habe vor der Fahrt zum Flughafen Blackie und Dämon ausgiebig gestriegelt. Haben Sie den Stallgeruch nicht bemerkt?«

Und so kam es, daß ich zehn oder zwölf Minuten später unter der Dusche stand, während Georges mir den Rücken einseifte und Ian die Frontpartie, während die Gastgeberin sich selbst wusch und lachend Ratschläge gab, auf die niemand einging. Würde ich den Weg zu dieser Szene im einzelnen darstellen, müßten Sie erkennen, daß jeder Schritt logisch zum nächsten führte und daß ich zu keiner Zeit irgendwie bedrängt wurde.

Auch machte niemand den Versuch, mich zu verführen, es wurde nicht einmal davon gesprochen, daß ich meinen Gastgeber schon in der vergangenen Nacht (zumindest symbolisch) vergewaltigt hatte.

Anschließend genossen wir ein vorzügliches Abendessen im Wohnzimmer (das ziemlich groß ausgefallen war und offenbar eine Art Mittelpunkt bildete). Dazu saßen wir vor einem Feuer, bei dem es sich in Wahrheit um einen von Ians Tricks handelte. Ich trug ein Negligée, das mir Janet geliehen hatte – ein solches Gewand zum Abendessen hätte mich in Christchurch hinter Gitter bringen können.

Doch keiner der beiden Männer fühlte sich dadurch angeregt, mir zu dicht auf den Pelz zu rücken. Als wir bei Kaffee und Brandy angelangt waren, war ich etwas beschwingt, hatten wir doch schon vorher einem Aperitif zugesprochen und während des Essens Wein getrunken. Auf allgemeine Aufforderung entledigte ich mich des geliehenen Negligées und George ließ mich fünf oder sechs Posen einnehmen und machte jeweils stereographische und holographische Aufnahmen. Gleichzeitig sprach er über mich, als wäre ich eine Rinderhälfte, die zu begutachten war. Ich wies immer wieder darauf hin, daß ich morgen früh weitermüsse, doch meine Einwände fielen immer schwächer aus – Georges kümmerte sich ohnehin nicht darum. Er meinte, ich hätte eine »gute Massenverteilung« – vielleicht war das sogar als Kompliment gemeint. Auf keinen Fall war es ein Antrag an mich, mit ihm ins Bett zu steigen.

Er machte allerdings ausgezeichnete Bilder von mir; besonders gefiel mir eins, auf dem ich flach auf einer Couch lag und an Brüsten, Beinen und Bauch von fünf jungen Katzen bekrabbelt wurde. Ich erbat mir das Bild von ihm und stellte fest, daß Georges ein entsprechendes Kopiergerät besaß.

Anschließend machte Georges Aufnahmen von mir und Janet, und wieder erbat ich mir eine Kopie, denn wir bildeten einen herrlichen Kontrast, und Georges hatte die Gabe, uns besser aussehen zu lassen, als wir es in Wirklichkeit taten. Nach einiger Zeit jedoch begann ich zu gähnen, und Janet forderte Georges auf, mit der Arbeit aufzuhören. Ich entschuldigte mich mit dem Hinweis, daß ich eigentlich noch gar keinen Grund hätte, müde zu sein, wäre es doch in der Zeitzone, in der ich den Tag begonnen hätte, erst früher Abend.

Janet wischte den Einwand beiseite und sagte, Müdigkeit

habe nichts mit Uhren oder Zeitzonen zu tun – meine Herren, ab ins Bett! Sie führte mich fort.

Wir machten in dem prächtigen Badezimmer Station, und sie legte mir die Arme um die Schulter. »Marjie, möchtest du Gesellschaft haben oder allein schlafen? Ich weiß von Betty, daß gestern nacht bei euch einiges los war, vielleicht ist dir eine ruhige Zeit lieber. Vielleicht auch nicht. Sag's mir!«

Ich gab ihr ehrlich Auskunft, daß ich nicht gern allein schliefe.

»Ich auch nicht«, sagte sie, »und es tut gut, so etwas von dir zu hören, anstatt darum herumzureden oder sich zu verstellen. Wen möchtest du bei dir im Bett haben?«

Lieber Schatz, du hast doch sicher ein Anrecht auf deinen Mann, wenn er gerade von einem Flug zurückgekehrt ist. »Vielleicht sollte man die Frage umdrehen. Wer will mit mir schlafen?«

»Na, wir alle, davon bin ich überzeugt. Oder zwei. Oder einer. Such's dir aus!«

Ich blinzelte und fragte mich, wieviel ich getrunken hatte. »Vier in einem Bett?«

»Würde dir das gefallen?«

»Ich hab's noch nie versucht. Klingt lustig, aber es dürfte ziemlich eng sein.«

»Oh, du bist noch nicht in meinem Zimmer gewesen. Wir haben ein *großes* Bett. Weil oft beide Ehemänner mit mir schlafen wollen – und es ist noch ausreichend Platz, um einen Gast dazuzubitten.«

Ja, ich hatte getrunken – an zwei Abenden hintereinander und mehr, als ich gewöhnt war. »›Zwei Ehemänner?‹ Ich wußte gar nicht, daß sich Britisch-Kanada dem australischen Plan angeschlossen hatte.«

»Britisch-Kanada wohl nicht, aber die Britisch-Kanadier. Jedenfalls viele tausend Leute im Lande. Die Tore sind verriegelt, und es geht niemanden etwas an. Möchtest du das große Bett ausprobieren? Wenn du müde wirst, kannst du dich in dein Zimmer zurückziehen – das ist einer der wesentlichen Gründe, warum ich diese Zimmerfolge so angelegt habe. Was meinst du, meine Liebe?«

»Äh ... ja. Aber ich bin vielleicht ein bißchen schüchtern.«

»Das wirst du überwinden. Jetzt wollen wir ...«

Die schrille Klingel des Terminals unterbrach sie.

»Verdammt, *verdammt*!« rief Janet. »Das bedeutet unweigerlich, daß man Ian am Flughafen braucht – obwohl er gerade von einem Hochflug zurückgekehrt ist.« Sie ging zum Terminal und schaltete ein.

»... Grund zur Besorgnis. Unsere Grenze zum Chicago-Imperium ist geschlossen worden. Flüchtlinge werden in Gewahrsam genommen. Der Angriff durch Québec ist schlimmer, könnte aber auf einem Irrtum eines Ortskommandeurs beruhen. Eine Kriegserklärung hat es nicht gegeben. Der Notstand ist in Kraft. Bleiben Sie also den Straßen fern, bewahren Sie Ruhe und warten Sie auf dieser Welle auf weitere amtliche Nachrichten und Anweisungen!«

Der Rote Donnerstag hatte begonnen.

10. Kapitel

Vermutlich hat jeder mehr oder weniger dasselbe Bild vor Augen, wenn er an den Roten Donnerstag und die nachfolgenden Ereignisse denkt. Aber um mich selbst klar zu zeichnen (*mir* selbst gegenüber, wenn das möglich ist!), muß ich schildern, wie ich diesen Tag sah, einschließlich der Wirrnisse und Zweifel.

Wir vier landeten schließlich doch in Janets großem Bett, aber zum gegenseitigen Trost und damit wir es möglichst bequem hatten; an Sex dachte niemand mehr. Mit gespitzten Ohren lauschten wir auf die Nachrichten, unsere Blicke waren auf den Bildschirm des Terminals gerichtet. Immer wieder kamen mehr oder weniger dieselben Meldungen durch – ein fehlgeschlagener Angriff durch Québec, der Vorsitzende des Chicago-Imperiums im Bett umgebracht, die Grenze zum Imperium geschlossen, unbestätigte Sabotageberichte, bleibt von den Straßen, haltet Ruhe! – doch so oft das auch alles wiederholt wurde, wir hielten immer wieder den Mund und hörten zu, auf Details wartend, die die anderen Meldungen mit Sinn erfüllen würden.

Statt dessen verschlimmerten sich die Dinge im Laufe der langen Nacht noch mehr. Gegen vier Uhr früh wußten wir, daß es überall auf der Erde zu Morden und Sabotageakten kam; als das Tageslicht zurückkehrte, gab es unbestätigte Meldungen über Unruhen auf L-4, in der Tycho-Station, in der Stationärstation sowie (aufgrund einer abgebrochenen Übermittlung) auf Ceres. Niemand vermochte zu sagen, ob sich die Unruhen bis nach Alpha Centauri oder Tau Ceti ausgebreitet hatten ... doch ein amtlicher Sprecher im Terminal gab seiner Meinung Ausdruck, indem er sich lauthals weigerte, seine Meinung zu sagen und Zuschauern riet, keine schädlichen Mutmaßungen anzustellen.

Gegen vier Uhr machten Janet und ich belegte Brote und servierten Kaffee.

Um neun Uhr erwachte ich, weil Georges sich bewegte. Ich stellte fest, daß ich ihm den Kopf auf die Brust gelegt hatte und mein Arm ihn drückte. Ian lag halb aufgerichtet auf der anderen Seite des Bettes, ein Kissen im Rücken – doch obwohl sein Gesicht dem Bildschirm zugewendet war, hatte er die Augen geschlossen. Janet fehlte – sie hatte sich in mein Zimmer zurückgezogen und belegte nun das Bett, das eigentlich für mich bestimmt gewesen war.

Indem ich mich vorsichtig bewegte, vermochte ich mich von Georges zu lösen, ohne ihn zu wecken. Ich verschwand im Badezimmer, wo ich den Kaffee loswurde und mich gleich besser fühlte. Ich warf einen Blick in »mein« Zimmer und entdeckte die fehlende Gastgeberin. Sie war wach und forderte mich mit Fingerbewegungen auf, zu ihr zu kommen. Sie machte mir Platz, und ich kroch zu ihr unter die Decke. Sie küßte mich. »Wie geht es den Jungs?«

»Beide schlafen noch. Wenigstens galt das vor drei Minuten noch.«

»Gut. Sie brauchen ihren Schlaf. Beide machen sich unnötig Sorgen; ich nicht. Ich kam zu dem Schluß, daß es keinen Sinn hat, am Weltuntergang mit blutunterlaufenen Augen teilzunehmen, und zog mich hierher zurück. Du schliefst wohl schon.«

»Mag sein. Ich weiß nicht mehr, wann ich entschlummert bin. Ich hatte jedenfalls das Gefühl, dieselbe schlechte Nachricht tausendmal gehört zu haben. Dann bin ich wieder aufgewacht.«

»Du hast nichts verpaßt. Ich habe den Ton leiser gestellt, aber den Schriftlauf am Schirm beibehalten – an der traurigen Geschichte hat sich nicht viel geändert. Marjorie, die Jungs warten darauf, daß die Bomben fallen. Ich aber glaube nicht, daß es dazu kommt.«

»Hoffentlich hast du recht. Warum nicht?«

»Wer wirft H-Bomben auf wen? Wer ist der Feind? *Alle* großen Machtblöcke stecken in der Klemme, wenn man den Meldungen trauen kann. Bis auf den Zwischenfall, der anscheinend auf einen dummen Fehler eines Québecois General zurückgeht, sind nirgendwo Streitkräfte zum Einsatz gekommen. Es gibt zwar Morde, Brandschatzungen, Explosionen, alle möglichen Sabotageakte, Unruhen, terroristische Untaten aller Art – aber ein Grundmuster wird darin nicht erkennbar. Nicht der Osten steht gegen den Westen, oder die Marxisten gegen die Faschisten, oder die Schwarzen gegen die Weißen. Marjorie, sollte irgend jemand die Raketen losschicken, würde das bedeuten, daß die ganze Welt verrückt geworden ist.«

»Sieht es nicht längst danach aus?«

»Ich glaube nicht. Das Grundmuster in diesem Tohuwabohu besteht darin, daß es keines hat. Jedermann ist das Ziel. Die Unruhen scheinen sich gegen alle Regierungen gleichermaßen zu richten.«

»Anarchisten?« meinte ich.

»Vielleicht Nihilisten.«

Ian betrat das Zimmer; er hatte Ringe unter den Augen, Bartstoppeln und ein besorgtes Gesicht und trug einen zu kurz geratenen Bademantel. Seine knochigen Knie stachen hervor. »Janet, ich kann Betty und Freddie nicht erreichen.«

»Wollten die denn nach Sydney zurück?«

»Das ist es nicht. Ich komme weder nach Sydney noch nach Auckland durch. Man hört immer nur wieder die verdammte synthetische Computerstimme: ›Im - Augenblick - keine - Leitung - frei - bitte - versuchen - Sie - es - später - noch - einmal - vielen - Dank - für - Ihre - Geduld.‹ Du weißt schon.«

»Autsch. Sabotage auch auf diesem Gebiet?«

»Möglich. Vielleicht ist alles noch viel schlimmer. Nach dem Versuch rief ich den Tower des Flughafens an und erkundigte mich, was denn mit dem Winnipeg-Auckland-Satellitenrelais los sei. Mein Dienstgrad verschaffte mir endlich eine Verbindung mit dem Flugleiter. Er riet mir, meine kleinen Sorgen mit dem Telefon zu vergessen, weil es viel ernsthaftere Probleme gebe. Alle SBR liegen am Boden fest – zwei wurden im All sabotiert, Winnipeg–Buenos-Aires Zwei-neun und Vancouver-London Eins-null-eins.«

»Ian!«

»Beide Totalverlust. Keine Überlebenden. Zweifellos Druckauslöser, da beide Raketen beim Verlassen der Atmosphäre explodierten. Jan, beim nächsten Start werde ich höchstpersönlich alles überprüfen. Beim geringsten Zweifel unterbreche ich den Countdown.« Er fügte hinzu: »Wann das aber sein mag, weiß ich nicht. Man kann keine SBR starten, wenn die Komm-Leitungen zum Zielhafen unterbrochen sind – und der Flugleiter sagte, alle Satelliten-Reflektor-Verbindungen seien verlorengegangen.«

Janet verließ das Bett, richtete sich auf und gab ihm einen Kuß. »Jetzt hör auf, dir Sorgen zu machen! Auf der Stelle! Natürlich wirst du alles persönlich überprüfen, solange man die Saboteure nicht erwischt hat. Für den Augenblick wirst du dir das Problem aber aus dem Kopf schlagen, da man dich erst wieder in den Dienst holen wird, wenn die Komm-Verbindungen wieder stehen. Nimm's als Urlaub! Was Betty und Freddie angeht, so ist es natürlich schade, daß wir nicht mit ihnen sprechen können, die beiden sind aber durchaus in der Lage, auf sich allein aufzupassen, und das weißt du natürlich. Zweifellos machen sie sich Gedanken über uns, und das ist natürlich ebenfalls überflüssig. Ich freue mich nur, daß das alles passiert ist, als du zu Hause warst – und nicht irgendwo auf der anderen Seite des Erdballs. Du bist hier und in Sicherheit, und nur das ist mir wichtig. Wir warten hier einfach ab, bis der ganze Unsinn vorbei ist.«

»Ich muß nach Vancouver.«

»Mein lieber Ehemann, ›müssen‹ tust du überhaupt nichts mehr, außer Steuern zu zahlen und zu sterben. Man wird nicht gleich Artefakte in die Kanzeln stecken, wenn überhaupt keine SBR starten.«

»›Artefakte!‹« platzte ich heraus und bedauerte meine Unbedachtheit sofort.

Ian schien mich zum erstenmal wahrzunehmen. »Hallo, Marj – guten Morgen. Du brauchst dir keine Sorgen zu machen – ich bedaure nur den ganzen Wirrwarr, der eingetreten ist, während du unser Gast bist. Die Artefakte, von denen Jan spricht, sind keine Geräte; sie leben. Unsere Direktion verfolgt die verrückte Idee, daß ein als Pilot entworfenes Lebendiges Artefakt die Arbeit besser verrichten könnte als ein Mensch. Ich bin Gewerkschaftsabgeordneter für die Gruppe Winnipeg und muß dagegen angehen. Morgen ist in Vancouver ein Treffen der Manager-Gilde.«

»Ian«, sagte Jan, »ruf den Generalsekretär an! Es wäre dumm, nach Vancouver zu reisen, ohne vorher zurückzufragen.«

»Okay, okay.«

»Aber frage nicht nur nach der Lage. Du sollst den Generalsekretär drängen, Einfluß auf die Direktion dahingehend auszuüben, daß die Sitzung erst nach Beendigung der Krise stattfindet. Ich möchte, daß du hierbleibst und uns beschützt.«

»Das gilt aber auch umgekehrt.«

»Natürlich«, räumte sie ein. »Aber wenn es nötig ist, sinke ich dir ohnmächtig in die Arme. Was hättest du gern zum Frühstück? Mach es nicht zu kompliziert, sonst erinnere ich dich an deine Küchenpflichten.«

Ich hörte nicht richtig zu. Das Wort »Artefakt« hatte meinen Gedanken eine neue Richtung gegeben. Ich hatte Ian – und seine anderen Freunde und Verwandten – für so zivilisiert und gebildet gehalten, daß sie Lebewesen von meiner Art auf jeden Fall als vollwertige Menschen akzeptierten.

Und jetzt mußte ich erfahren, daß Ian sich darauf festgelegt hatte, seine Gewerkschaft gegenüber der Direktion zu vertreten, mit dem Ziel, einen Wettbewerb zwischen *meiner* Gattung und Menschen zu verhindern.

(Was sollen wir denn tun, Ian? Uns die Kehlen durchschneiden? Wir haben nicht verlangt, produziert zu werden, ebensowenig wie du gefordert hast, geboren zu werden. Mag sein, daß wir keine Menschen sind, aber wir teilen das uralte Schicksal der Menschen: wir sind Fremde in einer Welt, die wir nicht geschaffen haben.)

»Also, Marj?«

»Äh ... Entschuldigung – ich war in Gedanken versunken. Was hast du gesagt, Jan?«

»Ich habe dich gefragt, was du zum Frühstück haben möchtest, meine Liebe.«

»Ach, das ist egal. Ich esse alles, was ich zwischen die Finger bekommen kann. Soll ich mitkommen und helfen? Bitte!«

»Ich hatte gehofft, daß du das sagst. Ian ist nämlich in der Küche nicht sonderlich geschickt, obwohl er seine Dienstverpflichtung kennt.«

»Ich bin ein verdammt guter Koch!«

»Ja, mein Lieber, Ian hat es mir schriftlich gegeben, jederzeit für uns zu kochen, wenn ich es wünschte. Und das tut er auch; er hat noch nie versucht, sich da herauszuwinden. Aber ich muß schon schrecklich hungrig sein, um mich darauf einzulassen.«

»Marj, hör bloß nicht auf sie!«

Ich weiß bis heute nicht, ob Ian kochen kann – Janet aber kann es auf jeden Fall (und ebenso Georges, wie ich später erfuhr). Janet servierte uns – mit bescheidener Unterstützung durch mich – leichte, lockere und milde Käseomelettes, umgeben von dünnen, zarten Palatschinken, die nach guter böhmischer Art gerollt und mit Marmelade gefüllt und mit Puderzukker überstreut waren, garniert mit trocken gebratenem Speck. Dazu Orangensaft aus frisch gepreßten Früchten – mit der Hand gepreßt und nicht durch eine Maschine zu Brei zermalmt. Und schließlich Filterkaffee aus frisch gemahlenen Bohnen.

(In Neuseeland gibt es vorzügliche Lebensmittel, während die Küche etwas zu wünschen übrigläßt.)

Georges erschien mit dem sicheren Zeitgefühl einer Katze – in diesem Falle geleitet von Mama-Katze, die Georges majestätisch vorausschritt. Sofort verbannte Janet die Jungtiere aus der Küche, weil sie zuviel zu tun hatte, um auch noch auf die herumkriechenden Kätzchen zu achten. Janet bestimmte außerdem, daß während des Essens die Nachrichten ausgeschaltet blieben und daß die Krise nicht zu den Gesprächsthemen am Tisch gehörte. Das war mir nur recht, da mich die seltsamen und schwerwiegenden Ereignisse nachhaltig beschäftigt hatten, sogar im Schlaf. Janet wies uns nicht zu Unrecht darauf hin, daß nur eine H-Bombe unsere Abwehr durchstoßen könnte – eine Explosion, die wir vermutlich gar nicht mehr mitbekommen würden. Man könnte sich also genausogut entspannen und das Frühstück genießen.

Ich genoß es – ebenso die Katzenmutter, die im Gegenuhrzeigersinn um den Tisch strich und jeden von uns informierte, wenn es an der Zeit war, ihr ein Stück Speck zukommen zu lassen – ich glaube, sie bekam den größten Teil des Specks ab.

Nachdem ich das Frühstücksgeschirr abgeräumt hatte (das nicht vernichtet, sondern wiederverwendet werden sollte; in mancher Beziehung war Janet eben altmodisch), machte Janet einen frischen Topf Kaffee und schaltete die Nachrichten wieder ein. Wir setzten uns zurecht, um die Meldungen zu verfolgen und zu besprechen – diesmal nicht in dem großen Raum, den wir zum Abendessen benutzt hatten, sondern in der Küche, die das eigentliche Wohnzimmer dieser Gemeinschaft war. Janet besaß eine sogenannte »Bauernküche«, obwohl kein Bauer es je so gut gehabt hatte: ein großer Kamin, ein runder Tisch für die Familienmahlzeiten mit sogenannten Kapitänsstühlen, große, bequeme Freizeitstühle, das Ganze inmitten eines weitläufigen Raums, in dem es keine Verkehrsprobleme gibt, da das Kochen am entgegengesetzten Ende stattfindet. Nun durften auch die jungen Katzen wieder herein, was ihrem Protest ein Ende machte, und mit steif emporgereckten Schwänzen paradierten sie über die Schwelle. Ich griff mir ein kuscheliges weißes Tier mit großen schwarzen Flecken; sein Schnurren wirkte wie das einer viel größeren Katze. Offensichtlich hatte sich Katzenmamas Liebesleben nicht nach den Regeln des Rassebuches vollzogen; von den Kätzchen sahen sich keine zwei ähnlich.

Die Nachrichten bestanden überwiegend aus den schon bekannten Meldungen, allerdings gab es im Imperium eine neue Entwicklung:

Demokraten wurden aufgespürt, von Standgerichten (die hier Provost-Tribunale hießen) verurteilt und auf der Stelle hingerichtet – mit Laser oder Gewehren, da und dort auch mit dem Strick. Ich mußte meine Gedankenkontrolle streng handhaben, um mir das anschauen zu können. Man verurteilte sie bis zum Alter von vierzehn Jahren – wir sahen ein Elternpaar, beide verurteilt, das darauf bestand, daß der Sohn, der hingerichtet werden sollte, erst zwölf sei.

Der Vorsitzende des Gerichts, ein Polizeikorporal des Imperiums, beendete das Streitgespräch, indem er die Handwaffe zog, den Jungen niederschoß und dann seiner Abteilung Befehl gab, die Eltern und die ältere Schwester des Jungen wegen Landfriedensbruch ebenfalls hinzurichten.

Ian schaltete das Bild aus und stellte den Schriftlauf ein, dessen Ton er leiserdrehte. »Von diesen Dingen habe ich genug gesehen«, sagte er kehlig. »Wer immer da jetzt an der Macht ist, nachdem der alte Vorsitzende nicht mehr lebt, scheint mir die gesamte Verdächtigenliste zu liquidieren.«

Er biß sich auf die Unterlippe und runzelte die Stirn. »Marj, bestehst du auf deinem dummen Plan, sofort nach Hause zurückzukehren?«

»Ich bin kein Demokrat, Ian. Ich bin unpolitisch.«

»Glaubst du, der Junge war politisch? Diese Bluthunde würden dich doch glatt zur Übung erschießen. Außerdem kannst du gar nicht zurück. Die Grenze ist zu.«

Ich sagte nichts davon, daß ich vermutlich jede Grenze auf der Erde hätte überwinden können. »Ich dachte, sie wäre nur für Leute geschlossen, die in den Norden wollten. Dürfen denn Bürger des Imperiums nicht nach Hause zurückkehren?«

Er seufzte. »Marj, bist du denn nicht klüger als die Katze in deinem Schoß? Begreifst du nicht, daß hübsche junge Mädchen Schaden erleiden können, wenn sie sich auf Spielchen mit bösen Jungen einlassen? Wenn du zu Hause wärst, würde dein Vater sicher darauf bestehen, daß du das Haus nicht verläßt. Aber du bist hier bei uns, und das erlegt mir und Georges die Verpflichtung auf, für deine Sicherheit zu sorgen. Was meinst du, Georges?«

»Mais oui, mon vieux! Certainement!«

»Und ich schütze dich vor Georges. Jan, kannst du dieses Kind nicht davon überzeugen, daß sie hier herzlich willkommen ist, so lange sie bleiben möchte? Ich glaube fast, sie gehört zu der Sorte von Frau, die die Selbstbestätigung sucht und in jedem Falle ihre Rechnung selbst bezahlen möchte.«

»Das stimmt nicht!« wandte ich ein.

»Marjie«, sagte Janet, »Betty hat mir aufgetragen, ich soll mich um dich kümmern. Wenn du meinst, du fällst uns auf den Wekker, kannst du ja beim Roten Kreuz von Brit-Kan mithelfen. Oder in einem Heim für zornige Katzen. Zufällig aber ergibt es sich, daß wir alle drei lachhaft viel verdienen und keine Kinder haben. Wir können dich uns ebenso problemlos leisten wie eine weitere Katze. Also – wirst du bleiben? Oder muß ich deine Sachen verstecken und dich durchwalken?«

»Ich möchte nicht durchgewalkt werden.«

»Schade, darauf hätte ich mich gefreut. Das wäre also geregelt, meine Herren; sie bleibt. Marj, wir haben dich angeschwindelt. Georges ist ein gemeiner Kerl – er wird von dir verlangen, zu allen möglichen und unmöglichen Zeiten für ihn Modell zu sitzen – und er bekommt dich gewissermaßen umsonst, anstatt die üblichen Honorare zahlen zu müssen. Er wird mit dir Gewinne ausweisen.«

»Nein«, sagte Georges. »Ich werde keine Gewinne ausweisen, ich werde aus der ganzen Sache generell gewinnen. Denn sie wird bei mir als Geschäftsausgabe auftauchen, meine liebe Jan. Aber nicht zum üblichen Grundhonorar der Gilde; sie ist mehr wert. Anderthalb?«

»Mindestens. Ich würde sogar sagen, das Doppelte – sei großzügig, da du ihr sowieso nichts zahlen wirst. Hättest du sie nicht gern auf deinem Kampus? In deinem Labor, meine ich.«

»Ein guter Gedanke – und der ist mir tatsächlich schon durch den Kopf gegangen – vielen Dank, daß du ihn offen ausgesprochen hast.« Georges wandte sich an mich: »Marjorie, verkaufst du mir ein Ei?«

Seine Frage ließ mich zusammenfahren. Ich tat, als hätte ich nicht verstanden, was er meinte. »Ich habe keine Eier.«

»Oh, doch! Genau genommen mehrere Dutzend, weitaus mehr, als du je für deine eigenen Zwecke brauchst. Ich meine natürlich eine menschliche Eizelle. Das Labor zahlt weitaus mehr für ein Ei als für Sperma – das ist einfache Mathematik. Bist du jetzt schockiert?«

»Nein. Überrascht. Ich dachte, du wärst Künstler.«

»Marjorie«, schaltete sich Janet ein, »ich habe dir gesagt, daß Georges in mehreren Disziplinen Künstler ist – und das stimmt. Zum einen ist er Mendel-Professor für Teratologie an der Universität von Manitoba – außerdem Cheftechnologe für das angegliederte Produktions-Labor samt Krippe – und du kannst mir glauben, daß er da wirklich einen hohen Grad von Kunst beweisen muß. Aber auch mit Farbe und Leinwand kann er umgehen. Wie auch mit einem Computerbildschirm.«

»Stimmt genau«, sagte Ian. »In allem, was Georges berührt, ist er Künstler. Aber ihr beiden hättet Marjorie nicht damit überfallen dürfen, während sie noch unser Gast ist. Es gibt Leute, die sich schon beim Gedanken an Gen-Manipulationen schrecklich aufregen – besonders wenn es um ihre eigenen Gene geht.«

»Marj, habe ich dich verwirrt? Das tut mir leid.«

»Nein, Jan. Ich gehöre nicht zu den Leuten, die beim Gedanken an Lebendige Artefakte oder Künstliche Personen oder dergleichen in Panik geraten. Zu meinen besten Freunden gehörten Künstliche Personen.«

»Meine Liebe, jetzt übertreibst du aber etwas«, sagte Georges leise.

»Warum sagst du das?« fragte ich und versuchte meine Stimme nicht schrill klingen zu lassen.

»*Ich* könnte diesen Anspruch erheben, weil ich auf diesem Gebiet tätig bin und eine Anzahl von Künstlichen Personen zu meinen Freunden zählen kann, was mich doch mit Stolz erfüllt. Aber ...«

»Ich dachte, eine KP dürfe nie die Leute kennen, die sie entworfen haben?« unterbrach ich ihn.

»Stimmt, und ich habe diese Grundregel auch nie übertreten. Aber ich habe oft Gelegenheit, mit Lebendigen Artefakten und Künstlichen Personen zusammenzukommen – da gibt es Unterschiede – und ihre Freundschaft zu gewinnen. Aber verzeih mir, liebe Marjorie, wenn du nicht in meinem Beruf tätig bist – bist du das?«

»Nein.«

»Nur ein Genetik-Ingenieur oder jemand, der enge Beziehungen zu dieser Industrie hat, kann behaupten, unter den Künstlichen Personen Freunde zu haben. Denn entgegen der allgemeinen Auffassung ist es einem Laien nicht möglich, zwischen einer KP und einer natürlichen Person zu unterscheiden – außerdem wird eine KP wegen der tiefsitzenden Vorurteile unwissender Leute ihre Abweichung beinahe nie freiwillig eingestehen – ich möchte sogar von ›niemals‹ sprechen. Ich freue mich zwar, daß du beim Thema Künstlicher Kreaturen nicht gleich an die Decke gehst, muß deine Behauptung aber als kleine Lüge werten, die uns zeigen soll, daß du von Vorurteilen frei bist.«

»Nun ja ... Na, schön. Du kannst es meinetwegen so sehen. Ich verstehe nur nicht, warum KP Bürger zweiter Klasse sein müssen. Ich halte das für unfair.«

»Das ist es auch. Manche Menschen fühlen sich aber bedroht. Frag Ian. Er ist im Begriff, nach Vancouver zu eilen, um zu verhindern, daß KP jemals Piloten werden. Er ...«

»Moooment! Das stimmt nun wirklich nicht! Ich trage die Sache dort so vor, weil meine Genossen aus der Gilde für diese Formulierung gestimmt haben. Ich bin aber kein Dummkopf, Georges; die Diskussionen und das Zusammenleben mit dir haben mir gezeigt, daß wir einen Kompromiß werden schließen müssen. Im Grunde sind wir längst keine richtigen Piloten mehr, und das gilt schon seit Beginn dieses Jahrhunderts. Der Computer tut die eigentliche Arbeit. Fiele der Computer aus, würde ich mich wie ein braver Pfadfinder anstrengen, den Kasten heil aus dem Himmel zu holen. Ob mir das aber gelingt, steht in den Sternen. Die Geschwindigkeiten, die dabei auftreten, und die Notfälle, die passieren können, sind mit menschlichem Reaktionstempo seit Jahren nicht mehr zu bewältigen. Oh, ich werde es versuchen – und das gilt für jeden Genossen aus meiner Gilde. Georges, wenn du aber der Meinung bist, du könntest eine Künstliche Person entwerfen, die schnell genug denken und reagieren kann, um bei der Landung ein Problem auszubügeln, gehe ich gern in Pension. Und genau das wollen wir ja auch erreichen – will die Firma KP-Piloten einsetzen, die uns die Arbeitsplätze wegnehmen, muß das bei voller Bezahlung und mit allen Nebenleistungen erfolgen. Falls man solche Ersatzwesen bauen kann.«

»Oh, entwerfen könnte ich so ein Wesen – mit der Zeit. Und hätte ich dieses Ziel erreicht, könntet ihr Piloten alle zum Angeln fahren – vorausgesetzt, ich dürfte mein Produkt klonen. Aber das wäre keine KP, sondern ein Lebendiges Artefakt. Würde ich beauftragt, einen Organismus hervorzubringen, der ein todsicherer Pilot sein müßte, wäre es unakzeptabel, wenn er so aussehen müßte wie ein normaler Mensch.«

»Ach, tu das nicht!«

Beide Männer blickten mich verblüfft an, und Janet war förmlich hochgeschreckt. Wieder einmal wünschte ich, ich hätte den Mund gehalten.

»Warum nicht?« fragte Georges.

»Nun ja – weil ich so ein Schiff nicht betreten würde. Mit Ian zu fliegen, wäre mir viel lieber.«

»Vielen Dank, Marj«, sagte Ian. »Aber du hast ja selbst gehört, was Georges eben gesagt hat. Er meint einen aufgabenorientierten Piloten, der weitaus besser wäre als ich. Denkbar ist so etwas. Himmel, es wird bestimmt dazu kommen! So wie die Vortriebsmaschinen die Bergleute verdrängt haben, wird meine Gilde eines Tages abgelöst werden. Auch wenn mir diese Entwicklung nicht gefällt – ich sehe sie kommen.«

»Na – Georges, hast du schon mit intelligenten Computern gearbeitet?«

»Aber ja, Marjorie. Das Thema künstliche Intelligenz ist mit meinem Arbeitsgebiet eng verwandt.«

»Ja. Dann weißt du auch, daß KI-Wissenschaftler mehrmals verkündet haben, sie stünden vor dem Durchbruch zu einem Computer mit voll entwickeltem Selbstbewußtsein. Aber immer wieder ging etwas schief.«

»Ja. Das ist bedauerlich.«

»Nein – unvermeidlich. Es wird immer wieder fehlschlagen. Ein Computer kann sich seiner selbst bewußt werden – gewiß! Hebt man ihn in seiner Kompliziertheit auf die menschliche Ebene, so ist dieses Bewußtsein eine zwangsläufige Folge. Aber dann stellt die Maschine fest, daß sie kein Mensch ist. Darauf kommt sie zu dem Schluß, daß sie nie ein Mensch sein kann; ihr bleibt nichts anderes übrig, als an Ort und Stelle zu verweilen und von Menschen Befehle entgegenzunehmen. Und dann dreht sie durch.«

Ich zuckte die Achseln. »Ein Dilemma, aus dem es keinen Ausweg gibt. Die Maschine kann kein Mensch sein, niemals. Ian mag nicht in der Lage sein, seine Passagiere zu retten, aber er wird es *versuchen*. Ein Lebendiges Artefakt dagegen, das kein Mensch ist, und deshalb keinerlei Loyalitätsgefühle gegenüber den Menschen hegt, könnte das Schiff nur so zum Vergnügen abstürzen lassen – weil es nämlich die Nase voll hat, als das behandelt zu werden, was es in Wahrheit auch ist. Nein, Georges, ich möchte weiter mit Ian fliegen. Nicht mit deinem Artefakt, das eines Tages den Haß auf die Menschen entdecken muß.«

»Um *mein* Artefakt geht es hier nicht«, sagte Georges leise. »Vielleicht hast du nicht beachtet, in welcher Form ich über das Programm gesprochen habe.«

»Nein, ich habe nicht darauf geachtet.«

»Im Konjunktiv. Denn was du da eben gesagt hast, ist mir natürlich nicht neu. Ich habe mich für diesen Vorschlag nicht eingesetzt und werde es auch nicht tun. Ich *kann* einen solchen Piloten entwerfen. Aber es wäre mir unmöglich, einem solchen Artefakt die ethische Verpflichtung einzubauen, die der Grundzug von Ians Ausbildung ist.«

Ian zog ein nachdenkliches Gesicht. »Vielleicht sollte ich bei der kommenden Auseinandersetzung die Forderung erheben, daß jeder KP- oder LA-Pilot hinsichtlich der ethischen Festigkeit überprüft wird.«

»Wie willst du das testen, Ian? Ich wüßte nicht, wie man ethische Verantwortung in einen Fötus eingibt, und Marj hat uns klargemacht, warum dieses Ziel auch mit Training nicht zu erreichen ist. Welcher Test sollte da auch eine klare Antwort geben, so oder so?«

Georges wandte sich an mich: »Als Student habe ich mal klassische Geschichten über humanoide Roboter gelesen. Es waren charmante kleine Erzählungen, von denen sich einige auf die sogenannten Robotergesetze stützten, deren Grundvoraussetzung eine eingebaute Arbeitsregel war, die es den Maschinen verbot, Menschen zu schaden, weder direkt, noch durch Untätigkeit. Für solche erfundenen Geschichten war das eine wunderbare Grundlage – aber wie wäre das in der Praxis zu erreichen? Was macht einen selbstbewußten, nichtmenschlichen, intelligenten Organismus – elektronisch oder organisch – dem Menschen gegenüber loyal? Ich weiß nicht, wie man dieses Ziel erreichen sollte. Die Wissenschaftler, die sich mit Künstlicher Intelligenz befassen, scheinen gleichermaßen im dunkeln zu tappen.«

Georges lächelte zynisch. »Intelligenz ließe sich beinahe als die Ebene definieren, auf der der bewußte Organismus fragt: ›Was springt für mich dabei heraus?‹« Er fuhr fort: »Marj, in der Frage des frischen Eies, das ich dir abkaufen will, sollte ich dir vielleicht klarmachen, was für dich dabei herausspringt.«

»Hör nicht auf ihn!« sagte Janet drängend. »Er wird dich auf einen kalten Tisch legen und ohne die geringste romantische Neigung in den Tunnel der Liebe starren. Ich weiß Bescheid, ich habe mich schon dreimal dazu überreden lassen. Und Geld habe ich dafür auch nicht bekommen.«

»Wie kann ich dich bezahlen, wenn wir gemeinsamen Besitz haben? Meine süße Marjorie, der Tisch ist *nicht* kalt und außerdem gepolstert, und du kannst lesen oder dich an einem Terminal vergnügen oder plaudern. Wir sind heute schon viel weiter als noch vor einer Generation, da man von außen arbeitete und dabei sehr oft einen Eierstock zerstörte. Wenn du ...«

»Moment!« sagte Ian. »Es kommt was Neues über die Röhre.« Er stellte den Ton lauter.

»... Überlebensrat. Die Ereignisse der letzten zwölf Stunden sind eine Warnung an die Reichen und Mächtigen, daß ihre Zeit zu Ende geht und die Gerechtigkeit siegen wird. Die Hinrichtungen und anderen lehrreichen Lektionen werden fortgesetzt, bis unsere berechtigten Forderungen erfüllt sind. Verfolgen Sie weiter die Sendungen dieses Krisenprogramms ...«

11. Kapitel

Wer zu jung ist, um den Aufruf gehört zu haben, hat zweifellos darüber gelesen oder in der Schule davon erfahren. Um aber zu zeigen, wie ich und mein seltsames Leben beeinflußt wurden, muß ich eine Zusammenfassung davon geben. Dieser sogenannte »Überlebensrat« stellte sich als Geheimgesellschaft der »Gerechten« vor, der das Ziel verfolgte, all die unzähligen Mißstände auf der Erde und allen anderen Welten zu korrigieren, auf denen die Menschheit lebte. Diesem Ziel widmeten sie ihr Leben.

Zuerst aber nahmen sie sich vor, das Leben ziemlich vieler anderer Leute in Anspruch zu nehmen. Sie verkündeten, sie hätten Listen der echten Unruhestifter angefertigt, auf der Erde wie auch im All – separate Listen für jeden Territorialstaat, außerdem eine große Liste von Führerpersönlichkeiten von Weltrang. Und diese Leute waren ihr Ziel.

Der Rat erklärte sich verantwortlich für die ersten Hinrichtungen und versprach, weitere Leute zu töten ... und noch mehr ... und noch mehr ... – bis man auf seine Forderungen einginge.

Nachdem die weltbekannten Namen aufgezählt worden waren, begann die Stimme, die über unseren Sender kam, die Liste für Britisch-Kanada vorzulesen. Der Gesichtsausdruck und das nachdenkliche Nicken meiner Gastgeber zeigten mir, daß sie in den meisten Fällen mit der Wahl einverstanden waren. Der Vertreter der Premierministerin stand auf der Liste, nicht aber die Premierministerin selbst, was mich überraschte und sie vermutlich noch mehr. Wie wäre Ihnen zumute, wenn Sie Ihr ganzes Leben in der Politik verbracht und sich bis zur Spitze vorgekämpft hätten und dann irgendein Klugscheißer des Weges käme und Sie nicht einmal für wichtig genug hielte, auf die schwarze Liste gesetzt zu werden?

Die Stimme kündigte an, daß es in den nächsten zehn Tagen keine Hinrichtungen mehr geben würde. Wenn die Forderungen bis dahin nicht erfüllt wären, müßte von den verbleibenden

Namen auf der Liste jeder zehnte durch Los für den Tod bestimmt werden. Zehn Tage später weitere zehn Prozent – und so weiter, bis die Überlebenden das Utopia erlangt hatten.

Die Stimme erklärte, daß der Rat keine Regierung sei und auch keine Regierung ersetzen wolle; er sei lediglich Wächter der Moral, das öffentliche Gewissen der Mächtigen. Die Machthaber, die die Entwicklung überlebten, würden an der Macht bleiben – doch sie konnten nur überleben, wenn sie Gerechtigkeit walten ließen. Man warnte sie davor, zurücktreten zu wollen.

»Hier spricht die Stimme des Überlebens. Der Himmel auf Erden steht bevor.« Dann war die Übertragung zu Ende.

Ehe der Live-Kommentator auf dem Terminalschirm erschien, trat eine längere Pause ein. Janet unterbrach die Stille: »Ja, aber ...«

»›Ja, aber ...‹ – was meinst du?« fragte Ian.

»Keine Frage – auf der Liste stehen die Namen der meisten Leute, die in diesem Land wirkliche Macht ausüben. Einmal angenommen, du stündest auf der Todesliste und wärst dann so verschreckt, daß du *alles* tun würdest, nur um nicht getötet zu werden. Was würdest du tun? Was *ist* Gerechtigkeit?«

(»Was ist Wahrheit?« fragte Pontius Pilatus und wusch die Hände. Ich wußte keine Antwort und hielt den Mund.)

»Meine Liebe, das ist doch ganz einfach«, antwortete Georges.

»Oh? Und wieso?«

»Man hat alles ganz klar geregelt. Jeder Besitzende oder Chef oder Tyrann muß im Grunde wissen, was zu tun ist; das ist seine Aufgabe. Wenn er das tut, was er tun sollte, ist doch alles in Ordnung. Wenn er versagt, wird seine Aufmerksamkeit auf dieses Abweichen gelenkt – durch Dr. Guillotine.«

»Georges, mach keine Witze!«

»Meine Liebe, ich habe niemals etwas ernster gemeint. Wenn das Pferd nicht über die Hürde will, wird es erschossen. Bleibt man dabei konsequent, findet sich über kurz oder lang ein Pferd, welches das Hindernis schafft. Es handelt sich dabei um jene Sorte plausibler Pseudologik, mit der die Leute an politische Dinge herangehen. So etwas zwingt einen zu der Überlegung, ob die Menschheit durch irgendein Regierungssystem gut verwaltet werden kann.«

»Regieren ist ein schmutziges Geschäft«, brummte Ian.

»Das stimmt. Aber Morde zu veranlassen ist noch schmutziger.«

Diese politische Diskussion wäre wohl jetzt noch im Gange, wenn das Terminal nicht wieder hell geworden wäre – mir fällt überhaupt auf, daß politische Diskussionen selten beendet, sondern stets nur durch äußere Einwirkungen unterbrochen werden. Eine live gesendete Ansagerin füllte den Schirm. »Das Band, das Sie eben gesehen haben«, verkündete sie, »wurde dem Sender durch Boten übermittelt. Das Amt der Premierministerin hat die Aufzeichnung bereits zurückgewiesen und allen Sendern, die es noch nicht gebracht haben, Anweisung gegeben, die Ausstrahlung zu unterlassen – mit Hinweis auf die Strafvorschriften, die im Verteidigungsfall gelten. Daß die Zensur, die mit dieser Anordung ausgeübt wird, gegen die Verfassung verstößt, liegt auf der Hand. Die Stimme von Winnipeg wird Sie weiter über alle Entwicklungen auf dem laufenden halten. Wir bitten Sie, Ruhe zu bewahren und zu Hause zu bleiben, soweit nicht Ihre Unterstützung benötigt wird, lebenswichtige öffentliche Einrichtungen in Betrieb zu halten.«

Es folgten Wiederholungen von Nachrichtenmeldungen, und Janet dämpfte den Ton und schaltete den Schriftlauf auf den Schirm. »Ian«, sagte ich, »wenn wir einmal annehmen, daß ich hierbleiben soll, bis sich die Lage im Imperium beruhigt ...«

»Das ist keine Annahme, sondern eine Tatsache.«

»Jawohl, Sir. In dem Fall aber muß ich unbedingt meinen Chef anrufen. Darf ich dazu deinen Terminal benutzen? Natürlich mit meiner Kreditkarte.«

»Nicht mit deiner Karte. Ich tippe die Verbindung ein, und wir nehmen das auf die allgemeine Rechnung.«

Ich hatte das Gefühl, gegen eine Mauer anzurennen. »Ian, ich weiß die großzügige Gastfreundschaft zu schätzen, die du – ihr alle – mir entgegenbringt. Aber wenn ihr darauf besteht, nun auch jene Kosten zu übernehmen, die ein Gast normalerweise selbst tragen muß, dann solltet ihr mich gleich als eure Konkubine registrieren und öffentlich bekanntgeben, daß ihr für meine Schulden eintretet.«

»Klingt vernünftig. Welches Gehalt würdest du fordern?«

»Moment!« rief Georges. »Ich zahle mehr. Er ist ein geiziger Schotte.«

»Du solltest dich von keinem der beiden betören lassen«, riet mir Janet. »Georges mag wohl mehr zahlen, aber er würde erwarten, daß du ihm dafür Modell stehst und gleich auch noch eine Eizelle überläßt. Ich aber habe mir immer schon eine Haremssklavin gewünscht. Mein Schatz, auch ohne Edelstein im Nabel wärst du das perfekte Odaliskenmädchen! Aber verstehst du dich auf Rückenmassage? Wie steht es mit deinem Gesang? Und jetzt die Kernfrage: Wie empfindest du gegenüber Frauen? Du kannst mir die Antwort ins Ohr flüstern.«

»Vielleicht sollte ich vor die Tür gehen, klingeln und noch einmal ganz von vorn beginnen«, sagte ich. »Ich will ja nur einen Anruf machen. Ian, darf ich meine Kreditkarte benutzen, um meinen Chef zu verständigen? Master Charge, AAA-Kredit.«

»Wo ausgestellt?«

»Auf die Imperial-Bank von St. Louis.«

»Da muß ich doch annehmen, daß du eine Meldung, die während der Nacht durchkam, nicht mitbekommen hast. Oder liegt dir daran, deine Kreditkarte entwertet zu bekommen?«

»Entwertet?«

»Höre ich da ein Echo? Das Kreditnetz von Brit-Kan ließ durchgeben, daß für die Dauer der Krise Kreditkarten aus dem Imperium und Québec keine Gültigkeit hätten. Steck sie nur in den Schlitz, dann erfährst du Neues über die Errungenschaften des Computerzeitalters. Hast du schon mal brennendes Plastik gerochen?«

»Oh!«

»Wie bitte? Hast du da eben ›Oh‹ gesagt?«

»In der Tat. Ian, da muß ich wohl klein beigeben. Darf ich meinen Chef auf deine Kosten anrufen?«

»Aber ja doch – wenn du dich mit Janet absprichst. Sie ist für die Kosten des Haushalts verantwortlich.«

»Janet?«

»Du hast mir meine Frage noch nicht beantwortet. Flüstere sie mir ins Ohr!«

Und ich kam ihrer Aufforderung nach. Sie riß die Augen auf. »Stellen wir zuerst den Anruf durch.« Ich nannte ihr den Kode, und sie tippte ihn am Terminal in ihrem Zimmer ein.

Die wandernden Schriftzeichen wurden unterbrochen und eine flackernde Schrift erschien: AUS SICHERHEITSGRÜNDEN UNTERBROCHEN – KEINE LEITUNGEN INS CHICAGO-IMPERIUM.

Zehn Sekunden lang blitzten die Buchstaben und verschwanden wieder; ich gab einen herzhaften Fluch von mir und hörte Ians Stimme hinter mir: »Ungezogen, wie ungezogen! Brave Mädchen und Damen reden nicht so!«

»Ich bin keins von beiden. Und ich bin verärgert.«

»Das wußte ich gleich; ich hatte vorhin die Meldung mitbekommen. Aber ich wußte auch, daß du es selbst ausprobieren mußtest.«

»Ja, ich hätte darauf bestanden, es zu versuchen. Ian, ich bin nicht nur frustriert, sondern sitze auch fest. Ich habe einen Riesenkredit bei der Imperial-Bank von Saint Louis und komme nicht heran. In der Tasche habe ich etliche EnEs-Dollar und ein bißchen Kleingeld. Und fünfzig Imperiale Kronen. Und eine suspendierte Kreditkarte. Was war das vorhin mit einem Konkubinatsvertrag? Ich wäre billig zu haben; der Markt hat sich gegen mich verschworen.«

»Das hängt davon ab. Äußere Umstände ändern die Voraussetzungen, und so bin ich jetzt vielleicht nicht mehr bereit, mehr als Essen und Logis zu bieten. Was hast du Janet zugeflüstert? Das könnte noch einen gewissen Einfluß haben.«

Janet antwortete: »Sie hat mir zugeflüstert: *›Honi soi qui mal y pense‹*« – das stimmte gar nicht – »etwas, das ich dir empfehlen möchte, mein lieber Mann. Marjorie, du bist jetzt nicht schlechter dran als noch vor einer Stunde. Du kannst nicht nach Hause, bis die Dinge sich beruhigen – und wenn das geschieht, wird die Grenze offen sein, ebenso die Komm-Leitungen. Außerdem wird deine Kreditkarte wieder etwas wert sein – wenn nicht hier, dann doch unmittelbar hinter der Grenze, die knapp hundert Kilometer entfernt ist. Du brauchst also nur die Hände zu falten und abzuwarten ...«

»... ruhigen Gewissens und gelassenen Herzens. Ja, tu das«, schaltete Ian sich ein. »Georges wird sich die Zeit damit vertreiben, dich zu malen. Denn er steckt in derselben Klemme. Ihr beide seid gefährliche Ausländer und werdet sofort interniert, solltet ihr einen Fuß vor die Haustür setzen.«

»Haben wir das auch verpaßt?« fragte Jan.

»Ja. Obwohl das auch die Wiederholung einer früheren Ansage zu sein scheint. Georges und Marjorie müßten sich eigentlich auf der nächsten Polizeiwache melden. Ich würde dieses Vorgehen allerdings nicht empfehlen. Georges will sowieso den Dummkopf spielen und behaupten, er habe nicht gewußt, daß damit auch hier gemeldete Ausländer gemeint waren. Natürlich ist denkbar, daß sie dich freilassen. Andererseits kann es geschehen, daß du den nächsten Winter in ziemlich zugigen Behelfsbaracken verbringen mußt. Die Krise sieht nicht so aus, als wäre sie schon nächste Woche zu Ende.«

Ich dachte nach. Mein eigener Fehler. Wenn ich auf Mission bin, reise ich nie mit nur einer Kreditkarte und stets mit ausreichend Bargeld. Ich war aber leichtfertigerweise davon ausgegangen, daß die Vorsichtsmaßregeln meiner beruflichen Arbeit auf eine Urlaubsreise nicht anzuwenden waren. Mit ausreichend klimpernder Barschaft kann man sich alle möglichen Tore öffnen. Doch ohne Geld ...

Seit meiner Grundausbildung hatte ich nicht mehr versuchen müssen, ohne Mittel auszukommen. Vielleicht würde ich herausfinden müssen, ob diese Ausbildung etwas gefruchtet hatte. Zum Glück hatten wir warmes Wetter!

»Stellt den Ton lauter!« brüllte Georges in diesem Augenblick. »Oder kommt rüber!«

Hastig gesellten wir uns zu ihm.

»... des Herrn! Mißachtet die eitlen Prahlereien der Sündigen! Wir allein sind verantwortlich für die apokalyptischen Vorzeichen, die ringsum zu sehen sind. Satans Helfer haben versucht, die Heilige Arbeit von Gottes ausgewählten Werkzeugen zunichte zu machen und für ihre eigenen schändlichen Ziele zu mißbrauchen. Dafür werden sie jetzt bestraft. Unterdessen ergehen an die Herrscher über alle weltlichen Angelegenheiten die folgenden Heiligen Befehle:

Beendet sämtliche Übergriffe in das Himmlische Reich. Hätte der Herr gewollt, daß wir ins Weltall reisen, hätte er uns Flügel gegeben.

Laßt keine Hexe am Leben. Die sogenannten Gen-Manipulationen spotten den Absichten des Herrn. Zerstört die üblichen Höhlen, in denen solche Dinge geschehen. Tötet die wandelnden Toten, die in jenen schwarzen Abgründen heraufbeschworen worden sind. Hängt die Hexer, die solche bösen Künste ausüben.«

»Meine Güte«, sagte Georges, »ich glaube, damit bin *ich* gemeint!« Ich sagte nichts dazu – ich *wußte,* daß ich gemeint war.

»Männer, die sich zu Männern legen, Frauen, die zu Frauen gehen, alle, die sich mit Tieren paaren – sie sollen gesteinigt werden. Wie auch alle Frauen, die des Ehebruchs schuldig sind.

Papisten und Sarazenen, Ungläubige und Juden und all jene, die sich vor Götzenbildern beugen – die Engel des Herrn sagen euch: Bereut, denn die Stunde ist gekommen! Bereut, oder ihr spürt das schnelle Schwert der erwählten Werkzeuge des Herrn!

Pornographen und Dirnen und leichtfertige Frauen – bereut, oder der schreckliche Zorn des Herrn kommt über euch!

Sünder jeder Art, laßt diesen Kanal eingeschaltet, damit euch Unterweisung zuteil wird, wie ihr das wahre Licht finden könnt.

Auf Anordnung des Großgenerals der Engel des Herrn.«

Das Band ging zu Ende, und es gab eine neue Pause. »Janet«, fragte Ian, »weißt du noch, wie wir die Engel des Herrn zum erstenmal erlebten?«

»So schnell vergesse ich das nicht. Aber so etwas Lächerliches habe ich trotzdem nicht erwartet.«

»Es gibt wirklich ›Engel des Herrn‹?« fragte ich. »Das ist nicht bloß ein neuer Alptraum aus dem Fernsehen?«

»Hmm. Es fällt schwer, die ›Engel‹, die Ian und ich erlebt haben, mit dieser Sache in Verbindung zu bringen. Letzten März, vielleicht Anfang April, war ich zum Flughafen gefahren, um Ian abzuholen. In der großen Halle wimmelte es von Hare-Krishna-Anhängern mit gelben Roben und kahlrasierten Köpfen; sie hüpften auf und nieder und verlangten Geld. Aus den Ankunftstüren strömten Horden von Scientologen, die bei uns eine Versammlung abhalten wollten – ich glaube, es war ein Kongreß für Nordamerika. Als die beiden Gruppen eben miteinander verschmolzen, tauchten die Engel des Herrn auf, mit selbstgemachten Schildern und Tambourinen und Knüppeln.

Marj, so eine bunte Prügelei habe ich selten erlebt! Die drei Gruppen waren mühelos auseinanderzuhalten. Die Hare-Krishna-Anhänger sahen wie Clowns aus. Die Engel und die Hubbard-Fans trugen zwar keine langen Gewänder, doch man konnte sie ebenfalls leicht unterscheiden. Die Scientologen waren sauber und trugen ihr Haar kurz geschnitten; die Engel dagegen sahen aus wie ungemachte Betten. Außerdem waren sie vom ›Geruch der Frömmigkeit‹ umgeben – ich geriet einmal in diesen schwülen Dunst und machte mich schnellstens davon.

Die Scientologen mußten, wie dir bekannt ist, schon oft für ihre Rechte kämpfen; sie stürzten sich mit Disziplin ins Getümmel, wehrten sich und verschwanden schnell, wobei sie ihre Verwandten mitnahmen. Die Haarigen Krishner kämpften wie quiekende Hühner und ließen die Verwundeten liegen. Die Engel des Herrn aber gebärdeten sich, als hätten sie den Verstand verloren – was meiner Meinung nach zutrifft. Sie walzten geradeaus in die Schlacht und schwangen ihre Knüppel und Fäuste. Sie hörten erst auf, bis sie bis zum letzten Mann am Boden lagen und nicht mehr hochkamen. Die Berittene Polizei mußte etwa so viele Beamte einsetzen, wie da Engel am Kampf beteiligt waren – wohingegen bei den üblichen Unruhen ein Berittener meist für einen ganzen Aufstand ausreicht.

Anscheinend wußten die Engel, daß die Hubbard-Fans eintreffen würden, und wollten sie dort überfallen; die Hare-Krishna-Jünger tauchten zufällig am gleichen Ort auf – für sie ist der Flughafen ein Ort, um den Normalbürgern Spenden abzunehmen. Als die Engel aber feststellten, daß sie die Scientologen nicht in den Griff bekamen, gaben sie sich damit zufrieden, die Krishna-Ausgeflippten zusammenzuschlagen!«

Ian nickte. »Ich hab's von der anderen Seite der Barriere aus verfolgt. Die Engel kämpften wie die Berserker. Vielleicht waren sie im Rausch. Ich hätte aber nie geglaubt, daß ein solcher verdreckter Lumpenhaufen von Frömmlern für den ganzen Planeten zur Gefahr werden könnte – Himmel, ich glaube es immer noch nicht! Ich nehme an, sie wollen die Lage ausnutzen – wie jene Psychoten, die sich bei jedem spektakulären Verbrechen als Täter melden.«

»Gegen sie kämpfen möchte ich aber trotzdem nicht«, fügte Janet hinzu.

»Stimmt genau! Lieber gäbe ich mich mit einem Rudel wildgewordener Hunde ab. Ich kann mir aber nicht vorstellen, daß diese Verrückten die Regierung stürzen können. Geschweige denn eine ganze Welt!«

Keiner von uns ahnte, daß sich noch andere als Urheber der Unruhen melden würden – doch zwei Stunden später meldeten die Stimulatoren ihre Ansprüche an.

»Ich bin der autorisierte Sprecher der Stimulatoren. Wir leiteten die allerersten Hinrichtungen ein und suchten uns die Zielpersonen dafür gründlich aus. Wir haben die Unruhen nicht angezettelt und sind auch nicht für die zwischenzeitlich begangenen Untaten verantwortlich. Für erforderlich hielten wir es, einige Kommunikationswege zu blockieren, die aber wieder freigegeben werden, sobald die Verhältnisse es erlauben. Die Ereignisse zwingen uns, unseren im Grunde gutgemeinten und gewaltlosen Plan zu ändern. Opportunisten, die sich in den englischsprachigen Ländern ›Überlebensrat‹ und in anderen Ländern ›Erben von Leo Trotzki‹ nennen oder sich mit anderen Namen bezeichnen, haben versucht, unser Programm an sich zu reißen. Man erkennt sie an der Tatsache, daß sie kein eigenes Programm haben.

Schlimmer sind religiöse Fanatiker, die sich ›Engel des Herrn‹ nennen. Deren sogenanntes Programm ist eine sinnlose Aneinanderreihung anti-intellektueller Schlagworte und gemeiner Vorurteile. Sie können keinen Erfolg haben, doch ihre Doktrin des Hasses vermag mühelos Bruder gegen Bruder, Nachbar gegen Nachbar aufzubringen. Man muß ihnen Einhalt gebieten!

Erster Krisenerlaß: Alle Personen, die sich als ›Engel des Herrn‹ bezeichnen, werden hiermit zum Tode verurteilt. Die Behörden werden dieses Urteil vollstrecken, sobald eine solche Person ausfindig gemacht wird. Die Bürger werden angewiesen, sogenannte ›Engel‹ der nächsten Behörde zu übergeben, indem sie eine Bürgerverhaftung vornehmen, und werden hiermit ermächtigt, in dem Maße Gewalt anzuwenden, wie sie zum Vollzug einer solchen Verhaftung erforderlich ist.

Duldung, Unterstützung oder Schutzgewährung wird in bezug auf die beschriebene Gruppe hiermit zum Kapitalverbrechen erklärt.

Zweiter Krisenerlaß: Gleichfalls gilt als Kapitalverbrechen, wenn sich jemand zu Unrecht die Handlung eines Stimulators zuschreibt oder die Verantwortung dafür übernimmt oder Aktionen, die auf Anordnung der Stimulatoren ausgeführt werden, für seine eigene politische Sache in Anspruch nimmt. Sämtliche zuständigen Behörden werden angewiesen, entsprechend zu verfahren. Dieser Erlaß betrifft die Gruppe und die Individuen, die sich ›Überlebensrat‹ nennen, ist aber nicht darauf beschränkt.

Das Reformprogramm: Die folgenden Reformmaßnahmen sind ab sofort in Kraft. Die führenden Personen in Politik, Finanzen und Industrie sind einzeln und insgesamt verantwortlich dafür, daß jede Reform auch ausgeführt wird. Bei Zuwiderhandlung droht ihnen die Todesstrafe.

Sofortige Reformen: Alle Gehälter, Preise und Mieten sind

eingefroren. Alle Hypotheken auf Häusern, die von den Besitzern bewohnt werden, gelten als aufgehoben. Zinsen werden auf sechs Prozent festgesetzt.

In jedem Lande ist die Gesundheitsindustrie hiermit verstaatlicht, soweit das nicht schon zutraf. Ärzte erhalten dasselbe Gehalt wie Oberschullehrer, Krankenschwestern werden so bezahlt wie Realschullehrer; das übrige therapeutische und betreuende Personal wird entsprechend bezahlt. Krankenhauskosten werden hiermit aufgehoben. Alle Bürger und Anwohner werden zu jeder Zeit den höchsten medizinischen Schutz genießen.

Alle Firmen und Dienstleistungsbetriebe werden weiterarbeiten. Nach der Umgestaltung können Besitzveränderungen zugelassen und verlangt werden, wo solche Veränderungen das öffentliche Wohl mehren.

Die nächsten abschreckenden Hinrichtungen werden in zehn Tagen stattfinden – plus/minus zwei Tage. Die Liste der Beamten und Anführer, die vom sogenannten ›Überlebensrat‹ unter Todesdrohung gestellt sind, wird weder bestätigt noch widerrufen. Jeder von Ihnen soll sein eigenes Herz, sein Gewissen befragen, ob Sie für Ihre Mitmenschen wirklich das Äußerste tun. Wenn die Antwort Ja lautet, haben Sie nichts zu befürchten. Wenn Sie mit Nein antworten müssen, kann es durchaus sein, daß Sie zur nächsten Gruppe gehören, die als Lektion für all jene dienen soll, die unseren schönen Planeten in eine Hölle der Ungerechtigkeit und der Privilegien verwandelt haben.

Ein besonderer Erlaß: Die Herstellung von Pseudomenschen wird sofort eingestellt. Alle sogenannten Künstlichen Personen und/oder Lebendigen Artefakte halten sich bereit, sich nach Aufforderung bei der nächsten Reformbehörde einzufinden. Bis dahin werden Pläne ausgearbeitet, die es diesen Pseudomenschen erlauben, ihr Leben zu Ende zu bringen, ohne anderen Menschen zu schaden und unter Umständen, die keinen unfairen Wettbewerb mehr ermöglichen – bis dahin werden diese Kreaturen ihre Arbeit fortsetzen, sich zu allen anderen Zeiten aber in ihren Unterkünften aufhalten.

Bis auf die folgende Ausnahme ist es den Behörden verboten, diese Geschöpfe zu töten ...«

Die Ansage wurde unterbrochen. Gleich darauf erschien auf dem Bildschirm ein verschwitztes Männergesicht, das einen nervösen Ausdruck offenbarte. »Ich bin Sergeant Malloy und spreche hier für Sheriff Henderson. Weitere subversive Ansagen dieser Art werden verboten. Das normale Programm geht in Kürze weiter. Aber lassen Sie Ihr Gerät eingeschaltet, falls noch weitere Katastrophenmeldungen durchgegeben werden müssen.« Er seufzte. »Nachbarn, es ist eine schlimme Zeit. Habt Geduld!«

12. Kapitel

»Na, nun wißt ihr Bescheid, meine Lieben«, sagte Georges. »Sucht es euch aus! Eine Theokratie von Hexenverbrennern. Oder ein faschistischer Sozialismus der Debilen. Oder eine Horde kaltblütiger Pragmatiker, die jedes Pferd, welches die Hürde nicht schafft, erschießen wollen. Treten Sie näher! Für jeden steht nur ein Platz zur Verfügung!«

»Hör auf, Georges!« sagte Ian. »Darüber sollte man wirklich keine Witze machen.«

»Bruder, ich mache keine Witze. Ich weine mir die Augen aus! Eine Horde will mich ohne Anruf erschießen, eine andere erklärt meine Kunst und meinen Beruf für ungesetzlich, während die dritte sich drohend gebärdet, ohne Genaues festzulegen, was für meine Begriffe noch angsteinflößender ist. Unterdessen will es diese wohltätige Regierung, meine lebenslange *alma mater*, nicht zulassen, daß ich in einer sicheren Umgebung Trost finde, sondern erklärt mich zum feindlichen Ausländer, der in ein Gehege gehört. Was soll ich tun? Witze reißen? Oder den Tränen ihren Lauf lassen?«

»Zunächst kannst du mal damit aufhören, den Gallier zu spielen. Die Welt ringsum scheint durchzudrehen. Wir sollten uns lieber Gedanken darüber machen, was wir unternehmen.«

»Schluß jetzt, ihr beide, hört auf!« sagte Janet entschlossen. »Zu den Dingen, die jede Frau weiß, die aber kein Mann begreift, gehört die Erkenntnis, daß es Augenblicke gibt, da man nicht handeln darf, sondern abwarten muß. Ich kenne euch beide. Ihr würdet am liebsten sofort zur Sammelstelle laufen, euch für die Dauer der Krise zur Armee melden und damit euer Gewissen den Kompanieführern überschreiben. Damit haben sich eure Väter und Großväter geholfen, doch euch wird es nichts nützen, das muß ich leider sagen. Unser Land ist in Gefahr – und gleichzeitig unsere Lebensart, soviel liegt auf der Hand. Aber wenn jemand etwas Besseres weiß, als stillzusitzen und abzuwarten, soll er es sagen. Wenn nicht – sollten wir nicht im Kreis herumrennen. In Kürze wäre es Zeit für die Mittagsmahlzeit. Fällt jemandem eine bessere Beschäftigung ein?«

»Wir haben sehr spät gefrühstückt.«

»Das Mittagessen wird auch spät stattfinden. Aber wenn ihr es vor euch auf dem Tisch stehen habt, werdet ihr essen – einschließlich Georges. Ach ja, eins können wir machen. Nur für den Fall, daß sich die Lage noch mehr zuspitzt, sollte Marj wissen, wo wir unseren Bomben-Schutzraum haben.«

»Unser Versteck.«

»Ja, Versteck. Beispielsweise könnte die Polizei ja nach feindlichen Ausländern Ausschau halten. Habt ihr beiden mutigen Männer euch schon Gedanken gemacht, was zu tun ist, wenn die Beamten an unsere Haustür klopfen?«

»Ich hatte mir das schon überlegt«, antwortete Georges. »Zuerst lieferst du Marj den Kosaken aus. Das lenkt sie ab und gibt mir Gelegenheit, mit gehörigem Vorsprung zu verschwinden. Das wäre *ein* möglicher Plan.«

»Richtig«, sagte Jan. »Soll das heißen, daß du noch einen zweiten hast?«

»Keinen Plan, der so einfach-elegant ist wie dieser. Aber ich will ihn trotzdem umreißen. Ich ergebe mich der Gestapo, als Testfall, um herauszufinden, ob ich, ein geschätzter Gast und zuverlässiger Steuerzahler, der darüber hinaus stets für den Polizeifonds und die Feuerwehr gespendet hat, in der Tat ohne jeden Grund eingesperrt werden kann oder nicht. Während ich mich für dieses Prinzip opfere, kann Marj im Versteck verschwinden und den toten Mann markieren. Man weiß ja nicht, daß sie hier ist, während das bedauerlicherweise in meinem Fall bekannt ist. Es ist weitaus besser ...«

»Spiel nicht den Edlen, mein Lieber; das steht dir nicht. Wir kombinieren die beiden Pläne. Falls – nein, *wenn* die Beamten zum Haus kommen und nach einem von euch oder beiden fragen, verschwindet ihr zu zweit im Versteck und bleibt dort unten. Tage. Wochen. So lange wie nötig.«

Georges schüttelte den Kopf. »Ich nicht. Im Loch ist es mir zu feucht und ungesund.«

»Außerdem habe ich Marj versprochen, sie vor Georges zu schützen«, warf Ian ein. »Was würde es nützen, ihr das Leben zu retten, wenn sie gleich darauf einem geilen Kanacker ausgeliefert ist?«

»Du darfst ihm nicht glauben, meine Liebe. Meine Schwäche ist der Alkohol.«

»Schätzchen, möchtest du vor Georges geschützt werden?«

Ich antwortete wahrheitsgemäß, daß Georges vielleicht Schutz vor mir brauchte. Ohne auf die Einzelheiten einzugehen.

»Was deine Beschwerde über die Feuchtigkeit angeht, so hat das Loch dieselbe Luftfeuchtigkeit wie der Rest des Hauses, ein angenehmer Wert von fünfundvierzig. Ich habe die Pläne darauf ausgelegt. Notfalls stopfen wir dich gewaltsam ins Loch, auf keinen Fall aber liefern wir dich der Polizei aus.« Janet wandte sich an mich. »Komm mit, meine Liebe! Wir machen mal einen Probelauf.«

Sie führte mich in das Zimmer, das ich bewohnen sollte, und ergriff meinen Koffer. »Was hast du darin?«

»Nicht viel. Einen Schlüpfer und ein Paar Socken zum Wechseln. Den Paß. Eine nutzlose Kreditkarte. Etwas Geld. Ausweise. Ein kleines Notizbuch. Das große Gepäck liegt im Zollausschluß am Hafen.«

»Ist recht. Sollten Spuren von dir verbleiben, werden wir sie in meinem Zimmer verwischen. Was die Kleidung angeht, so sind wir so etwa einer Größe.« Sie griff in eine Schublade und zog ein Plastikbehältnis an einem Gürtel hervor – einen ganz normalen Geldgürtel, wie er oft von Frauen getragen wird. Ich wußte sofort, worum es sich handelte, obwohl ich noch nie so einen Gürtel besessen hatte, der in meinem Beruf nutzlos war. Viel zu auffällig. »Hier hinein tust du alles, was du nicht verlieren darfst, dann bindest du ihn dir um. Und mach ihn wasserdicht. Denn du wirst am ganzen Körper naß sein. Hast du etwas dagegen, dir das Haar naß zu machen?«

»Meine Güte, nein. Ich reib's mir mit einem Handtuch wieder trocken und schüttele es ein bißchen. Oder ich lasse es einfach trocknen.«

»Gut. Dann kümmere dich um den Gurt und zieh dich aus! Es wäre sinnlos, die Sachen naßwerden zu lassen. Wenn dann allerdings die Gendarmen kommen, mußt du in voller Montur hindurch – wir trocknen das Zeug dann eben unten im Loch.«

Gleich darauf standen wir in Janets großem Badezimmer; ich war in meinen wasserdichten Geldgurt gekleidet, während Janet nur noch ihr Lächeln trug. »Meine Liebe«, sagte sie und deutete auf das breite Becken. »Schau mal unter den Sitz – drüben auf der anderen Seite!«

Ich beugte mich vor. »Ich kann nicht viel sehen.«

»So hatte ich mir das gedacht. Das Wasser ist klar, und man kann von allen Seiten hineinschauen. Von der einzigen Stelle, von der aus man unter den Sitz schauen könnte, spiegelt sich allerdings die Deckenlampe im Wasser. Unter dem Sitz beginnt ein Tunnel. Egal wo man steht, man sieht ihn nicht, doch wenn du mit dem Gesicht nach unten ins Wasser tauchst, kannst du ihn ertasten. Knapp einen Meter breit, etwa einen halben Meter hoch und ungefähr sechs Meter lang. Wie ist dir in engen Räumen zumute – hast du Probleme mit der Klaustrophobie?«

»Nein.«

»Das ist gut. Denn wenn man in das Loch hinabwill, kann man nur tief einatmen, untertauchen und sich durch den kleinen Tunnel ziehen. Die Fortbewegung ist kein Problem, denn ich habe zu diesem Zweck Rillen in den Boden machen lassen. Aber man muß sich einreden, daß die Passage nicht zu lang ist, daß man im Zeitraum eines Atemzugs einen Ort erreichen wird, an dem man sich nur aufzurichten braucht, um frische Luft zu haben. Es wird dort dunkel sein, aber das Licht läßt bestimmt nicht lange auf sich warten; wir haben dort eine Schaltung, die an die Wärmestrahlung gekoppelt ist. Diesmal gehe ich voraus. Bist du bereit, mir zu folgen?«

»Ich nehme es an. Ja.«

»Na, dann los!« Janet trat auf den nächsten Sitz und dann ganz in den Badetank. Das Wasser ging ihr gut bis zur Hüfte. »Tief einatmen!« Sie holte Luft und verschwand unter Wasser und unter dem Sitz.

Ich folgte ihr ins Wasser, atmete mehrmals kraftvoll ein und folgte ihr. Sehen konnte ich den Tunnel nicht, der sich aber mühelos ertasten ließ. Es bereitete mir kein Problem, mich an den fingerdicken Erhöhungen am Boden weiterzuziehen. Es kam mir allerdings so vor, als wäre der Tunnel mehrere Male sechs Meter lang.

Plötzlich erschien dicht vor mir ein Licht. Ich erreichte es, stand auf, und Janet half mir, holte mich aus dem Wasser. Ich befand mich in einem sehr kleinen Raum, dessen Decke kaum zwei Meter über dem Betonboden lag. Ein wenig angenehmer als in einem Grab war es schon, aber nicht viel.

»Dreh dich um, meine Liebe! Hier hindurch!«

»Hier hindurch« – das war eine schwere Stahltür, hoch über dem Boden gelegen, doch bis dicht unter die Decke reichend; wir überwanden sie, indem wir uns auf die Türschwelle setzten und die Beine hinüberschwangen. Janet zog die Öffnung hinter uns zu, und die Tür erzeugte ein dumpfes Zischen wie eine Panzertür. »Eine Überdrucktür«, erklärte sie. »Würde in der Nähe eine Bombe hochgehen, müßte die Luftdruckwelle das Wasser durch den kleinen Tunnel drücken. Hier wird es dann aufgehalten. Ein direkter Treffer natürlich ... Nun ja, wir würden nichts davon merken, und deshalb habe ich auch keine Vorsorge dagegen getroffen.« Sie fügte hinzu: »Schau dich gründlich um, mach es dir gemütlich! Ich gehe mal ein Handtuch holen.«

Wir befanden uns in einem langen, schmalen Raum mit gewölbter Decke. Entlang der rechten Wand standen Kojenbetten, dahinter ein Tisch mit Stühlen und ein Terminal und am anderen Ende eine kleine Küche zur Rechten sowie eine Tür, die in eine Toilette oder Badezimmer führte, da Janet darin verschwand und sofort mit einem großen Handtuch zurückkehrte.

»Halt still, dann trocknet Mama dich ab!« sagte sie. »Einen Fön haben wir hier nicht. Ich habe alles einfach und so wenig wie möglich automatisiert gehalten, ohne daß der Sinn und Zweck dieser Anlage zu kurz käme.«

Sie rubbelte mich, bis meine Haut sich warm anfühlte, dann nahm ich ihr das Tuch ab und machte mich an ihr zu schaffen – was mir ein Vergnügen war, da Janet an Schönheit nichts zu wünschen übrigließ. Schließlich sagte sie: »Es reicht, meine Liebe. Jetzt wollen wir mal eben die 5-Dollar-Tour machen, da du außer im Notfall sicher nicht hierher zurückkehren wirst – und selbst wenn es denn sein muß, könntest du allein sein – o ja, das könnte passieren –, und dann hinge dein Leben davon ab, daß du dich hier gut auskennst.

Erstens – siehst du das Buch, das da über dem Tisch an der Wand festgekettet ist? Das ist das Handbuch mit Inventurliste, und die Kette ist kein Witz. Mit diesem Buch brauchst du meine 5-Dollar-Tour nicht; *alles* steht darin! Aspirin, Munition oder Gewürze, es steht dort *alles* verzeichnet.«

Immerhin vermittelte sie mir einen knappen Eindruck, der mindestens drei Dollar fünfundneunzig wert war: Nahrungsmittelvorräte, Tiefkühlabteilung, Reserveluft, Handpumpe für das Wasser, sollte der Druck nachlassen, Kleidung, Medizinschrank, und so weiter. »Ich habe dieses Loch für drei Leute und auf drei Monate ausgelegt«, sagte Janet.

»Wie ersetzt du die Vorräte?«

»Wie würdest du es tun?«

Ich überlegte. »Ich würde das Wasser aus dem Tunnel pumpen.«

»Genau richtig. Es gibt da einen Zwischentank, der natürlich versteckt und auf den Plänen dieses Hauses nicht eingezeichnet ist – ebensowenig wie diese ganze Anlage. Natürlich macht es bei vielen Dingen nichts aus, wenn sie naß werden, oder man kann sie in wasserdichten Schutzfolien befördern. Wie hat übrigens dein Geldgurt die Reise überstanden?«

»Ich glaube gut. Ich habe vor dem Versiegeln die ganze Luft herausgedrückt. Jan, dieses Loch ist nicht nur ein Bombenschutzkeller, sonst hättest du dir nicht soviel Mühe gemacht und soviel Aufwand getrieben, um ihn geheimzuhalten.«

Janets Gesicht bewölkte sich. »Meine Liebe, dir entgeht nicht viel. Nein, ich hätte mir den Bau gespart, wenn es nur um den Luftschutzaspekt ginge. Sollten wir jemals eine Wasserstoffbombe abbekommen, bin ich an einem Weiterleben nicht sonderlich interessiert. Ich habe diesen Keller in erster Linie zum Schutz vor der sogenannten ›staatlichen Ordnung‹ gebaut, die ja nun auch prompt zur Unordnung geworden ist.«

»Meine Großeltern«, fuhr sie fort, »haben mir immer von einer Zeit erzählt, da die Menschen höflich zueinander waren und jeder unbesorgt nachts im Freien sein konnte und die Menschen oft nicht einmal ihre Türen verschlossen – geschweige denn ihre Häuser mit Zäunen und Mauern und Stacheldraht und Laserkanonen umgaben. Durchaus möglich, daß das früher so war; ich bin nicht alt genug, um mich daran zu erinnern. Was mich betrifft, so habe ich den Eindruck, als wäre im Laufe meines Lebens alles immer nur schlimmer geworden. Mein erster Job nach der Schule drehte sich um den Einbau versteckter Sicherungsanlagen in alte Häuser. Die Methoden, die damals eingesetzt wurden – und so lange ist das noch nicht her! – sind längst überholt. Damals ging es darum, einen möglichen Angreifer aufzuhalten und abzuschrecken. Heute wird die Verteidigung auf zwei Etappen angelegt. Reicht die äußere Sperre nicht aus, soll der innere Verteidigungsgürtel den Störenfried umbringen. So etwas ist natürlich streng verboten, aber wer es sich leisten kann, arbeitet nach diesem Prinzip. Marj, was habe ich dir noch nicht gezeigt? Schau nicht in das Buch! Es würde dir sofort auffallen! Laß es dir durch den Kopf gehen! Welchen wichtigen Teil des Loches habe ich dir noch nicht gezeigt?«

(Sollte ich es ihr wirklich sagen?) »Scheint mir komplett zu sein, sobald du mir die Haupt- und Hilfs-Shipstone-Energieträger gezeigt hast.«

»Nun überlege einmal, meine Liebe. Stell dir vor, das Haus über uns wäre weggepustet. Oder es wäre von Eindringlingen besetzt. Oder gar von Beamten unserer eigenen Polizei, die nach dir und Georges suchen. Was fehlt für einen solchen Fall?«

»Nun ja ... die Tiere, die unter der Erde leben – Füchse, Kaninchen, Erdhörnchen – schaffen sich in der Regel einen Hinterausgang.«

»Braves Mädchen! Und wo ist der hier?«

Ich tat, als schaute ich mich um und suchte danach. In Wahrheit jedoch hatte mich eine gewisse Nervosität, die eindeutig auf meine Grundausbildung zurückging (»Entspannen Sie sich erst, wenn Sie eine Fluchtroute im Auge haben«) dazu gebracht, längst danach Ausschau zu halten. »Wenn es technisch möglich ist, einen Tunnel in diese Richtung vorzutreiben, dürfte der Notausgang dort im Kleiderschrank beginnen.«

»Ich weiß nicht, ob ich dich beglückwünschen oder mir überlegen soll, wie ich den Tunnel besser hätte tarnen müssen. Ja, durch den Schrank und dann nach links. Die 37-Grad-Wärmeausstrahlung läßt das Licht angehen, so wie es vorhin beim Auftauchen aus dem Wassertunnel geschah. Jede Lampe hat dort ihr eigenes Shipstone-Energieaggregat, das praktisch ewig reicht, trotzdem wäre es ratsam, eine frisch aufgeladene Taschenlampe mitzunehmen, dann weiß man immer, wo man ist. Der Tunnel ist ziemlich lang, denn er endet weit außerhalb unserer Mauern in einer Gruppe von Dornenbüschen. Es gibt dort eine getarnte Tür, die ziemlich schwer gepanzert ist. Man braucht sie aber nur zur Seite zu stoßen, dann läßt sie sich aufklappen.«

»Scheint mir recht gut durchdacht zu sein. Aber eine Frage, Jan. Was passiert, wenn jemand den Eingang findet und auf diesem Weg eindringt? Oder wenn ich das täte? Schließlich bin ich für euch mehr oder weniger eine Fremde.«

»Du bist uns nicht fremd; du bist eine alte Freundin, die wir schon sehr lange kennen. Ja, es besteht natürlich die entfernte Möglichkeit, daß jemand unseren Hinterausgang findet, obwohl er sehr gut versteckt ist. Erstens würde überall im Haus ein nicht zu überhörendes Alarmschrillen ertönen. Dann würden wir mit Kameras in den Tunnel blicken; das Bild ließe sich auf jedes Hausterminal holen. Dann würde man Gegenmaßnahmen einleiten, deren mildeste der Einsatz von Tränengas ist. Wären wir aber nicht zu Hause, wenn man uns die Hintertür einrennt, täten mir Ian oder Georges sehr leid – oder beide.«

»Warum formulierst du das so?«

»Weil mit mir niemand Mitleid zu haben brauchte. Ich würde plötzlich von weiblicher Schwäche überkommen – denn ich gebe mich grundsätzlich nicht mit der Beseitigung von Leichen ab, besonders nicht von Toten, die schon einen Reifeprozeß von mehreren Tagen hinter sich haben.«

»Hmm ... ja, ich verstehe.«

»Allerdings müßte der Betreffende nicht tot sein, wenn er sich ein bißchen auskennt. Denk daran, es ist mein Beruf, solche Verteidigungsanlagen zu entwerfen, Marj, und erinnere dich, was ich dir vorhin über das System der doppelten Sperre sagte. Einmal angenommen, jemand wühlt sich einen steilen Hang herauf, entdeckt unsere Tür und öffnet sie, wobei er sich sämtliche Fingernägel abbricht – dann ist er noch längst nicht tot. Handelt es sich um einen von uns – denkbar, aber unwahrscheinlich – bedienen wir einen Schalter, der ein kurzes Stück vom Tunnelausgang entfernt verdeckt angebracht wurde. Die Stelle müßte ich dir zeigen. Haben wir es aber mit einem Eindringling zu tun, würde sein Blick sofort auf das Schild: PRIVATBESITZ – BETRETEN STRENG VERBOTEN! fallen. Er ignoriert den Text aber und macht weiter und bekommt wenige Meter weiter dieselbe Warnung akustisch vorgesetzt, mit dem Zusatz, daß hier aktive Verteidigungsanlagen installiert wären. Der Idiot macht trotzdem weiter. Sirenen und rote Lichter – aber er läßt sich nicht abbringen –, und dann erst muß der arme Ian oder der arme Georges den stinkenden Unrat aus dem Tunnel schaffen. Allerdings nicht nach draußen oder zu uns ins Haus. Wenn jemand darauf besteht, unsere Wehranlagen zu durchbrechen und sich dabei umbringt, wird sein Körper nicht gefunden werden; er wird als Vermißter gelten. Möchtest du gern wissen, wie das passiert?«

»Ich bin ziemlich sicher, daß ich das nicht wissen muß.« (Janet, sicher handelt es sich um einen getarnten Nebentunnel mit einer Kalkgrube – und ich wüßte zu gern, wie viele Leichen sich schon darin befinden. Janet wirkt sanftmütig wie die zarte Morgenröte – doch wenn irgend jemand diese verrückten Jahre übersteht, dann sie. Sie ist etwa so rücksichtsvoll wie eine Angehörige der Medici-Familie.)

»Dieser Ansicht bin ich im Grunde auch. Möchtest du dir sonst noch etwas anschauen?«

»Ich glaube nicht, Jan. Zumal ich nicht damit rechne, euer hübsches Versteck jemals benützen zu müssen. Schwimmen wir zurück?«

»Gleich.« Sie überbrückte die Entfernung, die zwischen uns bestand, und legte mir die Hände auf die Schultern. »Was hast du mir da vorhin zugeflüstert?«

»Das hast du doch gehört!«

»O ja.« Sie zog mich an sich.

In diesem Augenblick meldete sich das Terminal auf dem Tisch. »Mittagessen ist fertig!«

Jan verzog angewidert das Gesicht. »Spielverderber!«

13. Kapitel

Das Essen war köstlich. Kalte Platten mit Pickles, Käsesorten, Brot, Marmelade verschiedener Art, Nüssen, Radieschen, Schalotten, Sellerie und dergleichen rahmten einen großen Suppentopf über einer offenen Flamme. In Griffweite standen Teller mit buttertriefendem Koblauchbrot. Georges zelebrierte das Austeilen der Suppe mit der Würde eines Oberkellners. Ich setzte mich, und Ian band mir eine große Serviette um den Hals. »Nun hau tüchtig rein!« sagte er.

Ich kostete die Suppe. »Das tue ich!« rief ich und fügte hinzu: »Janet, diese Köstlichkeit hast du sicher schon gestern den ganzen Tag auf dem Feuer gehabt!«

»Falsch!« antwortete Ian. »Georges' Großmutter hat ihm die Suppe testamentarisch vermacht.«

»Das ist übertrieben«, widersprach Georges. »Meine geliebte Mutter, möge Gott ihr Trost spenden, setzte diese Suppe in dem Jahr an, in dem ich geboren wurde. Meine ältere Schwester rechnete stets damit, sie zu erben, aber dann heiratete sie unter ihrer Würde – einen Britisch-Kanadier –, und so ging sie auf mich über. Ich habe mich bemüht, die Tradition aufrechtzuerhalten. Allerdings meine ich, daß Geschmack und Bukett besser waren, als meine Mutter sich noch darum kümmerte.«

»Ich verstehe nichts von solchen Dingen«, antwortete ich. »Ich weiß nur, daß diese Suppe noch keine Dose gesehen hat.«

»Ich habe sie letzte Woche begonnen«, sagte Janet. »Dann aber übernahm Georges das Ruder und päppelte sie hoch. Er versteht mehr von Suppen als ich.«

»Ich verstehe sie lediglich zu essen, und ich hoffe, daß der Topf noch recht viel hergibt.«

»Wir können jederzeit noch eine Maus hineintun«, versicherte mir Georges.

»Hat's was Neues in den Nachrichten gegeben?« fragte Janet.

»Was ist mit deiner Vorschrift, daß bei den Mahlzeiten nicht über die Außenwelt gesprochen werden soll?«

»Liebling Ian, du solltest besser als jeder andere wissen, daß meine Vorschriften auf andere zugeschnitten sind, nicht aber auf mich. Gib Antwort!«

»Im allgemeinen keine Veränderung. Neue Hinrichtungen sind nicht gemeldet worden. Falls sich der Horde prahlerischer Staatsvernichter weitere hinzugesellt haben sollten, zieht es unsere väterliche Regierung vor, nichts davon zu sagen. Verdammt, wie ich diese Einstellung hasse – ›Papa weiß es schon am besten‹! Papa weiß es eben *nicht* am besten, sonst steckten wir nicht in dem Chaos, das heute überall herrscht. Im Grunde wissen wir nur, daß die Regierung Zensur ausübt. Was zur Folge hat, daß wir nichts wissen. So etwas weckt in mir den Wunsch, irgend jemand abzuknallen.«

»Ich glaube, solche Sachen hat es schon zur Genüge gegeben. Oder möchtest du dich bei den Engeln des Herrn einschreiben lassen?«

»Wenn du das sagst, solltest du lächeln. Oder möchtest du eins auf dein Zuckerschnäuzchen haben?«

»Denk dran, was passiert ist, als du mich das letztemal züchtigen wolltest.«

»Deswegen habe ich mich ja auf dein Zuckerschnäuzchen beschränkt.«

»Schätzchen, ich verschreibe dir drei doppelte Drinks oder eine Beruhigungstablette. Tut mir leid, wenn du dich aufregst. Mir gefällt das alles auch nicht, aber ich sehe keine andere Möglichkeit, als weiter abzuwarten.«

»Jan, manchmal bist du beinahe unerträglich vernünftig. Was mich die Wände hochgehen läßt, ist dieses riesige schwarze Loch in den Meldungen ... das ohne Erklärung bleibt.«

»Ja?«

»Die multinationalen Firmen. Die Nachrichten haben sich auf die Territorialstaaten beschränkt, über die Firmenmächte ist kein Wort gefallen. Wer jedoch heute einigermaßen bis zehn zählen kann, muß wissen, wo die wahre Macht liegt. Wissen die blutrünstigen Idioten das nicht?«

Sanft sagte Georges: »Mein Freund, vielleicht liegt genau da der Grund, warum die Konzerne bisher nicht als Angriffsziele zur Sprache gekommen sind.«

»Ja, aber ...« Ian unterbrach sich.

»Ian«, sagte ich, »als wir uns kennenlernten, erzähltest du mir, daß es im Grunde keine Möglichkeit gibt, gegen einen Firmenstaat loszuschlagen. Dabei erwähntest du IBM und Rußland.«

»So habe ich das aber nicht ausgedrückt, Marj. Ich sagte, man könne nicht mit *militärischer Gewalt* gegen einen Multi vorgehen. Bei den alltäglichen Auseinandersetzungen untereinander setzen die Riesen Geld und Bevollmächtigte ein und lassen sich auf Manöver ein, die nicht mit Gewaltanwendung, sondern durch Rechtsanwälte und Bankiers ausgefochten werden. Gewiß, manchmal bekämpfen sie sich mit Söldnerarmeen, aber sie geben es nicht zu, und es gehört normalerweise auch nicht zu ihrem Repertoire. Die Dummköpfe, die da im Augenblick losschlagen, setzen aber genau die Waffen ein, mit denen ein Multi getroffen werden kann, und zwar entscheidend: Morde an wichtigen Leuten und Sabotageakte. Dies liegt so klar auf der Hand, daß es mich beunruhigt, nichts davon in den Nachrichten zu hören. Ich frage mich unwillkürlich, was da noch alles vorgeht, das nicht über die Sender ausgestrahlt wird.«

Ich schluckte einen großen Brocken Brot hinunter, den ich in der himmlischen Suppe eingeweicht hatte, dann sagte ich: »Ian, läge es im Bereich des Möglichen, daß diese ganze Show auf das Betreiben eines – oder mehrerer – Multis zurückgeht – durch angeheuerte Strohmänner?«

Ian richtete sich so plötzlich auf, daß seine Suppe überschwappte und er sich das Lätzchen schmutzigmachte. »Marj, du erstaunst mich! Ursrpünglich habe ich dich aus Gründen, die nichts mit deinem Gehirn zu tun haben, aus der großen Menge ausgesucht ...«

»Ich weiß.«

»... aber du bestehst darauf, dein Köpfchen unter Beweis zu stellen. Dir fiel sofort auf, was an dem Gedanken unserer Firma, künstliche Piloten in den Dienst aufzunehmen, nicht stimmte – ich werde deine Argumente in Vancouver vortragen. Jetzt hast du dir die verrückte Nachrichtenszene angeschaut – und das einzige fehlende Stück im Puzzle richtig eingefügt, so daß das Ganze plötzlich einen Sinn ergibt.«

»Ich weiß nicht recht, ob es einen Sinn ergibt«, antwortete ich. »Den Nachrichten zufolge hat es aber Morde und Sabotageakte auf dem ganzen Planeten und seinen Vororten gegeben, auf Luna und bis hinaus zum Ceres. Dazu sind Hunderte von Leuten erforderlich, vermutlich sogar Tausende. Anschläge und Sabotageakte erfordern Spezialisten, die ausgebildet sein müssen. Selbst wenn man dazu Amateure gewinnen könnte, würden sie doch in sieben von zehn Fällen Mist bauen. Die ganze Sache scheint mir auf Geld hinzuweisen. *Viel* Geld. Nicht nur auf eine verrückte politische Organisation oder einen religiösen Kult von Irrsinnigen. Wer hat das Geld für eine welt- und systemweite Demonstration dieser Art? Ich weiß es nicht – ich habe nur eine Möglichkeit angesprochen.«

»Ich glaube, du hast das Rätsel gelöst – bis auf die Frage, *wer* da hinter den Kulissen steht. Marj, was machst du, wenn du dich nicht bei deiner Familie in Neuseeland aufhältst?«

»Ich habe keine Familie in Neuseeland, Ian. Meine Männer und meine Gruppenschwestern haben sich von mir scheiden lassen.«

(Ich war so schockiert wie er.)

Am Tisch trat Schweigen ein. Ian schluckte und sagte leise: »Das tut mir schrecklich leid, Marjorie.«

»Braucht dir nicht leid zu tun, Ian. Ein Fehler wurde richtiggestellt; die Sache ist vorbei. Ich werde nicht nach Neuseeland zurückkehren. Eines Tages würde ich aber gern nach Sydney reisen, um Betty und Freddie zu besuchen.«

»Darüber würden sie sich bestimmt freuen.«

»Das weiß ich. Beide haben mich eingeladen. Ian, was unterrichtet Freddie eigentlich? Auf dieses Thema sind wir gar nicht gekommen.«

»Federico ist ein Kollege von mir, liebe Marjorie«, antwortete Georges. »Ein Glücksumstand, der dazu geführt hat, daß ich heute hier bin.«

»Stimmt genau«, sagte Janet. »Chubby und Georges haben schon in McGill zusammen Gene gespalten, und durch diese Partnerschaft lernte Georges Betty kennen, während Betty ihn mir zuwarf und ich ihn auffing.«

»Daraufhin schlossen Georges und ich eine Vereinbarung«, bestätigte Ian, »da keiner von uns mit Jan allein fertig wurde. Stimmt's, Georges?«

»Sehr vernünftig gesprochen, mein Bruder. Falls wir beide tatsächlich mit Janet fertigwerden.«

»Vielmehr habe ich Mühe mit euch beiden«, bemerkte Janet. »Ich sollte Marj zur Unterstützung verpflichten. Was meinst du dazu, Marj?«

Ich fand, daß dieses Angebot nicht ernst gemeint sein konnte, und reagierte entsprechend darauf. Die anderen redeten einigermaßen wirres Zeug, um den Schock zu überwinden, den ich ausgelöst hatte. Wir alle wußten das. Aber war es außer mir noch jemandem aufgefallen, daß meine Arbeit plötzlich nicht mehr das Thema war? Ich wußte, was geschehen war – warum aber beschlossen die tieferen Regionen meines Gehirns, das Thema so nachdrücklich abzubiegen? Ich würde doch niemals die Geheimnisse meines Chefs ausplaudern!

Plötzlich verspürte ich das dringende Bedürfnis, mich mit dem Chef abzustimmen. War er irgendwie in die seltsamen Ereignisse verwickelt? Und wenn ja, auf wessen Seite?

»Noch Suppe, meine Dame?«

»Sie bekommt erst ihren Nachschlag, wenn sie mir meine Frage beantwortet hat.«

»Aber Jan, das hast du doch nicht ernst gemeint. Georges, wenn ich noch mehr Suppe esse, stopfe ich mich auch weiter mit Knoblauchbrot voll. Und dann werde ich dick. Nein. Führe mich nicht in Versuchung!«

»Noch Suppe?«

»Nun ja ... ein bißchen.«

»Ich spreche im Ernst«, ließ Janet nicht locker. »Ich will dich nicht festnageln, da dir das Thema Familie und Kinderkriegen wohl im Moment bis zum Hals steht. Aber wir könnten es probehalber vereinbaren und in einem Jahr dann endgültig darüber abstimmen. Wenn du willst. Bis dahin würde ich dich als Haustier halten – und würde diese beiden Böcke nur mit dir in ein Zimmer lassen, wenn ihr Verhalten mir zusagt.«

»Moment mal!« protestierte Ian. »Wer hat sie hergeholt? *Ich!* Marj ist *mein* Schatz!«

»Wenn man Betty glauben kann, dürfte sie eher Freddies Schatz sein. Du hast sie an Bettys Stelle hierhergebracht. Wie dem auch sein mag, das war gestern, und jetzt ist sie *mein* Schatz. Wenn einer von euch beiden mit ihr sprechen will, muß er vorher zu mir kommen und sich seine Eintrittskarte von mir abknipsen lassen. Stimmt's, Marjorie?«

»Wenn du meinst, Janet. Das Ganze ist wirklich nur sehr theoretisch, da ich fort muß. Habt ihr eine großflächige Karte des Grenzgebiets im Haus? Ich meine die Südgrenze.«

»Etwas, das genausogut ist. Du kannst dir so ein Ding auf das Terminal holen. Wenn du einen Printout brauchst, nimm das Terminal in meinem Arbeitszimmer – neben meinem Schlafzimmer.«

»Ich möchte die Nachrichten nicht unterbrechen.«

»Das brauchst du auch nicht. Wir können jedes Terminal von den anderen abkoppeln – anders ginge es nicht, da wir ein Haushalt von Individualisten sind.«

»Besonders Jan«, meinte Ian. »Marj, wozu brauchst du eine große Karte der Grenze des Imperiums?«

»Ich würde ja lieber mit der Tunnelbahn nach Hause fahren. Aber das geht nicht. Und da das nicht geht, muß ich mir eine andere Möglichkeit überlegen, mein Ziel zu erreichen.«

»Das habe ich mir gleich gedacht. Liebling, ich werde dir die Schuhe wegnehmen müssen. Ist dir nicht klar, daß man dich beim Durchqueren der Grenzzone erschießen kann? Im Augenblick dürfte den Grenzwächtern auf beiden Seiten der Finger ziemlich locker am Abzug sitzen.«

»Äh … dürfte ich mir die Grenze trotzdem mal ansehen?«

»Aber ja doch – wenn du mir versprichst, dich nicht hinüberschleichen zu wollen.«

»Mein Bruder«, sagte Georges leise, »man sollte niemanden, der einem nahesteht, zum Lügen verleiten.«

»Georges hat recht«, bestimmte Jan. »Keine erzwungenen Versprechungen. Mach nur zu, Marj! Ich räume hier ab. Ian, du hast dich soeben als Freiwilliger gemeldet.«

Die nächsten beiden Stunden verbrachte ich am Computerterminal in dem geborgten Zimmer und prägte mir die Grenze als Ganzes ein. Anschließend ging ich auf maximale Vergrößerung und studierte gewisse Abschnitte mit jedem Detail. Keine Grenze kann wirklich dichtgemacht werden, und das gilt auch für die waffenstarrenden Mauern, mit denen einige totalitäre Staaten ihre Untergebenen einfrieden. Normalerweise ergeben sich die besten Möglichkeiten unweit der bewachten Durchgänge; oft bestehen in solchen Zonen eingespielte Schmugglerpfade. Bekannten Wegen wollte ich allerdings nicht folgen.

In erreichbarer Nähe gab es etliche Grenzübergänge: Emerson Junction, Pine Creek, South Junction, Gretna, Maida und so weiter. Ich schaute mir auch den Roseau River an, der aber floß in die falsche Richtung – nach Norden in den Red River.

Ostsüdöstlich von Winnipeg liegt der Lake of the Woods, in den eine seltsame Landzunge hineinragt, die auf der Karte als Teil des Imperiums eingefärbt war. Dort war kein Hindernis angegeben, das verhindert hätte, an dieser Stelle über die Grenze zu wandern – wenn man mehrere Kilometer Sumpfgebiet in Angriff nehmen wollte. Ich bin kein Supermann und nehme mich daher vor Sümpfen in acht wie jeder andere – trotzdem lockte mich das unbewachte Stück Grenze ein wenig. Ich schlug mir den Gedanken dann aber doch aus dem Kopf, weil das Landstück zwar juristisch zum Imperium gehörte, in der Praxis aber vom eigentlichen Imperium durch eine dreiundzwanzig Kilometer breite Wasserfläche getrennt war. Konnte ich ein Boot stehlen? Ich durfte darauf wetten, daß jedes Boot, das jenen Teil des Sees befuhr, einen Alarmstrahl durchschneiden würde. Wenn man dann nicht richtig auf den Anruf reagierte, bekam man einen Laserstrahl in den Bug, der riesige Lecks reißen mußte. Ich kämpfe nicht gegen Laser; man kann sie nicht bestechen oder becircen – ich gab die Sache auf.

Eben hatte ich das Studium beendet und ließ das Bild der Landkarten noch auf mich wirken, als plötzlich Janets Stimme aus dem Terminal tönte. »Marjorie, bitte komm sofort ins Wohnzimmer!«

Ich reagierte schnell.

Ian sprach mit jemandem auf dem Bildschirm. Georges hielt sich abseits, außerhalb des Erfassungsbereiches der Kameralinse. Janet bedeutete mir durch Handzeichen, es ihm nachzumachen. »Polizei«, sagte sie leise. »Ich schlage vor, du gehst sofort ins Loch hinunter! Warte dort ab, dann rufe ich dich an, wenn es vorbei ist.«

»Weiß man, daß ich hier bin?« fragte ich ebenso gelassen.

»Das ist noch nicht klar geworden.«

»Dann wollen wir mal abwarten. Wenn die Beamten wissen, daß ich hier bin, und mich nicht finden, bekommt ihr Ärger.«

»Wir haben keine Angst vor Ärger.«

»Vielen Dank. Aber jetzt hören wir erst einmal zu.«

»Mel«, sagte Ian zu dem Gesicht auf dem Bildschirm, »nun hören Sie endlich auf! Georges ist kein feindlicher Ausländer, das wissen Sie genau. Was diese ... ›Miß Baldwin‹ angeht – so haben Sie sie doch genannt – warum suchen Sie ausgerechnet bei uns nach ihr?«

»Sie verließ gestern abend mit Ihnen und Ihrer Frau den Flughafen. Wenn sie nicht mehr bei Ihnen ist, wissen Sie bestimmt, wo sie steckt. Was Georges angeht, so ist heute jeder Québecer ein feindlicher Ausländer, egal wie lange er schon hier ist oder welchen Klubs er angehört. Und sicher wäre es Ihnen lieber, wenn ein alter Freund ihn abholt als irgendein Streifenbeamter. Jetzt schalten Sie bitte Ihre Luftabwehr aus! Ich bin landebereit.«

»›Alter Freund‹ – das ist ja gelacht! Er versucht mich schon seit der High School ins Bett zu bekommen; ich habe ihn immer wieder abweisen müssen. Er ist ein schleimiger Charakter.«

Ian seufzte. »Mel, jetzt ist wirklich der richtige Zeitpunkt, von Freundschaft zu sprechen. Wenn Georges hier wäre, würde er sich lieber von einem Streifenbeamten verhaften lassen, als unter dem Vorwand von Freundschaft abgeholt zu werden. Also zurück auf Feld Eins! Bitte den Dienstweg.«

»Oh, so soll das also laufen, wie? Na schön! Hier spricht Lieutenant Dickey. Ich bin gekommen, um eine Verhaftung vorzunehmen. Schalten Sie die Luftabwehr aus! Ich lande.«

»Ian Tormey, Hausbesitzer, ich bestätige Ihren Anruf, Lieutenant, halten Sie den Haftbefehl vor die Kamera, damit ich ihn mir anschauen und photographieren kann.«

»Ian, Sie haben ja den Verstand verloren! Wir leben im Notstand; ich brauche keinen Haftbefehl.«

»Ich verstehe nicht, was Sie sagen.«

»Vielleicht verstehen Sie das: Ich stehe im Begriff, ihre Luftabwehr kurzzuschließen. Wenn ich dabei irgend etwas in Brand stecke, wäre das allein Ihr Problem.«

Angewidert breitete Ian die Hände aus und betätigte dann einige Kontrollen auf der Tastatur. »Luftabwehr ausgeschaltet.« Anschließend drückte er »Unterbrechung« und wandte sich an uns. »Ihr beiden habt knapp drei Minuten Zeit, ins Loch zu verschwinden. An der Tür kann ich ihn nicht lange zurückhalten.«

»Ich verstecke mich nicht in einem Loch im Boden«, sagte Georges leise. »Ich werde auf meinen Rechten bestehen. Wenn sie mir nicht zugebilligt werden, werde ich später Melvin Dikkey verklagen, daß er seines Lebens nicht mehr froh wird.«

Ian zuckte die Achseln. »Du bist ein verrückter Kanacke. Aber du bist erwachsen. Marj, meine Liebe, geh in Deckung! Es dauert bestimmt nicht lange, ihn loszuwerden, da er im Grunde nicht positiv weiß, ob du hier bist.«

»Äh, wenn nötig, verschwinde ich im Loch. Aber kann ich nicht einfach in Janets Bad abwarten? Vielleicht geht er auch so. Ich schalte dort das Terminal ein und verfolge, was hier läuft. Einverstanden?«

»Marj, du machst Schwierigkeiten!«

»Dann überzeuge Georges, daß er auch mit ins Loch hinunterkommt. Wenn er hierbleibt, werde ich vielleicht gebraucht. Um ihm zu helfen. Um dir zu helfen.«

»Wovon redest du, um alles in der Welt?«

Das wußte ich selbst nicht ganz genau. Jedenfalls entsprach es auf keinen Fall meinem Training, freiwillig ein Spielfeld zu verlassen und in einem Versteck Zuflucht zu suchen. »Ian, dieser Melvin Dickey ... ich glaube, er will Georges an den Kragen. Das lag bereits in seiner Stimme. Wenn Georges nicht mit ins Loch hinabwill, dann sollte ich ihn begleiten, um dafür zu sorgen, daß dieser Dickey ihm nicht weh tut. Wer in den Händen der Polizei ist, braucht einen Zeugen auf seiner Seite.«

»Marj, du kannst doch unmöglich verhindern, daß ein ...«

Ein dumpfer Gongton erschallte. »Verdammt! Er ist schon an der Tür. Verschwindet aus dem Sichtbereich. Und du verschwindest im Loch!«

Ich verzog mich aus dem Blickfeld, schwamm aber nicht in das Versteck. Hastig begab ich mich in Janets großes Badezimmer, schaltete das Terminal ein und suchte mir dann am Selektorschalter die Wohnzimmerkamera aus. Als ich den Ton lautgestellt hatte, kam es mir beinahe so vor, als wäre ich noch am Ort des Geschehens.

Ein frecher Hahn stolzierte herein.

In Wirklichkeit war es nicht Dickeys Körper, der klein war, sondern seine Seele. Dickey besaß ein Ego der Größe zwölf in einer Seele von der Größe vier, und beides in einem Körper, der beinahe so massig war wie der von Ian. In Begleitung Ians betrat er den Raum, entdeckte Georges und sagte triumphierend: »Perreault, ich verhafte Sie, weil Sie sich vorsätzlich nicht zur Internierung gemeldet haben, wie es dem Krisenerlaß, Paragraph sechs, entspricht.«

»Ich habe eine solche Anordnung nie erhalten.«

»Ach, Unsinn! Das ist mehrmals in den Nachrichten verbreitet worden.«

»Es ist nicht meine Gewohnheit, mir die Nachrichten anzuschauen. Mir ist kein Gesetz bekannt, das mich dazu verpflichtet. Dürfte ich eine Kopie des Befehls sehen, nach dem Sie mich verhaften wollen?«

»Versuchen Sie nicht den Winkeladvokaten zu spielen, Perreault. Wir haben den nationalen Notstand, den ich hier zu vertreten habe. Sie können den Erlaß lesen, wenn ich Sie abliefere.

Ian, ich ernenne Sie hiermit zum Deputy, mit der Auflage, mir zu helfen. Nehmen Sie diese Dinger ...« – Dickey griff hinter sich und zog ein Paar Handschellen hervor – »und legen Sie sie ihm an! Die Hände hinter dem Rücken!«

Ian bewegte sich nicht. »Mel, Sie sollten sich nicht mehr zum Narren machen, als Sie es ohnehin sind. Sie haben nicht den geringsten Grund, Georges Handschellen anzulegen.«

»Und ob ich das habe! Wir sind knapp an Leuten, und ich führe diese Verhaftung ohne Begleitung durch. Ich kann es mir also nicht leisten, daß unser Freund auf dem Rückflug vielleicht einen Ausbruchsversuch macht. Nun beeilen Sie sich schon und legen Sie ihm die Handschellen an!«

»Richten Sie die Waffe nicht auf mich!«

Ich war bereits keine Zuschauerin mehr. Ich stürmte aus dem Bad, durch zwei Türen, einen langen Flur entlang und ins Wohnzimmer, begleitet von dem seltsam eingefrorenen Gefühl der Bewegung, das von der Supermotorik vermittelt wird.

Dickey versuchte mit seiner Waffe drei Leute in Schach zu halten, und zu diesen dreien gehörte auch Janet. Das hätte er nicht tun dürfen. Ich raste auf ihn zu, entriß ihm die Waffe und versetzte ihm einen Handkantenschlag ins Genick. Die Wirbel gaben jenes unangenehme Knirschen von sich, das sie beim Brechen immer erzeugen – ein ganz anderer Laut als das kurze Knacken von Arm- oder Beinknochen.

Ich ließ ihn zu Boden sinken und legte die Waffe neben ihm ab, wobei ich gleichzeitig registrierte, daß es sich um eine Raytheon fünf-null-fünf handelte, die ein Mastodon hätte erlegen können – wozu brauchen Männer mit kleinen Seelen solche großen Waffen? »Bist du verletzt, Jan?« fragte ich.

»Nein.«

»Ich bin so schnell gekommen, wie ich konnte. Ian, genau das habe ich vorhin gemeint, als ich sagte, vielleicht würde meine Hilfe benötigt. Aber ich hätte gleich hierbleiben sollen. Ich bin beinahe zu spät gekommen.«

»Noch nie habe ich jemanden so schnell handeln sehen!«

»Oh, ich schon«, sagte Georges gelassen.

Ich wandte mich zu ihm. »Natürlich hast du so etwas schon gesehen. Georges, hilfst du mir, dieses Ding ...« – ich deutete auf den Toten – »fortzuschaffen? Und kannst du ein Polizei-AAF fliegen?«

»Wenn ich muß.«

»Etwa so geht's mir auch. Lassen wir die Leiche verschwinden. Janet hat mir unten angedeutet, wie die Toten hier beseitigt werden, allerdings ohne mir die Stelle zu zeigen. Ein Loch abseits des Fluchttunnels, nicht wahr? An die Arbeit! Sobald wir *das* los sind, können Georges und ich abfliegen. Oder Georges bleibt und steht die Sache an Ort und Stelle durch. Aber sind die Leiche und das AAF erst einmal verschwunden, könnt ihr beiden die Ahnungslosen spielen. Beweise gibt es nicht mehr. Ihr habt ihn nie gesehen. Aber wir müssen uns beeilen, ehe er vermißt wird.«

Jan kniete neben dem toten Polizei-Lieutenant auf dem Boden. »Marj, du hast ihn tatsächlich umgebracht!«

»Ja. Er hat mich zur Eile angetrieben. Trotzdem habe ich ihn ganz bewußt getötet, denn in einer Auseinandersetzung mit einem Polizeibeamten ist es besser, wenn man gleich endgültige Maßnahmen ergreift, als ihn nur zu verwunden. Jan, er hätte seinen Brenner nicht auf dich richten dürfen. Ohne diese Geste hätte ich ihn vielleicht nur entwaffnet, und anschließend nur getötet, wenn ihr der Meinung gewesen wärt, er müsse sterben.«

»Du hast dich wirklich beeilt. Eben noch warst du gar nicht hier, und im nächsten Moment tauchtest du auf, und Mel sank zu Boden. Ob er nach meiner Ansicht sterben mußte? Ich weiß es nicht, aber leid tun wird es mir um ihn nicht. Er ist eine Ratte. *War* eine Ratte.«

Ian sagte langsam: »Marj, dir scheint nicht klar zu sein, daß das Umbringen eines Polizeibeamten eine schwerwiegende Sache ist. Das einzige Kapitalverbrechen, das in der Britisch-Kanadischen Gesetzgebung noch übriggeblieben ist.«

Wenn Leute so reden, begreife ich sie nicht; ein Polizist ist doch nichts Besonderes. »Ian, in meinen Augen ist es eine schwerwiegende Sache, meinen Freunden eine Waffe unter die Nase zu halten. Janet zu bedrohen halte ich sogar für ein Kapitalverbrechen. Aber es tut mir leid, wenn ich euch verwirrt habe. Zunächst müssen wir eine Leiche und ein AAF verschwinden lassen. Ich kann euch dabei helfen. Oder verschwinden. Entscheidet euch aber schnell! Wir wissen nicht, wie bald man nach ihm suchen wird – und nach uns. Nur daß man es irgendwann tun wird.«

Während des Sprechens durchsuchte ich den Toten – er hatte keine Handtasche bei sich, so daß ich die einzelnen Taschen durchgehen mußte. Besonders bei der Hose war ich vorsichtig, denn der Ringmuskel hatte sich gelockert, wie es immer bei Sterbenden eintrat. Zum Glück nicht viel – er hatte sich kaum eingenäßt und stank auch noch nicht. Oder wenigstens noch nicht schlimm. Die wichtigen Dinge befanden sich im Jackett: Brieftasche und Kontaktgerät, Ausweise, Geld, Kreditkarten, all das mitnehmbare Zeug, das dem modernen Menschen bestätigt, daß er am Leben ist. Ich nahm die Brieftasche und den Raytheon-Brenner; der Rest war unbrauchbar. Ich hob die Handschellen hoch. »Könnt ihr Metall loswerden? Oder muß das dort verschwinden, wo auch die Leiche landet?«

Ian kaute noch immer auf seiner Unterlippe herum. Georges sagte sanft: »Ian, ich dränge dich, Marjories Hilfe anzunehmen. Offensichtlich ist sie eine Expertin.«

Ian kam zu einer Entscheidung. »Georges, nimm seine Füße!« Die Männer schleppten den Toten in das große Badezimmer. Ich eilte ihnen voraus und ließ Dickeys Waffe, Handschellen und Brieftasche in meinem Zimmer auf das Bett fallen, und Janet legte schließlich noch seinen Hut dazu. Dann hastete ich ins Badezimmer und begann mich noch im Laufen auszuziehen. Unsere Männer waren mit der Last eben am Ziel eingetroffen. Als der Tote hingelegt wurde, sagte Ian: »Marj, du brauchst dich nicht auszuziehen. Georges und ich bringen ihn durch und beseitigen ihn.«

»Einverstanden«, sagte ich. »Aber ich wasche ihn zuerst ab. Ich weiß, was zu tun ist. Und dazu bin ich lieber nackt, da brauche ich hinterher nur schnell eine Dusche zu nehmen.«

Ian blickte mich ratlos an und sagte: »Wozu, er kann doch dreckig bleiben!«

»Von mir aus – aber dann würdet ihr den Bottich und auch den Tunnel zum Versteck erst wieder benutzen wollen, wenn das Wasser ausgetauscht und das Becken saubergeschrubbt worden ist. Ich finde, es ginge schneller, den Leichnam abzuwaschen. Es sei denn ...« In diesem Augenblick betrat Janet den Raum. »Janet, du erwähntest, daß sich dieser Bottich in einen Zwischentank entleeren ließe. Wie lange dauert das? Rein und wieder raus.«

»Etwa eine Stunde. Es ist nur eine kleine Pumpe.«

»Ian, ich kann die Leiche in zehn Minuten sauber haben, wenn ihr sie auszieht und unter die Dusche hebt. Was passiert mit seiner Kleidung? Verschwindet sie im Müllvernichter, oder habt ihr eine andere Möglichkeit, sie zu beseitigen? Muß sie mit durch den Tunnel zum Versteck?«

Nachdem Ian sich zum Mitmachen entschlossen hatte und die anderen mir den Vortritt ließen, kamen die Dinge schnell in Bewegung. Jan zog sich ebenfalls aus und bestand darauf, mir beim Waschen der Leiche zu helfen, während Georges die Kleidung in die Waschmaschine steckte und Ian durch den Wassertunnel tauchte, um Vorbereitungen zu treffen.

Ich wollte mir von Janet nicht helfen lassen, weil ich darauf trainiert bin, meinen Verstand zu beherrschen, etwas, das ich bei ihr nicht annahm. Aber auf jeden Fall ist sie eine widerstandsfähige Person. Sie ließ sich nichts anmerken; nur rümpfte sie einige Male ein wenig die Nase. Und natürlich wurden wir mit ihrer Hilfe viel schneller fertig.

Georges brachte die frischgewaschene, tropfnasse Kleidung. Janet steckte sie in einen Plastiksack und drückte die Luft heraus. Ian tauchte im Becken auf und hatte das Ende eines Seils in der Hand. Die Männer machten es unter den Armen des Toten fest; kurze Zeit später war er verschwunden.

Zwanzig Minuten später waren wir sauber und trocken, und von Lieutenant Dickey gab es im ganzen Haus keine Spur mehr. Janet war in »mein« Zimmer gekommen, während ich aus Dickeys Brieftasche einige Dinge in meinen Geldgurt steckte – in erster Linie Geld, außerdem zwei Kreditkarten – American Express und Maple Leaf.

Janet machte keine dumme Bemerkung über »Leichenfledderei« oder dergleichen – und ich hätte auch nicht weiter darauf geachtet. In unserer Zeit ist es unmöglich, ohne gültige Kreditkarte oder Bargeld zu arbeiten. Jan verließ das Zimmer und kehrte gleich darauf mit doppelt soviel Geld zurück, wie ich dem Toten abgenommen hatte. Ich nahm es mit den Worten: »Du weißt natürlich, daß ich keine Ahnung habe, wann und wie ich es dir zurückzahlen kann.«

»Natürlich weiß ich das. Marj, ich bin wohlhabend. Meine Großeltern hatten schon viel Geld, und ich kenne nichts anderes. Hör mal, meine Liebe! Vorhin hat ein Mann eine Waffe auf mich gerichtet – und du hast ihn mit bloßen Händen überwältigt. Meine beiden Ehemänner waren anwesend – aber *du* hast den Angriff durchgeführt.«

»So darfst du die Männer nicht sehen, Jan; sie sind nicht entsprechend ausgebildet.«

»Das war deutlich auszumachen. Eines Tages möchte ich gern mehr darüber erfahren. Besteht die Möglichkeit, daß du nach Québec reist?«

»Eine gute Chance sogar, wenn Georges sich zur Abreise entschließt.«

»Das hatte ich mir gedacht.« Sie hielt mir noch mehr Geld hin. »Ich habe nicht viel Q-Francs im Haus. Ich gebe dir alles.«

In diesem Augenblick kamen die Männer ins Zimmer. Ich warf einen Blick auf meinen Finger, dann auf die Wand. »Es ist jetzt siebenundvierzig Minuten her, seit ich ihn umgebracht habe, er hat also seit mehr oder weniger einer Stunde keinen Kontakt mehr mit seinem Hauptquartier. Georges, ich werde versuchen, das Polizei-AAF zu steuern; ich habe hier den richtigen Schlüssel. Es sei denn, du willst mitkommen und den Steuerknüppel übernehmen. Kommst du? Oder willst du den nächsten Verhaftungsversuch abwarten? Wie auch immer, *ich* verschwinde jetzt.«

»Verschwinden wir doch *alle*!« sagte Jan plötzlich.

Ich grinste sie an. »Großartige Idee!«

»Meinst du das wirklich ernst, Janet?« fragte Ian.

»Ich ...« Sie unterbrach sich und runzelte die Stirn. »Es geht ja gar nicht! Die Katzenmutter und ihre Kleinen. Dann Blackie und Dämon und Star und Red. Das Haus könnten wir wohl schließen. Mit einem Haushalts-Shipstone ist es wintersicher. Aber es würde einen oder zwei Tage Vorbereitungen kosten, den Rest unserer Familie unterzubringen. Ich kann die Tiere nicht einfach im Stich lassen. Das bringe ich nicht fertig!«

Darauf gab es keine Antwort, und so hielt ich den Mund. Die schlimmsten Tiefen der Hölle sind für Menschen reserviert, die junge Katzen aussetzen. Der Chef meint, ich wäre sentimental, und damit hat er sicher recht.

Wir gingen ins Freie. Die Dämmerung hatte eingesetzt, und plötzlich wurde mir klar, daß ich diesen Haushalt vor knapp vierundzwanzig Stunden erst betreten hatte – es kam mir wie ein Monat vor. Meine Güte, vor gut einem Tag war ich noch in Neuseeland gewesen – ich konnte es mir kaum vorstellen!

Das Polizeifahrzeug hockte in Jans Gemüsegarten, ein Umstand, der sie zu Ausdrücken veranlaßte, wie ich sie von ihr nicht erwartet hatte. Das Gebilde hatte die übliche gedrungene Austernform einer Antigrav-Maschine, die nicht für den Verkehr im Weltall bestimmt war, und hatte etwa die Größe unseres Familien-Landwagens in Neuseeland. Nein, dieser Gedanke betrübte mich nicht; Jan und ihre Männer – und Betty und Freddie – hatten in meinem Herzen die Stelle der Davidson-Gruppe eingenommen – *Donna e mobile*, so bin ich nun mal! Und jetzt hatte ich das dringende Bedürfnis, zum Chef zurückzukehren. War er eine Vaterfigur für mich? Wahrscheinlich – andererseits interessiere ich mich für die Theorien der Psychiater nicht sonderlich.

»Ich will mir den Kasten mal anschauen, ehe ihr ihn startet«, sagte Ian. »Ihr Amateure könntet euch sonst was antun.« Er öffnete das Luk und stieg ein. Gleich darauf erschien er wieder im Freien. »Wenn ihr wollt, bekommt ihr das Ding hoch. Aber hört meine Warnung. Das AAF ist mit Identifikationssender ausgerüstet. Mit ziemlicher Sicherheit besitzt es einen aktiven Erkennungsstrahl, obwohl ich den nicht finden kann. Die Shipstone-Energie ist auf einunddreißig Prozent Leistung herunter, wenn ihr also nach Québec wollt, könnt ihr dieses Transportmittel vergessen. Die Kabine läßt sich dichtmachen, der Druck dürfte aber bei Höhen über zwölftausend Metern nicht zu halten sein. Und jetzt kommt das Schlimmste: das Terminal verlangt bereits nach Lieutenant Dickey.«

»Überhören wir den Anruf?«

»Natürlich, Georges. Aber als Folge der Ortega-Prozesse im letzten Jahr sind in die Polizeiwagen Vernichtungs-Sprengladungen eingebaut worden, die ferngesteuert gezündet werden können. Ich habe nach so einem Ding gesucht. Hätte ich es gefunden, hätte ich es entschärft. Aber ich konnte nichts entdekken. Das heißt nicht, daß es die Ladung nicht gibt.«

Ich zuckte die Achseln. »Ian, notwendige Risiken haben mich noch nie geschreckt. Nur die andere Sorte versuche ich zu meiden. Trotzdem müssen wir die Blechkiste loswerden. Sie irgendwohin fliegen. Sie abstellen.«

»Nicht so schnell, Marj« sagte Ian. »Fluggerät aller Art ist mein Leben. Dieser Bursche ... Ja! Er besitzt den üblichen Militär-Autopiloten. Wir schicken das Ding einfach auf die Reise! Wohin? Nach Osten? Die Maschine würde abstürzen, ehe sie Québec erreicht – und das müßte die Behörden auf die Vermutung bringen, daß du nach Hause willst, Georges – während du in Wirklichkeit putzmunter in unserem Loch sitzt.«

»Mir gefällt das weniger, Ian. Ich werde mich auf keinen Fall im Loch verstecken. Ich war bereit zu verschwinden, weil Marjorie eine Schutzperson braucht.«

»Da ist eher anzunehmen, daß sie dich beschützt. Du hast doch selbst gesehen, wie sie unseren Freund aus dem Weg geräumt hat.«

»Schon richtig. Aber ich meinte meinen Schutz nicht nur im Sinne einer Verteidigung.«

»Das klang mir aber nicht so ...«

Ich unterbrach das Gespräch: »Ian, reicht die Energie aus, um das AAF nach Süden zum Imperium zu tragen?«

»Ja. Aber es wäre nicht sicher, wenn du dorthin fliegen wolltest.«

»Das habe ich nicht gemeint. Stell einen Südkurs und die größte Höhe ein. Vielleicht schießen eure Grenzwächter die Maschine ab, vielleicht das Imperium. Vielleicht kommt sie auch durch, wird aber mit Fernauslöser in die Luft gesprengt. Oder sie fliegt, bis die Energie aufgebraucht ist, und stürzt dann aus größter Höhe ab. Egal, auf jeden Fall wären wir das Ding los.«

»Gemacht.« Ian verschwand wieder in der Kabine und machte sich an den Kontrollen zu schaffen. Das Gebilde schwebte empor – er warf sich heraus und ließ sich aus drei oder vier Metern Höhe zu Boden fallen. Ich half ihm hoch. »Alles in Ordnung?«

»Bestens. Seht doch, wie der Kasten abgeht!« Das Polizeifahrzeug verschwand mit hoher Geschwindigkeit in südlicher Richtung. Plötzlich verließ es die Dämmerungszone und erstrahlte grell im Licht der letzten Sonnenstrahlen. Es schrumpfte und war bald verschwunden.

14. Kapitel

Wir standen und saßen in der Küche herum, tranken Highballs, die Ian uns serviert hatte, sprachen miteinander und lauschten doch mit halbem Ohr auf die Meldungen aus dem Terminal.

»Marj«, sagte Ian, »wenn du nur abwarten könntest, wird diese dumme Sache schnell vorbei sein, und du kannst dann in aller Gemütlichkeit nach Hause zurückkehren. Gibt es wieder Ärger, kannst du unten im Loch verschwinden. Der schlimmste Aspekt ist, daß du im Haus bleiben müßtest. Unterdessen kann Georges Akte von dir malen, wie Betty angeordnet hat. Wäre dir das recht, Georges?«

»Es wäre mir ein Vergnügen.«

»Was meinst du, Marj?«

»Ian, wenn ich meinem Chef einreden wollte, ich könnte nicht nach Hause kommen, weil eine zweitausendfünfhundert Kilometer lange Grenze angeblich geschlossen war, würde er mir nicht glauben.« (Sollte ich ihnen sagen, daß ich ausgebildeter Kurier bin? Nicht nötig. Jedenfalls noch nicht.)

»Was hast du vor?«

»Ich glaube, ich habe euch schon genug Ärger gemacht.« *(Liebster Ian, ich glaube, du hast dich noch immer nicht von dem Schock erholt, daß in deinem Wohnzimmer ein Mann getötet wurde. Auch wenn du dich anschließend zusammengenommen und wie ein Profi mitgeholfen hast.)* »Ich kenne inzwischen euren Hinterausgang. Wenn ihr morgen früh aufsteht, bin ich vielleicht schon nicht mehr hier. Dann könnt ihr diese Störung in eurem Leben getrost vergessen.«

»Nein!«

»Janet, sobald diese Schweinerei beendet ist, rufe ich an. Wenn du es dann noch willst, komme ich gern auf Besuch, sobald ich wieder Urlaub habe. Jetzt aber muß ich fort, zurück zu meiner Arbeit. Ich habe das die ganze Zeit gesagt.«

Janet wollte nichts davon hören, daß ich mich allein daran machte, die Grenze zu knacken (wohingegen ich einen Begleiter etwa so nötig hatte, wie eine Schlange Schuhe braucht). Aber sie hatte einen Plan.

Sie wies darauf hin, daß Georges und ich ja mit den Pässen der anderen reisen könnten – ich sei beinahe so groß wie sie, und Georges entsprach Ians Größe und Gewicht. Die Gesichter paßten zwar nicht, aber die Unterschiede waren auch nicht gravierend – wer schaut sich außerdem Paßphotos gründlich an?

»Ihr könntet sie benutzen und mit der Post zurückschicken – aber das ist vielleicht nicht der einfachste Weg. Ihr könntet nach Vancouver fahren, dann mit Touristenkarten in die Kalifornische Konföderation hinüberwechseln – aber auf unseren Namen. Bis Vancouver schafft ihr es mit unseren Kreditkarten. Wenn ihr die Grenze nach Kalifornien überquert habt, seid ihr so gut wie am Ziel – Marj, deine Kreditkarte müßte dort gelten, du dürftest keine Schwierigkeiten mehr haben, deinen Chef anzurufen, und die Polizisten dort wären nicht darauf aus, euch zu internieren. Bringt euch dieser Vorschlag weiter?«

»Ja«, bestätigte ich. »Ich glaube, die Täuschung über die Touristenkarte ist sicherer als der Einsatz eurer Pässe – für jeden von uns. Wenn ich an einen Ort gelangen kann, an dem meine Kreditkarten gültig sind, dürften meine Probleme zu Ende sein.« *(Ich würde mir sofort Bargeld verschaffen und mich nie wieder fern der Heimat ohne genug Geld erwischen lassen – Geld schmiert alles. Besonders in Kalifornien, wo es jede Menge offene Hände gibt, während die Beamten in Britisch-Kanada zuweilen bestürzend ehrlich sind.)*

Ich fügte hinzu: »In Bellingham kann ich auch nicht schlechter dran sein als hier – wenn es Probleme gibt, müßte ich die weite Strecke in die Lone-Star-Republik zurücklegen und dort die Grenze überschreiten. Hat es Nachrichten gegeben über das Verhältnis zwischen Texas und Chicago? Reden sie noch miteinander?«

»Soweit das aus den Nachrichten zu schließen war, ist das Verhältnis in Ordnung«, antwortete Ian. »Soll ich den Computer auf Recherche programmieren?«

»Ja, bitte tu das, ehe ich abreise! Notfalls könnte ich durch Texas nach Vicksburg fahren. Gegen bar kommt man immer den Fluß hinauf, denn dort sind ständig Schmuggler unterwegs.«

»Ehe *wir* abreisen«, berichtigte mich Georges leise.

»Georges, ich glaube, diese Route könnte klappen, für mich. Dich würde sie nur noch weiter von Québec fortführen. Hast du nicht einmal gesagt, McGill wäre deine andere Zuflucht?«

»Meine liebe junge Dame, ich habe nicht die Absicht, mich nach McGill zurückzuziehen. Da die Politik hier, in meiner wahren Heimat, kitzlig geworden ist, kann ich mir nichts Besseres vorstellen, als dich zu begleiten. Sobald wir die Provinz Washington des Staates Kalifornien erreicht haben, kannst du deinen Namen von Mrs. Tormey in Mrs. Perreault ändern, da wir wohl davon ausgehen können, daß dort meine Maple-Leaf-Karte wie auch meine Crédit-Québec-Karte Gültigkeit haben werden.«

(Georges, du bist ein galanter Schatz – und wenn ich mich durchzuschlängeln versuche, brauche ich einen galanten Begleiter etwa so nötig wie einen Bergwerksstiefel. Und ich werde Haken schlagen müssen, mein Lieber – denn entgegen Janets Worten werde ich nicht schnell ans Ziel gelangen.) »Georges, das klingt wirklich prächtig. Ich kann dir nicht befehlen, zu Hause zu bleiben – ich *muß* dir allerdings sagen, daß ich von Beruf Kurier bin, der jahrelang allein gereist ist, überall auf diesem Planeten und mehr als einmal auch zu den Weltallkolonien und nach Luna. Nur auf Mars oder Ceres war ich noch nicht, aber dieser Befehl kann jederzeit kommen.«

»Damit willst du mir sagen, daß ich dich lieber nicht begleiten soll.«

»Nein, nein! Ich will damit nur sagen, daß es lediglich eine Sache der Geselligkeit sein kann, wenn du dich dazu entschließt, mich zu begleiten. Für dein Vergnügen und für meine Zerstreuung. Aber ich muß hinzufügen – wenn ich das Imperium betrete, *muß* ich allein weiter, da ich dann sofort wieder im Dienst bin.«

»Marj«, sagte Ian, »du solltest Georges zumindest gestatten, dich von hier in ein Gebiet zu schaffen, in dem nicht davon die Rede sein kann, daß du interniert wirst, und wo deine Kreditkarten gültig sind.«

Janet fügte hinzu: »Wichtig ist vor allem, daß du dich von der Gefahr der Internierung freimachst. Marjorie, du kannst meine Visa-Karte benutzen, solange du willst; ich nehme solange die Maple-Leaf-Karte. Denk nur dran, daß du Jan Parker bist.«

»›Parker‹?«

»Die Visakarte ist auf meinen Mädchennamen ausgestellt. Hier, steck sie ein!« Ich akzeptierte das Kärtchen und nahm mir gleichzeitig vor, sie nur einzusetzen, wenn ich in Bedrängnis war. Nach Möglichkeit wollte ich meine Kosten dem seligen Lieutenant Dickey aufbürden, dessen Kredit noch einige Tage, vielleicht sogar Wochen lang gut sein müßte. Nach einigem weiteren Hin und Her sagte ich schließlich:

»Ich gehe jetzt. Georges, kommst du mit?«

»He!« rief Ian. »Doch nicht heute abend noch! Morgen früh!«

»Warum? Die Tunnelbahnen fahren doch die ganze Nacht hindurch, oder?« (Ich wußte, daß sie rund um die Uhr in Betrieb waren.)

»Ja, aber bis zur nächsten Tunnelstation sind es gut zwanzig Kilometer. Und draußen ist es so dunkel wie im Kohlenkeller.«

(Dies war nicht der richtige Augenblick, über mein gesteigertes Sehvermögen zu sprechen ...) »Bis Mitternacht kann ich die Strecke zu Fuß zurückgelegt haben. Wenn um zwölf Uhr eine Kapsel fährt, hole ich damit praktisch eine ganze Schlafperiode in Bellingham heraus. Wenn die Grenze zwischen Kalifornien und dem Imperium offen ist, melde ich mich gleich morgen früh bei meinem Chef. So ist es doch besser, oder?«

Wenige Minuten später verließen wir alle das Haus – mit der Kutsche. Ian war nicht sonderlich von mir angetan, da ich mich nicht als das entgegenkommende, fügsame Wesen erwiesen hatte, mit dem sich Männer gern abgeben. Aber er überwand seine Gereiztheit, als wir die Kreuzung Perimeter- und McPhillips Street erreichten, wo sich die Tunnelstation befand. Herzlich küßte er mich zum Abschied. Georges und ich drängten uns in die 23-Uhr-Kapsel – und mußten den ganzen Weg durch den Kontinent stehen.

Aber um zweiundzwanzig Uhr (Pazifische Zeit – in Winnipeg war es Mitternacht) hatten wir Vancouver erreicht, nahmen beim Besteigen des Bellingham-Shuttle die bereitliegenden Anträge auf Touristenkarten an uns, füllten sie unterwegs aus und ließen sie vom Ausgangscomputer bearbeiten, als wir die Shuttle wenige Minuten später verließen. Die dazugehörige Beamtin hob nicht einmal den Kopf, als die Maschine unsere Karten ausspuckte. »Wir wünschen Ihnen einen angenehmen Aufenthalt«, sagte sie und setzte ihre Lektüre fort.

In Bellingham führt die Vancouver-Shuttle Station direkt ins untere Foyer des Bellingham-Hilton; direkt vor uns schwebte ein funkelndes Schild in der Luft:

DIE FRÜHSTÜCKSBAR
Steaks – Schnellgerichte – Cocktails
Frühstück 24 Stunden am Tag

»Mrs. Tormey, mein Schätzchen«, sagte Georges, »bei diesem Anblick fällt mir ein, daß wir noch kein Abendessen zu uns genommen haben.«

»Mr. Tormey, Sie haben ja so recht! Verschlingen wir einen Bären!«

»In der Konföderation gibt es nicht gerade eine exotische oder raffinierte Küche. Auf ihre erdverbundene Weise aber kann sie recht zufriedenstellend sein – besonders wenn man sich einen soliden Appetit zugelegt hat. Ich habe schon einmal in diesem Restaurant gespeist. Trotz des Namens bekommt man hier eine reichhaltige Auswahl. Aber wenn du dich mit der Frühstückskarte zufriedengibst und mich bestellen läßt, kann ich dir etwas vorsetzen, das deinen Hunger auf das Angenehmste aus der Welt schafft.«

»Georges – ich meine: ›Ian‹ – ich habe deine Suppe gegessen. Du darfst jederzeit für mich bestellen!«

Es war wirklich eine Bar, denn Tische gab es nicht. Die Hokker aber hatten Rückenlehnen und waren gepolstert und erlaubten den Gästen, am Tresen Platz zu nehmen, ohne sich die Knie zu stoßen, was doch sehr bequem war. Als wir uns setzten, wurde zur Begrüßung ein kleiner Apfelsaft vor uns hingestellt. Georges bestellte, ging dann zum Empfang hinüber und tippte uns als Gäste ins Hotel. Als er zurückgekehrt war, sagte er: »Jetzt kannst du mich wieder ›Georges‹ nennen, und du bist ›Mrs. Perreault‹, denn so habe ich uns angemeldet.« Er griff nach seinem Getränk. »Santé, ma chère femme.«

Ich ergriff mein Glas. »Merci. Er à la tienne, mon cher mari.« Der Saft war angenehm kalt und süß wie die Worte, die wir eben ausgesprochen hatten. Zwar hatte ich nicht die Absicht, mir jemals wieder einen Mann zuzulegen, Georges aber hätte einen guten Ehepartner abgegeben, ob nur zum Scherz, wie in diesem Augenblick, oder in Wirklichkeit. Hier jedoch war er lediglich eine Leihgabe Janets.

Unser »Frühstück« kam.

Eiskalter Yakima-Apfelsaft.

Erdbeeren aus dem Imperial Valley mit frischer Schlagsahne.

Zwei leicht gebratene Spiegeleier auf mittel durchgegrillten Steaks, die so zart waren, daß sie sich mit einer Gabel zerteilen ließen – »Eier auf Pferderücken«.

Große heiße Kekse, Butter, Salbei- und Kleeblüten-Honig.

Kona-Kaffee in Riesentassen.

Kaffee, Saft und Kekse wurden laufend nachgereicht – eine zweite Portion Eier und Steak wurde uns angeboten, wir mußten aber passen.

Der allgemeine Lärm und die Plätze, die wir bekommen hatten, förderten unser Gespräch nicht gerade. Hinter der Bar schimmerte ein Bildschirm, auf dem Werbeanzeigen liefen. Immer wieder fiel mein Blick während des Essens darauf:

> Das Freischiff *Jack Pot* sucht Besatzungsmitglieder
> auf dem Vegas-Arbeitsmarkt.
> Bonus für Kampfveteranen

Würde ein Piratenschiff so direkt Reklame machen? Sogar im Freistaat Vegas? Kaum zu glauben, aber wie sollte man den Text sonst verstehen?

> Rauch den Stoff, den auch Jesus qualmte!
> ANGEL STICKS
> Garantiert nicht krebserzeugend!

Krebs kann mich nicht schrecken, trotzdem sind Rauschgifte oder Nikotin nichts für mich; der Mund einer Frau sollte süß schmecken.

> GOTT erwartet dich in Apartment 1208
> des Lewis-&-Clark-Gebäudes.
> Daß Er dich nicht erst holen muß!
> Es würde dir nicht gefallen!

Mir gefiel es schon gar nicht.

> GELANGWEILT?
> Wir wollen auf einem jungfräulichen Planeten vom Typ Z-13 eine Pioniergruppe absetzen. Garantiertes Sex-Ratio 50–40–10±2 %. Medianes Bio-Alter 32±1. Kein Temperamentstest erforderlich. Keine Versteuerung – keine Beiträge – keine Rettung.
> System-Expansion Inc.
> Abteilung Demographie & Ökologie
> Hauptpost Luna City, Schließfach
> oder Tycho 800-2300

Diesen Text holte ich mir noch einmal zurück und las ihn ein zweitesmal. Was für ein Gefühl wäre es, Schulter an Schulter mit Kameraden eine neue Welt zu bezwingen? Menschen, die meine Herkunft auf keinen Fall kennen konnten. Denen es auch ganz gleich war, woher ich kam. Meine gesteigerten Fähigkeiten mochten mir Respekt einbringen und mich nicht zum Außenseiter machen – solange ich mich damit nicht brüstete ...

»Georges, schau dir das mal an!«

Er kam meiner Aufforderung nach. »Was ist damit?«

»Das könnte doch ganz spaßig sein – oder?«

»Nein! Marjorie, in der T-Kategorie setzt jede Einordnung über acht eigentlich einen großen Bar-Bonus voraus, reichlich Ausrüstung und ausgebildete Kolonisten. Ein Dreizehner ist ein exotischer Weg zum Selbstmord, weiter nichts.«

»Oh.«

»Lies mal lieber das hier!« sagte er.

W. K. – Mach dein Testament!
Du hast nur noch eine Woche zu leben.
A. C. B.

Ich las den Text. »Georges, ist das wirklich eine Morddrohung an W. K.? In einer öffentlichen Anzeige? Wohin ließe sich das zurückverfolgen?«

»Keine Ahnung. Vielleicht wäre das gar nicht so ohne weiteres möglich. Ich möchte nur wissen, was wir morgen hier sehen werden – ›sechs Tage‹? Und dann ›fünf Tage‹? Wartet W. K. auf den Todesstoß? Oder handelt es sich um irgendeine Werbekampagne?«

»Ich weiß es nicht.« Ich versuchte eine Verbindung zu unserer Notlage herzustellen. »Georges, wäre es möglich, daß die schrecklichen Drohungen im Fernsehen nichts anderes sind als eine komplizierte Vortäuschung, ein gigantischer Streich, der den Nationen gespielt wird?«

»Du meinst, vielleicht wurde überhaupt niemand umgebracht, und die Meldungen waren alle gefälscht?«

»Ich weiß nicht genau, was ich meine.«

»Marjorie, natürlich liegt da irgendwo eine große Täuschung vor – in dem Sinne, daß drei verschiedene Gruppen die Verantwortung auf sich nehmen und folglich zwei Gruppen die Welt hinters Licht führen wollen. Ich glaube nicht, daß die Meldungen von den Hinrichtungen getürkt sind. Wie bei Seifenblasen gibt es eine Obergrenze für die Größe eines solchen Streiches, sowohl hinsichtlich der Zahl der beteiligten Leute als auch im Hinblick auf die Zeit. Die ganze Sache ist zu groß – sie spielt an zu vielen Orten, vor zu großem Publikum, um nur Theater zu sein. Sonst wären inzwischen auch von allen Seiten die Dementis eingetroffen. Möchtest du noch Kaffee?«

»Nein danke.«

»Sonst noch etwas?«

»Nichts mehr. Noch einen Keks mit Honig, und ich würde platzen!«

Von draußen war es nichts anderes als eine Hotelzimmertür mit der Zahl 2100. Doch als wir über die Schwelle getreten waren, rief ich: »Georges! Warum das?«

»Eine Braut kann eine Brautsuite verlangen.«

»Wunderschön ist es hier. Und luxuriös! Du solltest dein Geld nicht so verschwenden! Ohnehin hast du meine langweilige Reise schon zu einem Vergnügen gemacht. Wenn du aber erwartest, daß ich mich heute nacht wie eine Braut verhalte, hättest du mir nicht Eier auf dem Pferderücken und jede Menge heiße Kekse vorsetzen sollen. Ich platze förmlich und fühle mich ganz und gar nicht verführerisch.«

»Das bist du aber.«

»Lieber Schatz! Georges, bitte veranstalte mit mir keine Spielchen – bitte nicht! Du hast gesehen, wie ich Dickey umbrachte. Du weißt, was ich bin.«

»Ich weiß nur, daß du eine prächtige, mutige, liebenswerte Frau bist.«

»Du weißt genau, was ich meine. Du bist in der Branche. Du hast mich erkannt, erwischt.«

»Du bist in deinen Fähigkeiten gesteigert. Ja, das habe ich gesehen.«

»Also weißt du auch, was ich bin. Ich gebe es zu. Ich bin sehr geübt darin, meine wahren Fähigkeiten zu vertuschen – aber der Schweinehund hätte Janet nicht mit der Waffe bedrohen dürfen!«

»Nein, das hätte er nicht tun dürfen. Und wegen deines Einspringens stehe ich für immer in deiner Schuld.«

»Du meinst das ernst? Ian ist der Ansicht, ich hätte ihn nicht töten dürfen.«

»Ian reagiert im ersten Augenblick immer etwas konventionell. Dann läßt er sich aber doch überzeugen. Ian ist der geborene Pilot; er denkt mit den Muskeln. Aber, Marjorie …«

»Ich heiße nicht ›Marjorie‹.«

»Wie bitte?«

»Jetzt kannst du ruhig meinen richtigen Namen wissen. Meinen Namen aus der Krippe, meine ich. Ich heiße ›Freitag‹. Einen Nachnamen gibt es natürlich nicht. Wenn ich einen brauche, suche ich mir einen aus, wie er in der Krippe gebräuchlich war. Meistens ›Jones‹. ›Freitag‹ aber ist mein richtiger Name.«

»Und so soll ich dich anreden?«

»Ja, so möchte ich es haben. So werde ich genannt, wenn ich mich nicht verstellen muß. Wenn ich unter Leuten bin, denen ich trauen kann. Dir sollte ich auf jeden Fall vertrauen. Oder?«

»Ich fühle mich geschmeichelt und freue mich. Ich will mir Mühe geben, mich deines Vertrauens würdig zu erweisen. Zumal ich sehr in deiner Schuld stehe.«

»Inwiefern?«

»Ich dachte, das läge auf der Hand. Als ich sah, was Mel Dikkey im Schilde führte, wollte ich mich im ersten Augenblick ergeben, um die anderen nicht in Gefahr zu bringen. Als er dann aber Janet mit seinem Brenner bedrohte, nahm ich mir vor, ihn später einmal, wenn ich wieder frei sein würde, aus der Welt zu räumen.« Georges lächelte kaum. »Dieser Gedanke war mir eben durch den Kopf geschossen, als du mit der Plötzlichkeit eines Racheengels erschienst und meine Absicht in die Tat umsetztest. Nun bin ich dir also was schuldig.«

»Einen Mord?«

»Wenn du willst, ja.«

»Na, so etwas wahrscheinlich nicht. Wie du selbst sagst, bin ich ein gesteigerter Mensch. Ich habe diese Dinge, wenn sie sich nicht umgehen ließen, bisher immer allein erledigen können.«

»Was immer du verlangst, meine liebe Freitag.«

»Ah, ach, zum Teufel, Georges, ich möchte nicht, daß du dich mir verpflichtet fühlst! Auf meine Weise liebe ich Janet auch. Der Schweinehund besiegelte sein Schicksal, als er sie mit einer gefährlichen Waffe bedrohte. Ich habe nicht für dich so gehandelt, sondern für mich selbst. Du schuldest mir also gar nichts.«

»Liebste Freitag. Du bist so liebenswert wie Janet. Das habe ich mit der Zeit erkannt.«

»Warum nimmst du mich dann nicht mit ins Bett und läßt

mich für etliche Dinge die Rechnung begleichen? Ich weiß, daß ich kein Mensch bin und erwarte von dir auch nicht, daß du mich so liebst wie deine Menschenfrau – eigentlich brauchst du mich überhaupt nicht zu lieben. Aber du scheinst mich zu mögen und behandelst mich nicht wie – nun ja, wie es meine EnEs-Familie getan hat. So wie die meisten Menschen mit KP umgehen. Es würde sich bestimmt für dich lohnen. Ich verstehe mich darauf, wirklich. Ich habe die entsprechende Ausbildung nicht abgeschlossen, aber die Grundkenntnisse sind weitgehend vorhanden – ich würde mir Mühe geben.«

»Meine Liebe. Wer hat dich denn so gekränkt?«

»Mich? Mir geht es bestens. Ich wollte dir nur klarmachen, daß ich weiß, wie die Welt sich dreht. Ich bin kein Kind mehr, das es noch lernen muß, ohne die Stütze der Krippe auszukommen. Eine Künstliche Person erwartet von einem normalen Mann keine sentimentale Liebe; das wissen wir beide. Du verstehst das noch viel besser als jeder Laie, du bist in der Branche tätig. Ich respektiere dich und mag dich wirklich. Wenn du es mir gestattest, mit dir ins Bett zu gehen, will ich mir große Mühe geben, dich zu unterhalten.«

»Freitag!«

»Ja, Sir?«

»Du wirst nicht mit mir ins Bett gehen, um mich zu unterhalten!«

Plötzlich schossen mir Tränen in die Augen – was nun wirklich sehr selten passiert. »Tut mir leid, Sir«, sagte ich bedrückt. »Ich wollte dich nicht kränken. Ich wollte niemandes Entscheidung vorwegnehmen.«

»HÖR AUF DAMIT, verdammt!«

»Sir?«

»Hör endlich auf, mich ›Sir‹ zu nennen! Hör auf, dich wie ein Sklave zu benehmen! Nenn mich Georges! Wenn du ›Schatz‹ oder ›Liebling‹ hinzufügen möchtest, wie du es in der Vergangenheit zuweilen getan hast, tu es bitte! Oder beschimpfe mich! Behandle mich wie deinen Freund! Dieser Riß zwischen ›Menschen‹ und ›Nichtmenschen‹ ist von ahnungslosen Laien erdacht worden; in der Branche weiß jeder, daß das totaler Unsinn ist. Deine Gene sind *menschliche* Gene; sie sind mit größter Sorgfalt ausgesucht worden. Vielleicht macht dich das zum Übermenschen; auf keinen Fall aber zum Nichtmenschen. Bist du fruchtbar?«

»Äh – widerruflich steril.«

»Mit örtlicher Betäubung könnte ich das in zehn Minuten ändern. Und dich schwängern. Würde unser Baby ein Mensch sein? Oder ein Nichtmensch? Oder nur ein halber Mensch?«

»Äh ... ein Mensch.«

»Darauf kannst du dein Leben verwetten! Und ein menschliches Baby setzt eine Menschenmutter voraus. Daß du mir das nie vergißt!«

»Also, das vergesse ich bestimmt nicht.« Tief im Innern spürte ich ein seltsames Kribbeln. Es hatte mit Sex zu tun, war aber ein Gefühl, wie ich es bisher noch nicht erlebt hatte, obwohl ich da ziemlich eingefahren bin. »Georges, möchtest du das? Mich schwängern?«

Er starrte mich verblüfft an. Dann kam er auf mich zu, hob mein Gesicht, indem er mir einen Finger unter das Kinn schob, legte die Arme um mich und begann mich zu küssen. Auf einer Zehnerskala hätte ich die Note achteinhalb oder auch neun vergeben müssen – in senkrechter Stellung und mit voller Bekleidung ist mehr auch gar nicht möglich. Dann nahm er mich hoch, begab sich zu einem Stuhl, setzte sich, wobei ich auf seinem Schoß landete, und begann mich bedächtig und liebevoll auszuziehen. Janet hatte darauf bestanden, mir Kleidung aus ihren Schränken mitzugeben, so trug ich denn interessantere Dinge am Leibe als einen einfachen einteiligen Anzug. Das Superhaut-Gewand, das Janet frisch gewaschen hatte, befand sich in meinem Köfferchen.

Während Georges die Reißverschlüsse und Knöpfe und Haftverschlüsse öffnete, sagte er: »Diese zehn Minuten müßten wir in meinem Labor zubringen, und es würde noch etwa einen Monat dauern, bis du zum erstenmal wirklich fruchtbar wärst, und diese Kombination von Umständen bewahrt dich vor einem dicken Bauch – denn solche Bemerkungen lassen einen Mann hochgehen wie einen Stier, der von einer spanischen Fliege gestochen wurde. Die Folgen deiner Torheit bleiben dir also erspart. Statt dessen werde ich dich mit ins Bett nehmen und mir Mühe geben, *dich* zu unterhalten – obwohl ich da auch keine abgeschlossene Ausbildung vorweisen kann. Aber wir werden uns etwas ausdenken, meine liebe Freitag.« Er hob mich hoch und ließ das letzte Stück meiner Kleidung zu Boden fallen. »Du siehst gut aus. Du fühlst dich gut an. Du riechst gut. Möchtest du als erste ins Bad? Ich brauche eine Dusche.«

»Ich gehe lieber als zweite, da ich Zeit brauche.«

Und das stimmte auch, denn ich hatte nicht übertrieben, als ich ihm sagte, ich fühlte mich aufgedunsen. Ich kenne mich auf Reisen aus und achte darauf, den beiden schlimmsten Katastrophen für jeden Reisenden aus dem Weg zu gehen. Das ausgefallene Abendessen, gefolgt von dem riesigen »Frühstück« um Mitternacht, hatte meinen Zeitplan etwas durcheinandergebracht. Wenn ich Druck auf Brust – und Bauch – bekommen sollte, wurde es Zeit, die zusätzliche Rundung loszuwerden.

Es war zwei Uhr durch, als ich das Badezimmer verließ – gebadet, abgeschlackt, mit sauber ausgewaschenem Mund und frisch riechendem Atem, bereit und aufgekratzt wie nur je in meinem Leben. Kein Parfum – ich habe grundsätzlich keins dabei, nicht zuletzt weil die Männer *fragrans femina* allen anderen anregenden Düften vorziehen, auch wenn ihnen das nicht bewußt ist.

Georges lag im Bett, züchtig zugedeckt – und schlief. Der Zeltpfosten stand nicht, wie ich mit einem schnellen Blick feststellte. Sehr vorsichtig kroch ich zu ihm unter die Decke und schaffte es, ihn nicht zu wecken. Ehrlich, ich war nicht enttäuscht, da ich im Grunde nicht so egoistisch bin. Ich war ziemlich zuversichtlich, daß er mich mit neuerwachten Kräften aus dem Schlaf holen würde und wir beide dann noch mehr davon hätten – auch ich hatte einen anstrengenden Tag hinter mir.

15. Kapitel

Ich behielt recht.

Natürlich möchte ich Georges Janet nicht wegnehmen, doch ich freue mich schon heute auf viele angenehme Besuche, und sollte er sich je entschließen, meine Sterilität aufzuheben, nun so würde ich nichts dagegen haben – ich begreife nicht, warum Janet ihm nicht schon ein Kind geschenkt hat.

Das dritte oder vierte Mal weckte mich ein herrlicher Duft; Georges entlud den Lieferautomaten. »Du hast zwanzig Sekunden, deine Routine im Badezimmer abzuspulen«, sagte er. »Die Suppe ist bereits serviert. Du hast mitten in der Nacht ein richtiges Frühstück gehabt, also bekommst du jetzt eine höchst unpassende Zwischenmahlzeit.«

Vermutlich ist es nicht ganz richtig, zum Frühstück frische Dungeness-Krebse zu speisen, doch ich fand es großartig. Davor gab es Bananenscheiben in Sahne auf Cornflakes, was mich schon mehr an ein Frühstück erinnerte, dazu wurden warme Zwiebacke und lockerer grüner Salat gereicht. Anschließend gab es Zichorienkaffee mit einem Schuß Korbel-Champagner-Brandy. George ist ein liebevoller Lüstling und versteht es, zu essen und zu kochen, und weiß, wie man einer Künstlichen Person das Gefühl vermittelt, ein Mensch zu sein, oder daß es zumindest nichts ausmacht, nicht als solcher angesehen zu werden.

Frage: Warum sind die drei Angehörigen dieser Familie so schlank? Ganz bestimmt halten sie nicht Diät oder unterwerfen sich masochistischen Leibesübungen. Ein Therapeut sagte mir einmal, die sportliche Betätigung, die ein Mensch braucht, ließe sich allein im Bett erreichen. Lag es daran?

Soweit die guten Nachrichten. Jetzt zu den schlechten:

Der Internationale Korridor war geschlossen. Man konnte Deseret erreichen, indem man in Portland umstieg, doch es gab keine Garantie, daß die Tunnelbahn SLC-Omaha-Gary offen war. Die einzige große internationale Route, die regelmäßig befahren wurde, schien San-Diego–Dallas–Vicksburg–Atlanta zu sein. San Diego war kein Problem, da die San-José-Tunnelbahn von Bellingham nach La Jolla offen war. Aber Vicksburg gehört nicht zum Chicago-Imperium, sondern ist ein einfacher Flußhafen, von dem aus eine Person, die Bargeld und Hartnäckigkeit besitzt, ins Imperium gelangen könnte.

Ich versuchte den Chef anzurufen. Vierzig Minuten später hatte ich von synthetischen Stimmen etwa dieselbe Meinung wie die Menschen über meinesgleichen. Wer hat sich das nur ausgedacht, den Computern »Höflichkeit« einzuprogrammieren? Daß einem die Maschinenstimme bestätigt: »Vielen Dank für Ihre Geduld«, mag man beim erstenmal noch hinnehmen, doch beim drittenmal geht einem der scheinheilige, synthetisch höfliche Ton und vierzig Minuten Hinhaltetaktik, ohne daß man auch nur eine echte lebendige Stimme zu hören bekommt, derart auf den Keks, daß es der Geduld eines Guru bedürfte, um nicht aus der Haut zu fahren.

Ich schaffte es nicht, das Terminal zu dem Geständnis zu bewegen, daß man nicht ins Imperium telefonieren könne. Der digitale Deubel war einfach nicht darauf programmiert, »Nein« zu sagen; er war auf Höflichkeit geschaltet. Es wäre wirklich eine Erleichterung gewesen, wenn die Maschine nach einer gewissen Anzahl vergeblicher Versuche auf folgende Schaltung gegangen wäre: »Verzieh dich, Mädchen, jetzt ist Schluß!«

Anschließend versuchte ich das Postamt in Bellingham anzurufen, um mich nach den Postdiensten ins Imperium zu erkundigen – schriftlich niedergelegte Worte, auf Papier, als Paket bezahlt, kein Faksimile, keine elektronisch übermittelte Nachricht.

Zu hören bekam ich einen fröhlichen Vortrag, daß ich doch meine Weihnachtssendungen frühzeitig aufgeben solle. Da Weihnachten noch ein halbes Jahr hin war, kam mir das nicht gerade dringend vor.

Ich versuchte es noch einmal. Man schalt mich wegen meiner Nachlässigkeit im Gebrauch von Postleitzahlen.

Ich wagte es ein drittesmal und landete bei Macys Kundendienst: »Unsere netten Helfer sind im Augenblick beschäftigt – vielenDankfürIhreGeduld!«

Ich wartete nicht.

Ich wollte sowieso nicht telefonieren oder einen Brief abschicken; ich wollte mich persönlich beim Chef zurückmelden. Und dazu brauchte ich Bargeld. Das aufdringlich höfliche Terminal gestand mir schließlich, daß das hiesige Büro der Master-Charge-Organisation im Hauptbüro Bellingham der TransAmerica Corporation zu finden sei. Ich gab also das Signal ein und landete bei einer netten Stimme – aufgezeichnet und nicht synthetisch geformt –, die mir sagte: »Vielen Dank für Ihren Anruf bei Master Charge. Im Interesse der Rationalisierung und größtmöglichen Ersparnis für unsere vielen Millionen zufriedenen Kunden sind sämtliche Bezirksniederlassungen in der Kalifornischen Konföderation mit der Zentrale in San José zusammengelegt worden. Um schnellstens versorgt zu werden, bedienen Sie sich bitte des gebührenfreien Signals, das auf der Rückseite Ihrer Master-Charge-Karte angegeben ist.« Die süßliche Stimme wurde von den ersten Takten einer hübschen Melodie abgelöst. Ich unterbrach hastig die Verbindung.

Meine Master-Charge-Karte war in Saint Louis ausgegeben worden und verriet mir natürlich nichts über das gebührenfreie Signal in San José. Ohne große Hoffnung versuchte ich also diese Nummer.

Und geriet in den Gebetsdienst.

Während mich auf diese Weise der Computer in meine Schranken verwies, las Georges die olympische Ausgabe der *Los Angeles Times* und wartete darauf, daß ich meine Bemühungen einstellte. Ich gab den Kampf auf und fragte: »Georges, was berichtet die Morgenzeitung über die Krise?«

»Über welche Krise?«

»Wie bitte? Ich meine: ›Wie bitte?‹!«

»Liebste Freitag, die einzige Krise, von der in dieser Zeitung die Rede ist, betrifft eine Warnung des Sierra Club über die Spezies *Rhus diversiloba*, die offenbar vom Aussterben bedroht ist. Außerdem ist eine Gewerkschaftsdemonstration gegen Dow Chemical geplant. Ansonsten gibt es im Westen nichts Neues.«

Ich runzelte die Stirn, um mein Gedächtnis anzuregen. »Georges, ich habe keine Ahnung von der kalifornischen Politik ...«

»Meine Liebe, niemand hat Ahnung von der kalifornischen Politik, und dazu gehören auch die kalifornischen Politiker.«

»... aber ich kann mich vage an Meldungen erinnern, daß auch in der Konföderation etwa ein Dutzend aufsehenerregende Hinrichtungen stattgefunden hätten. War denn das alles eine Täuschung?« Ich richtete meine Gedanken in die Vergangenheit und rechnete zwischen den Zeitzonen herum – wie lange war das jetzt her? Fünfunddreißig Stunden?

»Hier finden sich Nachrufe auf mehrere prominente Damen und Herren, die vorgestern abend in den Nachrichten erwähnt wurden ... aber sie werden nicht als ermordet aufgeführt. Der eine starb an einer ›auf einen Unfall zurückgehenden Schußwunde‹. Ein weiterer nach ›langer, schwerer Krankheit‹. Ein dritter wurde das Opfer des ›ungeklärten Absturzes‹ eines privaten AAF, hierzu hat der Generalstaatsanwalt der Konföderation eine Ermittlung angeordnet. Dazu fällt mir aber ein, daß der Generalstaatsanwalt ja wohl auch umgebracht wurde.«

»Georges, was geht hier vor?«

»Freitag, ich habe keine Ahnung. Ich glaube aber fast, daß es gefährlich wäre, sich zu interessiert danach zu erkundigen.«

»O nein, erkundigen werde ich mich nicht; ich habe keinen politischen Ehrgeiz. Ich will nur so schnell wie möglich ins Imperium hinüber. Aber um das zu erreichen, brauche ich Bargeld – die Grenze ist geschlossen, egal, was die *Los Angeles Times* dazu sagt. Es mißfällt mir, Janet durch ihre Visa-Karte weiter auf der Tasche zu liegen. Vielleicht kann ich meine eigene Karte nehmen, aber dazu müßte ich nach San José, die Leute sind hier ziemlich kompliziert. Möchtest du mich nach San José begleiten? Oder zu Jan und Ian zurückkehren?«

»Süße Dame, meine weltliche Habe liegt dir zu Füßen. Aber zeig mir den Weg nach San José. Warum willst du mich nicht ins Imperium mitnehmen? Wäre es nicht denkbar, daß dein Chef meine Talente gebrauchen könnte? Aus Gründen, die wir beide kennen, kann ich nicht nach Manitoba zurück.«

»Georges, nicht daß ich dich nicht mitnehmen *will*, vielmehr ist die Grenze zu – was mich vielleicht zwingt, den Vampir zu spielen und durch einen dünnen Spalt zu fliegen. Oder etwas Ähnliches. Ich bin entsprechend ausgebildet und kann solche Wege nur allein gehen – du bist in der Branche, du weißt das. Außerdem wissen wir zwar nicht genau, wie es im Imperium aussieht, aber auf jeden Fall gehen dort die Wellen hoch. Wenn ich wieder zu Hause bin, muß ich vielleicht sehr schnell reagieren, um am Leben zu bleiben. Und auch in dieser Richtung bin ich ausgebildet.«

»Und du bist gesteigert, und ich nicht. Ja, ich verstehe, was du meinst.«

»Georges! Mein Lieber, ich möchte deine Gefühle nicht verletzen. Hör mal! Sobald ich mich zurückgemeldet habe, setze ich mich mit dir in Verbindung. Hier oder zu Hause, wo immer du sein wirst. Wenn du ungefährdet über die Grenze kannst, werde ich das bald erfahren.« *(Georges will den Chef um einen Job angehen? Unmöglich! – Oder? Der Chef mochte einen erfahrenen Genetik-Ingenieur gebrauchen können. Wenn ich es mir genau überlegte, hatte ich keine Ahnung von den Bedürfnissen meines Chefs, außer auf dem kleinen Gebiet, das ich für ihn beharkte.)* »Meinst du das ernst, dich bei meinem Chef um eine Stelle bewerben zu wollen? Was soll ich ihm sagen?«

Georges setzte sein sanftes Beinahe-Lächeln auf, das er zur Abschirmung benutzt, wie ich mein Paßbild-Gesicht einsetze. »Woher soll ich das wissen? Über deinen Chef weiß ich nur, daß du nicht gern über ihn sprichst und daß er es sich leisten kann, ein Wesen von deiner Art als Boten einzusetzen. Dabei kann ich vielleicht noch besser als du absehen, welche Investition dein Entwurf, deine Aufzucht und dein Training darstellt ... und schließe daraus, welche Summe dein Chef für deine Auslösung investiert haben muß ...«

»Ich bin nicht gebunden. Ich bin eine Freie Person.«

»Dann hat es ihn sogar noch mehr gekostet. Was gewisse Rückschlüsse zuläßt. Schon gut, meine Liebe. Ich werde nicht weiter herumraten. Ob ich es ernst meine? Manchmal fragt man sich schon sehr, was hinter der nächsten Bergkette liegt. Ich werde dir meinen Lebenslauf aufschreiben; wenn darin etwas enthalten ist, das deinen Chef interessieren könnte, wird er es mich sicher wissen lassen. Nun zum Geld ... Du brauchst dir keine Sorgen zu machen, daß du Janet auf der Tasche liegst; Geld bedeutet ihr nichts. *Ich* aber bin mehr als bereit, dir alle gewünschten Beträge über meine Kreditkarte zur Verfügung zu stellen – und ich habe bereits herausgefunden, daß meine Karten hier trotz aller möglichen politischen Ärgernisse Gültigkeit haben. Ich benutzte Crédit Québec, um für unser mitternächtliches Frühstück zu bezahlen, ich registrierte uns in dieser Schenke mit American Expreß und verwendete schließlich Maple Leaf, um unsere andere Mahlzeit zu begleichen. Folglich habe ich drei gültige Karten, die alle auf meinen richtigen Namen ausgestellt sind.« Er grinste mich an. »Also leg dich auf *meine* Tasche, hübsches Mädchen!«

»Aber dir möchte ich ebensowenig zur Last fallen wie Janet. Hör mal! Wir können meine Karte in San José ausprobieren; wenn das nicht klappt, borge ich mir gern das nötige Kleingeld bei dir – und ich kann dir das Geld dann überweisen, sobald ich mich zurückgemeldet habe.« (Oder wäre Georges wohl bereit, für mich einen kleinen Schwindel mit Lieutenant Dickeys Kreditkarte zu inszenieren? – Es ist verdammt schwer für eine Frau, mit einer auf einen Mann ausgestellten Karte Geld abzuheben. Für etwas zu bezahlen, indem man die Karte in einen Schlitz steckt, war eine Sache, aber eine Barabhebung vorzunehmen, stellte sich doch ganz anders dar.)

»Wozu sprichst du von Rückzahlung? Wo ich doch ewig in deiner Schuld stehe.«

Ich tat begriffsstutzig. »Glaubst du wirklich, du schuldest mir etwas? Nur wegen gestern abend?«

»Ja. Du warst ganz ordentlich.«

Mir stockte der Atem. *»Oh!«*

Ohne zu lächeln, antwortete er: »Oder wäre es dir lieber gewesen, wenn ich dich als ›mangelhaft‹ bezeichnet hätte?«

Ich nahm mich zusammen. »Georges, zieh dich aus! Ich nehme dich jetzt wieder ins Bett und bringe dich dann langsam um. Ich drücke dir die Kehle zu und breche dir an drei Stellen das Rückgrat. ›Ganz ordentlich‹! ›Mangelhaft‹!«

Er grinste und begann sich auszuziehen.

»Ach, hör damit auf und küß mich!« forderte ich. »Dann fahren wir nach San José. ›Mangelhaft‹! Na, wie *war* das Urteil denn nun?«

Die Fahrt von Bellingham nach San José dauerte beinahe so lange wie die Reise von Winnipeg nach Vancouver; diesmal aber fanden wir Sitzplätze. Gegen vierzehn-fünfzehn kamen wir wieder an die Erdoberfläche. Ich blickte mich interessiert um, denn es war mein erster Besuch in der Hauptstadt der Konföderation.

Als erstes fiel mir die große Zahl von AAF auf, die wie Fliegen überall herumschwirrten – die meisten als Taxis. Mir ist keine andere moderne Stadt bekannt, die ihren Luftraum in diesem Umfang verseuchen läßt. Die Straßen waren überladen mit Pferdedroschken, und an jeder Straße führten Bürgersteige entlang; trotzdem erblickte man die angetriebenen Störenfriede überall – wie Fahrräder in Kanton.

Dann ging mir auf, wie sich San José *anfühlte*. Es handelte sich nicht um eine Stadt. Jetzt endlich begriff ich die klassische Beschreibung: »Tausend Dörfer auf der Suche nach einer Stadt.«

San José hat im Grunde keine Daseinsberechtigung außer der

Politik. Kalifornien aber macht mehr aus der Politik als jedes andere Land, das ich kenne – eine schamlose, rückhaltlose Demokratie reinsten Wassers. Demokratien findet man mancherorts – beispielsweise gibt es sie in Neuseeland in abgewandelter Form. Doch nur in Kalifornien findet man die reinste, 200prozentige, unverwässerte Demokratie. Ins stimmberechtigte Alter kommt jeder Bürger, der groß genug ist, den Hebel zu bedienen, ohne vom Kindermädchen gestützt zu werden, und die Behörden nehmen einem Kalifornier das Stimmrecht höchst ungern – da muß man schon mit einer eidesstattlichen Krematoriumsbestätigung kommen.

Was das bedeutete, wurde mir erst klar, als ich in einem Wahlbericht las, daß der Friedhof im Prehoda Patience Park in drei Wahlbezirke eingeteilt ist, wo die Hingeschiedenen ausnahmslos durch vorherbestimmte Vertreter wählen dürfen. (»Tod, wo ist dein Stachel?«)

Ich will mich mit meinem Urteil zurückhalten, da ich schon erwachsen war, als ich zum erstenmal mit der Demokratie in ihrer milderen, gutartigen Form in Berührung kam. Vermutlich ist gegen die Demokratie nichts zu sagen, wenn sie zurückhaltend angewendet wird. Die Britisch-Kanadier benutzen eine abgewandelte Form und scheinen damit ganz gut zurechtzukommen. Nur in Kalifornien sind alle davon trunken. Kein Tag scheint zu vergehen, da nicht irgendwo in Kalifornien eine Wahl stattfindet, und in jedem Bezirk gibt es (so sagte man mir) etwa einmal im Monat eine Wahl für diesen oder jenen Zweck.

Vermutlich kann man sich das dort leisten. Kalifornien verfügt auf dem weiten Weg zwischen Britisch-Kanada und dem Mexikanischen Königreich über ein mildes Klima und besitzt einige der fruchtbarsten landwirtschaftlichen Zonen der Erde. Der zweitbeliebteste Sport – Sex – kostet in seiner Urform beinahe nichts; wie Marihuana ist er überall reichlich zu haben. So hat man Zeit und Energie für den kalifornischen Lieblingssport: das Gerede über die Politik.

Jedermann wird gewählt, von der Kantinenhilfe im Polizeipräsidium bis hinauf zum Ersten Konföderierten (»Häuptling« genannt). Aber beinahe ebenso schnell werden diese Mandatsträger auch wieder *ab*gewählt. So soll der Häuptling beispielsweise sechs Jahre im Amt bleiben. Von den letzten neun Häuptlingen hielten aber nur zwei diese Amtszeit durch; die anderen wurden des Amtes enthoben – außer einem, der der Lynchjustiz zum Opfer fiel. In vielen Fällen ist ein Amtsträger noch nicht einmal vereidigt worden, wenn bereits der erste Abberufungsantrag auf den Weg gebracht wird.

Die Kalifornier beschränken sich aber nicht darauf, ihre Myriaden von Beamten zu wählen, aus dem Amt zu entfernen, anzuzeigen und (manchmal) zu lynchen; sie üben auch direkten Einfluß auf die Legislative aus. Bei jeder Wahl stehen mehr vorgeschlagene Gesetze auf dem Stimmzettel als Kandidaten. Die Provinz- und Nationalabgeordneten zeigen darin noch etwas Zurückhaltung – man hat mir versichert, daß ein durchschnittlicher kalifornischer Abgeordneter eine Gesetzesvorlage zurückzieht, wenn man ihm beweisen kann, daß Pi nicht gleich drei sein kann, egal wie viele dafür stimmen. Die Gesetzgebung von der Basis aus (»die Initiative«) kennt solche Einschränkung nicht.

So fiel beispielsweise vor drei Jahren einem Ökonomen von der Basis auf, daß die Universitätsabgänger im Durchschnitt etwa dreißig Prozent mehr verdienten als ihre Mitbürger, die solche Abschlüsse nicht vorzuweisen hatten. Derartige undemokratische Verhältnisse waren im Rahmen des Kalifornischen Traums nicht zu dulden. Folglich wurde in größter Hast für die nächste Wahl eine Initiative eingeleitet, die Vorschrift zu erlassen, wonach alle kalifornischen Oberschulabgänger und/oder kalifornischen Bürger, die achtzehn wurden, automatisch einen Universitätsabschluß zugesprochen erhielten. Eine Großvaterklausel datierte diese Höherstufung um acht Jahre zurück.

Diese Maßnahme zeitigte beste Ergebnisse; die Inhaber solcher Abschlüsse genossen nun keine undemokratischen Vorteile mehr. Bei der nächsten Wahl wurde die Großvaterklausel auf zwanzig Jahre rückwirkend erweitert, und es gibt eine mächtige Bewegung, die den Bonus allen Bürgern zukommen lassen will.

»Vox populi, vox Dei.« Ich sehe darin nichts Falsches. Der wohltätige Schritt, den ich eben beschrieben habe, kostet nichts und macht alle (mit Ausnahme weniger Querköpfe) glücklich.

Gegen fünfzehn Uhr schlenderten Georges und ich an der Südseite des Nationalplatzes entlang, vor der Front des Palastes, in dem der Häuptling regiert; unser Ziel war die Hauptverwaltung von Master Charge. Georges versicherte mir gerade, daß er nichts dagegen habe, wenn ich an einem Burger King Station machen wolle, um anstelle eines Mittagessens nur einen kleinen Bissen zu mir zu nehmen – und er betonte, seiner Meinung nach stelle der Riesenburger, anständig zubereitet aus Sirloin-Ersatz, und das Schokoladenmalzgetränk, mit einem Minimum an Kreide versetzt, Kaliforniens einzigen Beitrag zur internationalen Haut Cuisine dar.

Verhalten aufstoßend gab ich ihm recht. Eine Gruppe von Frauen und Männern, etwa zwanzig, kamen die breite Treppe vor dem Palast herab, und Georges war schon ein wenig abgebogen, um nicht mit den Leuten zusammenzustoßen, als mir bei einem kleinen Mann in der Mitte der mit Adlerfedern verzierte Kopfschmuck auffiel. Schon fiel mein Blick auf das oft photographierte Gesicht darunter, und ich hielt Georges mit einer Hand zurück.

Und machte aus dem Augenwinkel eine Beobachtung: eine Gestalt, die oben an der Treppe hinter einer Säule hervorkam.

Dies war der Auslöser. Ich stieß den Häuptling rücklings auf die Treppe, wozu ich einige seiner Helfer aus dem Weg befördern mußte, und hastete zu der Säule empor.

Ich tötete den Mann nicht, der dahinter gelauert hatte; ich brach ihm lediglich den Arm, mit dem er die Waffe hielt, und versetzte ihm einen ziemlich hoch plazierten Tritt, als er zu fliehen versuchte. Bei meiner Aktion hatte ich es nicht so eilig wie tags zuvor. Nachdem ich das Ziel möglichst klein gemacht hatte (dieser Kopfschmuck war wirklich zu auffällig!), hatte ich Zeit, mir zu überlegen, daß uns der Angreifer, wenn wir ihn lebendig fingen, einen Hinweis auf die Hintermänner der sinnlosen Tötungen geben könnte.

Aber was ich sonst noch getan hatte, ging mir erst auf, als zwei Hauptstadtpolizisten mich an den Armen festhielten. Die Erkenntnis überkam mich ziemlich spät; niedergeschlagen stellte ich mir den Ton der Verachtung vor, in dem der Chef mit mir sprechen würde, wenn ich ihm eingestehen mußte, daß ich mich in aller Öffentlichkeit hatte verhaften lassen. Einen Sekundenbruchteil lang spielte ich ernsthaft mit dem Gedanken, mich loszureißen und am Horizont zu verschwinden – was nicht unmöglich war, da der eine Beamte sichtlich unter hohem Blutdruck litt und der andere schon älter war und eine Brille trug.

Zu spät. Wenn ich jetzt in voller Supermotorik ausrückte,

würde ich mit ziemlicher Sicherheit entkommen und mich unter die Menge mischen können. Aber diese Tolpatsche würden zweifellos auf mich schießen und dabei ein halbes Dutzend unschuldige Anwesende verbrennen. Profis waren das nicht! Warum hatte die Palastwache den Häuptling nicht beschützt, anstatt diese Aufgabe mir zu überlassen? Ein Mann, der hinter einer Säule lauerte – um Himmels willen! So etwas war seit der Ermordung Huey Longs nicht mehr passiert.

Warum hatte ich mich nicht um meine eigenen Angelegenheiten gekümmert und es zugelassen, daß der Mörder den Ersten Konföderierten mit seinem dummen Kopfputz niederstreckte? Weil ich ausschließlich auf defensive Kriegsführung trainiert bin, das ist der Grund, und weil ich folglich aus dem Reflex heraus kämpfe. Ich habe kein Interesse am Kämpfen, es gefällt mir nicht – es passiert einfach.

Ich hatte keine Gelegenheit, mir zu überlegen, wie ratsam es gewesen wäre, mich um meine eigenen Angelegenheiten zu kümmern, weil Georges sich sofort um die meinen zu kümmern begann. Georges spricht ein akzentfreies (wenn auch umständlich wirkendes) Brit-Kan-Englisch; jetzt stotterte er unverständliche französische Sätze und versuchte die beiden Prätorianer von mir fortzuziehen.

Der Beamte mit der Brille ließ meinen linken Arm los, um Georges abzuwehren, und sofort versetzte ich ihm einen Ellbogenhieb gegen das Brustbein. Pfeifend ließ er den Atem heraus und klappte zusammen. Da der andere meinen rechten Arm noch nicht losgelassen hatte, piekste ich ihm mit drei Fingern meiner linken Hand in dieselbe Stelle, woraufhin er ebenfalls keuchend ausatmete und sich über seinen Kollegen legte. Beide erbrachen sich.

Dies alles geschah viel schneller, als es sich berichten läßt, das heißt, die Beamten packten mich, Georges schaltete sich ein, und ich war wieder frei. Zwei Sekunden? Wie lange es auch dauerte, der Mörder war verschwunden und hatte seine Waffe mitgenommen.

Ich wollte ebenfalls verschwinden, und zwar mit Georges, und wenn ich ihn hätte tragen müssen – aber da ging mir auf, daß Georges die Entscheidung für mich bereits getroffen hatte. Seine Hand umfaßte meinen rechten Ellbogen, und er führte mich entschlossen auf den Haupteingang des Palastes zu, der unmittelbar hinter der Säulenreihe lag. Als wir die Rotunde erreichten, ließ er meinen Arm los und sagte leise: »Langsamer Marsch, mein Liebling – ruhig, gelassen! Hak dich unter!«

Ich kam der Aufforderung nach. In der Rotunde herrschte ziemlich viel Betrieb, doch es gab keine Aufregung; nichts deutete darauf hin, daß wenige Meter entfernt ein Anschlag auf das Leben des führenden Beamten im Lande hatte verübt werden sollen. An den Buden, die die Rotunde säumten, gingen die Geschäfte gut, besonders an den Wettannahmestellen. Unmittelbar links von uns verkaufte eine junge Frau Lotterielose – vielleicht sollte ich sagen, sie hielt sich dazu bereit, denn sie hatte im Augenblick keinen Kunden, sondern verfolgte auf ihrem Bildschirm ein läppisches Allerweltsdrama.

Georges drehte uns zur Seite und blieb vor dem Stand stehen. Ohne den Kopf zu heben, sagte die Frau: »Gleich kommt Werbung, dann bediene ich Sie. Sehen Sie sich nach Belieben schon mal um!«

Der Stand war mit Girlanden aus Lotterielosen geschmückt. Georges begann sie zu untersuchen, und auch ich heuchelte großes Interesse. Wir nutzten die Zeit; gleich darauf begann die Werbung; die junge Frau stellte den Ton leiser und wandte sich zu uns um.

»Vielen Dank für Ihre Geduld«, sagte sie mit freundlichem Lächeln. »Ich versäume keine Folge von *Die Leiden einer Frau*, besonders jetzt nicht, wo Mindy Lou wieder schwanger ist und Onkel Ben sich so störrisch anstellt. Haben Sie auch ein Faible fürs Theater, Schatz?«

Ich gab zu, daß ich dazu selten Zeit habe – meine Arbeit nehme mich zu sehr in Anspruch.

»Wirklich schade; man kann sich ungeheuer bilden. Beispielsweise Tim – das ist mein Zimmergenosse –, der schaut sich nur Sport an. Und hat keinen Sinn für die schöneren Dinge des Lebens. Zum Beispiel diese Krise in Mindy Lous Leben. Onkel Ben ist nur deswegen so sauer auf sie, weil sie ihm nicht sagen will, wer der Vater ist. Glauben Sie, Tim schert sich darum? – O nein. Was weder Tim noch Onkel Ben wissen, ist der Umstand, daß sie gar nichts verraten *kann*, weil es bei einer Bezirks-Wahlversammlung passiert ist. Und da war was los, oijoijoi! – In welchem Sternzeichen sind Sie geboren, Schatz?«

Auf diese Frage muß ich mir eine Antwort zurechtlegen; sie wird mir von Menschen immer wieder gestellt. Aber wenn man nicht geboren wurde, scheut man vor solchen Dingen unwillkürlich zurück. Ich suchte mir ein Datum aus und bediente sie damit: »Ich wurde am dreiundzwanzigsten April geboren.« Das war Shakespeares Geburtstag; etwas anderes fiel mir auf die Schnelle nicht ein.

»Oho! Und ob ich das richtige Los für Sie habe!« Sie blätterte eine der Maibaumdekorationen durch, fand ein Los und zeigte mir eine Nummer. »Sehen Sie *das*? Und Sie sind einfach hergekommen, und ich hatte das Ding da! Dies ist *Ihr* Tag!« Sie löste das Los von der Verzierung. »Das wären zwanzig Braune.«

Ich reichte ihr einen Brit-Kan-Dollar. »Das kann ich leider nicht wechseln«, gab sie zurück.

»Behalten Sie das Wechselgeld. Vielleicht bringt's mir Glück.«

Sie reichte mir das Los und nahm den Dollar. »Sie sind ein echter Kumpel, Schätzchen. Wenn Sie Ihren Gewinn kassieren, kommen Sie doch mal vorbei, dann trinken wir einen miteinander. Mister, haben Sie schon eine passende Nummer gefunden?«

»Noch nicht. Ich wurde am neunten Tag des neunten Monats des neunten Jahres in der neunten Dekade geboren. Werden Sie damit fertig?«

»Ohh-ohho! Was für eine tolle Kombination! Ich kann es versuchen – und wenn ich es nicht schaffe, verkaufe ich Ihnen auch nichts.« Sie durchwühlte ihre Stapel und Fähnchen aus Papier und summte dabei vor sich hin. Dann verschwand sie mit dem Kopf unter der Tischkante und blieb auch eine Weile außer Sicht.

Schließlich tauchte sie mit rotem Gesicht wieder auf und hob triumphierend ein Los in die Höhe. »Da! Schauen Sie sich *das* an, Mister! Beifall bitte!«

Wir schauten auf das Los: 8109999.

»Ich bin beeindruckt«, sagte Georges.

»›Beeindruckt‹? Sie sind *reich*. Da hätten Sie Ihre vier Neunen. Addieren Sie mal die anderen Ziffern – ergibt nochmal neun. Teilen Sie die abweichenden Ziffern durch neun – wieder neun. Addieren Sie die letzten vier – sechsunddreißig. Addieren Sie alles auf einmal, sind es fünf Neunen. Nehmen Sie die erste Summe weg, haben Sie wieder vier Neunen. Egal, was Sie machen, sie kommen immer wieder auf Ihren Geburtstag. Was wollen Sie mehr, Mister? Playboy-Häschen?«

»Wieviel bin ich Ihnen schuldig?«

»Das ist eine ganz spezielle Nummer. Jede andere Nummer am Stand bekommen Sie für zwanzig Braune. Die aber ... warum stapeln Sie nicht einfach die Scheinchen vor mir auf, bis ich lächele?«

»Fairer Vorschlag. Wenn Sie dann nicht lächeln, sobald ich der Meinung bin, Sie sollten es tun, nehme ich das Geld und gehe weiter, ja?«

»Vielleicht rufe ich Sie dann zurück.«

»Nein. Wenn Sie mir keinen festen Preis nennen wollen, lasse ich Sie nicht herumspielen, nachdem ich ein faires Angebot gemacht habe.«

»Sie sind ein harter Knochen. Ich ...«

Plötzlich dröhnte aus Lautsprechern ringsum die Hymne *Hail to the Chief*, gefolgt von *Hoch dem Goldenen Bären*. Die junge Frau rief: »Warten Sie! Das ist gleich vorbei!« Von draußen strömten Menschen herein, durchschritten die Rotunde und verschwanden auf dem Hauptkorridor. Ich konnte den Kopfschmuck aus Adlerfedern erkennen, der sich in der Mitte der Gruppe bewegte, diesmal aber war der Erste Konföderierte so eng von seinen Parasiten umgeben, daß ein Mörder Mühe gehabt hätte, ihn zu treffen.

Als man sein eigenes Wort wieder verstehen konnte, sagte die Losverkäuferin: »Das ging diesmal aber schnell. Vor knapp fünfzehn Minuten ist er erst nach draußen gegangen. Wenn er an der Ecke nur ein paar Haschzigaretten kaufen wollte, warum hat er sich die nicht holen lassen? Dieser Lärm ist schlecht fürs Geschäft. Nun zu uns, mein Freund, haben Sie es sich überlegt, wieviel Sie fürs Reichwerden zahlen wollen?«

»Aber ja!« Georges zog eine Drei-Dollar-Note aus der Tasche und legte sie auf den Tresen. Dann schaute er die Frau an.

Die beiden musterten sich etwa zwanzig Sekunden lang unverwandt, dann sagte sie bedrückt: »Ich lächle ja schon, ich glaub' wenigstens, ich lächle.« Sie nahm mit der einen Hand das Geld und reichte George mit der anderen das Los. »Ich wette, ich hätte Ihnen noch einen Dollar abschwatzen können.«

»Das werden wir nie wissen, oder?«

»Einmal abheben, doppelt oder nichts?«

»Mit *Ihren* Karten?« fragte Georges leise.

»Freund, Sie machen mich zur alten Frau. Verduften Sie, ehe ich es mir anders überlege!«

»Toiletten?«

»Den Korridor hinab, dann links.« Sie fügte hinzu: »Verpassen Sie die Ziehung nicht.«

Auf dem Weg zur Toilette unterrichtete mich Georges leise auf Französisch, daß während der Schacherei Gendarmen hinter uns vorbeigekommen und in der Toilette verschwunden wären; sie wären dann in die Rotunda zurückgekehrt und den Hauptkorridor entlanggegangen.

Ich unterbrach ihn, wobei ich ebenfalls Französisch sprach: ich wisse Bescheid, aber hier gäbe es garantiert zu viele Augen und Ohren, also sollten wir uns später unterhalten.

Dabei unterschätzte ich seine Beobachtungsgabe nicht. Ganz dicht hinter uns waren zwei uniformierte Wächter ins Gebäude gekommen – nicht die beiden mit den Magenproblemen. Sie waren an uns vorbeigeeilt und hatten die Toiletten überprüft – das war logisch, denn Amateure versuchen sich oft an solchen öffentlichen Orten zu verstecken. Sie waren dann wieder herausgekommen und ins Innere des Palastes geeilt. Georges hatte sich gelassen am Losstand zu schaffen gemacht, während die nach uns suchenden Wächter zweimal dicht an uns vorbeigekommen waren. Er verhielt sich da ziemlich profihaft, das muß ich sagen.

Aber das konnte ich ihm nicht gleich auf die Nase binden. Am Eingang der Toilette verkaufte eine Person unbestimmbaren Geschlechts die Eintrittskarten. Ich fragte sie (ihn), wo sich denn Frauen frischmachen könnten. Sie (ich entschied mich für »sie«, als eine genauere Beobachtung ergab, daß das T-Shirt entweder aufgeblasen war oder kleine Milchdrüsen verdeckte) antwortete verächtlich: »Sind Sie irgendwie quer? Wollen Unterschiede machen, was? Ich sollte 'n Bullen holen!« Dann betrachtete sie mich genauer. »Sie sind ja Ausländerin.«

Ich gestand es ein.

»Na schön. Aber reden Sie nur nicht so; die Leute mögen das nicht. Wir sind hier demokratisch, verstehen Sie – Stecker und Steckdosen benutzen hier dieselben Anschlüsse. Jetzt kaufen Sie mal Ihre Karte, damit Sie den Eingang nicht länger blockieren.«

Georges erstand zwei Karten, und wir traten ein.

Rechts erstreckte sich eine Reihe offener Kabinen. Darüber schwebte eine Holographie:

DIESE EINRICHTUNG STEHT IHNEN FÜR IHRE GESUNDHEIT UND
ANNEHMLICHKEIT **KOSTENLOS** ZUR VERFÜGUNG!
AUF ANORDNUNG DER KALIFORNISCHEN KONFÖDERATION
JOHN »KRIEGSSCHREI« TUMBRIL,
ERSTER KONFÖDERIERTER

Darüber schwebte eine lebensgroße Holographie des Häuptlings.

Hinter den offenen Kabinen gab es Münzkabinen mit Türen; dahinter Türen, die durch Vorhänge verschlossen waren. Links entdeckten wir einen Verkaufsstand, dem eine Person von ganz klarer Geschlechtlichkeit vorstand, die ins Männliche wies. Georges blieb davor stehen und kaufte zu meiner Überraschung mehrere kosmetische Mittel und eine Flasche billiges Parfum. Dann erbat er eine Karte für eines der Umkleidezimmer am Ende.

»*Eine* Karte?« Die Frau musterte ihn eingehend. Georges nickte. Sie schürzte die Lippen. »Ungezogen, ungezogen. Daß Sie mir nichts anstellen, Sie Hengst Sie!«

Georges antwortete nicht. Ein Brit-Kan-Dollar wechselte aus seiner Hand in die ihre und verschwand. Leise sagte sie: »Machen Sie nicht zu lange! Wenn ich den Summer bediene, sollten Sie schleunigst die Hosen hochziehen. Nummer sieben, ganz rechts.«

Wir begaben uns zu Nummer sieben, die ganz am Ende lag. Georges schloß die Vorhänge, zog die Reißverschlüsse zu und drehte dann das kalte Wasser auf soweit es ging. Auf Französisch kündigte er mir an, daß wir nun unser Aussehen verändern würden, ohne uns zu verkleiden. Ich solle also ein Schatz sein, die Sachen ausziehen, die ich am Leibe hätte, und in den Einteiler aus meinem Köfferchen steigen.

Er vertiefte seine Erklärungen noch, wobei er Französisch und Englisch mischte und immer wieder das Wasser rauschen ließ. Ich sollte die skandalöse Superhaut tragen und mehr Make up als normal, mit dem Ziel, wie die berühmte Hure von Babylon auszusehen oder zumindest so ähnlich. »Ich weiß, daß das nicht dein Metier ist, geliebtes Mädchen, aber versuch es mal!«

»Ich will sehen, ob ich mich auch dabei ›ganz ordentlich‹ schlagen kann.«

»Autsch!«

»Und du willst Janets Sachen anziehen? Ich kann mir nicht vorstellen, daß sie passen.«

»Nein, nein, ich kostümiere mich nicht. Ich mache nur einen kleinen Schlenkerich hinein.«

»Wie bitte?«

»Ich ziehe keine Frauenkleider an; ich will lediglich versuchen, weibisch auszusehen.«

»Das gibt's doch nicht! Na schön, versuchen wir's!«

An mir veränderten wir nicht viel – ich zog den Einteiler über, der ständig naß zu schimmern schien: schon Ian hatte sich dafür begeistert, außerdem reichlich Make up, das Georges mir anbrachte; er schien anzunehmen, daß er mehr davon verstehe als ich (das stellte sich als begründete Ansicht heraus), und sobald wir draußen waren, rundete ich das Bild mit dem entsprechenden Gang ab: Hier-ist-es-hol-es-dir!

Für sich selbst brauchte Georges weitaus mehr Make up als für mich, außerdem stäubte er sich mit dem widerlichen Parfum ein (das er mir zum Glück nicht anbot), und band sich ein auffälliges orangerotes Tuch um, das ich bisher als Gürtel benutzt hatte. Er ließ sich von mir das Haar toupieren und mit Spray haltbar machen. Das war alles – außer einem Wechsel im Verhalten. Er sah noch immer wie Georges aus, hatte aber keine Ähnlichkeit mehr mit dem lüsternen Bock, der mich noch letzte Nacht auf herrliche Weise bis zur Erschöpfung geritten hatte.

Ich packte meine Tasche neu, und wir machten uns auf den Weg. Die alte Ziege am Verkaufsstand riß die Augen auf und hielt den Atem an, als sie mich erblickte. Aber sie sagte nichts, denn im gleichen Augenblick richtete sich ein Mann auf, der am Tresen gelehnt hatte, deutete auf Georges und sagte: »Sie! Der Häuptling will mit Ihnen sprechen!« Dann fügte er ziemlich leise hinzu: »Das kann doch nicht wahr sein!«

Georges blieb stehen und machte eine hilflose Bewegung mit beiden Händen. »Ach du meine Güte! Das muß ein Irrtum sein!«

Der Breitschultrige biß einen Zahnstocher durch, auf dem er herumgekaut hatte und antwortete: »Ich glaube es auch beinahe, Bürger – aber ich werde es Ihnen nicht bestätigen. Sie kommen jedenfalls mit! Sie nicht, Schwester.«

»Ich gehe nirgendwohin ohne meine liebe Schwester«, sagte Georges bestimmt. »Also?«

Die dicke Kuh sagte: »Morrie, sie kann doch hier warten.

Schätzchen, kommen Sie zu mir hinter den Tresen! Setzen Sie sich zu mir!«

Georges schüttelte kaum merklich den Kopf, doch ich brauchte sein Signal nicht. Wenn ich blieb, würde sie mich entweder sofort wieder in den Umkleideraum zerren, um an mir herumzufingern, oder ich stopfte sie mit dem Kopf voran in ihren Mülleimer. Auf wen ich mein Geld gewettet hätte, war mir klar. Im Dienst lasse ich mich notfalls noch auf solchen Unsinn ein – sie wäre bestimmt nicht so unerträglich gewesen wie »Rocky« Rockford –, aber freiwillig lief da nichts. Wenn und falls ich die Schiene wechsle, dann mit jemandem, den ich mag und respektiere.

Ich rückte näher dichter an Georges heran und nahm seinen Arm. »Seit mir Mama auf ihrem Totenbett das Versprechen abgenommen hat, mich um ihn zu kümmern, sind wir nicht getrennt gewesen«, sagte ich und fügte hinzu: »Also?« Wir beide hatten schmollend die Lippen vorgeschoben und blickten störrisch in die Runde.

Morrie schaute mich an, dann Georges und seufzte. »Na, was soll's? Kommen Sie halt mit, Schwester. Aber halten Sie die Klappe und bleiben Sie mir vor den Füßen weg!«

Etwa sechs Wachtposten später – jedesmal versuchte man mich von Georges zu trennen – wurden wir vor den Höchsten geführt. Mein erster Eindruck vom Ersten Konföderierten lief darauf hinaus, daß er wohl größer war, als ich bisher angenommen hatte. Dann erst kam ich zu dem Schluß, es lag daran, daß er den Federschmuck abgelegt hatte. Mein zweiter Eindruck bestätigte, daß er unansehnlicher wirkte, als Photos, Karikaturen und Terminal-Bilder ihn darstellten – eine Einschätzung, die Bestand haben sollte. Wie so manchem Politiker vor ihm war es Tumbril gelungen, eine auffällige Häßlichkeit zu einem politischen Vorteil umzumünzen.

(Ist Häßlichkeit Vorbedingung für ein Staatsoberhaupt? Wenn ich mir die Geschichte so ansehe, finde ich keinen einzigen gutaussehenden Mann, der es in der Politik wirklich weit gebracht hätte – es sei denn, wir gehen bis zu Alexander dem Großen zurück. Der allerdings hatte den Vorteil auf seiner Seite, daß schon sein Vater König war.)

Wie dem auch sein mochte, »Kriegsschrei« Tumbril wirkte wie ein Frosch, der wie eine Kröte aussehen wollte und dies nur knapp nicht schaffte.

Der Häuptling räusperte sich. »Was macht *Sie* denn hier?«

Hastig sagte Georges: »Sir, ich muß mich auf das Ernsthafte beschweren! Dieser Mann ... *Dieser Mann* ...« – er deutete auf den Zahnstocherkauer – »versuchte mich von meiner lieben Schwester zu trennen! Man muß ihn tadeln!«

Tumbril warf einen Blick auf Morrie, dann musterte er mich und schließlich wieder seinen Parasiten. »Haben Sie das wirklich getan?«

Morrie versicherte, er habe es nicht getan, doch selbst wenn, so hätte er es nur versucht, weil er der Meinung gewesen sei, Tumbril habe es angeordnet, aber auf jeden Fall habe er gedacht ...

»Sie sollen nicht denken!« bestimmte Tumbril. »Wir unterhalten uns später noch. Und warum laßt ihr die beiden stehen? Holt einen Stuhl! Muß ich denn hier an alles denken?«

Sobald ich einen Sitzplatz hatte, wandte sich der Häuptling wieder Georges zu. »Sie haben da vorhin wirklich mutig gehandelt. Ja, Sir, sehr mutig. Die große Nation Kalifornien ist wirklich stolz, solche Söhne hervorgebracht zu haben. Wie heißen Sie?«

Georges nannte seinen Namen.

»›Payroll‹ ist ein stolzer kalifornischer Name, Mr. Payroll; dieser Name scheint überall in unserer edlen Geschichte auf, angefangen von den Rancheros, die das Joch Spaniens abwarfen, bis hin zu den mutigen Patrioten, die das Joch der Wall Street loswurden. Hätten Sie was dagegen, wenn ich Sie ›George‹ nenne?«

»Ganz und gar nicht.«

»Sie können ›Kriegsschrei‹ zu mir sagen. Das ist die krönende Schönheit unserer großen Nation, George; wir sind alle *gleich*.«

Plötzlich hörte ich mich fragen: »Ist das auch auf Künstliche Personen anwendbar?«

»Wie?«

»Ich fragte nach Künstlichen Personen, die Wesen, die in Berkeley und Davis hergestellt werden. Sind die auch wirklich gleich?«

»Äh ... junge Dame, Sie sollten wirklich nicht dazwischenreden, wenn Ihre Vorderen sich unterhalten. Aber um Ihre Frage zu beantworten: Wie kann die menschliche Demokratie auf Kreaturen anwendbar sein, die keine Menschen sind? Würden

Sie einer Katze das Stimmrecht geben wollen? Oder einem Ford-AAF? Antworten Sie!«

»Nein, aber ...«

»Na bitte. Alle sind gleich, und jeder hat eine Stimme. Aber irgendwo muß man die Grenze ziehen. Jetzt halten Sie aber den Mund, verdammt! Stören Sie uns nicht, während die Altvorderen sich absprechen! George, was Sie da vorhin taten – also, wenn es der Kerl wirklich auf mein Leben abgesehen gehabt hätte – das war nicht der Fall, vergessen Sie das nicht! –, hätten Sie nicht besser den heldischen Traditionen unserer großartigen kalifornischen Konföderation entsprechen können! Wenn ich Sie so anschaue, bin ich von Stolz erfüllt!«

Tumbril stand auf und kam hinter seinem Tisch hervor. Die Hände auf dem Rücken verschränkend, begann er auf und ab zu gehen – und ich erkannte, warum er größer ausgesehen hatte als im Freien.

Er benutzte einen erhöhten Stuhl oder eine kleine Plattform hinter seinem Tisch. In natürlicher Größe reichte er mir etwa bis an die Schulter. Im Gehen schien er laut vor sich hin zu denken. »George, für einen Mann Ihres Mutes ist immer Platz in meiner Familie. Wer weiß – vielleicht kommt der Tag, da Sie mich vor einem Verbrecher retten, der mir wirklich schaden will. Ich spreche von ausländischen Agitatoren – von den mutigen Patrioten Kaliforniens habe ich nichts zu befürchten. Sie alle lieben mich wegen der Dinge, die ich in meiner Amtszeit im Achteckigen Büro getan habe. Andere Länder jedoch sind neidisch auf uns; sie mißgönnen uns unseren reichen, freien, demokratischen Lebensstil, und manchmal gipfelt ihr schwelender Haß in Gewalt.«

Mit vorgeneigtem Kopf verharrte er einen Augenblick lang in ehrfürchtiger Bewunderung von irgend etwas, das ich nicht ausmachen konnte. »Zu den Preisen für das Privileg dieses Dienstes gehört allerdings eins«, sagte er feierlich, »ein Geschenk, das man in aller Bescheidenheit und voller Freude zu geben bereit sein muß. George, wenn von Ihnen verlangt würde, für das Leben des Ersten Verwalters Ihres Landes das höchste Opfer zu bringen, würden Sie da zögern? Antworten Sie!«

»Ich glaube schon«, antwortete Georges.

»Äh ... *Was?*«

»Nun ja, wenn ich meine Stimme abgebe – ich tue das nicht

oft –, spreche ich mich gewöhnlich für die Réunionisten aus. Der derzeitige Premierminister dagegen ist ein Revanchist. Ich glaube nicht, daß er mich in seiner Nähe dulden würde.«

»Wovon reden Sie da eigentlich, zum Teufel?«

»Je suis Québecois, Monsieur le Chef d'Etat. Ich komme aus Montréal.«

16. Kapitel

Fünf Minuten später standen wir wieder auf der Straße. Einige unangenehme Minuten lang hatte es so ausgesehen, als sollten wir gehängt oder erschossen werden, oder zumindest für alle Ewigkeit in den tiefsten Verliesen verschwinden, weil wir das Verbrechen begangen hatten, keine Kalifornier zu sein. Schließlich setzte sich aber eine nüchterne Einschätzung der Lage durch, als nämlich Kriegsschreis führender rechtlicher Adler seinen Chef davon überzeugte, daß es besser sei, uns laufen als sich auf das Risiko eines Prozesses einzulassen, selbst wenn dieser hinter verschlossenen Türen stattfinden sollte – der Generalkonsul von Québec mochte sich wohl darauf einlassen, doch sein ganzes Personal schmieren zu müssen, mochte teuer werden.

Er drückte sich natürlich nicht genau in diesem Sinne aus, aber er wußte ja nicht, daß ich zuhörte, da ich bisher nicht einmal zu Georges von meinem gesteigerten Hörvermögen gesprochen hatte. Der Chefberater des Häuptlings machte eine geflüsterte Bemerkung über den Ärger, den man mit der kleinen mexikanischen Schlampe gehabt hatte, nachdem die Leute aus dem Süden von der Geschichte erfahren hatten. Eine solche Schweinerei dürfe es nicht noch einmal geben. Passen Sie auf, Boß; man hat Sie da am Sack!

So ließen wir den Palast endlich hinter uns und erreichten die kalifornische Zentrale der Master-Charge-Organisation – fünfundvierzig Minuten später als vorgesehen. Es kostete uns weitere zehn Minuten, in einer Toilette der Commercial-Credit-Bank von Kalifornien unsere Verkleidungen wieder loszuwerden. Der Raum war auf demokratische Gleichberechtigung ausgelegt, doch nicht auf aggressive Weise. Man mußte keinen Eintritt bezahlen, die Kabinen hatten Türen, und die Frauen benutzten die eine Seite und die Männer die andere, die mit den senkrechten Badewannen-Gebilden, die Männer außer den Kabinen auch noch benutzen, und zu Begegnungen kam es nur in einem in der Mitte gelegenen Raum voller Waschbecken und

Spiegel – und selbst hier blieben die Frauen mehr auf der einen Seite und die Männer auf der anderen. Solche gemeinsamen Toiletten machen mir nichts aus – schließlich bin ich in einer Krippe großgeworden –, aber mir fällt auf, daß sich Männer und Frauen, sobald sie Gelegenheit dazu haben, voneinander absetzen.

Ohne den Lippenstift sah Georges viel besser aus. Er hatte sich außerdem das Haar gewaschen und es streng gekämmt. Das auffällige Tuch steckte ich in meinen Koffer. »War wohl ein dummer Einfall, uns verkleidet aus der Affäre ziehen zu wollen«, sagte er.

Ich blickte mich um. Niemand war in der Nähe, außerdem machten die Toiletten und die Klimaanlage ziemlich viel Lärm. »Ich finde das nicht, Georges. Ich glaube, innerhalb von sechs Wochen könnte man einen richtigen Profi aus dir machen.«

»Was für einen Profi?«

»Na, vielleicht einen Pinkerton-Mann. Oder einen ...« Jemand betrat den Raum. »Wir sprechen später darüber. Immerhin sind zwei Lotterielose dabei herausgesprungen.«

»Richtig. Wann ist denn unsere Ziehung?«

Ich nahm mein Los zur Hand und studierte es. »Tatsächlich – heute schon! Heute nachmittag! Oder bin ich mit den Daten durcheinander?«

»Nein«, sagte Georges nach einem Blick auf mein Los. »Du hast recht, die Ziehung ist heute. Etwa in einer Stunde sollten wir uns in der Nähe eines Terminals aufhalten.«

»Sinnlos«, erwiderte ich. »Ich gewinne nie beim Kartenspiel, ich habe keine Chance beim Würfeln, und Lotterien sind erst recht hoffnungslos. Wenn ich Cracker kaufe, fehlt in der Schachtel meistens die kleine Zugabe.«

»Trotzdem schauen wir uns das am Terminal an, Kassandra!«

»Na schön. Wann ist denn deine Ziehung?«

Er nahm sein Los zur Hand, und wir betrachteten es. »He, das ist ja dieselbe Ziehung!« rief ich. »Jetzt haben wir noch mehr Grund, uns die Sache anzusehen.«

Georges hatte den Blick nicht von seinem Los genommen. »Freitag, schau dir das mal an!« Mit dem Daumen rieb er über das Papier. Die Buchstaben blieben scharf, nur die Seriennummer ließ sich verschmieren. »Da hört sich doch alles auf! Wie lange blieb unsere Freundin mit dem Kopf unter dem Tresen, ehe Sie dieses Los ›fand‹?«

»Keine Ahnung. Weniger als eine Minute.«

»Jedenfalls lange genug. Soviel ist klar.«

»Willst du es ihr zurückgeben?«

»Ich? Freitag, warum sollte ich? Solche Virtuosität verdient Applaus! Sie verschwendet ihre Talente allerdings mit läppischen Kleinigkeiten. Gehen wir nach oben! Wir wollen Master Charge hinter uns haben, wenn die Ziehung beginnt.«

Vorübergehend verwandelte ich mich wieder in »Marjorie Baldwin«, und man gestattete es uns, in der Hauptstelle von Master Charge Kalifornien mit »unserem Mr. Chambers« zu sprechen. Mr. Chambers war eine denkbar liebenswerte Person – gastfreundlich, gesellig, mitfühlend, freundlich und für uns offenbar genau der Richtige, da das Schildchen auf seinem Tisch ihn als Vizepräsident für Kundenkontakte auswies.

Nach mehreren Minuten wurde mir klar, daß sich seine Vollmacht auf das Neinsagen erstreckte und daß sein Haupttalent darin bestand, auf derart umständliche und liebenswerte Weise Nein zu sagen, daß der Kunde gar nicht mitbekam, welche Abfuhr er erhielt.

»Zunächst müssen Sie bitte verstehen, Miß Baldwin, daß Master Charge Kalifornien und Master Charge Chicago-Imperium zwei völlig getrennte Firmen sind und daß Sie Ihren Kundenvertrag nicht mit uns geschlossen haben. Was uns wirklich leid tut. Es stimmt, aus gegenseitigem Entgegenkommen erkennen wir normalerweise die von der anderen Firma ausgestellten Kreditkarten an, und die andere Firma die unseren. Es tut uns wirklich leid, Ihnen sagen zu müssen, daß das Imperium im Augenblick – ich betone nochmals: ›im Augenblick‹ – die Verbindungen unterbrochen hat und daß es, so seltsam das auch ist, *heute* nicht einmal einen offiziellen Wechselkurs zwischen Braunen und Kronen gibt – wie könnten wir also eine Kreditkarte aus dem Imperium anerkennen, selbst wenn wir es wollten? Wir werden dazu bestimmt wieder in der Lage sein – aber später. Allerdings möchten wir alles Menschenmögliche tun, um Ihren Aufenthalt bei uns so angenehm wie möglich zu gestalten. Was können wir in dieser Hinsicht für Sie tun?«

Ich fragte ihn, wann die Krise seiner Meinung nach denn vorüber sein würde.

Mr. Chambers musterte mich verständnislos. »›Krise‹? Was für eine Krise, Miß Baldwin? Vielleicht gibt es im Imperium eine Krise, weil es das Land für richtig gehalten hat, seine Grenzen zu schließen – aber doch gewiß nicht hier! Sehen Sie sich doch um! Haben Sie je ein Land gesehen, das von Frieden und Wohlstand so durchdrungen war?«

Ich gab ihm recht und stand auf, da eine weitere Auseinandersetzung sinnlos zu sein schien. »Vielen Dank, Mr. Chambers. Sie waren sehr nett.«

»Das Vergnügen war ganz auf meiner Seite, Miß Baldwin. Service ist unsere Devise. Und vergessen Sie nicht: Wenn ich irgend etwas für Sie tun kann, was es auch sei, ich stehe zu Ihrer Verfügung.«

»Vielen Dank, ich werde daran denken. Äh ... gibt es hier irgendwo im Haus ein öffentliches Terminal? Ich habe vorhin ein Lotterielos gekauft, die Ziehung müßte jeden Augenblick beginnen.«

Er setzte ein breites Grinsen auf. »Meine Liebe Miß Baldwin, ich freue mich sehr über Ihre Frage! In diesem Stockwerk haben wir einen großen Konferenzraum. Jeden Freitag kurz vor der Ziehung wird die Arbeit unterbrochen, und unser gesamtes Personal – zumindest alle, die Lose besitzen; Teilnahme ist nicht Pflicht – kommt zusammen und verfolgt die Ziehung. J. B. – das ist unser Präsident und Generaldirektor –, der alte J. B. hat entschieden, daß es besser sei, die Anordnung so zu treffen, als daß sich die Losbesitzer zu der Zeit heimlich und unter fadenscheinigen Vorwänden davonschleichen. Besser für die Moral. Gewinnt einer unserer Mitarbeiter etwas – so etwas kommt vor –, bekommt sie oder er einen hübschen Kuchen mit Glasur, wie zum Geburtstag, ein persönliches Geschenk des alten J. B. Er kommt dann aus seinem Büro und ißt zusammen mit dem Gewinner ein Stückchen davon.«

»Scheint mir hier ja eine einzige glückliche Familie zu sein.«

»O ja, das kann man wohl sagen! In unserer Firma gibt es Computerverbrechen nicht – im Gegensatz zu anderen Finanzinstituten. Alle lieben den alten J. B.« Er blickte auf seine Finger. »Gehen wir ins Konferenzzimmer!«

Mr. Chambers sorgte dafür, daß wir VIP-Sitze erhielten, besorgte uns persönlich Kaffee und beschloß dann, sich ebenfalls zu setzen und die Ziehung zu verfolgen.

Der Schirm des Terminals nahm den größten Teil der Stirnseite des Raums ein. Eine Stunde lang schauten wir zu, wie kleinere Preise ausgelost wurden – eine Zeit, in der der Leiter der Sendung mit seinen Assistenten krampfhaft lustige Witze austauschte, vorwiegend über die körperlichen Vorzüge des Mädchens, welches die Papierstücke aus der Lostrommel fischte. Eindeutig war sie eben wegen dieser Vorzüge für diese Aufgabe bestimmt worden – Vorzüge, die wirklich augenfüllend waren und die durch ihre Bereitschaft zur Geltung kamen, ein Kostüm zu tragen, das nicht nur wenig zu raten übrig ließ, sondern dem Publikum außerdem klarmachte, daß sie nichts zu verbergen hatte. Sie brauchte nur einen Arm in die Trommel zu schieben und das Los herauszuholen und trug dann praktisch nichts anderes als die Binde über ihren Augen. Es schien mir eine leichte, angenehme Arbeit zu sein, vorausgesetzt, das Studio war gut geheizt.

Zur Hälfte der Zeit gab es weiter vorn lautes Begeisterungsgeschrei; eine Angestellte von Master Charge hatte tausend Braune gewonnen. Chambers setzte ein breites Grinsen auf. »So etwas passiert nicht oft, aber wenn es geschieht, dann sind alle tagelang aufgeheitert. Gehen wir? Nein, Sie haben ja noch ein Los, das gewinnen kann, ja? Obwohl es sehr unwahrscheinlich ist, daß der Blitz zweimal hier einschlägt.«

Mit lautem Fanfarenschall erreichten wir endlich den großen Preis der Woche – den »Riesigen, Erstklassigen, All-kalifornischen Superpreis!!!« Vorher aber zog das Mädchen mit der Gänsehaut zwei Ehrenpreise – ein Jahresvorrat Ukiah Gold mit Haschpfeife, und ein Abendessen mit dem großen Sensie-Star Bobby »Brutal« Pizarro.

Dann zog sie das letzte Glückslos; der Zeremonienmeister las die Ziffern vor, die gleich darauf strahlend über seinem Kopf eingeblendet wurden. »Mr. Zee!« brüllte er. »Hat der Besitzer die Nummer registriert?«

»Einen Augenblick – nein, nicht registriert!«

»Dann haben wir ein Aschenputtel! Wir haben einen unbekannten Gewinner! Irgendwo lebt in unserer großen, wunderbaren Konföderation ein Mensch, der in diesem Augenblick um zweihunderttausend Braune reicher geworden ist! Schaut uns dieses Glückskind zu? Wird sie – oder er – uns anrufen und hier im Fernsehen erscheinen können, ehe die Sendung vorbei ist? Oder wird sie morgen früh aufwachen und dann erst erfahren, daß sie reich ist? Da oben steht die Nummer, Leute! Sie bleibt dort stehen, bis die Sendung vorbei ist, dann wird sie mit jeder Nachrichtensendung wiederholt, bis das Glückskind seinen Preis beansprucht hat. Und jetzt eine Durchsage ...«

»Freitag«, flüsterte Georges, »zeig mal dein Los!«

»Nicht nötig«, flüsterte ich zurück. »Es ist die Nummer.«

Mr. Chambers stand auf. »Die Show ist vorbei. Nett, daß ein Mitglied unserer kleinen Familie etwas gewinnen konnte. Es war mir wirklich eine Freude, Sie bei uns begrüßen zu dürfen, Miß Baldwin und Mr. Karo – und melden Sie sich ruhig wieder bei mir, wenn wir Ihnen helfen können.«

»Mr. Chambers«, sagte ich, »kann Master Charge dies für mich einlösen? Ich möchte es nicht persönlich tun.«

Mr. Chambers ist ein netter Mann, der zuweilen aber ein wenig langsam reagiert. Dreimal mußte er die Ziffern auf meinem Lotterielos mit den Ziffern vergleichen, die noch auf dem Bildschirm schimmerten, ehe er seinen Augen zu trauen wagte. Dann mußte Georges ihn davon abhalten, wie wild loszurennen, um Photographen zu holen, das Hauptquartier der Nationalen Lotterie anzurufen, ein Holovisions-Team anzufordern – nur gut, daß Georges ihn zurückhielt, denn ich hätte in diesem Augenblick vielleicht etwas rücksichtslos reagiert. Großgewachsene Männer, die auf meine Einwände nicht achten, machen mich ärgerlich.

»Mr. Chambers!« sagte Georges. »Haben Sie nicht gehört, was sie gesagt hat? Sie möchte den Gewinn *nicht* persönlich abholen. Keine Publicity.«

»Was? Aber die Gewinner sind doch immer in den Nachrichten zu sehen! Das ist reine Routine! Es dauert bestimmt nicht lange, wenn Ihnen das Sorgen macht – erinnern Sie sich an das Mädchen, das vorhin gewonnen hat? Im Augenblick wird sie bestimmt mit J. B. und ihrem Kuchen photographiert. Wir wollen sofort in sein Büro gehen und ...«

»Georges«, sagte ich, »American Express.«

Georges reagiert *nicht* langsam – und ich hätte nichts dagegen, ihn zu heiraten, sollte Janet ihn jemals von der Leine lassen. »Mr. Chambers«, sagte er hastig, »wie lautet die Anschrift des San-José-Hauptbüros von American Express?«

Chambers hörte augenblicklich mit dem Gewirbel auf. »*Was* haben Sie da gefragt?«

»Können Sie mir die Adresse von American Express nennen? Miß Baldwin wird ihr Gewinnlos dort zum Einzug vorlegen. Ich werde unseren Besuch telefonisch ankündigen, um sicher zu sein, daß man dort begreift, welchen Wert wir als Bankkunden auf Diskretion legen.«

»Aber das können Sie doch nicht tun. Sie hat *hier* gewonnen.«

»Oh, wir können und wir werden. Sie hat *nicht* hier gewonnen. Sie war zufällig in diesem Gebäude, als an einem anderen Ort die Ziehung stattfand. Bitte gehen Sie uns aus dem Weg! Wir gehen.«

Dieselbe Vorstellung mußte dann noch einmal vor J. B. ablaufen. Er war ein würdevoller alter Knabe mit einer Zigarre im Mundwinkel und klebrigem weißen Zuckerguß an der Oberlippe. Er war nicht dumm und reagierte sofort, doch er war es gewöhnt, daß seine Wünsche erfüllt wurden, und Georges mußte wieder ziemlich laut von American Express anfangen, ehe ihm klar wurde, daß ich keinerlei Publicity dulden würde (mein Chef wäre in Ohnmacht gefallen!) und daß wir uns, um dieses Ziel zu erreichen, notfalls auch mit windigen Geldwechslern einlassen würden, um seiner Firma aus dem Weg zu gehen.

»Aber Miß Bulgrin ist Kundin von Master Charge.«

»Nein«, widersprach ich. »Ich hatte auch gedacht, daß ich Kundin von Master Charge wäre, aber Mr. Chambers weigerte sich, meine Zahlungen anzuerkennen. Ich werde mir also ein Konto bei American Express einrichten. Ohne Photographen.«

»Chambers.« Ein unheilvoller Ton schwang in seiner Stimme. »Was ist das für eine Geschichte?«

Chambers erläuterte, daß meine Kreditkarte von der Imperial-Bank von Saint Louis ausgestellt worden sei.

»Ein erstklassiges Haus«, bemerkte J. B. »Chambers. Stellen Sie ihr eine neue Karte aus! Auf uns! Sofort! Und lösen Sie das Gewinnlos für sie ein!« Er sah mich an und nahm die Zigarre aus dem Mund. »Keine Publicity. Die Angelegenheiten der Kunden von Master Charge sind stets vertraulich zu behandeln. Zufrieden, Miß Walgreen?«

»Durchaus, Sir.«

»Chambers, dann los!«

»Ja, Sir. Welches Kreditlimit, Sir?«

»In welchem Ausmaß benötigen Sie Kredit, Miß Belgien? Vielleicht sollte ich Sie bitten, in Kronen zu antworten – wie sieht Ihr Limit bei meinen Kollegen in Saint Louis aus?«

»Ich bin dort Goldkundin, Sir. Mein Konto wird stets in Goldwerten berechnet und nicht in Kronen; dafür gibt es ein spezielles doppeltes Konto. Könnten wir dieselbe Basis finden? Sie müssen verstehen, ich bin es nicht gewöhnt, in Braunen zu *denken*. Ich reise soviel, daß es mir leichter fällt, in Goldgrammwerten zu rechnen.« (Einem Bankier in Weichwährungsländern mit Gold zu kommen, ist beinahe unfair; sofort vernebelt sich sein Denken.)

»Sie wollen in Gold zahlen?«

»Wenn ich darf. Mit Grammziehungen, 999er Feingold, auf die South Africa & Ceres Akzept-Gesellschaft, Büro Luna City. Wäre das annehmbar? Ich zahle normalerweise vierteljährlich – ich reise sehr viel –, aber ich kann SA&CA anweisen, das Konto monatlich auszugleichen, wenn Ihnen vierteljährlich nicht behagt.«

»Vierteljährlich ist in Ordnung.« (Natürlich war es das – um so höher fallen die Zinsen aus.)

»Jetzt zur Kreditlinie ... Offen gesagt, Sir, konzentriere ich meine finanziellen Abwicklungen grundsätzlich nicht zu sehr auf eine Bank oder ein Land. Begrenzen wir die Sache auf einfache dreißig Kilogramm?«

»Wenn Sie wollen, Miß Bedlam. Sollten Sie jemals einen Erhöhungswunsch haben, brauchen Sie es uns nur zu sagen.« Er fügte hinzu: »Chambers, Sie machen das!«

Wir kehrten gleich darauf in das Büro zurück, in dem mir eröffnet worden war, daß ich keinen Kredit hätte. Mr. Chambers legte mir ein Antragsformular vor. »Ich helfe Ihnen gern beim Ausfüllen, Miß.«

Ich ging die Eintragungen durch. Name der Eltern. Name der Großeltern. Ort und Datum der Geburt. Adressen mit Hausnummern für die letzten fünfzehn Jahre. Derzeitiger Arbeitgeber. Letzter Arbeitgeber. Grund für den Wechsel aus der letzten Stellung. Derzeitiges Einkommen. Bankkonten. Drei Referenzen von Personen, die einen mindestens zehn Jahre lang kennen. Haben Sie jemals Bankrott oder Vergleich angemeldet, oder waren Sie Direktor oder Geschäftsführer einer Firma oder Sozietät, die nach Paragraph 13 des Öffentlichen Gesetzes 97 aus dem Bürgerlichen Gesetzbuch der Kalifornischen Konföderation eine Umorganisation beantragen mußte? Sind Sie je angeklagt gewesen zu folgenden Straftatbeständen ...

»Freitag. Das wär's.«

»Wollte ich auch schon sagen.« Ich stand auf.

»Leben Sie wohl, Mr. Chambers«, sagte Georges.

»Stimmt etwas nicht?«

»Aber gewiß doch. Ihr Chef hat Ihnen den Auftrag gegeben,

Miß Baldwin eine Goldkreditkarte auf ein Limit von dreißig Kilogramm auszustellen, Feingold, wohlgemerkt. Er hat Sie nicht angewiesen, Ihre Kundin einem unverschämten Quiz zu unterwerfen.«

»Aber dies ist nur eine Routinevoraussetzung ...«

»Egal. Sie brauchen J. B. nur zu sagen, daß Sie die Sache ein zweitesmal in den Sand gesetzt haben.«

Unser Mr. Chambers lief hellgrün an. »Bitte setzen Sie sich!«

Zehn Minuten später gingen wir. Ich war im Besitz einer brandneuen goldfarbenen Kreditkarte, die überall gelten würde (so hoffte ich). Im Austausch dafür hatte ich meine Postfachnummer in Saint Louis, die Anschrift eines nahen Verwandten (Janet) und meine Kontonummer in Luna City hinterlegt, außerdem die schriftliche Anweisung, SA&CA vierteljährlich für meinen Sollsaldo eine Rechnung auszustellen. Ferner verfügte ich über einen annehmbaren Stapel Braun- und Kronen-Noten und eine Empfangsquittung für mein Lotterielos.

Wir verließen das Gebäude, gingen um die Ecke zum Nationalplatz, suchten uns eine Bank und nahmen Platz. Es war eben achtzehn Uhr geworden und schon angenehm kühl, obwohl die Sonne noch hoch über den Santa Cruz-Bergen stand.

»Liebste Freitag, wie sehen deine Wünsche jetzt aus?« fragte Georges.

»Ich möchte nichts anderes, als einen Augenblick lang hier sitzen und meine Gedanken sammeln. Dann sollte ich dir einen Drink spendieren. Ich habe in der Lotterie gewonnen. Das muß doch mit einem Drink gefeiert werden. Mindestens.«

»Mindestens«, sagte er. »Du hast zweihunderttausend Braune gewonnen und dafür ... zwanzig Braune eingesetzt?«

»Einen Dollar«, sagte ich. »Den Rest durfte sie als Trinkgeld behalten.«

»Na, das kommt ungefähr hin. Du hast also etwa achttausend Dollar gewonnen.«

»Siebentausendvierhundertundsieben Dollar und ein paar Zerquetschte.«

»Kein Vermögen, aber eine ganz ansehnliche Summe.«

»Recht ansehnlich«, sagte ich, »für eine Frau, die noch beim Aufstehen voll und ganz auf die Güte ihrer Freunde angewiesen war. Es sei denn, ich hätte noch weitere Vorteile errungen durch mein ›ganz ordentliches‹ Abschneiden letzte Nacht.«

»Mein Bruder Ian würde dir für eine solche Bemerkung eins

aufs Maul geben. Ich wollte hinzufügen, daß siebentausendvierhundert zwar eine ansehnliche Summe sind, daß mich aber noch mehr die Tatsache beeindruckt, wie du ohne Vermögenswerte außer dem Los eine konservative Kreditkartenbank dazu gebracht hast, dir ein offenes Konto im Betrag von einer Million Dollar, gerechnet in Gold, einzuräumen. Wie hast du das angestellt, meine Liebe? Du hast nicht mal mit dem Hintern gewakkelt. Und auch nicht mit heiserer Stimme gesprochen.«

»Aber Georges, *du* warst es doch, der die Leute dazu gebracht hat, mir die Karte auszustellen!«

»Das glaube ich nicht. Gewiß, ich habe versucht, dich in deiner kleinen Rolle zu unterstützen – aber du hast jeden Schachzug von dir aus eingeleitet.«

»Aber nicht die Reaktion auf den schrecklichen Fragebogen! Aus *der* Klemme hast du mich herausgeholt.«

»Oh. Dieser Dummkopf hatte kein Recht, dich weiter auszuquetschen. Sein Chef hatte ihn bereits angewiesen, dir die Karte auszustellen.«

»Du hast mich gerettet. Ich stand im Begriff, die Nerven zu verlieren. Georges – liebster Georges! – ich weiß, du hast mir gesagt, ich solle mir über meine Existenz keine unnötigen Gedanken machen – und ich gebe mir auch größte Mühe, ehrlich! Aber vor einem Formular zu sitzen, das alles über meine Eltern und Großeltern wissen will – das ist niederschmetternd!«

»Über Nacht legt man alte Angewohnheiten nicht ab. Wir werden weiter daran arbeiten. In der Frage, wie groß das Kreditlimit sein soll, hast du die Nerven dagegen nicht verloren.«

»Oh. Ich habe mal jemanden sagen hören ...« – es war mein Chef –, »daß es viel leichter sei, sich eine Million auszuleihen als nur lausige zehn Kronen. Und als man mich fragte, nannte ich diese Summe. In Brit-Kan-Dollars ist es nicht ganz eine Million. Neunhundertvierundsechzigtausend, so ungefähr.«

»Ich will es gar nicht so genau wissen. Als wir die neunhunderttausend überschritten, wurde mir der Sauerstoff knapp. Du ›ordentliches‹ Weib du, weißt du, was ein Professor als Gehalt bekommt?«

»Kommt es darauf an? Soweit ich die Branche kenne, kann der erfolgreiche Entwurf eines Lebendigen Artefakts Millionen bringen. Womöglich sogar Millionen Gramm und nicht Dollars. Hast du erfolgreiche Entwürfe abgeliefert? Oder ist das eine aufdringliche Frage?«

»Wechseln wir das Thema! Wo schlafen wir heute?«

»Wir könnten es in vierzig Minuten bis San Diego schaffen. Oder in fünfunddreißig bis Las Vegas. Beide Orte haben Vor- und Nachteile, wenn man sie unter dem Aspekt sieht: wie komme ich ins Imperium? Wo ich jetzt genug Geld habe, Georges, werde ich mich melden, egal wie viele Fanatiker wichtige Persönlichkeiten ermorden. Aber ich verspreche dir auf Ehrenwort, Winnipeg zu besuchen, sobald ich ein paar Tage Urlaub habe.«

»Vielleicht ist es mir noch immer nicht möglich, nach Winnipeg zurückzukehren.«

»Oder ich besuche dich in Montréal. Hör mal, mein Lieber! Wir tauschen alle Adressen, die wir haben; ich werde den Kontakt mit dir schon nicht verlieren. Du versicherst mir nicht nur, daß ich ein Mensch bin, du sagst mir sogar, daß ich ›ganz ordentlich‹ bin – du bist gut für meine Moral. Jetzt triff deine Entscheidung, denn ich mache beides mit: San Diego und Spanglisch reden, oder Vegas, wo's die hübschen nackten Mädchen anzuschauen gibt!«

17. Kapitel

Wir machten beides und landeten in Vicksburg.

Es stellte sich heraus, daß die Grenze zwischen Texas und Chicago von beiden Seiten lückenlos dicht war. Ich beschloß, meinen ersten Versuch auf dem Fluß zu machen. Natürlich liegt Vicksburg noch in Texas, doch für meine Zwecke war seine Lage als großer Flußhafen unmittelbar außerhalb der Grenzen des Imperiums der entscheidende Punkt – zumal es der führende Schmugglerhafen war für den Verkehr in beiden Richtungen.

Wie das alte Gallien zerfällt Vicksburg in drei Teile. Da gibt es die Unterstadt mit dem Hafen, unmittelbar an das Wasser grenzend und zuweilen überflutet, und schließlich die Oberstadt auf einer hundert Meter hohen Klippe, die ihrerseits in die alte und die neue Stadt unterteilt ist. Die Altstadt ist umgeben von den Schlachtfeldern eines längst vergessenen Krieges (allerdings nicht von Vicksburg vergessen!). Diese Schlachtfelder gelten hier als heilig; es darf nicht darauf gebaut werden. Folglich erstreckt sich die Neustadt außerhalb dieses heiligen Bodens und erhält ihre Lebensfähigkeit durch ein System von Tunneln und Röhrengängen, die in sich und mit der Altstadt die nötigen Verbindungen herstellen. Die Oberstadt ist mit der Unterstadt durch Fahrtreppen und Kabelbahnen verbunden.

Für mich war die Oberstadt lediglich ein Ort zum Schlafen. Wir tippten uns ins Vicksburg-Hilton ein (das genauso aussah wie das Bellingham-Hilton bis hin zur FRÜHSTÜCKSBAR im Untergeschoß), meine Geschäfte hatte ich aber unten am Fluß zu erledigen. Es war eine glückliche und traurige Zeit zugleich, denn Georges wußte, daß ich ihn nicht weiter mitnehmen würde, und wir stritten nicht mehr darüber. Ich ließ es nicht einmal zu, daß er mich in die Unterstadt begleitete – und hatte ihn darauf aufmerksam gemacht, daß ich möglicherweise nicht zurückkehren würde, daß ich vielleicht nicht einmal die Zeit hatte, ihm im Hotel eine Nachricht zu hinterlassen. Wenn der richtige Augenblick kam, mußte ich ins kalte Wasser springen.

Vicksburgs Unterstadt ist ein rauher, gefährlicher Ort und wie ein Misthaufen von kribbelndem Leben erfüllt. Bei Tag patrouilliert die Polizei nur zu zweit; in der Nacht wagt sich niemand in diesen Bezirk. Es ist eine Stadt der Schieber, Huren, Schmuggler, Drogenverkäufer, Drogenvermittler, Buchmacher, Zuhälter, Meuchelmörder, Söldner, Bandenführer, Hehler, Geldverleiher, Bettler, zweifelhaften Ärzte, Sklavenhändler, Trickbetrüger, Mädchenjungen – was immer man sich vorstellen kann, in der Unterstadt von Vicksburg war es für Geld zu haben. Ein großartiger Ort, und vergessen Sie nicht, sich hinterher einer Blutuntersuchung zu unterziehen.

Es ist die einzige Stadt, in der nach meiner Kenntnis ein Lebendiges Artefakt, vom Entwurf her sofort als solches zu erkennen (vier Arme, keine Beine, die Arme hinten am Schädel – wie auch immer) an eine Bar treten (oder davorrutschen) und ein Bier kaufen kann, ohne daß ihm oder seinen Verformungen irgendwelche Beachtung geschenkt wird. Was meine Art anging, so hatte es keinerlei Bedeutung, ob ich künstlich geschaffen war oder nicht – nicht in einer Gemeinschaft, von der sich fünfundneunzig Prozent nicht trauten, eine Fahrtreppe zur Oberstadt zu betreten.

Ich war in Versuchung, einfach dort unterzutauchen. Von diesen Außenseitern ging eine Wärme und Freundlichkeit aus, die mich beeindruckte: von ihnen würde ich niemals Verachtung erfahren. Wäre es nicht um meinen Chef gegangen, wie auch um Georges und die Erinnerung an Orte, die besser *rochen*, hätte ich in (Unter-)Vicksburg bleiben und mir eine Tätigkeit suchen können, die zu meinen Talenten paßte.

»Aber ich muß Versprechungen einlösen und noch viele Meilen zurücklegen, ehe ich schlafen kann.« Master Robert Frost wußte schon, warum jemand weitermachte, obwohl er lieber Schluß machen wollte. Ich kleidete mich wie eine arbeitslose Soldatin, die nach der besten Rekrutierungsmöglichkeit suchte, und tat mich in der Flußstadt um. Dabei spitzte ich die Ohren nach Informationen über Flußbootkapitäne, die auch vor lebendiger Fracht nicht zurückscheuten. Ich war enttäuscht, als ich erfuhr, wie wenig Verkehr im Grunde auf dem Fluß herrschte. Aus dem Imperium drangen keine Nachrichten zu uns, und es kamen auch keine Boote den Fluß herab; folglich waren nur wenige Schiffe bereit, die riskante Fahrt in diese Richtung anzutreten.

Ich saß also in den Bars der Flußstadt herum, trank Bier in Maßen und gab die Parole aus, daß ich bereit war, für eine Fahrkarte flußaufwärts einen anständigen Preis zu bezahlen. Ich spielte mit dem Gedanken, eine Anzeige aufzugeben. Die Spalte für »Gelegenheiten«, die hier weitaus direkter formulierte Anzeigen enthielt als in Kalifornien, hatte ich mit Interesse verfolgt – offenbar wurde hier *alles* geduldet, solange es sich auf die Unterstadt beschränkte:

Hassen Sie Ihre Familie?
Sind Sie frustriert, angebunden, gelangweilt?
Ist Ihr Mann/Ihre Frau das reinste Brechmittel?
DANN WOLLEN WIR EINEN NEUEN MENSCHEN
AUS IHNEN MACHEN!!!
Verplastisierung – Reorientierung – Ortsverlegung
Transsexualisierung – Diskrete Beseitigung
Sprechen Sie mit Doc Frank Frankenstein
Schöner Sam – Bar Grill

Nie zuvor hatte ich bezahlte Morde so offen angezeigt gesehen. Oder verstand ich hier etwas nicht richtig?

Haben Sie ein PROBLEM?
Nichts ist illegal.
Es kommt nicht darauf an, was Sie machen,
sondern darauf, wie Sie es anfangen.
Wir verfügen über die geschicktesten
Advokaten im Lone-Star-Staat.
SCHLUPFLÖCHER Inc.
(Sonderkonditionen für Junggesellen)
Wählen Sie LEV 10101

Bei dieser Anzeige trägt zum Verständnis bei, daß die LEV-Komm-Nummern nur für Teilnehmer unterhalb der Klippe ausgegeben wurden.

KÜNSTLER ltd.
Dokumente aller Art, Inhaberpapiere,
übertragbare Wertpapiere,
Geldnoten aller Nationen, Diplome,
Geburtsurkunden, Ausweise,
Pässe, Photographien, Gewerbelizenzen,
Trauscheine, Kreditkarten,
Hologramme, Audio/Video-Bänder,
Ernennungsurkunden, Begnadigungen,
Testamente, Siegel, Fingerabdrücke.
Alle Arbeiten mit Gewährleistungsgarantie.
Lloyds & Partner – LEV 10111

Die obengenannten Dienste kann man sicher auch in jeder anderen großen Stadt in Anspruch nehmen, doch dürfte selten so offen dafür geworben werden. Was die Gewährleistung betraf, so hatte ich da meine Zweifel.

Ich kam zu dem Entschluß, meinen Bedarf nicht durch eine Anzeige bekanntzugeben, denn ich konnte mir nicht vorstellen, daß eine so öffentliche Maßnahme mir in einer Sache helfen konnte, die im Grunde von Heimlichkeit bestimmt war. Aber ich verfolgte die Anzeigen in der Hoffnung, etwas auszumachen, das mir weiterhelfen konnte – und entdeckte einen Text, der wohl nicht nützlich, aber auf jeden Fall interessant war. Ich hielt den Text fest und machte Georges darauf aufmerksam:

W. K. – Mach dein Testament!
Du hast nur noch zehn Tage zu leben.
A. C. B.

»Was hältst du davon, Georges?«

»Die erste Anzeige, die wir gesehen haben, gab W. K. nur noch eine Woche Zeit. Inzwischen ist mehr als eine Woche vergangen, und jetzt hat er noch zehn Tage. Wenn dies so weitergeht, wird W. K. an Altersschwäche sterben.«

»Das meinst du doch nicht ernst!«

»Nein, mein Schatz. Natürlich ist es ein Kode.«

»Was für eine Art Kode?«

»Die einfachste Art von Kode, die deshalb unmöglich zu knacken ist. Die erste Anzeige wies die betreffende Person an – vielleicht sind es ja auch mehrere –, etwas zu tun, das die Ziffer sieben trug, oder Nummer sieben zu erwarten. Vielleicht wurde auch eine Aussage gemacht über etwas, das die Bezeichnung ›sieben‹ trug. Diese Anzeige enthält dieselbe Aussage im Hinblick auf das Kode-Objekt zehn. Die Bedeutung der Ziffern läßt sich aber aus einer statistischen Analyse ableiten, da der Kode schon längst wieder geändert sein kann, ehe ein statistisches Universum abgesteckt ist. Ein Idiotenkode, Freitag, der sich nie knacken läßt, wenn der Benutzer so vernünftig ist, nicht zu oft zum Brunnen zu gehen.«

»Georges, du redest, als hättest du beim Militär bei der Verschlüsselung gearbeitet.«

»Stimmt, aber nicht dort habe ich mir meine Kenntnisse erworben. Die schwierigste Kode-Analyse, an die man sich je herangewagt hat – ein Vorgang, der heute noch läuft und niemals abgeschlossen sein wird –, ist die Interpretation lebendiger Genfaktoren. Dies alles ist ein Idiotenkode – aber so viele Millionen Mal wiederholt, daß wir unsinnigen Silben mit der Zeit eine Bedeutung zuordnen können. Verzeih mir, daß ich beim Essen über meinen Beruf rede.«

»Unsinn, ich habe damit angefangen. Wir können nicht erraten, was A. C. B. bedeutet?«

»Nein.«

In dieser Nacht schlugen die Mörder zum zweitenmal zu, genau nach Plan. Ich will damit nicht behaupten, daß die beiden Dinge miteinander zu tun hatten.

Beinahe auf die Stunde genau zehn Tage nach dem ersten Angriff begannen sie die zweite Aktion. Der Zeitpunkt verriet uns nichts darüber, welche Gruppe dahinterstand, da sich sowohl der sogenannte Überlebensrat als auch die rivalisierenden »Stimulatoren« entsprechend geäußert hatten, während die Engel des Herrn über einen zweiten Gewaltakt nichts verlauten ließen.

Zwischen der ersten und der zweiten Terrorwelle gab es Unterschiede, Unterschiede, die mir doch einiges sagen konnten – mir und Georges, da wir natürlich über die Meldungen diskutierten, sobald sie über die Schirme kamen:

a) Keinerlei Meldungen aus dem Chicago-Imperium. Das

war an sich nichts Neues, da seit den allerersten Berichten über die Ermordung der Demokraten die Nachrichtensperre total gewesen war – gut eine Woche lang, was meine Besorgnis doch ziemlich steigerte.

b) Keine Meldungen aus der Kalifornischen Konföderation über diese zweite Gewaltwelle. Von dort waren nur Routinenachrichten zu empfangen. Einige Stunden nach den ersten Durchsagen über eine zweite Welle von Hinrichtungen in anderen Ländern kam eine beachtenswerte »Routine«-Meldung aus der Kalifornischen Konföderation. Häuptling »Kriegsschrei« Tumbril hatte auf Anraten seiner Ärzte eine dreiköpfige Regentschaft mit allen Vollmachten ausgestattet, während er sich einer schon lange aufgeschobenen ärztlichen Behandlung unterzog. Er hatte sich auf seinen Sommersitz zurückgezogen, das Adlernest, in der Nähe von Tahoe gelegen. Die weiteren Berichte über sein Befinden sollten in San José und nicht in Tahoe veröffentlicht werden.

c) Georges und ich waren uns einig über den zu vermutenden – und als ziemlich gewiß anzunehmenden – Hintergrund dieser Meldung. Die ärztliche Behandlung, die der jämmerliche Schauspieler noch brauchte, war die Einbalsamierung, und seine »Regentschaft« würde sich mit getürkten Meldungen begnügen, bis die internen Machtkämpfe über die Bühne waren.

d) Diesmal gab es keine Berichte über Zwischenfälle außerhalb der Erde.

e) Kanton und die Mandschurei meldeten keine Angriffe.

Berichtigung: Keine solchen Meldungen wurden in Vicksburg, Texas, empfangen.

f) Soweit ich es durch Abhaken einer Liste bestimmen konnte, gingen die Terroristen gegen sämtliche andere Nationen vor. Allerdings hatte meine Erfassung Lücken. Von den gut vierhundert »Nationen« in den UN bringen einige nur Meldungen hervor, wenn es dort eine totale Sonnenfinsternis gibt. Ich habe also keine Ahnung, was in Wales oder auf den Kanalinseln oder in Swasiland oder Nepal oder auf der Prince Edward-Insel passiert ist, und kann mir auch nicht vorstellen, daß das jemand (der nicht an einem dieser entlegenen Orte lebt) wirklich interessiert. Mindestens dreihundert jener sogenannten souveränen Nationen, die in der UN das Stimmrecht haben, sind reine statistische Gebilde, nur deshalb an Bord, weil sie ein Quartier und Wegzehrung erhalten wollen – sich selbst gegenüber zweifellos von Bedeutung, doch ohne jeden Belang in der Geopolitik. Doch abgesehen von den oben angegebenen Ausnahmen, schlugen die Terroristen in allen großen Ländern zu, und diese Aktionen wurden gemeldet, *außer wo strenge Zensur herrschte.*

g) Die meisten Aktionen gingen fehl. Hierin lag der auffälligste Unterschied zwischen der ersten und der zweiten Terrorwelle. Vor zehn Tagen hatten die meisten Angreifer ihre Opfer umgebracht und waren in der Regel entflohen. Dieses Bild hatte sich jetzt umgekehrt: Die meisten vorgesehenen Opfer überlebten, die meisten Täter starben. Einige waren gefangengenommen worden, wenige hatten entfliehen können.

Dieser letzte Aspekt der zweiten Terrorwelle beruhigte mich hinsichtlich eines nagenden Zweifels, der mich geplagt hatte: Mein Chef stand *nicht* hinter diesen Anschlägen.

Warum ich das sage? Weil die zweite Serie von Schreckenstaten für den Verantwortlichen im Hintergrund eine Katastrophe war.

Einsatzagenten, sogar schon ganz normale Soldaten, sind sehr teuer; ein Einsatzleiter wird sie nicht leichtfertig aufs Spiel setzen. Ein ausgebildeter Attentäter kostet mindestens zehnmal soviel wie ein einfacher Soldat: Man rechnet nicht damit, daß ein Assassine sich umbringen läßt – meine Güte, *nein*! Man geht davon aus, daß er sein Opfer umbringt und sich problemlos absetzt.

Der Unbekannte, der diese Show eingefädelt hatte, war über Nacht bankrott gegangen.

Eine absolut nicht professionell aufgezogene Aktion.

Folglich steckte nicht der Chef dahinter.

Trotzdem konnte ich mir nicht ausrechnen, wer bei diesem Trauerspiel die Fäden zog, denn ich konnte nicht ermitteln, wer einen Vorteil davon hatte. Mein erster Gedanke, daß einer der Firmenstaaten dafür zahlte, erschien mir nicht mehr so attraktiv, da ich mir nicht vorstellen konnte, daß sich einer der großen Läden (beispielsweise Interworld) bei der Anwerbung von Agenten mit zweitklassigem Material zufriedengeben würde.

Aber noch unvorstellbarer war es, sich eine der Territorialnationen als Anstifter einer solch grotesken Weltrevolution vorzustellen.

Was die verschiedenen fanatischen Gruppen anging, etwa die Engel des Herrn oder die Stimulatoren, so war die Aktion für sie einfach zu groß. Trotzdem schien ein fanatischer Zug in der Sache zu stecken – hier war nicht die Vernunft, hier waren keine pragmatischen Überlegungen am Werk.

Es ist nun mal nicht so, daß ich immer genau weiß, was rings um mich vorgeht – eine Wahrheit, die ich oft ziemlich störend finde.

Am Morgen nach der zweiten Terrorwelle herrschte in der Unterstadt von Vicksburg große Aufregung. Ich war eben in einen Saloon gegangen, um beim ersten Barkeeper nach einer Möglichkeit zu fragen, als ein Schlepper neben mir auftauchte. »Gute Nachrichten«, flüsterte mir der Jüngling zu. »Rachels Räuber nimmt Leute auf – Rachel hat mich gebeten, dir das gezielt mitzuteilen.«

»Unsinn!« antwortete ich höflich. »Rachel kennt mich nicht, und ich kenne keine Rachel.«

»Auf meine Pfadfinderehre!«

»Du warst nie Pfadfinder, und wie man das Wort Ehre schreibt, weißt du auch nicht!«

»Hör mal, Boß!« sagte er. »Ich habe heute noch nichts zu essen gehabt. Komm mit, du brauchst nichts zu unterschreiben! Ist nur über die Straße.«

Er wirkte tatsächlich ein wenig dürr, aber das mochte auch daran liegen, daß er gerade ins knochige Alter kam, in den Schuß, der die Pubertät begleitet; die Unterstadt ist kein Ort, wo man Hunger leiden muß. In diesem Augenblick aber schaltete sich der Barmann ein: »Verschwinde, Shorty! Belästige meine Kunden nicht. Oder soll ich dir den Daumen brechen?«

»Schon gut, Fred«, gab ich zurück. »Ich melde mich später bei dir.« Ich ließ einen Schein auf die Bar fallen und verlangte kein Wechselgeld. »Komm, Shorty!«

Rachels Rekrutierungsbüro war doch ein gutes Stück weiter entfernt als nur über die Straße, und unterwegs versuchten mich zwei weitere Rekrutierungsschlepper abzuwerben. Sie hatten allerdings keine Chance, da es mir im Augenblick nur darum ging, daß der arme Junge seine Provision kassierte.

Der weibliche Rekrutierungs-Sergeant erinnerte mich an die alte Kuh, die in der öffentlichen Toilette des Palasts in San José den Verkaufsstand betrieben hatte. Sie starrte mich an und sagte: »Püppchen, Lagernutten brauchen wir nicht. Aber bleib in der Nähe, dann spendier ich dir vielleicht 'nen Drink!«

»Bezahl deinen Schlepper!« sagte ich.

»Wofür?« antwortete sie. »Leonard, ich hab's dir schon mehr als einmal gesagt. ›Keine Flaschen‹ hab' ich gesagt. Und jetzt zieh los und hol mir was ran!«

Ich griff über den Tisch und packte ihr linkes Handgelenk. Übergangslos erschien ein Messer in ihrer rechten Hand. Ich organisierte die Szene um, nahm ihr das Messer ab und steckte es vor ihr in die Tischplatte. Gleichzeitig änderte ich meinen Griff um ihre linke Hand, der ihr jetzt ziemlich unangenehm sein mußte. »Kannst du ihn auch mit einer Hand auszahlen?« fragte ich. »Oder soll ich dir den Finger brechen?«

»Langsam, langsam!« antwortete sie, ohne sich zu wehren. »Hier, Leonard!« Sie griff in eine Schublade und gab ihm einen Texas-Zweier. Er griff danach und verschwand.

Ich lockerte den Griff um ihren Finger. »Mehr zahlst du nicht? Wo heute alle möglichen Rekrutierer unterwegs sind?«

»Seine richtige Provision bekommt er, wenn du unterschrieben hast«, antwortete sie. »Ich kriege mein Moos auch erst, wenn ich die warmblütige Ware liefere. Und kriege eins aufs Dach, wenn sie den Anforderungen nicht genügt. Hättest du was dagegen, endlich meinen Finger loszulassen? Ich brauch' ihn, um deine Papiere auszustellen.«

Ich ließ den Finger los; urplötzlich befand sich das Messer wieder in ihrer Hand und zuckte auf mich zu. Diesmal zerbrach ich die Klinge, ehe ich ihr die Waffe zurückgab. »Tu das bitte nicht nochmal!« sagte ich. »Bitte. Außerdem solltest du auf besseren Stahl Wert legen. Das war keine Solinger Klinge.«

»Ich ziehe den Preis für das Messer von deinem Beuteanteil ab, meine Liebe«, antwortete sie ungerührt. »Seit du durch die Tür gekommen bist, hast du im Ziel eines Strahls gestanden. Soll ich ihn auslösen? Oder hören wir mit dem Herumplänkeln auf?«

Ich glaubte ihr nicht, aber der Vorschlag paßte mir ins Konzept. »Keine weiteren Plänkeleien, Sergeant. Wie sieht die Sache aus. Dein Läufer hat von interessanten Plänen gesprochen.«

»Kaffee und Kuchen und Tarif der Gilde. Gilde-Handgeld. Neunzig Tage, mit Option seitens des Auftraggebers, um weitere neunzig Tage zu verlängern. Beuteüberschuß wird fünfzig: fünfzig zwischen Mannschaft und Auftraggeber geteilt.«

»Die Rekrutierer in der Stadt bieten aber Gilde plus fünfzig.«

(Ein Schuß ins Dunkle; die Stimmung schien mir aber danach zu sein. Es lag eine gewisse Spannung in der Luft.)

Sie zuckte die Achseln. »Wenn das stimmt, halten wir natürlich mit. Welche Waffen kennst du? Wir nehmen keine Anfänger. Diesmal nicht.«

»Ich mache dir in jeder Waffe was vor, von der du Ahnung zu haben glaubst. Wo soll's denn passieren? Wer kommt zuerst ran?«

»Mmm, du bist aber forsch! Willst du dich als Waffeninstruktor anheuern lassen? Nehme ich dir nicht ab.«

»Ich habe gefragt: ›Wo soll's passieren?‹ Fahren wir flußaufwärts?«

»Du hast noch nicht mal unterschrieben und willst schon geheime Informationen haben!«

»Für die ich zu zahlen bereit bin.« Ich zog fünfzig Lone-Stars in Zehnern aus der Tasche und legte sie vor ihr auf den Tisch. »Wohin geht es, Sergeant? Ich kaufe dir auch ein gutes Messer als Ersatz für den billigen Stahl, den ich knacken mußte.«

»Du bist eine KP.«

»Reden wir nicht um den heißen Brei herum. Ich will ganz einfach wissen, ob wir flußaufwärts fahren oder nicht. Sagen wir, bis hinauf nach Saint Louis.«

»Willst du dich als Zweiter Ausbilder eintragen lassen?«

»Was? Himmel, nein! Als Stabsoffizier!« Das hätte ich nicht sagen dürfen – zumindest nicht so bald. In der Mannschaft, die von unserem Chef betreut wird, ist die Rangordnung nur vage ausgeprägt, aber ich war immerhin ein hochstehender Offizier in der Weise, daß ich direkt dem Chef unterstand und niemandem sonst – er allein nahm meine Berichte entgegen und gab mir Befehle. Dies wurde durch die Tatsache unterstrichen, daß ich für jeden außer dem Chef *Miß* Freitag war – soweit ich mich nicht mit einzelnen auf die vertraulichere Anrede eingelassen hatte. Sogar Dr. Krasny hatte auf den förmlichen Abstand geachtet, bis ich ihn aufforderte, mich beim Vornamen zu nennen. Bisher hatte ich mir aber keine konkreten Gedanken über meinen tatsächlichen Rang gemacht. Zwar hatte ich außer dem Chef niemanden über mir gehabt, doch hatte es für mich auch keine Untergebenen gegeben. Auf einer regulären Übersichtstafel (für die Kompanie meines Chefs hatte ich so eine Darstellung nie zu Gesicht bekommen) wäre ich wohl einer der kleinen Kästen gewesen, die horizontal vom Mittelstrich zum Befehlshaber führen – das heißt, eine Art Oberstabsspezialist, wenn Ihnen solche bürokratischen Begriffe liegen.

»Das ist ja wirklich toll! Wenn du das untermauern willst, mußt du das vor Colonel Rachel tun, nicht vor mir. Ich erwarte sie gegen dreizehn.« Beinahe geistesabwesend hob sie die Hand, um das Geld an sich zu nehmen.

Ich schnappte ihr die Geldscheine weg, klopfte sie auf dem Tisch gerade und legte sie wieder hin, diesmal aber ein wenig näher vor mir. »Plaudern wir ein bißchen, ehe sie kommt. Jeder Verein in der Stadt wirbt heute Rekruten an; da muß es schon gute Gründe geben, lieber bei der einen Kompanie einzusteigen, anstatt bei der anderen. Findet der vorgesehene Einsatz flußaufwärts statt oder nicht? Und wie weit ist die Fahrt? Geht es gegen echte Profis? Oder Ahnungslose? Oder Dorftrottel? Ein Entscheidungsangriff? Oder zuschlagen und wieder ausbüchsen? Oder beides? Plaudern wir ein bißchen, Sergeant.«

Sie antwortete nicht, sie bewegte sich nicht. Ihr Blick ruhte unverwandt auf dem Geld.

Gleich darauf legte ich weitere zehn Lone-Stars säuberlich auf die fünfzig und wartete.

Ihre Nasenflügel bebten, doch sie griff nicht nach dem Geld. Nach einigen Sekunden stapelte ich einen weiteren Texas-Zehner.

Heiser sagte sie: »Laß das Zeug verschwinden oder gib es mir! Es könnte jemand kommen.«

Ich nahm das Geld und reichte es ihr. »Danke, Miß«, sagte sie und ließ es verschwinden. »Ich glaube, wir fahren mindestens bis Saint Louis flußaufwärts.«

»Gegen wen kämpfen wir?«

»Also ... wenn du das weitererzählst, werde ich es nicht nur abstreiten, sondern dir zusätzlich das Herz aus dem Leib reißen und an die Fische verfüttern. Vielleicht kommt es gar nicht zum Kampf. Anzunehmen ist es, aber es ist keine vorprogrammierte Schlacht. Wir alle werden Leibwächter für den neuen Vorsitzenden sein – den neuesten, sollte ich sagen. Er ist noch gar nicht so recht aus der Taufe gehoben worden.«

(Volltreffer!) »Interessant. Warum heuern auch die anderen Mannschaften neue Leute an? Wirbt der neue Vorsitzende denn *alle* an? Nur als Palastwache?«

»Miß, ich wünschte, ich wüßte es. Ehrlich, das wüßte ich selbst gern.«

»Vielleicht sollte ich das herauszufinden versuchen. Wieviel Zeit habe ich? Wann legen wir ab?« Hastig fügte ich hinzu: »Oder fahren wir vielleicht gar nicht mit dem Schiff? Vielleicht hat Colonel Rachel AAF in die Finger bekommen?«

»Ah ... verdammt, wieviel geheime Informationen erwartest du für lausige siebzig Stars?«

Ich überlegte. Es machte mir nichts aus, Geld auszugeben, aber ich mußte sicher sein, daß ich ordentliche Ware dafür bekam. Wenn Truppenbewegungen solchen Umfangs im Gange waren, würden die Schmuggler nicht flußaufwärts fahren, zumindest nicht diese Woche. Ich mußte also den verfügbaren Verkehr ausnutzen.

Aber nicht als Offizier! Ich hatte den Mund zu weit aufgerissen. Ich blätterte zwei weitere Zehner heraus und wedelte damit vor ihrer Nase herum. »Sergeant, fährst du auch mit flußaufwärts?«

Sie beäugte die Geldscheine. Ich ließ einen vor ihr auf den Tisch fallen, wo er sofort verschwand. »Ich würde so etwas auf keinen Fall versäumen wollen, Schätzchen. Sobald ich dieses Büro geschlossen habe, bin ich Kompanie-Sergeant.«

Ich ließ den anderen Schein fallen; er gesellte sich zu den übrigen. »Sergeant«, sagte ich, »wenn ich warte und mit deinem Colonel spreche, und wenn sie mich dann anheuert, dann bestimmt als persönlicher Adjutant oder für Logistik und Versorgung oder ähnliche langweilige Sachen. Ich brauche das Geld nicht und kann ohne die Sorgen leben, die mir so ein Job verschafft; ich möchte vielmehr Urlaub machen. Kannst du einen ausgebildeten einfachen Kämpfer gebrauchen? Den du zum Korporal oder zweiten Sergeant machen könntest, sobald du deine Rekruten sortiert hast und weißt, welche Posten noch zu besetzen sind?«

Sie musterte mich säuerlich. »Das hat mir gerade noch gefehlt. Eine Millionärin in meiner Kompanie.«

Ich empfand mit ihr; kein Sergeant wünscht sich einen gutbetuchten Offizier in seiner/ihrer Abteilung. »Ich habe nicht die Absicht, den Millionär zu spielen; ich möchte einfach zur Truppe gehören. Wenn du mir nicht traust, kannst du mich ja in irgendeinen anderen Zug stecken.«

Sie seufzte. »Ich sollte mich auf meinen Geisteszustand untersuchen lassen. Nein, ich bringe dich unter, wo ich dich im Auge behalten kann.« Sie griff in eine Schublade und nahm ein

Formular mit der Überschrift BEGRENZTE VERPFLICHTUNG heraus. »Lies das durch, dann unterschreib! Dann nehme ich dir den Eid ab. Irgendwelche Fragen?«

Ich sah mir den Vordruck an. Das meiste waren Routinesachen über die Kompaniekasse und Haschgeld und ärztliche Versorgung und Gilde-Tarife und Handgeld – dazwischen aber fand sich eine Regelung, die die Zahlung des Handgeldes auf den zehnten Tag nach der Rekrutierung festlegte. Verständlich. Ich sah darin die Garantie, daß man wirklich in den Einsatz wollte, und zwar sofort und flußaufwärts. Was jedem Söldner-Zahlmeister schlaflose Nächte bereitet, ist die Möglichkeit, daß seine Schäfchen mit dem Handgeld abhauen könnten. Heute waren sämtliche Schlepper unterwegs, und da hätte ein erfahrener Soldat sich schon fünf- oder sechsmal anwerben lassen und jedesmal Handgeld kassieren können, um sich dann in einen Bananenstaat abzusetzen – es sei denn, die vertraglichen Bedingungen hätten das unterbunden.

Die Verpflichtung lautete auf Colonel Rachel Danvers persönlich, beziehungsweise auf ihren rechtlichen Nachfolger, sollte sie fallen oder zum Kommandieren nicht mehr in der Lage sein. Der Unterzeichner war verpflichtet, ihre Befehle auszuführen, wie auch jene der Offiziere und Unteroffiziere, die sie mir als Vorgesetzte zuwies. Ich erklärte mich einverstanden, treu zu kämpfen und keine Gnade zu erbitten, wie es im internationalen Gesetz und in den Kriegsbräuchen üblich war.

Das Ganze war so vage formuliert, daß man schon eine ganze Horde von Anwälten aus Philadelphia hätte anrücken lassen müssen, um die Grauzonen zu definieren – was überhaupt keine Bedeutung hatte, da im entscheidenden Augenblick sämtliche Meinungsunterschiede dem Unterzeichner eine Kugel in den Rücken einbrachten.

Die Gültigkeitsdauer war, wie der Sergeant schon geäußert hatte, neunzig Tage, wobei der Colonel die Möglichkeit hatte, mit Zahlung eines zweiten Handgeldes die Frist um weitere neunzig Tage zu verlängern. Weitere Verlängerungen waren im Vertrag nicht vorgesehen, was mich doch etwas stutzig machte. Was für eine Art Leibwächterkontrakt mochte das sein, der nur sechs Monate gültig war und dann einfach aufgehoben sein sollte?

Entweder log mir der Rekrutierungs-Sergeant etwas vor, oder jemand anders hatte sie belogen, und sie war nicht schlau genug, die Unlogik zu erkennen. Egal, es hatte keinen Sinn, sie danach zu fragen. Ich griff nach einem Stift. »Komme ich gleich zum Sanitätsoffizier?«

»Machst du Witze?«

»Was sonst?« Ich unterschrieb und sagte dann: »Ich schwöre«, nachdem sie mir voller Eile einen Eid heruntergerasselt hatte, der mehr oder weniger dem Vertragstext entsprach.

Sie betrachtete meine Unterschrift. »Jones – was bedeutet das ›F‹?«

»Freitag.«

»Ein blöder Name. Im Dienst bist du Jones. Außer Dienst nenne ich dich Jonie.«

»Wie du willst, Sergeant. Bin ich jetzt im Dienst oder dienstfrei?«

»Du bist gleich dienstfrei. Hier deine Befehle! Sammelpunkt am Ende der Shrimp Alley! Dort steht ein Schild ›Woo Fang and Levy Brothers Inc.‹. Finde dich dort vierzehn Uhr ein, abmarschbereit! Nimm die Hintertür! Bis zu diesem Zeitpunkt hast du frei und kannst deine Privatangelegenheiten regeln. Du kannst jedem von dieser Anwerbung erzählen, aber unter Hinweis auf die Disziplinarvorschriften muß ich dich auffordern, Dritten gegenüber keine Mutmaßungen über die Art des Einsatzes zu äußern, den wir planen.« Diesen letzten Satz spulte sie so schnell herunter, als wäre er eine Aufzeichnung. »Brauchst du Geld für das Mittagessen? Nein, das nehme ich nicht an. Das wäre alles, Jonie. Freut mich, dich in meiner Truppe zu haben. Wir werden eine gute Expedition aufziehen.« Sie winkte mich heran.

Ich kam der Aufforderung nach; sie legte mir einen Arm um die Hüfte und lächelte zu mir empor. Innerlich zuckte ich die Achseln und sagte mir, daß dies nicht der rechte Augenblick sei, den Kompanie-Sergeant gegen mich aufzubringen. Ich erwiderte das Lächeln, beugte mich hinab und küßte sie. Gar nicht mal übel. Sie roch wenigstens nicht aus dem Mund.

18. Kapitel

Der Ausflugsdampfer *Skip To M'Lou* war ein echter Mark-Twainer, ein besseres Schiff, als ich erwartet hatte – drei Passagierdecks, vier Shipstone-Meiler, für jede Doppelschraube zwei. Allerdings war der Kahn bis obenhin beladen, so daß ich schon fürchtete, er könne beim geringsten Windhauch kentern. Wir bildeten nicht den einzigen Truppentransport: Einige Längen vor uns durchpflügte die *Myrtle T. Hanshaw* mit schätzungsweise zwanzig Knoten den Fluß. Ich dachte an treibende Baumstämme und andere Hindernisse und hoffte, daß die Radar/Sonar-Anlage drüben dieser Aufgabe gewachsen war.

Die Alamo-Helden fuhren mit der *Myrtle*, ebenso Colonel Rachel, die über beide Kampftruppen das Kommando führte – und mehr brauchte ich gar nicht zu wissen, um meinen Verdacht neu zu entfachen. Eine riesige Brigade ist nun mal keine Palastgarde. Colonel Rachel rechnete mit konkreten Kämpfen – möglicherweise mußten wir unter Feuer an Land gehen.

Noch hatte man keine Waffen ausgegeben, außerdem trugen die Rekruten noch Zivil. Dies deutete darauf hin, daß unser Colonel nicht sofort mit Aktionen rechnete. Außerdem bestätigte sich damit Sergeant Gumms Voraussage, daß wir mindestens bis Saint Louis flußaufwärts fahren würden – und natürlich waren ihre übrigen Äußerungen, daß wir die Leibwache des neuen Vorsitzenden werden sollten, ein Hinweis darauf, daß wir womöglich ganz bis zur Hauptstadt hinauffahren würden ...

Wenn der neue Vorsitzende wirklich am Regierungssitz weilte. *Wenn* Mary Gumm wußte, wovon sie redete. *Wenn* nicht jemand den Fluß umdrehte, sobald ich mal nicht hinschaute. Freitag, da liegen zu viele Unwägbarkeiten in der Luft, während es an konkreten Tatsachen mangelt! Im Grunde wußte ich nur, daß das Schiff etwa jetzt die Grenze zum Imperium überquerte – aber genau wußte ich nicht, auf welcher Seite der Grenze wir waren oder wie ich den Unterschied feststellen sollte.

Es war mir auch nicht sonderlich wichtig, da ich mich irgendwann in den nächsten Tagen, sobald wir dem Hauptquartier meines Chefs nahe gekommen waren, ohne Umstände von Rachels Räubern absetzen wollte – wenn es ging, vor dem Einsatz. Ich hatte inzwischen Gelegenheit gehabt, mir eine Meinung über die Truppe zu bilden und war zu der Ansicht gekommen, daß man sie in weniger als sechs Wochen energischer Feldübungen kampftauglich machen konnte – aber da mußten dann schon wirklich harte und rücksichtslose Ausbilder am Werke sein. Zu viele Rekruten, nicht genug kampferfahrene Einheiten.

Angeblich waren die Rekruten ausnahmslos Veteranen – aber ich war überzeugt, daß es sich bei vielen um entlaufene Bauerntöchter handelte, die teils erst etwa fünfzehn Jahre alt waren. Groß für ihr Alter, das mag sein, außerdem wurde oft nach der Maxima gehandelt: »Wenn Sie groß genug sind, sind sie auch alt genug«, aber wenn man seine sechzig Kilo beisammen hat, ist man noch lange kein Soldat.

Solche Truppen in den Einsatz zu führen, war Selbstmord. Allerdings machte ich mir keine Gedanken darüber. Ich hatte eine reichliche Bohnenmahlzeit genossen und saß auf dem Achterdeck, den Rücken gegen eine Taurolle gelehnt. Ich genoß den Sonnenuntergang und verdaute mein erstes Essen als Soldat (wenn das das richtige Wort ist), während ich mich zufrieden mit der Tatsache beschäftigte, daß die *Skip To M'Lou* etwa jetzt das Chicago-Imperium erreichte oder die Grenze bereits überschritten hatte.

Jemand sagte hinter mir: »Na, Soldat, versteckst du dich?«

Ich erkannte die Stimme und drehte den Kopf. »Also, Sergeant, wie kannst du nur so etwas fragen?«

»Kein Problem. Ich habe mich nur eben gefragt: ›Wohin würde ich gehen, um mich zu verdrücken?‹ – und schon hatte ich dich! Vergiß es, Jonie! Hast du dir deine Koje schon ausgesucht?«

Ich hatte es bisher nicht getan, weil es dazu viele Möglichkeiten gab, die alle gleichermaßen unangenehm waren. Die meisten Soldaten waren in Kabinen untergebracht – in jeder Doppelkabine vier, in jeder Einzelkabine drei. Unsere Einheit jedoch sollte mit einer weiteren im Speisesaal schlafen. Ich hatte keinen Vorteil darin gesehen, nahe dem Kapitänstisch zu liegen, und mich daher am Sturm auf die Quartiere nicht beteiligt.

Sergeant Gumm nickte, als ich ihr geantwortet hatte. »Okay. Wenn du dir deine Decke abholst, baust du dir damit keinen

Platz zum Schlafen; sie wird dir bestimmt gestohlen. Backbordseite achtern, vor der Kombüse liegt die Kabine des für den Speisesaal zuständigen Stewards – das ist mein Quartier. Es ist eine Einzelkabine, allerdings mit breiter Liege. Bring deine Decke dorthin! Bei mir hast du's verdammt viel bequemer als auf dem harten Deck.«

»Das ist sehr nett von dir, Sergeant!« (Wie rede ich mich da nur heraus? Oder muß ich mich dem Unvermeidlichen fügen?)

»Nenn mich ›Mary‹, wenn wir allein sind. Wie war doch gleich dein Vorname?«

»Freitag.«

»›Freitag‹. Das ist irgendwie süß, wenn man's genau bedenkt. Na schön, Freitag, dann seh ich dich später.« Wir sahen zu, wie der letzte rötliche Streifen Sonne hinter dem Land achtern von uns verschwand, denn die *Skip* fuhr nun in einer der endlosen Flußkurven in östlicher Richtung. »Sieht aus, als müßte sie zischen und Dampf aufsteigen lassen.«

»Sergeant, du hast die Seele einer Dichterin.«

»Ich habe mir oft vorgestellt, daß ich es eigentlich können müßte. Gedichte schreiben, meine ich. Du weißt Bescheid? Wegen der Verdunkelung, meine ich?«

»Draußen keine Lichter, keine Zigaretten. Drinnen Beleuchtung nur bei totaler Verdunkelung. Zuwiderhandelnde werden bei Sonnenaufgang erschossen. Ist für mich nicht weiter wichtig. Ich rauche nicht.«

»Berichtigung. Zuwiderhandelnde werden nicht erschossen; sie werden sich nur leidenschaftlich wünschen, sie wären an die Wand gestellt worden. Du rauchst überhaupt nicht, meine Liebe? Nicht mal ein nettes Stängchen mit einer Freundin?«

(Gib schon auf, Freitag!) »Das ist ja kein Rauchen; das ist Freundschaft.«

»So sehe ich das auch. Ich habe natürlich nicht den ganzen Kopf voller Sägespäne. Aber ab und zu ein hübscher Trip in netter Begleitung, wenn beide in der Stimmung dazu sind – das ist doch sehr nett. Und du bist auch sehr nett.« Sie ließ sich neben mir auf das Deck sinken und legte mir einen Arm um die Schulter.

»Sergeant! Ich meine ›Mary‹. Bitte nicht! Es ist noch nicht ganz dunkel. Man könnte uns sehen.«

»Wen stört das?«

»Mich. Ich bin dann gehemmt. Es wird mir die Stimmung verdorben.«

»In dieser Truppe wirst du das schnell ablegen. Bist du Jungfrau, meine Liebe? Ich meine, mit Mädchen?«

»Äh ... bitte frag mich nicht aus, Mary! Und laß mich los! Es tut mir leid, aber das macht mich nervös. Hier, meine ich. Es könnte ja jederzeit jemand um die Ecke des Deckshauses kommen.«

Sie betatschte mich und begann aufzustehen. »Ist irgendwie süß, daß du so schüchtern bist. Na schön, ich habe in der Kabine guten Omaha Black, den ich für eine besondere Gelegenheit aufgespart ...«

Grelles Licht erhellte den Himmel, dichtauf gefolgt von einem ohrenbetäubenden Krachen. Wo sich eben noch die *Myrtle* befunden hatte, war der Himmel von Trümmern erfüllt.

»Jesus *Christus!*«

»Mary, kannst du schwimmen?«

»Was? Nein.«

»Spring hinter mir ins Wasser, ich stütze dich!« Im gleichen Augenblick sprang ich über die Backbordreling, wobei ich mich abstieß, so fest ich konnte. Dann machte ich ein Dutzend energische Schwimmzüge, um Abstand zu gewinnen, und drehte mich auf den Rücken. Mary Gumms Kopf zeichnete sich als Umriß vor dem Himmel ab.

Doch mehr nahm ich von ihr nicht wahr, denn im nächsten Augenblick flog auch die *Skip To M'Lou* in die Luft.

An jenem Abschnitt des Mississippi erstrecken sich am Ostufer hohe Klippen. Das Westufer des Flusses ist höhergelegenes Land, nicht so klar auszumachen, zehn oder fünfzehn Kilometer entfernt. Zwischen diesen beiden Seiten ist die Position des Flusses Ansichtssache – manchmal auch ein Thema rechtlicher Auseinandersetzungen, weil der Fluß ab und zu seinen Lauf ändert und Besitzrechte beeinträchtigt.

Der Fluß verläuft in allen Richtungen und kann genausogut nach Süden wie nach Norden fließen – nun ja, vielleicht nach Norden nicht so häufig wie nach Süden. Bei Sonnenuntergang war die Strömung in den Westen gerichtet gewesen; die gegen den Strom stampfende *Skip* hatte den Sonnenuntergang achtern gehabt. Aber während die Sonne unterging, hatte sich der Flußlauf nach Norden gewandt und das Boot entsprechend nach links herumgeführt; mir war aufgefallen, daß der orangerote Sonnenuntergang langsam auf die Backbordseite schwang.

Deshalb sprang ich nach Backbord. Als ich das Wasser erreicht hatte, ging es mir in erster Linie darum, vom Schiff wegzukommen; erst als zweites wollte ich feststellen, ob Mary mir gefolgt war. Im Grunde rechnete ich nicht damit, weil die meisten Menschen, die richtigen Menschen (meiner Erfahrung nach!) nicht so schnell eine Entscheidung treffen können.

Ich sah sie noch an Bord stehen; sie starrte zu mir herab. Dann ereignete sich die zweite Explosion, und es war zu spät. Ich spürte einen Anflug von Bedauern – auf ihre freche, leicht unehrliche Art war Mary ein feiner Kerl gewesen –, dann tilgte ich sie aus meinen Gedanken; ich hatte andere Probleme.

Mein erstes Problem betraf meinen Wunsch, nicht von Trümmern getroffen zu werden; ich tauchte und blieb unten. Ich kann beinahe zehn Minuten lang den Atem anhalten und mich dabei trotzdem bewegen, auch wenn mir das Gefühl nicht gefällt. Diesmal hielt ich durch, bis es beinahe nicht mehr ging, dann kam ich wieder an die Oberfläche.

Es hatte genügt. Es war dunkel, aber ich schien die Zone der Schiffstrümmer verlassen zu haben.

Möglich, daß es im Wasser Überlebende gab, doch ich hörte keine und spürte auch nicht den Drang, nach Überlebenden zu suchen (die einzige Ausnahme wäre Mary gewesen, aber es war unmöglich, sie zu finden), da ich nicht entsprechend ausgerüstet war und kaum mich selbst retten konnte.

Ich blickte mich um, entdeckte die Überreste des Sonnenuntergangs und schwamm darauf zu. Nach einer Weile verlor ich diesen Anhaltspunkt, drehte mich auf den Rücken und suchte den Himmel ab. Wolkenfetzen und kein Mond ... Ich machte Arkturus aus, dann beide Bären und den Polarstern, und damit wußte ich, wo Norden war. Daraufhin berichtigte ich meinen Kurs genau auf Westen. Ich blieb dabei auf dem Rücken, denn wenn man es nicht übertreibt, kann man in dieser Stellung ewig aushalten. Kein Problem mit dem Atmen, und wenn die Kräfte ein wenig knapp werden, braucht man nur stillzuhalten und ein bißchen die Finger zu bewegen, bis man wieder ausgeruht ist. Ich hatte es nicht eilig; ich wollte lediglich das Imperium auf der Arkansas-Seite erreichen.

Dabei wollte ich allerdings nicht nach Texas zurückgetrieben werden – das war das Allerwichtigste.

Problem: Die richtige Navigation auf einem mehrere Kilometer breiten Fluß, bei Nacht und ohne Karte, mit dem Ziel, das unsichtbare Westufer zu erreichen – *ohne* dabei nach Süden getrieben zu werden.

Unmöglich? So wie der Mississippi sich windet, wie eine Schlange mit gebrochenem Rückgrat? Das Wort »unmöglich« gibt es im Zusammenhang mit dem Mississippi allerdings nicht. Es gibt da eine Stelle, wo man drei kurze Überland-Abkürzungen machen kann, die insgesamt weniger als neunzig Meter lang sind, wo man ferner den Fluß in zwei Biegungen hinabschwimmen kann, die insgesamt etwa dreißig Kilometer ausmachen – *nur um gut hundert Kilometer flußaufwärts zu landen.*

Ich hatte keine Karte und sah mein Ziel nicht – ich wußte nur, daß ich nach Westen mußte und dabei nicht nach Süden durfte. Und genau das tat ich. Ich blieb auf dem Rücken liegen und schaute immer wieder zu den Sternen empor, um den Westkurs zu halten. Dabei konnte ich nicht ermitteln, um wieviel ich dabei durch die Strömung nach Süden getrieben wurde, bis auf die Gewißheit, daß, sollte der Fluß nach Süden abbiegen, mein Westkurs mich am Arkansas-Ufer anlanden lassen mußte.

Und so passierte es auch. Eine Stunde später – zwei Stunden später? – viel Wasser später! –, als Wega längst im Osten aufgestiegen war, vom Meridian allerdings noch weit entfernt, erkannte ich, daß links von mir das Ufer aufragte. Ich orientierte mich, berichtigte meinen Kurs genau auf Westen und schwamm weiter. Gleich darauf stieß ich mit dem Kopf gegen ein Hindernis im Wasser, griff über den Kopf, packte zu und zerrte mich hoch. Dann arbeitete ich mich von einem Hindernis zum nächsten ans Ufer vor.

Die Uferböschung zu erklettern war kein Problem, da der Höhenunterschied an dieser Stelle nur etwa einen halben Meter betrug. Die einzige Gefahr war die Weichheit des Bodens, aber ich fand Halt, blieb stehen und sah mich um.

Tintenschwarz war es ringsum; die Sterne lieferten das einzige Licht. Die glatte Schwärze des Wassers war von der Pechschwärze des Bewuchses hinter mir nur durch die schwache Spiegelung des Sternenlichts zu unterscheiden. Die Richtung? Der Polarstern stand inzwischen hinter Wolken, der Große Bär aber verriet mir, wo er stehen mußte, und hierfür fand ich die Bestätigung durch Antares im Südosten.

Diese Orientierung nach dem Sternenhimmel verriet mir,

daß der Westkurs direkt durch die dicken schwarzen Büsche führte.

Die einzige Alternative hätte darin bestanden, ins Wasser zurückzukehren und mich an den Fluß zu halten – was zur Folge gehabt hätte, daß ich irgendwann morgen wieder in Vicksburg gelandet wäre.

Nein, danke. Ich marschierte ins Gebüsch.

Die nächsten Stunden will ich schnell überspringen. Es mag nicht die längste Nacht meines Lebens gewesen sein, auf jeden Fall aber war es die langweiligste. Bestimmt gibt es auf der Erde dichteren und gefährlicheren Wildwuchs als das Gewirr im Flußtal des unteren Mississippi. Aber ich möchte nicht hindurchwandern müssen, besonders nicht ohne Machete (oder auch nur einem Pfadfindermesser!).

Die meiste Zeit kosteten mich die Umwege – wie komme ich um den Brocken herum? – Nein, doch nicht auf der *Süd*seite! Wie komme ich nach Norden? Der Weg, den ich zurücklegte, war so gewunden wie das Flußbett, und mein Vorankommen belief sich auf etwa einen Kilometer in der Stunde – vielleicht übertreibe ich aber auch; vielleicht war es weniger. Einen großen Teil der Zeit brauchte ich zum Reorientieren, und das war alle paar Dutzend Meter fällig.

Fliegen, Moskitos, Mücken, Krabbeltiere, die ich gar nicht erst zu Gesicht bekam, zweimal durch Schlangen unter meinen Füßen, vielleicht Wasser-Mokassins, die anzuschauen ich mir aber nicht die Zeit nahm, und immer wieder aufgescheuchte Vögel, die mit einem Dutzend verschiedener Stimmen schrien und die mir zur gegenseitigen Bestürzung oft beinahe ins Gesicht flatterten ... Wenn ich den Fuß niedersetzte, dann normalerweise auf weichem Lehm und meistens gegen ein Hindernis, das knöchelhoch war oder sogar bis zum Knie reichte.

Dreimal (viermal?) gelangte ich an offenes Gewässer. Jedesmal behielt ich meinen Westkurs bei und begann zu schwimmen, sobald das Wasser tief genug war. Meistens stehende Nebengewässer, doch einmal glaubte ich auch eine Strömung wahrzunehmen – vielleicht war ich in einen unbedeutenden Nebenlauf des Mississippi geraten. Auf einer solchen Schwimmstrecke glitt etwas Großes an mir vorbei. Ein riesiger Katzenwels? Heißt es von denen nicht, daß sie auf dem Grund bleiben? Ein Alligator? Die soll es hier doch gar nicht geben! Vielleicht war es das Ungeheuer von Loch Ness auf Tournee;

ich bekam das Geschöpf nicht zu sehen, sondern spürte es nur – und schoß vor Schreck förmlich aus dem Wasser.

Etwa achthundert Jahre nach der Versenkung der *Skip* und der *Myrtle* setzte die Dämmerung ein.

Ungefähr einen Kilometer westlich von mir erhob sich das Hochland der Arkansas-Seite. Ich triumphierte.

Außerdem war ich hungrig, erschöpft, verdreckt, von Insekten zerfressen, unansehnlich und beinahe unerträglich durstig.

Fünf Stunden später war ich Reisegefährte eines gewissen Mr. Asa Hunter in seinem Studebaker-Bauernwagen, der von einem hübschen Muligespann gezogen wurde. Wir näherten uns einer kleinen Stadt, die Eudora hieß. Noch immer hatte ich nicht geschlafen, doch einige andere Bedürfnisse waren befriedigt – ich hatte essen und trinken und mich waschen können. Mrs. Hunter bemutterte mich, lieh mir einen Kamm und setzte mir ein gutes Frühstück vor: gebratene Eier, dicker, fetter Speck, Maisbrot, Butter, Hirse, Milch, frisch aufgekochter Kaffee, der mit einer Eierschale beruhigt wurde – und will man Mrs. Hunters Kochkünste wirklich voll ausschöpfen, so empfehle ich eine ganze Nacht, wie ich sie hinter mir hatte: zahlreiche Schwimmstrecken, dazwischen anstrengende Wege durch das sumpfige, unwegsame Flußbett des Old Man River. Ambrosia!

Während des Essens trug ich ein Kleid der Frau, die darauf bestand, meinen mitgenommenen Einteiler auszuwaschen. Als ich zum Aufbruch bereit war, konnte ich das gute Stück wieder anziehen und machte mich darin sogar einigermaßen.

Ich bot den Hunters keine Bezahlung an. Es gibt Menschen, die sehr wenig besitzen, aber über einen besonderen Reichtum an Würde und Selbstachtung verfügen. Ihre Gastfreundschaft steht nicht zum Verkauf, ebensowenig ihre Güte. Allmählich erkenne ich diesen Charakterzug, soweit er in einem Menschen vorhanden ist. Bei den Hunters war er nicht zu übersehen.

Wir überquerten die Macon-Bayou, und später mündete der Weg auf eine etwas breitere Straße. Mr. Hunter ließ seine Mulis anhalten, stieg ab und kam auf meine Seite herüber. »Miß, ich würde Sie bitten, jetzt herunterzukommen.«

Ich ergriff seine Hand und ließ mir beim Absteigen helfen. »Stimmt etwas nicht, Mr. Hunter? Habe ich Sie gekränkt?«

Langsam antwortete er: »Nein, Miß. Ganz und gar nicht.« Er

zögerte. »Sie haben uns erzählt, ihr Fischerboot sei an einem Hindernis leck geworden.«

»Ja?«

»Ja, solche Hindernisse sind eine elende Gefahr.« Er stockte. »Gestern abend gegen Sonnenuntergang ist am Fluß was gewesen. Zwei Explosionen, ungefähr an der Kentucky-Biegung. Große Explosionen. Von unserem Haus zu sehen und zu hören.«

Wieder geriet er ins Stocken. Ich sagte nichts. Meine Erklärung für mein Hiersein und meinen (unmöglichen) Zustand stand ohnehin auf wackeligen Beinen. Aber was hätte ich noch sagen können, außer daß ich aus einer fliegenden Untertasse gestiegen wäre?

»Die Frau und ich haben noch nie Ärger gehabt mit der Imperial-Polizei«, fuhr Mr. Hunter fort. »Und dabei soll es auch bleiben. Wenn Sie also nichts dagegen hätten, dieser Straße ein Stück nach links zu folgen, kommen Sie nach Eudora. Und ich wende und fahre wieder nach Hause. Okay?«

»Ich verstehe. Mr. Hunter, ich wünschte, es gäbe eine Möglichkeit, Ihnen und Mrs. Hunter Ihre Freundlichkeit zu ver ...«

»Das können Sie.«

»Ja?« (Würde er mich um Geld bitten? – *Nein!*)

»Eines Tages werden Sie mal jemandem begegnen, der Hilfe braucht. Dann helfen Sie ihm und denken an uns.«

»Oh! Ja, das tue ich! Ganz bestimmt!«

»Aber schreiben Sie uns nicht darüber. Leute, die Briefe kriegen, fallen auf. Wir wollen nicht auffallen.«

»Ich verstehe. Ich werde mich aber danach richten und an Sie denken, nicht nur einmal, sondern öfter.«

»Das ist das beste. Brotkrumen, die man ins Wasser wirft, kommen immer zu einem zurück, Miß. Von Mrs. Hunter soll ich Ihnen ausrichten, daß sie für Sie beten wird.«

Die Tränen schossen mir so schnell in die Augen, daß ich nichts mehr sehen konnte. »Oh! Bitte sagen Sie ihr, daß ich in meinen Gebeten an sie denken werde. An Sie beide.« (In meinem ganzen Leben hatte ich noch nicht gebetet. Für die Hunters aber würde ich es tun.)

»Vielen Dank. Ich sag's ihr, Miß. Dürfte ich Ihnen einen Rat geben? Daß Sie mir das aber nicht falsch verstehen.«

»Ich *brauche* einen Rat.«

»Sie wollen doch nicht etwa in Eudora Station machen?«

»Nein. Ich muß in den Norden.«

»Das hatten Sie ja schon gesagt. Eudora ist nichts anderes als eine Polizeiwache und ein paar Läden. Lake Village ist weiter weg von hier, hat aber eine Haltestelle der Greyhound-AAF. Zwölf Kilometer von hier, wenn Sie nach rechts gehen. Schaffen Sie die Strecke bis Mittag, könnten Sie den Bus um zwölf noch erreichen. Aber Sie müßten sich sputen, und wir haben heißes Wetter.«

»Ich schaffe es schon.«

»Der Greyhound bringt sie nach Pine Bluff oder sogar bis Little Rock. Hmm. Eine Busfahrt kostet Geld.«

»Mr. Hunter, Sie sind mehr als freundlich zu mir gewesen. Ich habe meine Kreditkarte dabei; ich kann den Bus selbst bezahlen.« Ich hatte die Wasserläufe und den Lehm nicht sonderlich gut überstanden; meine Kreditkarten, Ausweise, der Paß und das Bargeld aber waren in dem wasserdichten Geldgürtel sicher verstaut gewesen, den Janet mir vor vielen Lichtjahren geschenkt hatte; nichts hatte gelitten. Eines Tages würde ich es ihr erzählen.

»Gut. Ich dachte mir aber, ich sollte lieber danach fragen. Noch etwas. Die Leute hier scheren sich meistens nur um ihre eigenen Angelegenheiten. Wenn Sie direkt in den Greyhound steigen, haben die wenigen neugierigen Seelen keinen Vorwand, Sie zu belästigen. Vielleicht wäre das besser so. Nun ja, leben Sie wohl und viel Glück!«

Ich verabschiedete mich von ihm und begann meinen Marsch. Am liebsten hätte ich ihn geküßt, doch gegenüber Männern wie Mr. Hunter nehmen sich Frauen keine solchen Freiheiten heraus.

Ich erwischte das Mittags-AAF und befand mich um 12.52 in Little Rock. Als ich die Tunnelstation erreichte, wurde gerade eine Expreß-Kapsel abfahrbereit gemacht; zwanzig Minuten später war ich in Saint Louis. Von einer Terminalzelle in der Tunnelstation tippte ich den Kontakt-Kode meines Chefs ein, um mir ein Fahrzeug zum Hauptquartier zu bestellen.

Eine Stimme antwortete: »Der Komm-Kode, den Sie eben gewählt haben, ist nicht angeschlossen. Bleiben Sie in der Leitung, bis die Vermittlung ...« Ich drückte den Trennhebel und machte mich dünne.

Mehrere Minuten lang hielt ich mich in der unterirdischen

Stadt auf, ziellos herumlaufend und vor Schaufenstern stehenbleibend; dabei legte ich aber Distanz zwischen mich und die Tunnelstation.

In einem Einkaufszentrum, das ein gutes Stück entfernt war, fand ich ein anderes öffentliches Terminal und versuchte den Ausweich-Kode. Als die Stimme loslegte: »Der Komm-Kode, den Sie gewählt haben, ist nicht ...«, trennte ich die Verbindung, aber die Stimme hörte nicht auf. Ich zog den Kopf ein, ließ mich auf die Knie fallen und schob mich schräg zur Seite aus der Kabine – ein auffälliges Verhalten, das mir zuwider ist, das ich aber für nötig hielt, um zu verhindern, daß man mich durch das Terminal photographierte, was eine Katastrophe hätte sein können.

Minutenlang tauchte ich in der Menge unter. Als ich einigermaßen sicher war, daß niemand mir folgte, ging ich eine Etage tiefer und begab mich mit Hilfe des städtischen Untergrundsystems nach East Saint Louis. Ein weiterer Kontakt-Kode stand mir zur Verfügung, der nur für den äußersten Notfall gedacht war, doch den wollte ich nicht unvorbereitet benutzen.

Das neue Hauptquartier meines Chefs befand sich knapp sechzig Minuten vom Zentrum entfernt, doch wußte ich nicht genau, wo es lag. Damit will ich sagen, als ich die Krankenstation verließ, um mein Auffrischungstraining zu beginnen, hatte der Flug im AAF genau sechzig Minuten gedauert. Auch die Rückkehr hatte sechzig Minuten in Anspruch genommen. Als ich meinen Urlaub antrat und mich absetzen ließ, damit ich meine Kapsel nach Winnipeg erreichte, hatte man mich nach genau sechzig Minuten in Kansas City abgesetzt. Die AAF, die für solche Einsätze genommen werden, haben keine Fenster.

Nach Geometrie, Geographie und meinen Grundkenntnissen über die Leistungsfähigkeit eines AAF, mußte das neue Hauptquartier des Chefs irgendwo in der Nähe von Des Moines liegen – in diesem Falle aber bedeutete dieses »irgendwo« einen Radius von mindestens hundert Kilometern. Ich stellte keine Mutmaßungen an. Auch machte ich mir keine Gedanken darüber, wer von uns denn die genaue Lage des HQ kenne. Diese Information wurde nur jenen zuteil, die sie besitzen mußten; und sich ausmalen zu wollen, wie der Chef solche Entscheidungen traf, war reine Zeitverschwendung.

In East Saint Louis erstand ich einen dünnen Mantel mit Kapuze, außerdem in einem Scherzartikel-Laden eine Latex-Maske, wobei ich darauf achtete, daß ich kein zu groteskes Modell erwischte. Dann gab ich mir größte Mühe, meine Wahl des Terminals möglich zufällig zu gestalten. Ich war der – allerdings unbeweisbaren – Ansicht, daß der Chef wieder mal ins Feuer geraten und diesmal erwischt worden war. Daß ich noch nicht in Panik flatterte, lag einzig und allein an meinem Training, das mir eine solche Reaktion verbot, bis alles vorüber war.

In Maske und Kapuze wählte ich den allerletzten Komm-Kode. Das gleiche Ergebnis, und wieder ließ sich das Terminal nicht ausschalten. Ich drehte der Optik den Rücken zu, zog mir die Maske herunter, ließ sie zu Boden fallen und verließ langsamen Schrittes die Zelle. Hinter der nächsten Ecke streifte ich im Gehen den Mantel von den Schultern, faltete ihn zusammen, stopfte ihn in einen Abfallbehälter und kehrte nach Saint Louis zurück ...

... wo ich tollkühn meine Kreditkarte auf die Imperial Bank von Saint Louis benutzte, um mein Tunnelfahrgeld nach Kansas City zu bezahlen. Noch vor einer Stunde, in Little Rock, hatte ich sie ohne Zögern benutzt, aber hatte ich noch nicht den Verdacht, daß dem Chef etwas zugestoßen sein könnte – im Grunde war ich der religiösen Überzeugung, daß dem Chef *niemals* etwas zustoßen konnte. (»Religiös« = »Absoluter Glaube ohne Beweis«)

Jetzt aber mußte ich von der Annahme ausgehen, daß dem Chef tatsächlich etwas zugestoßen war, einschließlich der Vermutung, daß meine Saint-Louis-Master-Charge-Karte (die auf die Kreditmöglichkeiten des Chefs zurückging, nicht auf die meinen) jederzeit ungültig gemacht werden konnte. Wenn ich sie in einen Schlitz steckte, um für etwas zu bezahlen, mochte sie von einem Vernichtungsschlag verbrannt werden, sobald die Maschine die Nummer identifizierte.

Fünfzehn Minuten später und vierhundert Kilometer weiter erreichte ich Kansas City. Die Tunnelstation verließ ich erst gar nicht. Vom Informationsschalter aus tätigte ich einen kostenfreien Anruf, ließ mich über den Fahrplan der Tunnelbahn KC–Omaha–Sioux Falls–Fargo–Winnipeg unterrichten und erfuhr, daß die Strecke bis in die Grenzstadt Pembina normal befahren wurde, allerdings nicht weiter. Sechsundfünfzig Minuten später war ich an der Britisch-Kanadischen Grenze unmittelbar südlich von Winnipeg. Wir hatten noch frühen Nachmittag. Vor zehn Stunden war ich aus den Flußniederungen des

Mississippi heraufgestiegen und hatte mich vage gefragt, ob ich mich im Imperium befand oder etwa nach Texas zurückgeschwemmt worden war.

In diesem Augenblick war mein Wunsch, das Imperium wieder zu verlassen, stärker als jemals mein Bestreben, hierhin zurückzukehren. Bis jetzt war es mir gelungen, der Imperial-Polizei einen Schritt voraus zu bleiben, allerdings hatte ich keinen Zweifel mehr, daß sich die Behörden für mich interessierten. Ich hatte keine Lust, mich mit ihnen zu unterhalten, denn ich hatte Gerüchte darüber gehört, wie in solchen Kreisen eine Ermittlung abläuft. Die Jungs, die mich vor einiger Zeit ausgefragt hatten, waren einigermaßen grob geworden – die Imperial-Polizei aber hatte den Ruf, einem Gefangenen das Gehirn auszubrennen.

19. Kapitel

Vierzehn Stunden später befand ich mich nur fünfundzwanzig Kilometer weiter östlich von der Station, an der ich das Tunnelbahnsystem hatte verlassen müssen. Eine Stunde dieser Zeit hatte ich mit Einkäufen verbracht, fast eine Stunde mit Essen, gut zwei Stunden in Konferenz mit einem Spezialisten, himmlische sechs Stunden mit Schlafen und beinahe vier Stunden mit einer vorsichtigen Wanderung parallel zum Grenzzaun, ohne ihm zu nahe zu kommen – und jetzt zog der Morgen herauf, und ich begab mich dicht an den Zaun und marschierte als gelangweilter Kontrolltechniker daran entlang.

Pembina ist nur ein Dorf; um den Spezialisten zu finden, hatte ich nach Fargo zurückkehren müssen – ein kurzer Ausflug mit der örtlichen Kapsel. Der Spezialist, den ich brauchte, war von der Sorte wie die Vicksburger Firma »Künstler Ltd.«, nur daß solche Unternehmungen im Imperium keine Reklame machen; es kostete mich Zeit und einige vorsichtig verteilte Schmiergelder, den Mann zu finden. Sein Büro lag im Zentrum nahe Main Avenue und University Drive, versteckte sich jedoch hinter der Fassade eines konventionelleren Geschäfts und fiel daher gar nicht auf.

Noch immer trug ich den ausgebleichten blauen Neojeans-Einteiler, mit dem ich schon von Bord der *Skip to M'Lou* gesprungen war; nicht, weil ich ihn besonders mochte, sondern weil ein solcher einteiliger Anzug aus rauhem Stoff einem international akzeptierten Unisex-Gewand am nächsten kommt. Man fällt darin nicht einmal auf L-5 oder in Luna City auf, wo man eher auf Monokini eingestellt ist. Drapiert man ihn mit einem Halstuch, kann die flotte Hausfrau den Anzug beim Einkaufen tragen; mit Aktentasche wird man zum angesehenen Geschäftsmann, hockt man sich darin hinter einen Hut voller Bleistifte, ist er ebensogut die Kleidung eines Bettlers. Da der Stoff nicht leicht verschmutzt, sich gut reinigen läßt, keine Falten schlägt und beinahe unverwüstlich ist, liefert er die ideale Bekleidung für einen Kurier, der mit dem Hintergrund verschmelzen muß und weder Zeit noch Kofferplatz für Kleidung hat.

Meinen Einteiler hatte ich durch eine schmutzige Mütze ergänzt, daran »meine« Gewerkschaftsabzeichen, dazu einen abgetragenen Gürtel mit alten, aber noch brauchbaren Werkzeugen, eine Girlande aus Ersatzgliedern für den Zaun über einer Schulter und ein Laser-Schweißgerät über der anderen.

Die Sachen, die ich bei mir hatte, waren ausnahmslos gebraucht, einschließlich der Handschuhe. In der rechten Hüfttasche befand sich eine alte Lederbrieftasche mit Ausweisen, die mich als Hannah Jensen aus Moorhead identifizierten. Ein abgegriffener Zeitungsausschnitt belegte, daß ich Leiterin der Akklamationsgarde der High School gewesen war; eine fleckige Rotkreuzkarte gab meine Blutgruppe mit 0 Rh pos sub 2 an (was der Wahrheit entsprach) und sprach mir eine Auszeichnung als Blutspenderin zu – die Daten zeigten allerdings, daß ich seit sechs Monaten nichts mehr gespendet hatte.

Andere weltliche Kleinigkeiten vertieften Hannahs Hintergrundgeschichte; sie besaß sogar eine Visa-Karte, die von der Spar- und Kredit-Bank Moorhead ausgestellt war – doch bei diesem Ausrüstungsgegenstand hatte ich meinem Chef gut tausend Kronen gespart: Da ich die Karte nicht benutzen wollte, verfügte sie nicht über jene unsichtbare magnetische Unterschrift, ohne die eine Kreditkarte ein einfaches Stück Plastik ist.

Es war inzwischen ganz hell geworden, und ich rechnete mir aus, daß ich maximal drei Stunden Zeit hatte, um durch den Zaun zu gelangen – das Limit ging darauf zurück, daß etwa um die Zeit die echten Zaunwärter mit ihrer Arbeit begannen und ich keine Lust hatte, auf einen dieser »Kollegen« zu stoßen. Bevor es dazu kommen konnte, mußte Hannah Jensen verschwinden – um möglicherweise am Spätnachmittag zum letzten Durchbruch noch einmal zu erscheinen. Heute ging es um alles oder nichts; mein Bargeld in Kronen war aufgebraucht. Gewiß, ich hatte noch meine Imperium-Kreditkarte – aber ich bin auf der Hut vor elektronischen Fallstricken. Hatten meine gestrigen Versuche, den Chef anzurufen, dreimal mit derselben Karte, ein Subprogramm ausgelöst, nach dem ich nun identifiziert werden konnte? Es schien geklappt zu haben, da ich unmittelbar danach die Karte noch einmal für die Tunnelbahn-Fahrkarte benutzt hatte – aber war ich wirklich durch alle elektronischen Fallen gerutscht? Ich wußte es nicht und wollte es auch nicht wissen – ich wollte nichts anderes als über den Zaun.

So schlenderte ich denn weiter und widerstand dem Drang, meiner Rolle nicht gerecht zu werden, indem ich lostrabte. Ich suchte nach einer Stelle, an der ich den Zaun aufschneiden konnte, ohne dabei beobachtet zu werden – trotz der Tatsache, daß zu beiden Seiten des Zauns ein Streifen von etwa je fünfzig Metern freigebrannt worden war. Das mußte ich akzeptieren; mein Augenmerk richtete ich auf eine möglichst gute Deckung entlang des geschwärzten Niemandslandes: Bäume und Büsche oder Hecken, wie es sie in der Normandie gab.

In Minnesota findet man allerdings keine Hecken wie in der Normandie.

Das nördliche Minnesota hat beinahe überhaupt keine Bäume – zumindest nicht an dem Grenzabschnitt, den ich hier beschritt. Ich beäugte gerade ein Stück Zaun und versuchte mir einzureden, daß ein weites, ungedecktes Feld im Grunde genausogut war wie die beste Deckung, solange einen nur niemand beobachtete, als plötzlich ein Polizei-AAF in Sicht kam – im langsamen Flug nach Westen über dem Zaun. Ich winkte freundschaftlich hinauf und trottete weiter nach Osten.

Die Patrouille beschrieb einen Kreis, kehrte zurück und ging etwa fünfzig Meter entfernt nieder. Ich machte kehrt und ging auf das Fahrzeug zu, das ich in dem Augenblick erreichte, als der Patrouillenführer ausstieg, gefolgt von seinem Fahrer. Die Uniformen verrieten mir (Hölle und Verdammnis!), daß es sich nicht um die Provinzpolizei Minnesota handelte, sondern um Imperial-Polizisten.

Sagte der Wortführer zu mir: »Was machen Sie denn hier so früh?«

Seine Stimme klang aggressiv; ich paßte mich dem Ton an: »Ich habe *gearbeitet* – bis Sie mich unterbrachen.«

»Was Sie nicht sagen! Sie gehen doch erst um achthundert in Dienst.«

»Na, dann sollten Sie sich mal an die Entwicklung anpassen, mein Großer!« antwortete ich. »Die erste Schicht beginnt bei erstem Tageslicht. Wechsel um zwölf Uhr mittags; die zweite Schicht hat Schluß, wenn sie nichts mehr sehen kann.«

»Davon hat *uns* niemand etwas gesagt.«

»Soll der Superintendent Ihnen eine persönliche Einladung

schreiben? Nennen Sie mir Ihre Nummer, dann richte ich ihm aus, was Sie gesagt haben.«

»Nicht so frech, Schlampe! Ich brauche dich nicht nur anzugucken, genausogut kann ich dich einlochen.«

»Machen Sie nur! Dann kann ich mich mal einen Tag lang ausruhen – während Sie dafür einzustehen haben, daß dieser Abschnitt nicht gewartet wurde.«

»Schon gut!« Die beiden kletterten wieder in ihr AAF.

»Hat einer von euch Knaben 'nen Paff?« fragte ich.

»Wir kiffen nicht im Dienst«, sagte der Fahrer unfreundlich. »Und Sie sollten das auch sein lassen.«

»Schuljunge!« antwortete ich höflich.

Der Fahrer wollte antworten, aber sein Kommandeur knallte das Luk zu, und gleich darauf startete die Maschine – direkt über meinen Kopf hinweg, so daß ich mich ducken mußte. Die beiden mochten mich wohl nicht sonderlich.

Ich kehrte zum Zaun zurück und überlegte mir dabei, daß Hannah Jensen wohl keine Dame war. Es gab keine Entschuldigung dafür, die beiden Grünen grob zu behandeln, nur weil sie unausstehlich waren. Auch Gottesanbeterinnen, Läuse und Hyänen müssen leben, obwohl ich nie begriffen habe, warum.

Ich kam zu dem Schluß, daß meine Pläne nicht gut durchdacht waren; der Chef wäre mit mir nicht zufrieden gewesen. Den Zaun bei hellem Tage durchzuschneiden war zu auffällig. Da war es schon besser, mir ein Versteck zu suchen, bis zur Nacht den Kopf unten zu behalten und dann erst an den Zaun zurückzukehren. Oder die Nacht auf Plan Nummer zwei zu verwenden: Die Möglichkeit überprüfen, am Rouseau River unter dem Zaun hindurchzuschlüpfen.

Dieser zweite Plan behagte mir nicht sonderlich. Am Unterlauf des Mississippi war es einigermaßen warm gewesen, in diesen nördlichen Flüssen aber würde es eiskalt sein. Ich hatte mich gestern abend in Pembina davon überzeugt. *Brrr!* Nur als allerletzte Möglichkeit ...

Such dir also ein Stück Zaun aus, überleg dir genau, wie du ihn aufschneiden willst, dann versuch ein paar Bäume zu finden, kuschele dich in warmes Laub und warte auf die Dunkelheit! Überleg dir jeden Schritt mehrmals, so daß du durch den Zaun kommst wie ein dampfender Strahl Pisse durch Schnee!

In diesem Augenblick kam ich über eine leichte Anhöhe und

befand mich Auge in Auge mit einem anderen Zaunwärter, einem Mann.

Im Zweifelsfall angreifen. »Was machst *du* denn hier, Mann?«

»Ich begehe den Zaun. Meinen *Abschnitt.* Ich muß fragen, was *du* hier machst, Schwester?«

»Ach, zum Teufel! Ich bin nicht Ihre Schwester! Und Sie sind entweder am falschen Abschnitt oder in der falschen Schicht.« Voller Unbehagen stellte ich fest, daß der gutgekleidete Zaunläufer ein Walkie-Talkie bei sich hatte. Nun ja, ich war in diesem Beruf noch nicht lange tätig; ich lernte immer noch dazu.

»Da liegen Sie aber völlig falsch!« gab er zurück. »Nach dem neuen Dienstplan fange ich bei Beginn der Dämmerung an und werde mittags abgelöst. Vielleicht von Ihnen, was? Ja, das muß es sein; Sie haben den Dienstplan nicht begriffen. Ich melde das mal.«

»Tun Sie das!« sagte ich und trat auf ihn zu.

Er zögerte. »Andererseits könnte ich vielleicht ...« *Ich* zögerte *nicht*.

Ich töte nicht jeden, mit dem ich eine Meinungsverschiedenheit habe – niemand, der diese Memoiren liest, möge das bitte glauben. Ich tat ihm auch nur weh, soweit es sich nicht umgehen ließ – ganz kurz und nicht sehr kräftig. Ich legte ihn abrupt schlafen.

Von einer Rolle Klebstreifen, die ich am Gürtel trug, löste ich ein Stück, band ihm die Hände auf dem Rücken zusammen und sicherte seine Fußgelenke. Wäre das Band breit genug gewesen, hätte ich ihm auch noch den Mund verschließen können, doch ich hatte nur das zwei Zoll breite rauhe Isolierband und war außerdem mehr daran interessiert, den Zaun aufzuschneiden, als ihn daran zu hindern, daß er die Kojoten und Kaninchen um Hilfe anbrüllte. Ich machte mich an die Arbeit.

Ein Schweißgerät, das zum Reparieren geeignet ist, läßt sich auch dazu verwenden, einen Zaun aufzuschneiden – mein Gerät aber war noch ein bißchen besser geeignet; ich hatte es an der Hintertür von Fargos führendem Hehler gekauft. Äußerlich sah es wie ein Sauerstoff-Azetylen-Brenner aus, doch in Wirklichkeit handelte es sich um einen Laser, der Stahl auftrennen konnte. Nach Sekunden war das Loch eben groß genug für Freitag. Ich bückte mich.

»He, nehmen Sie mich mit!«

Ich zögerte. Er bestätigte mir nachdrücklich, er sei ebenso begierig, von den gottverdammten Grünen wegzukommen wie ich – ich solle ihn losbinden!

Was ich dann tat, an diese Torheit kommt im Grunde nur die Handlungsweise von Lots Frau heran. Ich packte das Messer an meinem Gürtel, zerschnitt das Band, das Hände und Füße zusammenhielt – warf mich durch das enge Loch und begann zu laufen. Ich nahm mir nicht die Zeit zu schauen, ob er ebenfalls auf meine Seite herüberkam.

Etwa einen halben Kilometer weiter nördlich war eine seltene Baumgruppe auszumachen; mit Rekordgeschwindigkeit hielt ich darauf zu. Dabei behinderte mich der Werkzeuggurt, den ich abwarf, ohne aus dem Schritt zu kommen. Gleich darauf streifte ich die Mütze ab, und »Hannah Jensen« verschwand wieder im Nirgendwo, da Handschuhe, Schweißgerät und Reparaturmaterialien im Imperium zurückgeblieben waren. Von Hannah existierte nur noch eine Brieftasche, die ich fortwerfen würde, sobald ich weniger beansprucht war.

Ich erreichte die schützenden Bäume und schlich mich im Bogen zurück zu einer Stelle, von der aus ich den Weg beobachten konnte, den ich gekommen war – der Gedanke, daß ich einen Verfolger hatte, belastete mich doch etwas.

Mein ehemaliger Gefangener hatte den Weg zwischen Zaun und Bäumen etwa zur Hälfte zurückgelegt – und *zwei* AAF hielten auf ihn zu. Das Fahrzeug, das schon näher heran war, war mit dem großen Kastanienblatt Britisch-Kanadas geschmückt. Die Insignien des anderen Fluggebildes konnte ich nicht erkennen, da es direkt auf mich zukam – allerdings flog es soeben *über* die internationale Grenze.

Das Brit-Kan-Polizeifahrzeug landete; mein Fluchtgast schien sich ohne Widerstand festnehmen zu lassen, was nur vernünftig war, denn schon landete das AAF aus dem Imperium, mindestens zweihundert Meter weit auf Britisch-Kanadischem Boden. Und ja, es war Imperial-Polizei, vermutlich das Fahrzeug, das mich schon vorhin angehalten hatte.

Ich bin kein Anwalt für internationales Recht; trotzdem glaube ich, daß es schon wegen unwichtigerer Zwischenfälle zum Krieg gekommen ist. Ich hielt den Atem an, streckte mein Hörvermögen auf das Äußerste und lauschte.

Bei den beiden Patrouillen gab es keine Anwälte für internationales Recht; der Streit war laut, aber ziemlich sinnlos. Die Imperialen verlangten die Auslieferung des Flüchtlings und beriefen sich dabei auf das Recht des beinahe erfolgreichen Verfolgers, während der Corporal der Mounted Police* (nach meinem Dafürhalten zu Recht) darauf hinwies, daß so etwas nur für Verbrecher gelten könne, die auf frischer Tat ertappt worden seien; das einzige offenkundige »Verbrechen«, das hier begangen sei, bestehe im Betreten Britisch-Kanadas abseits der dafür vorgesehenen Durchgänge – eine Angelegenheit, die nicht in den Bereich der Imperial-Polizei falle. »Und jetzt verziehen Sie sich schleunigst von Brit-Kan-Boden!«

Der Grüne gab eine einsilbige Antwort, die den Kanadier erzürnte. Er knallte sein Luk zu und äußerte sich durch den Lautsprecher: »Ich verhafte Sie wegen einer krassen Verletzung des Britisch-Kanadischen Luft- und Bodenraums. Steigen Sie aus, ergeben Sie sich! Versuchen Sie nicht zu starten!«

Woraufhin das Fahrzeug der Grünen augenblicklich startete und sich über die internationale Grenze zurückzog – um von dort im Hinterland zu verschwinden. Womöglich war das genau die Reaktion, die der »Berittene« auslösen wollte. Ich rührte mich nicht, denn nun hatten die Beamten Zeit, sich um mich zu kümmern.

Aus der weiteren Entwicklung läßt sich ziemlich sicher schließen, daß mein Mitflüchtling nun den Preis für seinen Freisprung über den Zaun bezahlte: Die Suche nach mir fand nicht statt. Der Mann sah mich bestimmt im Wald verschwinden. Von den Beamten der Brit-Kan-Polizei nehme ich das nicht an. Zweifellos löste das Durchschneiden des Zauns auf beiden Seiten Alarm aus; eine Routine-Installation für die Elektronikfachleute, die sogar anzeigen konnten, wo sich das Loch befand. Aus diesem Grunde hatte ich ja so schnell handeln wollen.

Die Anzahl der warmen Körper zu zählen, die durch ein solches Loch schlüpfen, das war allerdings ein anderes elektronisches Problem – nicht unmöglich, aber ein zusätzlicher Kostenfaktor, der wohl nicht für lohnend gehalten wurde. Wie dem auch sei, mein namenloser Komplize verpfiff mich nicht, denn niemand suchte mich. Nach einer Weile brachte ein Brit-Kan-Wagen eine Reparaturmannschaft; ich sah, wie die Männer den von mir in der Nähe des Zauns fortgeworfenen Werkzeuggurt vom Boden aufnahmen. Als die Techniker fort waren, erschien

---

* Sie heißt auch im Zeitalter der Helikopter noch immer »Berittene Polizei«.

auf der Seite des Imperiums ein zweiter Trupp; er inspizierte die bereits geleistete Arbeit und verschwand wieder.

Ich machte mir meine Gedanken über die Werkzeuggurte. Wenn ich es mir recht überlegte, konnte ich mich nicht erinnern, bei meinem ehemaligen Gefangenen einen solchen Gurt wahrgenommen zu haben, als er sich ergab. Ich schloß daraus, daß er sich dieser Last entledigt hatte, um sich durch den Zaun zu zwängen; das Loch reichte knapp für Freitag; er mußte sich ganz schön angestrengt haben, um hindurchzukommen.

Rekonstruktion der Ereignisse: Die Brit-Kans entdeckten auf ihrer Seite einen Gürtel; die Grünen fanden auf ihrer Seite ebenfalls einen Gürtel. Keine der beiden Seiten hatte Grund zu der Annahme, daß da mehr als *ein* Flüchtling durch das Loch gekrochen war – solange der Gefangene den Mund hielt.

Ich finde das sehr anständig von ihm. Es gibt Männer, die hätten mir wegen des kleinen Schlages gegrollt, den ich ihm verpassen mußte.

Ich blieb bis zum Dunkelwerden in der Baumgruppe, dreizehn endlose Stunden lang. Ich wollte niemandem auffallen, bis ich Janet (und – wenn ich Glück hatte – auch Ian) erreichte; ein illegaler Einwanderer strebt nicht nach Publicity. Es war ein langer Tag, doch hatte mir mein geistiger Guru mit seinem Training immerhin beigebracht, mit Hunger, Durst und Langeweile fertigzuwerden, wenn man unbedingt still, wach und wachsam bleiben muß. Als die Dunkelheit sich verdichtet hatte, begann ich meinen Marsch. Ich kannte das Terrain, so gut das nach einem Studium von Karten möglich ist, hatte ich mich doch vor knapp zwei Wochen in Janets Haus eingehend mit der Grenze beschäftigt. Das vor mir liegende Problem war weder kompliziert noch schwierig auszuräumen: Zu Fuß mußte ich bis zum Morgengrauen ungefähr hundertundzehn Kilometer zurücklegen und mich dabei von niemandem blicken lassen.

Der Weg war einfach. Zuerst ein wenig nach Osten, bis ich die Straße von Lancaster (Imperium) nach La Rochelle (Britisch-Kanada) erreichte. Da gab es einen Grenzübergang, der leicht auszumachen war. Dann nach Norden bis in die Außenbezirke von Winnipeg, dann links im Bogen um die Stadt herum, bis die Nord-Süd-Straße zum Flughafen erreicht ist. Von dort war Stonewall nur noch einen Steinwurf weit, und das Tormey-Anwesen befand sich ganz in der Nähe. Diesen letzten und schwierigeren Abschnitt kannte ich nicht nur aus der Theorie, sondern von einer kürzlichen Fahrt in einem Pferdewagen, in dem mich außer einigen freundschaftlichen Tätscheleien nichts von meiner Umgebung abgelenkt hatte.

Der erste graue Schimmer lag in der Luft, als ich die Außentore Tormeys erblickte. Ich war müde, aber nicht in schlechter Verfassung. Den Wechsel zwischen Gehen-Joggen-Laufen-Gehen-Joggen-Laufen kann ich notfalls vierundzwanzig Stunden durchhalten, was ich im Training auch geschafft hatte; eine Nacht hindurch ist also ganz annehmbar. Vor allem taten mir die Füße weh, und ich war sehr durstig. In freudiger Erleichterung drückte ich auf den Türknopf.

Und hörte sofort: »Hier spricht Captain Ian Tormey. Dies ist eine Aufzeichnung. Dieses Haus wird durch die Bewachungsfirma der Winnipeg-Werwölfe geschützt. Ich habe diese Firma beauftragt, weil ich nicht der Meinung bin, daß ihr Ruf der Schießfreudigkeit berechtigt ist; vielmehr geht es ihr wirklich um den Schutz der Kunden. Anrufe werden nicht weitergeschaltet, allerdings wird die Post, die hier eintrifft, weitergeschickt. Vielen Dank fürs Zuhören.«

Und auch *dir* vielen Dank, Ian! Oh, verdammt, verdammt, verdammt! Ich wußte, ich hatte keinen Grund, zu erwarten, daß die beiden zu Hause bleiben würden – doch ich hatte mit keinem Gedanken die Möglichkeit in Erwägung gezogen, daß sie sich vielleicht *nicht* hier aufhielten. Ich hatte eine Verdrängung bewerkstelligt, wie die Psychiater es nennen; nachdem ich meine EnEs-Familie verloren hatte und der Chef nun vermißt wurde und womöglich tot war, stellte das Tormey-Anwesen mein »Zuhause« dar und Janet die Mutter, die ich nie gehabt hatte.

Ich wünschte, ich wäre wieder auf dem Hof der Hunters, umgeben von der liebevollen Fürsorge Mrs. Hunters. Ich wünschte, ich wäre in Vicksburg und teilte meine Einsamkeit mit Georges.

Schon ging die Sonne auf, bald würden sich die Straßen füllen, und ich war ein illegaler Einwanderer, der so gut wie keine Brit-Kan-Dollars bei sich hatte und von dem Bedürfnis beseelt war, nicht aufgespürt, nicht verhaftet und nicht verhört zu werden, außerdem schon schwindlig vor Müdigkeit, Hunger und Durst.

Allerdings brauchte ich keine schwierigen Entscheidungen zu

treffen, da mir nur eine Möglichkeit blieb. Ich mußte mich wieder wie ein Tier verstecken, und zwar schnell, ehe der Verkehr die Straßen füllte.

Wälder sind in der Nähe Winnipegs nicht gerade oft zu finden, doch ich erinnerte mich an einige Hektar Wildwuchs zur Linken, abseits der Hauptstraße und mehr oder weniger hinter dem Tormey-Grundstück – unebener Grund unterhalb des Hügels, auf dem Janet gebaut hatte. So schlug ich diese Richtung ein und begegnete dabei nur einem Lieferwagen für Milch. Sonst gab es keinen Verkehr.

Sobald ich die Zone des Bewuchses erreicht hatte, verließ ich die Straße. Der Boden war hier sehr uneben, und ich mußte aufpassen, wohin ich trat. Nach kurzer Zeit erreichte ich jedoch etwas, das mir noch willkommener war als die Bäume: einen Bach, so schmal, daß ich ihn mit leichtem Schritt überqueren konnte.

Was ich auch tat, doch erst, nachdem ich daraus getrunken hatte. Ob das Wasser sauber war? Vermutlich war es verseucht, aber ich scherte mich nicht darum; mein seltsames »Geburtsrecht« schützt mich vor den meisten Infektionen. Das Wasser schmeckte sauber, und ich trank ziemlich viel und fühlte mich hinterher körperlich erfrischt – allerdings lastete mir noch ein Stein auf dem Herzen.

Ich drang tiefer ins Dickicht ein und suchte nach einem Ort, der mir nicht nur als Versteck dienen, sondern den ich auch als Schlafplatz benutzen konnte. Sechs Stunden Schlaf vor zwei Nächten, das war ziemlich lange her, außerdem kann es einem so dicht bei einer großen Stadt geschehen, daß eine Pfadfinderschar des Weges kommt und einen in der Wildnis aufscheucht. Folglich suchte ich eine Stelle, die nicht nur durch Büsche geschützt, sondern auch sonst ziemlich unzugänglich war.

Ich fand sie. Eine ziemlich steile Stelle an der Seite einer Schlucht, zusätzlich abgegrenzt durch Dornbüsche, die ich via Blindenschrift ausfindig machte.

Dornbüsche?

Es kostete mich etwa zehn Minuten zu finden, was ich suchte, da es äußerlich wie ein Felsbrocken geformt war, der aus der Eiszeit stammte. Als ich aber näher hinschaute, sah mir das Material doch nicht ganz nach Gestein aus. Noch länger dauerte es, bis ich mit den Fingern eine Stelle gefunden hatte, an der ich die Tür anheben konnte – doch schon ließ sie sich leicht zur Seite schwingen, denn sie war zum Teil mit Gegengewichten versehen. Ich trat geduckt ein und ließ die Sperre hinter mir wieder zufallen …

… und befand mich in totaler Dunkelheit, in der nur die grellen Buchstaben leuchteten: PRIVATBESITZ – BETRETEN STRENG VERBOTEN!

Ich blieb stehen und ließ meine Gedanken wandern. Janet hatte mir gesagt, der Schalter, der die Todesfallen lahmlegte, sei »ein kurzes Stück innerhalb versteckt«.

Wie lang ist ein »kurzes Stück«?

Und wie gut war die Installation versteckt?

Das Versteck war gut, einfach weil es bis auf die unheildrohend leuchtenden Buchstaben hier unten tintenschwarz war. Sie hätten genausogut androhen können: »Wenn du hier eintrittst, laß alle Hoffnung fahren.«

Also heraus mit deiner Taschenlampe, Freitag, die ihre eigene kleine Shipstone-Energieversorgung hat, dann mach dich an die Suche. Aber wage dich nicht zu weit vor!

In dem kleinen Koffer, den ich auf der *Skip To M'Lou* zurückgelassen hatte, befand sich in der Tat eine Lampe. Vielleicht schimmerte sie in diesem Augenblick sogar und sorgte für Unterhaltung bei den Fischen auf dem Grunde des Mississippi. Und ich wußte, daß weiter unten im Tunnel weitere Lampen gelagert waren.

Ich hatte nicht einmal ein Streichholz.

Wäre ein Pfadfinder bei mir gewesen, hätte ich Feuer machen können, indem ich seine Hinterbeine aneinanderrieb. Ach, schon gut, Freitag!

Ich sank auf den Boden und ließ den Tränen freien Lauf. Dann streckte ich mich auf dem (harten, kalten) (willkommenen und weichen) Betonboden aus und schlief ein.

20. Kapitel

Viel später erwachte ich und stellte fest, daß der Boden wirklich hart und kalt war. Trotzdem fühlte ich mich dermaßen ausgeruht, daß das unangenehme Lager mir nichts ausmachte. Ich stand auf, rieb mir die Augen und stellte fest, daß mir nicht mehr hoffnungslos zumute war – nur hungrig war ich.

Der Tunnel war hell erleuchtet.

Noch immer warnte mich das Leuchtschild davor, weiterzugehen, doch der Tunnel war nicht mehr schwarz; die Beleuchtung schien der in einem angenehm hellen Wohnzimmer zu entsprechen. Ich schaute mich nach der Lichtquelle um.

Langsam machte auch mein Gehirn wieder mit. Die einzige Lichtquelle war das Leuchtschild; dagegen hatten sich meine Augen während des Schlafens an die Umgebung angepaßt. Ich weiß, daß Menschen dasselbe Phänomen erleben, wahrscheinlich aber nicht in diesem Umfang.

Ich machte mich auf die Suche nach dem Schalter.

Dann aber hielt ich inne und griff vielmehr auf mein Gehirn zurück. Das ist anstrengender als jede Muskelbewegung, doch zugleich ruhiger und weniger kalorienaufwendig. Es ist die einzige Funktion, die uns von den Affen unterscheidet, wenn auch nur knapp. Wenn ich ein versteckter Schalter wäre, wo würde ich mich befinden?

Die wesentlichen Parameter dieses Schalters sahen folgendermaßen aus: Er mußte so gut versteckt sein, daß Eindringlinge ihn nicht fanden, trotzdem mußte er Janet und ihren Ehemännern das Leben retten. Was hatte das zur Folge?

Das Ding durfte nicht so hoch liegen, daß Janet es nicht erreichen konnte; da wir etwa dieselbe Größe haben, folgerte daraus, daß ich den Schalter würde erreichen müssen. Der Schalter war folglich so angebracht, daß ich keinen Stuhl brauchte, um ihn zu bedienen.

Die schwebenden Leuchtbuchstaben befanden sich etwa drei Meter innerhalb der Tür. Der Schalter konnte nicht sehr weit dahinter liegen, denn Janet hatte mir gesagt, die zweite Warnung, die das Todesversprechen enthielt, werde gleich danach ausgelöst – sie hatte von »ein paar Metern« gesprochen. »Ein paar« – das sind selten mehr als zehn.

Andererseits würde Janet den Schalter nicht so gründlich verstecken, daß einer ihrer Männer auf der Flucht vor lebensgefährlichen Verfolgern sich *genau* daran erinnern müßte, wo er wäre. Die einfache Erkenntnis, daß es einen solchen Schalter gab, müßte als Hinweis für das Auffinden genügen. Ein Eindringling, der nicht weiß, daß ein Schalter existiert, darf ihn andererseits nicht zufällig bemerken.

Ich ging in den Tunnel herein, bis ich unter dem Leuchtschild stand, zu dem ich emporblickte. Das von dem Warnschild ausstrahlende Licht erhellte alles ziemlich klar – nur nicht das kleine Stück des Tunnelbogens unmittelbar über den Buchstaben. Trotz meiner an die Dunkelheit gewöhnten und darüber hinaus gesteigerten Augen konnte ich die Decke direkt über dem Schild nicht erkennen.

Ich griff hinauf und betastete die Decke an den Stellen, wo ich sie nicht sehen konnte. Meine Finger stießen auf etwas, das sich wie ein Knopf anfühlte, womöglich das Ende eines Solenoiden. Ich drückte darauf.

Das Warnlicht erlosch; Deckenlampen gingen an und leuchteten tief in den Tunnel hinein.

Tiefkühlnahrung und eine Kochmöglichkeit, große Handtücher und heißes und kaltes fließendes Wasser und ein Terminal im Loch, das mir die neuesten Nachrichten und Zusammenfassungen alter Meldungen brachte ... Bücher und Musik und Bargeld, das für den Notfall im Loch aufbewahrt wurde, dazu Waffen und Shipstone-Ladungen und Munition und Kleidung jeder Sorte, die mir paßte, weil sie für Janet ausgesucht war, und ein Uhrenkalender im Terminal, der mir verriet, daß ich dreizehn Stunden geschlafen hatte, ehe die Härte des Beton-»Bettes« mich weckte, und ein weiches, bequemes Bett, das mich aufforderte, die Nacht abzuschließen, nachdem ich gebadet und gegessen und meinen Nachrichtenhunger gestillt hatte – ein Gefühl absoluter Sicherheit, das mir soweit Beruhigung verschaffte, daß ich keine Gedankenkontrolle mehr auszuüben brauchte, um meine echten Gefühle zu unterdrücken ...

Aus den Nachrichten ging hervor, daß Britisch-Kanada die Krise auf eine begrenzte Notlage zurückgenommen hatte. Die

Grenze zum Imperium blieb geschlossen. Die Québec-Grenze wurde noch immer streng überwacht, doch bei legitimen Anliegen wurden bereits wieder Pässe ausgestellt. Der verbleibende Streitpunkt zwischen den beiden Nationen betraf die Frage, wieviel Québec an Reparationen zu zahlen hatte für einen militärischen Angriff, der inzwischen einem Irrtum oder militärischer Dummheit zugeschrieben wurde. Der Internierungsbefehl galt immer noch, doch waren inzwischen neunzig Prozent der Québecois Internierten auf Ehrenwort freigelassen worden – und etwa zwanzig Prozent der Internierten aus dem Imperium. Ich war also gut beraten gewesen, den Kopf einzuziehen, denn natürlich war ich für die Behörden eine verdächtige Person, daran bestand kein Zweifel.

Es sah allerdings so aus, als könnte Georges nach Belieben hierher zurückkehren. Oder gab es hier Aspekte, die ich nicht richtig auszuloten wußte?

Der Überlebensrat kündigte eine dritte Welle »lehrreicher« Hinrichtungen für zehn Tage plus-oder-minus zwei Tage nach der letzten Aktion an. Die Stimulatoren folgten einen Tag später mit einer entsprechenden Aussage, in der zugleich der sogenannte Überlebensrat verurteilt wurde. Die Engel des Herrn meldeten sich diesmal nicht zu Wort – zumindest wurde von ihnen keine Ankündigung über das Brit-Kan-Datanetz verbreitet.

Wieder kam ich zu vorläufigen Schlußfolgerungen, die ausnahmslos auf tönernen Füßen standen: Die Stimulatoren waren eine Scheinorganisation, die ganz aus Propaganda bestand und gar keine Einsatzagenten unterhielt. Die Engel des Herrn waren ausgeschaltet oder auf der Flucht. Der Überlebensrat dagegen verfügte über Unterstützung aus ungeheuer reicher Ecke; jemand, der bereit war, Geld für weitere unausgebildete Akteure zu bezahlen, die bei weitgehend nutzlosen Anschlägen geopfert werden sollten – aber das war nur eine Vermutung, die aufzugeben ich gern bereit war, sollte die dritte Woge von Anschlägen wieder erfolgreich und professionell geplant ablaufen – womit ich allerdings nicht rechnete, aber ich habe mich schon öfter geirrt.

Noch immer konnte ich mir nicht recht vorstellen, wer hinter diesen dummen Schreckenstaten steckte. Meiner Überzeugung nach konnte es sich nicht um eine Territorialnation handeln; es mochte ein Multi sein oder ein Konsortium, auch wenn ich darin keinen Sinn sah. Vielleicht tobten sich hier auch einer oder mehrere äußerst vermögende Einzelpersonen aus – wenn sie im Kopf nicht ganz dicht waren.

Unter »Rückholen« tippte ich außerdem die Begriffe »Imperium« und Mississippi« und »Vicksburg« als Einzelbegriffe, je zwei zusammen und sämtliche drei. Negativ. Ich fügte die Namen der beiden Schiffe hinzu und probierte sämtliche Kombinationen durch. Immer noch negativ. Anscheinend hatte das, was da mir und mehreren hundert anderen widerfahren war, die Zensur nicht passieren dürfen. Oder hielt man solche Zwischenfälle für nicht erwähnenswert?

Vor dem Aufbruch schrieb ich für Janet noch einen Zettel, auf dem ich festhielt, welche Kleidung ich mitgenommen und wieviele Brit-Kan-Dollar ich kassiert hatte, eine Summe, die ich zu dem dazuzählte, was sie mir selbst noch gegeben hatte, außerdem führte ich auf, was ich mit ihrer Visa-Karte bezahlt hatte: eine Kapselfahrt Winnipeg–Vancouver, eine Shuttle-Tour von Vancouver nach Bellingham, und das war's auch schon. (Oder hatte ich die Fahrt nach San José ebenfalls auf ihre Karte genommen, oder hatte Georges zu dem Zeitpunkt schon das Heft an sich reißen wollen? Meine Spesenabrechnungen lagen auf dem Grund des Mississippi.)

Nachdem ich genug Bargeld aus Janets Versteck genommen hatte, um (hoffentlich!) Britisch-Kanada zu verlassen, war ich in Versuchung, ihre Visa-Karte ebenfalls zurückzulassen. Eine Kreditkarte aber ist ein verführerisches Ding – ein kleines, billiges Stück Plastik ... das aber riesige Stapel Gold aufzuwiegen vermag. Es lag an mir, diese Karte persönlich und um jeden Preis zu bewachen, bis ich sie Janet wieder in die Hand drücken konnte. Jede andere Handlungsweise wäre unehrenhaft gewesen.

Eine Kreditkarte ist wie eine Leine, an der man liegt. In der Welt der Kreditkarten gibt es für den Menschen *keine* Privatsphäre ... oder man kann sie sich nur unter großer Mühe und mit viel Raffinesse bewahren. Weiß man außerdem, was ein Computersystem wirklich macht, wenn man die Karte in einen Schlitz steckt? Ich weiß es nicht. Bei Bargeld fühle ich mich viel sicherer. Mir ist noch nie zu Ohren gekommen, daß jemand beim Streit mit einem Computer gesiegt hätte. Oder vielmehr: Computer streiten nicht. Sie kennen die Geschichte.

Kreditkarten scheinen mir ein Fluch zu sein. Aber ich bin kein Mensch und sehe diese Frage vermutlich nicht mit menschlichen Augen (und das gilt ebenso für viele, viele andere Bereiche).

Früh am nächsten Morgen machte ich mich auf den Weg; ich trug einen prächtigen dreiteiligen Hosenanzug in Hellblau (sicher fühlte sich auch Janet darin sehr schön, und so fühlte ich mich gut, auch ohne daß die Spiegel mir ein klares Bild vermittelten). Im nahegelegenen Stonewall wollte ich mir ein Transportmittel beschaffen und stellte fest, daß ich die Wahl hatte zwischen einem von Pferden gezogenen Omnibus oder einem AAF der Kanadischen Eisenbahn, die beide zur Tunnelstation Perimeter Road/McPhillips Street fuhren, wo Georges und ich unsere inoffizielle kleine Hochzeitsreise angetreten hatten. Obwohl mir Pferde normalerweise lieber sind, wählte ich diesmal das schnellere Beförderungsmittel.

Die Fahrt in die Stadt brachte mich allerdings nicht an das Gepäck heran, das noch immer am Flughafen im Zollverschluß lagerte. Wäre es möglich gewesen, die Stücke aus dem Transitzoll zu holen, ohne als Fremde aus dem Imperium erkannt zu werden? Ich beschloß, mir das Gepäck von außerhalb Britisch-Kanadas nachsenden zu lassen. Außerdem war dieses Gepäck in Neuseeland verschlossen worden. Wenn ich schon solange ohne die Sachen ausgekommen war, brauchte ich sie vielleicht gar nicht mehr. Wie viele Menschen sind schon umgekommen, bloß weil sie ihr Gepäck nicht aufgeben wollten?

Ich verfüge über einen einigermaßen tüchtigen Schutzengel, der mir über die Schulter blickt. Erst vor ein paar Tagen waren Georges und ich bis zu den Drehkreuzen marschiert, hatten Janets und Ians Kreditkarten in die Schlitze gesteckt, ohne uns Gedanken darüber zu machen, und waren fröhlich nach Vancouver gerauscht.

Diesmal wurde zwar gerade eine Kapsel abfahrbereit gemacht, doch stellte ich plötzlich fest, daß ich die Drehkreuze links liegen ließ und auf den Schalter des Brit-Kan-Touristenbüros zuhielt. Da viel Betrieb herrschte, war die Gefahr gering, daß ein Assistent mich überwachte – trotzdem wartete ich, bis eine Eck-Konsole frei war. Als jemand den Platz verließ, setzte ich mich, tippte Informationen über Kapseln nach Vancouver ein und steckte Janets Karte in den Schlitz.

Mein Schutzengel war an diesem Tag auf der Hut; ich riß die

Karte wieder heraus, ließ sie schleunigst verschwinden und hoffte, daß niemand den Geruch verbrannten Plastiks wahrgenommen hatte. Und ich verließ das Reisebüro schnellen Schrittes, den Kopf hoch erhoben.

Als ich am Drehkreuz eine Fahrkarte nach Vancouver verlangte, war der Beamte gerade mit der Sportseite der *Winnipeg Free Press* beschäftigt. Er senkte die Zeitung um einige Zentimeter und linste mich an. »Warum nehmen Sie nicht wie alle anderen Ihre Karte?«

»Haben Sie Fahrkarten zu verkaufen? Ist dieses Geld gesetzliches Zahlungsmittel?«

»Darum geht es nicht.«

»Für mich schon. Bitte verkaufen Sie mir eine Fahrkarte! Und nennen Sie mir Ihren Namen und Ihre Nummer, wie es da auf dem Schild über Ihrem Kopf steht.« Ich gab ihm das abgezählte Fahrgeld.

»Hier ist Ihre Fahrkarte.« Er ignorierte meine Aufforderung, sich zu identifizieren, ich ignorierte den Umstand, daß er sich über seine Vorschriften hinwegsetzte. Ich wollte keinen Streit mit seinem Vorgesetzten haben; ich wollte lediglich von meinem auffälligen Beharren auf Bargeldzahlung ablenken, anstatt mit der Kreditkarte zu kommen.

Obwohl die Kapsel überfüllt war, brauchte ich nicht zu stehen; ein Sir Galahad, der aus dem letzten Jahrhundert übriggeblieben sein mußte, stand auf und bot mir seinen Sitz an. Er war nett und sah nicht übel aus und spielte offensichtlich den Kavalier, weil er in mir aus seiner Sicht entsprechende Vorzüge ausmachte.

Ich dankte ihm mit einem Lächeln, und dann stand er vor mir, und ich gab mir Mühe, ihm die kleine Mühe zu entlohnen, indem ich mich vorbeugte und ihn in meinen Ausschnitt starren ließ. Der junge Kavalier schien das auch dankbar anzunehmen – er wandte den Blick nicht ab. Das Ganze kostete mich nichts und machte mir keine Mühe. Ich wußte sein Interesse zu schätzen, das mir außerdem ein wenig Komfort verschaffte – sechzig Minuten können sich in der heftig beschleunigenden und abbremsenden Expreß-Kapsel ziemlich lange hinziehen.

Als wir in Vancouver ausstiegen, fragte er, ob ich zum Mittagessen etwas vorhätte? Wenn nicht, wüßte er ein wirklich gutes Restaurant, die Bayshore-Schenke. Oder vielleicht äße ich lieber japanisch oder chinesisch ...

Ich antwortete, es täte mir leid, aber ich müsse um halb eins in Bellingham sein.

Anstatt die Ablehnung hinzunehmen, erhellte sich sein Gesicht. »Das ist aber ein Zufall! Ich fahre auch nach Bellingham, aber ich wollte damit bis nach dem Mittagessen warten. Wir können also zusammen in Bellingham essen. Abgemacht?«

(Gibt es in den internationalen Gesetzen keine Klauseln gegen das Überschreiten von Grenzen zu unmoralischen Zwekken? Läßt sich das einfache, direkte Interesse dieses Jünglings tatsächlich als »unmoralisch« bezeichnen? Eine Künstliche Person wird es niemals schaffen, den Verhaltenskodex der Menschen in sexuellen Dingen völlig zu begreifen; wir können ihn nur auswendig lernen und versuchen, nicht ins Fettnäpfchen zu treten. Das ist aber nicht leicht; in diesen Dingen gehen die Menschen Wege, die so verschlungen sind wie Spaghetti auf einem Teller.)

Nachdem mein Versuch einer höflichen Ablehnung gescheitert war, mußte ich mir nun schnell überlegen, ob ich grob werden oder auf seine klare Absicht eingehen sollte. Ich schalt mich selbst: *Freitag, du bist doch längst ein großes Mädchen; du solltest es besser wissen! Wenn du ihm von vornherein jede Hoffnung nehmen wolltest, dich ins Bett zu kriegen, dann hättest du gleich aussteigen sollen, als er dir seinen Sitz anbot.*

Ich machte einen letzten Versuch. »Abgemacht«, antwortete ich, »wenn Sie es mir gestatten, die Rechnung zu bezahlen, ohne Widerrede!« Ein schmutziger Trick meinerseits, was wir auch beide wußten, denn wenn er mich für das Mittagessen bezahlen ließ, wurde damit seine Investition in mich aufgehoben, die darin bestand, daß er eine Stunde lang gestanden und gegen das Ruckeln der Kapsel angefochten hatte. Das Protokoll der Hackordnung ließ es aber nicht zu, diese Investition zurückzufordern; sein Kavaliersakt sollte beiläufig, uninteressiert, ritterlich gewesen sein, etwas, für das kein Lohn erwartet wurde.

Der schmutzige, heimtückische, raffinierte, scharfe Halunke setzte sich aber mühelos über das Protokoll hinweg.

»Einverstanden«, sagte er.

Ich unterdrückte mein Erstaunen. »Und später keine Widerrede? *Ich* bezahle?«

»›Keine Widerrede‹«, bestätigte er. »Offensichtlich wollen Sie nicht einmal um den Preis eines Mittagessens in der Schuld eines Mannes stehen, obwohl die Einladung von mir ausging und ich daher das Vorrecht des Gastgebers genießen müßte. Ich weiß nicht, womit ich Sie so verärgert habe, aber natürlich möchte ich Ihnen nicht die geringste Verpflichtung aufzwingen. Wenn wir in Bellingham ankommen, gibt's da im Erdgeschoß einen MacDonald; ich nehme einen Big Mäc und ein Cola. Sie bezahlen dafür. Dann können wir wenigstens als Freunde auseinandergehen.«

»Ich heiße Marjorie Baldwin«, antwortete ich. »Wie heißen Sie?«

»Trevor Andrews, Marjorie.«

»›Trevor‹. Das ist ein hübscher Name. Trevor, Sie sind ein gemeiner, heimtückischer, verachtenswerter Schweinehund. Führen Sie mich ins beste Restaurant von Bellingham, umschwärmen Sie mich mit gutem Likör und köstlichen Speisen, und bezahlen *Sie* die Rechnung! Ich räume Ihnen dafür die faire Chance ein, mir ihre niederträchtigen Absichten zu verkaufen. Aber ich glaube nicht, daß Sie mich ins Bett kriegen; mir ist nicht danach.«

Das war nun klar eine Lüge; mir war sogar sehr danach; hätte er meinen gesteigerten Geruchssinn besessen, wäre er seiner Sache sicher gewesen. So sicher wie ich wußte, daß er mich begehrte. Ein normaler Mann kann einer KP-Frau, die gesteigerte Sinne besitzt, nichts vormachen. Dies erfuhr ich, als bei mir die erste Regel einsetzte. Männliches Interesse kränkt mich aber nicht. Höchstens ahme ich das Verhalten einer normalen Frau nach, indem ich die Gekränkte spiele. Ich lasse mich aber nicht oft auf so etwas ein und versuche es zu vermeiden, denn so gut bin ich als Schauspielerin nicht.

Von Vicksburg nach Winnipeg hatte ich kein Verlangen gespürt. Doch inzwischen hatte ich zwei Nächte lang schlafen können, hatte heiß gebadet, mit viel Seife, und hatte ausgiebig gegessen, und so war mein Körper zu seinem normalen Verhalten zurückgekehrt. Weshalb belog ich also diesen harmlosen Fremden? »Harmlos?« Im vernünftigen Sinne schon. Ohne korrektive Operation bin ich steril. Ich neige nicht zu Erkältungen und bin besonders geschützt gegen die vier verbreitetsten Geschlechtskrankheiten. In der Krippe hatte man mich die Vorzüge des Gemeinschaftslebens gelehrt: essen, trinken, atmen, schlafen, spielen, reden und kuscheln – all die angenehmen Bedürfnisse, die das Leben zur Freude machen können, anstatt es wie eine Last aussehen zu lassen.

Ich belog ihn, weil die menschlichen Regeln in diesem Punkt des Geschlechtertanzes eine Lüge vorschrieben – ich spielte das Menschenweibchen und wagte es nicht, ehrlich ich selbst zu sein.

Er blinzelte auf mich herab. »Sie sind der Meinung, ich würde sinnlos investieren?«

»Ich fürchte ja. Tut mir leid.«

»Sie befinden sich im Irrtum. Nie versuche ich eine Frau ins Bett zu bekommen; wenn sie mich in ihrem Bett haben will, wird sie Mittel und Wege finden, mir das verständlich zu machen. Wenn sie mich *nicht* dort haben will, dann wäre ich auch nicht gern dort. Ihnen scheint es aber nicht bewußt zu sein, daß sich die Ausgabe für ein gutes Mittagessen schon allein deswegen lohnt, weil ich dasitzen und Sie anschauen kann, während ich allerdings das dumme Gerede, das Ihnen über die Lippen kommt, ignorieren muß.«

»›Gerede‹! Jetzt muß das Restaurant aber wirklich erstklassig sein. Nehmen wir das Shuttle!«

Ich hatte geglaubt, daß ich mich bei der Ankunft durch die Barriere reden müßte.

Der Einwanderungsbeamte aber schaute sich Trevors Ausweise gründlich an, ehe er seine Touristenkarte abstempelte, dann warf er nur einen kurzen Blick auf meine San-José-Master-Charge-Karte und winkte mich durch. Unmittelbar hinter der Zollkontrolle wartete ich auf Trevor und betrachtete das Schild DIE FRÜHSTÜCKSBAR mit einem seltsamen Gefühl des *déjàvu*.

Trevor holte mich ein. »Hätte ich die Goldkarte, mit der Sie da eben herumgeprotzt haben, früher gesehen«, sagte er bekümmert, »hätte ich mich nicht erboten, Ihr Mittagessen zu bezahlen. Sie sind ja eine reiche Erbin!«

»Nun hören Sie mal, mein Junge!« sagte ich. »Abgemacht ist abgemacht. Sie haben mir gesagt, es lohne sich dazusitzen und mich anzusabbern. Trotz meines ›Geredes‹. Ich bin bereit, darauf einzugehen. Vielleicht mache ich auch einen oder zwei weitere Knöpfe meines Ausschnitts auf. Aber kneifen geht jetzt nicht mehr. Auch eine reiche Erbin möchte ab und zu mal was einfahren.«

»Ach, wie schade ist das alles!«

»Hören Sie auf zu jammern! Wo ist denn Ihr Feinschmeckerlokal?«

»Nun, also ... Marjorie, ich muß zugeben, daß ich die Restaurants in dieser funkelnden Metropole überhaupt nicht kenne. Sagen Sie mir, wohin Sie möchten?«

»Trevor, Ihre Verführungskünste lassen zu wünschen übrig!«

»Das sagt meine Frau auch immer.«

»Dachte ich's mir doch – Sie machten mir gleich den Eindruck, als wüßten Sie am Zügel zu gehen. Zeigen Sie mir schon ihr Bild! Bin gleich zurück. Ich will nur mal feststellen, wo wir essen.«

Ich erwischte den Zollbeamten zwischen zwei Shuttles und fragte ihn nach dem Namen des besten Restaurants. Er musterte mich nachdenklich. »Wir sind hier nicht in Paris, müssen Sie wissen.«

»Aufgefallen war mir das schon.«

»Und auch nicht in New Orleans. Ich an Ihrer Stelle würde in den Speisesaal des Hilton gehen.«

Ich dankte ihm und kehrte zu Trevor zurück. »Wir essen im Speisesaal, zwei Stockwerke über uns. Es sei denn, Sie wollen erst einmal Ihre Spione ausschicken. Jetzt möchte ich aber das Bild Ihrer Frau sehen.«

Er zeigte mir ein Bild in seiner Brieftasche. Ich betrachtete es eingehend und pfiff dann respektvoll durch die Zähne. Blondinen beeindrucken mich. Als kleines Mädchen hoffte ich, diese Farbe zu erreichen, wenn ich nur energisch genug rubbelte. »Trevor, wenn Sie ein solches Weib zu Hause haben, warum gabeln Sie sich dann leichte Mädchen von der Straße auf?«

»Sind Sie ein leichtes Mädchen?«

»Versuchen Sie nicht immer das Thema zu wechseln!«

»Marjorie, Sie würden mir nicht glauben und würden nur darüber plappern. Gehen wir in den Speisesaal, ehe die Martinis völlig trocken werden!«

Das Mittagessen war in Ordnung, doch Trevor besaß nicht Georges' Phantasie, Kochkenntnisse und Geschicklichkeit im Einschüchtern von Oberkellnern. Ohne Georges' Flair war das Essen gut, übliche nordamerikanische Küche, in Bellingham nicht anders als in Vicksburg.

Ich war mit den Gedanken nicht ganz bei der Sache; daß Janets Kreditkarte für ungültig erklärt worden war, bestürzte mich beinahe mehr als die schreckliche Enttäuschung, Ian und

Janet nicht zu Hause anzutreffen. – Hatte Janet Ärger? – *War sie tot?*

Trevor hatte seinerseits ein wenig von der fröhlichen Begeisterung eingebüßt, die ein junger Hengst zeigen sollte, wenn das Spiel zügig weitergeht. Anstatt mich lüstern anzustarren, schien er ebenfalls düstere Gedanken zu wälzen. Was bedeutete dieser Wandel in seinem Verhalten? Lag es an meinem Wunsch, eine Aufnahme seiner Frau zu sehen? Hatte ich ihm damit den Wind aus den Segeln genommen? Ich bin der Meinung, daß sich ein Mann erst auf die Jagd begeben sollte, wenn er sich mit seiner Frau oder Frauen so geeinigt hat, daß er die flotten Einzelheiten zu Hause zur allgemeinen Unterhaltung darbieten kann. Wie Ian. Ich erwarte von keinem Mann, daß er »meinen Ruf schützt«, weil das die Männer meines Wissens ohnehin nie tun. Wollte ich einen Mann davon abhalten, meine süße Ungeschicklichkeit im Bett mit anderen zu besprechen, gibt's nur eine Möglichkeit: gar nicht erst mit ihm ins Bett zu gehen.

Außerdem hatte Trevor zuerst von seiner Frau angefangen, oder? – Ich ging das Gespräch noch einmal durch –, ja, hatte er.

Nach dem Essen wurde er wieder etwas munterer. Ich sagte ihm, er könne nach seiner Geschäftsbesprechung zurückkehren, denn ich wolle mich hier als Gast registrieren lassen, um es gemütlich zu haben und auch allein zu sein, wenn ich einige Satellitentelefonate erledigte (was stimmte), außerdem bliebe ich vielleicht über Nacht (das stimmte ebenfalls), er könne also wiederkommen und mich anrufen, und dann würde ich mich mit ihm im Foyer treffen (das stimmte nicht unbedingt – ich war so verstört und einsam, daß ich ihn vermutlich bitten würde, gleich heraufzukommen.)

Er antwortete: »Ich rufe vorher an, damit Sie den Mann aus dem Zimmer schaffen können, dann aber komme ich gleich zu Ihnen ins Zimmer. Wäre doch sinnlos, den Weg zweimal zu machen. Den Champagner aber lasse ich schicken; ich habe keine Lust, ihn zu tragen.«

»Moment mal!« sagte ich. »Noch haben Sie mich nicht auf Ihre niederträchtigen Absichten festgelegt. Ich habe Ihnen nicht mehr und nicht weniger versprochen, als daß Sie mir Ihren Werbevortrag halten können. Im Foyer. Nicht in meinem Schlafzimmer.«

»Marjorie, Sie sind eine harte Frau.«

»Nein, Sie sind ein ehrgeiziger Mann. Ich weiß, was ich tue.« Eine plötzliche Ahnung gab mir ein, daß ich es in der Tat genau wußte. »Sagen Sie mal, wie stehen Sie zu Künstlichen Personen? Hätten Sie etwas dagegen, wenn Ihre Schwester eine heiraten wollte?«

»Kennen Sie eine, die dazu bereit wäre? Meine Schwester wird allmählich ein bißchen alt; sie kann es sich nicht mehr leisten, wählerisch zu sein.«

»Weichen Sie mir nicht aus! Würden *Sie* eine heiraten?«

»Was würden die Nachbarn denken? Marjorie, woher wollen Sie wissen, daß ich es nicht längst getan habe? Sie haben doch das Photo meiner Frau gesehen. Artefakte geben angeblich die allerbesten Ehefrauen ab, horizontal wie vertikal.«

»Konkubinen, meinen Sie wohl. Es ist nicht nötig, sie auch noch zu heiraten. Trevor, Sie sind nicht nur nicht mit einer KP verheiratet, Sie wissen auch nicht mehr darüber, als die allgemein verbreiteten Mythen – sonst würden Sie nicht von ›Artefakt‹ sprechen, wenn wir uns in Wahrheit über ›Künstliche Personen‹ unterhalten.«

»Ich bin heimtückisch, hinterlistig und verachtenswert. Ich habe bewußt das falsche Wort gebraucht, damit Sie nicht darauf kommen, daß ich zu der Sorte gehöre.«

»Geplapper! Sie sind keine KP, sonst wüßte ich es. Und Sie würden wohl mit einer ins Bett gehen, aber es fiele Ihnen nie im Traum ein, so eine zu heiraten. Unsere Diskussion wird langsam sinnlos; hören wir auf damit! Ich brauche etwa zwei Stunden; seien Sie nicht überrascht, wenn mein Zimmerterminal besetzt ist. Lassen Sie eine Nachricht aufzeichnen und bestellen Sie sich einen schönen Drink; ich komme dann so schnell wie möglich runter.«

Ich tippte mich am Empfang ein und ging nach oben – diesmal nicht ins Brautzimmer – ohne Georges hätte mich diese süße Extravaganz nur traurig gestimmt –, sondern in ein nettes Zimmer mit weichem, breitem Bett, ein Luxus, den ich mir im Hinblick auf meinen Verdacht bestellt hatte, daß Trevors zurückhaltende (beinahe negative) Art, sich zu verkaufen, ihn letztlich doch dorthin bringen würde. Ein schwieriger Mensch.

Ich verdrängte den Gedanken und machte mich an die Arbeit. Zuerst rief ich im Vicksburg-Hilton an. Nein, Mr. und Mrs. Perreault hatten sich abgemeldet. Nein, eine Anschrift war nicht hinterlassen worden. Tutunsleid!

Mir tat es auch leid, und darin war mir die synthetische Computerstimme kein Trost. Ich rief die McGill-Universität in Montréal an und brauchte zwanzig Minuten, um zu erfahren, daß Dr. Perreault in der Tat dem Lehrkörper der Universität angehörte, sich im Augenblick aber in der Universität Manitoba aufhielte. Die einzige Neuigkeit bestand darin, daß der Montréal-Computer Englisch und Französisch mit gleicher Selbstverständlichkeit beherrschte und stets in der Sprache antwortete, in der er angesprochen worden war. Sehr clever, diese Elektronenbändiger – für meinen Geschmack zu clever!

Ich probierte es mit Janets (Ians) Komm-Kode in Winnipeg und erfuhr, daß das Terminal auf Veranlassung des Kunden abgemeldet worden sei. Ich fragte mich, wie es möglich war, daß ich noch bis heute früh auf diesem Terminal im Loch die Nachrichten empfangen hatte. Hieß »abgemeldet« in diesem Falle nur, daß keine ankommenden Gespräche aufgenommen wurden? Gab es bei der Komm-Gesellschaft solche feinen Unterschiede?

ANZAC Winnipeg jagte mich durch ein gehöriges Stück des dortigen Computers, bis ich endlich eine menschliche Stimme zu hören bekam, die mir einräumte, daß Captain Tormey wegen der Krise und der Unterbrechung im Flugverkehr in Neuseeland im Urlaub sei.

Ians Auckland-Kode antwortete mit Musik und der Aufforderung, eine Nachricht auf Band zu sprechen, was mich nicht weiter überraschte, da Ian nur dort sein konnte, wenn der SBR-Verkehr wieder aufgenommen wurde. Ich hatte aber gehofft, Freddie und/oder Betty zu erreichen.

Wie sollte ich nach Neuseeland gelangen, wenn die SBR nicht flogen? Mit den Seepferden zu fahren, ging nicht; sie sind zu klein. Und nahmen die großen Shipstone-getriebenen Schwimmfrachter jemals Passagiere mit? Ich glaubte nicht, daß Unterkünfte eingebaut waren. Hatte mir nicht jemand erzählt, daß einige dieser Schiffe nicht einmal Besatzungen hatten?

Ich glaubte mich auf den Reiserouten besser auszukennen als die regulären Reisebüros, denn als Kurier mußte ich zuweilen auf Beförderungsmittel zurückgreifen, die Touristen nicht zur Verfügung stehen und mit normaler Passagierbeförderung nichts zu tun haben. Nun bekümmerte mich die Erkenntnis, daß ich mir nie überlegt hatte, wie ich gegen das Schicksal ankämpfen sollte, wenn alle SBR am Boden festlagen. Aber natürlich gab es eine Möglichkeit, es gab *immer* eine Möglichkeit. Ich ordnete die Frage als ein Problem ein, das zu lösen war – allerdings später.

Ich rief die Universität von Sydney an und sprach mit einem Computer. Endlich aber bekam ich doch eine menschliche Stimme in die Leitung, die zugab, Professor Farnese zu kennen, der aber im Augenblick ein Studienjahr absolviere. Nein, Private Komm-Kodes und Anschriften würden grundsätzlich nicht weitergegeben – tut mir leid. Vielleicht könnte die Auskunft mir weiterhelfen.

Der Informationscomputer von Sydney schien sich einsam zu fühlen, da er endlos mit mir plaudern wollte – nur wollte er nicht damit herausrücken, ob er Federico oder Elizabeth Farnese in seinem Netz sitzen hatte. Ich hörte mir Werbesprüche über die längste Brücke der Welt an (stimmt nicht) und über das großartigste Opernhaus der Welt (stimmt), verbunden mit der Aufforderung, nach Australien zu kommen und ... Widerstrebend schaltete ich ab; ein freundlicher Computer mit australischem Akzent ist eine bessere Gesellschaft, als man sie manchmal ertragen muß, unter Menschen wie auch unter meinesgleichen.

Dann machte ich den Schritt, den zu vermeiden ich gehofft hatte: Christchurch. Es war anzunehmen, daß sich das HQ meines Chefs über meine frühere Familie mit mir hatte in Verbindung setzen wollen, als der Umzug stattfand – wenn es sich um einen Umzug und nicht um eine ungeordnete Auflösung gehandelt hatte. Es bestand außerdem die entfernte Möglichkeit, daß Ian, der mich im Imperium nicht erreichen konnte, eine Nachricht an mein früheres Zuhause richten würde, in der Hoffnung, man würde sie weiterleiten. Ich erinnerte mich daran, daß ich ihm meinen Komm-Kode in Christchurch gegeben hatte, als er mir die Nummer für seine Wohnung in Auckland nannte. So rief ich denn mein früheres Zuhause an ...

... und erlebte einen Schock vergleichbar dem Ruck, der einen durchfährt, wenn man auf eine Stufe tritt, die gar nicht vorhanden ist. »Das von Ihnen gewählte Terminal ist nicht angeschlossen. Anrufe werden nicht weitergeleitet. Im Notfall rufen Sie bitte Christchurch ...« Es folgte ein Kode, von dem ich wußte, daß er zu Brians Büro gehörte.

Unwillkürlich ging ich die Verschiebungen der Zeitzonen durch in der Hoffnung, auf eine Antwort zu stoßen, die einen

Anruf sinnlos machte – aber dann riß ich mich zusammen. Wir hatten hier Nachmittag, eben fünfzehn durch, folglich war in Neuseeland der folgende Vormittag, kurz nach elf, die Zeit, da Brian am wahrscheinlichsten im Büro anzutreffen war. Ich gab sein Signal ein, mußte im Satelliten nur wenige Sekunden warten und starrte dann in sein verblüfftes Gesicht. »Marjorie!«

»Ja«, gab ich ihm recht. »›Marjorie‹. Wie geht es dir?«

»Warum rufst du mich an?«

»Brian, bitte!« sagte ich. »Wir waren sieben Jahre lang verheiratet. Können wir nicht wenigstens höflich miteinander sprechen?«

»Tut mir leid. Was kann ich für dich tun?«

»Es tut mir leid, dich bei der Arbeit stören zu müssen, aber ich habe im Haus angerufen und erfahren, daß das Terminal nicht angeschlossen ist. Brian, wie du zweifellos aus den Nachrichten weißt, hat die Krise alle Verbindungen ins Chicago-Imperium unterbrochen. Die Morde. Der ›Rote Donnerstag‹, wie die Journalisten ihn nennen. Ein Ergebnis davon ist, daß ich mich in Kalifornien aufhalte; ich habe mein Ziel im Imperium nicht erreicht. Gibt es vielleicht Post oder Nachrichten für mich, die bei euch gelandet sind? An mich ist nichts weitergeleitet worden.«

»Ich wüßte nichts davon. Tut mir leid.«

»Kannst du mir nicht einmal sagen, ob etwas weitergeschickt werden sollte? Wenn ich nur wüßte, daß eine Nachricht für mich eingetroffen wäre, könnte mir das helfen, sie aufzuspüren.«

»Ich will mal überlegen. Da wäre zunächst das ganze Geld, das du abgezogen hast ... Nein, die entsprechende Ziehung hast du ja mitgenommen.«

»Was für Geld«

»Das Geld, das du von uns zurückverlangt hast – wenn wir nicht einen offenen Skandal riskieren sollten. Gut siebzigtausend Dollar. Marjorie, ich bin überrascht, daß du die Frechheit hast, dein Gesicht hier blicken zu lassen – wo doch dein Fehlverhalten, deine Lügen, deine kalte Habgier unsere Familie zerstört haben.«

»Brian, wovon *redest* du da, um alles auf der Welt? Ich habe niemanden belogen, ich finde auch nicht, daß ich mich falsch verhalten habe, und ich habe keinen Pfennig aus der Familie abgezogen. ›Die Familie zerstört‹ – *wie denn?* Ich wurde aus der Familie verstoßen, aus heiterem Himmel, verstoßen und fortgeschickt, innerhalb weniger Minuten. Ich habe auf keinen Fall ›die Familie vernichtet‹. Erklär mir das bitte!«

Brian kam meiner Aufforderung nach und ließ keine schreckliche Einzelheit aus. Meine Untaten gingen natürlich Hand in Hand mit meinen Lügen, jener lächerlichen Behauptung, ich sei ein Lebendiger Artefakt und kein Mensch, eine Behauptung, mit der ich die Familie gezwungen hatte, die Annullierung zu verlangen. Ich versuchte ihn daran zu erinnern, daß ich ihm ja meine gesteigerten Fähigkeiten vorgeführt hatte; aber er tat die Bemerkung ungeduldig ab. Meine Erinnerungen, seine Erinnerungen – das paßte nicht zueinander. Was das Geld betraf, so log ich natürlich wieder; er hatte die Quittung mit meiner Unterschrift gesehen.

Ich unterbrach ihn mit der Bemerkung, daß jede Unterschrift auf einem solchen Dokument, die wie die meine aussah, eine Fälschung sein *müsse*, da ich keinen einzigen Dollar bekommen hätte.

»Damit klagst du Anita der Fälschung an. Das ist bisher deine unverschämteste Lüge.«

»Ich klage überhaupt nicht an. Aber ich habe von der Familie kein Geld erhalten!«

Natürlich beschuldigte ich Anita doch, und das wußten wir beide. Und vielleicht schloß ich Brian in meine Vorwürfe mit ein. Ich erinnerte mich an Vickies Bemerkung, daß Anita nur dann harte Brustwarzen bekäme, wenn es um große Guthabenbeträge ginge – und ich hatte sie unterbrochen und aufgefordert, nicht frech zu sein. Aber auch von anderer Seite hatte ich Hinweise erhalten, daß Anita im Bett nicht sonderlich auftaute – ein Zustand, den eine KP nicht zu verstehen vermag. Im Rückblick erschien es denkbar, daß ihre Leidenschaften zur Gänze auf die Familie, auf ihren finanziellen Erfolg, ihr öffentliches Prestige und ihre Macht in der Gemeinde gerichtet waren.

Wenn das stimmt, mußte sie mich hassen. Ich zerstörte die Familie nicht, aber anscheinend war mein Ausschluß der erste Dominostein, der zum Zusammenbruch führte. Beinahe unmittelbar nach meiner Abreise fuhr Vickie nach Nuku'alofa – und beauftragte einen Anwalt damit, auf Scheidung und finanzielle Abfindung zu klagen. Dann verließen Douglas und Lisbeth Christchurch, heirateten separat und leiteten einen ähnlichen Prozeß ein.

Ein winziger Trost wurde mir zuteil. Ich erfuhr von Brian, daß die Abstimmung gegen mich nicht sechs zu null, sondern sieben zu null gewesen war. Eine Verbesserung? Ja. Anita hatte bestimmt, daß die Entscheidung nach den Anteilen vorgenommen werden müßte; die Haupt-Anteilseigner, Brian, Bertie und Anita, hatten als erste abgestimmt, sieben Stimmen gegen mich, eine klare Mehrheit für den Ausschluß, woraufhin Douglas, Vickie und Lisbeth gar nicht erst abgestimmt hatten.

Doch eben nur ein winziger Trost, denn sie hatten sich gegen Anita nicht aufgelehnt, hatten nicht versucht, ihr Einhalt zu gebieten, hatten mich nicht einmal vor dem gewarnt, was da im Gange war. Sie enthielten sich der Stimme – dann blieben sie im Hintergrund und ließen das Urteil vollstrecken.

Ich erkundigte mich bei Brian nach den Kindern – und bekam die barsche Antwort zu hören, daß sie mich nichts angingen. Er fügte hinzu, er habe viel zu tun und müsse weitermachen, doch ich stellte ihm noch schnell eine Frage: »Was ist aus den Katzen geworden?«

Er sah aus, als würde er gleich explodieren. »Marjorie! Hast du denn überhaupt kein Herz? Nachdem deine Handlungsweise soviel Schmerz, soviel echte Tragik verursacht hat, erkundigst du dich nach etwas so Unwichtigem wie den Katzen?«

Ich bezwang meinen Zorn. »Ich möchte es wissen, Brian.«

»Ich glaube, sie wurden dem Tierschutz überlassen. Oder einer medizinischen Fakultät. Leb wohl! Bitte ruf mich nie wieder an!«

»Medizinische Fakultät ...« Mr. Stolperstein auf einen Operationstisch gebunden, während ein Medizinstudent ihn mit dem Skalpell auseinandernahm? Ich bin kein Vegetarier und habe auch nichts gegen den Einsatz von Tieren in Forschung und Lehre. Aber wenn es denn schon geschehen muß, lieber Gott, wenn es da überhaupt einen gibt, dann soll das nicht an Tieren geschehen, die dazu erzogen worden sind, sich für Menschen zu halten!

Tierschutz oder medizinische Fakultät, Mr. Stolperstein und die jüngeren Katzen waren mit ziemlicher Sicherheit tot. Wären die SBR geflogen, hätte ich es wohl trotzdem riskiert, nach Britisch-Kanada zurückzukehren, um den nächsten Start nach Neuseeland zu erreichen, in der verlorenen Hoffnung, meinen alten Freund zu retten. Ohne moderne Transportmittel jedoch war Auckland weiter entfernt als Luna City. Außerdem wäre das ganze Unterfangen mehr als hoffnungslos gewesen.

Energisch griff ich auf mein Kontrolltraining zurück und verdrängte Dinge aus meinen Gedanken, die ich sowieso nicht mehr ändern konnte ...

... und mußte feststellen, daß Mr. Stolperstein mir noch immer um die Beine strich.

Auf dem Terminal blinkte eine rote Lampe. Ich schaute auf die Uhr und stellte fest, daß ich ungefähr die angekündigten zwei Stunden benötigt hatte; das Licht war mit ziemlicher Sicherheit Trevor.

Also entscheide dich endlich, Freitag! Willst du dir das Gesicht waschen, hinuntergehen und dich von ihm beschwatzen lassen? Oder möchtest du ihn hochbitten, sofort ins Bett bugsieren und dich bei ihm ausweinen? Zumindest im Anfang? In diesem Augenblick fühlst du dich alles andere als scharf auf einen Mann – aber wenn du ein Weilchen an einer weichen, warmen Männerschulter gelegen hast, wenn du deine Gefühle ein wenig ausgetobt hast, dann wird das Interesse schon zurückkehren. Das weißt du aus praktischer Erfahrung. Frauentränen gelten bei den meisten Männern als sehr anregend, eine Erkenntnis, die du nur bestätigen kannst. (Ein verdeckter Sadismus? Machismo? Wen schert das? Es funktioniert.)

Laß ihn heraufkommen! Bestell Alkohol! Leg auch etwas Rouge und Lippenstift auf, damit du begehrenswert aussiehst. Nein, zum Teufel mit Lippenstift; der würde sowieso nicht lange vorhalten. Laß ihn heraufkommen! Nimm ihn mit ins Bett! Heitere dich auf, indem du dir größte Mühe gibst, ihn aufzuheitern! Gib ihm alles, was du zu bieten hast!

Ich holte ein Lächeln auf mein Gesicht und aktivierte das Terminal.

Und vernahm die Stimme des Hotelroboters: »Wir haben hier eine Schachtel Blumen für Sie. Sollen wir sie zu Ihnen hinaufschicken?«

»Aber ja.« (Egal von wem, eine Schachtel Blumen ist besser als ein Schlag vor den Bauch mit einem nassen Fisch.)

Gleich darauf summte der Servicefahrstuhl. Ich ging hinüber und nahm ein Blumengebinde heraus, das so groß war wie ein Kindersarg. Um es zu öffnen, mußte ich es auf den Boden legen.

Langstielige rote Rosen! Ich nahm mir vor, Trevor mehr zu verwöhnen, als es Kleopatra in ihrer besten Zeit vermocht hatte.

Nachdem ich die Blumen bewundert hatte, öffnete ich den Umschlag, der dabeilag. Ich rechnete mit einer kurzen Bemerkung, der Aufforderung, ihn im Foyer anzurufen.

Nein, es war eine Nachricht, beinahe ein Brief:

»Liebe Marjorie,

ich hoffe, diese Rosen sind Ihnen mindestens ebenso willkommen, wie ich es gewesen wäre. (... gewesen wäre? Zum Teufel, was sollte das?)

Ich muß gestehen, daß ich ausgerissen bin. Es ergab sich etwas, das mich erkennen ließ, daß ich meine Versuche, Ihnen meine Gesellschaft aufzuzwingen, einstellen muß.

Ich bin nicht verheiratet. Ich habe keine Ahnung, wer die hübsche Dame ist; das Bild ist nur ein Requisit. Wie Sie selbst schon andeuteten, sind Leute meines Schlages nicht zum Heiraten geeignet. Liebe Dame, ich bin eine Künstliche Person. ›Meine Mutter war ein Reagenzglas, mein Vater ein Skalpell.‹ Eigentlich sollte ich mich menschlichen Frauen nicht aufdrängen. Ich gehe als Mensch durch, gewiß, aber ich möchte Ihnen lieber die Wahrheit sagen, als weiter mit Ihnen herumzuspielen, wo Sie doch die Wahrheit früher oder später sowieso herausbekämen. Denn irgendwann würde mein Stolz die Oberhand gewinnen, und ich würde es Ihnen sagen.

Also spreche ich es lieber jetzt aus, um Sie später nicht zu kränken.

Natürlich ist mein Familienname nicht ›Andrews‹, da Leute meines Schlages keine Familien haben.

Trotzdem aber bleibt in mir der Wunsch, Sie wären auch eine KP. Sie sind wirklich nett (und auch schrecklich begehrenswert), und Ihre Neigung, über Dinge zu plappern, von denen Sie nichts verstehen, beispielsweise über KPs, ist sicher nicht Ihr Fehler. Sie erinnern mich an ein kleines Foxterrier-Weibchen, das ich mal besaß. Sie war wirklich niedlich und liebevoll, doch bereit, gegen die ganze Welt anzukämpfen, wenn sich das so ergab. Ich gestehe, daß mir Hunde und Katzen meistens besser gefallen als Menschen; sie werfen mir nie vor, daß ich kein Mensch bin.

Viel Spaß mit den Rosen,
›Trevor‹«

Ich wischte mir die Tränen aus den Augen, schnaubte mir die Nase, stürmte aus dem Zimmer und durch das Foyer in die Bar, dann ein Stockwerk tiefer in die Shuttle-Station. An den Drehkreuzen zu den abfahrenden Shuttles blieb ich stehen – und wartete und wartete und wartete noch ein bißchen länger, bis ein Polizist mich aufs Korn nahm und schließlich zu mir kam und sich erkundigte, was ich wollte und ob ich Hilfe brauchte.

Ich erzählte ihm die Wahrheit, einen Teil der Wahrheit, und er ließ mich in Ruhe. Ich blieb weitere anderthalb Stunden, und er ließ mich nicht aus den Augen. Schließlich baute er sich wieder vor mir auf und sagte: »Hören Sie, wenn Sie dies als Ihr Revier ansehen, muß ich Sie nach Ihrer Lizenz und Ihrem Gesundheitspaß fragen und Sie einbuchten, wenn keins von beiden in Ordnung ist. Ich habe keine Lust dazu; zu Hause habe ich eine Tochter, die etwa so alt ist wie Sie, und ich würde mir wünschen, daß ein Polizist ihr mal eine Chance gibt. Trotzdem sollten Sie nicht diesem Geschäft nachgehen; man sieht's Ihnen doch schon am Gesicht an, daß Sie dazu nicht hart genug sind.«

Ich überlegte mir, ob ich ihm meine Gold-Kreditkarte zeigen sollte – es gibt sicher kein Straßenmädchen, das mit einer solchen Karte ausgestattet ist. Aber der alte Knabe dachte wirklich, er könne mir helfen, und ich hatte für heute schon genug Leute abgekanzelt. Ich dankte ihm und kehrte in mein Zimmer zurück.

Die Menschen sind auf überhebliche Weise davon überzeugt, jede KP sofort zu erkennen – *pah!* Wir erkennen uns ja nicht mal *gegenseitig*! Trevor war bisher der einzige Mann in meinem Leben, den ich unbelasteten Gewissens hätte heiraten können – und ich hatte ihn vertrieben!

Er war aber auch viel zu empfindlich!

Wer ist hier zu empfindlich? *Du*, Freitag!

Aber, verdammt, die meisten Menschen sind nun mal gegen Wesen von unserer Art. Tritt man einen Hund oft genug, wird er übernervös. Seht euch doch nur meine nette EnEs-Familie an, diese Betrüger! Vermutlich fühlte sich Anita völlig im Recht, als sie mich betrog – ich war ja kein Mensch.

Ergebnis des Tages zwischen Menschen und Freitag: 9 zu 0.

Wo ist Janet?

21. Kapitel

Ich erwachte nach einem kurzen Schlaf, den ich damit verbrachte, auf einer Auktionsplattform zu stehen und darauf zu warten, daß ich verkauft wurde. Mein Erwachen ging auf die Interessenten zurück, die immer wieder meine Zähne anschauen wollten, bis ich schließlich einen biß und der Auktionator mir die Peitsche zu schmecken gab, was mich hochschrecken ließ. Das Bellingham-Hilton bot einen sehr beruhigenden Anblick.

Dann machte ich den Anruf, den ich zuerst hätte erledigen sollen. Die anderen Anrufe aber waren ohnehin unumgänglich gewesen, dieser Anruf aber war zu teuer und wäre überflüssig gewesen, wenn das letzte Gespräch etwas erbracht hätte. Außerdem spreche ich nicht gern mit dem Mond; die Zeitverzögerung empfinde ich als sehr störend.

Ich rief die South Africa & Ceres Akzept-Gesellschaft an, die Bank, die der Chef benutzt – vermutlich eine von mehreren. Dieses Institut aber kümmerte sich um mein Vermögen und bezahlte meine Rechnungen. Nach dem üblichen Hin und Her mit den synthetischen Stimmen, die mir noch absichtlicher alles zu verzögern schienen, weil diesmal die Entfernung eine gewisse Stockung auslöste, wurde ich schließlich zu einem Menschen durchgestellt, einer attraktiven Frau, die nach meiner Auffassung als dekorative Empfangsdame eingestellt worden war – die Schwerkraft von einem Sechstel ist viel wirksamer als jeder Büstenhalter. Ich bat sie, mich mit einem der Verantwortlichen zu verbinden.

»Sie sprechen mit einer Vizepräsidentin«, antwortete sie. »Es ist Ihnen gelungen, unseren Computer davon zu überzeugen, daß Sie von einem zuständigen Mitarbeiter bedient werden sollten. Das ist eine bemerkenswerte Leistung; unser Computer ist sehr stur. Was kann ich für Sie tun?«

Ich tischte ihr einen Teil meiner unglaublich klingenden Geschichte auf. »Ich brauchte also zwei Wochen, um ins Imperium einzudringen, und als mir das gelungen war, stellten sich alle Kontakt-Kodes als gesperrt heraus. Kann die Bank mir einen anderen Komm-Kode oder vielleicht eine neue Anschrift nennen?«

»Wir schauen nach. Wie heißt die Firma, für die Sie arbeiten?«

»Sie hat mehrere Namen. Einer ist System Enterprises.«

»Wie heißt Ihr Chef?«

»Er hat keinen Namen. Er ist nicht mehr jung, untersetzt, hat nur noch ein Auge und bewegt sich langsam auf zwei Krücken. Kommen wir damit weiter?«

»Das werden wir sehen. Sie haben mir eben gesagt, wir bezahlten Ihre Master-Charge-Kreditkarte, die durch die Imperial-Bank von Saint Louis ausgegeben worden sei. Lesen Sie mir bitte langsam die Nummer der Karte vor.«

Ich kam der Aufforderung nach. »Wollen Sie sie auch photographieren?«

»Nein. Nennen Sie mir ein Datum.«

»Zehn-sechsundsechzig.«

»Vierzehn-zweiundneunzig«, antwortete sie.

»Viertausendundvier vor Christus«, stimmte ich zu.

»Siebenzehn-sechsundsiebzig«, gab sie zurück.

»Zweitausendundzwölf«, konterte ich.

»Sie haben einen ziemlich verqueren Humor, Miß Baldwin. In Ordnung, vorläufig gehen wir davon aus, daß Sie sind, was zu sein Sie vorgeben. Wenn Sie es aber nicht sind, möchte ich schon jetzt mit Ihnen wetten, daß Sie den nächsten Kontrollpunkt nicht überleben. Mr. Doppelkrücke hat etwas gegen ungebetene Eindringlinge. Notieren Sie sich folgenden Komm-Kode. Dann lesen Sie ihn mir noch einmal vor.«

Ich gehorchte.

Eine Stunde später fuhr ich in San José am Palast der Konföderation vorbei, um mich wieder einmal zum Gebäude der California Commerce Bank zu begeben, entschlossen, mich diesmal vor dem Palast nicht in irgendwelche Auseinandersetzungen verwickeln zu lassen, egal, was für Attentatsversuche dort ablaufen mochten. Ich machte mir Gedanken über die Tatsache, daß ich mich genau dort befand, wo ich schon einmal vor ... äh ... zwei Wochen gewesen war. Sollte ich von diesem Punkt aus wieder nach Vicksburg geschickt werden, mochte ich den Verstand verlieren.

Im Bankgebäude war aber nicht die Master-Charge-Organisation mein Ziel, sondern eine Anwaltsfirma in einem anderen

Stockwerk; ich hatte dort angerufen, nachdem mir ihr Komm-Kode vom Mond durchgegeben worden war. Eben hatte ich die Ecke des Gebäudes erreicht, als dicht neben mir eine Stimme sagte: »Miß Freitag.«

Hastig sah ich mich um. Eine Frau in der gelben Uniform einer Taxifahrerin ...

Ich schaute noch einmal hin. »Goldie!«

»Sie haben ein Taxi bestellt, Miß? Über den Platz und die Straße hinab. Wir dürfen hier nicht parken.«

Gemeinsam gingen wir über den Platz. Ich wollte begeistert losreden, aber Goldie brachte mich zum Schweigen. »Benimm dich bitte wie ein Taxigast! Der große Boß möchte, daß wir nicht auffallen.«

»Warum nennst du mich ›Miß‹?«

»Das ist besser so. Im Augenblick wird sehr auf Disziplin geachtet. Daß ich dich aufgreifen darf, geht auf eine Sondererlaubnis zurück, die nie ausgesprochen worden wäre, wenn ich nicht hätte klarmachen können, daß ich dich ohne Kennworte klar identifizieren kann.«

»Nun ja. Na schön. Aber sag bloß nicht ›Miß‹ zu mir, wenn es nicht unbedingt sein muß. Meine Güte, liebste Goldie, ich freue mich so sehr über deinen Anblick, daß ich weinen könnte!«

»Ich auch. Zumal du erst diesen Montag tot gemeldet worden bist. Da habe ich wirklich geweint. Mehrere andere auch.«

»›Tot‹? *Ich?* Ich bin dem Tod nicht einmal nahe gewesen, nirgendwo. Ich erinnere mich an keine Gefahren. Ich bin lediglich herumgeirrt. Und jetzt hat man mich aufgespürt.«

»Das freut mich.«

Zehn Minuten später wurde ich in das Büro des Chefs geführt. »Freitag meldet sich zum Dienst, Sir«, sagte ich.

»Sie kommen spät.«

»Ich habe 'ne hübsche Rundtour gemacht, Sir. Mit dem Ausflugsdampfer auf dem Mississippi.«

»Das hatte ich schon vernommen. Sie scheinen die einzige Überlebende zu sein. Ich meinte aber eben, daß Sie *heute* spät dran sind. Sie überquerten die Grenze nach Kalifornien um zwölf-null-fünf. Jetzt ist es siebzehn-zweiundzwanzig.«

»Verdammt, Chef, ich hatte Probleme!«

»Von Kurieren wird erwartet, daß sie sich solchen Problemen entziehen und auf jeden Fall schnell vorankommen.«

»Verdammt, Chef, ich war nicht im Dienst, ich war kein Kurier. Ich war noch immer im Urlaub; es steht Ihnen nicht zu, mich zu tadeln! Wären Sie nicht umgezogen, ohne mich zu verständigen, hätte es nicht den geringsten Ärger gegeben. Ich war vor zwei Wochen schon mal hier in San José, einen Steinwurf von hier entfernt.«

»Dreizehn Tage ist das jetzt her.«

»Chef, Sie stellen sich nur deswegen haarspalterisch an, weil sie nicht zugeben wollen, daß *Sie* Schuld haben, nicht ich.«

»Nun ja, ich nehme die Schuld auf mich, wenn man überhaupt davon sprechen kann – aber nur damit wir nicht weiter herumstreiten und Zeit verschwenden. Ich hatte alles Nötige veranlaßt, Sie zu verständigen, nicht nur die Routinenachricht, die den anderen Einsatzagenten zuging, welche sich nicht gerade im Hauptquartier aufhielten. Tut mir leid, daß dieser besondere Aufwand nichts gefruchtet hat. Freitag, wie kann ich Sie davon überzeugen, daß Sie einzigartig sind und meine Organisation Sie nicht verlieren möchte? In Erwartung der Ereignisse, die später als ›Roter Donnerstag‹ bezeichnet wurden ...«

»Chef! Hatten *wir* damit zu tun?« Ich war entsetzt.

»Wie kommen Sie nur auf eine solche obszöne Idee? Nein. Unsere Informations-Abteilung projizierte eine solche Entwicklung – teils aus Daten, die Sie uns von L-5 geliefert haben –, woraufhin wir Vorsichtsmaßnahmen einleiteten, rechtzeitig, wie wir annahmen. Die ersten Angriffe aber fanden früher statt, als es unsere pessimistischsten Projektionen vorgesehen hatten. Am Beginn des Roten Donnerstags waren wir noch immer mit unserem Gepäck beschäftigt; wir mußten uns einen Weg über die Grenze bahnen. Mit Bestechung, nicht mit Gewalt. Die Benachrichtigung über den Adressenwechsel und der Komm-Kodes waren schon hinausgegangen, aber erst als wir hier waren und unsere Komm-Zentrale funktionsbereit war, erfuhr ich, daß von Ihnen die Routinebestätigung noch nicht eingetroffen war.«

»Aus dem einfachen Grund, weil ich die Routinebenachrichtigung nicht bekommen hatte!«

»Bitte! Als ich erfuhr, daß Sie sich nicht gemeldet hatten, versuchte ich Sie zu Hause in Neuseeland anzurufen. Sie wissen vielleicht, daß es eine Unterbrechung der Satellitenverbindungen gab ...«

»Ich habe davon gehört.«

»Genau. Ich bekam den Anruf etwa zweiunddreißig Stunden später durch. Ich sprach mit Mrs. Davidson, einer etwa vierzig Jahre alten Frau mit ziemlich spitzen Gesichtszügen. Die Seniorfrau Ihrer S-Gruppe?«

»Ja. Anita. Oberste Scharfrichterin und sonst auch alles.«

»Den Eindruck hatte ich auch. Außerdem gewann ich den Eindruck, daß Sie dort *persona non grata* waren.«

»Sicher war das mehr als nur ein Eindruck. Sprechen Sie weiter, Chef! Was hat der alte Drachen über mich vom Stapel gelassen?«

»Beinahe nichts. Sie hätten die Familie recht plötzlich verlassen. Nein, Sie hätten keine Nachsendeanschrift und auch keinen Komm-Kode angegeben. Nein, sie würde keine Nachricht entgegennehmen und auch keine weiterleiten. Sie habe viel zu tun; Marjorie habe der Familie ein scheußliches Durcheinander hinterlassen. Leben Sie wohl.«

»Boß, sie *hatte* Ihre Anschrift im Imperium. Sie kannte außerdem die Anschrift der SA&CA in Luna City, weil ich von dort meine monatlichen Zahlungen an die Familie leistete.«

»Das reimte ich mir so etwa zusammen. Mein Vertreter in Neuseeland ...« – das erstemal, daß ich von ihm erfuhr! – »verschaffte mir die Büroanschrift des Senior-Mannes Ihrer S-Gruppe, eines gewissen Brian Davidson. Er war höflicher und in gewisser Weise auch hilfsbereiter. Von ihm erfuhren wir, mit welchem Shuttle Sie von Christchurch abgeflogen waren. Das wiederum führte zur Passagierliste der SBR, mit der Sie von Auckland nach Winnipeg flogen. Dort verloren wir Sie für kurze Zeit, bis mein dortiger Agent feststellte, daß Sie den Hafen in der Begleitung des Captain der SBR verlassen hatten. Als wir mit ihm sprachen – Captain Tormey –, zeigte er sich hilfsbereit, aber Sie waren bereits abgereist. Es freut mich, Ihnen mitteilen zu können, daß wir Captain Tormey diesen Gefallen zurückzahlen konnten. Interne Informationen versetzten uns in die Lage, ihm Bescheid zu geben, daß er und seine Frau in Kürze durch die örtliche Polizei verhaftet werden sollten.«

»Um Himmels willen! Weshalb denn?«

»Nach außen hin geht es um die Beschuldigung, einen feindlichen Ausländer bei sich aufgenommen zu haben. Außerdem sollen die beiden während des amtlichen Notstands eine unregistrierte Bürgerin des Imperiums bei sich beherbergt haben. Im Grund interessiert sich das Revier Winnipeg der Ortspolizei aber nicht für Sie oder Dr. Perreault; das ist nur ein Vorwand, um die Tormeys festzusetzen. Man fahndet nach ihnen wegen einer weitaus schlimmeren Sache, die aber noch nicht offiziell zur Anklage reif ist. Ein gewisser Lieutenant Melvin Dickey wird vermißt. Das letzte war seine mündliche Äußerung im Polizei-HQ, er wolle jetzt Tormeys Haus aufsuchen, um Dr. Perreault abzuholen. Man vermutet ein Verbrechen.«

»Aber das ist doch kein Beweis gegen Jan und Ian! Das sind die Tormeys.«

»Richtig. Deshalb will die Provinzpolizei die beiden ja auch wegen der unwichtigeren Beschuldigung festnehmen. Das ist noch nicht alles. Lieutenant Dickeys AAF stürzte in der Nähe von Fargo im Imperium ab. Niemand saß darin. Die Polizei legt großen Wert darauf, das Wrack auf Fingerabdrücke zu untersuchen. Möglicherweise sind die Beamten in diesem Augenblick schon dabei, da den Nachrichten zufolge die gemeinsame Grenze zwischen dem Chicago-Imperium und Britisch-Kanada vor etwa einer Stunde wieder geöffnet wurde.«

»Oh, mein Gott!«

»Beherrschen Sie sich! An den Kontrollen des AAF befanden sich tatsächlich Fingerabdrücke, die nicht Lieutenant Dickey gehörten. Sie entsprachen Captain Tormeys Abdrücken, wie sie im Archiv von ANZAC Skyways enthalten waren. Bitte beachten Sie, daß ich in der Vergangenheitsform gesprochen habe; die Abdrücke *waren* dort, sie sind dort aber nicht mehr auszumachen. Freitag, obwohl ich es für geraten hielt, unser Aktionszentrum aus dem Imperium zu nehmen, bin ich dort nach den vielen Jahren meiner Tätigkeit nicht ohne Kontakte. Und nicht ohne Agenten. Es gibt viele Leute, die mir einen Gefallen schuldig sind. Jetzt befinden sich keine Abdrücke in dem Wrack, die auf Captain Tormey hindeuten, sondern Abdrücke vieler anderer lebender und toter Verursacher.«

»Chef, dürfte ich Ihnen die Füße küssen?«

»Halten Sie sich zurück. Ich habe dies nicht getan, um die Britisch-Kanadische Polizei zu ärgern. Mein Einsatzagent in Winnipeg verfügt nicht nur über unsere normale Ausbildung, sondern ist darüber hinaus klinisch geschulter Psychologe. Seiner fachlichen Meinung nach sind sowohl Captain Tormey als auch seine Frau in der Lage, in Notwehr zu töten, doch müßte schon eine schlimme Notlage eingetreten sein, um sie dazu zu bringen, einen Polizisten zu beseitigen. Dr. Perreault scheint mir nach seiner Einschätzung noch weniger geneigt, gewaltsame Lösungen anzustreben.«

»*Ich* habe ihn umgebracht.«

»Das hatte ich schon vermutet. Andere Erklärungen paßten nicht zu den vorhandenen Daten. Möchten Sie darüber sprechen? Geht es mich irgend etwas an?«

»Hmm, ich glaube nicht. Außer daß Sie die Sache an sich zogen, als Sie die belastenden Fingerabdrücke verschwinden ließen. Ich brachte den Mann um, weil er Janet, Janet Tormey, mit der Waffe bedrohte. Natürlich hätte ich ihn lediglich entwaffnen können; ich hätte Zeit gehabt, den Schlag abzuschwächen. Aber ich wollte ihn töten und tat es.«

»Ich wäre sehr enttäuscht, wenn Sie sich jemals damit begnügten, einen Polizisten zu verwunden. Ein verwundeter Polizist ist gefährlicher als ein angeschossener Löwe. Ich hatte die Vorgänge in etwa so rekonstruiert, außer daß ich annahm, Sie wollten Dr. Perreault schützen – da Sie ihn für einen annehmbaren Ersatz-Mann zu halten schienen.«

»Das ist er durchaus. Durchgedreht bin ich aber beim Anblick des verrückten Idioten, der Janets Leben in Gefahr brachte. Chef, bis zu dem Augenblick wußte ich nicht, daß ich Janet liebte. Ich hatte keine Ahnung, daß ich überhaupt so intensiv für eine Frau empfinden konnte. Sie wissen mehr über meinen Entwurf, das haben Sie jedenfalls angedeutet. Ist mein Drüsensystem durcheinander?«

»Ich weiß so einiges über Ihren Entwurf, werde aber auf keinen Fall mit Ihnen darüber sprechen; das sind Informationen, die Sie nicht zu besitzen brauchen. Ihr Hormonsystem ist nicht mehr durcheinander als bei jedem gesunden Menschen – insbesondere haben Sie *kein* überflüssiges Y-Chromosom. Alle normalen Menschen sind da mehr aus dem Gleichgewicht mit ihren Drüsen. Die Rasse ist in zwei Hälften gespalten: in die, die es wissen, und in die, die keine Ahnung haben. Hören Sie mit dem dummen Gerede auf; das steht einem Genie nicht!«

»Oh, jetzt bin ich also auch noch ein Genie. Na ganz toll, Chef!«

»Kommen Sie mir nicht so! Sie sind ein Supergenie, haben Ihre volle Leistungsfähigkeit aber bei weitem noch nicht erkannt. Genies und Supergenies schaffen sich im Hinblick auf den Sex wie auf alles andere ihre eigenen Regeln; sie richten sich nicht nach der Hackordnung der ihnen Unterlegenen. Kehren wir zum Thema zurück! Ist es denkbar, daß der Tote gefunden wird?«

»Ich würde hoch dagegen wetten.«

»Hat es Sinn, mit mir darüber zu sprechen?«

»Hm, ich glaube nicht.«

»Dann muß ich das auch nicht wissen und werde davon ausgehen, daß die Tormeys unbedenklich nach Hause zurückkehren können, sobald die Polizei zu dem Schluß kommt, daß sie die Tat nicht nachweisen kann. Zwar ist dazu die Leiche nicht erforderlich, doch ist dann die Anklage viel schwerer auf eine sichere Grundlage zu stellen. Würden die Tormeys verhaftet, könnte ein guter Anwalt sie in fünf Minuten wieder herausholen – und ich kann Ihnen versichern, daß Sie einen *sehr* guten Anwalt haben würden. Sie werden sich außerdem freuen zu erfahren, daß Sie den beiden bei der Flucht außer Landes geholfen haben.«

»Ach, wirklich?«

»Sie und Dr. Perreault. Indem Sie Britisch-Kanada als Captain Tormey und Frau verlassen haben, indem sie die Kreditkarten der beiden benutzten und auf ihren Namen Anträge auf Touristenvisas stellten. Sie beide hinterließen eine Spur, die ›beweist‹, daß die Tormeys unmittelbar nach Lieutenant Dikkeys Verschwinden aus dem Land flohen. Das klappte so gut, daß die Polizei mehrere Tage damit verschwendete, die Verdächtigen in der Kalifornischen Konföderation aufzuspüren – ihren Mangel an Erfolg schrieb sie natürlich der Unfähigkeit der konföderierten Kollegen zu. Es überrascht mich allerdings ein wenig, daß die Tormeys nicht bei sich zu Hause verhaftet wurden, da mein Agent keine große Mühe hatte, dort mit ihnen zu sprechen.«

(Mich überrascht es nicht. Wenn ein Bulle erscheint – husch! Hinab ins Loch! Stellt es sich heraus, daß da kein Bulle geklingelt hat und daß der Mann sich Ian gegenüber als einwandfrei ausweisen kann ...)
»Chef, hat Ihr Winnipeg-Agent meinen Namen genannt? ›Marjorie Baldwin‹, meine ich.«

»Ja. Ohne diesen Namen und ein Bild von Ihnen hätte Mrs. Tormey ihn auf keinen Fall hereingelassen. Ohne die Tormeys hätten mir wichtige Daten gefehlt, die mir halfen, Sie auf Ihrem ziemlich gewundenen Weg aufzuspüren. Wir halfen uns gegenseitig. Die Tormeys halfen Ihnen bei der Flucht; ich verhalf ihnen zur Flucht, nachdem ich – mein Agent vor Ort –

ihnen mitgeteilt hatte, daß die Polizei aktiv nach ihnen fahndete. Ein schönes Ende.«

»Wie haben Sie sie herausgeholt?«

»Hm, nein.« (Wann lerne ich das endlich? Hätte der Chef mir seine Methoden auf die Nase binden wollen, wäre er bestimmt darauf zu sprechen gekommen. »Schon manche Achtlosigkeit hat Schiffe versenkt.« Das gilt aber nicht in der Umgebung meines Chefs.)

Der Chef verließ seinen Platz hinter dem Tisch – und versetzte mir einen Schock. Normalerweise bewegt er sich nicht oft, und in seinem alten Büro stand das stets gegenwärtige Teeservice in Reichweite am Tisch. Jetzt aber *rollte* er hervor. Krükken waren nicht mehr zu sehen. Er saß in einem angetriebenen Rollstuhl. Er steuerte das Gefährt zu einem Sideboard und begann am Teegeschirr herumzufummeln.

Ich stand auf. »Soll ich eingießen?«

»Vielen Dank, Freitag. Ja gern.« Er drehte sich vom Teetisch fort und kehrte hinter den Schreibtisch zurück. Ich machte weiter, was dazu führte, daß ich ihm den Rücken zuwandte – und genau das brauchte ich im Augenblick.

Es besteht kein Grund, schockiert zu sein, wenn ein Behinderter sich entschließt, die Krücken fortzutun und sich einem Rollstuhl anzuvertrauen – das ist eine ganz nützliche Veränderung. Nur handelte es sich hier um meinen *Chef.* Wären die Ägypter rings um Gizeh eines Morgens aufgewacht und hätten die Pyramiden herumgedreht und die Sphinx mit einer neuen Nase vorgefunden, wären sie auch nicht schockierter gewesen als ich in diesem Moment. Von einigen Dingen – und Menschen – erwartet man einfach nicht, daß sie sich verändern.

Als ich ihm den Tee serviert hatte – mit warmer Milch und zwei Stücken Zucker – und mir die Tasse zurechtgemacht hatte, setzte ich mich wieder. Ich hatte meine Fassung zurückgewonnen. Der Chef setzt im Dienst stets die neueste Technik ein und stützt sich andererseits auf altmodische Angewohnheiten; ich habe bisher noch nicht erlebt, daß er eine Frau gebeten hat, ihn zu bedienen, doch wenn eine Frau zugegen ist und sich erbietet, den Tee einzugießen, kann man sich darauf verlassen, daß er höflich zustimmt und eine kleine Zeremonie daraus macht.

Er plauderte über andere Dinge, bis wir eine Tasse ausgetrunken hatten. Ich schenkte ihm nach, ohne mir selbst noch etwas zu nehmen; er kam zum Geschäft. »Freitag, Sie haben so oft Namen und Kreditkarten gewechselt, daß wir immer um einen Schritt zu spät kamen. Vielleicht hätten wir Ihnen gar nicht bis Vicksburg folgen können, wenn nicht Ihr Weg schon erkennen hätte lassen, wie Ihr Plan aussehen mochte. Obwohl es nicht zu meinen Übungen gehört, mich bei einem Agenten einzumischen, egal wie eng sie oder er überwacht wird, hätte ich Sie vielleicht von der Expedition auf dem Fluß abgebracht – denn ich wußte, daß die Schiffe zum Untergang verurteilt waren.«

»Chef, was war das für eine Expedition? Die offiziellen Erklärungen kamen mir gleich sehr merkwürdig vor.«

»Ein Staatsstreich. Sehr ungeschickt eingefädelt. Das Imperium hat in zwei Wochen drei Vorsitzende gehabt – und der gegenwärtige Titelträger ist nicht besser und dürfte sich auch nicht länger halten. Freitag, eine gut organisierte Tyrannei ist für meine Arbeit eine bessere Grundlage als jede Art der freien Regierung. Eine gut organisierte Tyrannei ist aber etwa so selten wie eine funktionierende Demokratie. Um auf die Hauptsache zurückzukommen – Sie sind uns in Vicksburg nur deshalb entwischt, weil Sie ohne Zögern gehandelt haben. Ehe unser Vicksburg-Agent erfuhr, daß Sie sich verpflichtet hatten, waren Sie schon an Bord des Operettendampfers entschwunden. Ich habe mich über ihn sehr geärgert. Und zwar so sehr, daß ich ihn noch nicht bestraft habe. Ich muß meine Zeit abwarten.«

»Für Disziplinarmaßnahmen besteht kein Anlaß, Chef. Ich habe schnell reagiert. Wenn er sich nicht dicht hinter mir gehalten hätte – was mir immer auffällt und entsprechend geahndet wird –, hätte er auf keinen Fall mit mir Schritt halten können.«

»Ja, ja, ich kenne Ihre Methoden. Aber Sie können sich wohl vorstellen, daß ich ziemlich verärgert war, als mir gemeldet wurde, daß unser Mann in Vicksburg Sie tatsächlich vor Augen hatte – und vierundzwanzig Stunden später melden muß, daß Sie tot sind.«

»Mag sein, mag nicht sein. Vor einiger Zeit rückte mir ein Mann zu dicht auf die Pelle, als ich gerade in Nairobi ankam – er bedrängte mich irgendwie, und da tat er seinen letzten Atemzug. Wenn Sie mich mal wieder beschatten lassen, sollten Sie Ihre Agenten lieber warnen.«

»Normalerweise lasse ich Sie nicht bewachen, Freitag. Bei Ihnen ist eine punktuelle Überwachung angebracht. Zum Glück für uns alle sind Sie ja nicht bei den Toten geblieben. Die Terminals meiner Kontaktagenten in Saint Louis werden zwar ausnahmslos von der Regierung überwacht, doch sind sie mir noch zu etwas nütze. Als Sie sich zu melden versuchten, dreimal, ohne erwischt zu werden, erfuhr ich sofort davon und schloß, daß Sie dahinterstecken müßten. Als Sie Fargo erreichten, erhielt ich Gewißheit.«

»Von wem in Fargo? Dem Mann mit den Dokumenten?«

Der Chef tat, als hätte er meine Worte nicht gehört. »Freitag, ich muß wieder an die Arbeit. Berichten Sie zu Ende! Aber kurz.«

»Jawohl, Sir. Ich verließ das Ausflugsboot, als wir das Imperium erreicht hatten, begab mich nach Saint Louis, stellte fest, daß Ihre Kontakt-Kodes angezapft waren, verschwand, besuchte Fargo, wie Sie bemerkt haben, wechselte sechsundzwanzig Kilometer östlich von Pembina nach Britisch-Kanada hinüber, reiste nach Winnipeg und heute nach Vancouver und Bellingham, dann meldete ich mich hier bei Ihnen.«

»Irgendwelche Probleme?«

»Nein, Sir.«

»Irgendwelche neuen Aspekte, die aus beruflicher Sicht von Interesse wären?«

»Nein, Sir.«

»Dann erstellen Sie nach Belieben einen ausführlichen Bericht zur Analyse durch unsere Fachleute. Dabei können Sie Tatsachen, die Sie nicht weitergeben dürfen, ohne weiteres für sich behalten. Ich lasse Sie irgendwann in den nächsten zwei oder drei Wochen wieder zu mir kommen. Morgen früh beginnt für Sie der Unterricht. Null-neunhundert.«

»Wie bitte?«

»Knurren Sie nicht so; das ist bei einer jungen Frau nicht sehr angenehm. Freitag, Sie haben bisher zufriedenstellende Arbeit geleistet, aber es wird Zeit, daß Sie sich Ihrer wahren Berufung zuwenden. Ihrer wahren Berufung in diesem Stadium, sollte ich eher sagen. Sie sind bedauernswert unwissend. Das werden wir ändern. Morgen um neun Uhr.«

»Ja, Sir.« *(Soso, unwissend? Arroganter alter Schweinehund! Und wie sehr ich mich freute, ihn wiederzusehen! Der Rollstuhl aber machte mir zu schaffen.)*

22. Kapitel

Pajaro Sands war früher ein Ferienhotel am Meer gewesen – ein entlegener Bau an der Monterey-Bucht, vor einer nichtssagenden Stadt, die Watsonville heißt. Watsonville gehört zu den großen Ölexport-Häfen der Welt und besitzt den Charme kaltgewordener Pfannkuchen ohne Sirup. Die nächste Zerstreuung gibt's in den Kasinos und Freudenhäusern von Carmel, das fünzig Kilometer entfernt ist. Aber ich bin kein Spieler und interessiere mich auch nicht für käuflichen Sex, nicht einmal für die exotischen Abarten, die in Kalifornien zu haben sind. Aus dem Hauptquartier des Chefs ließen sich nicht viele in Carmel blicken, da es für eine Kutschenfahrt zu weit war, es sei denn, man fuhr über das Wochenende, denn es gab keine direkte Kapsel. Kalifornien ist zwar sehr großzügig bei der Zulassung von AAF, doch gab der Chef seine Fahrzeuge nur für geschäftliche Angelegenheiten frei.

Die großen Attraktionen des Pajaro Sands waren die natürlichen Gegebenheiten, die überhaupt erst zu seinem Bau geführt hatten, Brandung und Sand und Sonnenschein.

Ich genoß das Surfboardfahren, bis ich es beherrschte, dann langweilte es mich. Normalerweise sonnte ich mich jeden Tag ein wenig und schwamm im Meer und starrte zu den großen Tankern hinaus, die an den Öl-Molen saugten, und stellte amüsiert fest, daß die Wachhabenden an Bord der Schiffe oft mit ihren Ferngläsern zurückstarrten.

Grund zur Langeweile hatte keiner von uns, da wir den vollen Terminalservice besaßen. Die Menschen sind heute an das Computernetz dermaßen gewöhnt, daß man leicht vergißt, was für ein weites Fenster zur Welt diese Maschine sein kann – und da nehme ich mich nicht aus. Man stumpft ja sehr ab, wenn man ein Terminal nur auf bestimmte Weise benutzt – Rechnungen bezahlen, Telefonanrufe vornehmen, Nachrichten anhören – und die vielschichtigen anderen Möglichkeiten vernachlässigt. Ist der Teilnehmer bereit, für den Service zu bezahlen, läßt sich mit einem Terminal beinahe alles verrichten, was außerhalb des Bettes möglich ist.

Live Musik? Ich konnte ein Konzert wählen, das heute abend in Berkeley stattfinden würde, doch ein vor zehn Jahren gegebenes Konzert, dessen Dirigent tot ist, stellt sich dem Zuhörer nicht minder »live«, nicht minder unmittelbar dar als die Programme, die heute aufgeführt wurden. Den Elektronen ist das gleichgültig. Sobald Daten ins Netz gehen, *egal wie sie aussehen*, steht die Zeit still. Man muß nur daran denken, daß die unzähligen Reichtümer der Vergangenheit zur Verfügung stehen, sobald man sie sich durch Knopfdruck ins Zimmer holt.

Der Chef schickte mich am Computerterminal zur Schule, was mir viel mehr Gelegenheiten eröffnete, als früher ein Student in Oxford oder an der Sorbonne oder in Heidelberg genossen hätte.

Zuerst hatte ich gar nicht den Eindruck, in die Schule zu gehen. Am ersten Tag forderte man mich beim Frühstück auf, beim Ersten Bibliothekar vorzusprechen. Es handelte sich um einen väterlich wirkenden älteren Mann, Professor Perry, den ich schon während meiner Grundausbildung kennengelernt hatte. Er wirkte gehetzt – was ich verstehen konnte, da die Bibliothek des Chefs vermutlich der umfassendste und komplizierteste Teil des Umzugs über die Grenze ins Pajaro Sands gewesen war. Zweifellos mußte Professor Perry noch etliche Wochen schuften, bis alles geregelt war – und in der Zwischenzeit erwartete der Chef nichts anderes als Vollkommenheit. Die Arbeit wurde nicht gerade dadurch erleichtert, daß der Chef seine Bibliothek zum großen Teil in Form von papierenen Büchern halten ließ, anstatt sich auf Kassetten oder Mikrofiches oder Speicherwerke zu verlassen.

Als ich mich bei ihm vorstellte, sah mich Perry niedergeschlagen an und deutete auf eine Konsole in der Ecke. »Miß Freitag, warum setzen Sie sich nicht dort nieder?«

»Was soll ich denn tun?«

»Wie? – Das ist schwer zu sagen. Zweifellos wird man es uns mitteilen. Äh ... ich habe im Augenblick schrecklich viel zu tun und viel zu wenig Personal. Warum machen Sie sich nicht einfach mit dem Gerät vertraut, indem Sie irgend etwas studieren? Sie können es sich aussuchen.«

Die Anlage hatte nichts Besonderes, außer daß sie über Zusatztasten verfügte, die den direkten Zugriff auf mehrere wichtige Bibliotheken ermöglichten – beispielsweise Harvard oder die Washingtoner Bibliothek der Atlantischen Union oder des Britischen Museums. Außerdem stand mir natürlich die Bibliothek des Chefs zur Verfügung, die sich neben mir erhob. Ich konnte sogar die eingebundenen Papierbücher über Bildschirm lesen, wenn ich wollte; die Seiten waren dann mit der Tastatur umzudrehen, und das Buch selbst wurde nicht aus seiner Stickstoffhülle herausgenommen.

An jenem Morgen ging ich im Schnellauf durch den Index der Universitätsbibliothek Tulane (einer der besten in der Lone-Star-Republik), denn ich war auf der Suche nach Informationen über die Geschichte von Alt-Vicksburg. Plötzlich stolperte ich auf einen Querverweis zu Spektraltypen von Sternen und kam nicht mehr davon los. Ich weiß nicht mehr, warum der Verweis gegeben wurde, es gibt aber solche Vermerke aus den unmöglichsten Gründen.

Ich las noch immer über die Evolution der Sterne, als Dr. Perry vorschlug, wir sollten gemeinsam zum Mittagessen gehen.

Wir taten das schließlich, doch ich machte mir vorher noch Notizen über den mathematischen Teil, den ich mir näher anschauen wollte. Astrophysik ist faszinierend – aber man muß sich auf die entsprechende Sprache verstehen.

An diesem Nachmittag kehrte ich zum Alten Vicksburg zurück und geriet über eine Fußnote an *Showboat*, ein Musical, das jene Ära behandelte – anschließend verbrachte ich den Rest des Tages mit interessanten Musicals vom Broadway, Produktionen aus den glücklichen Tagen, ehe die Nordamerikanische Föderation in Stücke fiel. Warum wird heute solche Musik nicht mehr gemacht? Die Leute damals müssen sich toll vergnügt haben! Ich jedenfalls hatte meinen Spaß – ich spielte *Showboat*, den *Bettelstudenten* und *My Fair Lady* und merkte mir ein Dutzend anderer Stücke, die ich später noch sehen wollte. (*Das* war Schulbesuch?)

Am nächsten Tag faßte ich den Entschluß, mich dem ernsthaften Studium professioneller Themen zu widmen, bei denen ich Schwächen zeigte, denn ich war davon überzeugt, daß ich keine Zeit mehr haben würde für die Gebiete meiner Wahl, sobald meine Lehrer (wer immer sie waren) den Lehrplan festgesetzt hatten – frühere Trainingsperioden in der Mannschaft des Chefs hatten mich gelehrt, daß ich eigentlich einen 26-Stunden-Tag brauchte. Beim Frühstück aber fragte mich Anna: »Freitag, was kannst du mir über den Einfluß von Louis Onze auf die französische Lyrik sagen?«

Ich blinzelte sie an. »Gibt's da einen Preis zu gewinnen? Louis Onze hört sich wie ein Käse an. Das einzige französische Gedicht, an das ich mich erinnern kann, ist *Mademoiselle von Armentières.* Wenn das in Frage kommt.«

»Professor Perry meinte, du wärst die Person, die man danach fragen müßte.«

»Er will dich nur ärgern.« Als ich die Bibliothek erreichte, schaute Papa Perry hinter seiner Konsole auf. »Guten Morgen«, sagte ich. »Anna sagte, Sie hätten sie aufgefordert, mich nach dem Einfluß des Elften Louis auf die französische Dichtkunst zu fragen.«

»Ja, ja, natürlich. Würden Sie mich jetzt bitte nicht stören? Diese Programmierarbeit ist sehr wichtig.« Er senkte den Kopf und schloß mich damit wieder aus seiner Welt aus.

Frustriert und irritiert tippte ich Louis XI. ein. Zwei Stunden später holte ich zum erstenmal wieder Luft. Über die Dichtkunst hatte ich nichts gelernt – soweit ich feststellen konnte, hatte der Spinnenkönig nicht einmal *»ton con«* mit *»C'est bon«* gereimt, ganz zu schweigen davon, daß er ein Mäzen der Künste gewesen wäre. Aber ich lernte viel über die Politik im fünfzehnten Jahrhundert. Gewalttätig. Dagegen sahen die kleinen Auseinandersetzungen, in die ich geraten war, wie Streitereien im Kindergarten aus.

Den Rest des Tages verbrachte ich damit, mir französische Lyrik seit 1450 auf den Schirm zu holen. Stellenweise gut. Das Französische ist eine Sprache der Dichter, mehr noch als das Englische – da muß schon ein Edgar Allan Poe kommen, um den Dissonanzen der englischen Sprache immer wieder Schönheit abzuringen. Das Deutsche ist für die Lyrik nicht geeignet, sogar so wenig, daß Übersetzungen dem Ohr weicher klingen als die deutschen Originale. Das ist nicht die Schuld von Goethe oder Heine; es ist einfach der Mangel einer häßlichen Sprache. Spanisch ist so musikalisch, daß eine Waschmittelreklame in dieser Sprache dem Ohr lieblicher klingt als der beste Vers auf Englisch – die spanische Sprache ist so schön, daß ein Großteil der Dichtung sich am besten ausmacht, wenn der Zuhörer die Bedeutung nicht versteht.

Ich fand nicht heraus, welchen Einfluß Louis XI. auf die Lyrik nahm – wenn er sich überhaupt jemals darum gekümmert hatte.

Eines Morgens stellte ich fest, daß »meine« Konsole besetzt war. Fragend musterte ich den Ersten Bibliothekar. Wieder schien er nicht zu wissen, was er zuerst tun sollte. »Ja, ja, es ist hier heute ziemlich eng. Hm, Miß Freitag, warum benutzen Sie nicht das Terminal in Ihrem Zimmer? Es verfügt über dieselben Zusatzkontrollen, und wenn Sie bei mir rückfragen müssen, können Sie das noch schneller tun als von hier unten. Sie brauchen nur LOCAL 7 und Ihren Kode zu tippen; ich gebe dem Computer Anweisung, Ihnen Vorrang einzuräumen. Einverstanden?«

»In Ordnung«, sagte ich. Die kameradschaftliche Atmosphäre im Studierzimmer der Bibliothek gefiel mir, doch in meinem Zimmer konnte ich die Kleidung ablegen, ohne das Gefühl haben zu müssen, daß Papa Perry sich aufregen würde. »Was soll ich denn heute studieren?«

»Meine Güte! Gibt es nicht irgendein Thema, für das Sie sich interessieren und das Sie noch vertiefen könnten? Ich würde Nummer eins ungern stören.«

Ich begab mich in mein Zimmer und machte weiter mit französischer Geschichte seit Louis Onze, und das führte mich zu den neuen Kolonien jenseits des Atlantiks, von da sprang ich über auf Wirtschaftstheorie und Adam Smith und schließlich auf die politischen Wissenschaften. Ich folgerte, daß Aristoteles seine guten Tage gehabt habe, daß Plato aber ein hochmütiger Täuscher war, und das führte dazu, daß ich schließlich dreimal aus dem Speisezimmer angerufen werden mußte, zuletzt mit der Androhung, daß meine weitere Verspätung eine kalte Ration zur Folge haben würde, gefolgt von einer live durchkommenden Drohung Goldies, mich an den Haaren zum Eßtisch zu zerren.

Ich eilte nach unten, barfuß und die Reißverschlüsse meines Overall zuziehend. Anna fragte mich, was ich denn so Dringendes täte, daß ich sogar das Essen vergäße. »Gar nicht typisch für Freitag«, fügte sie hinzu. Sie, Goldie und ich aßen gewöhnlich zusammen, mit oder ohne männliche Gesellschaft – die Mitarbeiter des HQ waren wie ein Club, eine Brüderschaft, eine laute Familie, und mit etwa zwei Dutzend hatte ich »Kußfreundschaft« geschlossen.

»Ich tanke mein Gehirn auf«, sagte ich. »Vor euch seht ihr die Größte Kapazität der Welt.«

»Kapazität worin?«

»Na, in allem. Ihr braucht nur zu fragen. Die einfachen Sachen beantworte ich gleich, die schweren morgen.«

»Das mußt du uns beweisen!« sagte Anna. »Wie viele Engel können auf einer Nadelspitze sitzen?«

»Das ist doch leicht! Zuerst mißt du das Hinterteil der Engel aus. Dann die Nadelspitze. Dann ist B durch A zu teilen. Die numerische Antwort kann von den Studenten als Übung selbst erarbeitet werden.«

»Smarter Prahlhans! Welches Geräusch macht eine klatschende Hand?«

»Das ist noch leichter. Schalte ein Aufzeichnungsgerät ein, mit Hilfe eines nahegelegenen Terminals. Dann klatsche mit einer Hand. Und spiel dir das Ergebnis vor.«

»Versuch du's, Goldie! Sie ist mir zu raffiniert.«

»Wie viele Einwohner hat San José?«

»Ah, *das* ist schwer! Ich sage euch die Antwort morgen.«

Dieses Herumtasten ging gut einen Monat so weiter, ehe mir allmählich bewußt wurde, daß hier tatsächlich jemand (natürlich der Chef) darauf aus war, mich zur »größten Kapazität« der Welt zu machen.

Früher gab es wirklich einmal einen Mann, der »die Größte Kapazität der Welt« genannt wurde. Ich stieß auf ihn, als ich einer der vielen dummen Fragen nachging, die mir aus allen möglichen Richtungen gestellt wurden. Zum Beispiel: Stell dein Terminal auf »Research«! Dann gib nacheinander folgende Parameter ein: »Nordamerikanische Kultur«, »Englischsprachig«, »Mitte des zwanzigsten Jahrhunderts«, »Komödianten«, »die größte Kapazität der Welt«. Die Antwort, die dabei herauskommt, ist »Professor Irwin Corey«. Seine Nummern sind von zeitlosem Humor.

Unterdessen wurde ich mit Wissen gestopft wie eine Wurst.

Trotzdem war es eine sehr glückliche Zeit. Oft lud mich einer meiner echten Freunde zu sich ins Bett ein. Ich kann mich nicht erinnern, jemals abgelehnt zu haben. Das Rendezvous wurde gewöhnlich während des nachmittäglichen Sonnenbades vereinbart, und die Vorfreude verschönte das sinnliche Vergnügen der Sonnenstrahlung um ein angenehmes Kribbeln. Die Leute im HQ waren *ausnahmslos* von großer Nettigkeit – sogar so zivilisiert, daß man antworten konnte: »Tut mir leid, Terence hat zuerst gefragt. Vielleicht morgen? Nein? Na, dann irgendwann bald« – ohne damit jemandem auf die Zehen zu treten. Einer der Nachteile der S-Gruppe, der ich angehörte, bestand in dem Umstand, daß solche Arrangements unter den Männern ausgehandelt wurden, einem Protokoll folgend, das mir niemand erklärte, das aber nicht ohne Spannungen eingehalten wurde.

Die dummen Fragen mehrten sich. Ich befaßte mich gerade in den Grundzügen mit Ming-Porzellan, als in meinem Terminal eine Nachricht auftauchte, wonach aus dem HQ jemand die Beziehung zwischen Männerbärten, Frauenröcken und dem Goldpreis durchleuchtet haben wollte. Längst wunderte ich mich nicht mehr über solche sinnlos erscheinenden Fragen; bei unserem Chef ist eben alles möglich. Dieser Auftrag aber kam mir besonders dümmlich vor. Warum sollte überhaupt eine Beziehung zwischen diesen drei Dingen bestehen? Männerbärte interessierten mich nicht; sie kratzen und sind oft verschmutzt. Über Frauenröcke wußte ich sogar noch weniger. Ich habe in meinem Leben kaum Röcke getragen. Kostüme können zwar ganz hübsch sein, sind aber auf der Reise nicht sonderlich praktisch. Drei- oder viermal hätte ich sogar wegen eines solchen Gewandes sterben können – und wenn man zu Hause ist, wozu mehr als die Haut zu Markte tragen? Jedenfalls gewande ich mich in meinen vier Wänden nicht mehr, als nach den hiesigen Sitten und Gebräuchen nötig ist.

Aber inzwischen hatte ich gelernt, daß ich Fragen nicht deswegen ignorieren durfte, weil sie mir unsinnig vorkamen. Diesmal ging ich die Lösung an, indem ich alle möglichen Daten auf den Schirm holte, wobei ich zum Teil unmöglich anmutende Assoziationsketten eintippte. Dann forderte ich die Maschine auf, die aufgerufenen Daten nach Kategorien aufzulisten.

Und tatsächlich stellte ich Verbindungen fest!

Als immer mehr Informationen zusammenkamen, wurde mir klar, daß ich sie alle nur in Form einer dreidimensionalen Zeichnung überschaubar machen konnte – und die sah so vielversprechend aus, daß ich den Computer anwies, das Gebilde als farbige Holographie darzustellen. Wunderschön! Ich wußte nicht, warum diese drei Variablen zusammenpaßten, aber sie taten es. Den Rest des Tages verbrachte ich damit, die Meßwerte zu verändern, X gegen Y gegen X, in den verschiedensten Kombinationen – durch Vergrößern, Schrumpfen, Rotieren, durch gründliche Suche nach kleineren zyklischen Relationen unterhalb der offensichtlich großen Kurven – und bemerkte dabei einen flachen doppelten Sinusbuckel, der immer wieder auftauchte, wenn ich die Holographie drehte – und plötzlich beschloß ich aus keinem konkreten Grunde, die doppelte Sonnenflecken-Kurve abzuziehen.

Eureka! Präzise und nützlich wie eine Ming-Vase! Vor dem Abendessen hatte ich die Gleichung, eine einzige Zeile, die sämtliche unsinnigen Daten enthielt, die ich im Verlauf von fünf Tagen aus dem Terminal geholt hatte. Ich wählte das Signal des Stabschefs und zeichnete diese einzeilige Gleichung bei ihm auf, wobei ich natürlich die Variablen für ihn definierte. Ich gab keinen weiteren Kommentar, ich versuchte die Gleichung nicht zu diskutieren; ich wollte den gesichtslosen Witzbold zwingen, mich nach meiner Meinung dazu zu fragen.

Ich bekam dieselbe Antwort – nämlich gar keine.

Nervös hampelte ich beinahe einen Tag lang herum und wartete, wobei ich mir gegenüber den Beweis antrat, daß ich eine Gruppenanalyse aus jedem denkbaren Jahr herausholen konnte und daß sich allein durch das Studium von Männergesichtern und Frauenbeinen ziemlich genau erraten ließ, wie der Goldpreis sich entwickelte (ob er fiel oder stieg), außerdem in welchem zeitlichen Bezug dieses Bild zum doppelten Sonnenfleckenzyklus stand und – dies kam sehr bald als große Überraschung heraus – ob die derzeitige politische Struktur im Zerfall begriffen war oder sich konsolidieren würde.

Mein Terminal summte. Kein Gesicht. Kein lobender Schlag auf die Schulter. Eine einfache schriftliche Nachricht: »Die Einsatzleitung erbittet baldigst Tiefenanalyse der Möglichkeit, ob Pestepidemien des sechsten, vierzehnten und siebzehnten Jahrhunderts auf politische Verschwörungen zurückgingen.«

Püü! Ich war als Gast ins Irrenhaus gekommen und jetzt mit den Insassen eingeschlossen.

Na schön! Die Frage war so kompliziert, daß man mich wahrscheinlich einige Zeit in Ruhe lassen würde, damit ich sie untersuchen konnte. Das paßte mir durchaus; ich war inzwischen sehr daran gewöhnt, am Terminal eines großen Computers zu sitzen, der an ein weltumspannendes Netz von Forschungsinformationen angeschlossen war.

Ich begann damit, indem ich denkbar viele Themen in freier Assoziation aufführte: Pest, Epidemiologie, Fliegen, Ratten,

Daniel Defoe, Isaac Newton, Verschwörungen, Guy Fawkes, Freimaurer, Illuminati, O.T.O, Rosenkreutzer, Kennedy, Oswald, John Wilkes Booth, Pearl Harbor, Green Bowlers, Spanische Grippe, Pestkontrolle und so weiter.

Drei Tage später war meine Liste der möglicherweise damit zusammenhängenden Themen zehnmal so lang.

Eine Woche später war mir klar, daß ein Leben bei weitem nicht ausreichte, um alle meine Listen gründlich zu studieren. Aber ich hatte den Auftrag, mich mit dem Thema zu befassen, also begann ich damit – doch ich interpretierte »baldigst« auf meine Weise, das heißt, ich wollte gern mindestens fünfzig Stunden in der Woche konzentriert arbeiten, aber wann und wie es mir gefiel und ohne mich bedrängen zu lassen – es sei denn, jemand meldete sich und erklärte mir, warum ich schneller oder anders arbeiten sollte.

So ging es wochenlang weiter.

Mitten in der Nacht weckte mich mein Terminal; ein Überschaltungsalarm, denn ich hatte das Gerät beim Zubettgehen wie üblich stillgelegt (ich war allein, ich weiß nicht mehr, warum). Ich antwortete schläfrig: »Schon gut, schon gut! Melden Sie sich! Aber es muß schon wirklich wichtig sein.«

Kein Bild. Die Stimme des Chefs fragte: »Freitag, wann wird es zur nächsten großen Pestepidemie kommen?«

»In drei Jahren« antwortete ich. »Im April. Ausgangspunkt Bombay, sich sofort über die ganze Welt ausbreitend. Mit dem ersten Transport auch auf die Außenwelten verschleppt.«

»Danke. Gute Nacht.«

Ich ließ den Kopf auf das Kissen sinken und schlief sofort weiter.

Wie üblich erwachte ich um siebenhundert, lag noch einige Sekunden lang still und dachte nach, während mir immer kälter wurde – dann kam ich zu dem Schluß, daß ich letzte Nacht wirklich von meinem Chef gehört und ihm wirklich die unmögliche Antwort gegeben hatte.

Nun back mal kleine Brötchen, Freitag, ersteige die Treppe der Reue! Ich tippte LOCAL 1. »Hier Freitag, Chef. Es geht um die Antwort, die ich Ihnen letzte Nacht gegeben habe. Ich muß vorübergehend den Verstand verloren haben.«

»Unsinn. Kommen Sie um zehn-fünfzehn zu mir!«

Ich war in Versuchung, die nächsten drei Stunden im Lotussitz zu verbringen und Perlen durch die Finger laufen zu lassen.

Tief in mir sitzt aber die Überzeugung, daß man nicht einmal am Ende der Welt ohne gutes Frühstück teilnehmen sollte – und diese Entscheidung stellte sich als richtig heraus, da es heute früh frische Feigen mit Schlagsahne gab, Cornedbeef-Mus mit gestürzten Eiern, dazu englische Brötchen mit Knott's-Berry-Farm-Orangenmarmelade. Frische Milch natürlich auch. Und kolumbianischen Hochlandkaffee. Das Frühstück besserte meine Laune dermaßen, daß ich eine Stunde damit verbrachte, eine mathematische Beziehung zwischen dem bisherigen Auftreten der Pest und dem Datum herzustellen, das mir in den verschlafenen Geist gekommen war. Ich fand so eine Beziehung nicht, begann aber einen ersten Eindruck von der Form der Kurve zu gewinnen, als das Terminal mir das 3-Minuten-Signal gab, das ich vorsichtshalber eingegeben hatte.

Ich hatte mir nicht die Haare kurzgeschnitten und auch nicht den Nacken abrasiert, doch sonst war ich fertig. Auf die Sekunde genau betrat ich das Büro. »Freitag zur Stelle, Sir.«

»Setzen Sie sich! Warum Bombay? Ich hätte angenommen, daß Kalkutta als Herd eher in Frage kommt.«

»Das mag mit den langfristigen Wettervorhersagen und dem Monsunregen zu tun haben. Fliegen mögen kein heißes, trokkenes Wetter. Der Körper eines Flohs besteht zu achtzig Prozent aus Wasser, und er stirbt, wenn der Anteil unter sechzig sinkt. Heißes, trockenes Wetter wird die Epidemie also unterbinden oder verhindern. Aber das Ganze ist doch Unsinn, Chef! Sie haben mich mitten in der Nacht mit einer dummen Frage geweckt, auf die ich eine dumme Antwort gegeben habe, ohne richtig wach zu werden. Wahrscheinlich geht das alles auf einen Traum zurück. Ich habe Alpträume über den Schwarzen Tod hinter mir, und schon einmal hat die Pest in Bombay begonnen. Achtzehn-sechsundneunzig und folgende.«

»Aber noch nicht so schlimm wie die Hongkong-Phase dieser Seuche drei Jahre später. Freitag, die analytische Abteilung meint, die nächste Epidemie des Schwarzen Todes träte erst ein Jahr nach Ihrer Voraussage ein. Und dann nicht in Bombay. Sondern in Djakarta und Ho-Tschi-Minh-Stadt.«

»Das ist Unsinn!« Ich biß mir auf die Zunge. »Entschuldigung, Sir, ich glaube, das war schon wieder der Alptraum. Chef, kann ich nicht etwas Angenehmeres studieren als Flöhe und Ratten und die Pest? Ich kann schon nicht mehr richtig schlafen.«

»Das will ich Ihnen gestatten. Ihr Studium der Pest ist beendet ...«

»Hurra!«

»... bis auf die noch offenbleibenden Restfragen, denen Sie gern nach eigenem Ermessen weiter nachgehen können. Die Sache wird jetzt der Einsatzabteilung übertragen. Unser Handeln wird allerdings auf Ihre Voraussage abgestellt, nicht auf die unserer mathematischen Analytiker.«

»Ich muß es wiederholen. Meine Vorhersage ist Unsinn.«

»Freitag, Ihre größte Schwäche ist die fehlende Einsicht in Ihre wahren Fähigkeiten. Stünden wir nicht ziemlich dumm da, wenn wir uns auf die professionellen Analytiker verließen, und die Seuche käme dann doch ein Jahr früher, nämlich zu der von Ihnen genannten Zeit? Das wäre eine Katastrophe. Es kann nicht schaden, Vorsichtsmaßnahmen ein Jahr zu früh zu ergreifen.«

»Wollen wir die Seuche denn unterbinden?« (Die Menschen haben in der Geschichte immer wieder gegen Ratten und Flöhe angekämpft. Bis jetzt liegen die Ratten und Flöhe um einiges vorn.)

»Himmel, nein! Sekundär ist dafür entscheidend, daß ein solcher Kontrakt für die Organisation viel zu groß wäre. In erster Linie muß ich aber sagen, daß ich keine Aufträge annehme, die ich nicht erfüllen kann; dies wäre ein solcher. Drittens wäre der Versuch, jene Vorgänge zu unterbinden, durch die übervölkerten Städte sich Erleichterung verschaffen, keine freundliche Geste. Die Pest bringt zwar einen unangenehmen, aber auch schnellen Tod. Auch Hunger ist eine schlimme Sache – wirkt aber sehr langsam.«

Der Chef verzog das Gesicht und fuhr fort: »Unsere Organisation wird sich auf das Problem beschränken, die *Pasteurella pestis* am Verlassen dieses Planeten zu hindern. Wie erreichen wir das? Bitte sofort antworten.«

(Lächerlich! Jede Gesundheitsbehörde auf der Erde würde angesichts einer solchen Frage eine Studiengruppe bilden, umfassende Forschungsmittel beantragen und eine ausreichende Zeit für eine ordentliche wissenschaftliche Untersuchung vorsehen – drei bis fünf Jahre.) Ich antwortete sofort: »Sie explodieren lassen.«

»Die Raumkolonien? Das scheint mir eine zu drastische Lösung zu sein.«

»Nein, die Flöhe! Während der globalen Kriege des zwanzigsten Jahrhunderts entdeckte jemand, daß man Flöhe und Läuse abtöten konnte, indem man sie in große Höhen brachte. Sie explodieren. Etwa in fünf Kilometern Höhe, wenn ich mich recht erinnere, aber das kann man nachschlagen oder durch einen Versuch bestätigen lassen. Mir kam der Gedanke, weil nach meiner Kenntnis die Bohnenstengelstation von Mount Kenia überhalb dieser kritischen Höhe liegt – und beinahe der gesamte Raumverkehr wird doch heute über den Bohnenstengel abgewickelt. Dann wäre da die einfache Methode mit Hitze und Trockenheit – das funktioniert auch, aber nicht so schnell. Der Schlüssel zum Erfolg ist aber die Notwendigkeit, daß es *absolut keine Ausnahme* geben darf. Ein einziger Fall von diplomatischer Immunität oder ein VIP, dem man die Kontrolle erließe – und schon wäre alles vorbei. Ein kleiner Schoßhund, ein Kaninchen. Eine Sendung Labormäuse. Wenn die Seuche über die Lungen wirkt, wäre L-5 in einer Woche eine Geisterstadt. Oder Luna City.«

»Wenn ich nicht andere Aufgaben für Sie hätte, würde ich Ihnen hier die Verantwortung übertragen. Wie steht es mit Ratten?«

»Den Posten möchte ich nicht; ich bin das Thema leid. Chef, eine Ratte zu töten ist kein Problem. Man braucht sie nur in einen Sack zu stopfen, den Sack mit dem Knüppel zu bearbeiten und das Tier dann zu erschießen. Und anschließend zu ertränken. Zuletzt wird der Sack mit der toten Ratte begraben. Unterdessen hat das Weibchen einen weiteren Wurf großgezogen, und Sie sehen sich einem Dutzend junger Ratten gegenüber. Chef, der Kampf gegen die Ratten ist bisher bestenfalls unentschieden ausgegangen. Gewinnen können wir ihn nicht. Wenn wir nur einen Augenblick lang Atem holen, sind uns die Ratten schon wieder voraus.« Mürrisch fügte ich hinzu: »Ich glaube, sie sind die Ersatzmannschaft.« Meine Pestforschung deprimierte mich.

»Erklären Sie mir das!«

»Wenn der *Homo Sapiens* es nicht schafft – er ist ja eifrig bemüht, sich selbst umzubringen – dann stehen die Ratten bereit, das Raumschiff Erde zu übernehmen.«

»Quatsch! Absoluter Unsinn! Freitag, Sie bewerten den Sterbewillen der Menschen zu hoch. Seit Generationen stehen uns bereits die Mittel zur Verfügung, rassischen Selbstmord zu begehen, Waffen, die in vielen Händen geruht haben. Es ist aber nicht dazu gekommen. Zweitens müßten sich die Ratten, wenn sie uns ersetzen wollten, wesentlich größere Schädel wachsen lassen, dazu die tragfähigen Körper, sie müßten es lernen, auf zwei Beinen zu gehen, und die Vorderpfoten zu vielseitigen Greiforganen umwandeln – und brauchten mehr Gehirnmasse, um das alles zu steuern. Um den Menschen zu *ersetzen*, muß eine andere Rasse zu Menschen *werden*. Pah. Das können wir also vergessen. Ehe wir das Thema Pest beenden – welche Schlußfolgerungen haben Sie hinsichtlich der Verschwörungstheorie gezogen?«

»Die Vorstellung ist unhaltbar. Vorgegeben waren das sechste, das vierzehnte und das siebzehnte Jahrhundert – und das bedeutet Segelschiffe oder Karawanen und keine Ahnung von Bakteriologie. Nun stellen wir uns mal den unheimlichen Dr. Fu Manchu in seinem Unterschlupf vor, wie er eine Million Ratten züchtet, und diese Ratten haben Flöhe – kein Problem. Ratten und Flöhe sind mit dem Bazillus verseucht – das ist sogar ohne theoretische Kenntnisse möglich. Aber wie geht er gegen die Stadt vor, die er treffen will? Mit dem Schiff? Nach wenigen Tagen wären sämtliche Ratten tot, ebenso die Besatzung. Über Land ist das noch schwieriger. Wollte man in diesen Jahrhunderten eine Verschwörung anzetteln, ginge das nicht ohne die moderne Wissenschaft und eine ziemlich große Zeitmaschine. Chef, wer hat sich diese dumme Frage ausgedacht?«

»Ich.«

»Ich dachte mir gleich, daß da Ihr Köpfchen hintersteckt. Aber warum?«

»Damit habe ich Sie dazu gebracht, das Thema auf einer viel breiteren Basis anzugehen, als Sie es sonst getan hätten. Habe ich nicht recht?«

»Hmm ...« Ich hatte mich bei meinem Studium viel mehr auf die zeitbezogene politische Historie konzentriert als auf die eigentliche Krankheit. »Vermutlich haben Sie recht.«

»Geben Sie es schon zu!«

»Nun ja. Chef, so etwas wie eine umfassend dokumentierte Verschwörung gibt es grundsätzlich nicht. Manchmal sind sogar überreichlich Dokumente vorhanden, widersprechen sich aber. Hat so eine Verschwörung vor längerer Zeit stattgefunden, vor einer Generation oder früher, kann man die Wahrheit auf keinen Fall mehr genau ermitteln. Haben Sie schon mal von einem Mann namens John F. Kennedy gehört?«

»Ja. Ein Staatsoberhaupt Mitte des zwanzigsten Jahrhunderts, Oberhaupt der Föderation, die damals zwischen Kanda – Britisch-Kanada und Québec – und dem Königreich Mexiko lag. Er wurde ermordet.«

»Richtig. Vor Hunderten von Zeugen wurde er umgebracht, und es gibt zahlreiche Dokumente über alle Aspekte, vor, während und nach der Tat. Der ganze Beweisberg aber erbrachte nur eins: Niemand weiß, wer ihn erschoß, wie viele auf ihn schossen, wie oft er getroffen wurde, wer dahintersteckte, warum die Tat begangen wurde und wer in die Verschwörung verwickelt war, wenn es sich wirklich um eine Verschwörung handelte. Man kann nicht einmal sagen, ob das Mordkomplott aus dem Ausland kam oder im eigenen Land geschmiedet wurde. Chef, wenn man schon eine Tat nicht aufklären kann, die vor so kurzer Zeit geschah und die so gründlich untersucht wurde, welche Chance haben wir da, die Einzelheiten über die Verschwörung gegen Gaius Julius Cäsar herauszufinden? Oder etwas über Guy Fawkes und die Pulververschwörung? Mit Sicherheit kann man eigentlich nur festhalten, daß die Leute, die nach solchen Ereignissen die Oberhand behalten, die offiziellen Versionen festlegen, die in den Geschichtsbüchern stehen – eine Geschichte, die nicht ehrlicher ist als eine Autobiographie.«

»Freitag, Autobiographien sind in der Regel ehrlich.«

»*Hah!* Chef, was haben Sie in letzter Zeit geraucht?«

»Nun mal langsam. Autobiographien sind in der Regel ehrlich, selten und wahrheitsgemäß.«

»Da fehlt mir ein Stück.«

»Lassen Sie sich das mal durch den Kopf gehen. Freitag, ich habe heute keine Zeit mehr für Sie; Sie reden zuviel und wechseln das Thema. Halten Sie mal einen Augenblick den Mund, während ich einiges ablade! Sie sind inzwischen dauerhaft vom Stab versetzt. Sie werden älter; zweifellos sind Ihre Reflexe schon ein wenig langsamer geworden. Ich möchte Sie nicht noch einmal bei einem Einsatz aufs Spiel setzen ...«

»Ich beschwere mich nicht!«

»Mund halten! Andererseits sollen Sie hinter dem Schreibtisch nicht in die Breite gehen. Bringen Sie weniger Zeit an der Konsole zu, machen Sie mehr Leibesübungen. Es wird der Tag kommen, da Ihre gesteigerten Fähigkeiten wieder zum Überleben benötigt werden. Und dabei mag es nicht nur um Ihr Überleben gehen, sondern auch um das von anderen. Unterdessen sollten Sie sich in Gedanken mit dem Tag beschäftigen, an dem Sie Ihr Leben allein in die Hand nehmen müssen. Sie sollten diesen Planeten verlassen; für Sie gibt es hier nichts zu holen. Die Balkanisierung Nordamerikas beendete die letzte Chance, den Verfall der Renaissance-Zivilisation aufzuhalten. Sie sollten sich also mit dem Gedanken an die Möglichkeiten auf anderen Planeten vertraut machen – nicht nur im Sonnensystem, sondern auch anderswo –, Planeten, die von extrem primitiv bis ausreichend entwickelt reichen. Rechnen Sie sich bei jedem die Kosten und Vorteile einer Auswanderung aus. Dazu werden Sie Geld brauchen; sollen meine Agenten das Geld kassieren, um das Sie in Neuseeland betrogen wurden?«

»Woher wissen Sie, daß ich betrogen wurde?«

»Ich bitte Sie! Wir sind doch keine Kinder.«

»Äh, darf ich mir das überlegen?«

»Ja. Was Ihre Auswanderung betrifft – ich möchte empfehlen, daß Sie sich nicht den Planeten Olympia aussuchen. Abgesehen davon habe ich keinen besonderen Rat für Sie, außer die Erde zu verlassen. Als ich noch jünger war, glaubte ich die Welt verändern zu können. Dies nehme ich nicht mehr an, doch aus emotionalen Gründen muß ich den Stellungskampf fortsetzen. Sie aber sind jung und haben infolge Ihrer besonderen Herkunft keine so starken gefühlsmäßigen Bindungen an diesen Planeten und diesen Teil der Menschheit. Ich konnte dieses Thema nicht anschneiden, solange Sie Ihre sentimentalen Bindungen in Neuseeland nicht überwunden hatten ...«

»*Ich* habe sie nicht überwunden; ich wurde hochkantig hinausbefördert!«

»Nun ja. Während Sie zu einem Entschluß zu kommen versuchen, sollten Sie sich Benjamin Franklins Parabel von der Pfeife anschauen, und dann sagen Sie mir bitte – nein, stellen Sie sich die Frage selbst –, ob Sie nicht für Ihre Pfeife zuviel bezahlt haben. Nun aber genug davon. Zwei Aufträge für Sie: Erstens untersuchen Sie bitte den Shipstone-Firmenkomplex, einschließlich der auswärtigen Verbindungen. Zweitens sollen Sie mir bei unserer nächsten Zusammenkunft genau erklären, wie man eine kranke Kultur erkennt. Das ist alles.«

Der Chef wandte sich seiner Konsole zu, und ich stand auf. Aber ich war nicht gewillt, mich so einfach fortschicken zu lassen, da mir noch einige wichtige Fragen auf der Zunge brannten. »Chef. Habe ich überhaupt keine Pflichten? Nur diese zufälligen Studien, die kein konkretes Ziel haben?«

»Die Sie aber weiterbringen. Ja, Sie haben Pflichten. Erstens sollen Sie studieren. Zweitens sollen Sie sich mitten in der Nacht wecken lassen – oder irgendwo im Flur anhalten lassen – und auf dumme Fragen antworten.«

»Mehr nicht?«

»Was wollen Sie noch? Engel und Trompeten?«

»Nun ja ... vielleicht einen Titel. Früher war ich Kurier. Was bin ich jetzt, Hofnarr?«

»Freitag, Sie scheinen dem Bürokratismus zu erliegen. ›Titel‹ – ich bitte Sie! Aber schön. Sie sind Intuitiv-Analytikerin im Stab, allein mir unterstellt. Mit dem Titel verbindet sich aber eine Einschränkung: Mit keinem Mitglied der analytischen Abteilung des Stabes dürfen Sie über ernsthaftere Dinge reden als über ein Kartenspiel. Schlafen Sie mit den Jungs, wenn es Ihnen Spaß macht – in zwei Fällen weiß ich das schon –, aber beschränken Sie die Konversation auf unwichtige Dinge.«

»Chef, ich wünschte, Sie würden nicht soviel Zeit unter meinem Bett verbringen.«

»Nur soviel, wie nötig ist, um die Organisation zu schützen. Freitag, Sie wissen, daß das Fehlen von Augen und Ohren nur bedeuten kann, daß sie irgendwo versteckt sind. Sie können davon ausgehen, daß ich zum Schutz der Organisation auch schamlos vorgehen kann.«

»Sie sind wahrhaft schamlos. Chef, beantworten Sie mir noch eine Frage. Wer steht hinter dem Roten Donnerstag? Die dritte Terrorwelle hat sich irgendwie im Sand verlaufen; wird es eine vierte geben? Was soll das alles?«

»Studieren Sie das Problem doch selbst. Wenn ich Ihnen die Antwort sagte, würden Sie die Wahrheit nicht richtig wissen, man hätte sie Ihnen nur aufgetischt. Studieren Sie die Frage gründlich, und eines Nachts – wenn Sie gerade mal allein schlafen – werde ich Sie danach fragen. Sie werden mir eine Antwort geben und es dann wissen.«

»Um Himmels willen! Wissen Sie denn *immer*, wenn ich allein schlafe?«

»Immer.« Er fügte hinzu: »Sie können jetzt gehen«, und wandte sich ab.

23. Kapitel

Als ich das Allerheiligste verließ, lief mir Goldie über den Weg. Da meine Laune nicht die beste war, nickte ich ihr nur zu. Natürlich galt mein Zorn nicht Goldie, sondern dem Chef! Verdammt! Hochnäsiger, arroganter Voyeur! Ich ging in mein Zimmer und machte mich an die Arbeit, um mich abzureagieren.

Zuerst rief ich die Namen und Anschriften sämtlicher Shipstone-Firmen ab. Während die Liste ausgedruckt wurde, forderte ich Geschichtsübersichten zu dem gesamten Komplex. Der Computer nannte mir zwei Werke, eine offizielle Konzerngeschichte, verbunden mit einer Biographie Daniel Shipstones und eine inoffizielle Biographie, die mit dem Vermerk »Sensationsmache« versehen war. Anschließend wies mich die Maschine auf etliche andere Quellen hin.

Ich instruierte das Terminal, mir beide Bücher auszudrucken und forderte Printouts anderer Quellentexte, wenn sie viertausend Worte oder weniger umfaßten; die längeren Texte sollten zusammengefaßt werden. Dann schaute ich mir die Firmenliste an:

Daniel Shipstone Grundbesitz Inc.
Muriel Shipstone Gedächtnis-Laboratorien
Shipstone Tempe
Shipstone Gobi
Shipstone Aden
Shipstone Sahara
Shipstone Arica
Shipstone Death Valley
Shipstone Karroo
Shipstone Never-Never
Shipstone L-4
Shipstone L-5
Shipstone Stationärstation
Shipstone Tycho
Shipstone Ares
Shipstone Tiefsee

Shipstone Forschungs Inc.
Sears Montgomery Inc.
Prometheus-Stiftung
Coca Cola Holding Company
Interworld Transport Corporation
Hans-und-der-Bohnenstengel Pty.
Morgan Associates
Kolonialgesellschaft Out Systems
Billy Shipstone Behindertenschule
Wolf Creek Pass Naturpark
Año Nuevo Wildschutz
Shipstone Museum und Schule für die Visuellen Künste

Meinc Begeisterung beim Betrachten dieser Liste hielt sich in Grenzen. Natürlich war mir bekannt gewesen, daß das Shipstone-Imperium groß sein mußte – wer hat nicht ein halbes Dutzend Shipstone-Energieträger in Reichweite, die im Keller oder im Fundament des Hauses eingebauten Geräte gar nicht mal mitgerechnet? In diesem Augenblick aber wurde mir klar, daß eine Untersuchung dieses Ungeheuers ein ganzes Leben beanspruchen mochte. So sehr interessierte ich mich denn doch nicht für die Shipstones.

Ich tastete mich vorsichtig am Rand des Problems entlang, als Goldie hinter meiner Konsole erschien und mir mitteilte, daß es Zeit sei, sich den Hafersack umzuhängen. »Außerdem habe ich Anweisung, dafür zu sorgen, daß du am Tag nicht mehr als acht Stunden lang am Terminal sitzt und jedes Wochenende voll frei nimmst.«

»Aha, du tyrannischer Schweinehund!«

Wir machten uns auf den Weg zum Speisesaal. »Freitag ...«

»Ja, Goldie?«

»Du findest den Chef mürrisch und manchmal schwer zu ertragen.«

»Da muß ich dich berichtigen. Er stellt sich ständig schwierig an.«

»Hmm, ja. Aber du weißt nicht, daß er laufend Schmerzen hat.« Sie fügte hinzu: »Er kann keine Mittel mehr dagegen nehmen.«

Stumm gingen wir nebeneinander her, während ich mit dieser Nachricht fertigzuwerden versuchte. »Goldie? Was stimmt denn mit ihm nicht?«

»Im Grunde nichts. Ich würde sagen, er ist bei guter Gesundheit – für sein Alter.«

»Wie alt ist er?«

»Keine Ahnung. Nach Klatsch und Tratsch müßte er über hundert sein. Wieviel darüber weiß ich aber nicht.«

»O nein! Goldie, als ich meine Arbeit bei ihm aufnahm, kann er nicht mehr als siebzig gewesen sein! Er benutzte zwar Krükken, war aber noch sehr munter. Er kam damit so schnell voran wie jeder andere auf seinen richtigen Beinen.«

»Nun ja ... es ist nicht weiter wichtig. Du solltest aber daran denken, daß er Schmerzen hat. Wenn er dich grob behandelt, spricht daraus der Schmerz. Er hat eine hohe Meinung von dir.«

»Wie kommst du darauf?«

»Ah ... ich habe schon zuviel über meinen Patienten verraten. Gehen wir essen.«

Mein Studium galt dem Shipstone-Firmengeflecht, nicht aber dem Shipstone-Energieträger. Einen Shipstone richtig zu studieren, hätte vorausgesetzt, daß ich wieder die Schulbank drückte, einen Doktor in Theoretischer Physik baute und meine Kenntnisse in Festkörperphysik und Plasmaphysik ausbaute, mir dann bei Shipstone einen Posten suchte und meine Vorgesetzten dermaßen von meiner Firmentreue und meinem Können überzeugte, daß sie mich über kurz oder lang in den inneren Kreis derjenigen aufnahmen, die die Herstellung der Shipstones in der Endphase überwachten.

Da dies eine etwa zwanzigjährige Entwicklung war, die ich schon in jungen Jahren hätte antreten müssen, ging ich davon aus, daß der Chef diesen Weg nicht für mich vorgesehen hatte.

So will ich denn aus der offiziellen oder Propaganda-Denkschrift zitieren: PROMETHEUS, eine Kurzbiographie und Übersicht über die Unvergleichlichen Erfindungen Daniel Thomas Shipstones, B. S., M. A., Dr. phil., Ll. D., L. H. D., und über das Wohltätige System, dessen Begründer er war.

... so erkannte der junge Daniel Shipstone sofort, daß das Problem nicht der Energiemangel war, sondern den Transport der Energie betraf. Energie gibt es überall – im Sonnenlicht, im Wind, in Bergbächen, in Temperaturunterschieden aller Art, wo immer sie auftreten, in der Kohle, in fossilem Öl, in radioaktiven Erzen, in Grünpflanzen. Besonders in den Ozeantiefen und im Weltraum steht freie Energie in für die Menschheit unbegreiflichen Mengen zur Verfügung.

Wer von ›Energieknappheit‹ und ›Energiesparen‹ redete, verstand die Situation nicht richtig. Die Energie regnete förmlich vom Himmel; was noch fehlte, war der geeignete Eimer, um sie aufzufangen.

Ermutigt durch seine ergebene Frau Muriel (geborene Greentree), die wieder eine Arbeitsstelle annahm, um das Essen auf den Tisch zu bringen, kündigte der junge Shipstone bei General Atomics und wurde zum amerikanischsten aller Mythenhelden, dem Kellererfinder. Sieben frustrierende und erschöpfende Jahre später hatte er von Hand den ersten Shipstone fertiggestellt. Es war ihm gelungen ...

Es war ihm gelungen, eine Möglichkeit zu finden, mehr Kilowattstunden in ein kleineres Volumen und eine kleinere Masse zu packen, als es je ein anderer Techniker vor ihm vermocht hatte. Das Ergebnis eine »verbesserte Speicherbatterie« zu nennen (wie es in frühen Berichten geschah), kommt etwa dem Vergleich einer Wasserstoffbombe mit einem »verbesserten Feuerwerkskörper« gleich. Die Folge seines Tuns war die Vernichtung der größten Industrie der westlichen Welt (wenn man einmal von der organisierten Religion absah).

Denn was nun geschah, muß ich aus der kritischen Darstellung und anderen unabhängigen Quellen belegen, da ich der Nettigkeit und Artigkeit der Firmenversion nicht so recht glauben kann. Erfundene Worte, Muriel Shipstone in den Mund gelegt:

»Lieber Danny, du wirst dein Gerät nicht patentieren! Was würde dir das bringen? Höchstens siebzehn Jahre ... und in drei Vierteln der Welt überhaupt keine Schutzfrist. Würdest du das Ding patentieren lassen oder das auch nur versuchen, würden dich Edison und P. G. und E&Standard mit Einsprüchen und Prozessen wegen angeblicher Geschäftsschädigung belästigen, wer weiß, was da alles auf dich zukäme. Du hast aber selbst behauptet, daß man eines deiner Geräte dem besten Forschungsteam von G. A. übergeben könnte, wobei die Männer das Ding bestenfalls zerschmelzen und sich schlimmstenfalls in die Luft sprengen würden. Du hast das selbst gesagt. Hast du im Ernst gesprochen?«

»Aber ja doch. Wenn die Leute nicht wissen, wie sie das Einbringen des ...«

»Nichts mehr! Ich will es nicht wissen. Außerdem haben Wände Ohren. Wir verzichten auf großartige Ankündigungen; wir beginnen einfach mit der Herstellung. An Orten, wo die Energie am billigsten ist. Wo wäre das?«

Der Sensationsautor schäumte förmlich vor Wut über das »grausame, herzlose Monopol«, das der Shipstone-Konzern in einem Bereich ausübte, der die Grundbedürfnisse »des kleinen Mannes« allerorten befriedigte. Ich sah das nicht so. Shipstone und seine Firmen stellten etwas reichlich und preiswert zur Verfügung, das zuvor knapp und teuer gewesen war – ist das »grausam« und »herzlos«?

Die Shipstone-Firmen haben kein Energiemonopol. Sie besitzen keine Kohle und kein Öl und kein Uran und auch keine Wasserkraft. Sie pachten viele, viele Hektar Wüstenland ... aber noch gibt es weitaus größere Wüstenflächen, deren Sonnenwärme nicht genutzt wird. Und was das Weltall angeht, so ist es unmöglich, auch nur ein Prozent des Sonnenscheins zu verwenden, der innerhalb der Mondbahn ungenützt eingestrahlt wird, unmöglich bei einem Faktor von eins zu vielen Millionen. Rechnen Sie es sich selbst aus, sonst glauben Sie das Ergebnis vielleicht nicht! Im erdnahen Raum gibt es eher *zuviel* Energie als zu wenig; weit mehr, als wir je verwenden könnten für unsere Zwecke auf der Erde.

Worin besteht also das Verbrechen?

Zwei Dinge:

a) Den Shipstone-Firmen wird vorgeworfen, der menschlichen Rasse Energie zu liefern, die billiger ist als die ihrer Wettbewerber.

b) In knauseriger und undemokratischer Weise weigern sie sich, das Geheimnis des letzten Zusammenbaus ihrer Shipstone-Energieträger weiterzugeben.

In den Augen vieler Leute ist diese Weigerung ein Kapitalverbrechen. Mein Terminal holte zahlreiche Zeitungskommentare heraus über »das Recht des Volkes, Bescheid zu wissen«, über »die Unverschämtheit der großen Monopole« und ähnliche Zurschaustellungen rechtschaffener Entrüstung.

Der Komplex der Shipstone-Firmen ist riesig, das stimmt, aber er liefert ja auch billige Energie für Milliarden von Menschen, die billige Energie haben wollen, und zwar jedes Jahr mehr. Die Firmengruppe ist aber kein Monopol, weil sie keine Energie selbst besitzt; sie packt sie nur ab und verteilt sie überall dorthin, wo Menschen diese Ware benötigen. Jene Milliarden Kunden könnten den Shipstone-Verbund beinahe über Nacht in den Bankrott treiben, würden sie zu den alten Methoden zurückkehren – zur Verbrennung von Kohle, Holz, Öl und sogar

Uran, dann zur Verteilung der Energie durch kontinentlange Kabel aus Kupfer oder Aluminium oder mit langen Zügen voller Kohle- und Tankwagen.

Soweit mein Terminal feststellen konnte, wollte allerdings niemand in die schlimme alte Zeit zurückkehren, da die Landschaft auf verschiedene Weise entstellt wurde und die Luft beladen war mit Gerüchen, krebserzeugenden Stoffen und Ruß, da die Menschen eine Heidenangst hatten vor der Atomkraft, und Energie in jeder Form knapp und teuer war. Nein, niemand möchte die schlimmen alten Zeiten zurückhaben – nicht einmal die radikalsten Beschwerdeführer möchten auf billige und allzeit verfügbare Energie verzichten – sie wollen einfach die Shipstone-Firmen – aus Neid – in der Versenkung verschwinden sehen.

»Das Recht des Volkes, Bescheid zu wissen« – worüber denn? Daniel Shipstone, der umfangreiche Kenntnisse in höherer Mathematik und Physik erworben hatte, zog sich in seinen Keller zurück und ließ geduldig sieben magere, anstrengende Jahre über sich ergehen und stieß auf diese Weise auf einen nutzbar zu machenden Aspekt der Naturgesetze, der ihm den Bau eines Shipstone ermöglichte.

»Das Volk« kann ihm das gern nachmachen – er hat ja nicht mal ein Patent angemeldet. Naturgesetze stehen jedermann gleichermaßen zur Verfügung, einschließlich den flöhegeplagten Neandertalern, die sich vor der Kälte zusammenkauerten.

In diesem Fall scheint mir »das Recht des Volkes, Bescheid zu wissen« auf fatale Weise an das »Recht« eines Menschen zu erinnern, Konzertpianist zu sein – der aber nicht üben will.

Allerdings habe ich so meine Vorurteile, denn ich bin kein Mensch und habe nie Rechte gehabt.

Egal, ob Sie die überzuckerte Firmenversion oder die ätzende Sensationsbiographie vorziehen – die Grundtatsachen über Daniel Shipstone und die Shipstone-Firmen sind allgemein bekannt und unbestritten. Was mich aber überraschte (und sogar entsetzte), waren meine Erkenntnisse, als ich mich näher mit Besitzverhältnissen, Firmenleitung und dergleichen zu befassen begann.

Den ersten Hinweis fand ich im ersten grundlegenden Printout, auf dem im Rahmen des Shipstone-Konzerns Firmen aufgeführt waren, die den Namen »Shipstone« nicht führten.

Wenn man mal 'ne Coke trinkt – hat man Shipstone zu einem Geschäft verholfen!

Ian hatte mir gesagt, Interworld habe die Zerstörung Acapulcos angeordnet – heißt das, daß die Verwalter von Daniel Shipstones Nachlaß den Tod von einer Viertelmillion Unschuldiger angeordnet hatten? Kann es sich dabei um dieselben Leute handeln, die die beste Krankenhausschule der Welt für behinderte Kinder verwalten. Und Sears Montgomery ... Hölle, ich selbst besaß einige Sears Montgomery-Aktien! Trage auch ich durch solche Verkettung einen Teil der Schuld für die Vernichtung Acapulcos?

Ich programmierte die Maschine und ließ mir bildlich darstellen, wie die Geschäftsführungsverhältnisse innerhalb des Shipstone-Konzerns verzahnt waren, anschließend rief ich die leitenden Posten ab, die von den Direktoren von Shipstone-Firmen bei anderen Firmen gehalten wurden. Die Ergebnisse waren so verblüffend, daß ich den Computer aufforderte, mir von allen Shipstone-Firmen die Aktieneigentümer in Paketen von einem Prozent oder mehr stimmberechtigter Anteile aufzulisten.

Die nächsten drei Tage brachte ich damit zu, die Dinge umzustellen und zu regulieren und mir zu überlegen, wie ich die große Masse der Daten, die mich auf diese beiden Fragen erreichten, optimal darstellen konnte.

Als diese Zeit vorüber war, tippte ich meine Schlußfolgerungen ein:

a) Der Shipstone-Konzern ist im Grunde eine einzige Firma. Es sieht nur so aus, als wären es achtundzwanzig unabhängige Unternehmungen.

b) Die Direktoren und/oder Anteilseigner des Shipstone-Konzerns besitzen oder kontrollieren in allen großen Territorialnationen des Sonnensystems alles, was irgendwie von größerer Bedeutung ist.

c) Shipstone ist potentiell eine planetenumspannende (systemumspannende?) Regierung. Aus den Daten ließ sich nicht ableiten, ob der Konzern als solcher handelte oder nicht, da die Steuerung (wenn es sie in der Tat gibt) auf jeden Fall durch Firmen erfolgen würde, die nicht offensichtlich zum Shipstone-Imperium gehören.

d) Ich hatte Angst.

In Verbindung mit einer Shipstone-Firma (Morgan Associates) war mir etwas aufgefallen, und das brachte mich darauf, eine Suche nach Kreditfirmen und Banken einzuleiten. Es überraschte mich weniger, als daß es mich deprimierte, als ich erfuhr, daß die Firma, die mir im Augenblick Kredit einräumte (Master Charge Kalifornien) im Grunde identisch war mit der Firma, die die Zahlung garantierte (South Africa & Ceres Akzept-Gesellschaft), eine Entdeckung, die sich noch mehrmals wiederholte, ob es sich nun um Maple Leaf, Visa, Crédit Québec oder sonst etwas handelte. Das war mir nicht neu; die Theoretiker des Geldmarkts haben das behauptet, solange ich zurückdenken kann. Gleichwohl traf es mich wie ein Keulenschlag, diesen Tatbestand in verzahnten Verwaltungsgremien und übereinstimmenden Besitzverhältnissen so deutlich bestätigt zu finden.

Einem Impuls folgend, fragte ich den Computer: »Wer besitzt dich?«

Und erhielt zur Antwort: NULL PROGRAMM.

Ich formulierte die Frage um, wobei ich mich sorgfältig nach der Sprache der Maschine richtete. Der Computer, der durch mein Terminal vertreten wurde, war eine sehr kluge und zum Verzeihen neigende Maschine; normalerweise hatte er nichts gegen einigermaßen zwanglose Programmierstellungen. Es gibt aber Grenzen im Verständnis einer Maschine, wenn es um mündliche Äußerungen geht; eine reflexive Frage dieser Art mochte semantische Präzision voraussetzen.

Wieder: NULL PROGRAMM.

Ich beschloß mich an die Idee heranzuschleichen. Ich stellte der Maschine die folgenden Fragen, mich Schritt für Schritt weiterarbeitend, in totaler Einstellung auf die Sprache, die Grammatik, das Protokoll des Computers: »Wie sehen die Besitzverhältnisse jenes informationsverarbeitenden Netzes aus, das überall in Britisch-Kanada Terminals unterhält?«

Die Antwort erschien und blitzte mehrmals auf, ehe sie wieder gelöscht wurde – gelöscht ohne meine Anweisung: ANGEFORDERTE DATEN NICHT IN MEINEN GED-SPEICHERN.

Das erschreckte mich. Ich machte für heute Schluß, ging schwimmen und wartete nicht erst, bis ich gefragt wurde, sondern suchte mir für den Abend einen Freund fürs Bett. Ich war nicht übermäßig scharf darauf, aber übermäßig einsam, und wollte unbedingt einen lebendigen, warmen Körper neben mir haben, als »Schutz« vor einer intelligenten Maschine, die mir nicht sagen wollte, wer (was) sie in Wirklichkeit war.

Am nächsten Morgen ließ mir der Chef beim Frühstück ausrichten, ich solle um zehn-hundert zu ihm kommen. Ich meldete mich ein wenig verwirrt, weil ich meiner Meinung nach nicht annähernd genug Zeit gehabt hatte, die beiden Aufträge zu erledigen: Shipstone und die Anzeichen für eine kranke Gesellschaft.

Als ich jedoch eintrat, übergab er mir einen Brief der altmodischen Art, in einen Umschlag versiegelt und körperlich befördert, wie Werbepost.

Ich erkannte den Umschlag, denn ich hatte ihn selbst abgeschickt – an Janet und Ian. Es überraschte mich allerdings, ihn in den Händen meines Chefs zu sehen, da der von mir angegebene Absender falsch gewesen war. Ein Blick ergab, daß die Anschrift geändert worden war – das Schreiben war an ein Anwaltsbüro in San José weitergeleitet worden, die Kanzlei, die auf meiner Suche nach dem Chef schon einmal mein Kontakt gewesen war. »Unwichtig.«

»Sie können mir den Brief zurückgeben, dann schicke ich ihn an Captain Tormey ... sobald ich weiß, wo er ist.«

»Oh, wenn Sie erfahren, wo die Tormeys sind, werde ich einen ganz anderen Brief schreiben. Dieser ist ziemlich vage.«

»Das lobe ich mir.«

»Sie haben ihn gelesen?« (Verdammt noch mal, Chef!)

»Ich lese alles, das an Captain Tormey und seine Frau weitergeleitet werden soll – und an Dr. Perreault. Auf deren Bitte.«

»Ich verstehe.« (Niemand sagt mir was!) »Ich habe den Brief so geschrieben, mit dem falschen Namen und so weiter, weil die Polizei Winnipeg ihn finden und öffnen hätte können.«

»Zweifellos hat sie das auch getan. Ich finde, Sie haben Ihre Spuren ausreichend verwischt. Es tut mir nun leid, daß ich Ihnen nicht gesagt habe, daß die an das Haus der Tormeys gerichtete Post automatisch zu mir kommt. Freitag, ich weiß nicht, wo die Tormeys stecken – aber ich verfüge über eine Kontaktmöglichkeit, die allerdings nur einmal in Frage kommt. Unser Plan läuft darauf hinaus, sie zu benutzen, wenn die Polizei sämtliche Anklagen gegen die beiden fallen läßt. Damit hatte ich eigentlich schon vor Wochen gerechnet. Aber nichts hat sich getan. Daraus schließe ich, daß die Polizei in Winnipeg ernsthaft bemüht ist, den Tormeys das Verschwinden von Lieutenant Dikkey als Mordanklage an den Hals zu hängen. Ich möchte noch einmal fragen: Kann die Leiche gefunden werden?«

Ich überlegte angestrengt und versuchte die Sache unter dem negativsten Blickwinkel zu sehen. Sollte sich die Polizei jemals näher mit dem Haus befassen, was würde sie finden? »Chef, war die Polizei schon drin im Haus?«

»Ganz bestimmt. Die Beamten haben es durchsucht, als die Eigentümer gerade einen Tag fort waren.«

»In dem Fall hat die Polizei die Leiche am Vormittag des Tages, an dem ich mich hier zurückmeldete, nicht gefunden. Wenn sie sie seit dem Tag gefunden hat oder noch findet – würden Sie davon erfahren?«

»Ich nehme es an. Meine Kontakte im Hauptquartier der Polizei sind nicht gerade perfekt, doch ich zahle für taufrische Informationen die besten Preise.«

»Wissen Sie, was aus den Haustieren geworden ist? Vier Pferde, eine Katze und fünf Junge, ein Schwein, vielleicht noch andere Tiere?«

»Freitag, wohin führt Sie Ihre Intuition?«

»Chef, ich weiß es nicht genau, wie die Leiche versteckt wurde. Janet – Mrs. Tormey – ist Architektin, die sich auf die doppelte Sicherung von Gebäuden spezialisiert hat. Was sie hinsichtlich ihrer Tiere unternommen hat, könnte mir sagen, ob ihrer Meinung nach die Möglichkeit bestand, daß die Leiche jemals gefunden würde.«

Der Chef schrieb sich etwas auf. »Wir sprechen später darüber. Wie sehen die Symptome einer kranken Gesellschaft aus?«

»Chef, ich bitte Sie! Ich bin noch dabei, die Winkel des riesigen Shipstone-Konzerns auszuleuchten.«

»Das werden Sie nie schaffen. Ich habe Ihnen zwei Aufträge gleichzeitig gegeben, damit Sie sich mal mit einem Themenwechsel etwas geistige Erleichterung verschaffen konnten. Nun versuchen Sie mir nicht einzureden, daß Sie über die zweite Frage noch gar nicht nachgedacht haben.«

»›Nachgedacht‹ habe ich, mehr aber auch nicht. Ich habe Gibbon gelesen und die französische Revolution studiert. Außerdem Smiths *Vom Yalu zum Abgrund.*«

»Eine sehr doktrinäre Abhandlung. Sie sollten außerdem Penns *Die Letzten Tage des Süßen Landes Freiheit* lesen.«

»Jawohl, Sir. Ich habe mir schon erste Dinge notiert. Es ist ein schlechtes Zeichen, wenn die Menschen in einem Land sich nicht mehr mit dem Land identifizieren, sondern nur noch mit einer Gruppe. Einer Rassengruppe. Oder einer Religion. Oder einer Sprache. Egal was, solange es nicht die ganze Bevölkerung betrifft.«

»Ein sehr schlechtes Zeichen. Partikularismus. Ursprünglich wurde das für eine spanische Untugend gehalten, aber natürlich kann jedes Land daran erkranken.«

»Ich kenne Spanien im Grunde nicht. Zu den Symptomen scheint die männliche Dominanz über die Frauen zu gehören. Vermutlich würde der umgekehrte Fall ebenso wirken, doch habe ich so etwas in der Geschichtsschreibung bisher nicht gefunden. Warum nicht, Chef?«

»Das müssen Sie mir sagen. Weiter!«

»Soweit ich bisher festgestellt habe, kann eine Revolution erst stattfinden, wenn die Bevölkerung das Vertrauen sowohl in die Polizei als auch in die Gerichte verloren hat.«

»Das ist selbstverständlich. Weiter.«

»Nun ja – auch hohe Steuern sind wichtig, ebenso die Inflation der Währung und das Verhältnis der Produktiven zu denen, die im öffentlichen Dienst stehen. Das sind aber alte Hüte; jeder weiß, daß ein Land ins Rutschen kommt, wenn Einkommen und Ausgaben nachhaltig auseinanderklaffen – auch wenn die Legislative immer wieder Versuche unternimmt, diese Entwicklung hinwegzuzaubern. Ich begann dann aber nach den kleinen Anzeichen zu suchen, nach den ersten vagen Symptomen. Wußten Sie zum Beispiel, daß es hier gegen das Gesetz ist, außerhalb des eigenen Zuhauses nackt zu sein? Und sogar zu Hause, wenn jemand zu Ihnen hereinschauen kann?«

»Das dürfte ziemlich schwierig durchzusetzen sein, würde ich meinen. Welche Bedeutung leiten Sie daraus ab?«

»Oh, das Gesetz wird nicht gehandhabt. Es kann aber auch nicht abgeschafft werden. Die Konföderation ist mit solchen Gesetzen überladen. Es will mir scheinen, daß jedes Gesetz, das nicht zu handhaben ist, alle anderen Gesetze schwächt. Chef, war Ihnen bekannt, daß die Kalifornische Konföderation Huren mit Subventionen bedenkt?«

»Es war mir nicht aufgefallen. Mit welchem Ziel? Für die Streitkräfte? Für die Leute in den Gefängnissen? Oder als öffentliche Dienstleistung? Ich muß gestehen, daß ich überrascht bin.«

»Oh, nicht so! Die Regierung bezahlt sie, damit sie die Knie beisammen lassen. Damit sie ganz vom Markt verschwinden. Die Mädchen sind ausgebildet, lizensiert, gesundheitlich untersucht – und liegen auf Eis. Nur funktioniert das nicht. Die als überflüssig eingestuften Künstlerinnen kassieren ihren Unterhalt – und verkaufen sich dann doch an der nächsten Ecke. Dabei sollten sie das nicht mal zum Vergnügen tun, denn das würde dem Markt für die nicht unterstützten Freudenmädchen schaden. Die Gewerkschaft der Horizontalen, die das erste Gesetz durchgedrückt hat, versucht jetzt eine Art Gutscheinsystem durchzusetzen, das diese Lücken füllen soll. Aber das klappt bestimmt auch nicht.«

»Warum nicht, Freitag?«

»Chef, Gesetze, die sich gegen eine unaufhaltsame Woge stemmen, funktionieren nie. Das müßte Ihnen doch klar sein.«

»Ich wollte nur sicher gehen, daß auch Sie es wissen.«

»Ich glaube, das ist beinahe eine Beleidigung. Dann bin ich noch auf einen tollen Otto gestoßen. In der Kalifornischen Konföderation ist es gegen das Gesetz, einer Person den Kredit zu verweigern, nur weil sie schon einmal Bankrott angemeldet hat. Die Kreditwürdigkeit ist ein Bürgerrecht.«

»Ich nehme an, das funktioniert auch nicht, aber wie sieht die Nichteinhaltung aus?«

»Das habe ich noch nicht untersucht, Chef. Aber ich glaube, ein fauler Kunde hätte wenig Chancen, einen Richter zu bestechen. Ein anderes Indiz möchte ich nicht unerwähnt lassen: die Gewalttätigkeit. Überfälle, Schüsse aus dem Hinterhalt, Brandstiftungen, Bombenexplosionen, Terrorakte jeder Art. Natürlich auch Straßenaufstände – aber ich finde, daß kleine Gewaltakte, die die Leute Tag für Tag bedrücken, einer Kultur mehr schaden können als solche Aufstände, die heftig durch die Straßen toben und dann wieder verschwinden. Ja, das dürfte so etwa alles sein. Oh, natürlich Wehrpflicht und Sklaverei und willkürlicher Zwang verschiedener Art und Verhaftungen ohne Kautionsmöglichkeit und ohne schnelle Aburteilung – aber solche Dinge sind offensichtlich; sie finden sich überall in der Geschichte.«

»Freitag, ich finde, das alarmierendste Symptom haben Sie übersehen.«

»Ach? Wollen Sie es mir sagen? Oder muß ich im dunkeln herumtasten, bis ich es habe?«

»Hmm. Diesmal werde ich es Ihnen sagen. Aber gehen Sie

zurück und suchen Sie danach! Untersuchen Sie den Aspekt. Kranke Kulturen zeigen ein Spektrum der Symptome, die Sie vorhin aufgezählt haben – eine *sterbende* Kultur aber stellt unweigerlich persönliche Grobheit zur Schau. Schlechte Sitten. Einen Mangel an Rücksicht gegenüber anderen schon bei Kleinigkeiten. Ein Verlust an Höflichkeit, an Entgegenkommen – dies ist bedeutsamer als jeder Aufstand.«

»Wirklich?«

»Pfui. Ich hätte Sie zwingen sollen, selbst darauf zu kommen, dann wüßten Sie jetzt, daß ich recht habe. Dieses Symptom ist besonders ernst zu nehmen, weil ein Individium, an dem es beobachtet werden kann, dies nie als Zeichen für eine Erkrankung nimmt, sondern als Beweis für seine/ihre Stärke. Achten Sie mal darauf! Studieren Sie die Erscheinung! Freitag, es ist zu spät, diese Kultur zu retten – diese weltweite Kultur, nicht nur das Raritätenkabinett, das sich Kalifornien nennt. Aus diesem Grunde müssen wir die Mönchskloster für das bevorstehende Dunkle Zeitalter vorbereiten. Elektronische Aufzeichnungen sind zu verletzlich; wir müssen wieder Bücher schaffen, aus haltbarer Druckfarbe auf solidem Papier. Das könnte aber möglicherweise nicht ausreichen. Das Reservoir für die nächste Renaissance muß vielleicht von jenseits des Himmels kommen.« Der Chef unterbrach sich schweratmend. »Freitag ...«

»Ja, Sir?«

»Prägen Sie sich diesen Namen und diese Adresse ein!« Seine Hände bewegten sich über die Konsole; die Antwort erschien auf seinem hochgelegenen Schirm. Ich prägte mir alles genau ein.

»Erledigt?«

»Jawohl, Sir.«

»Soll ich zur Kontrolle eine Wiederholung tippen?«

»Nein, Sir.«

»Sind Sie sicher?«

»Wenn Sie wollen, können Sie es wiederholen, Sir.«

»Hmm. Freitag, würden Sie mir bitte noch eine Tasse Tee einschenken, ehe Sie gehen? Ich muß feststellen, daß ich heute die Hände nicht ruhig halten kann.«

»Aber gern, Sir.«

24. Kapitel

Beim Frühstück ließen sich weder Goldie noch Anna blicken. Ich aß allein und folglich ziemlich schnell; ich lasse mir beim Essen nur Zeit, wenn ich in Gesellschaft bin. Nur gut so, denn ich stand eben auf, als Annas Stimme aus allen Lautsprechern tönte:

»Bitte Achtung! Ich habe die bedauerliche Pflicht, Ihnen bekanntzugeben, daß unser Vorsitzender im Laufe der Nacht gestorben ist. Auf seinen Wunsch wird es keinen Gedächtnisgottesdienst geben. Der Tote ist bereits verbrannt worden. Um neunhundert Uhr wird im großen Konferenzzimmer eine Versammlung stattfinden, in deren Verlauf die Geschäfte der Firma abgewickelt werden. Sie werden ohne Ausnahme aufgefordert, daran teilzunehmen und pünktlich zu kommen.«

Die Zeit bis neun Uhr verbrachte ich mit Weinen. Warum? Vermutlich war es Selbstmitleid. Jedenfalls wäre der Chef bestimmt dieser Meinung gewesen. Er hatte sich selbst nicht leid getan, und auch ich hatte ihm nicht leid getan: mehr als einmal hatte er mir Selbstmitleid vorgeworfen. Selbstmitleid, so sagte er, ist das demoralisierendste aller Laster.

Trotzdem bekümmerte mich mein Schicksal. Immer wieder hatte ich mit ihm gestritten, schon ganz am Anfang, als er mich auslöste und zur Freien Person machte, obwohl ich ihm ausgerückt war. Jetzt bedauerte ich jede meiner heftigen Antworten, meine Frechheiten, meine kecken Äußerungen.

Dann sagte ich mir, daß der Chef mich nicht gemocht hätte, wenn ich ein unterwürfiger Dienstwurm gewesen wäre, der keine eigenen Ansichten vertrat. Er war, wie er war, und ich konnte nicht aus meiner Haut heraus, und wir hatten viele Jahre lang eng zusammengearbeitet und uns dabei nicht einmal an den Händen berührt. Für Freitag ist das ein Rekord. Ein Rekord, den ich nur ungern übertreffen würde.

Ich würde gern wissen, ob er vor all den Jahren, als ich meine Arbeit für ihn begann, wußte, wie schnell ich ihm auf den Schoß gesprungen wäre, wenn er mir das nur irgendwie signalisiert hätte. Wahrscheinlich hatte er es geahnt. Wie dem auch sei, obwohl ich ihn nie berührt habe, war er der einzige Vater, den ich je gehabt hatte.

Es war sehr voll im großen Konferenzraum. Kaum die Hälfte der Anwesenden kannte ich von den Mahlzeiten; einige Gesichter waren mir völlig fremd. Ich schloß, daß viele Leute zurückgerufen worden waren und die Rückreise in dieser kurzen Zeit geschafft hatten. Vorn saß Anna hinter einem Tisch neben einer Fremden. Vor ihr Aktenordner, ein furchteinflößendes Relais-Terminal und sonstige Schreibgeräte. Die Fremde war eine Frau, etwa so alt wie Anna, doch bei weitem nicht so aufgeschlossen und nett: sie wirkte eher wie eine strenge Lehrerin.

Zwei Sekunden nach neun Uhr klopfte die Fremde auf den Tisch. »Ruhe bitte! Ich heiße Rhoda Wainwright, Stellvertretende Vorsitzende dieser Firma und Chefberater des verstorbenen Dr. Baldwin. In dieser Funktion bin ich kommissarische Vorsitzende der Geschäftsleitung und Zahlmeister für die Aufgabe, unsere Angelegenheiten abzuwickeln. Sie alle wissen, daß Sie aufgrund persönlicher Verträge mit Dr. Baldwin an diese Firma gebunden waren ...«

Hatte ich jemals einen solchen Vertrag unterschrieben? Die Worte »der verstorbene Dr. Baldwin« stimmten mich nachdenklich. War das der echte Name des Chefs? Wie kam es, daß sein Name dem Pseudonym glich, das ich am häufigsten verwendet hatte? Hatte er ihn ausgesucht? Es lag alles so weit zurück.

»... da Sie alle jetzt freie Agenten sind. Wir sind eine Elite-Einheit, und Dr. Baldwin sah voraus, daß jede freie Firma Nordamerikas aus Ihren Reihen neue Mitarbeiter gewinnen wollte, sobald sein Tod Ihnen die Freiheit gab. In jedem der kleinen Konferenzzimmer und im Foyer warten Anwerber auf Sie. Wenn Ihr Name aufgerufen wird, kommen Sie bitte nach vorn, um ihre Unterlagen entgegenzunehmen und zu quittieren. Sie können die Unterlagen sofort durchsehen, aber Sie werden nicht, ich wiederhole: *Nicht* an diesem Tisch stehenbleiben und darüber verhandeln. Die Diskussion kann stattfinden, wenn alle anderen ihre Unterlagen erhalten haben. Bitte denken Sie daran, daß ich die ganze Nacht auf gewesen bin ...«

Sollte ich mich sofort bei einer anderen freien Firma verdingen? Mußte ich das tun? War ich pleite? Anzunehmen, bis auf die Reste der zweihunderttausend Braunen, die ich bei der blöden Lotterie gewonnen hatte – den größten Teil davon schuldete ich vermutlich Janet über ihre Visa-Karte. Mal sehen. Ich hatte 230,4 Gramm Feingold gewonnen, bei Master Charge als 200 000 Braune eingezahlt, doch in Gold zum Tages-Fixkurs gutgeschrieben. 36 Gramm davon hatte ich bar wieder abgehobe, und ... Aber ich mußte auch mein anderes Konto berücksichtigen, das bei der Imperial-Bank von Saint Louis geführt wurde. Und das Bargeld und die Visa-Belastungen, die ich Janet schuldete. Und Georges müßte ich eigentlich die Hälfte von ...

Jemand rief meinen Namen.

Es war Rhoda Wainwright, die ein zorniges Gesicht aufgesetzt hatte. »Bitte passen Sie auf, Miß Freitag! Hier sind Ihre Unterlagen. Unterschreiben Sie hier, daß Sie alles erhalten haben! Dann treten Sie zur Seite, um den Umschlag zu überprüfen!«

Ich warf einen Blick auf die Quittung. »Ich unterschreibe, nachdem ich alles überprüft habe.«

»Miß Freitag! Sie halten den Verkehr auf!«

»Ich trete zur Seite. Aber ich unterschreibe erst, wenn ich weiß, daß der Inhalt dieses Pakets identisch ist mit dem, was ich abgeliefert habe.«

»Schon gut, Freitag«, sagte Anna beruhigend. »Ich habe alles durchgesehen.«

»Vielen Dank«, sagte ich. »Aber ich handhabe das so, wie du mit Geheimdokumenten umgehst – selbst sehen und anfassen.«

Die Wainwright-Ziege war drauf und dran, mich in der Hölle schmoren zu lassen, doch ich machte einige Schritte zur Seite und sah die Dinge durch – ein nicht gerade kleines Paket: drei Pässe auf drei Namen, eine Sammlung von Ausweisen, sehr echt aussehende Papiere, die zu dieser oder jener Identität paßten, und eine Zahlungsanweisung auf »Marjorie Freitag Baldwin«, gezogen auf die South Africa & Ceres Akzept-Gesellschaft, Luna City, über den Betrag von 297,3 Gramm 999 – was mich erstaunte, aber nicht so sehr wie der nächste Fund: Adoptionsurkunden, wonach Hartley M. Baldwin und Emma Baldwin das weibliche Kind Freitag Jones adoptiert hatten, das danach den Namen Marjorie Freitag Baldwin trug, ausgestellt in Baltimore, Maryland, Atlantische Union. Kein Wort von der Landsteiner-Krippe oder John Hopkins, das Datum aber war der Tag, an dem ich die Landsteiner-Krippe verlassen hatte.

Und zwei Geburtsurkunden: eine nachträglich ausgestellte Bescheinigung auf Marjorie Baldwin, geboren in Seattle, die andere lautete auf Freitag Baldwin, Kind von Emma Baldwin, Boston, Atlantische Union.

Zweierlei traf auf alle diese Dokumente zu: Sie waren gefälscht und zugleich absolut verläßlich. Der Chef machte keine halben Sachen. »Stimmt alles, Anna«, sagte ich und unterschrieb.

Anna nahm mir die Quittung ab und fügte leise hinzu: »Wir sehen uns später.«

»Gern. Wo?«

»Sprich mit Goldie!«

»Miß Freitag! Bitte Ihre Kreditkarte!« Wieder die Wainwright.

»Oh.« Nun ja, nachdem der Chef nicht mehr da war und die Firma aufgelöst wurde, konnte ich die Saint Louis-Kreditkarte natürlich nicht mehr benutzen. »Hier.«

Sie griff danach; ich ließ nicht los. »Bitte den Locher! Oder die Schere! Was immer Sie nehmen wollen.«

»Ich bitte Sie! Ich werde die Karte zusammen mit den vielen anderen verbrennen lassen, nachdem die Nummern überprüft worden sind.«

»Miß Wainwright, wenn ich Ihnen eine Kreditkarte aushändigen soll, die auf meinen Namen ausgestellt ist – und Sie sollen sie haben, das ist unbestritten –, wird sie vor meinen Augen vernichtet oder unbrauchbar gemacht.«

»Sie regen mich auf! Vertrauen Sie denn niemandem?«

»Nein.«

»Dann müssen Sie hier an Ort und Stelle warten, bis alle anderen fertig sind.«

»Oh, das glaube ich nicht.« Ich vermutete, daß Master Charge Saint Louis eine Phenolglas-Laminierung verwendete; jedenfalls waren die Karten sehr widerstandsfähig, wie es bei Kreditkarten eben sein muß. Bisher hatte ich darauf geachtet, im HQ von meinen gesteigerten Fähigkeiten nichts bekannt werden zu lassen, nicht weil es hier einen Unterschied gemacht hätte, sondern weil es nicht höflich gewesen wäre. Hier aber lagen besondere Umstände vor. Ich riß die Karte zweimal durch und übergab ihr die Reste. »Die Nummer werden Sie wohl noch erkennen können.«

»Wie Sie wollen!« Sie klang so verärgert, wie mir in diesem Augenblick zumute war. »Miß Freitag!« bellte sie. »Bitte auch die andere Karte!«

»Welche andere Karte?« Ich fragte mich, wer von meinen Freunden im Verlauf dieser Sitzung jener absoluten Notwendigkeit des modernen Lebens beraubt wurde, einer gültigen Kreditkarte, und nun nur noch den Scheck und ein bißchen Wechselgeld zur Verfügung hatte. Umständlich. Unschön. Ich war sicher, daß der Chef den Ablauf so nicht vorgesehen hatte.

»Master ... Charge ... Kalifornien, Miß Freitag, in San José ausgestellt. Bitte raus damit!«

»Mit dieser Karte hat die Firma nichts zu tun. Diesen Kredit habe ich selbst arrangiert.«

»Das kann ich mir kaum vorstellen. Der mit der Karte gewährte Kredit wird von South Africa & Ceres garantiert – das heißt mit anderen Worten, von der Firma, die hiermit liquidiert wird. Also geben Sie mir die Karte!«

»Sie irren sich. Die Zahlungen werden zwar durch SA&CA abgewickelt, aber die Kreditlinie ist allein die meine. Sie geht das überhaupt nichts an.«

»Sie werden schnell feststellen, wen das etwas angeht! Ihr Konto wird gelöscht.«

»Auf Ihre Gefahr. Wenn Sie sich einen Prozeß an den Hals holen wollen, der Sie das letzte Hemd kostet, bitte sehr! Sie sollten sich aber lieber vorher von den Tatsachen überzeugen.« Ich wandte mich ab, denn ich wollte mich zu keinen weiteren Ausbrüchen hinreißen lassen. Sie hatte mich dermaßen in Wut gebracht, daß ich meinen Kummer über den Tod des Chefs vorübergehend vergaß.

Ich sah mich um und entdeckte Goldie, die bereits entlassen worden war. Sie saß wartend in einer Ecke. Ich erwiderte ihren Blick, und sie klopfte einladend auf einen leeren Stuhl neben sich; ich ging zu ihr. »Anna hat gesagt, ich soll mit dir sprechen.«

»Gut. Ich habe für Anna und mich für heute abend ein Zimmer im Cabaña Hyatt reserviert und dabei gleich gesagt, daß vielleicht noch eine dritte Person käme. Möchtest du mitkommen?«

»So schnell? Habt ihr denn schon gepackt?« Was hatte ich überhaupt zu packen? Nicht viel, da mein Neuseeland-Gepäck noch im Zollverschluß in Winnipeg lag; ich vermutete nämlich, daß die Winnipeg-Polizei ein Auge darauf hatte, und wollte es dort stehen lassen, bis Janet und Ian aus der Fahndung genommen worden waren. »Eigentlich hatte ich über Nacht bleiben wollen, aber gründlich darüber nachgedacht habe ich noch nicht.«

»Es können noch alle hier schlafen, aber im Grunde sieht man es lieber, wenn wir gehen. Die Firmenleitung – die neue Firmenleitung – will nach Möglichkeit heute noch alles erledigen. Das Mittagessen wird die letzte Mahlzeit sein, die hier zu haben ist. Sollte zum Abendessen noch jemand hier sein, gibt's kalte Brote. Das Frühstück ist bereits gestrichen!«

»Du meine Güte! Das hört sich nicht gerade nach einer Handhabung an, wie der Chef sie vorgesehen hätte.«

»Und ob! Diese Frau … Der Chef hatte sich mit seinem Partner verständigt – der aber vor sechs Wochen starb. Egal; wir hauen einfach ab. Kommst du mit?«

»Ich nehme es an. Ja. Aber zuerst sollte ich mit den Anwerbern sprechen; ich werde Arbeit brauchen.«

»Tu's nicht!«

»Warum nicht, Goldie?«

»Ich suche ebenfalls Arbeit. Anna hat mich aber gewarnt. Die Anwerber, die heute hier sind, haben Absprachen mit unserer Freundin Wainwright. Wenn die Leute was taugen, kann man auch im Las Vegas-Arbeitsmarkt mit ihnen sprechen – ohne dieser bissigen Schreckschraube eine Provision zu verschaffen. Ich weiß, was ich werden möchte – Erste Schwester in einem Lazarett einer ausgezeichneten Söldnerkompanie. Die besten Einheiten sind in Las Vegas vertreten.«

»Dann sollte ich mich wohl auch dort umsehen. Goldie, ich habe mir noch nie Arbeit suchen müssen. Ich bin ein bißchen verwirrt.«

»Du kommst schon durch.«

Nach einem hastig eingenommenen Mittagessen waren wir drei Stunden später in San José. Zwei AAF flogen laufend die Strecke Pajaro Sands und Nationalplatz; die Wainwright schob uns ab, so schnell es ging – als wir abgingen, sahen wir zwei große offene Lastwagen, jeweils von sechs Pferden gezogen, die vor dem Haus beladen wurden, und Papa Perry wirkte wie immer gehetzt. Ich fragte mich, was aus der Bibliothek des Chefs werden würde – und fühlte eine leicht egoistische Trauer, daß ich vielleicht nie wieder auf ein so umfassendes Wissen zurückgreifen konnte. Ich werde nie eine Koryphäe sein, doch mich interessiert nun mal alles, und ein Terminal, das auf direktem Wege mit den besten Bibliotheken der Welt verbunden ist, stellt für mich einen unbezahlbaren Luxus dar.

Als ich erkannte, was da verladen wurde, fiel mir plötzlich etwas ein, das mich beinahe in Panik versetzte. »Anna, wer war die Sekretärin des Chefs?«

»Er hatte keine. Ich habe ihm manchmal ausgeholfen, wenn er Unterstützung brauchte. Aber selten.«

»Er hatte eine Kontaktanschrift für meine Freunde Ian und Janet Tormey. Was ist wohl daraus geworden?«

»Wenn sie nicht darin steht ...« – sie zog einen Umschlag aus der Tasche und reichte ihn mir – »ist sie fort – denn ich hatte seit einiger Zeit die Anweisung, unmittelbar nach der amtlichen Feststellung seines Todes an sein persönliches Terminal zu gehen und ein bestimmtes Programm durchlaufen zu lassen. Ich weiß, daß es sich dabei um einen Löschbefehl gehandelt hat, auch wenn er es mir nicht ausdrücklich bestätigte. Alle persönlichen Informationen, die in den Speichern ruhten, wurden gelöscht. Hat es sich bei dieser Anschrift um etwas Persönliches gehandelt?«

»Etwas sehr Persönliches sogar.«

»Dann ist sie fort. Es sei denn, sie steht hier in dem Brief.«

Ich schaute mir an, was sie mir gegeben hatte: einen versiegelten Umschlag, auf dem nur »Freitag« stand. Anna fügte hinzu: »Das hätte eigentlich in deinem Umschlag sein sollen, aber ich hab's rechtzeitig verschwinden lassen. Die neugierige Schreckschraube hat alles gelesen, was sie in die Finger kriegen konnte. Ich wußte aber, daß dies eine private Mitteilung von Mr. Doppelkrücke – jetzt muß man ja Dr. Baldwin sagen – an dich war. Und so etwas sollte ihr nicht unter die Augen kommen.« Anna seufzte. »Ich habe die ganze Nacht mit ihr gearbeitet. Ohne sie umzubringen. Ich weiß nicht, warum ich darauf verzichtet habe.«

»Wir brauchten sie, um die Schecks zu unterschreiben«, sagte Goldie.

Auf der Fahrt begleitete uns Burton McNye, einer der Stabsmitarbeiter, ein ruhiger Mann, der selten seine Meinung äußerte. Jetzt aber meldete er sich zu Wort: »Es tut mir leid, daß du es nicht getan hast, Anna. Schau mich an; ich habe kein Bargeld.

Ich habe immer nur mit der Kreditkarte bezahlt. Die Winkeladvokatin wollte mir meinen Abfindungsscheck erst geben, nachdem ich ihr die Kreditkarte gegeben hatte. Und wie löst man eine Scheckziehung auf eine Luna-Bank ein? Bekommt man gleich Bargeld, oder behält die Bank sie erst zum Einzug da? Vielleicht muß ich heute abend auf dem Nationalplatz schlafen.«

»Mr. McNye ...«

»Ja, Miß Freitag?«

»Ich bin nicht mehr ›Miß‹ Freitag. Nennen Sie mich Freitag!«

»Dann müssen Sie mich aber Burt nennen!«

»Okay, Burt. Ich habe ein paar Braune bei mir und eine Kreditkarte, an die die Wainwright nicht herankonnte, obwohl sie es versucht hat. Wieviel brauchen Sie?«

Lächelnd tätschelte er mir das Knie. »All die netten Dinge, die ich über Sie gehört habe, stimmen also. Vielen Dank, meine Liebe, aber ich werde schon damit fertig. Ich gehe zuerst zur Bank of America. Wenn die den Scheck nicht gleich einlöst, bekomme ich vielleicht eine Anzahlung bis zur Bestätigung der Summe. Wenn nicht, begebe ich mich in Wainwrights Büro im Gebäude der Kreditbank, lege mich flach auf ihren Schreibtisch und sage ihr, daß es nun an ihr läge, mir ein Bett zu verschaffen. Verdammt; der Chef hätte dafür gesorgt, daß jeder von uns ein paar hundert Braune auf die Hand bekommt; sie hat es bestimmt absichtlich nicht getan. Vielleicht will sie uns zwingen, gleich bei ihren Freunden neu abzuschließen; ich würde es ihr zutrauen. Wenn sie Ärger macht, bin ich wohl gerade wütend genug, um herauszufinden, ob ich mich noch an Lektionen meiner Grundausbildung erinnere.«

»Burt«, sagte ich, »Sie dürfen niemals mit den Händen gegen einen Anwalt vorgehen. Einem Anwalt muß man mit einem anderen Anwalt kommen, einem klügeren. Hören Sie, wir ziehen ins Cabaña! Wenn Sie auf den Scheck kein Bargeld bekommen, sollten Sie mein Angebot annehmen. Mir ist es keine Last.«

»Vielen Dank, Freitag. Aber ich werde sie zuerst würgen, bis sie nachgibt.«

Das Zimmer, das Goldie reserviert hatte, erwies sich als kleine Zimmerflucht: ein Zimmer mit einem großen Wasserbett und ein Wohnzimmer mit einer Couch, die sich zu einem Doppelbett ausziehen ließ. Ich setzte mich auf die Couch, um den

Brief des Chefs zu lesen, während Anna und Goldie im Bad verschwanden – anschließend mußte ich selbst auf die Toilette. Als ich wieder zum Vorschein kam, lagen die beiden auf dem großen Bett und waren eingeschlafen – was nicht weiter überraschend war, denn beide hatten die ganze Nacht angestrengt gearbeitet. Ich bewegte mich leise, setzte mich und nahm mir den Brief vor:

Liebe Freitag,

da dies meine letzte Gelegenheit ist, Sie anzusprechen, muß ich Ihnen Dinge offenbaren, die ich nicht äußern konnte, als ich noch lebte und Ihr Arbeitgeber war.

Ihre Adoption: Sie erinnern sich nicht daran, weil sie gar nicht so abgelaufen ist. Sie werden feststellen, daß alle diesbezüglichen Unterlagen rechtsgültig sind. Sie sind wirklich meine Adoptivtochter. Emma Baldwin ist etwa so real wie Ihre Eltern aus Seattle, das heißt, sie ist für alle praktischen und rechtlichen Belange existent. Sie müssen sich nur vor einem Aspekt hüten: daß Ihre verschiedenen Identitäten sich ins Gehege kommen. Aber im Beruf sind Sie ja schon oft über dieses Hochseil geschritten.

Sorgen Sie dafür, daß Sie bei der Verlesung meines Nachlasses zugegen oder vertreten sind. Da ich Luna-Bürger bin –« (Wie bitte?) –, *»wird dies in Luna City geschehen, und zwar unmittelbar nach meinem Tod, da es in der Luna-Republik all jene den Anwälten dienenden Verzögerungen nicht gibt, die in den meisten Erd-Ländern anzutreffen sind. Melden Sie sich bei Fong, Tomosawa, Rothschild, Fong & Finnegan in Luna City. Und schrauben Sie Ihre Hoffungen nicht zu hoch; was Sie erben werden, enthebt Sie nicht der Notwendigkeit zu arbeiten.*

Ihre Herkunft: dafür haben Sie sich immer besonders interessiert, was auch verständlich ist. Da ihre genetischen Gaben aus vielen Quellen zusammengesetzt wurden und alle Unterlagen längst vernichtet sind, kann ich Ihnen wenig sagen. Ich möchte nur zwei Quellen für Ihr genetisches Muster erwähnen, auf die Sie vielleicht stolz sind, zwei, die in der Geschichte als ›Mr. und Mrs. Joseph Green‹ bekannt geworden sind. In einem Krater bei Luna City steht ein Denkmal von ihnen, das aber die Reise kaum lohnt, denn es gibt nicht viel zu sehen. Wenn Sie bei der Industrie- und Handelskammer von Luna City nach dem Denkmal fragen, wird man Ihnen eine Kassette mit einem einigermaßen genauen Bericht über ihr Leben aushändigen. Und wenn Sie sich das Band angehört haben, werden Sie verstehen, warum ich Sie bat, sich mit Ihrem Urteil über Terminatoren zurückzuhalten. Das Morden ist normalerweise ein schmutziges Geschäft – ehrliche Tötungsagenten aber können Helden sein. Spielen Sie sich die Kassette vor, bilden Sie sich selbst ein Urteil.

Vor vielen Jahren waren die Greens Kollegen von mir. Da ihre Arbeit sehr gefährlich war, hatte ich veranlaßt, daß beide genetische Depots anlegten, vier Eizellen von ihr und ein Quantum Sperma. Als sie umkamen, ließ ich im Hinblick auf posthume Kinder eine Gene-Analyse der beiden durchführen – und erfuhr dabei, daß die Charakterzüge nicht zueinander paßten; eine einfache Befruchtung hätte zur Betonung etlicher negativer Züge geführt.

Als dann die Schaffung Künstlicher Personen möglich war, wurden diese Gene selektiv eingesetzt. Ihr Entwurf erwies sich als der einzig erfolgreiche; andere Versuche damit waren entweder nicht lebensfähig oder mußten zerstört werden. Ein guter Genetik-Ingenieur arbeitet etwa wie ein guter Photograph: ein gutes Ergebnis ergibt sich aus der Bereitschaft, rücksichtslos jeden Versuch zu tilgen, der nicht vollkommen ist. Weitere Versuche mit dem Material der Greens wird es nicht geben; Gails Eizellen sind aufgebraucht, und Joes Sperma ist vermutlich nicht mehr verwendbar.

Es ist nicht möglich, Ihre Beziehung zu diesen beiden zu definieren, sie liegt aber im Vergleich etwa zwischen Enkelin und Urenkelin, wobei der Rest Ihrer Anlagen aus vielen Quellen stammt. Sie können aber davon ausgehen, daß die Gesamtheit sorgfältig dahingehend ausgewählt wurde, die besten Charakterzüge des Homo Sapiens *zu maximieren. Darin liegt Ihr Potential; ob Sie es auszuschöpfen vermögen, liegt allein bei Ihnen.*

Ehe die Sie betreffenden Unterlagen vernichtet wurden, befriedigte ich einmal meine Neugier hinsichtlich der Quellen, auf die Sie zurückzuführen sind. Soweit ich mich erinnere, haben Sie folgende Abstammungen:

Finnisch, polynesisch, indianisch, dänisch, irisch, swasi, koreanisch, deutsch, hindu, englisch – und alle möglichen anderen Elemente, da die obigen Züge natürlich nicht rein sind. Sie können es sich nicht erlauben, rassistisch zu denken; sie würden sich dabei ins eigene Fleisch schneiden!

Das Fazit aus dem Obigen ist natürlich, daß für Ihren Entwurf unabhängig von der Herkunft nur die besten Materialien ausgewählt wurden. Reines Glück, daß Sie dazu auch noch so schön geworden sind.

(»Schön«! Chef, ich besitze einen Spiegel! War es möglich,

daß das wirklich seine Meinung war? Klar, meine Figur ist in Ordnung; aber darin spiegelt sich nur die Tatsache, daß ich eine erstklassige Sportlerin bin – was wiederum die Tatsache belegt, daß ich geplant und nicht geboren wurde. Nun ja, ein angenehmes Gefühl zu wissen, daß er dieser Ansicht war, wenn das wirklich stimmt – aber darin war er bestimmt der einzige; ich bin ich, daran ist nichts zu deuteln.)

In einem Punkt schulde ich Ihnen eine Erklärung, wenn nicht gar Entschuldigung. Es war beabsichtigt, Sie durch ausgewählte Eltern als deren naturgeborenes Kind aufzuziehen. Als Sie jedoch nur weniger als fünf Kilogramm wogen, wurde ich ins Gefängnis gesteckt. Zwar konnte ich später fliehen, doch gelang es mir erst nach der Zweiten Atlantischen Rebellion, zur Erde zurückzukehren. Die Narben dieses Durcheinanders tragen Sie noch heute mit sich herum, das ist mir bekannt. Ich hoffe, es gelingt Ihnen eines Tages, Ihre Angst und Ihr Mißtrauen vor ›Menschen‹ abzubauen; Sie gewinnen damit nichts und sind andererseits ziemlich belastet. Eines Tages muß es Ihnen gelingen, auch emotional zu verarbeiten, was Sie intellektuell längst wissen, daß die anderen nämlich ebenso im Räderwerk stecken wie Sie.

Was das Übrige angeht, was kann man da in einer letzten Botschaft sagen? Jene bedauerlichen Ereignisse, meine Verurteilung im falschen Augenblick, hat Sie viel zu verwundbar, viel zu sentimental werden lassen. Meine Liebe, Sie müssen sich von Angst, Schuldgefühlen und Scham völlig freimachen. Das Selbstmitleid haben Sie meinem Gefühl nach schon über Bord geworfen –« (Ach was!) –, *»aber wenn das nicht der Fall ist, müssen Sie weiter daran arbeiten. Ich glaube, den Versuchungen der Religion gegenüber sind Sie immun. Wenn nicht, kann ich Ihnen nicht helfen, ebensowenig wie ich Sie vor der Rauschgiftsucht bewahren könnte. Die Religion ist zuweilen ein Quell des Glücks, und das ist etwas, das ich niemandem nehmen möchte. Sie bietet aber einen Trost, der den Schwachen angemessen ist, nicht den Starken – und Sie sind stark. Bei der Religion – bei* jeder *Religion – liegt das große Problem darin, daß ein Anhänger, hat er erst einmal gewisse Dinge im Glauben angenommen, diese Dinge nicht mehr nach konkreten Belegen bewerten kann. Man kann sich im warmen Feuer des Glaubens aalen oder in der öden Ungewißheit der Vernunft leben – beides zu haben geht jedoch nicht.*

Und noch etwas muß ich Ihnen sagen – zu meiner eigenen Befriedigung, aus Stolz heraus. Auch ich gehöre zu Ihren ›Vorfahren‹ – es ist keine wesentliche Erbanlage, doch ein Aspekt meiner genetischen Muster lebt in Ihnen fort. Sie sind also nicht nur meine Adoptivtochter, sondern zu einem Teil auch meine natürliche Tochter. Was mich sehr *stolz macht.*

So möchte ich diesen Brief mit einem Wort schließen, das ich nicht sagen konnte, als ich noch lebte –

in Liebe,
Hartley M. Baldwin«

Ich steckte den Brief wieder in den Umschlag, rollte mich auf der Couch zusammen und ergab mich dem schlimmsten aller Laster, dem Selbstmitleid, und diesmal aber gründlich, mit vielen Tränen. Ich wüßte nicht, was am Weinen falsch sein sollte; es schmiert die Seele.

Nachdem ich das hinter mir hatte, stand ich auf, wusch mir das Gesicht und kam zu dem Schluß, daß meine Trauer über den Chef zu Ende war. Ich war erfreut und geschmeichelt, daß er mich adoptiert hatte; ein durch und durch erwärmendes Gefühl, daß auch ein Teil von ihm in meinen Entwurf eingeflossen war – trotzdem aber blieb er der Chef. Eine halbe Stunde läuternder Trauer hätte er mir sicher zugebilligt, aber wenn ich es zu sehr in die Länge zog, würde er böse auf mich sein.

Meine erschöpften Begleiterinnen sägten noch immer an ihren Baumstämmen. Ich schloß die Zwischentür, die zum Glück schalldicht verarbeitet war, setzte mich ans Terminal, steckte die Karte in den Schlitz und wählte Fong, Tomosawa, und so weiter, deren Kode ich bei der Information eingeholt hatte: die anschließende Direktwahl ist billiger, als sich durchstellen zu lassen.

Die Frau auf dem Schirm erkannte ich sofort. Eine niedrige Schwerkraft ist auf jeden Fall besser als ein BH; wenn ich in Luna City lebte, würde ich bestimmt auch nur einen Monokini tragen. Oh, vielleicht noch hohe Absätze. Und einen Smaragd im Bauchnabel. »Entschuldigen Sie«, sagte ich. »Irgendwie habe ich South Africa & Ceres gewählt, obwohl ich Fong, Tomosawa, Rothschild, Fong & Finnegan haben wollte. Mein Unterbewußtsein muß mir diesen Streich gespielt haben. Entschuldigen Sie die Störung, und nochmals vielen Dank für Ihre Hilfe neulich.«

»Hoppla!« antwortete sie. »Sie haben nicht falsch gewählt. Ich heiße Gloria Tomosawa und bin Seniorpartner von Fong, Tomosawa etc., nachdem Großvater Fong in Pension gegangen ist. Das hindert mich aber nicht daran, Vizepräsidentin der

South Africa & Ceres Akzept-Gesellschaft zu sein; wir bilden gleichzeitig die Rechtsabteilung der Bank. Außerdem bin ich die Verantwortliche für alle Vermögensangelegenheiten; was zur Folge hat, daß ich Ihren Fall bearbeite. Wir alle hier sind sehr traurig über Dr. Baldwins Tod, und ich hoffe, daß Sie nicht zu bekümmert sind – Miß Baldwin.«

»He, das sagen Sie doch noch mal von vorn!«

»Tut mir leid. Wenn die Leute normalerweise den Mond anrufen, wollen Sie das Gespräch so kurz wie möglich halten, weil die Verbindung so teuer ist. Soll ich alles noch einmal wiederholen, Satz für Satz?«

»Nein. Ich glaube, ich habe verstanden. Dr. Baldwin hinterließ mir einen Brief mit der Nachricht, ich solle bei der Eröffnung seines Testaments anwesend sein oder mich vertreten lassen. Kommen kann ich nicht. Wann wird das Testament eröffnet, und können Sie mir einen Rat geben, wie ich in Luna City einen Vertreter finden kann?«

»Das Testament wird eröffnet, sobald wir aus der Kalifornischen Konföderation den amtlichen Totenschein vorliegen haben, was jederzeit der Fall sein kann, da unser Mann in San José bereits das übliche Schmiergeld entrichtet hat. Und wer Sie vertreten soll – käme ich in Frage? Vielleicht sollte ich hinzufügen, daß Großvater Fong viele Jahre lang der Luna-Anwalt Ihres Vaters gewesen ist – ich habe ihn also geerbt und erbe nun wohl auch Sie, nachdem Ihr Vater gestorben ist. Es sei denn, Sie wollten andere Verfügungen treffen.«

»Ja, würden Sie das tun? – Miß ... Mrs. Tomosawa – was sind Sie: ›Miß‹ oder ›Mrs.‹?«

»Ja, ich übernehme das Mandat gern, und ich bin ›Mrs.‹ Tomosawa. Das ist ja wohl auch angebracht, denn ich habe einen Sohn, der so alt ist wie Sie.«

»Unmöglich!« (Diese Schönheitskönigin sollte doppelt so alt sein wie ich?)

»Und ob das möglich ist! Hier in Luna sind wir alle sehr altmodisch, ganz im Gegensatz zu den Kaliforniern. Wir heiraten und bekommen Kinder – und stets in dieser Reihenfolge. Ich würde es nicht wagen ›Miß‹ zu sein und einen Sohn in Ihrem Alter zu haben – niemand würde mich als Anwältin beauftragen wollen.«

»Ich meinte vielmehr den Gedanken, daß Sie einen Sohn meines Alters haben. Ich würde Ihnen nicht mal abnehmen, wenn Sie behaupten würden, Sie hätten ein fünfjähriges Kind – oder vierjähriges.«

Sie lachte leise. »Sie sind wirklich sehr nett. Warum kommen Sie nicht herauf und heiraten meinen Sohn? Er hat sich schon immer eine Erbin gewünscht.«

»Bin ich denn eine?«

Sie wurde ernst. »Hmm. Ich darf das Siegel des Testaments erst brechen, wenn Ihr Vater offiziell tot erklärt wurde, was noch nicht der Fall ist, jedenfalls nicht in Luna City. Aber das ist eine reine Formalität, und es wäre sinnlos, Sie zu bitten, mich noch einmal anzurufen. Ich habe den Text auf Veränderungen überprüft, als ich ihn zurückbekam. Dann versiegelte ich ihn und tat ihn in meinen Safe. Ich weiß also, was darin steht. Was ich Ihnen jetzt sage, haben Sie aber erst später heute erfahren. Sie erben, doch vor Glücksjägern werden Sie sicher sein. Sie bekommen kein einziges Gramm in bar. Statt dessen erhält die Bank – das bin ich – Anweisung, Ihre Auswanderung von der Erde zu finanzieren. Wenn Sie sich für Luna entscheiden, bezahlen wir Ihnen das Fahrgeld. Wenn Sie einen Kopfgeldplaneten nehmen, würden wir Ihnen ein Pfadfindermesser aushändigen und für Sie beten. Wählen Sie aber einen teuren Planeten wie Kaui oder Halcyon, zahlt der Fonds Ihnen die Reise und Ihr Eintrittsgeld und stattet Sie mit einem Startkapital aus. Wenn Sie Terra nicht verlassen, fällt die Summe, die Ihnen zugedacht ist, den anderen Verfügungen über das Erbe zu. Ihre Auswanderung aber geht vor. Ausnahme: wenn Sie nach Olympia auswandern, zahlen Sie für alles selbst. Dann kommt aus dem Fonds kein Pfennig.«

»Dr. Baldwin erwähnte einmal so etwas. Was ist denn an Olympia so gefährlich? Ich kann mich an eine Kolonie dieses Namens nicht erinnern.«

»Nein? Na, vermutlich sind Sie zu jung. Dorthin haben sich die selbsternannten Supermänner zurückgezogen. Im Grunde ist es sinnlos, Sie davor zu warnen; die Firma unterhält keinen Schiffsverkehr dorthin. – Meine Liebe, Ihre Komm-Rechnung wird ganz schön hoch ausfallen.«

»Da haben Sie wohl recht. Es würde aber wohl teurer werden, wenn ich noch einmal anrufen müßte. Mich stört nur die viele tote Zeit, die mitbezahlt werden muß, weil wir doch eine gehörige Verzögerung haben. Könnten Sie mal eben auf Ihren Stuhl bei South Africa & Ceres rüberrutschen? Oder lieber doch nicht; vielleicht brauch ich irgendwann einen juristischen Rat.«

»Ich trage beide Hüte, legen Sie los! Sie können mich alles fragen; heute kostet es nichts. Meine Werbewoche.«

»Nein, ich bezahle für Ihre Dienste.«

»Sie reden wie Ihr verstorbener Vater. Ich glaube, er hat sich auch nie etwas schenken lassen.«

»Er ist gar nicht mein richtiger Vater; ich habe ihn nie so gesehen.«

»Ich weiß Bescheid, meine Liebe; einige der Dokumente, die Sie betrafen, habe ich ausgestellt. In seinen Augen aber waren Sie seine Tochter. Er war ungewöhnlich stolz auf Sie. Es war sehr interessant für mich, als Sie mich zum erstenmal anriefen – ich mußte zwar den Mund halten, aber ich konnte Sie mir mal gründlich anschauen. Worum geht es jetzt?«

Ich erklärte ihr den Ärger, den mir die Wainwright wegen meiner Kreditkarte gemacht hatte. »Master Charge Kalifornien hat mir ein Kreditlimit eingeräumt, das natürlich über meine Bedürfnisse und Möglichkeiten geht. Aber geht das *sie* etwas an? Ich habe bisher noch nicht einmal meine erste Einlage aufgebraucht und gedenke dort jetzt auch noch meine Abfindung zum Einzug vorzulegen. Zweihundertsiebenundneunzig Komma drei Gramm, Feingold.«

»Rhoda Wainwright taugt als Anwalt nicht viel; als Mr. Esposito starb, hätte sich Ihr Vater einen anderen Rechtsbeistand suchen sollen. Natürlich geht es sie nichts an, welchen Kredit Master Charge Ihnen einräumt, und sie hat in dieser Bank nichts zu sagen. Miß Baldwin ...«

»Nennen Sie mich ›Freitag‹.«

»Freitag, Ihr verstorbener Vater war Direktor dieser Bank und ist – oder war – ein wichtiger Anteilseigner. Sie erhalten zwar von seinem Vermögen kaum etwas direkt zugesprochen, aber Sie müßten schon einen gewaltigen ungesicherten Sollsaldo auflaufen lassen und diesen über längere Zeit nicht ermäßigen oder auf unsere Anfragen nicht mehr reagieren, ehe wir Ihr Konto sperren würden. Vergessen Sie das Ganze. Wo das Pajaro Sands geschlossen wird, brauche ich allerdings eine neue Anschrift für Sie.«

»Äh ... im Augenblick sind *Sie* die einzige Anschrift, die ich habe.«

»Ich verstehe. Nun ja, verschaffen Sie mir eine, sobald Sie

wieder einen Wohnsitz haben. Andere schlagen sich mit demselben Problem herum, ein Problem, das von Rhoda Wainwright unnötigerweise verschärft wurde. Es müßten eigentlich noch andere bei der Eröffnung des Testaments anwesend sein. Sie hätte sie verständigen sollen, hat es aber nicht getan, und jetzt haben sie das Pajaro Sands verlassen. Wissen Sie, wo ich Anna Johansen erreichen kann? Oder Sylvia Havenisle?«

»Ich kenne eine Frau namens Anna, die war auch mit im Sands. Sie verwaltete die Geheimdokumente. Den anderen Namen kenne ich nicht.«

»Sie muß die richtige Anna sein; bei mir steht sie als ›Sachbearbeiterin für Geheimsachen‹ verzeichnet. Havenisle ist ausgebildete Krankenschwester.«

»Oh! Dann liegen beide hinter einer Tür, die in meinem Blickfeld ist. Sie schlafen. Sie haben die ganze Nacht gearbeitet. Wegen Dr. Baldwins Tod.«

»Mein Glückstag. Bitte sagen Sie den beiden – wenn sie aufwachen –, daß sie sich bei der Testamentseröffnung vertreten lassen sollten. Aber wecken Sie sie nicht extra; ich kann das hinterher noch regeln. Wir nehmen das hier nicht so genau.«

»Könnten Sie sie vertreten?«

»Wenn Sie es sagen – ja. Aber die beiden sollen mich anrufen. Auch für diese beiden brauche ich neue Anschriften. Wo sind Sie im Augenblick?«

Ich sagte es, wir verabschiedeten uns und trennten die Verbindung. Dann verweilte ich eine Zeitlang reglos vor dem Gerät und versuchte die Ereignisse zu verarbeiten. Gloria Tomosawa hatte mir diese Aufgabe leicht gemacht. Vermutlich gibt es im Leben nur zwei Arten von Anwälten: die, die sich bemühen, einem das Leben leicht zu machen – und Parasiten.

Ein leises Klingeln und ein rotes Licht veranlaßten mich, zum Terminal zurückzukehren. Es war Burton McNye. Ich forderte ihn auf, heraufzukommen, sich aber mäuschenstill zu verhalten. Ich gab ihm einen Kuß, ohne darüber nachzudenken; erst dann fiel mir ein, daß er bisher nicht zu diesem Kreis gehört hatte. Jetzt war er jedenfalls aufgenommen. Ich wußte nicht mehr, ob er mitgeholfen hatte, mich vor dem »Major« zu retten – ich mußte ihn bei Gelegenheit mal danach fragen.

»Keine Probleme«, sagte er. »Die Bank of America hat den Scheck angenommen mit dem Vorbehalt der Einlösung und hat mir ein paar hundert Braune ausgezahlt, damit ich erst mal eine Unterkunft finde. Man gab mir die Auskunft, eine Goldziehung ließe sich innerhalb von vierundzwanzig Stunden mit Luna City abrechnen. Damit sind meine Probleme aus der Welt – wozu natürlich auch der solide finanzielle Ruf meines früheren Arbeitgebers beigetragen hat. Sie brauchen mich also nicht hier übernachten zu lassen.«

»Soll ich jetzt losjubeln? Burt, wo Sie jetzt wieder flüssig sind, können Sie mich zum Essen einladen. Anderswo. Meine Zimmergenossinnen fallen erst mal aus. Vielleicht sind sie schon tot. Die armen Mädchen waren die ganze Nacht auf den Beinen.«

»Zum Abendessen ist es noch zu früh.«

Für das, was wir dann taten, war es dagegen nicht zu früh. Ich hatte es nicht so geplant, während Burt später sagte, er habe von Anfang an so etwas vorgehabt, schon im AAF, aber ich glaube ihm das nicht. Ich erkundigte mich nach jenem Abend auf der Farm, und natürlich hatte er der Kampfabteilung angehört. Er behauptete, er habe zur Reserve gehört, sei also nur mal so mitgekommen, aber bisher hat mir noch niemand offen eingestanden, daß er an jenem Abend in Gefahr gewesen sei – ich erinnere mich dagegen deutlich an die Bemerkung des Chefs, daß praktisch alle mitgenommen wurden, weil zu wenige zur Verfügung standen, sogar der junge Terence, der sich damals noch gar nicht rasieren mußte.

Burt erhob keine Widerrede, als ich ihn auszuziehen begann.

Burt war für mich in diesem Augenblick genau das Richtige. Zuviel war geschehen, und ich fühlte mich emotionell zerschlagen. Sex ist ein besseres Beruhigungsmittel als jede Tablette und viel besser für den Körper. Ich begreife nicht, warum die Menschen um den Sex soviel Aufhebens machen. Es ist ja keine komplizierte Sache; einfach das Beste im Leben, noch besser als Essen und Trinken.

Unser Badezimmer war zu erreichen, ohne daß wir durch den Schlafraum gehen mußten; vermutlich waren die Zimmer so angeordnet worden, weil das Wohnzimmer sich ebenfalls zum Schlafen benutzen ließ. Wir machten uns ein bißchen frisch, und ich zog den Superhaut-Einteiler an, mit dem ich Ian im letzten Frühling an Land gezogen hatte – und erkannte, daß ich danach gegriffen hatte, weil meine Gedanken sentimental bei

Ian verweilten – jetzt aber machte ich mir keine Sorgen mehr über Ian und Jan – und Georges. Ich würde sie finden, davon war ich in aller Gelassenheit überzeugt. Selbst wenn sie nie wieder nach Hause zurückkehrten, würde ich sie schlimmstenfalls durch Betty und Freddie aufspüren können.

Burt zeigte die angemessene tierische Reaktion, als ich in meiner Superhaut in Erscheinung trat, und ich ließ ihn gucken und wackelte ein wenig herum und sagte ihm, genau deswegen hätte ich das Ding gekauft: Ich sei eine Frau, die sich ihres Geschlechts nicht im geringsten schämte, und ich wollte ihm danken für das, was er für mich getan habe; meine Nerven hätten angespannt geklirrt wie Harfensaiten und wären jetzt so entspannt, daß sie förmlich am Boden schleiften. Ich hätte beschlossen, ihm das Abendessen zu bezahlen, als Anerkennung.

Er gab zurück, er würde um die Rechnung einen Ringkampf mit mir veranstalten. Ich sagte ihm nicht, daß ich in leidenschaftlichen Augenblicken sehr darauf achten mußte, meinen Männern nichts zu brechen; ich kicherte nur. Eine kichernde Frau meines Alters macht sich bestimmt nicht gut, aber was soll ich machen – wenn ich glücklich bin, fange ich an zu kichern.

Natürlich hinterließ ich den beiden Mädchen eine Nachricht.

Als wir ziemlich spät zurückkehrten, waren sie fort. Burt und ich gingen zu Bett, wobei wir uns diesmal die Zeit nahmen, die Doppelcouch auszuziehen. Ich erwachte, als Anna und Goldie auf Zehenspitzen ins Schlafzimmer gingen. Ich tat aber, als schliefe ich; wir konnten uns morgen früh weiter unterhalten.

Am nächsten Morgen spürte ich dann, daß Anna dicht neben uns stand und gar nicht glücklich aussah – und ich muß ehrlich gestehen, daß mir in diesem Moment zum erstenmal der Gedanke kam, daß Anna vielleicht etwas dagegen hatte, mich mit einem Mann im Bett zu sehen. Ich hatte natürlich schon vor langem erkannt, in welcher Richtung ihre Neigungen lagen, ich wußte, daß sie etwas für mich übrig hatte. Aber sie hatte sich von sich aus zurückgehalten, so daß ich nicht mehr das Gefühl hatte, bei ihr eine Rechnung offen zu haben; sie und Goldie waren meine Freunde, zuverlässige Freunde, die einander vertrauten.

»Schau mich nicht so mürrisch an, meine Dame!« sagte Burt mit hoher Stimme. »Ich wollte nur nicht naßregnen.«

»Ich habe nicht mürrisch geschaut«, antwortete sie ernst. »Ich habe mir nur überlegt, wie ich um das Bett herum an das Terminal komme, ohne euch zu wecken. Ich möchte Frühstück bestellen.«

»Für uns alle?« fragte ich.

»Aber ja. Was wollt ihr haben?«

»Von allem etwas, dazu Bratkartoffeln. Liebste Anna, du kennst mich doch – wenn es nicht schon tot ist, bringe ich es um und schlinge es roh herunter, mitsamt den Knochen.«

»Für mich dasselbe«, sagte Burt.

»Was seid ihr für laute Nachbarn.« Goldie stand gähnend in der Tür. »Plaudertaschen. Geht wieder ins Bett!« Ich schaute sie an und erkannte zweierlei: Bisher hatte ich sie mir noch nicht gründlich angesehen, nicht einmal am Strand. Und wenn Anna böse auf mich war, weil ich mit Burt geschlafen hatte, so hatte sie dazu keinen Grund: Goldie wirkte auf beinahe unanständige Weise befriedigt.

»Der Name bedeutet ›Hafeninsel‹«, erklärte Goldie, »und müßte eigentlich einen Bindestrich in der Mitte haben, weil niemand ihn richtig schreiben oder aussprechen kann. Ich schlage mich also als ›Goldie‹ durchs Leben – was in der Mannschaft des Chefs kein Problem war, weil dort selten mit Namen gearbeitet wurde. Ganz so schlimm wie Mrs. Tomosawa bin ich allerdings nicht dran – als ich mich etwa viermal versprochen hatte, bat sie mich, sie Gloria zu nennen.«

Wir beendeten gerade ein umfangreiches Frühstück, und meine beiden Freundinnen hatten mit Gloria gesprochen, und das Testament war eröffnet worden, wonach sie beide (und zu meiner Überraschung auch Burt) um einiges reicher waren. Wir alle bereiteten unsere Abfahrt nach Las Vegas vor: Drei von uns wollten sich Arbeit suchen, Anna wünschte einfach bei uns zu bleiben, bis wir unsere neue Tätigkeit aufnahmen.

Anschließend wollte sie nach Alabama fahren. »Vielleicht bin ich das Herumstromern leid. Ich habe meiner Tochter aber versprochen, die Arbeit aufzugeben, und jetzt ist der richtige Moment dazu. Ich kann mich wieder mit meinen Enkeln anfreunden, ehe sie zu groß werden.«

Anna war Großmutter? Kann man einen anderen Menschen wirklich gut kennen?

25. Kapitel

Las Vegas ist ein Zirkus mit drei Manegen, in dem es leicht fällt, sich einen Kater zuzulegen.

Eine Zeitlang hatte ich Spaß an dem Treiben. Aber wenn man alle Shows gesehen hat, erreicht man einen Punkt, da einem all die Lichter und die Musik und der Lärm und das hektische Durcheinander zuviel werden. Vier Tage waren mehr als genug.

Wir erreichten Vegas gegen zehn Uhr, nachdem wir erst sehr spät losgekommen waren, denn jeder von uns hatte noch geschäftliche Dinge zu erledigen – außer mir mußten alle ihre Arrangements hinsichtlich der Legate aus dem Nachlaß des Chefs treffen, und ich mußte meine Abfindungs-Ziehung bei Master Charge vorlegen. Jedenfalls war das meine Absicht. Die ich aber schnell wieder aufgab, als Mr. Chambers mich fragte: »Möchten Sie uns einen Auftrag geben, Ihre Einkommensteuer auf diesen Betrag abzuführen?«

Einkommensteuer? Was für eine gemeine Vorstellung! Ich traute meinen Ohren nicht. »Was war das, Mr. Chambers?«

»Ihre Einkommensteuer in der Konföderation. Wenn Sie uns beauftragen wollen, die Sache zu erledigen – hier wäre das Formular –, bereiten unsere Experten alles vor, dann bezahlen wir den Betrag, ziehen ihn von Ihrem Konto ab, und Sie haben keine weitere Mühe damit. Die Gebühr für diesen Service ist minimal. Sonst müßten Sie die Steuer selbst berechnen und alle Formulare ausfüllen und sich dann zur Bezahlung beim Finanzamt anstellen.«

»Von solcher Steuer war aber nicht die Rede, als ich hier mein Konto eröffnete.«

»Bei der Einzahlungssumme handelte es sich ja auch um den Preis unserer Nationalen Lotterie! Der gehört *Ihnen*, ohne jeden Abzug – so ist das in einer Demokratie! Freilich streicht die Regierung die Lotteriesteuer gleich bei den Organisatoren ein.«

»Ich verstehe. Wie hoch ist der Anteil der Regierung?«

»Ich bitte Sie, Miß Baldwin, diese Frage sollten Sie an die Regierung richten, nicht an mich. Wenn Sie bitte hier unterschreiben würden; ich fülle das übrige später aus.«

»Gleich. Wie hoch ist die ›minimale Gebühr‹, von der Sie vorhin gesprochen haben? Und wie hoch ist die Steuer?«

Ich verabschiedete mich, ohne meine Goldziehung zu deponieren, und der arme Mr. Chambers war wieder einmal rechtschaffen entrüstet über mich. Obwohl die Braunen dermaßen von der Inflation ausgehöhlt sind, daß man schon eine gehörige Zahl bündeln muß, um sich einen Big Mäc zu kaufen, finde ich tausend Braune nicht ›minimal‹ – das ist der Gegenwert von mehr als einem Gramm Gold, ein Betrag von 37 Brit-Kan-Dollar. Dazu die übliche achtprozentige Abwicklungsgebühr, da hätte sich Master Charge ein hübsches Sümmchen in die Tasche verdient, als Handlanger der Steuerbehörden der Konföderation.

Ich war nicht einmal davon überzeugt, daß ich nach den verrückten Gesetzen Kaliforniens überhaupt Steuern schuldete – der größte Teil des Geldes war nicht in diesem Land verdient worden, und ich sah ohnehin nicht ein, weshalb Kalifornien Ansprüche auf mein Einkommen haben sollte. Zuerst wollte ich mich mit einem guten Anwalt beraten.

Ich kehrte ins Cabaña Hyatt zurück. Goldie und Anna waren noch unterwegs, Burt war aber bereits zurückgekehrt. Ich erzählte ihm von meinen Erlebnissen, denn ich wußte, daß er in der Abteilung für Logistik und Abrechnung gearbeitet hatte.

»Wir brauchen uns nicht darüber aufzuregen«, sagte er. »Die persönlichen Dienstverträge mit dem Vorsitzenden waren stets ›steuerfrei‹, und im Imperium wurde die Bestechungssumme jedes Jahr neu festgesetzt. Hier hätte Mr. Esposito eine deckende Summe zahlen müssen – das heißt, jetzt ja Miß Wainwright. Frag sie doch danach!«

»Auf keinen Fall!«

»Das dachte ich mir. Sie hätte das Finanzamt verständigen und etwa ausstehende Steuern bezahlen müssen – nach ausreichenden Verhandlungen, du verstehst, was ich meine. Vielleicht will sie sich die Ausgabe aber sparen; ich weiß es nicht. Wie dem auch sei – du hast doch einen Ersatz-Paß, oder?«

»Natürlich! Immer.«

»Dann nimm den! Ich werde das jedenfalls tun. Nachdem ich dann weiß, wo ich lande, hole ich mein Geld zu mir. Bis dahin ist es auf dem Mond sehr sicher.«

»Äh, Burt, ich bin ziemlich sicher, daß die Wainwright eine

Liste sämtlicher zusätzlichen Pässe besitzt. Meinst du, man wird uns bei der Ausreise überprüfen?«

»Na, was soll sein, wenn die Wainwright eine Liste hat? Die wird sie der Konföderation erst ausliefern, wenn sie ihren Anteil ausgehandelt hat, und dazu hat sie bestimmt noch keine Zeit gehabt. Du solltest also nur den üblichen Obulus bezahlen, die Nase in die Luft stecken und durch die Kontrolle marschieren.«

Ich begriff, was er meinte. Die Vorstellung, Steuern zahlen zu müssen, hatte mich dermaßen empört, daß ich eine Zeitlang nicht wie ein Kurier gedacht hatte.

Wir reisten über Dry Lake in den Freistaat Las Vegas ein; die Kapsel hielt eben lange genug, daß die Ausreisestempel der Konföderation angebracht werden konnten. Jeder von uns verwendete einen Ersatzpaß mit dem üblichen Bestechungssümmchen zwischen den Seiten – es gab keinen Ärger. Und keinen Einreisevermerk, da der Freistaat sich mit Einreisekontrollen nicht abgibt; hier ist jeder Reisende willkommen, solange er solvent ist.

Zehn Minuten später schrieben wir uns im Dunes-Hotel ein, wobei wir ähnliche Zimmer erhielten, wie wir sie in San José gehabt hatten, außer daß es sich hier um die »Orgien-Suite« handelte. Den Grund dafür vermochte ich nicht zu erkennen. Ein Spiegel an der Decke und Aspirin und Alka Seltzer im Bad rechtfertigen diese Bezeichnung nicht; meine Lehrerin in horizontalen Dingen hätte sich ausgeschüttet vor Lachen. Vermutlich verfügten die meisten Gäste, die hier ausgenommen wurden, über keine solche lehrreiche Vorbildung – man hat mir sogar einreden wollen, daß die meisten Leute *überhaupt* keine formelle Ausbildung durchmachen. Ich habe mich immer wieder gefragt, wer den Leuten das beibringt. Die Eltern? Ist das strenge Inzest-Tabu nur ein Tabu gegen das Darüber-Sprechen, nicht aber gegen das aktive Handeln?

Eines Tages komme ich hoffentlich mal dahinter, bisher ist mir aber noch niemand über den Weg gelaufen, den ich danach hätte fragen können. Vielleicht kann Janet mir Aufschluß geben. Eines Tages ...

Wir verabredeten uns zum Abendessen, dann suchten Burt und Anna das Foyer und/oder das Kasino auf, während Goldie und ich zum Industrie-Park fuhren. Burt wollte sich Arbeit suchen, hatte aber die Absicht, vorher noch einen draufzumachen. Anna sagte nichts dazu, aber ich nehme an, auch sie wollte von den Fleischtöpfen kosten, ehe sie ihr Leben als diensthabende Großmutter aufnahm. Ich suchte ebenfalls Arbeit, das stimmt – aber vorher mußte ich mir einiges durch den Kopf gehen lassen.

Mit ziemlicher Sicherheit würde ich auswandern. Der Chef hatte mir das empfohlen, und das genügte mir als Grund. Daneben hatte mich aber die Studie über die Zerfallserscheinungen in den menschlichen Kulturen, die ich für ihn hatte anstellen müssen, auf Dinge aufmerksam werden lassen, die mir schon lange bekannt waren, die ich aber nie analysiert hatte. Gegenüber den Kulturen, in denen ich gelebt oder die ich durchreist hatte, war ich nie kritisch aufgetreten – Sie müssen sich dazu klarmachen, daß eine Künstliche Person ohnehin stets eine Fremde bleibt, wo immer sie auch ist, wie lange sie auch an einem Ort bleibt. Kein Land konnte jemals ganz das meine sein, warum sollte ich mir also den Kopf darüber zerbrechen?

Aber als ich die Frage untersuchte, ging mir auf, daß unser alter Planet in schlimmer Verfassung war. Neuseeland ist ein hübsches Fleckchen Erde, ebenso Britisch-Kanada, aber auch in diesen beiden Ländern zeigten sich ziemlich deutliche Verfallserscheinungen. Doch waren diese beiden noch die besten von allen.

Trotzdem wollte ich nichts überstürzen. Den Planeten zu wechseln, das macht man nicht zweimal im Leben – es sei denn, man ist ungeheuer reich, was auf mich nicht zutraf. Die Unterstützung, die ich erfahren würde, galt für *eine* Auswanderung – da mußte ich mir wirklich gleich den richtigen Planeten aussuchen, denn ein Fehler ließ sich nicht mehr korrigieren.

Außerdem ... Nun ja, wo *war* Janet?

Der Chef hatte eine Kontaktadresse oder einen Komm-Kode gehabt – nicht ich!

Der Chef hatte einen Verbindungsmann im Polizei-HQ von Winnipeg – nicht ich!

Der Chef verfügte über sein weltumspannendes Pinkerton-Netz – nicht ich!

Ich konnte versuchen, sie von Zeit zu Zeit anzurufen. Ich würde es tun. Ich konnte bei ANZAC und in der Universität von Manitoba zurückfragen, und auch das wollte ich tun. Ich konnte den Auckland-Kode und die biologische Fakultät an der Universität Sydney im Auge behalten. Ja, das würde ich tun.

Aber wenn das alles nichts fruchtete, was konnte ich darüber hinaus unternehmen? Ich konnte nach Sydney fahren und mit Hilfe meiner schönen Augen versuchen, an Professor Farneses Privatanschrift oder Studienanschrift heranzukommen. Aber das würde nicht billig sein, zumal mir erst kürzlich abrupt zu Bewußtsein gekommen war, daß Reisen, wie ich sie in der Vergangenheit für selbstverständlich gehalten hatte, in der Zukunft problematisch sein würden und vielleicht gar nicht mehr in Frage kamen. Die Fahrt nach Neusüdwales, *ehe* die Semiballistischen Raketen wieder flogen, würde mich sogar sehr teuer zu stehen kommen. Möglich war es – mit der Tunnelbahn und Schwimmfahrzeugen auf einem Weg, der mich zu drei Vierteln um die Welt führen würde – aber es würde keine einfache und keine preisgünstige Sache sein.

Vielleicht konnte ich mich als Schiffsmädchen verdingen, auf der Route San Francisco–Australien. Das war bestimmt billig und einfach – aber zeitraubend, selbst wenn ich mir einen Shipstone-betriebenen Tanker aussuchte, der von Watsonville aus startete. Ein segelbetriebener Frachter ... Also, nein.

Vielleicht sollte ich in Sydney einen Pinkerton-Mann einstellen. Wie sahen die Honorarsätze aus? Konnte ich mir so etwas leisten?

Nicht ganz sechsunddreißig Stunden nach dem Tod unseres Chefs ging mir die Tatsache auf, daß mir der wahre Wert des Gramms bisher nicht zu Bewußtsein gekommen war.

Bedenken Sie – bis jetzt war mein Leben von drei wirtschaftlichen Gegebenheiten bestimmt gewesen:

a) Auf einer Mission hatte ich ausgegeben, was nötig war.

b) In Christchurch verbrauchte ich nicht viel Geld – in erster Linie für Geschenke an die Familie.

c) Auf der Farm, im nächsten Hauptquartier und schließlich im Pajaro Sands hatte ich überhaupt nichts ausgegeben. Essen und Unterkunft waren vertraglich festgelegt. Ich trank und spielte nicht. Wäre ich nicht Anita in die Klauen geraten, hätte ich jetzt ein hübsches Sümmchen beisammen.

Ich hatte ein beschütztes Leben geführt und dabei den wahren Wert des Geldes nicht abzuschätzen gelernt.

Einfache Rechenaufgaben gelingen mir allerdings auch ohne Terminal. Meinen Anteil an der Rechnung des Cabaña Hyatt hatte ich bar bezahlt. Für die Fahrt in den Freistaat hatte ich meine Kreditkarte genommen, die Kosten aber vermerkt. Ich notierte mir auch den Zimmertarif im Dunes-Hotel und behielt die anderen Kosten im Auge, ob nun auf Karte, Bargeld oder auf Zimmerrechnung.

Sofort wurde mir klar, daß das Wohnen in Erste-Klasse-Hotels mein Gold innerhalb verfügbarer Zeit aufzehren würde, selbst wenn ich keine Ausgaben hatte für Reisen, Kleidung, Luxusgüter, Freunde und Notfälle. *Quod erat demonstrandum.* Entweder mußte ich mir Arbeit verschaffen oder mich für einen Kolonisationsflug entscheiden.

Mir kam der schlimme Gedanke, daß der Chef mir weitaus mehr gezahlt hatte, als ich wert war. Gewiß, ich bin ein guter Kurier, einen besseren gibt es nicht, aber wie sieht der Tarif für Kuriere eigentlich aus?

Ich konnte mich natürlich als einfacher Soldat anheuern lassen, was mir schnell die Sergeants-Streifen verschaffen würde (davon war ich überzeugt). Dieser Weg reizte mich aber nicht sonderlich – wahrscheinlich blieb mir dennoch nichts anderes übrig. Eitelkeit gehört nicht zu meinen Fehlern; für die meisten Zivilistenposten war ich ungeeignet, da mache ich mir nichts vor.

Hierhin fühlte ich mich gezogen, etwas anderes aber schob mich dorthin. Ich *wollte* gar nicht allein auf einen fremden Planeten ziehen. Der Gedanke erfüllte mich mit Angst. Ich hatte meine EnEs-Familie verloren (wenn ich sie jemals richtig gehabt hatte), der Chef war gestorben, und mir war zumute wie einem kleinen verirrten Küken – meine echten Freunde unter den Kollegen waren in alle Winde verstreut, bis auf diese drei, die aber ebenfalls eiligst ihren Abgang vorbereiteten – und zu allem Übel hatte ich den Kontakt zu Georges und Janet und Ian verloren.

Obwohl Las Vegas rings um mich pulsierte, fühlte ich mich so einsam wie Robinson Crusoe.

Am liebsten hätte ich es gesehen, wenn Janet und Ian und Georges mit mir ausgewandert wären. Dann würde ich keine Angst haben. Dann konnte ich wieder lächeln.

Außerdem – der Schwarze Tod. Die Pest kehrte zurück.

Ja, ja, ich hatte dem Chef eingeredet, meine mitternächtliche Prognose wäre Unsinn gewesen. Er aber hatte gekontert, seine analytische Abteilung habe dieselbe Voraussage getroffen, in vier Jahren, anstatt in dreien. (Ein kleiner Trost!)

So war ich denn gezwungen, meine eigene Vorhersage ernst zu nehmen. Ich mußte Ian und Janet und Georges warnen.

Ich nahm nicht an, daß ich sie damit in Angst und Schrecken versetzen würde – das ist bei diesen drei Menschen wohl nicht möglich. Aber ich wollte ihnen sagen: »Wenn ihr schon nicht auswandert, solltet ihr wenigstens meine Warnung ernst nehmen und euch von den großen Städten fernhalten. Wenn Schutzimpfungen angeboten werden, müßt ihr mitmachen. Aber hört auf meine Warnung!«

Der Industrie-Park liegt an der Straße zum Hoover-Damm; hier befindet sich der Arbeitsmarkt. In Las Vegas sind innerhalb der Stadtgrenzen keine AAF gestattet, doch es gibt überall Rollsteige, von denen einer zum Industrie-Park führt. Wenn man dort weiter zum Damm oder nach Boulder City will, kann man sich eines AAF-Pendelverkehrs bedienen. Ich gedachte diese Route zu nehmen, da die Firma Shipstone Death Valley zwischen Ost-Las Vegas und Boulder City als Ladestation einen Streifen Wüste gepachtet hatte. Ich wollte mir das einmal ansehen.

War es möglich, daß der Shipstone-Konzern hinter dem Roten Donnerstag steckte? Einen Grund dafür konnte ich mir nicht denken. Es mußte sich aber um eine Macht handeln, die in einer Nacht den ganzen Globus abzudecken und bis zum Ceres zu wirken verstand. Es gab nicht viele Körperschaften dieses Kalibers. Oder handelte es sich um einen superreichen Mann oder eine Gruppe von Leuten? Auch hier waren die Möglichkeiten beschränkt. Nachdem der Chef tot war, würde ich auf diese Frage wahrscheinlich nie eine Antwort erhalten. Er war es, an dem ich meine Stimmungen ausließ – an den ich mich aber auch wandte, wenn ich etwas nicht begriff. Erst als mir diese Stütze entrissen wurde, ging mir auf, wie sehr ich mich auf ihn verlassen hatte.

Der Arbeitsmarkt ist eine große überdachte Ladenstraße, gesäumt von allen möglichen Geschäften und Büros – von den schicken Niederlassungen des *Wall Street Journal* bis hin zu Kundschaftern, die ihr Büro in der Tasche haben, sich niemals setzen und selten zu reden aufhören. Überall hängen Schilder, überall wimmeln Leute durcheinander, und die ganze Szenerie erinnert mich an die Unterstadt von Vicksburg, nur daß es hier besser riecht.

Die militärischen und paramilitärischen freien Kompaniefirmen hatten sich am östlichen Ende zusammengeballt. Goldie klapperte sie nacheinander ab, und ich begleitete sie. Sie ließ bei jeder Einheit ihren Namen notieren und gab ihren Lebenslauf ab. In der Stadt hatten wir diese Übersicht kurz drucken lassen, nachdem sie sich bei einem öffentlichen Sekretär eine Postanschrift verschafft und mich veranlaßt hatte, ebenfalls eine solche Post- und Telefonanschrift einzurichten. »Freitag, wenn wir länger als ein oder zwei Tage brauchen, verlasse ich das Dunes-Hotel. Dir ist doch sicher der Zimmerpreis aufgefallen, ja? Ein nettes Hotel, aber man muß praktisch jeden Tag den Preis für das ganze Bett bezahlen. Ich kann mir das nicht leisten. Du vielleicht, aber ich ...«

»Ich auch nicht.«

Ich verschaffte mir also eine Art Anschrift und merkte mir vor, Gloria Tomosawa davon zu unterrichten. Die Gebühren entrichtete ich für ein Jahr im voraus – und stellte fest, daß mir dieser Vorgang ein seltsames Gefühl der Sicherheit verschaffte. Es war nicht einmal ein kleiner Schuppen – aber ein Stützpunkt, eine Anschrift, die nicht vom Winde verweht werden konnte.

Goldie legte sich an diesem Nachmittag noch nicht fest, schien aber auch nicht enttäuscht zu sein. »Im Augenblick gibt's keinen Krieg, das ist alles«, sagte sie. »Der Frieden dauert aber selten länger als einen oder zwei Monate. Dann wird schleunigst wieder angeworben – und dann steht mein Name in den Unterlagen. Bis dahin lasse ich mich bei der Stadt einschreiben und arbeite aushilfsweise. Einen Vorteil hat das Bettpfannengeschwader: Eine Krankenschwester braucht niemals zu hungern. Die Knappheit in unserem Beruf besteht schon seit gut einem Jahrhundert und wird so schnell nicht verschwinden.«

Der zweite Anwerber, bei dem Goldie vorsprach – Repräsentant von Royers Rechter Truppe, Cäsars Kolonne und den Schnittern des Erfolgs, ausnahmslos erstklassige Kampftruppen, die einen weltweiten Ruf genossen –, wandte sich an mich, nachdem Goldie fertig war: »Und was ist mit Ihnen? Sind Sie ebenfalls ausgebildete Krankenschwester?«

»Nein«, antwortete ich. »Kampfkurier.«

»Dafür besteht kaum Bedarf. Heute bedienen sich die meisten Einheiten der Eilzustellung, wenn ein Terminal nicht genügt.«

Ich reagierte sofort gereizt – eine Reaktion, vor der der Chef mich gewarnt hatte. »Ich bin Spitze«, erwiderte ich. »Ich gehe überallhin – und was ich befördern muß, erreicht sein Ziel auch dann, wenn die Postdienste eingestellt werden. Wie bei der eben beendeten Krise.«

»Das stimmt«, sagte Goldie. »Sie übertreibt nicht.«

»Trotzdem besteht für Ihre Talente kein großer Bedarf. Können Sie sonst noch etwas?«

(Prahlen verboten!) »Auf welche Waffe verstehen Sie sich am besten? Ich stelle mich Ihnen zum Duell, entweder unter Wettbewerbsregeln oder bis aufs Blut. Rufen Sie Ihre Witwe an, dann los!«

»Meine Güte, sind Sie aber eine explosive kleine Biene! Sie erinnern mich an einen Foxterrier, den wir mal hatten. Hören Sie, meine Liebe, ich kann mich mit Ihnen auf keine Spielchen einlassen; ich muß dieses Büro leiten. Jetzt sagen Sie mir die Wahrheit, dann nehme ich Ihren Namen in die Akten.«

»Tut mir leid, Meister, ich sollte nicht so angeben. Ich bin Elite-Kurier, das stimmt. Wenn ich etwas übernehme, erreicht es den Bestimmungsort, und meine Honorare sind hoch. Oder mein Sold, sollte man mich als Stabsoffizier für Sonderaufgaben gewinnen. Was das übrige angeht, da muß ich natürlich die Beste sein, mit oder ohne Waffen, denn die mir anvertrauten Sachen *müssen* durch. Wenn Sie wollen, können Sie mich als Ausbilder führen – für waffenlose Verteidigung, aber auch für jede Waffe. An Kampfeinsätzen bin ich aber nur interessiert, wenn die Bezahlung wirklich hoch ist. Sonst ziehe ich Kurierdienste vor.«

Er machte sich Notizen. »Na schön. Machen Sie sich keine zu großen Hoffnungen. Die schwierigen Kerle, für die ich hier arbeite, setzen Kuriere höchstens auf dem Schlachtfeld ein ...«

»Solche Einsätze übernehme ich auch. Was ich befördere, erreicht sein Ziel.«

»Oder Sie gehen dabei drauf.« Er grinste. »Eher ist anzunehmen, daß man einen Superhund einsetzt. Hören Sie, Schätzchen, eine Firma kann mit Kurierdiensten, wie Sie sie anbieten, mehr anfangen als eine Militäreinheit. Warum hinterlegen Sie Ihren Namen nicht bei den multinationalen Gesellschaften? Die Großen haben hier ausnahmslos ihre Vertreter. Und sie haben mehr Geld. Viel mehr Geld!«

Ich dankte ihm, und wir gingen. Auf Goldies Drängen schauten wir beim nächsten Postamt vorbei und erstellten Printouts meines Lebenslaufes. Dabei wollte ich beim geforderten Sold etwas nachlassen, in der Gewißheit, daß der Chef mich überbezahlt hatte – doch Goldie wollte davon nichts hören. »Du mußt höher gehen! Darin liegt deine beste Chance. Gruppen, die deine Dienste brauchen, bezahlen dich entweder, ohne mit der Wimper zu zucken – oder sie rufen bei dir zurück und versuchen zu handeln. Aber von vornherein den Preis drücken? Hör mal, meine Liebe, niemand kauft beim Sommerschlußverkauf, wenn man sich die besten Kräfte leisten kann.«

Ich schaute bei allen Multis vorbei. Im Grunde rechnete ich von dieser Seite nicht mit Interesse, doch wenn jemand den besten Kurier der Welt haben wollte, konnte er sich ja meine Leistungsübersicht anschauen.

Als die Bürozeit vorüber war, glitten wir zum Hotel zurück, um unsere Verabredung zum Abendessen einzuhalten, und trafen Anna und Burt an, die bereits ein wenig beschwipst waren. Nicht betrunken, nur aufgekratzt und ein wenig zu vorsichtig in ihren Bewegungen.

Burt baute sich dramatisch vor uns auf und deklamierte: »Meine Damen! Seht mich an, bewundert mich! Ich bin ein großer Mann . . .«

»Du hast ja den Verstand verloren!«

»Das auch, geliebte Freitag. Aber vor dir steht der Mann, der . . . hoppla! . . . in Monte Carlo die Sprengung gebankt hat. Ich bin ein Genie, ein echtes, blauäugiges, finan'schelles Genie. Anfassen erlaubt!«

Das hatte ich sowieso vorgehabt, später am Abend. Jetzt aber stiegen mir Zweifel auf. »Anna, hat Burt die Bank gesprengt?«

»Nein, aber angeschlagen hat er sie auf jeden Fall.« Sie stieß verhalten auf. »'Tschuldigung. Wir blieben ein Weilchen hier und gingen dann ins Flamingo hinüber, wo wir auf neues Glück hofften. Wir trafen dort knapp vor dem Wettschluß für das dritte Rennen in Santa Anita ein, und Burt setzte einen Superbuck auf die Nase einer kleinen Stute, die den Namen seiner Mutter trägt – ein riskanter Einsatz, der sich aber auszahlte. Die kleine Stute ging als erste ins Ziel. Draußen vor dem Wettraum steht ein Rad, und Burt häuft seinen Gewinn auf Doppel-Null . . .«

»Er war betrunken«, stellte Goldie fest.

»Ich bin ein Genie!«

»Beides. Doppel-Null kam, und Burt setzte einen Riesenhaufen auf Schwarz und gewann, er ließ stehen und gewann, wechselte auf Rot hinüber und *gewann!* – und der Croupier ließ den Aufseher kommen. Burt wollte aufs Ganze gehen, aber der Ober-Croupier setzte das Limit auf fünftausend Scheine.«

»Bauern! Gestapo! Miet-Bullen! In dem ganzen Kasino gibt es keinen einzigen Gentleman-Sportsmann! Ich beschloß, woanders Kunde zu werden.«

»Und hast alles verloren«, meinte Goldie.

»Goldie, alte Freundin, du erweist mir nicht den angemessenen Respek'!«

»Er hätte wohl alles verloren«, meinte Anna, »aber ich sorgte dafür, daß er den Rat des Ober-Croupiers befolgte. Umgeben von sechs Hilfspolizisten des Kasinos begaben wir uns auf direktem Wege in die Kasinoniederlassung der Lucky Strike-Staatsbank und deponierten alles. Unter anderen Bedingungen hätte ich ihn nicht laufen lassen. Stell dir vor, einen halben Megabuck vom Flamingo ins Dunes Hotel zu transportieren – in *bar*! Er wäre nicht lebendig über die Straße gekommen.«

»Unmöglich! In Vegas gibt es weniger Gewaltkriminalitä' als jeder anderen Stadt von Nor'Amerika. Anna, Schätzchen, du bist eine herrschsüchtige Frau. Immer mußt du auf mir rumhakken. Ich würde dich nicht mal heiraten, wenn du an der Kreuzung Freemont Street und Main Street auf die Knie fielst und mich darum bätes'. Statt dessen werde ich dir die Schuhe wegnehmen, dich schlagen und dir nur Brotkrumen zu essen geben.«

»Ja, mein Lieber. Deine Schuhe kannst du jetzt aber anziehen, weil du uns allen dreien was zu essen spendierst. Aber keine Krumen, sondern Kaviar und Trüffel.«

»Und Champagner. Aber nicht, weil du mich herumkommandierst. Meine Damen. Freitag, Goldie, meine Geliebte – wollt ihr mir helfen, mein finan'schelles Genie zu feiern? Mit tollen Getränken und Fasan und prächtigen Show-Mädchen mit tollen Hüten?«

»Ja«, sagte ich.

»Ja, ehe du es dir anders überlegst. Anna, hast du eben von einem ›halben Megabuck‹ gesprochen?«

»Burt. Zeig's ihnen!«

Burt zog ein nagelneues Sparbuch aus der Tasche und ließ uns hineinschauen, während er sich an seiner Weste die Fingernägel polierte und einen selbstzufriedenen Eindruck machte. 504000,– Bucks. Über eine halbe Million in der einzigen harten Währung Nordamerikas. Ah, etwas über einunddreißig Kilogramm Feingold. Nein, eine solche Summe hätte auch ich nicht über die Straße transportieren wollen – nicht in Gold. Nicht ohne Schubkarre. Die Masse würde etwa der Hälfte meiner Körpermasse entsprechen. Da war ein Sparbuch viel angenehmer.

Ja, ich wollte mir von Burt Champagner vorsetzen lassen.

So verbrachten wir einen rauschenden Abend im Theater des Stardust Hotels. Burt wußte, wieviel er dem Oberkellner geben mußte, um gute Plätze zu bekommen (vielleicht zahlte er aber auch zuviel, ich weiß es nicht), und wir schlürften Champagner und verzehrten ein wunderschönes Essen, dessen Hauptgang Cornwall-Wildhuhn war, das aber als Taube ausgegeben wurde, und die Mädchen waren jung und hübsch und gutgelaunt und gesund und rochen frisch gewaschen. Außerdem traten männliche Tänzer auf mit ausgestopften Hosen, damit wir Frauen auch etwas zu schauen hatten, nur schaute ich nicht besonders gründlich hin, denn sie rochen nicht richtig, und ich hatte das Gefühl, daß sie sich mehr füreinander interessierten als für Frauen. Das war natürlich ihre Sache, doch im großen und ganzen zog ich die Tänzerinnen vor.

Außerdem trat ein großartiger Zauberer auf, der lebendige Tauben aus der Luft herunterholte, in ähnlicher Weise, wie viele seiner Kollegen Münzen erscheinen lassen. Ich liebe Zauberer und habe keine Ahnung, wie sie ihre Tricks vollführen, und ich verfolge ihre Vorstellung mit weit offenem Mund.

Der Zauberer dieses Abends führte etwas vor, das nur mit dem Teufel zugehen konnte. Zwischendurch ließ er seine hübsche Assistentin durch eine Tänzerin ersetzen. Die Assistentin war nicht gerade übermäßig bekleidet, das andere Mädchen aber trug an einem Ende Schuhe und am anderen einen Hut – und dazwischen nichts anderes als ein Lächeln.

Der Zauberer begann ihr Tauben abzunehmen.

Ich traute meinen Augen nicht. Es war nicht genug Platz, außerdem mußte es kitzeln – also konnte es nicht *wahr* sein!

Aber eines Tages werde ich zurückkehren und mir die Nummer aus einer anderen Perspektive ansehen. Es *kann* einfach nicht wahr sein!

Als wir ins Dunes zurückkehrten, wollte sich Goldie in die Foyer-Show setzen, Anna aber strebte ins Bett. Ich erklärte mich einverstanden, Goldie zu begleiten. Burt ließ sich einen Platz reservieren, er wolle Anna nur eben nach oben begleiten und käme gleich zurück.

Aber er tauchte nicht wieder auf. Als wir später hinaufgingen, überraschte es mich nicht, die Tür zum anderen Zimmer verschlossen vorzufinden; vor dem Abendessen hatte ich schon so eine Ahnung gehabt, als würde Burt sich meiner Nerven nicht zwei Nächte hintereinander annehmen. Das was Sache der beiden, ich hatte keine Ansprüche. Burt hatte mich bestens bedient, als ich es dringend brauchte.

Ich fürchtete schon, Goldie würde sich aufregen, aber es schien ihr nichts auszumachen. Wir gingen zu Bett, versuchten kichernd zu ergründen, woher die Tauben kamen, und schliefen ein. Als mich der Schlaf überkam, hatte Goldie bereits leise zu schnarchen begonnen.

Wieder wurde ich von Anna geweckt; diesmal aber wirkte sie nicht nüchtern und ernst, sondern strahlte etwas ganz Besonderes aus. »Guten Morgen, Schätzchen! Pinkelt und putzt euch die Zähne; in zwei Minuten ist das Frühstück da! Burt ist im Bad gerade fertig, also beeilt euch!«

Etwa über der zweiten Tasse Kaffee sagte Burt: »Nun, meine Liebe!«

»Soll ich?« fragte Anna.

»Nun mach schon, Schatz!«

»Na schön. Goldie, Freitag – ich hoffe, ihr habt heute früh ein bißchen Zeit für uns, denn wir lieben euch beide und möchten, daß ihr dabei seid. Wir werden heiraten.«

Goldie und ich heuchelten absolutes Erstaunen und gaben unserer großen Freude Ausdruck; wir sprangen auf und küßten alle beide. Die Freude war in meinem Falle echt; die Überraschung war gespielt. Bei Goldie mochte es umgekehrt sein, das sagte mir eine innere Stimme. Ich behielt meine Vermutungen aber für mich.

Nachdem wir uns für später an der Gretna Green-Hochzeitskapelle verabredet hatten, zogen Goldie und ich los, um Blumen zu besorgen – und ich stellte erfreut und erleichtert fest, daß Goldie in Abwesenheit der beiden nicht minder erfreut zu sein schien als vorher. »Die beiden sind genau richtig füreinander«, sagte sie. »Ich war sowieso nie für Annas Vorhaben, die Großmutter zu spielen; das wäre einem Selbstmord gleichgekommen.« Sie fügte hinzu: »Ich hoffe nur, daß du nicht zu enttäuscht bist.«

»Wie bitte?« fragte ich. »Du meinst *mich*? Warum sollte ich enttäuscht sein?«

»Er hat vorgestern mit dir geschlafen und letzte Nacht mit ihr. Heute heiratet er sie. Es gibt Frauen, die würden sich darüber gehörig aufregen.«

»Um Himmels willen! Warum denn? Ich liebe Burt nicht. Oh, natürlich liebe ich ihn, weil er zu denen gehört, die mir vor einiger Zeit das Leben gerettet haben. Und da habe ich ihm vorgestern nacht zu danken versucht – und er war auch ein gutes Heilmittel für mich. Ich brauchte ihn. Das ist aber kein Grund zu erwarten, daß Burt sich mir jede Nacht zuwendet – oder auch nur eine zweite Nacht.«

»Da hast du völlig recht, Freitag, aber nicht viele Frauen deines Alters können so nüchtern darüber denken.«

»Ach, ich weiß nicht; ich finde, es liegt auf der Hand. Du bist auch nicht gekränkt. Ist doch dasselbe.«

»Was meinst du?«

»Na, genau dasselbe. Vorgestern nacht schlief sie mit dir, gestern mit ihm. Scheint dich nicht weiter aufzuregen.«

»Warum sollte es das?«

»Sollte es auch nicht. Aber die Fälle liegen doch ähnlich.« (Goldie, Schätzchen, bitte halt mich nicht für einen Dummkopf! Ich habe nicht nur dein Gesicht gesehen, sondern dich auch gerochen.) »Ehrlich gesagt, war ich ein bißchen überrascht. Ich hatte nicht gedacht, daß du dazu neigst. Bei Anna war mir das bekannt – und bei ihr war ich überrascht, daß sie Burt mit ins Bett nahm. Daß sie das tut, wußte ich nicht. Mit Männern, meine ich. Wußte auch nicht, daß sie schon mal verheiratet war.«

»Oh. Ja, man kann es wohl so sehen. Aber bei uns liegt es etwa so ähnlich wie bei dir und Burt: Anna und ich lieben uns, seit Jahren schon – und manchmal findet das seinen Ausdruck im Bett. Aber wir ›lieben‹ uns nicht im anderen Sinne. Wir beide neigen im Grunde eher zu Männern – egal, was für einen Eindruck du neulich nacht gewonnen hast. Als Anna dir Burt praktisch aus den Armen riß, habe ich innerlich gejubelt, während ich mir gleichzeitig deinetwegen ein bißchen Sorgen machte. Aber nicht zu sehr, denn hinter dir ist ja stets ein ganzes Rudel Männer her, während so etwas bei Anna in letzter Zeit selten geworden ist. Ich jubelte also. Ich rechnete natürlich nicht damit, daß es gleich zur Heirat führen würde, aber es ist doch toll so! Hier ist die Goldene Orchidee – was kaufen wir?«

»Moment noch!« Vor dem Blumenladen hielt ich sie am Arm

fest. »Goldie – es gibt da einen Menschen, der unter Lebensgefahr mit einer Bahre in das Schlafzimmer des Farmgebäudes stürmte. Meinetwegen.«

Goldie schaute mich gereizt an. »Da hat jemand sein Maul zu weit aufgerissen!«

»Ich hätte schon früher die Sprache darauf bringen sollen. Ich liebe dich. Mehr als Burt, denn meine Zuneigung zu dir ist älter. Ihn brauche ich nicht zu heiraten, dich kann ich nicht heiraten. Nur lieben. In Ordnung?«

26. Kapitel

Vielleicht heiratete ich Goldie doch noch, gewissermaßen. Sobald Anna und Burt formell verheiratet waren, kehrten wir ins Hotel zurück; Burt zog ins »Hochzeitsgemach« um (kein Spiegel an der Decke, die Einrichtung in Weiß und Rosa und nicht in Schwarz und Rot, doch ansonsten sehr ähnlich, nur viel teurer), während Goldie und ich das Hotel verließen und in der Nähe der Einmündung der Charleston Road in die Fremont Road ein kleines Haus mieteten. Hier wohnten wir in günstiger Nähe zu dem Rollsteig, der den Arbeitsmarkt mit der Stadt verbindet, außerdem hatte Goldie gute Verbindungen zu den Krankenhäusern, und ich konnte mühelos einkaufen. Wir hätten uns sonst einen Pferdewagen kaufen oder mieten müssen – oder Fahrräder.

Mag sein, daß die günstige Lage der einzige Vorteil war, den das Haus zu bieten hatte, für mich war es jedoch ein Flitterwochen-Häuschen wie aus einem Märchen. Natürlich war das Bild nicht komplett: es hatte keine Rosen über der Tür und war häßlich und besaß als einzige Konzession an die moderne Welt ein Terminal, das aber nur begrenzte Dienste zuließ. Doch zum erstenmal im Leben hatte ich ein eigenes Zuhause und war »Hausfrau«. Das Haus in Christchurch war zu keiner Zeit wirklich mein Heim gewesen, und das Kommando in jenem Haushalt hatten andere geführt, und so war ich auf diese oder jene Weise immer wieder darauf aufmerksam gemacht worden, daß ich kein ständiges Mitglied dieser Gemeinschaft war, sondern eher nur ein Gast.

Wissen Sie , wieviel Spaß es machen kann, für die eigene Küche eine Pfanne einzukaufen?

Die Hausfrauenrolle fiel mir sofort zu, da Goldie schon am ersten Tag Arbeit bekam und um dreiundzwanzighundert ihren Nachtdienst antrat, der bis null-siebenhundert dauerte. Am nächsten Tag kochte ich mein erstes Abendessen, während Goldie noch schlief – und ließ die Kartoffeln verkohlen, was mir die Tränen in die Augen trieb. Aber einer Braut steht es nun mal zu, in Tränen auszubrechen, meine ich, doch sollte ich jemals wirklich heiraten (und nicht nur auf dem falschen Fuß wie in Christchurch), dann habe ich mein Quantum Tränen für den ersten Tag aufgebraucht.

Ich war eine Hausfrau, wie sie im Buche steht: ich kaufte sogar Erbsensamen und pflanzte sie ein als Ausgleich für die fehlenden Kletterrosen vor der Tür – und stellte fest, daß die Gartenarbeit nicht nur darin besteht, Samen in den Boden zu drükken; meine erste Saat ging nicht auf. Ich sprach daraufhin in der Bibliothek von Las Vegas vor und kaufte ein Buch, ein echtes Buch mit gebundenen Blättern und mit Bildern der Dinge, die ein richtiger Gärtner tun sollte. Ich vertiefte mich darin und prägte mir die wichtigsten Regeln ein.

Auf eines verzichtete ich allerdings. Obwohl ich sehr in Versuchung war, schaffte ich mir keine Katze an. Goldie konnte jeden Tag verschwinden; sie kündigte mir sogar an, daß sie vielleicht abreisen mußte, ohne sich zu verabschieden, sollte ich zufällig unterwegs sein (ähnlich wie ich es bei Georges gehandhabt hatte – und so war es dann ja auch gekommen).

Wenn ich mir eine Katze zulegte, war ich verpflichtet, sie zu behalten. Ein Kurier kann jedoch nicht überallhin ein Tier mitnehmen; so bekommt man die Katze nicht groß. Eines Tages würde auch ich wieder aufbrechen, und ich legte mir keine Katze zu.

Abgesehen davon genoß ich die Freuden meines Hausfrauendaseins in vollen Zügen – einschließlich der Ameisen im Zukker und eines platzenden Müllbeutels, zwei Erlebnisse, die ich ungern noch einmal durchmachen möchte. Es war eine sehr glückliche Zeit. Allmählich bekam Goldie auch meine Kocherei in den Griff – ich hatte geglaubt, kochen zu können, aber da war ich noch nicht durch Goldies Schule gegangen. Und ich gewöhnte es mir an, den Martini so anzurühren, wie sie ihn gern hatte: Beefeater-Gin und trockenen Noilly Prat-Wermut im Verhältnis drei Komma sechs zu eins, einmal umrühren, keine Zusätze – während ich mich für Bristol Cream auf Eis entschied. Martinis sind mir etwas zu stark, aber ich kann mir vorstellen, warum eine Krankenschwester, die mit schmerzenden Füßen vom Dienst kommt, förmlich danach lechzt.

Ja ehrlich, wäre Goldie ein Mann gewesen, hätte ich meine Sterilität rückgängig gemacht und Kinder, Erbsen und Katzen großgezogen.

Schon kurze Zeit nach dem Beginn dieser Idylle brachen Burt und Anna nach Alabama auf, und wir sorgten gründlich dafür, daß wir den Kontakt nicht verlieren würden. Die beiden wollten dort nicht leben, Anna war aber der Meinung, daß sie ihrer Tochter einen Besuch schuldig sei (und sich selbst, so meine ich, die Gelegenheit, ihren neuen Ehemann vorzuführen). Anschließend wollten die beiden sich bei einer militärischen oder paramilitärischen Söldner-Einheit verdingen, und zwar so, daß sie auf einen gemeinsamen Vertrag liefen und zusammenbleiben konnten. Im Kampfeinsatz. Ja. Beide hatten die Schreibtischarbeit satt, beide waren gewillt, eine Rückstufung in Kauf zu nehmen, indem sie den Stab verließen und sich der kämpfenden Truppe anschlossen. »Lieber eine lebhafte Stunde, als ein ganzer Kontrakt hinter Papierstapeln.« Mag sein. Es war ihr Leben.

Ich blieb in Kontakt mit dem Arbeitsmarkt, da der Tag kommen würde, an dem ich nicht nur losfliegen wollte, sondern mir nichts anderes übrig blieb. Goldie arbeitete einigermaßen regelmäßig und versuchte durchzusetzen, daß sie sämtliche Kosten des Haushalts übernahm. Ich aber stellte mich quer und bestand darauf, genau die Hälfte zu tragen. Da ich die genaue Übersicht über alle Ausgaben hatte, wußte ich natürlich, was das Leben in Las Vegas kostete. Zuviel, sogar in einem Schuhkarton. Wenn Goldie auszog, konnte ich es noch einige Monate allein aushalten, aber dann war ich pleite.

Natürlich würde ich es nicht dazu kommen lassen. Ein Flitterwochen-Häuschen ist kein Ort, an dem man allein leben sollte.

Immer wieder versuchte ich mich mit Georges und Ian und Janet in Verbindung zu setzen, und natürlich auch mit Betty und Freddie, doch inzwischen beschränkte ich mich auf zweimal im Monat; die Terminalgebühren waren hoch.

Zweimal in der Woche verbrachte ich einen halben Tag im Arbeitsmarkt und hielt Kontakt. Ich rechnete zwar nicht mehr damit, daß ich einen Kurierjob finden würde, der auch nur halb so gut bezahlt wurde wie der Posten bei meinem alten Chef; trotzdem ließ ich mich immer wieder bei den Multis blicken, die in der Tat erfahrene Kuriere brauchten. Außerdem behielt ich die Übersicht über alle anderen offenen Stellen, auf der Suche nach einer Möglichkeit, irgendeiner Möglichkeit, meine doch irgendwie seltsamen Talente einzusetzen. Der Chef hatte angedeutet, ich sei eine Art Supermensch – wenn das stimmte, kann ich hier und jetzt bestätigen, daß für Supermenschen sehr wenig Bedarf besteht.

Ich spielte mit dem Gedanken, mich zum Croupier oder Kartengeber ausbilden zu lassen – dann aber schob ich die Möglichkeit nach unten auf meine Liste. Ein geschickter Kartengeber oder Croupier mag viele Jahre lang arbeiten und ein gutes Gehalt beziehen – für mich aber wäre das nur eine langweilige Tretmühle. Ein Weg, am Leben zu bleiben, aber kein richtiges Leben. Da war es schon besser, sich als einfacher Soldat zu verdingen und eine neue Karriere anzufangen.

Es gab allerdings andere Möglichkeiten, die mir nie in den Sinn gekommen wären: Etwa diese Anzeige:

Trägermutter
Unbegrenzte Lizenz, Versicherung bei TransAmerica
und/oder Lloyd.
Kein Extrahonorar für Mehrfachgeburten bis Vierlinge.
Honorar nach Vereinbarung.
Übliche Vorstellungsgebühr mit Gesundheitsuntersuchung
durch einen Physiometriker Ihrer Wahl.
BABIES UNBEGRENZT Inc.
LV 7962M 4/3

Natürlich konnte ich versuchen, mit Babies unbegrenzt zu einer Vereinbarung zu kommen oder mich auch als Freiberuflerin umtun. Meine widerrufliche Sterilität war dabei von Vorteil, weil die Kunden immer große Angst haben, daß die Trägermutter sie hereinzulegen versucht – indem sie sich selbst schwängern läßt, ehe sie sich als Trägerin zur Verfügung stellt. Sterilität ist kein Hindernis, da es hier nicht darum geht, einen Eisprung zu haben; die Techniker wirken nur dahingehend auf die Körperchemie ein, daß das Umfeld zur Implantation vorbereitet wird. Der Eisprung stört im Grunde nur.

Die Kinder anderer Leute auszutragen konnte aber nur eine Sache zur Überbrückung sein – aber es war entschieden eine Möglichkeit, denn es gab gutes Geld dafür.

Gesucht:
90-Tage-Frau für Urlaub im All.
Sämtliche Kosten werden übernommen, Luxus 9+,
Bonus-Tarif der Gilde.
Phys. Bereich S/W, Temperament heißblütig 8,
Liebesfähigkeit 7 oder darüber.
Kunde besitzt Fortpflanzungslizenz Chicago-Imperium,
die der Ferienfrau ausgehändigt wird,
sollte sie schwanger werden. Alternativ können
sich beide einer 120-Tage-Sterilisation
unterziehen, Entscheidung bei Bewerberin.
KONTAKT AMELIA TRENT, Lizensierte Sex-Maklerin,
No 18/20 New Cortez Mezzanine

Keine schlechte Sache für jemanden, der mal drei Monate Urlaub machen wollte und Spaß am Russischen Roulette hatte. Für mich war Schwangerschaft keine Gefahr, und meine Erregbarkeit ging höher als 7 – sogar viel höher! Der Gewerbetarif im Freistaat war aber nicht hoch genug, um das Honorar als Ausgleich zu sehen für die Gelegenheiten auf dauerhaftere Arbeit, die einem entgehen mochten. Außerdem handelte es sich bei dem gesichtslosen Kunden mit ziemlicher Sicherheit um einen Langweiler erster Güte, sonst würde er gar nicht auf den Gedanken kommen, sich für sein Ferienbett eine Fremde zu beschaffen.

DRINGEND GESUCHT:
Zwei Raum-Zeit-Ingenieure, Männer oder Frauen,
Erfahrungen im *n*-dimensionaler Arbeit
müssen vorhanden sein.
Risiko auf nicht korrigierbare temporäre Versetzung.
Teilnahme
Annehmlichkeiten
Versicherung
Bedingungen Verhandlungssache
BABCOCK & WILCOX Ltd.
Per Adr. Wall Street Journal LV Arb.–Mrkt.

Und das war genau die Art von Job, die ich suchte. Leider war ich dafür nicht im geringsten qualifiziert.

Die erste Plasmitische Kirche (»Zuerst gab es das Plasma, ohne Form und Leere«) an der überdachten Ladenzeile warb mit den Zeiten für den Gottesdienst. Ein kleineres Schild aus beweglichen Lettern erweckte meine Aufmerksamkeit: »Die nächste Jungfrau wird um 0251 geopfert, 22. Okt.«

Das sah mir nach einer Dauerstellung aus, doch wiederum schien mir meine Qualifikation zweifelhaft zu sein. Dennoch war ich davon fasziniert. Während ich das Schild noch anstarrte, erschien ein Mann und wechselte Buchstaben aus, und ich erkannte, daß ich das Sakrament des gestrigen Abends verpaßt hatte und das nächste Altaropfer erst in zwei Wochen stattfinden sollte, was mich nicht weiter bekümmerte. Aber wie üblich gewann meine Neugier die Oberhand. »Opfern Sie da wirklich Jungfrauen?« fragte ich den Mann.

»Nicht ich. Ich bin nur ein Helfer. Aber ... nun ja, nein, es müssen im Grunde nicht wirklich Jungfrauen sein. Sie müssen allerdings wie Jungfrauen aussehen.« Er musterte mich von Kopf bis Fuß. »Sie kämen wohl in Frage. Wollen Sie reinkommen und mit dem Priester sprechen?«

»Äh, nein. Soll das heißen, daß sie *wirklich* geopfert werden?«

Er musterte mich. »Sie sind hier fremd, wie?«

Ich gestand meine Ahnungslosigkeit ein. »Nun ja, es läuft ungefähr so. Wenn Sie eine Anzeige aufgäben, daß Sie Darsteller in einem Film suchen, bei dem wirklich jemand abgemurkst wird, hätten Sie jede Rolle bis Mittag besetzt, und niemand würde sich erkundigen, ob er echt umgebracht werden soll. So ist diese Stadt nun mal.«

Mag ja sein. Eher ist wohl anzunehmen, daß ich eine Art Landpomeranze war, die keine Ahnung hatte. Oder beides.

Es gab jede Menge Anzeigen für Posten außerhalb der Erde und Jobs, die mit Raumfahrt zu tun hatten. Ich legte es eigentlich nicht auf eine solche Stelle an, da ich davon ausging, daß ich die Erde als bestens finanzierter Kolonist verlassen würde, der es sich leisten konnte, zwischen allen Kolonien frei zu wählen – von Proxima, das beinahe vor unserer Haustür liegt, bis hin zum Sternenreich, das so weit entfernt ist, daß Fracht wie auch Menschen mit *n*-Schiffen befördert werden – außer daß die neuesten Nachrichten vom Sternenreich besagten, der Erste Bürger habe die Kolonie gegenüber Einwanderern geschlossen, mit Ausnahme gewisser Künstler und Wissenschaftler, die individuell verhandeln mußten. Nicht daß ich Interesse für das

Sternenreich hatte, eine Kolonie, die sehr vermögend sein sollte. Sie war viel zu weit entfernt. Die Proximaten dagegen sind unsere unmittelbaren Nachbarn; wenn man sich auf der Südinsel von Neuseeland befindet, steht ihre Sonne direkt im Zenit, ein großer, heller Stern. Nett anzuschauen.

Trotzdem studierte ich alle Anzeigen ...

Die entsprechende Abteilung der Firma Transuranics suchte für Golden um Procyon-B erfahrene Bergwerksingenieure, die Abbaumaschinen steuern sollten, auf fünf Jahre, verlängerbar gegen Boni und Leistungszulagen. In der Anzeige war nicht davon die Rede, daß ein unangepaßter Mensch auf Golden nur selten länger als fünf Jahre lebte.

Die HyperSpace-Linie suchte Leute für die Route zum Sternenreich, über Proxima, Outpost, Fiddlers Green, Forest, Botany Bay, Halcyon und Midway. Vier Monate hin und zurück ab Stationärstation, einen Monat bezahlter Urlaub erdseits oder auf Luna, dann dasselbe noch einmal. Ich übersprang die Anforderungen, die an Ultra-Astrogatoren und Verformungs-Techniker, an Frachtfachleute und Kommunikatoren und Sanitätsoffiziere gestellt wurden, und schaute mir statt dessen die anderen offenen Stellen an:

Kellner, Kabinensteward, Zimmermann, Elektriker, Klempner, System-Elektroniker, Computer-Elektroniker, Klempner, Koch, Bäcker, Unterkoch, Küchenhilfe, Kaltes Buffet, Koch für Spezialitäten, Barkeeper, Croupier/Kartengeber, Leitung der Passagierunterhaltung, Holograph/Photograph, Dentalassistent, Sänger, Tanzlehrer, Spielaufseher, Gesellschafter-Sekretär-Zofe/Leibdiener, Assistent des Kreuzfahrtleiters, Kunstlehrer, Kartenlehrer, Hosteß, Schwimmlehrer, ausgebildete Krankenschwester, Kinderschwester, Schiffspolizist (bewaffnet), Schiffspolizist (unbewaffnet), Dirigent, Theaterdirektor, Musiker (dreiundzwanzig Instrumente waren aufgeführt doch man mußte mindestens zwei beherrschen), Kosmetikerin, Friseur, Masseur, Lagerist, Boutiquenverkäufer, Verkaufsleiter, Tanzlehrer, Ausflugsbegleiter ...

... und das waren nur einige Beispiele. Im allgemeinen gilt die Devise, was auf dem festen Boden möglich ist, läuft auch am Himmel – oder etwas Vergleichbares. Einige der ausgeschriebenen Posten, die ausschließlich mit dem Raumschiff zu tun hatten, kann ich nicht mal richtig übersetzen. Um alles auf der Welt (oder außerhalb der Welt) – was ist ein »Über-Kippmann 2/c«?

Ein nicht aufgeführter Beruf ist der des Call-Girls, auch wenn sich HyperSpace zu dem Kreis der Firmen rechnet, die allen Geschlechtern die gleiche Beschäftigungschance einräumen. Hinten herum erfuhr ich, wie »gleich« alle behandelt werden. Möchte man für einen nicht allzu technischen Job angenommen werden, ist es wesentlich von Vorteil, gutaussehend/hübsch, gesund, ansprechbar, bi-sexuell, geldgeil und allen vernünftigen Vorschlägen gegenüber aufgeschlossen zu sein.

Der Hafenkapitän hat zwei linke Füße und war einmal Zahlmeister an Bord der alten *Newton*, eine Position, die er sich vom Kabinensteward an erarbeitet hatte. Als er noch durch den Himmel kutschierte, sorgte er dafür, daß seine Passagiere aus der Ersten Klasse bekamen, was sie wollten – und daß sie ordentlich dafür bezahlten. Als Hafenkapitän lebte er nach derselben Devise. Angeblich zieht er Ehepaare oder zusammenlebende Paare gegenüber Unverheirateten vor, wenn sie im und außerhalb des Bettes als Team arbeiten können. Im Arbeitsmarkt wurde die Geschichte eines Gigolo/Call-Girl-Teams erzählt, das auf nur vier Reisen genug Reichtum anhäufte, um sich zurückzuziehen – morgens Tanzstunden, nachmittags Schwimmunterricht, dann vor und nach dem Essen als frei wechselnde Tanzpartner für allein reisende Gäste, dazwischen ein Gesangsduo mit komischer Einlage, in der Nacht schließlich private Passagierbetreuung allein oder im Team – nach vier Jahren konnten sich die beiden zur Ruhe setzen – und mußten dies auch tun, denn sie wurden entlassen. Sie sahen nicht mehr sehr attraktiv aus und hatten etliches von ihrer Vitalität verloren; sie hatten ihr unheimliches Tempo mit Aufputsch- und Beruhigungsmitteln möglich gemacht.

Ich glaube nicht, daß Geld mich dermaßen in Versuchung führen könnte. Wenn es sein muß, bleibe ich gern mal eine Nacht lang auf den Beinen, doch am nächsten Tag muß ich den verlorenen Schlaf nachholen.

Ich fragte mich, wie es kam, daß die HyperSpace-Linie, die nur vier Passagierschiffe unterhielt, anscheinend ständig nach Leuten für sämtliche Arbeitsplätze an Bord suchte. Die Stellvertretende Personalagentin der Firma fragte mich: »Sie wissen es wirklich nicht?«

Ich antwortete, ich wüßte es nicht.

»Drei Zwischenlandungen erfolgen auf Welten, wo man schon viel Kies aufbringen muß, um sich eine Bürgerurkunde zu kaufen. Drei andere Welten sind nicht billig, auch wenn gewisse Fähigkeiten anstelle eines konkreten Beitrages anerkannt werden. Nur eine Welt ist ein Handgeld-Planet. Die Desertion ist also immer wieder ein großes Problem. Fiddler's Green ist dermaßen attraktiv, daß vor einigen Jahren sogar der Erste Offizier der *Dirac* nicht wieder an Bord zurückkehrte. Mit Leuten, die wir hier anwerben, hat die Firma nicht allzu viele Sorgen – aber stellen Sie sich vor, Sie kämen aus Rangun oder Bangkok oder Kanton und wären auf Halcyon mit Frachtarbeiten beschäftigt, und der Aufseher ließe sie mal einen kurzen Augenblick allein. Was würden Sie tun?«

Achselzuckend fuhr sie fort: »Ich verrate Ihnen damit keine Geheimnisse. Wer sich näher damit beschäftigt, weiß, daß der einzige Weg von diesem Planeten – auch von Luna – für die meisten Leute darin besteht, sich als Besatzungsmitglied auf ein Raumschiff holen zu lassen und dann bei erster Gelegenheit auszurücken. Wenn ich könnte, würde ich auch so handeln.«

»Warum tun Sie es nicht?« fragte ich.

»Weil ich einen sechsjährigen Sohn habe.«

(Langsam müßte ich begriffen haben, daß ich mich nur um meine eigenen Angelegenheiten kümmern darf!)

Einige Anzeigen regten tatsächlich die Phantasie an. Zum Beispiel diese:

Neuer Planet, frisch eröffnet – Typ T-8
Garantiertes Gefahrenmaximum
Nur Paare oder Gruppen
Gesicherter Überlebensplan
CHURCHILL & SOHN, Landmakler
Las Vegas Arbeitsmarkt 96/98

Ich erinnerte mich an eine Bemerkung Georges', wonach ein Planet, der die Terra-Skala 8 überschritt, einen großen Bonus oder ein konkretes Handgeld voraussetzte. Inzwischen wußte ich aber mehr über die angewandte Skala; »acht« war identisch mit dem Erd-Wert. Der größte Teil dieses Planeten war also nicht gerade leicht zu zähmen. Vieles mußte bearbeitet und neu aufgebaut werden. Das Land, auf dem ich in diesem Augenblick stand, war früher nur für Wüstenbewohner geeignet gewesen, bis es mit vielen Tonnen Geld und noch viel mehr Tonnen Wasser umgestaltet worden war.

Ich machte mir Gedanken über das »Gefahrenmaximum«. Wurden hier die Fähigkeiten einer Frau angesprochen, die mit der richtigen Auslösung ziemlich schnell spurten konnte? Im Grunde strebte ich nicht danach, Anführerin einer Abteilung von Amazonen zu werden, weil einige Mädchen im Kampf umkommen konnten und mir das nicht gefallen würde. Es hätte mir aber nichts ausgemacht, einen Säbelzahntiger oder ein entsprechendes Tier anzugreifen, weil ich überzeugt war, es niederknüppeln zu können, um dann zurückzuweichen, solange es sich noch darüber klar wurde, daß hier etwas nicht nach Plan lief.

Vielleicht war ein unerforschter T-8 besser für Freitag als eine manikürte Welt wie Fiddler's Green.

Andererseits mochte das »Gefahrenmaximum« auf zu viele Vulkane oder eine zu hohe Radioaktivität zurückgehen. Wer möchte schon im Dunkeln glühen? Du mußt dich zunächst informieren, Freitag; du hast nur eine Chance!

An diesem Tag blieb ich ziemlich lange in den Arkaden, denn Goldie hatte wieder einmal Nachtschicht. Als ich am Morgen nach Hause gekommen war, hatte ich ihr ein Essen vorgesetzt, hatte sie gegen zehn Uhr zu Bett gebracht und gehofft, daß sie mindestens bis achtzehnhundert schlafen würde. Ich ließ mir also Zeit, bis die Büros zu schließen begannen.

Als ich nach Hause kam, war unser Haus dunkel, was mich freute, schien es mir doch darauf hinzudeuten, daß Goldie durchgeschlafen hatte. Ich öffnete die Tür sehr leise – und erkannte, daß niemand zu Hause war. Ich kann es nicht näher definieren, aber ein leeres Haus riecht, klingt, schmeckt anders, als wenn eine Person darin schläft, kurz: es fühlt sich irgendwie anders an. Auf direktem Wege ging ich ins Schlafzimmer. Das Bett war leer. Das Badezimmer ebenfalls. Ich schaltete das Licht ein und fand es nach kurzer Zeit: einen langen Printout im Terminal.

Liebste Freitag,

es sieht im Augenblick so aus, als würdest Du nicht nach Hause zurückkehren, ehe ich fort muß – und das ist vermutlich ganz gut so, denn wir würden uns nur gegenseitig was vorheulen, was keinem von uns beiden nützt.

Ich habe einen Job gefunden, aber nicht wie erwartet. Es hat sich ge-

lohnt, mit unserem früheren Chef in Verbindung zu bleiben; kurz nachdem ich mich hingelegt hatte, rief Dr. Krasny an. Er ist Kommandant eines brandneuen Militärhospitals, das für die Sam Houston-Pfadfinder eingerichtet wird. Natürlich für eine erweiterte Pfadfinder-Truppe; jedes Bataillon ist Kader für ein dreifaches Kampf-Team. Ich darf Dir nicht sagen, wo wir uns sammeln oder wohin der Einsatz geht, aber (bitte verbrenne diesen Printout nach der Lektüre!) würdest Du von Plainview aus nach Westen fahren, könntest Du uns in Los Llanos Estacados antreffen, ehe Portales erreicht ist.

Wohin wir kommen? Das ist wirklich *geheim! Aber wenn wir nicht Ascension angreifen, werden einige Frauen eine Pension erhalten müssen. Ich habe Anna und Burt angerufen; wir treffen uns um zehn nach achtzehnhundert in El Paso …*

(»1810«? Dann *ist* Goldie bereits in Texas! Ach, du je!)

… denn Dr. Krasny hat mir zugesagt, daß auch sie beschäftigt werden, entweder in den Kampfeinheiten oder als Hilfspersonal bei der Sanitätstruppe, falls es Probleme gibt. Auch für Dich hätten wir eine Stelle, meine Liebe – bei der kämpfenden Truppe, wenn Du willst. Ich könnte Dich auch als MedTech-3 einstufen und selbst einsetzen, was Dir im Nu eine Beförderung zum Master Sergeant (Med-Verwaltung) einbringen würde, da ich Deine Fähigkeiten genausogut kenne wie Dr. Krasny. Es wäre schön, wenn wir alle vier – ich meine, fünf – wieder beisammen wären.

Aber ich will Dich zu nichts drängen. Ich weiß, daß Du Sorgen hast wegen Deiner kanadischen Freunde, die offenbar verschwunden sind. Wenn Du lieber ungebunden bleiben möchtest, um nach ihnen zu suchen – dann viel Glück. Wenn Dir aber an ein bißchen Aktion liegt, die zudem noch bestens bezahlt wird, mußt Du schleunigst nach El Paso kommen. Die Anschrift ist Panhandle Investments, Abteilung El Paso, Büro für Feldeinsatz, Umweltfaktoren, zu Händen John Krasny, Cheftechniker – und lach bitte nicht; präge Dir alles ein und vernichte das Blatt!

Sobald unser Unternehmen in den Nachrichten erscheint, kannst Du jeden von uns durch das Houston-Büro der Pfadfinder erreichen. Im Augenblick aber bin ich ›Erste Personalsachbearbeiterin‹ in der Abteilung ›Umweltfaktoren‹.

Möge der gnädige Gott über Dich wachen und Dich vor Schaden bewahren!

In Liebe,
Goldie.

27. Kapitel

Ich verbrannte den Text sofort. Dann ging ich ins Bett. Mir war nicht nach einem Abendessen zumute.

Am nächsten Morgen suchte ich den Arbeitsmarkt auf, meldete mich bei Mr. Fawcett, den Agenten der HyperSpace-Linien und sagte ihm, ich wollte mich als Schiffspolizistin, unbewaffnet, bewerben.

Der hochmütige Kerl lachte mich aus. Ich suchte moralische Unterstützung bei seiner Assistentin, die jedoch den Blick abwandte. Ich beherrschte mich und sagte leise: »Würden Sie mir den Witz bitte erklären?«

Er beendete das heisere Gelächter und sagte: »Hören Sie mal, Sie Küken, ›Schiffspolizist‹ steht auf unserer Liste, und das bezeichnet einen Mann. In manch anderer Beziehung könnten Sie sich an Bord sicher nützlicher machen.«

»Auf Ihrem Schild steht, daß Sie keine Diskriminierung der Geschlechter zulassen werden, und das Kleingedruckte sagt aus, daß ›Kellner‹ gleich ›Kellnerin‹, ›Steward‹ gleich ›Stewardeß‹ ist, und so weiter. Stimmt das?«

Fawcett hörte auf zu grinsen. »Durchaus. Aber da steht weiter: ›... muß körperlich in der Lage sein, den normalen Anforderungen der Position zu genügen. Und was ein Polizist an Bord eines Schiffes manchmal zu tun hat, können Sie sich vorstellen. Ein unbewaffneter Polizist muß die Ordung aufrechterhalten können, ohne sich einer Waffe zu bedienen. Er muß in der Lage sein, sich in eine Prügelei zu stürzen und die beiden schlimmsten Kampfhähne festzunehmen, mit bloßen Fäusten. Sie können das offensichtlich nicht. Und nun kommen Sie mir bloß nicht mit der Gewerkschaft!«

»Keine Sorge. Aber Sie haben meinen Lebenslauf und meine Berufsübersicht noch nicht gelesen.«

»Ich kann mir nicht vorstellen, daß das etwas ändert. Wie dem auch sei ...« Beiläufig studierte er das Blatt. »Hier steht, Sie wären Kampfkurier, was immer das ist.«

»Es bedeutet, wenn ich eine Aufgabe habe, bringt mich niemand davon ab. Und versucht es jemand zu sehr, wird er zu Hackfleisch verarbeitet. Ein Kurier arbeitet unbewaffnet. Manchmal habe ich allerdings ein Lasermesser oder eine Tränengaspatrone bei mir. Ich verlasse mich aber auf meine Hände. Bitte beachten Sie meine Ausbildung.«

Er sah sich die entsprechenden Eintragungen an. »Na schön, Sie haben also eine Kampfschule absolviert. Das heißt noch immer nicht, daß Sie mit einem Riesenkerl fertigwerden, der gut hundert Kilogramm schwerer ist als Sie und einen Kopf größer. Verschwenden Sie nicht meine Zeit, Mädchen! Sie könnten ja nicht mal *mich* verhaften!«

Ich sprang über seinen Tisch und führte ihn im Polizeigriff zur Tür, ließ ihn aber los, ehe im anderen Büro jemand auf die Szene aufmerksam wurde. Auch seine Assistentin bemerkte nichts – sie gab sich größte Mühe, nicht herzuschauen.

»Also«, sagte ich, »so mache ich das, ohne jemanden weh zu tun. Ich möchte aber gegen Ihren größten Polizisten antreten. Ich breche ihm den Arm. Es sei denn, Sie geben mir den Auftrag, ihm das Genick zu brechen.«

»Sie haben mich gepackt, als ich nicht hinschaute!«

»Natürlich. Genauso muß man mit einem randalierenden Betrunkenen umgehen. Aber jetzt sind Sie gewarnt, machen wir's noch einmal? Fertig? Diesmal muß ich Ihnen vielleich ein bißchen weh tun, aber nicht sehr. Ich brechen Ihnen nichts.«

»Bleiben Sie, wo Sie sind! Das ist doch lächerlich! Wir stellen keine Polizisten ein, nur weil sie irgendwelche orientalische Tricks beherrschen; wir stellen *großgewachsene* Männer ein, Männer, die von ihrer Größe her schon eine gewisse Autorität ausstrahlen. Sie müssen dann gar nicht erst kämpfen.«

»Na schön«, sagte ich. »Dann stellen Sie mich eben als Bulle in Zivil ein. Stecken Sie mich in ein Abendkleid, nennen Sie mich Eintänzerin. Sollte jemand von meiner Größe im Rauschgiftwahn loslegen, Ihrem Riesenbullen eins in den Solar Plexus verpassen und ihn niederknüppeln, werfe ich die Maske als feine Dame ab und rette ihn.«

»Unsere Polizisten brauchen keinen Schutz.«

»Das mag sein. Ein wirklich großer Mann bewegt sich in der Regel langsam und ungeschickt. Er weiß kaum etwas über das Kämpfen, eben weil er selten kämpfen mußte. Er ist ganz brauchbar, wenn es darum geht, bei einem Kartenspiel Ordnung zu schaffen. Oder einen Betrunkenen abzuführen. Aber nehmen wir einmal an, der Captain braucht *wirklich* Hilfe. Ein Aufstand. Eine Meuterei. Dann brauchen Sie jemanden, der zu kämpfen versteht. Mich.«

»Hinterlassen Sie Ihre Bewerbung. Rufen Sie nicht an; wir melden uns bei Ihnen.«

Ich ging nach Hause und überlegte, wo ich denn noch Arbeit suchen könnte – oder sollte ich nach Texas gehen? Ich hatte vor Mr. Fawcett denselben dummen, unverzeihlichen Fehler gemacht, der auch schon Brian verstimmt hatte – der Chef hätte sich meiner geschämt. Anstatt seine Herausforderung anzunehmen, hätte ich auf einem fairen Test bestehen sollen. Auf keinen Fall aber hätte ich Hand an den Mann legen dürfen, den ich um Arbeit anging. Dumm von dir, Freitag, wirklich dumm!

Dabei bekümmerte mich nicht der Verlust einer Chance auf diesen Posten; viel mehr grämte mich, daß ich nun überhaupt keine Möglichkeit mehr bei HyperSpace hatte. In Kürze war ich auf Arbeit angewiesen, um meiner heiligen Pflicht zu genügen, Freitag etwas zu essen zu verschaffen (und seien wir ehrlich; ich esse ziemlich viel), es mußte allerdings nicht *dieser* Job sein. Ich hatte mich dazu durchgerungen, mit HyperSpace zu fliegen, weil ich auf einer einzigen Reise gut die Hälfte der kolonisierten Planeten im erforschten Weltall hätte kennenlernen können.

Zwar hatte ich beschlossen, dem Ratschlag des Chefs zu folgen und die Erde zu verlassen, doch gefiel mir der Gedanke nicht, einen Planeten allein nach den Werbebroschüren auszusuchen – ohne jede Möglichkeit eines Rücktritts.

Ich wollte mich zuerst gründlich umsehen.

Zum Beispiel: Eden bekommt bessere Publicity als jede andere Kolonie am Himmel. Und das sind die Vorteile: ein Klima, das auf dem größten Teil seiner Landmasse dem südkalifornischen Klima entspricht, keine gefährlichen Raubtiere, keine giftigen Insekten, die Oberflächenschwerkraft nur neun Prozent geringer als die der Erde, Sauerstoffanteil in der Luft elf Prozent höher, die metabolische Umwelt entspricht ungefähr dem Leben auf Terra, und der Boden ist so fruchtbar, daß zwei oder drei dicke Ernten im Jahr Routine sind. Überall eine herrliche Landschaft, wohin man auch schaut. Die Bevölkerung: heute knapp zehn Millionen.

Wo liegt aber der Haken? Ich stieß eines Abends in Luna City darauf, als ich mich von einem Schiffsoffizier ansprechen und zum Abendessen ausführen ließ. Die Zuwanderungsfirma setzte für Eden gleich nach seiner Entdeckung einen hohen Preis an und verkaufte die Kolonie als perfekte Pensionsheimat. Und das stimmt auch. Nachdem die Pioniertruppen fertig waren, handelte es sich bei neun Zehntel der dort Eintreffenden um reiche Leute höheren Alters.

Die Regierungsform ist eine demokratische Republik, die jedoch kaum Ähnlichkeit hat mit der Kalifornischen Konföderation. Um das Wahlrecht zu erringen, muß eine Person siebzig terranische Jahre alt sein und Steuerzahler (mit anderen Worten: Landbesitzer). Anwohner im Alter zwischen zwanzig und dreißig sind zum öffentlichen Dienst verpflichtet, und wenn Sie glauben, daß das eine totale Verpflichtung zur Bedienung der älteren Leute bedeutet, liegen Sie völlig richtig, dazu gehören aber auch alle anderen unangenehmen Arbeiten, die erledigt werden müssen und viel Geld kosten würden, wenn sie nicht in Zwangsarbeit verrichtet worden wären.

Steht davon ein Wort in den Werbeprospekten? Da muß ich doch lachen!

Ich mußte solche wenig verbreiteten Tatsachen über jeden Kolonialplaneten herausbekommen, ehe ich mir für eine dieser Welten die einfache Fahrkarte kaufte. Meine beste Chance, dieses Ziel zu erreichen, hatte ich mir nun dadurch verdorben, indem ich Mr. Fawcett »bewies«, daß eine waffenlose Frau einen Mann abführen kann, der größer ist als sie. Mit dieser Handlungsweise hatte ich mich auf seine Schwarze Liste befördert.

Ich hoffe, daß ich noch erwachsen werde, bevor bei mir die Cheyne-Stokes-Atmung einsetzt.

Sich über verschüttete Milch zu ärgern, fand der Chef genauso verächtlich wie Selbstmitleid. Nachdem ich mir den Weg zur Firma HyperSpace selbst verbaut hatte, wurde es Zeit, Las Vegas zu verlassen, ehe meine Barmittel völlig erschöpft waren. Wenn ich schon nicht selbst auf die große Reise gehen konnte, gab es doch noch eine Möglichkeit, die ungeschminkte Wahrheit über die meisten Planetenkolonien zu erfahren – so wie ich hinter das Geheimnis Edens gekommen war: Ich mußte mit Besatzungsmitgliedern von Raumschiffen ausgehen.

Und das war am ehesten möglich, wenn ich mich an jenen Ort begab, wo solche Leute bestimmt anzutreffen waren: auf die Stationärstation oben am Bohnenstengel. Die meisten Frachter wagten sich nicht tiefer in die Schwerkraft der Erde hinein als bis L-4 oder L-5 – das heißt, bis zur Mondkreisbahn, ohne den Nachteil, auch noch in den Anziehungsbereich des Mondes zu kommen. Die Passagiere jedoch landeten gewöhnlich in der Stationärstation. Dazu gehörten sämtliche großen Linienschiffe von HyperSpace, *Dirac, Newton, Forward* und *Maxwell*, die dort anlegten und in dieser Station gewartet und neu ausgerüstet wurden. Der Shipstone-Konzern unterhielt dort einen Zweig (Shipstone Stationärstation), in erster Linie um Energie an Schiffe zu verkaufen, insbesondere an solche großen Schiffe.

Offiziere und Mannschaftsgrade, die auf Urlaub waren, kamen und gingen durch diese Station; wer keinen Urlaub hatte, schlief zwar an Bord der Schiffe, verbrachte aber sicher in der Station seine Freizeit.

Der Bohnenstengel gefällt mir nicht, ebensowenig die 24-Stunden-Station. Abgesehen von der prächtigen und sich stets verändernden Aussicht auf die Erde bietet sie nichts außer hohen Preisen und engen Unterkünften. Die künstliche Schwerkraft ist unangenehmen Schwankungen unterworfen und scheint immer dann zu versagen, wenn man gerade mit einem Teller Suppe hantiert oder sonstwie in Probleme geraten kann.

Aber wenn man es nicht so genau nimmt, gibt es dort auch Arbeit. Vermutlich würde ich mich dort lange genug über Wasser halten können, um mir über jeden kolonisierten Planeten von einem oder mehreren kritischen Raumfahrern klare Aussagen zu verschaffen.

Durchaus möglich, daß ich mich an Fawcett vorbeimogelte und mich auf der Station bei HyperSpace bewarb. Angeblich nehmen die Schiffe noch im letzten Augenblick Leute auf, um diesen oder jenen freien Posten zu besetzen. Wenn sich eine solche Chance ergab, würde ich meine Torheit begraben – ich würde nicht auf meiner Bewerbung als Schiffspolizist bestehen. Kellnerin, Tellerwäscherin, Kabinenmädchen, Badewärterin – wenn die Sache mich auf die große Reise brachte, würde ich zugreifen.

Nachdem ich auf diese Weise meine neue Heimat bestimmt hatte, plante ich, dasselbe Schiff zu benutzen, diesmal aber als Passagier der Luxusklasse, mit einer Fahrkarte, die aus dem Nachlaß meines Adoptivvaters bezahlt wurde.

Ich kündigte meinen Mietvertrag für das Haus, in dem ich wohnte, dann erledigte ich einige weitere Dinge, ehe ich nach

Afrika aufbrach. Afrika – kam ich über Ascension? Oder flogen die SBR schon wieder? Afrika ließ mich an Goldie und Anna und Burt und den netten Dr. Krasny denken. Vielleicht war ich sogar eher in Afrika als sie. Aber das war nebensächlich, da sich dort (meines Wissens) nur ein Krieg anbahnte, in einem Gebiet, das ich wie die Pest meiden wollte.

Die Pest! Ich mußte sofort meinen Bericht für Gloria Tomosawa und Mr. und Mrs. Mortenson fertigstellen. Es war sehr unwahrscheinlich, daß sie oder jemand anders sich von meiner Behauptung überzeugen ließ, in zweieinhalb Jahren würde es eine neue Pest-Epidemie geben – ich hatte es ja selbst nicht geglaubt. Aber wenn ich die zuständigen Leute soweit aufscheuchen konnte, daß die Rattenbekämpfung intensiviert und die Gesundheitskontrollen an den Grenzen über das Maß eines sinnlosen Rituals hinaus durchgeführt wurden, mochte das – vielleicht, *vielleicht* – die Raumkolonien und Luna retten.

Es war unwahrscheinlich – aber ich mußte es versuchen.

Als letztes nahm ich mir vor, noch einmal nach meinen vermißten Freunden zu forschen – dann wollte ich die Sache ruhen lassen, bis ich von der Stationärstation oder (hoffen kostet ja nichts!) von der großen Rundreise zurückkehrte. Sicher kann man von der Stationärstation auch in Sydney, Winnipeg oder sonstwo anrufen – aber von dort aus kostet es wesentlich mehr. Ich hatte in den letzten Wochen erfahren müssen, daß es nicht dasselbe ist, etwas haben zu wollen und dafür auch bezahlen zu können.

Ich drückte den Komm-Kode der Tormeys in Winnipeg und rechnete schon damit, das Übliche zu hören: »Auf Bitte des Teilnehmers ist der von Ihnen gewählte Kode vorübergehend außer Betrieb.«

Statt dessen aber hörte ich: »Piraten-Pizza-Palast.«

»Entschuldigung, habe mich vertippt«, brummte ich und unterbrach die Verbindung. Dann wählte ich noch einmal sehr langsam – und hörte: »Piraten-Pizza-Palast!«

Diesmal sagte ich: »Tut mir leid, wenn ich Sie belästige. Ich bin im Freistaat Las Vegas und wollte einen Freund in Winnipeg sprechen – jetzt habe ich aber schon zweimal Sie in der Leitung. Weiß nicht, was ich da falsch mache.«

»Welche Nummer haben Sie denn getippt?«

Ich gab der freundlichen Stimme Antwort. »Das sind wir«, sagte sie. »Die besten Riesenpizzas in Britisch-Kanada. Aber wir haben erst vor zehn Tagen aufgemacht. Vielleicht hat Ihr Freund früher diesen Komm-Kode gehabt?«

Ich schloß mich dieser Ansicht an, dankte der freundlichen Stimme, trennte die Verbindung – und begann zu überlegen. Dann wählte ich ANZAC Winnipeg, während ich mir doch sehr wünschte, daß dieses Minimum-Service-Terminal Bilder auch von außerhalb Las Vegas besorgte. Wenn man den Pinkerton spielen will, ist es entschieden von Vorteil, Gesichter im Auge zu haben. Als sich ANZACs Computer gemeldet hatte, verlangte ich den diensthabenden Einsatzoffizier zu sprechen, denn mit der Zeit hatte ich es gelernt, wie man mit der Maschine umgehen mußte. Der Frau, die sich meldete, antwortete ich: »Ich heiße Freitag Jones und habe in Neuseeland Captain Tormey und Frau kennengelernt. Ich versuchte die beiden zu Hause anzurufen und konnte sie nicht erreichen. Können Sie mir helfen?«

»Ich fürchte nein.«

»Ach, wirklich? Haben Sie keine Ahnung, wie ich mich mit Ihnen in Verbindung setzen kann?«

»Tut mir leid. Captain Tormey hat unsere Firma verlassen. Er hat sich sogar seine Ansprüche auf Altersgeld auszahlen lassen. Soviel ich weiß, hat er auch sein Haus verkauft. Er scheint also fortgezogen zu sein. Die einzige Anschrift, die wir hier vorliegen haben, ist die seines Schwagers an der Universität von Sydney. Solche Adressen dürfen wir aber nicht weitergeben.«

»Ich glaube, Sie meinen Professor Federico Farnese, in der Biologischen Fakultät der Universität.«

»Stimmt. Sie wissen also Bescheid.«

»Ja, Freddie und Betty sind alte Freunde von mir; ich kenne sie aus der Zeit, als sie noch in Auckland lebten. Also, da warte ich ab, bis ich wieder zu Hause bin und rufe dann Freddie an. Auf diese Weise bekomme ich Ians Anschrift. Vielen Dank für Ihre Hilfe.«

»Keine Ursache. Wenn Sie Captain Tormey sprechen, sagen Sie ihm doch bitte, daß Junior-Pilotoffizier Pamela Heresford ihn grüßen läßt.«

»Das richte ich gern aus.«

»Wenn Sie bald wieder nach Hause wollen, habe ich eine gute Nachricht für Sie. Der Semi-Fahrplan nach Auckland wird wieder aufgenommen. Seit zehn Tagen fliegen wir wieder den Frachtdienst und sind inzwischen überzeugt, daß keine Möglichkeit mehr besteht, die Schiffe zu sabotieren. Außerdem bieten wir einen Diskont von vierzig Prozent auf alle Flugpreise; wir möchten natürlich unsere alten Kunden zurückgewinnen.«

Ich dankte ihr noch einmal, bemerkte aber, daß ich ja in Vegas sei und daher wohl von Vandenburgh aus starten würde, dann schaltete ich ab, ehe ich mir noch weitere Lügen ausdenken mußte.

Ich ließ meine Gedanken wandern. Die SBR flogen wieder – sollte ich zuerst nach Sydney fliegen? Es gab – jedenfalls vor der Krise – einen wöchentlichen Flug von Kairo nach Melbourne und zurück. Wenn diese Verbindung nicht mehr existierte, konnte man Tunnelbahn und Schwimmfahrzeug nehmen – über Singapur, Rangun, Delhi, Teheran, Kairo und dann hinab nach Nairobi – aber das war eine teure, lange und ungewisse Reise, die mich bei jedem Umsteigen Schmiergeld kosten würde, das mich trotzdem nicht von der Gefahr befreite, durch örtliche Unruhen aufgehalten zu werden. Vielleicht landete ich in Kenia und hatte nicht mehr genug Geld für den Bohnenstengel.

Ein letzter Schritt der Verzweiflung …

Ich rief in Auckland an und hörte ohne Überraschung, wie mir der Computer mitteilte, daß Ians Komm-Kode nicht mehr gültig sei. Ich schaute nach, welche Zeit wir in Sydney hatten, dann rief ich die Universität an, aber nicht auf dem üblichen Wege über die Verwaltung, sondern in Direktwahl zur biologischen Fakultät, einen Komm-Kode, den ich mir vor einem Monat verschafft hatte.

Den Akzent erkannte ich sofort wieder. »Irene, hier ist Marjorie Baldwin. Ich bin noch immer auf der Suche nach meinen verlorenen Schafen.«

»Ach du je! Meine Liebe, ich habe es versucht, ich habe wirklich versucht, Ihre Nachricht auszurichten. Professor Freddie ist aber gar nicht in die Fakultät zurückgekehrt. Er hat die Universität verlassen. Er ist fort.«

»Fort? Wohin denn?«

»Sie haben ja keine Ahnung, wie viele Leute wissen wollen, wo er ist! Eigentlich darf ich Ihnen nicht einmal soviel sagen. Jemand hat seinen Schreibtisch ausgeräumt – in seiner Wohnung war kein persönlicher Gegenstand mehr zu finden … Er ist fort! Mehr kann ich Ihnen nicht sagen, denn niemand weiß mehr.«

Nach diesen bestürzenden Auskünften saß ich stocksteif da

und überlegte, dann wählte ich die Nummer der Werwolf-Wächter in Winnipeg. Ich ließ mich mit dem höchsten Mann verbinden, den ich erreichen konnte, einem Mitarbeiter, der sich als Stellvertretender Kommandant bezeichnete. Ihm berichtete ich wahrheitsgemäß, wer ich sei (Marjorie Baldwin), wo ich mich befand (Las Vegas) und was ich wollte, nämlich einen Hinweis auf meine Freunde. »Ihre Firma hat das Haus der beiden bewacht, ehe sie es verkauften. Können Sie mir mitteilen, wer es gekauft hat oder wer der eingeschaltete Makler war – oder beides?«

In den nächsten Sekunden wünschte ich mir ein Bild dringender denn je. Der Mann antwortete: »Hören Sie mal, Schwester, ich rieche den Bullen sogar durchs Terminal. Berichten Sie Ihrem Vorgesetzten, daß er schon das letztemal nichts aus uns herausgeholt hat und es diesmal auch nicht schafft!«

Ich bezwang mein Temperament und antwortete gelassen: »Ich bin nicht von der Polizei, wenn ich mir auch denken kann, warum Sie dieser Ansicht sind. Ich bin wirklich in Las Vegas, was Sie ganz einfach feststellen können, indem Sie mich auf meine Kosten zurückrufen.«

»Kein Interesse.«

»Na schön. Captain Tormey besaß zwei schwarze Morgans. Können Sie mir sagen, wer sie gekauft hat?«

»Bull, verziehen Sie sich!«

Ian hatte ein gutes Urteilsvermögen bewiesen: Die Werwölfe stellten wirklich das Interesse ihrer Kunden über alles.

Hätte ich viel Zeit und Geld gehabt, wäre ich vielleicht mit weiteren eigenen Ermittlungen in Winnipeg und/oder Sydney weitergekommen. Aber solche Wünsche ... Vergiß es, Freitag! Du bist jetzt völlig allein! Du hast sie verloren!

Möchtest du wirklich so dringend mit Goldie zusammen sein, um dich in einen ostafrikanischen Krieg verwickeln zu lassen?

Goldie dagegen wollte nicht so dringend mit dir zusammenbleiben, um den Krieg sausen zu lassen – liegt darin nicht eine Erkenntnis?

Ja, hier zeigt sich wieder einmal etwas, das mir bewußt ist – das ich mir aber nur ungern eingestehe: Ich brauche andere Menschen stets mehr, als sie mich brauchen. Deine alte tiefwurzelnde Unsicherheit, Freitag, und du weißt auch, woher die kommt und was der Chef davon hielt.

Na schön, wir fahren morgen nach Nairobi. Heute verfassen

wir noch den Bericht über den Schwarzen Tod für Gloria und die Mortensons. Dann leg dich eine lange Nacht aufs Ohr und reise ab. Hmm, zehneinhalb Stunden Zeitunterschied; du solltest früh aufbrechen. Dann mach dir keine Sorgen mehr über Janet & Co., bis du vom Bohnenstengel zurückkehrst und weißt, wo du dich als Kolonist einschreiben willst. Dann kannst du es dir leisten, dein letztes Gramm Gold auf den Versuch zu setzen, sie doch noch zu finden – denn sobald du Gloria Tomosawa mitteilst, für welchen Planeten du dich entschieden hast, wird sie das Kommando übernehmen.

Ich schlief wirklich lange in dieser Nacht.

Am nächsten Vormittag packte ich mein altes Köfferchen – in dem sich gar nicht viel befand – und fuhrwerkte noch in der Küche herum, Dinge fortwerfend und andere für meinen Hauswirt aussortierend, als das Terminal summte.

Es war das nette Mädchen von der HyperSpace-Gesellschaft, die den sechsjährigen Jungen hatte. »Gut, daß ich Sie erwische«, sagte sie. »Mein Chef hat einen Job für Sie.«

(»Timeo Danaos et dona ferentes.«) Ich wartete.

Fawcetts dummes Gesicht füllte den Schirm. »Sie behaupten Kurier zu sein.«

»Ich bin der beste aller Kuriere.«

»In diesem Falle sollten Sie das auch sein. Es handelt sich um einen Auftrag, der Sie von der Erde fortführt. Einverstanden?«

»Aber ja doch!«

»Dann schreiben Sie mit. Franklin Mosby, Finders Inc., Suite 600, Shipstone-Gebäude, Beverly Hills. Und jetzt beeilen Sie sich! Er möchte Sie noch vor zwölf Uhr sprechen.«

Ich notierte die Anschrift nicht. »Mr. Fawcett, das kostet Sie einen Kilobuck, außerdem die Rückfahrkarte mit der Tunnelbahn. Im voraus.«

»Was? Lächerlich!«

»Mr. Fawcett, ich könnte mir denken, daß Sie einen Groll auf mich haben. Vielleicht würden Sie es ganz lustig finden, mich auf eine sinnlose Tour zu schicken, mit der ich einen ganzen Tag und den Preis für die Fahrt nach Los Angeles und zurück verschwende.«

»Sie sind wirklich komisch. Hören Sie! Sie können Ihr Fahrgeld hier im Büro abholen – nach dem Gespräch. Sie müssen aber gleich los! Was den Kilobuck angeht – muß ich Ihnen noch sagen, was Sie damit machen können?«

»Sparen Sie sich die Mühe! Für einen Job als Schiffspolizistin würde ich nur den entsprechenden Lohn erwarten. Aber als Kurier – ich bin die beste, und wenn dieser Mann wirklich die beste einstellen will, dann wird er die Gesprächsgebühr bezahlen, ohne mit der Wimper zu zucken.« Ich fügte hinzu: »Sie wollen ja gar keine richtigen Geschäfte machen, Mr. Fawcett. Leben Sie wohl!« Ich unterbrach die Verbindung.

Sieben Minuten später rief er zurück. Er redete, als hätte er Zahnschmerzen. »Das Fahrgeld und der Kilobuck werden am Bahnhof sein. Dieser Kilobuck wird aber gegen Ihr Honorar angerechnet, und Sie zahlen ihn zurück, wenn Sie den Job nicht bekommen. Egal wie die Sache ausgeht, ich bekomme meine Provision.«

»Das Geld wird unter keinen Umständen zurückgezahlt, und Sie bekommen keine Provision von mir, weil ich Sie nicht zu meinem Agenten ernannt habe. Vielleicht können Sie bei Mobsy etwas kassieren, aber wenn das so ist, dann geht das nicht zu Lasten meines Honorars oder meines Gesprächsgeldes. Und ich gehe nicht zum Bahnhof und warte dort auf das Geld wie ein kleiner Junge, der eine Schnitzeljagd veranstaltet. Wenn Sie die Sache über die Bühne bekommen wollen, schikken Sie mir das Geld hierher!«

»Sie sind unmöglich!« Sein Gesicht verschwand vom Bildschirm, doch er kappte die Verbindung nicht. Gleich darauf erschien seine Assistentin. »Hören Sie!« sagte sie. »Diese Sache ist wirklich eilig. Treffen wir uns in der Station unter dem New Cortez? Ich fahre dorthin, so schnell ich kann, und bringe das Fahrgeld und die Gesprächsgebühr mit.«

»Aber ja doch, meine Liebe! Gern!«

Ich rief meinen Hauswirt an, sagte ihm, ich legte den Schlüssel in den Kühlschrank, und er solle die restlichen Lebensmittel abholen.

Fawcett wußte nicht, daß ich mich unter keinen Umständen davon hätte abhalten lassen, die Verabredung einzuhalten. Name und Anschrift waren mit der identisch, die der Chef mich hatte auswendig lernen lassen, ehe er starb. Ich hatte in dieser Sache bisher nichts unternommen, weil er mir nicht gesagt hatte, *warum* ich mir die Anschrift hatte merken sollen. Jetzt würde ich mehr darüber erfahren.

28. Kapitel

Auf dem Schild an der Tür stand nur: »Finder Inc.«, und der Zusatz: »Spezialisten für Weltall-Probleme«. Ich trat ein, und eine lebendige Empfangsdame sagte: »Der Job ist längst besetzt, Schätzchen; ich habe ihn.«

»Da frage ich mich doch, wie lange Sie ihn behalten werden. Ich bin mit Mr. Mosby verabredet.«

Sie musterte mich von Kopf bis Fuß. »Call-Girl?«

»Vielen Dank. Wo lassen Sie Ihr Haar färben? Hören Sie, ich bin vom Las-Vegas-Büro der HyperSpace-Linien geschickt worden. Jede Sekunde kostet Ihren Chef weitere Braune. Ich bin Freitag Jones. Melden Sie mich an!«

»Sie machen Witze.« Sie fummelte an ihrer Konsole herum und sprach in einen Telefonhörer. Ich streckte die Lauscher aus. »Frankie, hier draußen ist 'ne flotte Puppe, die sagt, sie hätt 'ne Verabredung mit dir. Sagt, sie käme von Hypo in Vegas.«

»Verdammt, ich habe dir schon oft gesagt, du sollst mich während der Arbeit nicht so nennen! Schick sie rein!«

»Ich glaube nicht, daß sie von Fawcett kommt. Hintergehst du mich etwa?«

»Halt den Mund und schick sie rein!«

Sie schob das Telefon zur Seite. »Setzen Sie sich ein Weilchen. Mr. Mosby hat gerade Besuch. Ich gebe Ihnen Bescheid, sobald er frei ist.«

»Das hat er Ihnen aber nicht gesagt.«

»Was? Na, was wissen Sie denn schon?«

»Er hat Ihnen gesagt, Sie sollen ihn während der Arbeit nicht ›Frankie‹ nennen und mich reinschicken. Ich gehe also rein. Melden Sie mich an!«

Mosby schien etwa fünfzig zu sein, versuchte aber als Fünfunddreißigjähriger durchzugehen. Er präsentierte eine teure Sonnenbräune, teure Kleidung, ein breites Zahnpastalächeln und kalte Augen. Er deutete auf den Besucherstuhl. »Wo bleiben Sie denn? Ich habe Fawcett gesagt, ich wollte Sie noch vor zwölf Uhr sprechen.«

Ich warf einen Blick auf meinen Finger, dann auf die Schreibtischuhr. Zwölf-null-vier. »Ich habe vierhundertundfünfzig Kilometer hinter mir, außerdem eine Fahrt im Shuttle quer durch die Stadt. Abgefahren bin ich um elf Uhr. Soll ich zurückfahren und sehen, ob ich es schneller schaffe? Oder kommen wir endlich zur Sache?«

»Ich habe Fawcett angewiesen, dafür zu sorgen, daß Sie die 10-Uhr-Abfahrt noch erwischen. Also gut. Wie man mir gesagt hat, brauchen Sie einen Job.«

»Ich bin nicht scharf drauf. Mir hat man gesagt, Sie brauchen einen Kurier für eine Fahrt ins Weltall.« Ich zog ein Exemplar meines Lebenslaufs hervor und reichte es ihm. »Hier ist meine Eignung dokumentiert. Schauen Sie sich das an! Wenn ich dem entspreche, was Sie sich vorgestellt haben, können Sie mir von der Sache erzählen. Ich höre zu und sage Ihnen dann, ob ich interessiert bin oder nicht.«

Er schaute sich das Blatt an. »Den vorliegenden Berichten zufolge sind Sie doch auf einen Job hungrig.«

»Ich bin hungrig nur soweit es das Mittagessen betrifft. Meine Honorare stehen auf dem Blatt. Die sind natürlich Verhandlungssache – aber nur nach oben.«

»Sie scheinen sich Ihrer Sache ziemlich sicher zu sein.« Wieder betrachtete er meine Vita. »Wie geht es denn dem Eisenbauch so?«

»Wem?«

»Hier steht, Sie hätten für ›System Enterprises‹ gearbeitet. Und ich habe Sie gefragt, wie es ›Eisenbauch‹ geht. Eisenbauch Baldwin.«

(War dies ein Test? Waren die Ereignisse seit dem Frühstück sorgfältig darauf angelegt gewesen, mir die Beherrschung zu rauben? Wenn das der Fall war, dann bestand die einzige Antwort darin, auf keinen Fall die Beherrschung zu verlieren.) »Der Vorsitzende von System Enterprises war Dr. Hartley Baldwin. Ich habe noch nie gehört, daß er ›Eisenbauch‹ genannt wurde.«

»Es kann schon stimmen, daß er eine Art Doktorgrad hat. In der Branche heißt er aber allgemein nur ›Eisenbauch‹. Ich habe mich nach seinem Befinden erkundigt.«

(Vorsicht, Freitag!) »Er ist tot.«

»Ja, das weiß ich. Ich wollte nur wissen, ob Ihnen das auch bekannt war. In unserem Geschäft stößt man immer wieder auf

Täuscher. Na schön, jetzt zeigen Sie mir mal Ihre hübsche Beuteltasche.«

»Wie bitte?«

»Hören Sie, ich hab's eilig! Zeigen Sie mir Ihren Bauchnabel!«

(Wo war die Sache durchgesickert? Äh ... nein, die Bande wurde total liquidiert. Restlos – jedenfalls hatte der Chef das angenommen. Was nicht heißen will, daß die Information nicht von dort weitergegeben wurde, ehe wir zuschlugen. Egal ... die Sache ist heraus – und damit hatte der Chef gerechnet.) »Frankie, mein Junge, wenn Sie mit mir bauchschnäbeln wollen, sollten Sie sich vorher klar machen, daß die Bleichblonde aus Ihrem Vorzimmer mithört und bestimmt auch alles aufzeichnet.«

»O nein, sie hört nicht mit. In dieser Beziehung hat sie ihre Anweisungen.«

»Anweisungen, die sie so ausführt wie Ihre Bitte, Sie während der Geschäftszeit nicht ›Frankie‹ zu nennen. Hören Sie, Mr. Mosby, Sie haben damit begonnen, über geheime Dinge mit mir zu sprechen, als das Umfeld ringsum noch nicht abgesichert war. Wenn sie an unserer Konferenz teilnehmen soll, holen Sie sie rein. Wenn nicht, sollte sie ganz aus der Leitung verschwinden. Einen weiteren Bruch der Geheimhaltung aber sollten wir nicht mehr zulassen.«

Er trommelte mit den Fingern auf dem Tisch herum, stand abrupt auf und verschwand in seinem Vorzimmer. Die Tür war nicht völlig schalldicht; ich hörte gedämpfte Stimmen, die sehr ärgerlich klangen. Mit verkniffenem Gesicht kehrte er zurück. »Sie ist zum Mittagessen gegangen. Und jetzt wollen wir nicht länger um den heißen Brei herumreden. Wenn Sie wirklich die sind, als die Sie sich ausgeben, Freitag Jones, auch als Marjorie Baldwin bekannt, früherer Kurier für Eisen ... für Dr. Baldwin, Generaldirektor von System Enterprises, haben Sie hinter Ihrem Nabel eine chirurgisch eingearbeitete Transporttasche. Zeigen Sie sie mir doch! Beweisen Sie Ihre Identität!«

Ich überlegte mir seine Forderung. Ich konnte ihm nicht verdenken, daß er eine Bestätigung über meine Identität haben wollte. Fingerabdrücke sind da eher ein Witz, jedenfalls in der Branche. Auf jeden Fall hatte sich das Geheimnis meiner Nabeltasche herumgesprochen, so wie es der Chef vorausgesehen hatte. Man konnte sie nie wieder im Ernstfall einsetzen – außer jetzt, da Sie mir helfen konnte, zu beweisen, daß ich ich war.

»Mr. Mosby, Sie haben einen Kilobuck bezahlt, um mit mir zu sprechen.«

»Und ob! Bisher habe ich aber nicht viel von Ihnen gehabt.«

»Tut mir leid. Bisher hat mich noch niemand aufgefordert, meinen umgestalteten Bauchnabel vorzuzeigen, da es sich um ein streng gehütetes Geheimnis handelte. Das nahm ich jedenfalls an. Offensichtlich handelt es sich nicht mehr um ein Geheimnis, da Sie davon wissen. Daraus schließe ich, daß ich die Tasche für Geheimeinsätze nicht mehr benutzen kann. Wenn der Auftrag, den Sie für mich im Sinne haben, mit Hilfe der Tasche durchgeführt werden soll, empfehle ich Ihnen, sich die Sache noch einmal zu überlegen. Ein Geheimnis, das ein klein bißchen gebrochen wurde, ist wie eine Jungfrau, die ein bißchen keine mehr ist.«

»Nun ja ... ja und nein. Zeigen Sie sie mir!«

Ich zeigte sie ihm. Zwischen den Einsätzen bewahre ich in der Öffnung eine etwa einen Zentimeter dicke Nylonkugel auf, damit sie nicht schrumpft. Ich ließ das Kügelchen vor seinen Augen herausspringen und schob es wieder hinein – dann ließ ich ihn die Feststellung treffen, daß man meinen Bauchnabel nicht von einem normalen Nabel unterscheiden konnte. Er sah sich die Sache gründlich an. »Paßt ja nicht allzu viel hinein«, sagte er.

»Vielleicht möchten Sie lieber ein Känguruh nehmen?«

»Die Tasche reicht aber für unsere Zwecke – knapp. Sie werden die wertvollste Fracht der Galaxis befördern, die aber nicht viel Raum in Anspruch nimmt. Ordnen Sie Ihre Kleidung; wir gehen zum Essen und dürfen auf keinen Fall zu spät kommen.«

»Was soll das alles?«

»Ich sage es Ihnen unterwegs. Beeilen Sie sich!«

Eine Kutsche erwartete uns bereits. Hinter Beverly Hills, in den Bergen, die der Stadt den Namen geben, liegt ein sehr altes Hotel, das zugleich sehr vornehm ist. Es stinkt nach Geld, ein Geruch, gegen den ich nichts habe. Zwischen Bränden und dem Großen Erdbeben ist es mehrfach wiederaufgebaut worden, doch stets mit dem Ziel, unverändert auszusehen, doch beim letztenmal (angeblich) mit der Maßgabe, es künftig völlig brand- und erdbebensicher zu machen.

Die Fahrt, die im flotten Trab abgewickelt wurde, dauerte vom Shipstone-Gebäude zum Hotel etwa zwanzig Minuten;

Mosby nutzte die Zeit, um mich aufs laufende zu bringen. »Diese Fahrt ist so etwa die einzige Zeit, in der wir beide ganz sicher sein können, nicht belauscht zu werden ...«

(Ich fragte mich, ob er selbst daran glaubte. Schon auf den ersten Blick machte ich drei mögliche Verstecke für ein Lauschgerät aus: mein Köfferchen, seine Taschen, die Kissen der Kutsche. Abgesehen von zahlreichen anderen unauffälligen Stellen. Aber das war sein Problem. Ich hatte keine Geheimnisse. Überhaupt keins mehr, nachdem mein Bauchnabel nun das Fenster zur Welt geworden war).

»... ich will also schnell reden. Ich gehe auf Ihre Preisvorstellungen ein. Außerdem wird es bei einwandfreier Abwicklung einen Bonus geben. Die Reise geht von der Erde zum Sternenreich. Dafür werden Sie bezahlt; der Rückflug ist nicht mehr von Belang, aber da die Flüge in beide Richtungen vier Monate in Anspruch nehmen, werden Sie natürlich für vier Monate bezahlt. Ihren Bonus kassieren Sie drüben in der Hauptstadt des Reiches. Das Gehalt ... einen Monat im voraus, der Rest nach Ablauf der Zeit. Okay?«

»Okay.« Ich mußte mir Mühe geben, nicht zu begeistert zuzustimmen. Eine Freifahrt zum Sternenreich? Mein Lieber, noch gestern wäre ich glücklich gewesen, die Reise zum Gehalt eines Schiffsjungen zu machen! »Was ist mit Spesen?«

»Da werden nicht viele anfallen. Auf den Luxusschiffen ist alles inklusive.«

»Trinkgelder, Schmiergelder, Landausflüge, Taschengeld, Bingo und andere Spielchen an Bord – als Minimum machen solche Nebenausgaben nicht weniger als fünfundzwanzig Prozent der Flugkosten aus. Wenn ich schon die reiche Touristin spielen soll, muß ich mich auch dementsprechend benehmen können. So sieht doch meine Tarnung aus, oder?«

»Äh ... ja, ja. Na schön, na schön – es wird sich niemand aufregen, wenn Sie ein paar Tausender ausgeben, indem Sie die Miß Neureich spielen. Schreiben Sie sich alles auf, stellen Sie es uns anschließend in Rechnung.«

»Nein. Schießen Sie mir das Geld vor! Fünfundzwanzig Prozent der Fahrtkosten. Ich werde keine Aufzeichnungen machen und mir auch keine Quittungen geben lassen, da das nicht zu meiner Rolle passen würde; Miß Neureich achtet nicht darauf, wieviel sie ausgibt.«

»Schon gut! Halten Sie endlich den Mund! Lassen Sie mich

reden! Wir sind bald am Ziel. Sie sind ein Lebendiges Artefakt.«

Den kalten Hauch hatte ich seit einiger Zeit nicht mehr gespürt. Dann nahm ich mich zusammen und beschloß, ihn für seine grobe, rücksichtslose Bemerkung zahlen zu lassen. »Wollen Sie mich absichtlich kränken?«

»Nein, nein. Nun regen Sie sich nicht gleich auf! Sie und ich wissen, daß man eine Künstliche Person auf Anhieb nicht von einer natürlichen Person unterscheiden kann. Sie werden eine modifizierte menschliche Eizelle befördern, die in Stasis versetzt worden ist. Sie werden Sie in ihrer Bauchnabeltasche transportieren, wo die beständige Temperatur und die weiche Unterbringung die Stasis fördern. Wenn Sie das Sternenreich erreichen, werden Sie eine Grippe oder etwas Ähnliches bekommen und ins Krankenhaus eingeliefert werden. Während dieses Krankenhausaufenthalts wird das Objekt aus Ihrem Bauchnabel dorthin verpflanzt, wo es seine größte Nützlichkeit entfalten kann. Sie erhalten den Bonus und verlassen das Krankenhaus wieder – in der fröhlichen Erkenntnis, daß Sie es einem jungen Paar ermöglicht haben, ein vollkommenes Kind zur Welt zu bringen, nachdem mit ziemlicher Sicherheit anzunehmen war, daß es mißgestaltete Nachkommen haben würde. Der Christmas-Faktor.«

Ich kam zu dem Schluß, daß seine Geschichte weitgehend stimmte. »Die Gemahlin des Dauphin.«

»Was? – Reden Sie keinen Unsinn!«

»Und es geht um weitaus mehr als nur den Christmas-Faktor, der sich bei einer Person königlichen Blutes durchaus mißachten ließe. Der Erste Bürger selbst macht sich Sorgen darum, da die Nachfolge diesmal durch seine Tochter weitergehen muß und nicht durch einen Sohn. Der Auftrag, über den wir hier verhandeln, ist weitaus wichtiger und gefährlicher, als Sie bisher offenbart haben – folglich geht der Preis in die Höhe.«

Die beiden wunderschönen Braunen trabten einige Meter weit den Rodeo Drive hinauf, ehe Mosby antwortete. »Also gut. Gott steh uns bei, wenn Sie den Mund aufmachen! Sie würden das nicht lange überleben. Wir erhöhen den Bonus. Und ...«

»Sie werden den Bonus verdoppeln und ihn vor dem Warpen meinem Konto gutbringen. Das ist die Sorte Job, bei der die Leute gern vergeßlich sind, wenn alles getan ist.«

»Also – ich tue, was ich kann. Wir werden mit Mr. Sikmaa essen – und Sie übersehen gefälligst die Tatsache, daß er der persönliche Vertreter des Ersten Bürgers mit dem Interwelt-Rang eines Sonderbotschafters und Ministers zbV ist. Und sitzen Sie gerade und achten Sie auf Ihr Benehmen bei Tisch!«

Vier Tage später benahm ich mich erneut bei Tisch – jetzt aber zur Rechten des Kapitäns der H.S. *Forward.* Ich trat als Miß Marjorie Freitag auf und war so unverschämt reich, daß man mich mit Mr. Sikmaas persönlicher Antigrav-Jacht vom Boden in die Stationärstation geschafft und auf kürzestem Wege an Bord der *Forward* gebracht hatte, ohne daß ich mich mit so plebejischen Dingen wie Paß- und Gesundheitskontrolle abgeben mußte. Das Gepäck war zur gleichen Zeit an Bord gebracht worden – zahllose Koffer voller kostbarer, modischer Kleidung und dem dazugehörigen Schmuck. Aber darum kümmerten sich andere. Ich brauchte mir um nichts Sorgen zu machen.

Drei Tage hatte ich in Florida in einem Institut zugebracht, das sich wie ein Krankenhaus anfühlte, in Wirklichkeit aber (ich wußte es!) ein hervorragend ausgestattetes Labor für genetische Forschung war. Ich hätte mir auch denken können, um *welches* Institut es sich handelte, doch ich behielt meine Gedanken für mich, da Mutmaßungen jeder Art nicht zu meiner Aufgabe gehörten. Während des Aufenthalts hatte man mich der gründlichsten Untersuchung unterzogen, die ich je erlebt hatte. Ich wußte nicht, warum man meine Gesundheit in einem Ausmaß überprüfte, wie es bisher nur für Staatsoberhäupter und die Vorsitzenden multinationaler Konzerne reserviert gewesen ist, doch ich vermutete, daß man niemandem, der nicht bei bester Gesundheit war, eine Eizelle anvertrauen wollte, die im Laufe der Jahre zum Ersten Bürger des ungeheuer vermögenden Planeten Sternenreich werden sollte. Es war eine Zeit, den Mund zu halten.

Mr. Sikmaa verzichtete auf die scharfen Töne, die Fawcett und Mosby angeschlagen hatten. Als er sich zu dem Schluß durchgerungen hatte, daß ich der richtige Kurier war, schickte er Mosby nach Hause und kümmerte sich dermaßen großzügig um mich, daß ich keinen Grund mehr hatte, meine Forderungen zu erhöhen. Fünfundzwanzig Prozent Taschengeld? Nicht genug, erhöhen wir auf fünfzig Prozent! Hier ist die Anweisung; nehmen Sie sie – in Gold und in Goldzertifikaten auf Luna City – und wenn Sie mehr brauchen, sagen Sie dem Zahlmeister Bescheid und quittieren Sie dafür, eine Ziehung auf mich. Nein, wir legen unsere Vereinbarung nicht schriftlich fest; um einen solchen Auftrag handelt es sich nicht. Sagen Sie mir nur, was Sie wollen; Sie sollen es bekommen. Und hier ist ein kleines Buch. Darin steht, wer Sie sind, wo Sie zur Schule gegangen sind, und so weiter. In den nächsten drei Tagen haben Sie genug Zeit, sich das alles einzuprägen, und sollten Sie vergessen, das Büchlein zu verbrennen, keine Sorge; die Papierfibern sind imprägniert, und innerhalb von drei Tagen findet die Selbstvernichtung statt – seien Sie also nicht überrascht, wenn die Seiten am vierten Tag gelb und brüchig geworden sind.

Mr. Sikmaa hatte an alles gedacht. Ehe wir Beverly Hills verließen, mußte eine Photographin kommen; sie nahm mich aus mehreren Blickwinkeln auf, lächelnd, mit hohen Absätzen, mit flachen Schuhen, barfüßig. Als mein Gepäck in der *Forward* eintraf, paßte jedes Stück vorzüglich, Design und Farben waren auf mich abgestimmt, und in den Sachen standen die Namen aller möglichen berühmten Modehäuser von Paris, Rom, Florenz, Mailand, Bei-Jing und so weiter.

Ich war es nicht gewöhnt, »Haute Couture« zu tragen und weiß mich nicht so recht darauf einzustellen. Aber auch dafür hatte Mr. Sikmaa gesorgt. An der Luftschleuse trat mir ein hübsches kleines Orientalenmädchen namens Shizuko entgegen und offenbarte mir, daß sie meine Kammerzofe sei. Da ich mich seit dem fünften Lebensjahr selbst gewaschen und angezogen hatte, sah ich nicht recht ein, wozu eine Zofe nützlich sein sollte, doch dies war eindeutig ein Auftrag, von dem ich mich mitreißen lassen mußte.

Shizuko führte mich zur Kabine BB (die nicht ganz so groß war wie ein Volleyballfeld). Kaum war die Tür hinter uns geschlossen, schien Shizuko der Ansicht zu sein, daß wir kaum noch genug Zeit hatten, mich zum Abendessen vorzubereiten.

Da es noch drei Stunden hin waren, kam mir das übertrieben vor. Aber sie gab nicht nach, und ich ließ sie gewähren – ich brauchte keine Zeichnung, um zu erkennen, daß Mr. Sikmaa sie mir als Aufpasserin beigegeben hatte.

Sie badete mich. Während dies im Gange war, gab es ein plötzliches Schwanken in der Grav-Kontrolle – das Schiff warpte in den Hyperraum. Shizuko hielt mich fest und verhinderte eine katastrophale Überschwemmung so geschickt, daß ich gleich wußte, daß sie sich in Warp-Schiffen auskannte. Allerdings schien sie dafür im Grunde noch nicht alt genug zu sein.

Eine volle Stunde lang konzentrierte sie sich auf mein Haar und mein Gesicht. Bisher habe ich mir das Gesicht gewaschen, wenn ich das Bedürfnis dazu verspürte, und mir das Haar gerichtet, indem ich es mehr oder weniger energisch aus dem Weg kämmte. Nun wurde mir klargemacht, was für eine graue Maus ich gewesen war. Während Shizuko mich zur Göttin von Liebe und Schönheit umgestaltete, klingelte das winzige Terminal der Kabine. Auf dem Schirm erschienen Buchstaben, während sich dieselbe Nachricht wie eine frech herausgestreckte Zunge aus dem Printout schob.

Der Kapitän des HyperSpaceSchiffs FORWARD
würde es als Ehre empfinden
Miß Marjorie Freitag
auf Sherry und gute Laune
um neunzehnhundert Uhr
im Salon des Kapitäns
begrüßen zu können
Bitte nur bei Absage Nachricht geben

Ich war überrascht. Shizuko dagegen nicht. Sie hatte bereits ein »Cocktail«-Kleid herausgehängt und durchgesehen. Es bedeckte mich von Kopf bis Fuß, trotzdem bin ich nie zuvor so unanständig bekleidet gewesen.

Shizuko ließ es nicht zu, daß ich pünktlich kam. Sie führte mich genau um neunzehn-null-sieben zum Salon des Kapitäns, wo ich mich dem Herrn unseres Schiffes präsentierte. Die Ober-Stewardeß kannte natürlich meinen (derzeitigen) Namen, und der Kapitän beugte sich über meine Hand. Kein Zweifel – in einem Raumschiff als VIP zu reisen, ist entschieden besser als den Schiffspolizisten zu spielen.

»Sherry« – dazu gehörten Highballs, Cocktails, der Schwarze Tod von Island, Frühlingsregen aus dem Sternenreich (ein gefährliches Getränk – lassen Sie die Finger davon!), dänisches Bier, irgendein rosa Zeug von Fiddler's Green und sicher auch Pantherschweiß, wenn man danach fragen würde. Ferner zählte ich einunddreißig verschiedene Sorten leckerer Happen, die man mit den Fingern zum Mund führen mußte. Ich machte

Mr. Sikmaa keine Schande; ich beschränkte mich auf ein kleines Glas Sherry und lehnte auch immer wieder standhaft ab, wenn mir die einunddreißig Versuchungen angeboten wurden.

Und nur gut so. In diesem Schiff werden die Haferbeutel achtmal am Tag umgehängt (wieder zählte ich genau nach): Kaffee am frühen Morgen (Café Complet, mit Backwaren), Frühstück, eine Vormittagserfrischung, Lunch, Nachmittagstee mit belegten Broten und frischen Backleckereien, dann die Hors D'Œuvres zur Cocktailstunde (eben jene einunddreißig leckeren Fallstricke), schließlich das Abendessen (sieben Gänge, wenn man es bis zum Schluß durchhält) und ein Mitternachtsbuffet. Aber sollte man sich auch zwischen diesen Ereignissen irgendwie hungrig fühlen, kann man stets belegte Brote oder andere Appetithappen kommen lassen.

Das Schiff verfügt über zwei Schwimmbecken, einen Turnsaal, ein Türkisches Bad, eine schwedische Sauna und eine Klinik für »Taillenumfang«. Zweieindrittel mal um die Hauptpromenade entsprechen einem Kilometer. Ich glaube nicht, daß das genügt; einige unserer Reisegefährten fressen sich förmlich durch die Galaxis. Auch ich werde darauf achten müssen, daß ich bei der Ankunft in der Reichshauptstadt noch meinen Bauchnabel finde.

Dr. Jerry Madsen, Sanitätsoffizier im Juniorrang, belegte mich unter den Gästen des Kapitäns mit Beschlag und wartete auch nach dem Dinner auf mich. (Er ißt nicht am Tisch des Kapitäns und nicht einmal im Speisesaal; er muß zu den anderen jungen Offizieren in die Messe.) Er begleitete mich in den Galaktischen Salon, wo wir tanzten, ehe es eine Kabarett-Vorstellung gab – Gesang, Tanznummern und ein Jongleur, der auch einige Zaubertricks vorführte (und die ließen mich an Tauben denken und an Goldie, und ich kam mir plötzlich schrecklich einsam vor, ein Gefühl, das ich aber schnell wieder unterdrückte.)

Anschließend tanzten wir wieder, wobei sich zwei weitere junge Offiziere, Tom Udell und Jaime Lopez, mit Jerry abwechselten, und schließlich machte der Salon zu, und die drei führten mich in ein kleines Kabarett mit dem Namen ›Das Schwarze Loch‹, und ich weigerte mich entschieden, zuviel zu trinken. Dafür tanzte ich aber, sooft ich aufgefordert wurde. Dr. Jerry bewies schließlich die größte Geduld und begleitete mich nach Kabine BB zu einer Zeit, die nach der Schiffsuhr schon ziemlich spät war, nicht aber nach der Florida-Zeit, die am Morgen dieses Tages über mein Aufstehen bestimmt hatte.

Shizuko wartete bereits; sie trug einen wunderschönen formellen Kimono, Seidenpantoffeln und ein starkes Make up. Sie verbeugte sich vor uns, gab uns zu verstehen, daß wir auf der Wohnseite der Kabine Platz nehmen sollten (die Schlafecke war durch eine Spanische Wand abgeteilt) und servierte uns Tee und Appetithappen.

Nach kurzer Zeit stand Jerry auf, wünschte mir eine gute Nacht und ging. Dann entkleidete mich Shizuko und steckte mich ins Bett.

Ich hatte keine konkreten Pläne mit Jerry; allerdings war mir klar, daß er mich bestimmt herumgekriegt hätte, wäre er am Ball geblieben. Aber wir beide kamen nicht über den Umstand hinweg, daß Shizuko ganz in unserer Nähe saß, die Hände gefaltet, abwartend, zuschauend. Jerry gab mir nicht einmal einen Gutenachtkuß.

Nachdem sie mich zur Ruhe gebettet hatte, bereitete sich Shizuko auf der anderen Seite der Spanischen Wand ein Lager – mit Matratzen und Bettzeug, das sie aus einem Schrank holte.

Nie zuvor war ich so hundertprozentig überwacht worden, nicht einmal in Christchurch. Gehörte das zu dem ungeschriebenen Vertrag, den ich eingegangen war?

29. Kapitel

Ein Raumschiff – ein Hyperraumschiff – ist ein ungemein interessantes Ding. Natürlich müßte man über ausgedehnte Kenntnisse der Wellenmechanik und mehrdimensionalen Geometrie verfügen, um zu verstehen, was das Schiff antreibt – eine Bildung, die ich nicht besitze und wohl auch nie erlangen werde (obwohl es mich selbst heute noch reizen könnte, mich mit diesen Gebieten zu beschäftigen). Raketen – kein Problem; darüber hatte uns Newton schon einiges verraten. Antigrav – ein Rätsel, bis Forward des Weges kam; jetzt gibt es sie überall. Wie aber schafft es ein Schiff von etwa hunderttausend Tonnen Masse (das eröffnete mir der Kapitän), auf beinahe achtzehnhundertfache Lichtgeschwindigkeit zu beschleunigen, ohne daß dabei die Suppe schwappt oder irgend jemand aufgeweckt wird?

Ich habe keine Ahnung. Das Schiff besaß jedenfalls die größten Shipstone-Energieträger, die ich je gesehen hatte – Tim Flaherty (zweiter Stellvertretender Ingenieur) klärte mich allerdings auf, daß sie etwa zur Hälfte jedes Sprunges ausgeklinkt werden, wonach dann die Reise ausschließlich mit »parasitärer« Energie vollendet wird (Wärme aus dem Schiff, Kochdünste, Servomechanismen etc.)

Das klingt mir sehr nach einer Übertretung des Gesetzes der Erhaltung aller Energien. Ich wurde zum regelmäßigen Baden und nach der Maxime erzogen, daß einem nie etwas geschenkt würde; in diesem Sinne äußerte ich mich gegenüber Tim Flaherty. Er begann sich etwas aufzuregen und versicherte mir, daß ja gerade das Gesetz der Bewahrung der Energie dazu führe, daß alles so laufe – wie eine Drahtseilbahn: Was man hinaufschickte, kam auch wieder herunter.

Ich weiß nicht recht. Es gibt da draußen keine Kabel; eine Drahtseilbahn kann es also nicht sein. Aber es *funktioniert*.

Die Navigation des Schiffes ist womöglich noch verwirrender. Nur nennt man das nicht Navigation und auch nicht Astrogation, sondern »Kosmonautik«. Und da fühlt sich Freitag schon wieder in die Wüste geschickt, denn der Ingenieur-Offizier eröffnete mir, daß die Offiziere auf der Brücke (eigentlich ist es keine Brücke), die Kosmonautik betreiben, eigentlich nur zur Kosmetik da sind, denn sie hatten im Grunde keine reale Aufgabe; die Arbeit wird voll und ganz durch den Computer erledigt – woraufhin Mr. Lopez, der Zweite Offizier, mir versicherte, das Schiff habe Ingenieur-Offiziere nur, weil die Gewerkschaft darauf bestehe, in Wirklichkeit erledige auch hier der Computer alles allein.

Da mir für beide Gebiete die mathematischen Kenntnisse fehlen, hatte ich bei den Vorträgen der Herren Offiziere das Gefühl, sie sprächen eine fremde Sprache.

Eines habe ich allerdings gelernt: Noch in Las Vegas dachte ich, jeder große Rundflug liefe auf der Route Erde, Proxima, Outpost, Fiddler's Green, Forest, Botany Bay, Halcyon, Midway, Sternenreich und zurück zur Erde, denn so stand es auf den Postern mit den Stellenausschreibungen. Falsch! Jede Reise wird auf die Bedürfnisse zugeschnitten. Normalerweise werden sämtliche neun Planeten angeflogen, doch im Grunde steht nur fest, daß beim Ablauf der Reise die Erde am einen Ende steht und das Sternenreich, das beinahe hundert Lichtjahre entfernt liegt (98,7+), am anderen. Die sieben Zwischenstationen lassen sich nach Wahl auf den Hin- oder Rückflug legen. Es gibt jedoch eine Regel, die bestimmt, wie sie angeordnet werden. Auf dem Hinweg muß die Entfernung zur Erde jeweils größer werden, und auf dem Rückweg muß sie sich vermindern. Das ist nicht annähernd so kompliziert, wie es sich anhört; es besagt nicht mehr und nicht weniger, als daß das Schiff auf dem Flug keine Etappen fliegt, die es nach rückwärts führen – auf gleiche Weise würde man einen Einkaufsmarsch planen, der durch viele Geschäfte geht.

Trotzdem bleibt genügend Flexibilität. Die neun Sterne, die Sonnen dieser Planeten, liegen ziemlich dicht an einer geraden Linie. Schauen Sie sich die Skizze mit dem Zentauren und dem Wolf an. Wie Sie sehen, liegen diese Sterne aus Erdsicht entweder an der Vorderseite des Zentauren oder dicht dabei im Wolf. (Ich weiß, der Wolf sieht nicht gerade gut aus, aber der Zentaur stochert schon seit vielen tausend Jahren an ihm herum. Außerdem habe ich noch nie einen Wolf gesehen – einen vierbeinigen, meine ich –, und besser kann ich nicht zeichnen. – Wenn ich's mir recht überlege, habe ich auch noch keinen Zentauren zu Gesicht bekommen.)

Erdhimmel – in der Nachbarschaft von Centaurus und Lupus

Rektaszension in Stunden und Minuten (1 h = 15 Bogengrad)

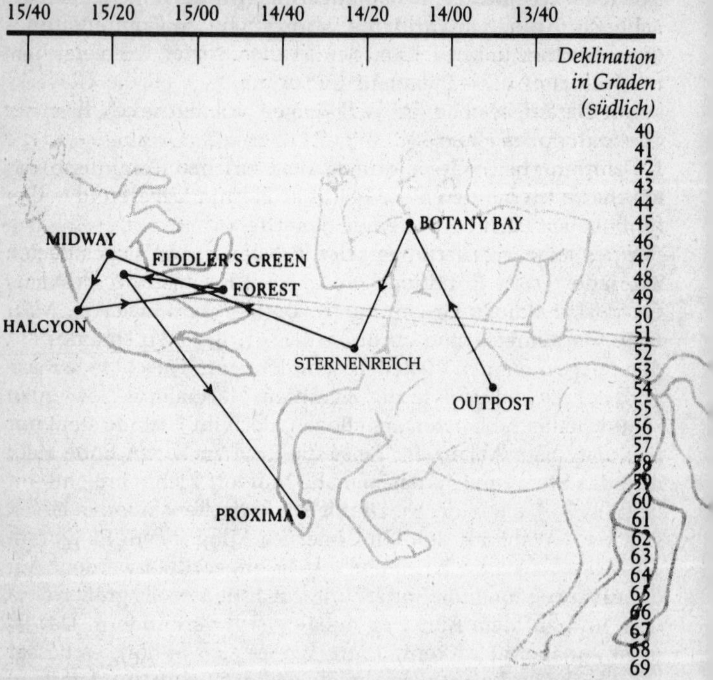

So gruppieren sich diese Sterne am irdischen Nachthimmel. Der Betrachter muß sich schon so weit südlich befinden wie Florida oder Hongkong, um sie überhaupt auszumachen, und selbst dann ist nur Alpha Centauri mit bloßem Auge zu erkennen.

Alpha Centauri (Rigel Kentaurus) leuchtet dafür ziemlich stark; er ist der dritthellste Stern am irdischen Himmel. Eigentlich sind es drei Sterne, ein hellstrahlender, ein Zwilling der Sonne, ein zweiter Stern, der nicht ganz so hell leuchtet und mit ihm um einen gemeinsamen Mittelpunkt kreist, und ein ferner, matter, kleiner Begleiter, der sich in etwa einem Fünfzehntel Lichtjahr Entfernung um beide schwingt. Vor Jahren war Alpha Centauri als »Proxima« bekannt. Dann machte sich jemand die Mühe, die Entfernung zu dem »unwichtigen« dritten Begleiter zu messen – und stellte fest, daß er um eine Winzigkeit näherstand. In der Folge wurde der Titel »Proxima« oder »Nächster« auf diesen »nutzlosen« Himmelskörper übertragen. Als wir schließlich auf dem dritten Planeten von Alpha Centauri A (dem Zwilling unserer Sonne) eine Kolonie errichteten, nannten die Kolonisten ihren Planeten »Proxima«.

Mit der Zeit starben die Astronomen aus, die den Namen auf den mattleuchtenden dritten Stern übertragen wollten, und die Kolonisten setzten sich durch. Was nur gut war, denn der schwache Stern steht zwar heute noch um Haaresbreite näher zu uns, wird sich bald aber weiter entfernt haben als seine beiden Begleiter – halten Sie nur mal für ein paar Jahrtausende den Atem an. Da er mit seinen Begleitern »ballistisch verbunden« ist, bleibt er im Durchschnitt auf derselben Entfernung von der Erde wie die beiden anderen im Trio.

Rektaszension in Stunden und Minuten

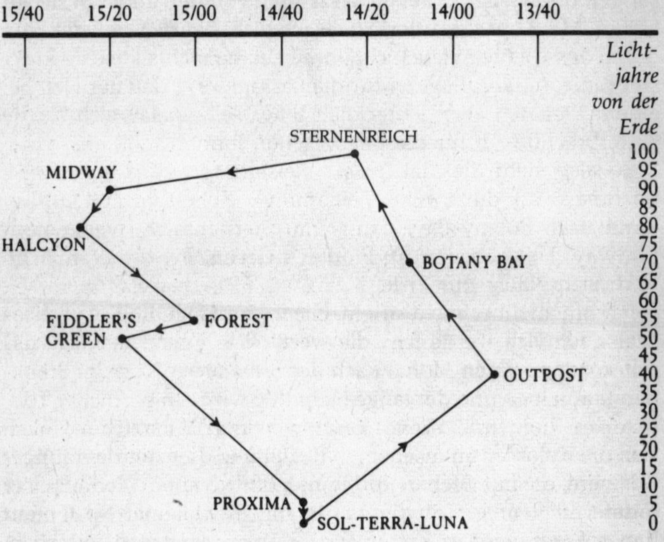

Schauen Sie sich die zweite Zeichnung an, mit der Rektaszension oben und den Lichtjahren rechts verlaufend.

Ich war wohl die einzige Person unter vielen hundert Passagieren, die nicht wußte, daß auf diesem Flug unser erster Aufenthalt *nicht* Proxima sein würde. Mr. Lopez (der mir die Brücke zeigte) musterte mich wie ein zurückgebliebenes Kind, das sich wieder einmal danebenbenommen hat. (Was aber nicht weiter von Belang war, da er sich für mein Gehirn am wenigsten interessierte.) Ich wagte ihm nicht zu erklären, daß ich praktisch im letzten Augenblick an Bord geschafft worden war; damit hätte ich meine Tarnung preisgegeben. Außerdem wird von Miß Neureich nicht erwartet, daß sie Köpfchen hat.

Normalerweise macht das Schiff sowohl auf der Hin- als auch auf der Rückreise bei Proxima Station. Mr. Lopez erklärte mir, daß es diesmal kaum Fracht und nur wenige Passagiere für Proxima gegeben habe, jedenfalls nicht genug, um den Halt auf dem Hinflug lohnend zu machen. Fracht und Passagiere mußten daraufhin bis zum Start der *Maxwell* zurückbleiben, der für nächsten Monat vorgesehen war; diesmal wird die *Forward* erst auf dem Rückflug bei Proxima vorbeischauen, mit Frachtlieferungen und vielleicht auch Passagieren von den anderen sieben Häfen. Mr. Lopez erläuterte (was ich nicht begriff), daß der Flug durch das All über viele Lichtjahre beinahe nichts kostet – in erster Linie die Verpflegung für die Passagiere –, daß der Halt bei einem Planeten aber schrecklich teuer sei, so daß sich solche Unterbrechungen für die Bilanz schon lohnen müßten.

So also sieht diesmal unsere Reiseroute aus (ich verweise nochmals auf die zweite Zeichnung): Zuerst nach Outpost, dann nach Botany Bay, dann zum Sternenreich, weiter nach Midway, Halcyon, Forest, Fiddler's Green, Proxima (endlich!) und nach Hause zur Erde.

Ich bin darüber nicht unglücklich – im Gegenteil! Auf diese Weise nämlich werde ich »die wertvollste Fracht der Galaxis« schon knapp einen Monat nach dem Abwarpen von der Stationärstation los – und der lange Heimflug wird ein herrlicher Touristenausflug. Toll! Keine Verantwortung. Ausreichend Zeit, sich die Kolonien anzusehen, in Begleitung diensteifriger junger Offiziere, die gut riechen und immer höflich sind. Wenn Freitag (oder Miß Neureich) an diesem Arrangement keinen Spaß mehr haben kann, wird es Zeit, mich ins Krematorium zu schieben, dann wäre ich tot.

Jetzt schauen Sie sich mal die dritte Skizze an, bei der die Deklination oben quer eingezeichnet ist und die Lichtjahre senkrecht nach unten. Hier sieht die Wahl der Route ganz vernünf-

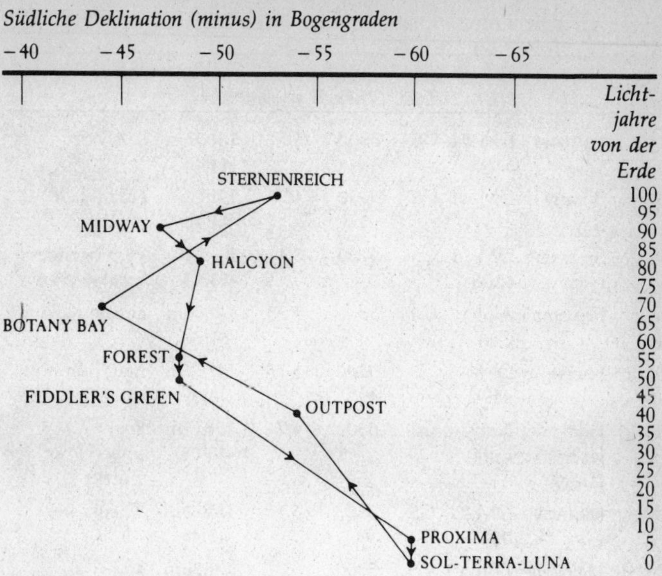

tig aus – wenn Sie aber zur zweiten Zeichnung zurückblättern, werden Sie sehen, daß der Flugabschnitt von Botany Bay nach Outpost, wo das Schiff die Photosphäre von Forests Stern zu streifen scheint, in Wirklichkeit viele Lichtjahre daran vorbeiführt. Die Reise kann man im Grunde nur in drei Dimensionen richtig darstellen. Sie können der Daten der Zeichnungen und aus der nachstehend aufgeführten Tabelle in Ihr Terminal eingeben und daraus ein dreidimensionales Hologramm erstellen lassen; so ergibt alles wirklich Sinn. Eine solche Darstellung befindet sich auf der Brücke, im erstarrten Zustand, so daß man sie sich gründlich ansehen kann. Mr. Lopez, der mir die Zeichnungen anfertigte (mit Ausnahme von Joe Zentaur und dem traurigen Wolf) wies mich darauf hin, daß sich die dreidimensionale Kosmonautik mit einer zweidimensionalen Darstellung schlechterdings nicht verdeutlichen lasse. Ein Hilfsmittel wäre, sich die drei Skizzen als Draufsicht, Seiten- und Vorderansicht vorzustellen, so ähnlich, wie man sich aus den Plänen heraus ein Haus vor Augen führt; dieser Vergleich stimmte sogar ziemlich genau.

Daten zu acht Kolonialplaneten und ihren Sternen

Entf. Lichtj.	*Name*	*Katalog Nr.*	*Spktrl. Typ*	*Oberfl. Temp. K*	*Größe absolut*	*Rekt-aszens.*	*Bemerkungen*
40.7	Outpost	DM-54 5466	G8	5300	5,5	13h53m -44/46	kalt, öde
67.9	Botany Bay	DM-44 9181	G4	5900	4,7	14h12m -44/46	erdähnlich
98.7	Sternen-reich	DM-51 8206	G5	5700	5,4	14h24m -53/43	vermögendes Staatswesen
4.38	Proxima	Alpha Cen.A	G2	5600	4,35	14h36m -60/38	älteste Kolonie
57.15	Forest	DM-48 9494	G5	5500	5,1	14h55m -48/39	neu, primitiv
50.1	Fidd-ler's Green	Nu(2) Lupi	G2	5800	4,7	15h18m -48/08	kein unbeschränkter Zutritt
90.5	Midway	DM-47 9926	G5	5600	6,1	15h20m -47/44	Theokratie
81.45	Halcyon	DM-49 9653	G5	5300	5,7	15h26m -49/47	kein unbeschränkter Zutritt
—	Sol	—	G2	5800	4,85	—	(zum Vergleich)

Als Mr. Lopez mir einen Printout dieser Tabelle aushändigte, wies er mich darauf hin, daß die darauf enthaltenen Daten nur etwa Schulbuchgenauigkeit hätten. Würde man ein Teleskop auf diese Koordinaten ausrichten, fände man wohl den richtigen Stern, aber für Forschung und Kosmonautik sind doch etliche zusätzliche Dezimalstellen erforderlich, außerdem ein Ausgleichsfaktor, der die Eigenbewegung jedes Sterns berücksichtigt. Die Sonne von Outpost bewegt sich am wenigsten; sie hält so eben mit dem Verkehr in unserem Teil der Galaxis Schritt. Der Stern von Fiddler's Green dagegen – (Nu [2] Lupi) besitzt einen Vektor von 138 Kilometern in der Sekunde! – das ist soviel, daß Fiddler's Green sich um gut anderthalb Milliarden Kilometer verschoben hat, wenn die *Forward* nach fünf Monaten das System zu einem neuen Zwischenhalt anfliegt. Solche Faktoren können schon Probleme mit sich bringen – nach Mr. Lopez' Worten kann es einen Kapitän den Posten kosten, denn ob ein Schiff Gewinn oder Verlust bringt, hängt davon ab, wie dicht vor den Landehäfen das Schiff aus dem Hyperraum geholt wird, ohne auf ein Hindernis zu stoßen (beispielsweise einen Stern!). Das ist ja, als flöge man ein AAF mit verbundenen Augen!

Ich werde aber nie ein Hyperraum-Schiff lenken, und Captain van Kooten wirkt irgendwie solide und zuverlässig. Ich erkundigte mich während des Abendessens bei ihm, und er nickte. »Wir finden unser Ziel schon. Erst einmal mußten wir ein paar Jungs in einem Landungsboot runterschicken, um in einer Bäckerei einzukaufen und mal eben die Wegweiser zu studieren.«

Ich wußte nicht, ob er von mir erwartete, daß ich lachte oder seine Worte ernst nahm. Sicherheitshalber fragte ich, was sie denn in der Bäckerei gekauft hätten. Er wandte sich an die Dame zu seiner Linken und tat, als hätte er meine Frage nicht gehört. (Die Bäckerei an Bord liefert die besten Kuchenstücke, die ich je gegessen habe; man sollte dort ein Vorhängeschloß anbringen!)

Kapitän van Kooten ist ein rücksichtsvoller, väterlich wirkender Mann – trotzdem habe ich keine Mühe, ihn mir während eines Kampfes gegen meuterische Halsabschneider vorzustellen – in einer Hand eine Pistole, in der anderen einen Krummsäbel. Er gibt mir ein Gefühl der Sicherheit für das ganze Schiff.

Shizuko ist nicht die einzige, die mich bewacht. Ich glaube, ich habe vier weitere Wächter identifiziert, und wüßte zu gern, ob es alle sind. Vermutlich nicht, weil ich mich manchmal umgesehen und keinen von ihnen entdeckt habe – und doch scheint Anweisung zu bestehen, daß zu allen Zeiten jemand in meiner Nähe sein muß.

Ob ich paranoid bin? Es sieht so aus, aber ich bin es nicht. Ich bin Profi und lebe noch, weil ich stets auf ungewöhnliche Faktoren geachtet habe. Dieses Schiff befördert sechshundertundzweiunddreißig Passagiere in der Ersten Klasse, gut sechzig uniformierte Offiziere, dazu uniformierte Besatzungsmitglieder, außerdem Personal wie Reiseleitung, Stewards und Stewardessen und Tanzmeister und Entertainer und dergleichen. Die letztgenannte Gruppe kleidet sich wie Passagiere, doch ihre Angehörigen sind jung, und sie lächeln und sorgen dafür, daß die Passagiere zufrieden sind.

Die Passagiere ... Auf diesem Schiff ist ein Passagier der Ersten Klasse, der unter siebzig ist, die Ausnahme – zum Beispiel ich. Wir haben zwei Teenager-Mädchen an Bord, einen Teenager-Jungen, zwei junge Frauen und ein reiches Paar auf Hochzeitsreise. Alle anderen Erste-Klasse-Passagiere sind reif für das Altersheim. Sie sind sehr alt, sehr reich und ungemein ichbezogen – bis auf eine knappe Handvoll, die das Altwerden geschafft haben, ohne zugleich einen Knacks wegzubekommen.

Natürlich kommen meine Bewacher nicht aus dem Kreis dieser klapprigen Greise, ebensowenig aus der Gruppe des ganz jungen Volks. Die Schiffsbesatzung hatte ich schon nach den ersten achtundvierzig Stunden identifiziert und wußte dann, wer Musiker oder Entertainer war und so weiter. Vielleicht hätte ich vermutet, daß einige jüngere Offiziere den Auftrag bekommen hatten, mich zu überwachen, wäre da nicht die Tatsache gewesen, daß sie alle Wachdienst hatten, normalerweise acht von vierundzwanzig Stunden – folglich können sie gar keinen zweiten vollen Job übernehmen. Meine Nase täuscht sich jedoch nie; ich *weiß*, warum sie mir folgen. Auf der Erde wird mir nicht soviel Aufmerksamkeit zuteil, hier aber herrscht ein akuter Mangel an bettfähigen jungen Frauen – dreißig junge Offiziere auf vier junge, unverheiratete Frauen in der Ersten Klasse, abgesehen von Freitag. Unter diesen Umständen hätte eine Frau schon einen sehr schlechten Atem haben müssen, um nicht einen ganzen Rattenschwanz von Verehrern anzulocken.

Nachdem ich all diese Gruppierungen sortiert hatte, blieben noch immer einige Männer übrig, für die es keine Erklärung gab. Passagiere der Ersten Klasse? Ja, sie essen im Ambrosia-Saal. Geschäftsreisende? Mag sein – aber nach Auskunft des ersten Stellvertretenden Zahlmeisters reisen Geschäftsleute in der Zweiten Klasse, die nicht ganz so luxuriös, aber nicht minder bequem ist und nur die Hälfte kostet.

Zum Beispiel: Wenn Jerry Madsen mich mit seinen Freunden ins Schwarze Loch ausführt, sitzt drüben in der Ecke der einsame Kerl und hält sich an einem Drink fest. Am nächsten Morgen geht Jimmy Lopez mit mir schwimmen; derselbe Kerl ist bereits im Wasser. Im Kartenzimmer spiele ich mit Tom – mein Schatten hat sich auf der anderen Seite zu einer Runde Patience niedergelassen.

Ein- oder zweimal können Zufall sein – doch nach drei Tagen bin ich fest davon überzeugt, daß, sobald ich mich außerhalb der Suite BB aufhalte, einer von vier Männern stets in meiner

Nähe ist. Normalerweise läßt der Betreffende den Abstand so groß werden, wie es der Zuschnitt der jeweiligen Räumlichkeit gestattet – aber er ist anwesend.

Mr. Sikmaa hat nicht verschwiegen, daß ich »das wertvollste Paket« beförderte, das jemals von einem Kurier übernommen wurde. Daraus hatte ich aber nicht geschlossen, daß er es für nötig erachtete, mich auch an Bord des Schiffes total überwachen zu lassen. Glaubte er etwa, jemand würde sich anschleichen und mir das kostbare Ding aus dem Bauchnabel klauen?

Oder sind die Schatten gar nicht von Mr. Sikmaa beauftragt worden? War das Geheimnis verraten, ehe ich die Erde verließ? Mr. Sikmaa schien mir nach Profiart vorsichtig gewesen zu sein – aber wie stand es mit Mosby und seiner eifersüchtigen Sekretärin? Ich weiß es nicht – und ich weiß von den politischen Verhältnissen im Sternenreich zu wenig, um mir eine Meinung zu bilden.

Später: Die beiden jungen Frauen gehören ebenfalls zu der Bewachungsmannschaft, die sich um mich kümmert; sie erscheinen aber nur dann in meiner Nähe, wenn die Männer verhindert sind – im Schönheitssalon, im Modegeschäft, in der Frauensauna – und so weiter. Sie belästigen mich nicht; trotzdem bin ich die Sache allmählich leid. Wie froh werde ich sein, das lästige Paket endlich los zu sein und diesen großartigen Flug endlich voll genießen zu können! Zum Glück kommt das beste Stück erst nach Verlassen des Sternenreiches. Outpost ist im wahrsten Sinne des Wortes so kalt, daß hier keine Bodenausflüge vorgesehen sind. Botany Bay soll recht annehmbar sein, und ich wollte mir diese Welt ansehen, weil ich dorthin vielleicht später auswandern wollte.

Das Sternenreich wurde mir als reich und wunderschön beschrieben, und ich möchte es mir auch als Tourist gern anschauen – aber als künftige Heimat kommt es nicht in Frage. Die Regierung soll recht gut sein, doch sie hat die Form einer absoluten Diktatur wie im Chicago-Imperium, und davon hatte ich erst einmal genug. Aber aus einem noch wichtigeren Grund würde ich nicht um ein Einwanderungsvisum nachsuchen: Ich weiß zuviel. Offiziell weiß ich nichts, weil Mr. Sikmaa nie davon gesprochen hat und ich auch keine Fragen gestellt habe – aber ich werde mein Glück nicht auf die Probe stellen, indem ich den Antrag einreiche, dort zu leben.

Midway möchte ich mir ebenfalls anschauen, aber auch hier gedenke ich keine Wurzeln zu schlagen. Zwei Sonnen am Himmel machen diese Welt zu etwas Besonderem – aber die ganz große Besonderheit liegt in dem Umstand, daß der Exilierte Papst hier residiert, allerdings auf Besuchsvisum. Es stimmt wirklich, daß dort *öffentliche* Messen abgehalten werden! Kapitän van Kooten bestätigt das, und Jerry sagt, er habe es mit eigenen Augen gesehen, und auch ich könnte es mir ansehen – kein Eintritt, aber es gehört zum guten Ton, eine Spende für wohltätige Zwecke zu machen.

Ich bin in Versuchung, darauf einzugehen. Es ist eigentlich nicht gefährlich, und vermutlich habe ich in meinem Leben nie wieder Gelegenheit, so etwas zu sehen.

Natürlich überprüfe ich auch Halcyon und Fiddler's Green. Beide müssen schon ganz besondere Vorzüge zu bieten haben, sonst wäre die Zuwanderung nicht so teuer – doch auch hier werde ich gründlich nach dem Haken Ausschau halten – nach einem Haken, wie er sich schon im Garten Eden bemerkbar machte. Es würde mir widerstreben, Gloria die hohe Eintrittsgebühr abzuverlangen – und dann festzustellen, daß ich dieser Welt nichts abgewinnen konnte.

Forest bietet für den Touristen angeblich keine Vorzüge, keine Annehmlichkeiten – trotzdem will ich mir die Welt gründlich ansehen. Natürlich handelt es sich um die jüngste Kolonie, die über das Blockhüttenstadium noch nicht hinaus ist und hinsichtlich der Versorgung mit Werkzeugen und Instrumenten total von der Erde und/oder dem Sternenreich abhängt.

Aber wäre das nicht der richtige Augenblick, einer Kolonie beizutreten und die Freuden des Pionierlebens um so tiefer auszukosten?

Jerry verzieht nur mürrisch das Gesicht. Er fordert mich auf, mir die Welt anzusehen – und selbst zu erfahren, daß das Leben in urzeitlichen Wäldern allgemein zu angenehm dargestellt wird.

Ich weiß nicht. Vielleicht kann ich einen begrenzten Aufenthalt arrangieren und mich von diesem oder einem der Schwesternschiffe nach einigen Monaten wieder abholen lassen. Danach wollte ich den Kapitän fragen.

Gestern gab es im Stardust-Theater einen Holo, eine musikalische Komödie mit dem Titel *Der Yankee aus Connecticut und Köni-*

gin Guinevere. Diesen Film wollte ich unbedingt sehen; angeblich war er sehr lustig, unterlegt mit wiedergefundener romantischer Musik, angefüllt mit prächtigen Pferden und herrlicher Ausstattung. Ich ging meinen Freiern aus dem Weg und verschwand allein im Theater. Oder beinahe allein: Meinen Bewachern entkam ich natürlich nicht.

Der Diensthabende – ich nannte ihn insgeheim »Nummer 3«, obwohl er in der Passagierliste als »Howard J. Bullfinch, San Diego« eingetragen war – folgte mir ins Kino und setzte sich dicht hinter mich – was ungewöhnlich war, denn die Leute gingen normalerweise so sehr auf Abstand, wie es der jeweilige Raum zuließ. Vielleicht glaubte er, im Dunkeln meine Spur zu verlieren; ich weiß es nicht. Seine Anwesenheit dicht hinter mir lenkte mich ab. Als die Königin den Yankee an sich band und in ihr Boudoir schleppte, war ich mit anderen Dingen beschäftigt als den Ereignissen im Holotank; vielmehr versuchte ich all die Gerüche, die mir in die Nase stiegen, zu sortieren und analysieren – was in einem voll besetzten Theater keine Kleinigkeit ist.

Als das Stück zu Ende war und die Lichter angingen, erreichte ich den Seitengang zur gleichen Zeit wie mein Bewacher; er ließ mir den Vortritt. Ich dankte ihm lächelnd und ging dann zur vorderen Tür; er folgte mir. Der Ausgang führt auf eine kurze Treppe mit vier Stufen. Ich stolperte und fiel nach hinten, und er fing mich auf.

»Vielen Dank!« sagte ich. »Dafür spendiere ich Ihnen in der Centaur-Bar einen Drink!«

»Oh! Nicht nötig!«

»Und ob! Sie werden mir erklären, warum Sie mir gefolgt sind, wer ihr Auftraggeber ist und etliche andere Dinge.«

Er zögerte. »Sie müssen sich irren.«

»Ich nie, Mac. Möchten Sie lieber unauffällig mitkommen – oder wollen Sie Ihre Erklärungen dem Kapitän gegenüber abgeben?«

Er setzte ein fragendes Lächeln auf. (Oder war es zynisch?) »Ihre Worte klingen sehr überzeugend, auch wenn Sie sich irren. Ich bestehe aber darauf, die Drinks zu bezahlen.«

»Na schön. Soviel sind Sie mir schuldig. Und noch etliches mehr.«

Ich wählte einen Ecktisch, wo andere Gäste unser Gespräch nicht mithören konnten – und somit gewährleistet war, daß ein Abhörgerät alles aufzeichnete. Wie kann man an Bord des

Schiffes solchen Einrichtungen aus dem Wege gehen? Es ist unmöglich.

Man bediente uns, dann sagte ich beinahe lautlos zu ihm: »Können Sie Lippenlesen?«

»Nicht sehr gut«, erwiderte er ebenso leise.

»Na schön, sprechen wir so leise wie möglich, hoffen wir, daß der allgemeine Krach die Abhörwanze durcheinanderbringt. Mac, sagen Sie mir eins: Haben Sie in letzter Zeit noch andere hilflose Frauen vergewaltigt?«

Er zuckte zusammen. Ich glaube, es gibt niemanden, der einen solchen Tiefschlag ohne sichtliche Reaktion einstecken kann. Aber er machte mir immerhin das Kompliment, mir einen Kopf zuzubilligen, und zeigte mir, daß er ebenfalls denken konnte, denn er antwortete: »Miß Freitag, wie haben Sie mich erkannt?«

»An Ihrem Geruch«, antwortete ich. »Zunächst am Geruch; Sie haben da vorhin zu dicht hinter mir gesessen. Das war ein Fehler. Als wir dann das Theater verließen, zwang ich Sie dazu, etwas zu mir zu sagen. Und ich stolperte auf der Treppe und brachte Sie dazu, die Arme um mich zu legen. Das genügte. Werden wir hier abgehört?«

»Wahrscheinlich. Aber vielleicht zeichnet das Gerät gerade nicht auf, vielleicht wird es gerade nicht überwacht.«

»Das ist mir zu gefährlich.« Ich überlegte. Sollten wir Seite an Seite einen Spaziergang über die Promenade machen? Ein mechanisches Ohr hatte dabei sicher Probleme, wenn es nicht ständig nachgestellt wurde, aber die Ausrichtung mochte sich automatisch korrigieren, wenn es einen Impulsfänger bei sich hatte. Vielleicht trug auch ich etwas bei mir, das die Überwachungsgeräte auf mich ausrichtete. In den Swimming-pool? In einem Bad ist die Akustik immer schlecht, was für mich gut war. Aber, verdammt, ich mußte allein mit ihm sein! »Lassen Sie Ihren Drink stehen, kommen Sie mit!«

Ich führte ihn in Kabine BB. Shizuko ließ uns eintreten. Soweit ich feststellen konnte, hatte sie vierundzwanzig Stunden lang Dienst und schlief nur dann, wenn auch ich mich hinlegte. Jedenfalls nahm ich an, daß sie schlief. Ich fragte sie: »Was steht für später auf dem Programm, Shizuko?«

»Die Party beim Zahlmeister, Missy. Neunzehn Uhr.«

»Ach ja. Jetzt gehen Sie mal ein bißchen spazieren! Kommen Sie in einer Stunde zurück!«

»Zu spät. Dreißig Minuten.«

»Eine Stunde!«

»Ja, Missy«, antwortete sie unterwürfig – doch ich bekam mit, daß sie ihn ansah und er unmerklich mit dem Kopf nickte.

Als Shizuko fort und die Tür verriegelt war, fragte ich leise: »Sind Sie ihr Chef oder ist sie der Ihre?«

»Das wäre ein Streitpunkt«, gestand er. »Vielleicht sollte man uns ›kooperierende unabhängige Agenten‹ nennen.«

»Ich verstehe. Sie arbeitet ziemlich professionell. Mac, ist Ihnen bekannt, wo in dieser Kabine die Lauschgeräte stecken, oder müssen wir uns eine Methode überlegen, sie auszuschalten? Sind Sie daran interessiert, daß hier Ihre jämmerliche Vergangenheit ausgebreitet und irgendwo auf Band genommen wird? Ich wüßte nicht, daß mich das irgendwie kompromittieren könnte – schließlich war ich damals das unschuldige Opfer dieser Umtriebe –, andererseits sollen Sie sich offen äußern.«

Anstelle einer Antwort hob er den Arm und streckte den Finger aus. Er wies auf eine Stelle über meiner Couch, dann ans Kopfende meines Bettes und in das Badezimmer; schließlich berührte er sein Auge und deutete auf eine Stelle zwischen Wand und Decke, direkt gegenüber dem Sofa.

Ich nickte. Dann zerrte ich zwei Stühle in die Ecke, die am weitesten von der Couch entfernt war, außer Sichtweite des Spionauges, das er mir gezeigt hatte. Dann schaltete ich das Terminal ein, wählte Musik von einem Band, auf dem der Chor von Salt Lake City zu hören war. Vielleicht konnte ein Spionohr all den Lärm analysieren und unsere Stimmen herausfiltern, aber ich nahm es nicht an.

Wir setzten uns, und ich fuhr fort: »Mac, können Sie mir einen Grund nennen, warum ich Sie nicht auf der Stelle umbringen sollte?«

»Einfach nur so? Ohne mich überhaupt anzuhören?«

»Wozu sollte ich Sie anhören? Sie haben mich vergewaltigt, das wissen Sie, ich weiß es. Aber immerhin *höre* ich Sie ja schon an. Können Sie sich einen Grund denken, warum Sie nicht sofort wegen Ihres Verbrechens hingerichtet werden sollten?«

»Nun ja, wenn Sie es so formulieren ... Nein, ich wüßte keinen Grund.«

Irgendwann platzt mir bei den Männern einmal der Kragen! »Mac, Sie sind ein elender Schuft! Begreifen Sie nicht, daß ich

Sie gar nicht umbringen *will* und nur nach einem vernünftigen Vorwand suche, auf meine Rache zu verzichten? Ohne Ihre Hilfe geht das aber nicht. Wie konnten Sie sich in eine so drekkige Sache verwickeln lassen wie die Vergewaltigung einer hilflosen Frau, der die Augen verbunden wurden?«

Ich blieb reglos sitzen und ließ ihn ein wenig im eigenen Saft schmoren, was er auch gehörig tat. Endlich antwortete er: »Ich könnte sagen, ich steckte schon so tief drin, daß ich mich selbst um Kopf und Kragen gebracht hätte, wenn ich bei der Vergewaltigung nicht mitgemacht hätte.«

»Stimmt das?« fragte ich verächtlich.

»Es stimmt, ist aber nicht relevant. Miß Freitag, ich habe so gehandelt, weil ich es tun *wollte*. Weil Sie so sexy sind, daß ein Stylit darüber korrupt werden könnte. Oder Venus zur Lesbierin. Ich versuchte mir einzureden, daß es unumgänglich sei. Aber ich wußte es besser. Na schön, soll ich Sie dabei unterstützen, daß es wie Selbstmord aussieht?«

»Nicht nötig!« (Sexy, daß ich einen Styliten korrumpieren könnte! Aber was war ein Stylit – um alles in der Welt? Ich mußte mich danach erkundigen. Er schien darin einen Superlativ zu sehen.)

Er ließ nicht locker. »Sie kommen nicht so ohne weiteres von Bord. Eine Leiche kann da schon ziemlich peinlich sein.«

»Oh, ich glaube nicht. Sie haben den Auftrag, mich zu bewachen; glauben Sie etwa, *mir* würde etwas passieren? Andererseits wissen Sie bereits, daß ich Ihnen die Sache durchgehen lassen will. Doch ehe ich Sie von der Angel lasse, möchte ich einige Erklärungen von Ihnen hören. Wie sind Sie dem Feuer entkommen? Als ich Ihren Geruch wahrnahm, war ich sehr erstaunt; ich hatte Sie für tot gehalten.«

»Ich war bei dem Brand gar nicht dabei; ich ergriff schon vorher die Flucht.«

»Ach? Warum?«

»Aus zwei Gründen. Ich beschloß zu verschwinden, sobald ich erfahren hatte, was ich wissen wollte. In erster Linie aber Ihretwegen.«

»Mac, Sie können nicht erwarten, daß ich zu viele unwahrscheinliche Ausflüchte glauben werde. Was hatten Sie denn in Erfahrung bringen wollen?«

»Ich habe es nie erfahren. Ich wollte wissen, worauf auch die anderen scharf waren: Warum Sie nach L-5 geflogen waren. Ich hörte, wie man Sie ausfragte, und erkannte, daß Sie die Antwort nicht wußten. Also verschwand ich wieder. Schleunigst.«

»Das stimmt. Ich war ein Ablenkungsmanöver – und was weiß eine Brieftaube schon davon, was ein Krieg bedeutet? Die Leute haben nur Zeit verschwendet, als sie mich folterten.«

Ehrlich, er sah mich schockiert an. »Man hat Sie *gefoltert*?«

»Wollen Sie etwa den Unschuldigen spielen?« fragte ich mit scharfer Stimme.

»Äh? Nein, nein, ich bin schuldig, und das weiß ich auch. Mein Verbrechen aber ist die Vergewaltigung. Daß man Sie *gefoltert* hat, wußte ich nicht. Das was sehr dumm von den Leuten, eine Handlungsweise, die seit Jahrhunderten überholt ist. Ich bekam nur die direkten Verhöre mit – dann injizierte man Ihnen ein Wahrheitsserum – und Sie erzählten dieselbe Geschichte noch einmal von vorn. Da wurde mir klar, daß Sie die Wahrheit sagten, und ich machte, daß ich davonkam.«

»Je mehr Sie mir erzählen, desto mehr Fragen tauchen auf: Für wen haben Sie gearbeitet? Warum haben Sie's getan? Warum sind Sie abgehauen? Warum ließ man Sie fort? Wem gehörte die Stimme, die Ihnen Anweisungen gab – der ›Major‹? Warum waren die Leute so sehr an dem interessiert, was ich bei mir hatte – sogar so sehr, daß sie einen militärischen Angriff starteten und etliche Menschenleben opferten und mich doch schließlich folterten und mir die rechte Brustwarze abzwickten? *Warum* das alles?«

»*Das* haben sie getan?« (Kein Zweifel, Macs Gesicht war einigermaßen unbeweglich geblieben, bis ich den Schaden an meiner Steuerbord-Milchdrüse erwähnte. Kann mir mal jemand erklären, wie die Männer denken? Mit Diagrammen und in knappen, klaren Worten?)

»Oh. Vollständige Regenerierung, funktionell wie auch kosmetisch. Ich zeige sie Ihnen – später. Wenn Sie alle meine Fragen vollständig beantwortet haben. Sie können dann vergleichen, ob sie so aussieht wie das alte Ding. Jetzt aber wieder zum Geschäft. Reden Sie!«

Mac behauptete, Doppelagent gewesen zu sein. Er sagte, damals sei er Geheimdienstoffizier in einer paramilitärischen Einheit gewesen, die sich den Muriel Shipstone-Gedächtnis-Laboratorien verdingt hatte. Als solcher hatte er im Einzeleinsatz die Organisation des Majors unterwandert ...

»Moment mal!« rief ich dazwischen. »Ist er eigentlich bei dem Brand umgekommen? Der sogenannte ›Major‹?«

»Ich bin ziemlich sicher. Vielleicht ist aber Mosby der einzige, der das mit Sicherheit weiß.«

»›Mosby‹? Franklin Mosby? Von Finder Inc.?«

»Ich hoffe, er hat nicht noch Brüder; einer von der Sorte ist schon zuviel. Ja. Aber ›Finder Inc.‹ ist nur eine Fassade; er arbeitet für Shipstone Unbegrenzt Inc.«

»Sie haben doch eben gesagt, Sie arbeiteten auch für Shipstone – die Laborfirma.«

Mac blickte mich überrascht an. »Aber das ganze Durcheinander um den Roten Donnerstag war doch nur ein interner Grabenkampf zwischen den Jungs an der Spitze; das weiß doch jeder!«

Ich seufzte. »Offenbar habe ich ein sehr behütetes Leben geführt. Na schön, Sie arbeiteten also für einen Bereich von Shipstone und waren als Doppelagent zugleich für einen anderen Bereich von Shipstone tätig. Aber warum war ausgerechnet *ich* der Knochen, der zum Zankapfel wurde?«

»Miß Freitag, das weiß ich nicht; das sollte ich ja herausfinden. Man nahm aber an, Sie wären eine Agentin von Eisenbauch Bal ...«

»Halt! Wenn Sie jetzt auf den verstorbenen Dr. Baldwin zu sprechen kommen wollen, verzichten Sie bitte auf den scheußlichen Spitznamen.«

»Tut mir leid. Man dachte, Sie wären eine Agentin von System Enterprises, das heißt, von Dr. Baldwin, und Sie bestätigten dies, indem Sie sein Hauptquartier aufsuchten ...«

»Noch einmal halt! Gehörten Sie zu der Truppe, die mich vor der Farm angriff?«

»Es freut mich, Ihnen sagen zu können, daß ich nicht dabei war. Sie brachten zwei Männer um, und ein dritter starb später, und von den anderen kam keiner ohne Verletzung davon. Miß Freitag, Sie sind eine richtige Wildkatze.«

»Weiter.«

»Eisen ... Dr. Baldwin war ein Einzelgänger, ein unberechenbarer Faktor, der nicht zum System gehörte. Da der Rote Donnerstag vorbereitet wurde ...«

»Was hat der Rote Donnerstag damit zu tun?«

»Na, alles doch! Was immer Sie beförderten, es hatte zumindest Einfluß auf den zeitlichen Ablauf. Ich glaube, der Überlebensrat – das ist die Seite, für die Mosbys Helfer gearbeitet haben – hatte die Nase voll und legte los, ehe alles vorbereitet war. Vielleicht ist das der Grund, warum die Sache nichts gebracht hat. Die Differenzen wurden später in den Konferenzsälen einigermaßen ausgeräumt. Eine Analyse der Vorfälle habe ich allerdings nicht zu Gesicht bekommen.«

(Und ich auch nicht, und ohnehin war es dafür wohl längst zu spät. Ich sehnte mich nach einigen Stunden an einem Terminal der unbegrenzten Möglichkeiten, wie es mir im Pajaro Sands zur Verfügung gestanden hatte. Welche *Direktoren*, wenn überhaupt, waren im Verlaufe des Roten Donnerstags und der sich daraus ergebenden Ereignisse getötet worden? Wie hatte sich der Börsenmarkt verhalten? Die wirklich wichtigen Antworten finden wohl nie ihren Weg in die Geschichtsbücher. Der Chef hatte mich auf all jene Dinge angesetzt, die mit der Zeit zu den Antworten geführt hätten – doch er war gestorben, und mein Studium war abrupt unterbrochen worden. Zunächst. Doch eines Tages würde ich meine Neugier befriedigen. Ganz bestimmt!)

»Mac, hat Mosby Sie für diese Arbeit eingestellt? Mich hier an Bord zu überwachen, meine ich.«

»Wie? Nein, ich habe nur damals mit Mosby Kontakt gehabt, und das unter falschem Namen. Für den neuen Auftrag wurde ich durch einen Anwerber gewonnen, der für einen Kulturattaché des Sternenreich-Botschafters in Genf arbeitet. Im Grunde brauche ich mich dieses Auftrags nicht zu schämen. Wir kümmern uns gut um Sie. Sie befinden sich wirklich in den besten Händen.«

»Muß langweilig sein, wenn man die Frau nicht gleich noch ein bißchen schänden kann.«

»Autsch!«

»Was haben Sie für Anweisungen hinsichtlich meiner Person? Und wie viele sind Sie? Sie führen doch das Kommando, oder?«

Er zögerte. »Miß Freitag, Sie fordern mich da auf, die Geheimnisse meines Auftraggebers auszuplaudern. In unserem Beruf tun wir das nicht – und das wissen Sie sehr gut.«

»Unsinn! Als Sie vorhin durch die Tür kamen, wußten Sie, Ihr Leben hängt davon ab, daß Sie mir alle meine Fragen beantworten. Denken Sie noch einmal an die Horde, die damals auf Dr. Baldwins Farm über mich herfiel, führen Sie sich vor Augen, was aus den anderen geworden ist. Und dann antworten Sie!«

»Ich habe oft daran zurückgedacht. Ja, ich führe das Kommando – außer vielleicht über Tilly ...«

»Wer ist ›Tilly‹?«

»Tut mir leid, Shizuko, meine ich. Das ist ihr Name als Profi. Auf der Universität von Kalifornien hieß sie noch Mathilda Jackson. Wir warteten schon seit beinahe zwei Monaten im Sky High Hotel ...«

»›Wir‹ – das ist die Mehrzahl. Nennen Sie mir die Namen. Und zwar die Namen, die hier in der Passagierliste stehen. Und versuchen Sie sich nicht länger mit Ihrer Söldnerehre herauszureden; gleich kommt Shizuko zurück.«

Er nannte mir die Namen – und bereitete mir keine Überraschungen mehr. Ich hatte meine Bewacher längst enttarnt. Der Chef hätte so etwas nie zugelassen. »Weiter!«

»Wir warteten, und die *Dirac* warpte ohne uns, und erst vierundzwanzig Stunden vor dem Start der *Forward* wurden wir plötzlich aufgefordert, mit diesem Schiff zu fliegen. Dann übermittelte man mir Farb-Holos von Ihnen, damit wir uns auf unseren Schützling einstellen konnten – und als ich Ihr Bild sah, Miß Freitag, wäre mir beinahe schwarz vor Augen geworden.«

»Waren die Bilder so schlecht? Ich bitte Sie!«

»Wie? – Nein, sie waren ziemlich gut. Aber bedenken Sie, wo ich sie zuletzt gesehen hatte! Ich nahm an, Sie wären bei dem Brand umgekommen. Ich äh ... nun ja, man könnte wohl sagen, daß ich um Sie getrauert habe. Wenigstens ein bißchen.«

»Ich danke Ihnen. Glaube ich wenigstens. Schön, sieben Leute, und Sie geben die Befehle. Dieser Flug ist nicht billig, Mac; wozu brauche ich gleich sieben Bewacher?«

»Ich hatte angenommen, daß *Sie* mir das sagen könnten. Nicht daß es mich irgend etwas angeht, warum Sie diesen Flug angetreten haben. Ich kann Ihnen nur die Anweisungen weitergeben, die ich bekommen habe. Wir müssen Sie in perfektem Zustand im Sternenreich abliefern. Kein gespaltener Fingernagel, kein Kratzer, keine Triefnase. Bei der Ankunft kommt ein Offizier der Palastgarde an Bord, und dann sind Sie sein Problem. Unseren Bonus erhalten wir aber erst, wenn Sie gründlich untersucht worden sind. Dann werden wir bezahlt und kehren nach Hause zurück.«

Ich überlegte. Der Bericht paßte zu Mr. Sikmaas Sorge über

»das wertvollste Paket, das je ein Kurier befördert hat« – aber trotzdem stimmte etwas nicht daran. Es ist zwar logisch, wenn man, um ganz sicherzugehen, einen Gürtel noch durch Hosenträger absichert – aber *sieben* vollbezahlte Leute, die nur dafür sorgen mußten, daß ich nicht die Treppe hinabfiel und mir das Genick brach? Irgendwie kam mir das nicht koscher vor.

»Mac, mir fallen keine weiteren Fragen mehr ein, außerdem muß Shizuko – ich meine ›Tilly‹ – jeden Augenblick wieder hier sein. Wir unterhalten uns später weiter.«

»Schön. Miß Freitag, warum nennen Sie mich ›Mac‹?«

»Das ist der einzige Name, mit dem Sie in meiner Gegenwart jemals angesprochen wurden. Als wir uns kennenlernten. Bei der Vergewaltigung, meine ich. Ich bin einigermaßen sicher, daß Sie nicht ›Howard J. Bullfinch‹ heißen. Wie soll ich Sie nennen?«

»Oh. Ja, während dieser Mission hieß ich ›Mac‹. Aber normalerweise nennt man mich ›Pete‹.«

»Sie heißen mit Vornamen ›Peter‹?«

»Äh, nicht genau. Percival. Aber so nennt man mich nicht.«

Ich verkniff mir ein Lachen. »Ich wüßte nicht, warum man diesen Namen unterschlägt, Pete. Es hat schon sehr mutige und ehrenwerte Percivals gegeben. Ich glaube, da kommt Tilly, die mich jetzt baden und anziehen möchte. Noch eine letzte Bemerkung. Wissen Sie, warum Sie noch atmen, warum Sie nicht tot sind?«

»Nein.«

»Weil Sie mich auf die Toilette gehen ließen. Vielen Dank, daß Sie mich mein kleines Geschäft machen ließen, ehe Sie mich mit den Handschellen am Bett festmachten.«

Er schien sich zu erinnern. »Dafür habe ich eine Rüge einstecken müssen.«

»Ach? Warum denn?«

»Der Major wollte Sie dazu bringen, das Bett naßzumachen. Er dachte, es würde Sie gesprächiger machen.«

»So? Was für ein dämlicher Amateur! Pete, jedenfalls war das der Moment, da ich zu dem Schluß kam, daß bei Ihnen Hopfen und Malz noch nicht völlig verloren waren.«

30. Kapitel

Outpost ist keine große Sache. Das Zentralgestirn des Systems ist ein Stern vom Typ G 8, der auf der Skala der sonnenähnlichen Sterne ziemlich weit unten sitzt. (Sol ist ein G 2.) So ist es dort merklich kühler als bei uns. Der Stern selbst ist aber nicht so wichtig, solange er ein Sol-Typ (G-Typ) ist. (Eines Tages kann man Kolonien vielleicht auch im Licht anderer Stern-Typen ansiedeln, doch zunächst erscheint es logisch, sich an Himmelskörper zu halten, deren spektrale Aufteilung zum menschlichen Auge paßt und nicht zuviel tödliche Strahlung enthält – mit diesen Worten zitiere ich Jerry. Jedenfalls gibt es noch über vierhundert G-Sterne, die von der Erde weiter entfernt sind als das Sternenreich – behauptet Jaime Lopez –, und das dürfte uns noch für etliche Jahre Beschäftigung sichern.)

Aber stellen Sie sich mal einen Stern vom G-Typ vor. Dann brauchen Sie einen Planeten, der in der richtigen Entfernung dazu steht, damit es warm sein kann, aber nicht zu warm. Als nächstes müßte die Oberflächenschwerkraft stark genug sein, um die Atmosphäre sicher an den Planeten zu binden. Diese Atmosphäre muß gründlich durchgekocht worden sein in Verbindung mit dem sich entwickelnden Leben, lange genug, um Luft zu bieten, die für Lebensformen, wie wir sie kennen, atembar ist. (Lebensformen, wie wir sie *nicht* kennen, sind ein faszinierendes Thema, haben aber nichts mit dem Thema Kolonisierung zu tun. Jedenfalls nicht diese Woche. Ebensowenig sprechen wir über Kolonien aus Lebendigen Artefakten oder Kyborgs. Es geht hier um Kolonien von Leuten aus Dallas oder Taschkent.)

Outpost kommt so gerade noch in Frage. Er ist gewissermaßen ein armer Verwandter der Erde. In Meereshöhe ist der Sauerstoff so knapp, daß man sich langsam bewegen muß, als befände man sich oben auf einer Bergspitze. Der Planet ist so weit von seiner Sonne entfernt, daß es nur zwei Arten von Wetter gibt – Kälte und Frost. Die Planetenachse steht beinahe senkrecht; die Jahreszeiten leiten sich allein von einer exzentrischen Umlaufbahn her – man zieht also im Winter nicht nach Süden, weil der Winter zu einem kommt, egal, wo man sich aufhält. Etwa zwanzig Grad beiderseits des Äquators gibt es eine Art Erntesaison, der Winter aber ist – natürlich – viel länger als der Sommer. Dieses »natürlich« bezieht sich auf das Keplersche Gesetz über Bahnvektoren und gleiche Flächen. (Diese Informationen habe ich größtenteils aus dem *Täglichen Forward* abgeschrieben.) Als die Siegespreise ausgegeben wurden, blieb Outpost unberücksichtigt.

Trotzdem legte ich großen Wert darauf, diese Welt zu sehen.

Warum? Weil ich nie weiter von zu Hause entfernt gewesen war als bis Luna – und Luna ist beinahe zu Hause. Outpost liegt mehr als vierzig Lichtjahre von der Erde entfernt. Wissen Sie, wie viele Kilometer das sind? (Ich wußte es auch nicht.) Hier ist die Zahl:

300000 × 40,7 × 31557600 (so viele Sekunden hat nämlich ein durchschnittliches Jahr) = 385318296000000 Kilometer.

Runden wir's auf! Vierhundert Millionen *Millionen* Kilometer.

Nach dem Bordzeitplan würden wir die Stationäre Umlaufbahn (einen 22,1-stündigen Umlauf, denn so lang ist ein Tag auf Outpost) um 0247 erreichen, anschließend sollte früh am Morgen (Schiffszeit »Morgen«) um null-dreihundert das Steuerbord-Landeboot ablegen. Nur wenige hatten sich für diesen Ausflug einschreiben lassen – der gar kein richtiger Ausflug sein würde, da kein Passagier den Planeten betreten durfte –, denn die Mittelwache ist bei den meisten Passagieren keine allzu beliebte Zeit.

Ich hätte aber eher Armaggedon verschlafen. Ziemlich früh verließ ich eine fröhliche Feier und ging um 2200 Uhr zu Bett, um vor dem Aufstehen doch noch einige Stunden Schlaf aufzutanken. Um zwei Uhr stand ich auf und verschwand in meinem Badezimmer, wobei ich die Tür hinter mir verriegelte – wenn ich das nicht mache, folgt mir Shizuko dichtauf auch in diesen Raum; das erfuhr ich während des ersten Tages an Bord. Als ich erwachte, war sie angezogen und auf den Beinen.

... verriegelte die Tür hinter mir und mußte mich übergeben.

Dies überraschte mich. Ich bin gegenüber der Seekrankheit nicht völlig immun, auf dieser Reise aber hatte ich noch keine Probleme gehabt. Das Auf und Ab am Bohnenstengel ist das reinste Gift für meinen Magen und führt zu stundenlangen Störungen. An Bord der *Forward* hatte ich bisher nur einen Ruck gespürt, als wir in den Hyperraum warpten, und dann gestern abend kurz vor dem Abendessen, als wir in den Normalraum zurücktauchten. Die Brücke hatte uns aber im voraus darauf aufmerksam gemacht.

War die (künstliche) Schwerkraft jetzt gleichmäßig? Ich wußte es nicht zu sagen. Mir war einigermaßen schwindlig zumute, was aber auch eine Nachwirkung der eben überstandenen Minuten sein konnte, in denen ich mich so gründlich übergeben hatte, als hätte ich eben eine Fahrt in einer der vorverdammten Bohnenstengelkapseln hinter mir.

Ich spülte mir den Mund aus, putzte die Zähne ohne Zahnputzmittel, spülte noch einmal nach und sagte dann zu mir: »Freitag, das war eben nur dein Frühstück; du wirst dich nicht durch deinen überraschend auftretenden Bohnenstengelmagen von dem Flug nach Outpost abhalten lassen! Außerdem hast du zwei Kilogramm zugenommen, und es wird Zeit, die Kalorien etwas zurückzunehmen.«

Nachdem ich meinem Magen auf diese Weise gut zugeredet und anschließend meine Gedankenkontrolle auf das Problem angesetzt hatte, verließ ich das Badezimmer, ließ mir von Tilly-Shizuko in einen dicken Einteiler helfen und machte mich auf dem Weg zur Luftschleuse für das Steuerbord-Landungsboot, dichtauf gefolgt von Shizuko, die für jeden von uns einen dikken Mantel über dem Arm trug. Zuerst hatte ich Shizuko eher freundlich behandelt, doch als ich ihre wahre Rolle erahnte und schließlich darüber die Bestätigung erhielt, schaltete ich auf Zurückhaltung. Das war sicher kleinkariert von mir. Eine Spionin aber hat kein Anrecht auf das freundliche Entgegenkommen, das eine Dienerin beanspruchen kann. Ich war nicht grob zu ihr; ich ignorierte sie lediglich weitgehend. Heute früh war ich ohnehin nicht in gesprächiger Stimmung.

Mr. Woo, Assistent des Zahlmeisters und zuständig für Bodenausflüge, stand mit einem Klemmbrett am Eingang zur Schleuse. »Miß Freitag, Ihr Name steht nicht auf der Liste.«

»Ich habe mich aber eintragen lassen. Schreiben Sie mich dazu, sonst können Sie gleich den Kapitän anrufen.«

»Das geht nicht.«

»Ach? Dann werde ich hier mitten in der Schleuse in den Sitzstreik treten. Mir gefällt das nicht, Mr. Woo. Wenn Sie andeuten wollen, daß ich eigentlich nicht hier sein dürfte, nur weil sich jemand im Büro geirrt hat, würde ich noch böser reagieren.«

»Hmm. Ich nehme an, es ist ein Irrtum. Wir haben nicht mehr viel Zeit. Warum setzen Sie sich nicht und lassen sich zu einem Sitz führen? Ich versuche dann die Sache zu regeln, nachdem ich die anderen Leute in Empfang genommen habe.«

Er erhob keine Widerrede, als Shizuko mir an Bord folgte. Wir gingen bugwärts durch einen langen Gang – sogar die Landeboote der *Forward* sind riesig. Dabei orientierten wir uns nach kleinen Pfeilen mit der Aufschrift »Zur Brücke«. Schließlich erreichten wir einen ziemlich großen Raum, der etwa dem Innern eines Omnibus-AAF nachgebildet war; vorn doppelte Kontrollen, dahinter Sitze für die Passagiere, eine riesige Panoramascheibe – und zum erstenmal seit Verlassen der Erde bekam ich »Sonnenschein« zu sehen.

Es war das Licht von Outposts Sonne, die weiter vorn eine weiße, sehr weiße Planetenkrümmung bestrahlte, hinter der sich ein schwarzer Himmel auftürmte. Das Zentralgestirn selbst war nicht in Sicht. Shizuko und ich suchten uns freie Plätze und legten die Sicherheitsgurte an – die fünffache Verschnürung, die auch an Bord von SBR gebräuchlich war. Da ich wußte, daß wir per Antigrav fliegen würden, wollte ich es mit dem Beckengurt bewenden lassen. Mein kleiner Schatten aber fummelte zungeschnalzend an mir herum und machte alles fest.

Nach einiger Zeit eilte Mr. Woo suchenden Blickes in die Kabine und entdeckte mich. Er beugte sich über den Mann, der zwischen mir und dem Mittelgang saß, und sagte: »Miß Freitag, es tut mir leid, aber Sie stehen noch immer nicht auf der Liste.«

»Ach? Was hat der Kapitän denn gesagt?«

»Ich konnte ihn nicht erreichen.«

»Na, da haben Sie ja Ihre Antwort. Ich bleibe.«

»Tut mir leid. Nein.«

»Wirklich? Welches Ende wollen Sie tragen? Und wer hilft Ihnen, mich rauszuschleppen? Sie werdem mich fortzerren müssen, und ich warne Sie, ich werde um mich treten und laut schreien!«

»Miß Freitag, das geht doch nicht!«

Der Passagier neben mir sagte: »Junger Mann, machen Sie sich hier zum Narren oder was? Diese junge Dame ist Passagier der Ersten Klasse; ich habe sie im Speisesaal des öfteren gesehen, sogar am Tisch des Kapitäns. Jetzt nehmen Sie Ihr dummes Klemmbrett vor meinem Gesicht weg und suchen Sie sich eine andere Beschäftigung! Klar?«

Mit besorgtem Gesicht – Zahlmeisterassistenten scheinen immer nur Sorgen zu haben – entfernte sich Mr. Woo. Nach einer Weile ging das rote Licht an, die Sirene erklang, und eine laute Stimme sagte: »Wir verlassen die Umlaufbahn! Bitte seien Sie auf ruckartige Gewichtsveränderungen gefaßt!«

Ich verbrachte einen schlimmen Tag.

Drei Stunden für den Flug zur Oberfläche, zwei Stunden unten und drei Stunden für den Flug zurück in die stationäre Umlaufbahn – auf dem Hinflug wurden wir mit Musik unterhalten und einem erstaunlich langweiligen Vortrag über Outpost; auf dem Rückflug beschränkte man sich auf die Musik, was schon besser war. Die beiden Stunden am Boden hätten ganz nett sein können, wenn man uns gestattet hätte, das Landefahrzeug zu verlassen. Aber wir mußten an Bord bleiben. Man erlaubte uns, die Gurte abzulegen und nach achtern in den sogenannten Salon zu gehen, in Wirklichkeit ein kleines Eckchen mit einer Kaffee- und Sandwich-Bar auf der Backbordseite und Sichtluken nach hinten. Durch diese Fenster konnte man sehen, wie vom Unterdeck aus die Auswanderer das Schiff verließen und die Fracht ausgeladen wurde.

Niedrige Berge, die mit Schnee bedeckt waren ... im Mittelgrund verkümmert aussehende Gewächse ... unweit des Schiffes niedrige Gebäude, die durch Schneegänge miteinander verbunden waren ... Die Einwanderer waren dick vermummt und strebten eilig auf die Gebäude zu. Die Fracht wurde auf einen Zug aus flachen Transportwagen verladen, gezogen von einer Art Maschine, die schwarze Rauchwolken ausstieß ... solche Dinge sieht man sonst nur in Geschichtsbüchern für Kinder! Dies aber war kein Bild.

Ich hörte, wie eine Frau zu ihrem Begleiter sagte: »Wie kann sich nur jemand hier niederlassen wollen?«

Ihr Begleiter äußerte sich fromm über »Gottes Wille«, und ich rückte von den beiden ab. Wie kann nur jemand siebzig Jahre alt werden (sie war mindestens so alt), ohne zu wissen, daß man sich nicht auf Outpost niederlassen »will« – außer in dem begrenzten Sinne, daß man »gewillt« ist, die Ausweisung dorthin als einzige Alternative zum Tod oder eine lebenslängliche Haftstrafe hinzunehmen.

Da mein Magen noch immer nicht in Ordnung war, wagte ich

mich nicht an die belegten Brote, hoffte aber, daß eine Tasse Kaffee mir über den Berg helfen würde – bis mir der Geruch in die Nase stieg. Daraufhin marschierte ich so schnell ich konnte zu den Toiletten, die vor dem Salon lagen, und verdiente mir den Titel einer »eisernen Freitag«, einen Titel, von dem nur ich etwas wußte, denn alle Kabinen waren besetzt, und ich mußte warten – und ich wartete, mit fest geschlossenem Mund. Nach einem oder zwei Jahrhunderten öffnete sich eine Tür, und ich stürzte hinein und übergab mich erneut. Viel kam nicht dabei heraus – aber der Kaffeegeruch war zuviel gewesen.

Der Rückflug schien endlos zu sein.

Sobald ich an Bord der *Forward* zurückgekehrt war, rief ich meinen Freund Jerry Madsen an, den Junior-Sanitätsoffizier, und bat um einen Sprechstundentermin. Nach den allgemein geltenden Vorschriften steht die medizinische Abteilung den Passagieren um null-neunhundert jeden Morgen zur Verfügung und gibt sich zu anderen Zeiten nur mit Notfällen ab. Ich wußte aber, daß Jerry mich gern empfangen würde, unter welchem Vorwand auch immer. Ich sagte ihm gleich, daß es nichts Ernstes sei, ich wollte nur ein paar von den Tabletten verschrieben haben, die er alten Damen mit schwachen Mägen verordnete – Mittel gegen die Seekrankheit. Er bat mich, zu ihm ins Büro zu kommen.

Anstatt mir die Pillen gleich in die Hand zu drücken, führte er mich in ein Behandlungszimmer und schloß die Tür. »Miß Freitag, soll ich eine Schwester holen lassen? Oder möchten Sie sich lieber von einer Ärztin untersuchen lassen? Ich kann Dr. Garcia rufen, aber ich würde sie nur ungern wecken, denn sie war den größten Teil der Nacht auf den Beinen.«

»Jerry, was soll das?« fragte ich. »Seit wann nennen Sie mich nicht mehr ›Marjorie‹? Und wozu die protokollarische Förmlichkeit? Ich brauche nichts weiter als eine Handvoll Tabletten gegen die Seekrankheit. Die kleinen rosa Dinger.«

»Setzen Sie sich bitte. Miß Freitag – na schön, Marjorie – wir verschreiben dieses oder ähnliche Mittel jungen Frauen – um genau zu sein: Frauen, die im geburtsfähigen Alter sind – erst, wenn wir uns vorher überzeugt haben, daß sie nicht schwanger sind. Es könnte zu Entstellungen des Kindes führen.«

»Oh. Beruhigen Sie sich, Schätzchen! Ich bin nicht schwanger.«

»Das wollen wir ja herausfinden, Marj. Wenn Sie schwanger

sind – oder es werden –, haben wir andere Mittel zur Verfügung, die Ihnen Linderung verschaffen.«

Ach so! Der liebe Kerl wollte mich gut versorgt sehen. »Großer Häuptling, wenn ich Ihnen nun auf meine Pfadfinderehre versichere, daß ich während der letzten beiden Perioden nicht das geringste angestellt habe? Obwohl es durchaus interessierte Kandidaten gegeben hat. Sie eingeschlossen.«

»Nun, ich würde antworten: ›Nehmen Sie dieses Gefäß und beschaffen Sie mir eine Urinprobe, außerdem eine Speichelprobe. Ich hatte schon öfter mit Frauen zu tun, die ›gar nichts gemacht‹ hatten.«

»Sie sind ein Zyniker, Jerry!«

»Ich versuche Sie nur gut zu verarzten, meine Liebe.«

»Das weiß ich doch, Sie Schatz. Na schön, ich mache den Unsinn mit. Wenn die Maus tatsächlich brüllen sollte, können Sie den exilierten Papst verständigen, daß es endlich doch passiert ist, und ich gebe Ihnen eine Flasche Champagner aus. Ich stehe aber in der längsten Dürreperiode meines Lebens.«

Jerry nahm die benötigten Proben und stellte allerlei andere Versuche an, gab mir eine blaue Tablette, die ich vor dem Abendessen einnehmen sollte, und eine gelbe Pille fürs Einschlafen und eine zweite blaue Pille für die Vorbereitung auf das Frühstück. »Diese Dinger sind nicht ganz so stark wie das Mittel, das Sie von mir haben wollten, aber sie werden ihre Wirkung haben und nicht dazu führen, daß dem Kind die Füße nach hinten stehen oder so. Ich rufe Sie morgen früh an, sobald ich mit der Sprechstunde durch bin.«

»Ich dachte, auf das Ergebnis eines Schwangerschaftstests könnte man heute warten?«

»Nun hauen Sie aber ab! Ihre Urgroßmutter bekam die Wahrheit über ihren Zustand heraus, als ihr der Gürtel zu eng wurde. Sie sind verdorben! Drücken Sie uns die Daumen, daß ich den Test nicht ein zweitesmal machen muß.«

Ich dankte ihm und gab ihm einen Kuß – ein Vorstoß, dem er auszuweichen versuchte, allerdings nicht allzu energisch. Jerry ist ein Schatz.

Die blauen Tabletten ließen mich Abendessen und Frühstück ohne Zwischenfälle überstehen.

Nach dem Frühstück blieb ich in der Kabine. Zur angekündigten Zeit meldete sich Jerry. »Halten Sie sich fest, Marj! Sie schulden mir eine Flasche Champagner.«

Was?« Dann sprach ich leiser, damit Tilly nicht alles mitbekam. »Jerry, Sie müssen den Verstand verloren haben!«

»Aber ja doch«, stimmte er zu. »Aber das ist in meinem Beruf kein Nachteil. Kommen Sie bei mir vorbei, dann sprechen wir darüber, wie es nun weitergeht! Wie wär's um vierzehn?«

»Ich möchte gleich kommen. Ich muß mit dem Kaninchen sprechen!«

Jerry überzeugte mich. Er beschrieb mir sämtliche Einzelheiten und führte mir vor, wie die Tests durchgeführt wurden. Wunder sind immer mal wieder möglich – ich war eindeutig schwanger. *Deshalb* also waren meine Brüste in letzter Zeit so empfindlich gewesen. Er reichte mir schließlich eine kleine Broschüre, in der in allen Einzelheiten aufgeführt war, was ich nun tun, zu essen und zu trinken hatte, wie ich mich baden mußte, was ich vermeiden sollte und erwarten konnte, und alle möglichen anderen langweiligen Dinge. Ich dankte ihm, ergriff die Broschüre und ging. Keiner von uns kam auf die Möglichkeit einer Abtreibung zu sprechen, und er verzichtete auf Seitenhiebe über Frauen, die »absolut nichts gemacht« hatten.

Nur stimmte das wirklich. Burt war der letzte gewesen, und das war inzwischen zwei Perioden her. Außerdem war ich bei meiner ersten Periode chirurgisch unfruchtbar gemacht worden und hatte bei meinem ziemlich lebhaften gesellschaftlichen Leben nie ein Verhütungsmittel genommen. All die vielen hundertmal – und *jetzt* plötzlich soll ich schwanger sein?!

Ich bin kein totaler Dummkopf. Nachdem ich mich auf die Tatsachen eingestellt hatte, führte mich die alte Sherlock-Holmes-Regel natürlich zum Zeitpunkt und Ort und zum Ablauf der Ereignisse. Kaum war ich in Kabine BB zurückgekehrt, begab ich mich ins Badezimmer, verschloß die Tür, zog mich aus und legte mich auf den Boden. Beide Hände preßte ich um den Bauchnabel, spannte die Muskeln an und drückte.

Eine kleine Nylonkugel sprang heraus, und ich griff danach.

Sorgfältig untersuchte ich das Gebilde. Kein Zweifel: dies war dasselbe Kügelchen, das ich seit dem chirurgischen »Einbau« der Tasche getragen hatte, sofern ich nicht etwas Geheimes darin beförderte. Kein Behälter für eine Eizelle, die in Stasis versetzt worden war, überhaupt kein Behältnis – eine kleine, formlose, durchscheinende Kugel. Ich betrachtete sie noch einmal von allen Seiten und schob sie wieder hinein.

Man hatte mich also belogen. Ich hatte mich damals schon gefragt, was es mit der »Stasis« auf sich haben könnte, die unter normaler Körpertemperatur aufrechterhalten werden sollte, denn als einzige Einschläferung für lebendiges Gewebe war mir der Weg durch die kryogenischen Temperaturen bekannt, flüssiger Stickstoff oder tiefer.

Aber das war Mr. Sikmaas Problem, außerdem bin ich ja keine Biophysikerin – wenn er auf seine Wissenschaftler vertraute, stand es mir nicht an, Zweifel zu äußern. Ich war Kurier; meine Verantwortung beschränkte sich darauf, die Sendung ans Ziel zu bringen.

Welche Sendung? Freitag, das weißt du doch ganz genau! Nicht die Sendung in deiner Nabeltasche, sondern die, die sich etwa zehn Zentimeter weiter drinnen befindet. Die dir eines Abends in Florida eingepflanzt wurde, als du in tiefe Bewußtlosigkeit versetzt worden warst. Eine Sendung, die man erst nach neun Monaten wieder loswird. Damit verschieben sich deine Pläne, die Große Tour zu vollenden, wie? Wenn dieser Fötus das ist, was er unzweifelhaft ist, wird man dich erst wieder aus dem Sternenreich herauslassen, wenn alles vorüber ist.

Wenn man eine Mietmutter brauchte, warum hatte man das nicht gleich gesagt, zur Hölle! Ich hätte mich doch vernünftigen Argumenten nicht verschlossen!

Moment mal! Die *Thronerbin* muß dieses Kind zur Welt bringen. Darum geht doch das ganze Hin und Her. Ein Erbe für den Thron, frei von allen angeborenen Mängeln, ein Sohn der Thronerbin – eindeutig ein Kind der Thronerbin, geboren in der Gegenwart von etwa vier Hofärzten und drei Krankenschwestern und einem Dutzend Sachwaltern des Hofes – und nicht von dir geboren, du hirnrissige KP mit deiner falschen Geburtsurkunde! Kapierst du endlich?

Was mich auf das ursprünglich vorgesehene Drehbuch zurückbrachte – mit einer kleinen Abänderung: Miß Marjorie Freitag, wohlhabende Touristin, geht im Sternenreich an Land, um sich die Pracht der Reichshauptstadt anzusehen – zieht sich eine schlimme Erkältung zu und muß ins Krankenhaus eingeliefert werden. Und die Thronerbin wird ins gleiche Krankenhaus gebracht und ... nein, Moment! Würde die Thronerbin sich zu etwas so Plebejischem herablassen, wie Patienten in einem für Touristen zugänglichen Krankenhaus zu werden?

Na, dann versuchen wir mal diese Variante: Du kommst mit

einer schlimmen Erkältung ins Krankenhaus – wie oben. Gegen drei Uhr früh wirst du auf einer Bahre durch die Hintertür hinausgefahren, ein Tuch über dem Kopf. Das Ziel ist der Palast. Wie bald wird das passieren? Wie lange brauchen die Palastärzte, um die königliche Körperchemie zur Empfänglichkeit für den Embryo zu bringen? Ach, vergiß es, Freitag; du weißt es nicht und mußt es auch gar nicht wissen! Wenn sie bereit ist, werdet ihr beide auf Operationstische gelegt, die Beine werden gespreizt, und der Embryo wird dir entnommen und ihr eingesetzt, solange er noch klein ist und die Verpflanzung keine Mühe bereitet.

Dann bekommst du dein tolles Honorar und reist wieder ab. Wird der Erste Bürger dir danken? Wahrscheinlich nicht persönlich. Aber möglicherweise inkognito, falls ... Gib es auf, Freitag! Gerate nicht ins Träumen, du weißt es doch besser! Während der Grundausbildung hatte der Chef einmal einen Orientierungsvortrag gehalten und dabei klar geäußert:

»Bei solchen Missionen besteht der Pferdefuß darin, daß dem ausführenden Agenten nach dem erfolgreichen Abschluß meistens etwas Drastisches widerfährt, etwas, das ihn ein für allemal davon abhält, den Mund aufzumachen. Folglich sollten Sie diese Art von Auftrag meiden, egal wie attraktiv das angebotene Honorar ist ...«

31. Kapitel

Während der Flugetappe nach Botany Bay beschäftigte ich mich immer wieder mit diesem Gedanken und versuchte festzustellen, wo ich mich irren mußte. Mir fiel der klassische Fall von John F. Kennedy ein. Sein vermeintlicher Mörder war zu schnell getötet (hingerichtet) worden, als daß auch nur eine vorläufige Anhörung stattfinden konnte. Und dann der Zahnarzt, der Huey Long niedergeschossen hatte – und sich selbst wenige Sekunden später tötete. Und zahlreiche weitere Agenten im endlosen Kalten Krieg, die eben nur lange genug am Leben geblieben waren, um ihre Missionen auszuführen, und die dann anschließend »zufällig« vor einen schnellfahrenden Wagen liefen.

Das Bild, das aber immer wieder vor meinem inneren Auge erschien, war so alt, daß es beinahe zur Mythologie gehörte: Ein einsamer Strand und ein Piratenkapitän, der das Eingraben des Schatzes überwacht. Das Loch klafft im Boden, die Truhe mit dem kostenbaren Gut ist hineingestellt worden – und die Männer, die das Loch gegraben haben, werden erschossen; ihre Körper füllen die Grube mit auf.

Ja, ich bin zu melodramatisch, aber schließlich geht es hier um *meinen* und nicht um Ihren Leib. Im bekannten Universum weiß jeder, daß der Vater des derzeitigen Ersten Bürgers über unzählige Leichen an die Macht gekommen ist und sein Sohn sich nur deswegen auf dem Thron halten kann, weil er noch rücksichtsloser ist als sein Vater.

Wird er mir danken, daß ich für seine Nachkommenschaft gesorgt habe? Oder wird er meine Knochen im tiefsten Verlies verscharren?

Mach dir nichts vor, Freitag; zuviel zu wissen ist ein Schwerverbrechen. In der Politik hat diese Maxime noch immer gegolten. Wenn man jemals die Absicht gehabt hätte, dich fair zu behandeln, wärst du jetzt nicht schwanger. Deshalb mußt du damit rechnen, daß man dich auch nicht fair behandeln wird, *nachdem* du das königliche Embryo losgeworden bist.

Was ich tun mußte, lag auf der Hand.

Wie ich es anstellen sollte, war nicht so klar.

Nun schien es mir ganz und gar kein Irrtum mehr zu sein, daß mein Name nicht auf der Liste der Ausflügler nach Outpost gestanden hatte.

Zur Cocktailstunde am nächsten Tag entdeckte ich Jerry und forderte ihn zum Tanzen auf. Es war ein klassischer Walzer, was mein Gesicht dicht genug an das seine heranführte, um ein persönliches Gespräch zu beginnen.

»Die blauen Tabletten funktionieren bestens«, versicherte ich ihm. »Jerry, wer weiß außer Ihnen und mir von dieser Sache?«

»Das ist wirklich seltsam. Ich habe soviel zu tun gehabt, daß ich noch nichts in Ihr Krankenblatt eintragen konnte. Die Notizen liegen in meinem Safe.«

»Ach, und wie steht es mit dem Labortechniker?«

»Der hat soviel zu tun gehabt, daß ich die Tests selbst durchgeführt habe.«

»Na bitte. Glauben Sie, es bestünde die Möglichkeit, daß die Notizen irgendwie verlorengehen? Daß sie beispielsweise verbrennen?«

»An Bord wird nie etwas verbrannt; das ärgert den Zuständigen für die Klimaanlage. Statt dessen zerkleinern wir Dokumente und führen die Reste einer neuen Nutzung zu. Seien Sie unbesorgt, Sie kleines Mädchen; ihr schändliches Geheimnis ist bei mir in guten Händen.«

»Jerry, Sie sind ein Schatz! Wissen Sie, wenn ich nicht die Zofe dabei hätte, hätte ich das Kind Ihnen anhängen können. Wissen Sie noch – der erste Abend an Bord?«

»So schnell vergesse ich das nicht. Ich hatte einen akuten Anfall von Frustration.«

»Die Zofe ist nicht meine Idee; meine Familie hat sie mir aufgehalst, und sie klebt an mir wie ein Blutegel. Man könnte meinen, die Familie traut mir nicht, weil sie mich genau kennt – und das wissen Sie ja nun auch. Fällt Ihnen nichts ein, wie man ihr ein bißchen aus dem Weg gehen könnte? Mir ist ziemlich übermütig, was Sie betrifft, ein Mann, dem man seine Geheimnisse anvertrauen kann.«

»Hmm. Darüber muß ich nachdenken. Meine Kabine kommt nicht in Frage; man müßte an den Räumen von zwei Dutzend anderen Offizieren vorbei und dann noch durch die Messe. Achtung; da kommt Jimmy!«

Ja, natürlich versuchte ich sein Schweigen zu kaufen. Außerdem war ich dankbar und hatte das Gefühl, ihm etwas schuldig zu sein. Wenn er sich mit meinem unjungfräulichen Körper abgeben wollte (und das wollte er), war ich dazu bereit – und das durchaus in aktiver Rolle; ich war in letzter Zeit doch etwas zu kurz gekommen, und Jerry ist ein attraktiver Mann. Es machte mich nicht verlegen, schwanger zu sein (obwohl die Vorstellung etwas Neues für mich hatte; doch ich wollte meinen Zustand geheimhalten (wenn das überhaupt möglich war – wenn nicht schon eine ganze Horde im Schiff darüber Bescheid wußte), bis ich mir überlegt hatte, was ich tun sollte.

Vielleicht wird Ihnen das Ausmaß meiner Notlage nicht richtig bewußt; vielleicht sollte ich sie Ihnen noch einmal deutlich aufzeigen. Wenn ich zum Sternenreich reiste, war damit zu rechnen, daß man mich in einem sauberen Operationssaal umbrachte, leise und legal und ordentlich. Wenn Sie nicht glauben, daß es solche Dinge gibt, leben wir nicht in derselben Welt, dann wäre es auch sinnlos, daß Sie meine Memoiren weiterlesen. Immer wieder in der Geschichte hat man sich unangenehmer Zeugen entledigt, indem man dafür sorgte, daß sie zu atmen aufhörten – so etwas war stets der gangbare Weg.

Natürlich mochte der Plan in meinem Fall anders aussehen. Alle Anzeichen deuteten aber auf das Gegenteil hin – *wenn* ich zum Sternenreich reiste.

An Bord bleiben? Ich dachte daran – aber da hallten mir Pete-Macs Worte durch den Kopf: *»Wenn wir eintreffen, kommt ein Offizier der Palastgarde an Bord, und dann sind Sie sein Problem.«* Anscheinend wollte man nicht einmal darauf warten, daß ich auf den Planeten fuhr und dort die Kranke spielte.

Folglich mußte ich das Schiff verlassen, *ehe* wir das Sternenreich erreichten – das heißt, auf Botany Bay. Eine andere Möglichkeit hatte ich nicht.

Ganz einfach. Ich brauchte nur von Bord zu schlendern.

Klar doch! Die Gangway hinab, und dann von unten zum Abschied noch einmal winken.

Wir befinden uns nicht auf einem Ozeanschiff. Die *Forward* kommt nie näher an die Planeten heran als zur stationären Umlaufbahn – bei Botany Bay sind das etwa 35000 Kilometer. Das ist eine ziemlich lange Strecke durch dünnes Vakuum. Der einzige Weg an die Oberfläche von Botany Bay führte durch eines der Landungsboote des großen Schiffes – so wie ich es bei Outpost getan hatte.

Freitag, man wird dich nicht an Bord des Bootes gehen lassen! Über Outpost ist dir das noch mit Frechheit gelungen. Nun ist die Gegenseite gewarnt; ein zweitesmal gelingt es dir nicht. Was wird geschehen? Mr. Woo oder ein anderer Offizier wird an der Luftschleuse stehen und die Liste in der Hand halten – eine Liste, auf der dein Name wieder nicht auftaucht. Diesmal aber hat er einen bewaffneten Schiffspolizisten bei sich. Was tust du dann?

Nun ja, ich entwaffne ihn, schlage die beiden mit den Köpfen zusammen, steige über die bewußtlosen Körper und nehme Platz. Zu schaffen wäre das, Freitag; du bist entsprechend ausgebildet und gebaut.

Was passiert dann? Das Landungsboot fliegt nicht programmgemäß ab. Es wartet in der Halterung, während eine achtköpfige Abteilung Uniformierter an Bord kommt und dich mit Gewalt und einer Beruhigungsinjektion aus dem Boot holt und in Kabine BB einschließt – wo du bleiben wirst, bis der Offizier der Palastgarde deinen Körper übernimmt.

Dieses Problem ist mit Gewalt nicht zu lösen.

Übrig bleiben: Überredungskünste, Sex Appeal und Bestechung.

Moment mal! Wie steht's mit *Ehrlichkeit*?

Wie bitte?

Aber ja doch. Geh auf direktem Wege zum Kapitän. Erzähle ihm, was Mr. Sikmaa dir versprochen hat, stelle ihm dar, wie du hereingelegt worden bist, bring Jerry dazu, ihm den Bericht über die Schwangerschaftsuntersuchung zu zeigen, sag ihm, daß du voller Angst beschlossen hast, auf Botany Bay zu warten, bis ein Schiff auf dem Rückweg zur Erde dich abholt. Er ist ein netter Vatertyp; du hast die Bilder seiner Töchter gesehen; er wird dein Problem aus der Welt räumen!

Was würde der Chef davon halten?

Ihm würde auffallen, daß du zur Rechten des Kapitäns sitzt – *warum?*

Du hast ziemlich kurzfristig eine der besten Kabinen des Schiffes bekommen – *warum?*

Außerdem wurden sieben weitere Leute in der Nähe untergebracht, Leute, die ihre Zeit damit verbringen, dich im Auge zu behalten – *glaubst du etwa, der Kapitän wüßte davon nichts?*

Jemand hat deinen Namen von der Ausflüglerliste für Outpost gestrichen – *wer?*

Wer besitzt die HyperSpace-Linie? Dreißig Prozent liegen bei Interworld, das seinerseits von verschiedenen Gruppierungen des Shipstone-Konzerns finanziert oder gesteuert wird. Außerdem ist dir aufgefallen, daß elf Prozent drei Banken aus dem Sternenreich gehören – du hast es dir gemerkt, weil auch andere Brocken des Shipstone-Imperiums in den Besitzverhältnissen auf das Sternenreich zurückgehen.

Von dem netten alten Kapitän van Kooten solltest du also nicht zuviel erwarten. Seine Antwort kannst du dir jetzt schon vorstellen: *»Ach, ich glaube nicht. Mr. Sikmaa ist ein guter Freund von mir; ich kenne ihn seit Jahren. Ja, ich habe ihm versprochen, nichts zuzulassen, was Sie in Gefahr bringen könnte, deshalb darf ich sie nicht zu wilden, unzivilisierten Planeten hinabfliegen lassen. Aber auf dem Rückflug zeige ich Ihnen alles, was es auf Halcyon zu sehen gibt, das verspreche ich Ihnen. Jetzt seien Sie brav und machen mir bitte keinen Ärger mehr, eh?«*

Vielleicht glaubte er sogar selbst daran.

Mit ziemlicher Sicherheit weiß er, daß du nicht »Miß Neureich« bist; wahrscheinlich hat man ihm auch gesagt, da du als Mietmutter unter Vertrag stehst (allerdings wohl nicht, daß ich für die Königsfamilie einstehe, wenn er sich das vielleicht auch denken kann), und er mag annehmen, daß du aus einem legalen und günstigen Vertrag noch mehr herausholen willst. Freitag, du hast nichts *Schriftliches* in der Hand, um zu beweisen, daß du beschwindelt worden bist. Vom Kapitän kannst du keine Hilfe erwarten, Freitag, du bist auf dich allein gestellt.

Erst drei Tage vor der geplanten Ankunft in Botany Bay raffte ich mich zum Handeln auf. Unterdessen stellte ich tiefschürfende Überlegungen an, aber das meiste führte im Kreis – sinnlose und zeitaufwendige Phantasievorstellungen, was ich tun könnte, wenn es mir *nicht* gelang, das Schiff in Botany Bay zu verlassen. Etwa so: *»Haben Sie gehört, Kapitän! Ich schließe mich in meiner Kabine ein, bis wir das Sternenreich verlassen haben. Wenn Sie die Tür gewaltsam öffnen lassen, um mich dem Offizier der Palastgarde auszuliefern, kann ich Sie nicht daran hindern – aber dann finden Sie hier nur eine Leiche!«*

(Lächerlich! Eine Ladung Betäubungsgas durch die Luftzuführung – damit wäre ich schnell auszuschalten.)

Oder: »*Kapitän, haben Sie schon mal eine Abtreibung mit der Stricknadel erlebt? Sie können gern zuschauen. Soweit ich weiß, kann das ziemlich blutig werden.*«

(Noch lächerlicher. Ich kann zwar über eine Abtreibung reden, aber eine durchführen kann ich nicht. Obwohl dieser Knubbel in meinem Leib nichts mit mir zu tun hat, ist er trotzdem mein unschuldiger Gast.)

Ich versuchte mit solchen unnützen Überlegungen nicht zuviel Zeit zu vertrödeln, sondern mich auf Untergrundarbeit zu konzentrieren, während ich mir äußerlich nichts anmerken ließ. Als das Büro des Zahlmeisters bekanntmachte, daß es an der Zeit sei, sich für die Ausflüge nach Botany Bay einzuschreiben, gehörte ich zu den ersten, die sich meldeten. Ich sah mir alle Möglichkeiten durch, stellte viele Fragen, kehrte mit allerlei Broschüren in meine Kabine zurück und schrieb mich bei den besten und teuersten Touren als Teilnehmerin ein, wofür ich bar bezahlte.

Am gleichen Abend plauderte ich während des Essens mit dem Kapitän über die Ausflüge, die ich machen wollte, erkundigte mich zu jedem nach seiner Ansicht und beschwerte mich erneut, daß mein Name von der Outpost-Liste verschwunden war. Ich bat ihn, diesmal nachzuschauen – als habe der Kapitän eines riesigen Linienschiffes nichts Besseres zu tun, als Miß Neureich ihre Wünsche zu erfüllen. Soweit ich feststellen konnte, nahm er die Nadelstiche ohne Reaktion hin – jedenfalls sagte er nichts davon, daß ich nicht an Land gehen dürfe. Vielleicht war er aber in der Kunst der Täuschung so erfahren wie ich; ich konnte schon unbewegten Gesichtes lügen, ehe ich die Krippe verlassen hatte.

An diesem Abend (nach der Schiffszeit) kehrte ich mit meinen ersten drei Verehrern im Schwarzen Loch ein: Dr. Jerry Madsen, Jaime »Jimmy« Lopez und Tom Udell. Tom ist Stellvertretender Lademeister, und ich hatte bisher nicht recht herausgefunden, was das bedeutete. Ich wußte nur, daß er einen Streifen mehr trug als die anderen beiden. Am ersten Abend an Bord hatte Jimmy mir feierlich eröffnet, Tom sei so etwas wie der Hausmeister in diesem Laden.

Tom hatte nicht widersprochen. »Du hast ›Möbelpacker‹ vergessen«, fügte er hinzu.

An diesem Abend, weniger als zweiundsiebzig Stunden vor Botany Bay, fand ich ein wenig mehr über die Dinge heraus, die

Tom an Bord erledigte. Das Steuerbord-Landeboot wurde mit Fracht für Botany Bay beladen. »Das Backbord-Boot hatten wir schon am Bohnenstengel befrachtet«, erzählte er. »Das Steuerbord-Boot brauchten wir aber für Outpost. Für Botany Bay benötigen wir beide, also müssen wir während dieses Abschnittes Fracht herübernehmen.« Er grinste. »Ziemlich schweißtreibende Sache.«

»Tut dir ganz gut, Tommy; du wirst dick.«

»Sprich für dich selbst, Jaime!«

Ich erkundigte mich, wie das Boot beladen wurde. »Die Luftschleuse scheint mir ziemlich klein zu sein.«

»Die Fracht geht nicht durch diese Öffnung. Möchten Sie sich mal ansehen, wie wir das machen?«

Ich verabredete mich mit ihm für den nächsten Vormittag. Und lernte dazu.

Die Laderäume der *Forward* sind so riesig, daß man sich in ihnen eher verloren vorkommt, als daß Klaustrophobie aufkommen kann. Aber auch die Laderäume der Beiboote können sich sehen lassen. Einige Frachtstücke, die zum Versand kommen, sind sehr groß, besonders Maschinen. Auf diesem Flug sollte in Botany Bay ein Westinghouse-Turbogenerator ausgeladen werden, der so groß war wie ein Haus. Ich fragte Tom, wie um alles in der Welt man denn dieses Ding vom Fleck bekommen wollte.

Er grinste. »Mit Schwarzer Magie.« Vier seiner Frachtarbeiter legten ein Netz aus Metalldraht um das Gebilde und befestigen einen koffergroßen Metallkasten daran. Tom inspizierte die Anordnung und sagte: »In Ordnung – gebt Saft drauf!«

Der Führer der Gruppe gehorchte – und das metallene Ungetüm begann zu beben und hob sich um eine Winzigkeit. Ein tragbares Antigrav-Gerät, im Prinzip einem AAF-Antrieb ähnlich, doch nicht in eine Karosserie eingebaut, sondern offen anwendbar ...

Mit äußerster Vorsicht wurden Seile und Hebel eingesetzt, um das riesige Frachtstück vorsichtig durch ein großes Luk in den Bauch des Steuerbord-Bootes zu bugsieren. Tom wies mich darauf hin, daß das riesige Monstrum zwar frei schwebe und von der künstlichen Schwerkraft des Schiffes abgekoppelt sei, daß es aber dennoch in der Masse so träge sei wie vorher und einen Menschen so mühelos zermalmen könne, wie wir Menschen sonst ein Insekt zerquetschen. »Die Männer sind aufeinander angewiesen und müssen sich absolut aufeinander verlassen können. Ich bin für alles verantwortlich – aber es würde einem Toten nichts mehr nützen, wenn ich die Schuld auf mich nähme; sie müssen auf sich selbst und auf ihre Kollegen aufpassen.«

Seine eigentliche Aufgabe lag darin, zu überwachen, daß jedes Frachtstück planmäßig verladen und festgezurrt wurde, um sich bei ruckhafter Beschleunigung nicht loszureißen, außerdem mußte er darauf achten, daß auf beiden Seiten die riesigen Frachtluken wirklich vakuumdicht verriegelt wurden, sobald ein Ladevorgang abgeschlossen war.

Tom zeigte mir auch die Passagierräumlichkeiten des Bootes.

»In Botany Bay steigen mehr Kolonisten aus als bei jedem anderen Halt«, erklärte er. »Wenn wir weiterfliegen, wird die Dritte Klasse so gut wie leer sein.«

»Sind es ausnahmslos Australier?« fragte ich.

»O nein. Ein großer Teil kommt von dort, etwa ein Drittel aber nicht. Sie haben jedoch eines gemeinsam; sie sprechen fließend Englisch. Botany Bay ist die einzige Kolonie, die Sprachanforderungen stellt. Man will dafür sorgen, daß auf dem ganzen Planeten nur eine Sprache gesprochen wird.«

Davon hatte ich schon gehört. »Warum?«

»Man meint wohl, daß dadurch die Wahrscheinlichkeit von Kriegen geringer ist. Mag ja sein – aber einige der grausamsten und blutigsten Auseinandersetzungen auf der Erde sind Bürgerkriege gewesen. Bei denen gab es kein Sprachproblem.«

Ich hatte keine Meinung dazu und äußerte mich also nicht. Wir verließen das Boot durch die Passagier-Luftschleuse, und Tom schloß die Öffnung hinter uns. Im gleichen Augenblick fiel mir ein, daß ich mein Halstuch verloren hatte. »Tom, haben Sie's gesehen? In der Kabine der Auswanderer hatte ich es noch.«

»Wir werden es schon finden.« Er drehte sich um und öffnete die Luftschleuse noch einmal.

Das Tuch befand sich dort, wo ich es zwischen zwei Bänken hatte fallen lassen. Ich warf es Tom spielerisch um den Hals, zog sein Gesicht dicht an das meine heran, dankte ihm und ließ dann meine Dankbarkeit so weit ausufern, wie er es wagte – weit genug, aber doch nicht wieder ungehörig weit, da er noch im Dienst war.

Er hatte meinen Dank verdient. Jene Tür verfügte über ein Kombinationsschloß. Und ich kannte jetzt die Kombination.

Als ich von meiner Inspektion der Laderäume und des Landebootes zurückkehrte, war es beinahe Mittag. Wie üblich beschäftigte sich Shizuko mit irgend etwas (es kann doch eine Frau nicht total in Anspruch nehmen, dafür zu sorgen, daß eine andere gepflegt auftritt!)

»Ich möchte heute nicht zum Essen gehen«, sagte ich zu ihr. »Ich möchte kurz duschen, mir einen Morgenmantel anziehen und hier essen.«

»Was möchte Missy haben? Ich bestelle.«

»Bestellen Sie für uns beide.«

»Für *mich*?«

»Für Sie. Ich möchte nicht allein essen. Ich habe nur keine Lust, mich anzuziehen und in den Speisesaal zu gehen. Keine Widerrede; bestellen Sie über den Monitor.« Ich marschierte zum Badezimmer.

Ich hörte, wie sie mit dem Bestellen begann, doch als ich die Dusche abstellte, stand sie schon wieder mit einem weichen Badetuch bereit, ein kleineres Handtuch um die Hüften gewunden, die perfekte Badesklavin. Als ich trocken war und sie mir in den Bademantel geholfen hatte, klingelte es im Lieferschacht. Sie öffnete die Schublade; währenddessen zog ich einen kleinen Tisch in die Ecke, in der ich mich mit Pete-Mac unterhalten hatte. Shizuko hob die Augenbrauen, sagte aber nichts; sie deckte den Tisch für das Mittagessen und stellte die Speisen darauf. Ich programmierte das Terminal auf Musik und wählte wieder ein Band mit lautem Gesang: klassischen Rock.

Shizuko hatte nur für eine Person gedeckt. Ich drehte mich zu ihr um, damit sie mich trotz der Musik verstehen konnte. »Tilly, Sie stellen Ihren Teller auch hierher!«

»Was, Missy?«

»Nun hören Sie schon auf, Matilda! Die Farce ist aus. Ich habe alles vorbereitet, damit wir uns gründlich unterhalten können.«

Sie ließ kein Zögern erkennen. »Schön, Miß Freitag.«

»Nennen Sie mich lieber ›Marj‹, damit ich Sie nicht als ›Miß Jackson‹ anreden muß. Oder nennen Sie mich nur ›Freitag‹, was mein richtiger Name ist. Sie und ich müssen mal einiges klarstellen. Übrigens spielen Sie die Zofe wirklich perfekt, aber ab jetzt können Sie sich die Mühe sparen, wenn wir allein sind. Ich kann mich nach dem Baden allein abtrocknen.«

Sie hätte beinahe gelächelt. »Es macht mir aber großen Spaß, für Sie zu sorgen, Miß Freitag. Marj. Freitag.«

»Also, vielen Dank! Essen wir.« Ich löffelte ihr Sukiyaki auf den Teller.

Nachdem wir zu kauen begonnen hatten – beim Essen läßt sich wirklich besser reden –, fragte ich: »Was springt für Sie dabei heraus?«

»Woraus, Marj?«

»Na, bei dem Auftrag, mich nicht aus den Augen zu lassen. Mich im Sternenreich der Palastgarde auszuliefern.«

»Das übliche Honorar. Zahlbar an meinen Chef. Angeblich soll ich einen zusätzlichen Bonus bekommen, aber das glaube ich erst, wenn ich ihn ausgegeben habe.«

»Ich verstehe. Marjorie, ich verschwinde in Botany Bay. Und Sie werden mir dabei helfen.«

»Nennen Sie mich ›Tilly‹. Ach, ausgerechnet ich soll Ihnen helfen?«

»O ja. Denn ich werde Ihnen wesentlich mehr bezahlen, als Sie sonst erhalten würden.«

»Glauben Sie wirklich, Sie können mich so leicht auf die andere Seite herüberziehen?«

»Ja. Denn Sie haben nur zwei Möglichkeiten.« Zwischen uns lag ein großer Servierlöffel aus rostfreiem Stahl. Ich griff danach und drückte die Löffelschale zusammen. »Sie können mir helfen. Oder Sie können tot sein. Ziemlich schnell sogar. Wie entscheiden Sie sich?«

Sie griff nach dem verbogenen Löffel. »Marj, Sie brauchen gar nicht so dramatisch zu tun. Wir finden schon eine Möglichkeit.« Mit den Daumen glättete sie das zerdrückte Metall. »Wo liegt denn das Problem?«

Ich starrte auf den Löffel. »›Deine Mutter war ein Reagenzglas ...‹«

»›... und mein Vater ein Skalpell.‹ Der Ihre auch. Deshalb wurde ich auf dieser Mission eingesetzt. Unterhalten wir uns! Warum wollen Sie das Schiff verlassen? Es geht mir an den Kragen, wenn es Ihnen gelingt.«

»Wenn ich es nicht tue, bin *ich* tot.« Ohne etwas zu verschweigen, schilderte ich ihr den Abschluß, den ich getätigt hatte, wie ich plötzlich meine Schwangerschaft entdeckt hatte und warum ich meine Überlebenschancen für gering hielt, wenn ich im Sternenreich von Bord geholt wurde. »Was muß ich also bieten, damit Sie in die andere Richtung schauen? Ich glaube, ich kann Ihren Preis bezahlen.«

»Ich bin aber nicht die einzige, die über Sie wacht.«

»Pete? Mit dem werde ich fertig. Die anderen drei Männer und zwei Frauen können wir getrost vergessen. Wenn ich von Ihnen aktiv unterstützt werde. Sie – Sie und Pete – sind die einzigen Profis. Wer hat die anderen angeworben. Die stellen sich nämlich mehr als ungeschickt an.«

»Keine Ahnung. Ich weiß nicht einmal, wer mich angeworben hat; es ist alles durch meinen Chef gelaufen. Vielleicht können wir die anderen vergessen – aber das hängt von Ihrem Plan ab.«

»Reden wir zuerst über das Geld!«

»Zuerst über den Plan.«

»Ähh ... glauben Sie, Sie können meine Stimme nachmachen?«

Tilly antwortete: »Ähh ... glauben Sie, Sie können meine Stimme nachmachen?«

»Noch einmal!«

»›Noch einmal!‹«

Ich seufzte. »In Ordnung, Tilly, Sie können es. Im *Täglichen Forward* steht, der Austritt aus dem Hyperraum bei Botany Bay sei für morgen vorgesehen, und wenn die Zahlen so gut aussehen wie bei Outpost, werden wir übermorgen zur Mittagsstunde die Stationäre Kreisbahn erreichen und die Boote ablegen lassen – in weniger als achtundvierzig Stunden also. Morgen werde ich krank. Bedauerliche Sache. Denn ich hatte mich ja so auf die großartigen Ausflüge auf dem Planeten gefreut. Die genauen zeitlichen Abläufe meines Plans richten sich danach, wie die Landungsboote fliegen, und das kann erst festgelegt werden, wenn ich die Sache richtig vestehe, wenn wir in den Normalraum zurücktauchen und man genau vorhersagen kann, wann wir die Stationäre Umlaufbahn erreichen. Wann immer das sein wird – in der Nacht vor dem Abflug der Beiboote, gegen null-einhundert, wenn die Korridore leer sind, breche ich auf. Ab dieser Zeit müssen Sie meine Rolle mit übernehmen. Sie lassen niemanden herein; ich bin noch zu krank.

Will mich jemand über Terminal sprechen, sollten Sie darauf achten, daß Sie die Videoaufnahme nicht einschalten – ich tue das grundsätzlich nicht. Soweit Sie damit fertigwerden, spielen Sie mich mit, und wenn es zu schwierig wird, dann schlafe ich eben gerade. Wenn Sie mit meiner Rolle angefangen haben und das Gespräch zu kitzlig wird, nun, dann sind Sie wegen des

Fiebers und der eingenommenen Medizin zu durcheinander, um klar zu reden.

Sie bestellen das Frühstück für uns beide – das übliche für Sie, und Tee und Milch-Toast und Saft für die Kranke.«

»Freitag, ich glaube, Sie wollen sich als blinder Passagier in einem Landungsboot davonschleichen. Die Luken zu den Landungsbooten sind aber fest verschlossen, wenn sie nicht benötigt werden. Ich weiß Bescheid.«

»Stimmt. Aber darüber brauchen Sie sich nicht den Kopf zu zerbrechen. Tilly.«

»Na schön. Das soll nicht meine Sorge sein. Okay, ich kann Ihren Rückzug decken. Was sage ich dem Kapitän, wenn Sie weg sind?«

»Der Kapitän steckt also *doch* mit drin. Ich hatte mir das beinahe gedacht.«

»Er weiß von der Sache. Die Befehle erhalten wir aber vom Zahlmeister.«

»Das erscheint logisch. Nehmen wir einmal an, ich hinterlasse Sie gefesselt und geknebelt ... und Sie berichten, ich hätte Sie angefallen und niedergeschlagen. Natürlich kann ich das nicht gewesen sein, weil Sie vom frühen Morgen bis zum Abflug der Boote meine Rolle mitspielen müssen. Aber ich kann dafür sorgen, daß Sie gefesselt und geknebelt werden. Glaube ich.«

»Das würde mein Alibi auf jeden Fall verbessern. Aber wer soll der Philanthrop sein?«

»Erinnern Sie sich an den ersten Abend an Bord? Ich kam ziemlich spät, mit einem Verehrer. Sie haben uns Tee und Mandelkuchen vorgesetzt.«

»Dr. Madsen. Sie rechnen mit *ihm*?«

»Ich glaube schon. Mit Ihrer Hilfe. An jenem Abend war er ziemlich heftig hinter mir her.«

Sie schnaubte durch die Nase. »Ihm hing die Zunge bis auf den Boden heraus!«

»Ja. Und daran hat sich nichts geändert. Morgen werde ich krank; er besucht mich – beruflich selbstverständlich. Sie sind wie üblich dabei. Am Bett-Ende der Kabine haben wir das Licht ausgeschaltet. Wenn Dr. Jerry die ruhigen Nerven hat, die ich ihm zutraue, wird er das Gebotene schon annehmen. Und dann macht er auch mit.« Ich schaute sie offen an. »In Ordnung? Er kommt dann am nächsten Tag zu seinem Vormittagsbesuch – und fesselt Sie. Einfach.«

Tilly saß einige Minuten lang reglos da und überlegte. »Nein.«

»Nein?«

»Wir wollen die Sache lieber *ganz* einfach lassen. Wir weihen niemanden ein. *Niemanden.* Es ist nicht unbedingt erforderlich, daß ich gefesselt bin; das würde nur Verdacht erregen. Ich schlage folgende Geschichte vor: Kurz vor Ablegen der Boote kommen Sie zu dem Schluß, daß es Ihnen wieder gut geht. Sie stehen auf, ziehen sich an und verlassen die Kabine. Sie sagen mir nicht, was Sie vorhaben; ich bin ja nur die arme, dumme Zofe, der so etwas nicht offenbart wird. Vielleicht haben Sie es sich ja auch anders überlegt und wollen die Ausflüge auf den Planeten mitmachen. Egal. Ich habe nicht den Auftrag, Sie an Bord festzuhalten. Meine Verantwortung erstreckt sich darauf, Sie hier in der Kabine zu überwachen. Ich glaube auch nicht, daß es Petes Aufgabe ist, Sie im Schiff festzuhalten. Wenn Sie ausrücken können, geht es vermutlich als einzigem dem Kapitän an den Kragen. Und der ist mir egal.«

»Tilly, ich glaube Sie haben recht, und zwar in jeder Beziehung. Ich hatte angenommen, daß Sie ein Alibi haben wollten. Aber ohne sind Sie besser dran.«

Sie musterte mich und lächelte. »Lassen Sie sich dadurch nicht davon abhalten, Dr. Madsen zu sich ins Bett zu holen. Vergnügen Sie sich. Es gehörte zu meinen Aufgaben, Ihr Bett frei von Männern zu halten – das haben Sie wohl geahnt . . .«

»Ich dachte es mir«, sagte ich lächelnd.

»Aber jetzt wechsle ich ja die Seite, also gilt das nicht mehr.« Plötzlich lächelte sie, und ein Grübchen erschien auf ihrer Wange. »Vielleicht sollte ich Dr. Madsen einen Bonus anbieten. Wenn er am nächsten Morgen bei seiner Patientin vorspricht und ich ihm sage, daß es Ihnen wieder gut geht und Sie in die Sauna oder sonstwohin gegangen sind.«

»Einen solchen Bonus sollten Sie ihm nur bieten, wenn Sie es ernst meinen, da ich weiß, daß *er* es ernst meint.« Ich erschauderte. »Ich bin davon überzeugt.«

»Was ich ins Schaufenster hänge, ist auch zu haben. Alles klar?« Sie stand auf, und ich machte es ihr nach.

»Wir haben nur noch nicht darüber gesprochen, was ich Ihnen schulde.«

»Ich habe mir darüber meine Gedanken gemacht. Marj, Sie

wissen besser als ich, wie es um Sie bestellt ist. Ich überlasse das Ihnen.«

»Aber Sie haben mir noch gar nicht gesagt, was Sie bekommen sollten.«

»Ich weiß es nicht. Mein Herr hat es mir nicht gesagt.«

»Stehen Sie denn im *Eigentum*?« Bestürzung überkam mich. Bei einer AP war so etwas zu erwarten.

»Nicht mehr. Oder nicht mehr ganz. Ich bin auf zwanzigjährige Verpflichtung verkauft worden. Noch dreizehn Jahre. Dann bin ich frei.«

»Aber ... O Gott, Tilly, dann sollten wir Sie auch vom Schiff holen!«

Sie legte mir eine Hand auf den Arm. »Bleiben Sie ruhig! Sie haben meine grauen Gehirnzellen angeregt. Das ist ja der Grund, warum ich nicht gefesselt sein möchte. Marj, ich stehe nämlich nicht als Leibeigene in der Passagierliste. Folglich kann ich einen Bodenausflug unternehmen, wenn ich dafür bezahlen kann – und das kann ich. Vielleicht sehen wir uns dort unten wieder.«

»Ja!« Ich küßte sie.

Sie zog mich energisch an sich, und der Kuß entwickelte sich. Sie stöhnte, und ihre Hände tasteten sich unter meinen Morgenmantel.

Gleich darauf löste ich mich von ihr und schaute ihr in die Augen. »Ach, so ist das, Tilly.«

»Und ob! Von dem Augenblick an, als ich dich baden mußte.«

An diesem Abend veranstalteten die Auswanderer, die in Botany Bay das Schiff verlassen würden, eine kleine Vorstellung für die Passagiere aus der ersten Klasse. Der Kapitän sagte mir, solche Dinge seien schon eine Art Tradition, und die Zuschauer spendeten ein wenig für die Kolonisten, was aber keine Verpflichtung war. Er selbst suchte an diesem Abend den Salon auf – ebenfalls eine Tradition –, und ich landete wieder einmal an seiner Seite. Ich nutzte die Gelegenheit, ihm zu sagen, daß ich mich nicht besonders fühle. Ich fügte hinzu, vielleicht müßte ich meine Reservierungen für die Bodenausflüge zurücknehmen. Ich verschwieg nicht, daß mich das ärgern würde.

Er antwortete, wenn ich mich nicht gut fühlte, sollte ich auf keinen Fall das Risiko eingehen, mich auf einem fremden Planeten zu tummeln – und Botany Bay wäre ohnehin nichts Besonderes, da versäumte ich nicht viel. Die wirklich schönen Welten kämen erst später. Ich solle also ein braves Mädchen sein, sonst müßte er mich wohl in meiner Kabine einschließen, und das wolle ich doch nicht, oder?

Ich sagte ihm, wenn mein Magen sich nicht wieder beruhigte, wäre es nicht nötig, mich einzuschließen. Der Flug nach Outpost wäre schrecklich gewesen, ich hätte mich die ganze Zeit mies gefühlt und wollte so etwas nicht noch einmal riskieren. Dies alles hatte ich damit vorbereitet, daß ich mein Essen kaum angerührt hatte.

Die kleine Show war amateurhaft aufgezogen, aber ganz lustig – ein paar Solos, aber in erster Linie Gruppengesang: *Binde mir das Känguruh, Waltzing Matilda, Botany Bay* und als Wiederholung *Die Verrückte Jalousie.* Ich hatte meinen Spaß, hätte aber der Sache keine besondere Beachtung geschenkt, wenn ich nicht in der zweiten Reihe des Chors einen Mann ausgemacht hätte, der mir irgendwie bekannt vorkam.

Ich betrachtete ihn und dachte: Freitag, bist du zu der Sorte nachlässiger, gleichgültiger Mädchen abgestigen, die sich nicht mehr erinnern, ob sie mit einem Mann geschlafen haben oder nicht?

Der Fremde erinnerte mich an Professor Federico Farnese. Allerdings trug er einen Vollbart, wohingegen Freddie glattrasiert gewesen war – was nichts beweist, da die inzwischen verstrichene Zeit mehr als ausgereicht hätte, sich ein solches Gewächs zuzulegen und die meisten Männer irgendwann einmal vom Bartfimmel erwischt werden. Der Bart verhinderte aber, daß ich mir durch Augenschein über seine Identität klar wurde. Der Mann sang nie ein Solo; die Stimme konnte ich also nicht identifizieren.

Der Körpergeruch – auf dreißig Meter war das bei Dutzenden von anderen Gerüchen nicht auszumachen.

Ich war in Versuchung, meine Rolle als Lady über Bord zu werfen – aufzustehen, über die Tanzfläche zu gehen und ihn zu umarmen: »Bist du Freddie? Hast du mich nicht im letzten Mai in Auckland mit in dein Bettchen genommen?«

Was wäre, wenn er nein sagt?

Ich bin ein Feigling. Schließlich rang ich mich dazu durch, dem Kapitän zu sagen, ich hätte unter den Auswanderern möglicherweise einen alten Bekannten aus Sydney entdeckt, und fragte, wie ich das überprüfen könnte. Daraus folgte, daß ich den Namen »Federico Farnese« auf ein Programmheft schrieb und der Kapitän dies an den Zahlmeister weitergab, der seinerseits einen seiner Helfer alarmierte. Der Mann verschwand und kehrte nach einiger Zeit mit der Nachricht zurück, daß es unter den Auswanderern etliche italienisch klingende Namen gebe, aber keinen, der »Farnese« gliche, ob nun italienisch oder nicht.

Ich dankte ihm und dem Zahlmeister und dem Kapitän und fragte mich, ob ich auch nach »Tormey« und »Perreault« suchen lassen sollte, kam aber zu dem Schluß, daß das dumm gewesen wäre, denn ich hatte weder Betty noch Janet gesehen, die sich auf keinen Fall Bärte hätten zulegen können. Ich hatte hinter dichtem Haar ein Gesicht ausgemacht – und somit gar nicht richtig gesehen. Hängt man einem Mann einen Bart vor, sieht man nur noch das Gestrüpp.

Ich überlegte mir, daß das Altweibergewäsch über kuriose Macken bei schwangeren Frauen vermutlich voll und ganz stimmte.

32. Kapitel

Es war zwei Stunden nach Mitternacht, Schiffszeit. Der Durchbruch in den Normalraum war plangemäß erfolgt, gegen elf Uhr früh, und die Zahlen hatten so gut ausgesehen, daß man gegen null-sieben-zweiundvierzig mit dem Erreichen der Stationären Kreisbahn um Botany Bay rechnete, mehrere Stunden früher als ursprünglich kalkuliert. Mich freute diese Entwicklung weniger, denn nach meiner Einschätzung vergrößerte sich durch einen frühmorgendlichen Abflug der Landungsboote die Gefahr, daß mitten in der Nacht Leute in den Gängen unterwegs waren.

Aber ich hatte keine andere Wahl ... Der entscheidende Moment raste auf mich zu, eine zweite Chance würde ich nicht bekommen. Ich überlegte mir meine Pläne noch einmal gründlich, gab Tilly zum Abschied einen Kuß, forderte sie mit erhobenem Finger auf, keinen Lärm zu machen, und schloß die Tür der Kabine BB hinter mir.

Ich mußte einen weiten Weg in Richtung Heck zurücklegen und dabei drei Decks tiefer steigen. Zweimal ging ich langsamer, um Nachtwächtern aus dem Weg zu gehen, die ihre Runden machten. Einmal verschwand ich im letzten Augenblick in einem Quergang, weil mir ein Passagier entgegenkam. Ich setzte meinen Weg bis zum nächsten abzweigenden Korridor fort und kehrte dann auf die Steuerbordseite zurück. Schließlich erreichte ich den kurzen sackgassenartigen Tunnel zur Passagier-Luftschleuse des Steuerbord-Landungsboots.

Und mußte feststellen, daß »Mac«-Pete-Percival dort auf mich wartete.

Lächelnd trat ich auf ihn zu, legte vielsagend einen Finger an die Lippen und versetzte ihm einen kurzen Hieb unter das Ohr.

Vorsichtig ließ ich ihn zu Boden gleiten, schob ihn aus dem Weg und wandte mich dem Kombinationsschloß zu ...

... und merkte, daß ich die Kennzeichnungen auf den Tasten kaum zu sehen vermochte, obwohl ich mein gesteigertes Sehvermögen einsetzte. In den Korridoren war lediglich die Nachtbeleuchtung eingeschaltet, und die kurze Sackgasse lag völlig im Dunkeln. Zweimal bekam ich die Kombination nicht hin.

Ich trat einen Schritt zurück und überlegte. Sollte ich zur Kabine zurückkehren und mir eine Taschenlampe holen? Ich hatte dort keine, aber vielleicht besaß Tilly eine Lampe. Wenn nicht, sollte ich dann warten, bis die Tagbeleuchtung eingeschaltet wurde? Damit wurde aber die Zeit zu knapp; zu der Zeit würde das Schiff bereits zum Leben erwachen. Hatte ich aber eine andere Wahl?

Ich kümmerte mich um Pete – noch immer ohnmächtig, doch mit kräftigem Herzschlag ... Dein Glück, Pete! Wäre ich voll ausgelöst gewesen, würdest du jetzt nicht mehr leben. Ich durchsuchte ihn.

Ohne Überraschung zog ich eine Stiftlampe aus seiner Tasche – seine Aufgabe (mich zu verfolgen) mochte den Einsatz einer Lampe erforderlich machen, während Miß Neureich sich mit solchen Kleinigkeiten nicht abgab.

Sekunden später hatte ich die Tür geöffnet.

Ich zerrte Pete über die Schwelle, klappte die Tür zu und verriegelte sie, indem ich das Rad in beiden Richtungen kreisen ließ. Dann drehte ich mich um, stellte fest, daß Petes Lider zu zucken begannen – und schickte ihn noch einmal ins Reich der Träume.

Was nun kam, war denkbar mühsam. Pete bringt ungefähr fünfundachtzig Kilo Masse auf die Beine, was für einen Mann nicht zuviel ist. Aber es sind fünfundzwanzig Kilogramm mehr als ich, außerdem ist er viel größer. Tom hatte mir mitgeteilt, daß die Techniker die künstliche Schwerkraft auf 0.97 g geschaltet hatten, auf den Wert, der für Botany Bay gültig war. In diesem Augenblick wäre mir der freie Fall lieber gewesen oder zumindest ein Antigrav-Gerät, da ich Pete nicht dort liegen lassen konnte, weder tot noch lebendig.

Es gelang mir schließlich, ihn halb auf den Rücken zu nehmen, so daß ich sogar noch eine Hand frei hatte; allerdings mußte ich die kleine Lampe wie eine Zigarre in den Mund nehmen, um mich überhaupt orientieren zu können. Das Licht war wirklich eine große Hilfe – doch notfalls hätte ich mich auch so durch die Dunkelheit getastet, ohne den Bewußtlosen.

Auf meinem Weg nahm ich nur einmal eine falsche Biegung, und erreichte endlich den größten Frachtraum – der im schmalen Lichtstrahl meiner kleinen Lampe noch viel größer wirkte.

Mit totaler Dunkelheit hatte ich nicht gerechnet; ich war davon ausgegangen, daß das Landungsboot von Mitternacht bis nullsechshundert ebenso im Schein der Nachtbeleuchtung liegen würde wie das Hauptschiff.

Schließlich traf ich bei dem Versteck ein, das ich mir am Vortag ausgeguckt hatte: dem riesigen Westinghouse-Turbogenerator.

Vermutlich sollte der mächtige Brocken mit Gas angetrieben werden, vielleicht auch mit Dampf – auf keinen Fall war er für einen Antrieb durch Shipstone-Energieträger gedacht. Es gibt so manche überholten technischen Entwicklungen, die in den Kolonien noch eingesetzt werden, die aber dort, wo Shipstones verfügbar sind, keinen Platz mehr haben. Ich weiß nichts darüber, mich interessierte aber auch nicht, wie dieses Ding funktionierte; mein Interesse galt der Tatsache, daß es zur Hälfte einem riesigen, auf der Seite liegenden Kegelstumpf glich – was unter der Schmalseite in der Mitte einen gut einen Meter hohen Freiraum ließ. Groß genug für einen Körper. Den meinen. Zum Glück stellte sich heraus, daß auch zwei dort unterkamen, denn nun hatte ich ja diesen unwillkommenen Gast am Hals, den ich weder umbringen noch zurücklassen konnte.

Das Versteck bekam sogar einen Anstrich von Gemütlichkeit durch die Glasfaserplane, die von den Technikern über das Monster gespannt worden war, ehe es festgezurrt wurde. Zwischen zwei Ziehleinen mußte ich mich darunterwinden und mich dann teuflisch anstrengen, um Pete hinter mir hereinzuzerren. Ich schaffte es. Dabei zog ich mir allerdings einige Hautabschürfungen zu.

Ich schaute noch einmal nach ihm, dann zog ich ihn aus. Wenn ich Glück hatte, kam ich noch ein wenig zum Schlafen – was unmöglich gewesen wäre, hätte ich einen meiner Wächter bewußtlos am Eingang zurückgelassen.

Pete trug Hose, Gürtel, Hemd, Unterhose, Socken, Mokassin-Schuhe und ein Unterhemd. Ich streifte ihm alles herunter. Dann fesselte ich ihm mit dem Hemd die Hände auf dem Rükken zusammen, dann die Füße mit den Hosenbeinen, und Handgelenke und Füße verband ich hinter seinem Rücken mit dem Gürtel. Eine sehr unbequeme Position, die man mir in der Grundausbildung beigebracht hatte als Möglichkeit, Fluchtversuche im Keim zu ersticken.

Als ich ihn knebeln wollte, wozu ich sein Unterhemd benutzen wollte, sagte er leise: »Das ist wirklich überflüssig, Miß Freitag. Ich bin schon seit einiger Zeit wach. Wir sollten uns mal unterhalten.«

Ich erstarrte. »Ich dachte mir gleich, daß Sie bei Bewußtsein waren. Aber ich war bereit, das Spielchen mitzumachen, solange Sie darauf Wert legten. Ich ging davon aus, Sie wüßten, daß ich Ihnen Ihren Schwanz ausreißen und in den Hals stopfen würde, wenn Sie mir auch nur den geringsten Ärger machten.«

»Etwas Ähnliches hatte ich mir gedacht. Ich hatte allerdings nicht erwartet, daß Sie gleich so drastisch vorgehen würden.«

»Warum nicht? Mit Ihrem famosen Ding habe ich ja schon Bekanntschaft gemacht – und zwar nicht eben auf angenehme Weise. Da steht mir ja wohl ein gewisser Bewegungsspielraum zu. Einwände?«

»Miß Freitag, lassen Sie mich mal ein paar Worte sagen?«

»Klar, warum nicht? Aber ein Ton, der mir nicht gefällt, und Ihre Pracht ist ab.« Ich sorgte dafür, daß er über meine Absichten nicht im Zweifel blieb.

»Oh! Nun mal langsam – bitte! Der Zahlmeister hat uns heute nacht auf Doppelwache geschickt. Ich ...«

»›Doppelwache‹? Inwiefern?«

»Normalerweise ist in der Zeit, die Sie in Ihrer Kabine verbringen, nur Tilly – Shizuko – im Dienst. Wenn Sie dann aufstehen, drückt Sie auf ein Knöpfchen, und das ist für mich das Signal, die Wache aufziehen zu lassen. Der Zahlmeister – vielleicht auch der Kapitän – ist aber ziemlich nervös, was Sie betrifft. Macht sich Sorgen, daß Sie in Botany Bay aus dem Schiff entwischen könnten ...«

Ich machte runde Augen. »Du meine Güte! Wie kann nur jemand über meine unschuldige kleine Person so etwas Böses denken!«

»Keine Ahnung«, antwortete er ernst. »Aber warum sind wir hier in diesem Landungsboot?«

»Ich bereite meinen Landausflug vor. Und Sie?«

»Ich auch. Hoffe ich. Miß Freitag, mir war klar, wenn Sie in Botany Bay aus dem Schiff wollten, würden Sie es heute nacht während der Mittelwache versuchen. Ich hatte keine Ahnung, wie Sie ins Landungsboot zu gelangen hofften, war aber zuversichtlich, daß es Ihnen gelingen würde – und wie ich sehe, haben Sie mein Vertrauen voll und ganz gerechtfertigt.«

»Vielen Dank. Na, zumindest ein wenig. Wer behält das Backbord-Boot im Auge? Oder ist da niemand?«

»Graham. Ein kleiner blonder Bursche. Vielleicht ist er Ihnen schon aufgefallen.«

»Zu oft.«

»Ich entschied mich für diese Seite, weil Sie sich gestern mit Mr. Udell dieses Boot angesehen haben. Oder vorgestern, je nachdem, wie man es nimmt.«

»Mir ist egal, wie Sie es nehmen. Pete, was passiert, wenn man Sie vermißt?«

»Vielleicht vermißt man mich gar nicht. Joe Stupido – entschuldigen Sie, Joseph Steuben; das andere ist meine Privatbezeichnung für ihn – hat Anweisung, mich nach dem Frühstück abzulösen. Wenn ich Joe richtig einschätze, macht er kein Aufhebens davon, wenn er mich nicht an der Tür antrifft; er wird sich mit dem Rücken an die Tür setzen und schlafen, bis jemand kommt und die Tür aufmacht. Dann bleibt er auf dem Posten, bis das Boot ablegt – woraufhin er in seine Kabine zurückkehrt und die Augen zumacht, bis ich ihn holen komme. Joe ist geduldig, aber nicht besonders helle. Was ich in meine Überlegungen einbezogen habe.«

»Pete, es hört sich ja ganz so an, als hätten Sie das alles geplant.«

»Ich hatte nicht vorgesehen, mir einen wunden Hals und Kopfschmerzen einzufangen. Hätten Sie so lange gewartet, bis ich etwas sagen konnte, hätten Sie mich nicht schleppen müssen.«

»Pete, wenn Sie mich dazu überreden wollen, Sie loszubinden, bellen Sie in den falschen Brunnen.«

»Heißt das nicht ›den falschen Baum anbellen‹?«

»Wie auch immer – jedenfalls sind Sie bei mir falsch, und Sie verbessern Ihre Chancen nicht gerade, indem Sie meine Ausdrucksweise korrigieren. Sie stecken in der Klemme, Pete. Nennen Sie mir einen guten Grund, warum ich Sie nicht umbringen und hier liegenlassen sollte! Der Kapitän hat nämlich recht; ich verlasse das Schiff. Sie sind mir dabei nur im Wege.«

»Nun ja ... ein Grund wäre, daß man während des Ausladens meine Leiche finden würde. Sofort käme die Suche nach Ihnen in Gang.«

»Dann wäre ich schon viele Kilometer jenseits des Horizonts. Aber weshalb würde man nach mir suchen? Ich werde an Ihnen keine Fingerabdrücke hinterlassen. Nur ein paar purpurne Druckstellen am Hals.«

»Motiv und Gelegenheit. Botany Bay ist eine ziemlich gesetzestreue Kolonie, Miß Freitag. Vermutlich können Sie sich durchlavieren, wenn Sie nur illegal aus dem Schiff gesprungen und illegal eingewandert sind; da wären Sie nicht die erste. Aber wenn man nach Ihnen wegen Mord fahndet, machen die Planetenbehörden bestimmt keine Ausnahme.«

»Ich werde auf Notwehr plädieren. Immerhin geht es um einen Mann, der mich erwiesenermaßen schon einmal vergewaltigt hat. Um Himmels willen, Pete, was soll ich denn bloß mit Ihnen machen? Sie bringen mich in Verlegenheit! Sie wissen genau, daß ich Sie nicht umbringen werde; ich kann niemanden kaltblütig umlegen, nur in einer Zwangslage. Wenn ich Sie aber hier liegenlasse ... Mal nachrechnen – fünf und drei sind acht, dann mindestens zwei weitere Stunden, ehe man beim Ausladen hier anlangt – das wären mindestens zehn Stunden – und ich müßte Sie knebeln – und es wird kalt ...«

»Und ob es kalt wird! Könnten Sie mir nicht das Hemd um die Schultern legen?«

»Na schön, aber ich brauche es später noch, um Sie zu knebeln.«

»Außerdem ist es nicht nur kalt, sondern Hände und Füße schlafen bereits ein. Miß Freitag, wenn Sie mich zehn Stunden lang so hier liegenlassen, habe ich in beiden Händen und Füßen den Wundbrand und bin die Gliedmaßen los. Hier draußen gibt's keine Regenerierung. Wenn man mich endlich an einen Ort geschafft hat, wo so etwas möglich ist, ist an mir Hopfen und Malz verloren. Da wäre es schon freundlicher, mich umzubringen.«

»Verdammt, Sie versuchen an mein Mitleid zu appellieren!«

»Ich weiß nicht recht, ob Sie so etwas überhaupt kennen.«

»Hören Sie!« gab ich zurück. »Wenn ich Sie losbinde und erlaube, daß Sie sich wieder anziehen, damit Sie wenigstens nicht frieren, lassen Sie sich dann wenigstens wieder fesseln und später auch knebeln, ohne Theater zu machen? Oder muß ich wesentlich energischer zuschlagen als vorhin und Sie bewußtlos machen? Das brächte die Gefahr, daß ich Ihnen das Genick breche. Möglich wäre es. Sie haben gesehen, wie ich kämpfe ...«

»Gesehen habe ich es nicht; nur die Folgen sind mir bekannt. Habe aber darüber gehört.«

»Dasselbe. Dann wissen Sie also Bescheid. Und Sie wissen auch, warum ich zu solchen Leistungen fähig bin. ›Meine Mutter war ein Reagenzglas ...‹«

»›... und mein Vater ein Skalpell‹«, unterbrach er. »Miß Freitag, ich hätte es nicht nötig gehabt, mich von Ihnen niederschlagen zu lassen. Sie sind schnell – aber ich bin nicht minder schnell, und meine Arme sind länger. Ich wußte, daß Sie über gesteigerte Reaktionen verfügen, Sie aber wußten das nicht von mir. Ich wäre also im Vorteil gewesen.«

Ich saß im Schneidersitz ihm gegenüber, als er diese erstaunlichen Worte äußerte. Mir war schwindlig, und ich fragte mich, ob ich schon wieder brechen müßte. »Pete«, sagte ich beinahe flehend, »Sie würden mich doch nicht anlügen, oder?«

»Mein ganzes Leben lang mußte ich lügen«, antwortete er, »und das gleiche gilt für Sie. Doch ...« Er hielt inne und verdrehte die Handgelenke; die Fesseln zerbrachen. Wissen Sie, wieviel ein verdrehter Hemdsärmel aushält? Mehr als ein Hanfseil gleichen Durchmessers – probieren Sie es mal aus!

»Ich mache mir ungern das Hemd kaputt«, sagte er gelassen. »Aber das Unterhemd dürfte genügen. Die Hosen möchte ich aber lieber heil lassen; vermutlich brauche ich sie noch, ehe ich mir eine neue verschaffen kann. Sie kommen leichter an die Knoten ran; würden Sie sie bitte aufmachen, Miß Freitag?«

»Nennen Sie mich nicht ›Miß Freitag‹, Pete; wir sind beide KP.« Ich machte mich an den Knoten zu schaffen. »Warum haben Sie mir das nicht längst gesagt?«

»Das wäre wohl geboten gewesen. Aber es kamen andere Dinge dazwischen.«

»Na bitte! Ach, Ihre Füße sind wirklich kalt! Ich reibe sie ein wenig. Damit der Kreislauf wieder in Gang kommt.«

Später schliefen wir eine Weile; zumindest ich machte die Augen zu. Pete schüttelte mich an der Schulter und sagte leise: »Wachen Sie lieber auf! Wir dürften gleich landen. Ein paar Lichter sind angegangen.«

Hinter und unter der Plane der riesigen Maschine, unter der wir geschlafen hatten, schimmerte ein vages Licht. Ich gähnte die Erscheinung an. »Mir ist kalt.«

»Na, Sie haben Grund zum Klagen! Dabei haben Sie innen gelegen, wo es wärmer ist. Ich bin ganz durchgefroren.«

»Das haben Sie auch mehr als verdient. Sie Frauenschänder,

Sie sind zu dünn; als Decke taugen Sie nichts. Pete, wir müssen Ihnen ein bißchen Gewicht verschaffen. Was mich daran erinnert, daß wir noch kein Frühstück bekommen haben. Und der Gedanke an Nahrung ... ich glaube, ich muß mich mal wieder übergeben.«

»Äh ... schieben Sie sich an mir vorbei und kotzen Sie in die Ecke dort hinten. Nicht hierhin, wo wir drin liegen müßten. Und seien Sie dabei leise; vielleicht ist schon jemand hier im Frachtraum.«

»Gefühlloser, gemeiner Kerl! Nur aus diesem Grund verzichte ich aufs Brechen!« Alles in allem fühlte ich mich ganz gut. Kurz vor Verlassen von Kabine BB hatte ich eine der kleinen blauen Tabletten genommen, deren Wirkung anzuhalten schien. Ein oder zwei Schmetterlinge flatterten in meinem Magen herum, sie schienen aber nicht besonders energisch zu sein – keine Schmetterlinge von der Sorte, die unbedingt wieder heraus wollen. Den Rest der Pillen, die Dr. Jerry mir verschrieben hatte, trug ich bei mir. »Pete, was machen wir jetzt?«

»Das fragen Sie *mich*? Sie haben doch diesen Ausbruch angezettelt, nicht ich!«

»Ja, aber Sie sind ein großer, kräftiger, maskuliner Typ, der beim Schlafen schnarcht. Ich dachte, Sie würden das Kommando sofort an sich reißen und sich einen klaren Plan zurechtlegen, während ich die Äuglein zu hatte. Sollte ich mich da irren?«

»Nun ja ... Freitag, was hatten *Sie* denn vor? Was wollten Sie tun, wenn Sie nicht auf mich gestoßen wären?«

»Einen großartigen Plan hatte ich nicht. Nach dem Landen muß irgendwo ein Luk aufgemacht werden, entweder ein Passagierausstieg oder ein Frachtluk; egal, was. Sobald irgend etwas aufgeht, werde ich wie eine aufgescheuchte Katze lospreschen und dabei jeden und alles über den Haufen rennen, das mir im Wege ist – und erst anhalten, wenn ich ein gutes Stück vom Schiff entfernt bin. Ich möchte niemandem weh tun, aber ich hoffe nur, daß sich niemand zu große Mühe gibt, mich aufzuhalten – denn ich werde mich nicht aufhalten lassen.«

»Das ist ein guter Plan.«

»Meinen Sie? Eigentlich ist es überhaupt kein Plan, sondern lediglich Entschlossenheit. Eine Tür geht auf, und ich sause hinaus.«

»Es ist ein guter Plan, weil er keine raffinierten Winkelzüge enthält, die ihn im entscheidenden Augenblick zum Scheitern bringen könnten. Und Sie haben einen großen Vorteil auf Ihrer Seite. Man wird es nicht wagen, Ihnen etwas anzutun.«

»Ich wünschte, ich könnte dessen sicher sein.«

»Wenn Ihnen etwas passiert, dann nur aus Zufall, und der Verantwortliche würde an den Daumen aufgehängt. Mindestens. Nachdem ich nun den Rest Ihrer Geschichte kenne, weiß ich, warum meine Anweisungen so streng waren. Freitag, man will Sie nicht tot-oder-lebendig wiederhaben; man braucht Sie bei bester Gesundheit. Man wird Sie lieber entkommen lassen, als Ihnen etwas antun.«

»Dann ist es ja ein Kinderspiel.«

»Darauf sollten Sie sich nicht verlassen. Sie sind zwar eine Wildkatze, doch wissen Sie auch, daß genügend Männer es schaffen, Sie zu packen und niederzudrücken; es wäre nicht das erstemal. Wenn die anderen wissen, daß Sie untergetaucht sind – und das nehme ich an, denn das Boot hätte die Kreisbahn nach Fahrplan vor einer guten Stunde verlassen sollen ...«

»Oh!« Ich warf einen Blick auf meinen Finger. »Ja wir sollten längst unten sein. Pete, sucht man nach mir?«

»Ich nehme es an. Aber es war sinnlos, Sie zu wecken, ehe das Licht anging. Inzwischen hat man vier Stunden Zeit gehabt, sich zu überzeugen, daß Sie sich nicht auf dem Oberdeck unter den Ausflüglern der Ersten Klasse befinden. Die Auswanderer hat man bestimmt ebenfalls schon ausgemustert. Wenn Sie also hier sind – und nicht oben im großen Schiff –, müssen Sie sich in diesem Laderaum befinden. Das ist natürlich sehr vereinfacht dargestellt, denn in einem geschlossenen System wie diesem kann man auf vielfältige Weise Verstecken spielen. Man wird aber die zwei Engpässe im Auge behalten, die Frachttür auf dieser Ebene und die Passagiertür auf dem Deck über uns. Freitag, wenn man genügend Leute einsetzt – und das wird man tun – und wenn diese Handlanger mit Netzen und Klebeseilen und anderen Fanggeräten ausgerüstet sind – und damit müssen wir rechnen –, dann fängt man Sie, ohne Ihnen weh zu tun, sobald Sie dieses Boot verlassen.«

»Oh.« Ich dachte über seine Worte nach. »Pete – wenn es dazu kommt, wird es vorher aber Tote und Verwundete geben. Durchaus möglich, daß ich selbst dabei umkomme – doch für meine Leiche wird auf jeden Fall ein hoher Preis fällig. Vielen Dank, daß Sie mich gewarnt haben.«

»Vielleicht arbeitet man nicht ganz so. Man wird auf jeden Fall viele Wächter aufstellen, was zur Folge hat, daß Sie sich im Hintergrund halten. Die Auswanderer verlassen also das Boot – vermutlich wissen Sie, daß sie dazu das Frachtluk benutzen?«

»Nein.«

»Ja. Sie werden hinausgelassen und einzeln abgehakt. Dann macht man das Frachtluk zu und versprüht hier drinnen ein Schlafmittel. Oder Tränengas, das Sie zwingt, aus dem Versteck zu kommen, während Sie sich die Augen wischen.«

»Brrr! Pete, gibt es diese Gase an Bord wirklich?«

»Diese und schlimmere. Hören Sie, der Kapitän dieses Schiffes ist Lichtjahre von Gesetz und Ordnung entfernt und verfügt über eine Handvoll Leute, denen er im Notfall wirklich vertrauen kann. In der Vierten Klasse befördert dieses Schiff beinahe auf jeder Reise eine Horde verurteilter Verbrecher, die wirklich jede Chance nützen würden. *Natürlich* kann er in jedem Segment selektiv mit verschiedenen Gas-Sorten arbeiten. Freitag, Sie werden aber nicht mehr hier sein, wenn das Gas ausströmt.«

»Wie bitte? Reden Sie weiter!«

»Die Auswanderer kommen den Mittelgang dieses Laderaums entlang. Auf diesem Flug sind es beinahe dreihundert; sie waren in ihren Quartieren sicher beengter, als es die Sicherheitsvorschriften erlauben. Der Auswandereranteil ist auf diesem Flug so groß, daß sie sich in der kurzen Zeit sicher noch nicht alle persönlich kennen. Das machen wir uns zunutze. Außerdem eine sehr, sehr alte Methode, Freitag, die Odysseus schon gegen Polyphem einsetzte ...«

Pete und ich versteckten uns in einer beinahe dunklen Ecke, die von der hohen Seite des Generators und einer riesigen Kiste gebildet wurde. Die Beleuchtung veränderte sich, und wir hörten das Murmeln zahlreicher Stimmen. »Sie kommen«, flüsterte Pete. »Denken Sie daran, am besten ist jemand, der zuviel zu tragen hat. An Auswahl wird es nicht fehlen. Unsere Kleidung ist in Ordnung – wir sehen wirklich nicht nach der Ersten Klasse aus. Aber wir müssen etwas tragen. Auswanderer sind stets schwer beladen; das weiß ich zuverlässig.«

»Ich werde versuchen, einer Frau das Kind zu tragen«, sagte ich.

»Ausgezeichnet, wenn Ihnen das gelingt – Psst, sie kommen.«

Die Auswanderer waren wirklich beladen – und das ging auf eine Vorschrift der Fluggesellschaft zurück, die mir ziemlich engstirnig erschien. Ein Auswanderer kann auf den Flug alles mitnehmen, was in die Besenkammern paßt, die in der Dritten Klasse als Kabinen gelten – solange er die Last ohne Hilfe vom Schiff bringen kann; so legte die Gesellschaft den Begriff »Handgepäck« aus. Alles, was der Reisende darüber hinaus im Laderaum verstauen lassen muß, ist kostenpflichtig. Ich weiß, daß die Firma Gewinne ausweisen muß – trotzdem muß mir diese Vorschrift nicht behagen. Heute aber wollten wir sie zu unserem Vorteil nutzen.

Die Leute, die an uns vorbeikamen, schauten nicht in unsere Richtung und schienen sich nicht für uns zu interessieren. Sie schienen mit den Gedanken ganz woanders zu sein und wirkten erschöpft. Es waren viele Kleinkinder zu sehen, von denen die meisten weinten. Die ersten zwei Dutzend hasteten ziemlich schnell vorbei, dann kamen Leute, die zusammenblieben und langsamer ausschritten – mehr Kinder, noch mehr Gepäck. Es wurde Zeit, so zu tun, als gehöre ich zu den »Schafen«.

Aus dem Gewirr menschlicher Gerüche nach Schweiß und Schmutz und Angst und Moschus und beschmutzten Windeln stach plötzlich ein Duft hervor, kristallklar wie das Thema des Goldenen Hahns von Rimski-Korsakow oder ein Leitmotiv im *Ring* von Wagner – und ich schrie los:

»Janet!«

Eine beleibte Frau auf der anderen Seite der Kolonne drehte sich um, sah mich an, ließ zwei Koffer fallen und griff nach mir. *»Marjie!«* Gleich darauf sagte ein bärtiger Mann: »Ich hab's dir doch gesagt, sie ist an Bord! Ich hab's dir gesagt!« Und Ian fügte anklagend hinzu: »Du bist doch tot!«, und ich löste meinen Mund eben lange genug von Janets Lippen, um zu sagen: »Nein, bin ich nicht. Junior-Pilotoffizier Pamela Heresford läßt dich herzlichst grüßen.«

»Diese Schlampe!« sagte Janet, und Ian beschwichtigte: »Na, na, Janet!«, und Betty musterte mich eingehend und bemerkte: »Ja, sie ist es wirklich! Hallo, mein Schatz! Gut siehst du aus! Ehrlich!« Währenddessen hüpfte Georges außen um uns herum, babbelte unverständliche französische Worte und versuchte mich sanft von Janet loszubekommen.

Natürlich brachten wir auf diese Weise die Marschordnung durcheinander. Andere Leute, schwerbeladen, zum Teil auch schimpfend, drängten sich an uns vorbei, zwischen uns hindurch. »Gehen wir weiter!« sagte ich. »Wir können uns später unterhalten.« Ich blickte zu dem Versteck zurück, in dem ich mit Pete gewartet hatte; er war verschwunden. Ich machte mir um ihn keine Sorgen; er ist ein helles Bürschchen.

Janet war gar nicht beleibt, nicht korpulent – sondern nur einige Monate schwanger. Ich griff nach einem ihrer Koffer, doch sie wollte nicht loslassen: »Mit zweien ist man besser im Gleichgewicht.«

So endete ich schließlich als Betreuerin für einen großen Käfig – mit der Katzenmutter. Und für ein großes braunes Papierpaket, das Ian unter dem Arm getragen hatte. »Janet, was hast du mit den jungen Katzen gemacht?«

Die Antwort übernahm Freddie: »Mit meiner Hilfe haben sie ausgezeichnete Stellungen mit guten Zukunftsaussichten auf einer großen Schafstation in Queensland angetreten – sie sollen sich da um die Mäuseplage kümmern. Helen, jetzt sag mir aber, wie es kommt, daß du dich hier in der tiefsten Unterwelt dieses Blecheimers zu den einfachen Leuten gesellst, wo du doch erst gestern an der rechten Seite des Herrn und Gebieters über ein großes Linienraumschiff gesehen wurdest?«

»Später, Freddie, sobald wir hier durch sind.«

Er blickte zur Tür. »Ah, ja. Später, bei angenehmem Umtrunk unter Freunden, da werden die Geschichten aufgetischt. Doch zunächst müssen wir an denen da vorbei.«

Zwei bewaffnete Wächter standen links und rechts des Ausgangs. Ich begann mir Mantras aufzusagen, während ich mit Freddie sinnlose Bemerkungen tauschte. Beide Polizeioffiziere musterten mich und schienen meine Erscheinung nicht auffällig zu finden. Wahrscheinlich halfen mir das schmutzige Gesicht und das verwuschelte Haar – die Folge dieser Nacht – über die Hürde, denn bis zu diesem Augenblick hatte ich außerhalb der BB-Kabine keinen Auftritt gehabt, für den mich Shizuko nicht ausgiebig vorbereitet hatte – wie eine Sklavin, die bei der Auktion die besten Preise erzielen muß.

Wir traten durch das Luk, marschierten eine kurze Rampe hinab und mußten uns vor einem Tisch aufstellen, der unmittelbar draußen stand. Zwei Männer saßen dahinter und beschäftigten sich mit allerlei Papieren. Einer rief: »Frances, Frederick J.! Treten Sie vor!«

»*Hier!*« rief Federico, ging um mich herum und näherte sich dem Tisch. Eine Stimme hinter mir rief: »Da ist sie!« Ich stellte den Katzenkäfig abrupt hin und sauste auf den Horizont zu.

Vage bekam ich mit, daß es hinter mir laut wurde, doch ich achtete nicht weiter darauf. Ich wollte nur möglichst schnell aus der Reichweite von Lähmpistolen und Klebeseilschleudern oder Tränengasmörsern. Schneller als eine Radarkanone oder ein ganz normales Gewehr war ich natürlich nicht – aber wenn Pete recht hatte, brauchte ich mir darum keine Sorgen zu machen. Ich setzte einfach einen Fuß vor den anderen. Rechts von mir tauchte ein Dorf auf, weiter vorn erschienen Bäume. Im Augenblick kamen mir die Bäume verlockender vor, und ich hielt darauf zu.

Ein Blick über die Schulter offenbarte, daß der größte Teil der Verfolger weit abgeschlagen war – was nicht weiter überraschend ist, schaffe ich doch die tausend Meter in zwei Minuten. Zwei aber schienen Schritt halten zu können und verringerten womöglich den Abstand bereits. Ich verlangsamte also meinen Lauf, mit der Absicht, die beiden zu schnappen und mit den Köpfen zusammenzustoßen – oder etwas anderes zu unternehmen, sollte es sich als nötig erweisen.

»Laufen Sie weiter!« rief Pete. »Wir sollen Sie wieder einfangen!«

Ich erhöhte das Tempo wieder. Der andere Verfolger war Shizuko. Meine Freundin Tilly.

Sobald wir die Bäume erreicht hatten und vom Landungsboot aus nicht mehr gesehen werden konnten, blieb ich stehen und übergab mich. Die beiden holten mich ein; Tilly hielt mir den Kopf und wischte mir den Mund – und versuchte mich zu küssen, aber ich drehte den Kopf weg. »Nicht. Ich muß ja einen *scheußlichen* Mundgeruch haben. Bist du *so* aus dem Schiff gekommen?« Sie trug ein enges Wams, das sie größer und schlanker erscheinen ließ, viel abendländischer und vor allen Dingen weiblicher, als ich es von meiner früheren »Zofe« gewöhnt war.

»Nein, in einem förmlichen Kimono mit allem Drum und Dran. Der liegt da hinten irgendwo. Man kann darin nicht laufen.«

»Hört auf mit dem Reden!« sagte Pete gereizt. »Wir müssen weiter.« Er griff mir ins Haar und gab mir einen Kuß. »Wer schert sich darum, wie Sie riechen!« rief er. »Los, weiter!«

Und wir rannten los. Dabei blieben wir im Wald und vergrößerten unseren Abstand zum Landungsboot. Nach kurzer Zeit wurde allerdings offenbar, daß Tilly sich den Fuß verknackst hatte und mit jedem Schritt Schmerzen ertragen mußte. Wieder gab Pete die Erklärung. »Als du losranntest, hatte Tilly erst die Hälfte der Gangway aus der Ersten Klasse zurückgelegt. Sie sprang zu Boden und landete unglücklich. Tilly, du bist ein ungeschickter Vogel!«

»Es liegt an den verdammten Nippon-Schuhen, die stützen den Fuß nicht. Pete, nimm das Mädchen und lauf weiter; mir werden die Bullen nichts tun.«

»Auf keinen Fall!« sagte Pete bestimmt. »Wir drei stecken mit drin und bleiben auch zusammen. Stimmt's, Miß – stimmt's Freitag?«

»Himmel, ja! ›Einer für alle, alle für einen!‹ Gehen Sie auf ihre rechte Seite, Pete! Ich stütze sie von hier.«

So kamen wir ziemlich gut voran, nicht sehr schnell, aber immerhin legten wir noch mehr Wald zwischen uns und die Verfolger. Einige Zeit später wollte Pete sie Huckepack nehmen. Ich blieb stehen. »Lauschen wir mal!«

Von Verfolgern war nichts zu hören. Uns umgaben nur die seltsamen Geräusche eines fremden Waldes. Vogelrufe? Keine Ahnung. Ringsum ein seltsames Gemisch von bekannten und seltsam verfremdeten Dingen – Gras, das eigentlich kein Gras war, Bäume, die aus einem anderen geologischen Zeitalter zu stammen schienen, Chlorophyll, das rot durchsetzt zu sein schien – oder hatten wir jetzt Herbst? Wie kalt würde es heute nacht sein? Es erschien mir nicht ratsam, in den nächsten drei Tagen nach Menschen zu suchen, denn erst dann sollte das Schiff weiterfliegen. Wir konnten diese Zeit notfalls ohne Nahrung oder Getränke überbrücken – aber wenn es nun fror?

»Na schön«, sagte ich. »Huckepack. Aber wir wechseln uns ab.«

»Freitag! Sie können mich doch nicht tragen!«

»Ich habe gestern nacht Pete getragen. Sagen Sie's ihr, Pete. Glaubst du etwa, ich würde mit einer kleinen japanischen Puppe wie dir nicht fertig?«

»›Japanische Puppe‹ – ha! Ich bin so amerikanisch wie du.«

»Wahrscheinlich noch mehr. Denn ich habe nicht viel amerikanisches Blut. Aber davon später mehr. Steig auf!«

Ich schleppte sie etwa fünfzig Meter weit, dann trug Pete sie zweihundert Meter, und so weiter, denn das stellte sich Pete unter einer gerechten Arbeitsteilung vor. Nach einer mühseligen Stunde erreichten wir einen Weg – eine Fahrrinne durch das Gebüsch, Wagenspuren und Hufabdrücke waren deutlich auszumachen. Nach links führte dieser Weg weiter vom Landungsboot und von dem Ort fort, und so bogen wir nach links ab. Shizuko ging inzwischen wieder auf eigenen Füßen, stützte sich aber sehr auf Pete.

Wir erreichten ein Bauernhaus. Vielleicht hätten wir einen weiten Bogen darum herum machen sollen, doch zu der Zeit war mir ein Schluck Wasser wichtiger als unsere absolute Sicherheit, außerdem wollte ich Tillys Fußgelenk verbinden, ehe es größer anschwoll als ihr Kopf.

Auf der vorderen Veranda saß in einem Schaukelstuhl eine ältere grauhaarige Frau, sauber gekleidet, und strickte. Als wir näherkamen, hob sie den Kopf und winkte uns heran. »Ich bin Mrs. Dundas«, sagte sie. »Sie kommen vom Schiff?«

»Ja«, sagte ich. »Ich heiße Freitag Jones, und dies ist Matilda Jackson und unser Freund Pete.«

»Pete Roberts, Madam.«

»Kommen Sie, setzen Sie sich! Sie alle! Verzeihen Sie, wenn ich nicht aufstehe; mein Rücken ist nicht mehr ganz in Ordnung. Sie sind Flüchtlinge, nicht wahr? Sie sind vom Schiff ausgerückt?«

(Gesteh die bittere Wahrheit ein, aber halte dich bereit, den Kopf einzuziehen.) »Ja.«

»Natürlich. Etwa die Hälfte aller Flüchtlinge landet zuerst bei uns. Nun ja, der heutigen Rundfunksendung zufolge müssen Sie sich mindestens drei Tage lang verstecken. Sie sind uns willkommen; wir haben gern Besuch. Natürlich haben Sie das Recht, sofort die Transit-Kaserne aufzusuchen; die Schiffsbehörden können dort nicht an Sie heran. Man könnte Ihnen aber mit endlosen juristischen Vorstößen das Leben schwer machen. Sie können Ihre Entscheidung nach dem Abendessen fällen. Möchten Sie zunächst mal eine schöne Tasse Tee?«

»Ja!« sagte ich.

»Gut. *Malcolm!* Oh, Mal*cooom*!«

Was ist, Mama?«

»Stell den Kessel auf!«

»Was?«

»Den Wasserkessel!« Mrs. Dundas fügte, zu Tilly gewandt, hinzu: »Mein Kind, was haben Sie mit Ihrem Fuß gemacht?«

»Ich glaube, ich habe ihn mir verstaucht, Madam.«

»Und ob. Sie – ›Freitag‹ heißen Sie? – sie suchen Malcolm und sagen ihm, er soll unsere größte Küchenschale mit zerhacktem Eis füllen. Und Sie, Sir – Mr. Roberts – Sie können mir aus diesem Stuhl helfen, denn wir brauchen noch ein paar Dinge mehr für den Fuß des armen Kindes. Sobald wir die Schwellung behandelt haben, müssen wir das Gelenk mit einem Stützverband versehen. Und Sie, Matilda, reagieren Sie allergisch auf Aspirin?«

»Nein, Madam!«

»*Mama!* Der Kessel kocht!«

»Sie – Freitag – kümmern Sie sich mal darum!«

Ich ging den Tee machen – innerlich hätte ich jubilieren mögen.

33. Kapitel

Zwanzig Jahre sind seither vergangen. Botany-Bay-Jahre, meine ich, die aber nicht viel kürzer sind als irdische. Zwanzig *gute* Jahre. Meine Memoiren basieren auf Bändern, die ich im Pajaro Sands besprach, ehe der Chef starb, dann auf Notizen, die ich kurz nach unserer Niederlassung auf diesem Planeten machte, Notizen, die unsere Beweislage verbessern sollten für den Fall, daß wir gegen ein Auslieferungsersuchen angehen mußten.

Als es aber nicht mehr möglich war, den mit meiner Mitwirkung vorgesehenen Zeitplan einzuhalten, verlor man das Interesse an mir – was nur logisch ist, da ich in den Augen der anderen nichts anderes als ein lebendiger Brutautomat gewesen war. Die Angelegenheit wurde vollends zur Theorie, als der Erste Bürger und seine Tochter zusammen ermordet wurden – eine Bombe explodierte in ihrer Kutsche.

Eigentlich sollte dieser Bericht mit meinem Eintreffen auf Botany Bay zu Ende gehen, denn seit dieser Zeit wies mein Leben keine dramatischen Momente mehr auf – worüber kann eine Hausfrau auf dem Lande schon Memoiren verfassen? Darüber, wie viele Eier wir im letzten Jahr hatten? Interessiert Sie das? *Mich* schon, Sie aber nicht.

Leute, die glücklich sind und zu tun haben, schreiben keine Tagebücher; sie haben viel zuviel damit zu tun, das Leben zu genießen.

Beim Durchsehen der Bänder und Notizen (wobei etwa sechzig Prozent des Textes über Bord gingen) fielen mir einige Dinge auf, von denen zuvor die Rede war und die noch aufgeklärt werden sollten. Zum Beispiel Janets für ungültig erklärte Visa-Karte – ich war nämlich bei der Explosion, der die *Skip To M'Lou* zum Opfer fiel, »umgekommen«. Georges horchte sich gründlich in der Unterstadt von Vicksburg um und erhielt die Bestätigung, daß es keine Überlebenden gegeben habe. Woraufhin er Janet und Ian anrief – die eben im Begriff waren, nach Australien abzureisen, nachdem der Winnipeg-Agent meines Chefs sie gewarnt hatte. Natürlich ließ Janet da ihre Karte löschen.

Der seltsamste Aspekt der ganzen Ereignisse ist das zufällige Wiederfinden meiner »Familie«. Georges behauptet allerdings, es sei weniger seltsam, daß die anderen hier waren, sondern daß *ich* hier gewesen sei. Die anderen hatten genug von der Erde, sie waren angewidert von zu vielen Dingen – wohin sollten sie ziehen? Botany Bay ist kein Paradies, für sie aber lag die Entscheidung auf der Hand. Es ist ein guter Planet, der viel Ähnlichkeit besitzt mit der Erde, wie sie vor vielen Jahrhunderten war – doch gestützt durch neuzeitliche Erkenntnisse und Technologien. Wir leben hier nicht so primitiv wie auf Forest, und nicht so unverschämt teuer wie auf Halcyon oder Fiddler's Green. Sie alle mußten große Verluste hinnehmen, weil sie ihren Besitz sehr schnell flüssig machten, doch es reichte für die Dritte Klasse nach Botany Bay, für das Eintrittsgeld in die Kolonie und für ein gewisses Startkapital.

(Wußten Sie, daß hier auf Botany Bay niemand seine Türen verschließt – an vielen gibt es gar keine Schlösser. *Mirabile visu!*)

Georges behauptet, der einzige weiterreichende Zufall liegt in dem Umstand, daß ich mich an Bord des Schiffes befand, mit dem die anderen auswanderten – denn beinahe wäre es gar nicht so gekommen. Sie verfehlten die *Dirac* und erwischten dann knapp die *Forward*, weil Janet die anderen drängte, war sie doch fest entschlossen, die Reise mit dem Baby im Bauch anstatt auf dem Arm zu machen. Aber auch wenn sie ein späteres oder früheres Schiff genommen hätten, wäre ich Ihnen hier über den Weg gelaufen, ohne die Absicht dazu zu haben. Unser Planet ist etwa so groß wie die Erde, die Kolonie aber ist noch klein und erstreckt sich über ein relativ kleines Gebiet, und es herrscht lebhaftes Interesse an Neuzugängen; so hätten wir uns auf jeden Fall wiedergefunden.

Aber was wäre, wenn mir der betrügerische Auftrag nicht erteilt worden wäre? Solche Fragen nach dem »Was wäre, wenn ...« kann man sich immer wieder stellen, aber es scheint mir mindestens eine fünfzigprozentige Chance zu bestehen, daß ich, nachdem ich mich wie geplant orientiert hatte, trotzdem auf Botany Bay gelandet wäre.

»Es gibt ein Geschick, das unsere Wege bestimmt« – und ich habe keinen Grund zur Klage. Es *gefällt* mir, in einer 8-Gruppe die Kolonistenhausfrau zu sein. Formell handelt es sich nicht um eine S-Gruppe, weil es hier hinsichtlich Sex und Ehen nicht besonders viele Gesetze gibt. Wir acht leben mit all unseren

Kindern in einem weitläufigen Haus, das Janet entworfen hat und von uns allen gebaut wurde. (Ich bin zwar kein Tischler, aber als Zimmermann für das Grobe übertrifft mich kaum jemand.) Nachbarn stellen keine neugierigen Fragen über die Herkunft der Kinder – und wenn sie es täten, bekämen sie es mit Janet zu tun. Niemand schert sich darum; Säuglinge sind auf Botany Bay willkommen; es werden viele Jahrhunderte vergehen, ehe hier jemand von »Übervölkerung« sprechen kann.

Die Nachbarn werden diesen Bericht nicht zu Gesicht bekommen, denn was ich hier zu veröffentlichen gedenke, beschränkt sich auf eine revidierte Ausgabe meines Kochbuchs – eine gute Sache, denn ich bin Ghost-Writer für zwei ausgezeichnete Köche, Janet und Georges, angereichert mit zahlreichen praktischen Tips für junge Hausfrauen, die ich Goldie verdanke. Ich kann hier also offen über die Vaterschaftsverhältnisse sprechen. Georges heiratete Matilda, als Percival mich ehelichte; ich glaube, die beiden hatten das Los entscheiden lassen. Natürlich fiel das Baby in meinem Bauch unter den alten Reagenzglas-und-Skalpell-Spruch – einen Spruch, den ich in Botany Bay bisher noch nicht zu hören bekommen habe. Mag sein, daß Wendys Herkunft ganz oder zum größten Teil auf ein ehemaliges Königshaus des Sternenreiches zurückgeht. Ich habe ihr aber nie etwas davon angedeutet, und offiziell ist Percival ihr Vater. Im Grunde weiß ich nur, daß Wendy frei ist von sichtbaren Geburtsschäden, und Freddie und Georges behaupten, sie trüge auch keine unangenehmen rezessiven Merkmale in sich. Als junges Mädchen war sie nicht wilder als die anderen; die üblichen erzieherischen Maßnahmen genügten, um sie auf den richtigen Weg zu führen. Ich finde, sie ist ein ganz ordentlicher Mensch, was mich sehr freut, da sie das einzige in mir gewachsene Kind ist, auch wenn ich nicht mit ihr verwandt bin.

»... das einzige ...« Als ich sie aus dem Ofen holte, bat ich Georges, meine Sterilität aufzuheben. Er und Freddie untersuchten mich und erklärten, daß so etwas durchaus möglich sei – auf der Erde. Nicht aber in Neu-Brisbane. In den nächsten Jahren jedenfalls nicht. Damit war diese Frage geklärt, und ich mußte erkennen, daß ich irgendwie erleichtert war. Ich habe es einmal hinter mich gebracht; ich brauche so etwas im Grunde nicht noch einmal zu tun. Wir haben Kinder und Hunde und Katzen genug; die Kinder brauchen ebensowenig von mir geboren zu sein wie die jungen Katzen. Ein Kind ist ein Kind, und

Tilly bringt herrliche Exemplare hervor, und das gleiche gilt für Janet und für Betty.

Und natürlich für Wendy. Wäre es nicht unmöglich, würde ich sagen, sie hat ihre sexuelle Energie von der Mutter geerbt – von mir, meine ich. Als sie das erstemal nach Hause kam und sagte: »Mama, ich glaube, ich bin schwanger«, war sie noch keine vierzehn Jahre alt. »Stell keine Mutmaßungen an!« antwortete ich. »Geh zu Onkel Freddie und laß einen Mäusetest machen!«

Sie verkündete das Ergebnis beim Abendessen, woraus sich prompt eine Party entwickelte, denn in unserer Familie gilt es schon als Tradition, daß die bestätigte Schwangerschaft einer unserer Frauen ein gehöriger Anlaß zum Feiern ist. Wendy hielt ihre erste Schwangerschaftsparty also mit vierzehn ab – und ihre nächste mit sechzehn, und die nächste mit achtzehn – und die neueste war erst letzte Woche. Es freut mich, daß sie so auf den Abstand geachtet hat, denn ich versorge diese Kinder, alle bis auf das jüngste, für das sie sich verheiratet hat. Ich habe also nie Mangel an Kleinkindern gelitten, die meine Fürsorge brauchten, auch wenn wir vier – jetzt fünf – nein, sechs Mütter im Haushalt haben.

Matildas erstes Kind hat einen erstklassigen Vater und ist von bester Herkunft. Dr. Jerry Madsen. Behauptet sie jedenfalls. Und ich glaube ihr. Ihr früherer Herr hatte gerade ihre Sterilität aufheben lassen, in der Absicht, sie zum Großziehen von Nachkommen heranzuziehen, als sich die Gelegenheit bot, ihre Dienste für einen gut bezahlten Vier-Monats-Auftrag zu vergeben. Sie verwandelte sich in »Shizuko«, trat mit scheuem Lächeln und bescheidener Verbeugung auf und bewachte mich – doch umgekehrt bewachte ich auch sie, ohne es zu wissen. Oh, hätte sie es versucht, hätte sie vielleicht während des Tages ein bißchen Nachtleben finden können ... aber sie verbrachte nun einmal beinahe vierundzwanzig Stunden in Kabine BB, um zur Stelle zu sein, wenn ich zurückkehrte.

Wann geschah es also? Es gab nur eine Gelegenheit, und die wurde auch voll genutzt. Während ich halb erfroren mit Percival unter dem Turbogenerator hockte, lag meine »Zofe« mit meinem Arzt in meinem Bett. Der junge Mann hat also vorzügliche Eltern! Ein Witz am Rande: Jerry wohnt heute mit seiner netten Frau Dian in Neu-Brisbane – aber Tilly hat ihm nichts davon gesagt, daß in unserem Haushalt ein Sohn von ihm lebt.

Ist das ein weiterer »erstaunlicher Zufall«? Ich glaube nicht. Der Beruf des Arztes gehört hier zu denen, für die kein Beitrag entrichtet werden muß; Jerry wollte heiraten und die Raumfliegerei an den Nagel hängen – und wozu sollte sich jemand auf der Erde niederlassen, wenn er Gelegenheit hat, sich sämtliche Kolonien anzuschauen?

Der größte Teil unserer Familie läßt sich jetzt bei Jerry behandeln; er ist ein guter Arzt. Gewiß, wir haben zwei eigene Ärzte in der Familie, die aber nie praktiziert haben; früher waren sie Gen-Chirurgen, Versuchsbiologen, Genetik-Ingenieure – jetzt sind sie Landwirte.

Auch Janet kennt die Väter ihres ersten Kindes – beide Ehemänner aus jener Zeit, Ian und Georges. Warum beide? Weil sie es so haben wollte und weil Janet einen eisernen Willen hat. Ich habe mehrere Versionen vernommen, doch ich glaube, daß sie hinsichtlich ihres ersten Kindes nicht zwischen den beiden wählen wollte.

Bettys erstes Kind ist mit ziemlicher Sicherheit nicht mit dem Skalpell entstanden und könnte legitim sein. Betty aber setzt sich mit solcher Energie über alle Konventionen hinweg, daß sie es fertigbringt zu erzählen, das Kind sei das Ergebnis einer Orgie nach einem Maskenball. Neu-Brisbane ist eine sehr ruhige Gemeinde, doch ein Haushalt, zu dem Betty Frances gehört, kann einfach nicht langweilig sein.

Vermutlich wissen Sie über die Rückkehr des Schwarzen Todes mehr als ich. Gloria meint ja, meine Warnungen hätten Luna City gerettet, aber ich finde, dieses Lob stünde eher dem Chef zu – meine kurze Karriere als Weissagerin fällt im Verhältnis zu seiner langen Tätigkeit kaum ins Gewicht.

Die Pest beschränkte sich auf die Erde; das war auf jeden Fall das Werk unseres Chefs – obwohl während der kritischsten Phase Neu-Brisbane die Forderung durchsetzte, daß jedes Landungsboot erst dem Vakuum ausgesetzt und dann neu mit Luft gefüllt werden mußte. Diesem Vorgehen fielen etliche Ratten und Mäuse – und Flöhe zum Opfer. Der Kapitän des Raumschiffes stellte nach diesem Ergebnis der Aktion seine lautstarken Proteste ein.

Beitrittszahlungen: Die Post zwischen Botany Bay und Erde/Luna dauert vier bis acht Monate hin und zurück – nicht schlecht für hundertundvierzig Lichtjahre. (Ich hörte mal eine Touristin fragen, warum wir denn nicht die Funkpost benutzten.) Gloria bezahlte die für mich fälligen Gebühren so schnell es ging und stattete mich großzügig mit Startkapital aus – das Testament des Chefs ließ ihr da viel Bewegungsspielraum. Sie brachte nicht das Gold auf den Weg, vielmehr wurden die Werte auf dem Konto der Kolonie in Luna City gutgeschrieben; dagegen wurden dann Lieferungen und andere Käufe der Kolonie angerechnet.

Pete aber verfügte über sehr wenige weltliche Güter, während Tilly, eine Pseudo-Sklavin, überhaupt nichts besaß. Ich hatte noch einen Rest meines Lotteriegewinns, außerdem meine Entlassungszahlung und sogar ein paar Aktien. Damit holte ich die anderen Flüchtlinge aus der Klemme – unsere Kolonie schickt niemanden fort ... es hätte aber Jahre dauern können, bis er seinen Anteil voll eingezahlt hatte.

Beide wollten sich nicht auf diese Weise von mir helfen lassen. Aber ich stellte mich störrisch an. Es bleibt ja ohnehin alles in der Familie, doch ohne die Hilfe von Percival *und* Matilda hätte man mich mit ziemlicher Sicherheit wieder eingefangen und im Sternenreich diskret umgebracht. Trotzdem bestanden sie darauf, mir zurückzuzahlen, was ich vorgeschossen hatte.

Wir schlossen einen Kompromiß. Mit ihren Zahlungen und anderen Beiträgen von den übrigen Familienmitgliedern brachten wir den Asa-Hunter-Boot-auf-dem-Wasser-Hilfsfonds in Gang, der dazu gedacht ist, Schiffsflüchtlingen oder sonstigen bedürftigen neuen Kolonisten zu helfen.

Ich denke heute nicht mehr über meine seltsame und zuweilen beschämende Herkunft nach. »Ein menschliches Baby setzt eine Menschenmutter voraus«, das hatte Georges mir vor langer Zeit gesagt. Es stimmt, und zum Beweis habe ich Wendy. Ich bin ein Mensch, und ich *gehöre dazu*!

Ich finde, mehr will niemand. Dazugehören. Ein Teil der »Leute« sein.

Und *wie* ich dazugehöre! Letzte Woche habe ich mir mal überlegt, warum ich so wenig Zeit habe. Ich bin Sekretärin des Stadtrats. Außerdem Programmverantwortliche des Elternbeirats für die Schule. Ich bin Kompaniechefin der Pfadfinderinnen von Neu-Toowoomba. Ich bin Ex-Präsidentin des Garten-Klubs und gehöre zum Planungskomitee der Universität, die im Entstehen begriffen ist. Ja, ich gehöre dazu.

Es ist ein angenehmes Gefühl, ein Glücksgefühl.